KB083720

# 근대 여성문학의 탄생과
# 미디어의 교통

### 1920~30년대 여성문학의 형성과 여성잡지의 젠더정치

지은이

**김경연**(金炅延, Kim, Kyung Yeon)은 1970년 부산에서 출생했다. 부산대학교 국어국문학과 및 동대학원을 졸업하고, 부산대학교에서 박사학위를 받았다. 비평전문지『오늘의문예비평』편집주간을 역임했으며, 부산대학교 인문학연구소 HK연구교수를 거쳐 현재 부산대학교 국어국문학과 부교수로 재직하고 있다. 주된 관심 영역은 여성문학, 문화번역, 지역문화 연구 등이다. 지은 책으로『세이렌들의 귀환』이 있고, 공저로『세계문학의 가장자리에서』,『비평의 비평』,『문화소통과 동서양의 고전』,『2000년대 한국문학의 징후들』,『문학과 문화, 디지털을 만나다』,『혁명 이후의 문학』,『불가능한 대화들』등이 있다. 주요 논문으로「1920년대 초 '공통적인 것'의 상상과 문화의 정치」,「디아스포라 여성 서사와 세계/보편의 다른 가능성」,「파토스의 윤리학과 문학의 (불)가능성」,「해방/패전 이후 한일(韓日) 귀환자의 서사와 기억의 정치학」,「마이너리티는 말할 수 있는가—난민의 자기역사 쓰기와 내셔널 히스토리의 파열」 외 다수가 있다.

민족문화 학술총서 58

# 근대 여성문학의 탄생과 미디어의 교통交通
## 1920~30년대 여성문학의 형성과 여성잡지의 젠더정치

**초판1쇄발행** 2017년 10월 30일
**초판2쇄발행** 2019년 1월 10일
**지은이** 김경연 **펴낸이** 박성모 **펴낸곳** 소명출판 **출판등록** 제13-522호
**주소** 06643 서울시 서초구 서초중앙로6길 15, 1층
**전화** 02-585-7840 **팩스** 02-585-7848 **전자우편** somyungbooks@daum.net **홈페이지** www.somyong.co.kr

값 28,000원 ⓒ 김경연, 2017
ISBN 979-11-5905-164-7 93810

| 민족문화 학술총서 | 58 |

# 근대 여성문학의 탄생과 미디어의 교통

Women's Magazines in the 1920s~30s and Their Effect
on the Formation of Modern Women's Literature in Korea

◎ 김경연

1920~30년대 여성문학의 형성과
여성잡지의 젠더정치

소명출판

기억이 망각의 알리바이가 되는 적나라한 현장이 문학사가 아닐까. 문학인 것을 승인하기 위해 문학이 아닌 것을 축출하고, 문학다운 것을 등재하기 위해 문학답지 않은 것을 식별해온 문학사는 줄곧 망각을 강제하는 편파적인 기억의 장이었다. 이 편협한 문학사의 기억/망각의 행위가 문학을 날인하기 위해 비문학으로 낙인찍거나 주변부 문학으로 폄하한 글쓰기들에 대한 오랜 관심으로부터 이 책은 출발했다. 기념비적 기억의 보존을 위해 문학사가 폐제한 기억의 상당 부분은 여성들의 문학행위와 관련한 것이었고, 그러니 문학으로 등록/기억되지 못하고 문학 아닌 것으로 부인된 망각의 더미들을 탐사하면서 근대문학의 젠더를 묻고 '문학'이라는 보편을 의심하게 된 것은 당연한 수순이었다.

돌이켜 보면, 문학과 젠더에 대한 관심이 발동하게 된 최초의 계기 중 하나는 김명순의 소설 「의심의 소녀」를 읽었던 일이 아닌가 싶다. 알다시피 「의심의 소녀」는 1917년 최남선이 주관하던 잡지 『청춘』의 현상공모에 당선한 김명순의 첫 소설이며, 공모에 당선되면서 그녀는 조선의 문학제도가 공식 인준한 첫 여성작가가 되었다. 김명순의 소설을 발탁한 선자(選者)는 이광수였고, 공교롭게도 1917년은 이광수의 『무정』이 발표된 해이기도 하다. 이광수는 「의심의 소녀」를 자신의

『무정』과 더불어 근대문학에 육박한 수작으로 평가했으나, 이후 모작(模作)이라는 근거 없는 의심을 유포하면서 김명순의 작가적 지위를 치명적으로 위협한다. 남성편향적인 문단에서 내내 소문과 의심의 대상으로 떠돌았던 김명순의 생이 겹치면서, 어미를 죽음으로 몰고 간 아비로부터 도주해 아비가 준 이름 가희를 버리고 범례가 되어 방랑하는 서사인 「의심의 소녀」는 더 예사롭지 않게 읽혔다. 아비를 의심하는 여성이 됨으로써 세상의 의심을 감당하는 여성이 되는 범례의 이야기는 단지 여성의 수난사가 아니라, 가부장으로부터 내림받은 '여성'의 의미를 승계하지 않고 그 전횡을 폭로하고 전복하려는 서사로 읽혔고, 낯익은 여성으로부터 도주해 낯선 여성으로 이행하기를 열망하는 상징적 서사로 독해되었다. 문학사에서 오랫동안 잊힌 기원이었던 김명순의 「의심의 소녀」를 읽으며 '문학'이라는 기울어진 보편이 특수로 지시한 '여성문학'의 의미를 재독해야 한다는 생각이 역력했던 것을 기억한다. 여성문학이 단지 (남성중심적)문학을 지지하는 열등한 외부가 아니라 문학이라는 범주를 의심하고 문학의 권위를 가격하는 불온한 타자가 될 수 있으리라는 생각은 여성잡지와 조우하면서 더욱 분명해졌다.

여성잡지를 읽으면서 작가와 작품에 주력하는 연구로부터 벗어날 수 있었던 것이 내게는 무엇보다 의미 있는 수확이었다. 신문·잡지가 근대문학과 교통하는 유력한 대중 미디어이며, 근대의 특수한 발명품인 문학이 항구적 보편으로 등극하는 과정을 여실히 목격할 수 있는 무대임에도 불구하고, 근대 여성잡지에는 문학으로 승인된 글쓰기보다 문학 아닌 것과 문학답지 않은 것으로 퇴출된 글쓰기들이 허다했다. 종래의 어떤 문학사에도 등재되지 않았던 생소한 이름의 여성들이 쓴 소설과 시, 감상·상화·상문 등으로 생경하게 명명된 수필류의 글들이 있는가 하면, 여성해방을 촉구하고 여성의 가사노동에 대한 정당한 보상을 요구하는 여성들의 날선 평문도 있었다. 그러나 신세타령·실화·수기·참회록·자기공개장·경험담·생활담·기담·괴담 등으로 지시된 보다 많은 수의 여성들의 글쓰기는 온전히 문학에 소속되지 못했다. 협소한 문예란과 각종 공모란, '회화실·여인사룬(여인살롱)·독자와 기자·독자논단·독자문예·여학생문예'와 같은 독자란 등 여성잡지가 부분적으로 허용한 글쓰기 공간에서 여성들은 대부분 '문학'이라는 특권 바깥의 글쓰기를 수행하는 주요 필자들이었고, 그 비천한 글쓰기를 통해서 여성의 해방을 상상하고 진정한 해방으로서의 문학을 열망하기도 했다.

남성을 향해 "여자는 약자도 무지자도 아니"라고 선언하는 어느 여성 편집자의 글에서, 여성독자들에게 '자기를 잊지 않아야 남을 진심으로 사랑할 수 있'으며 "처(妻)가 되기 전에 먼저 완전한 개인이 되자"고 호소하는 나혜석과 김원주의 글에서, 조선사회의 인습도덕 때문에 본능적인 성욕과 자연스러운 사랑의 의심을 억누르고 원치 않는 정절을 지켜왔다고 눈물의 반생을 고백하는 김편주의 글에서, 눈물이란 슬플 때만 흘리라는 무가치한 것이 아니라 만 사람을 구할 수 있는 가치 있는 것이어야 한다고 주장하는 이용희의 글에서, 여성잡지 편집자들을 향해 독자들이 말 한 마디라도 할 수 있는 독자란이 없어 불만이었다고 토로하는 이종숙의 글에서, 지식계급이나 유한계급 여성만이 아니라 절대다수인 농촌부녀와 공장의 근로여성들을 위한 기사를 많이 실어달라고 주문하는 어느 농촌여성의 글에서, 여성잡지 문예란이 빈약하다고 항의하며 훌륭한 문예를 실어달라고 주문하는 여성 독자들의 투고에서, 문학공부가 소원이라고 호소하는 인력거꾼의 딸 이확순의 글에서, 잡지의 지면을 빌려 자신의 작품을 발표해보고 싶다고 제안하는 김소순의 글에서, 내가 수다하게 조우한 여성들은 여성잡지가 발동한 젠더규범을 초과하며, 이들의 글쓰기는 문학이라는 법 외부에서 문학과 비문학의 경계를 심문했다. 그러므로 이 낯선 여성들과 위험한 글쓰기에 의해 부단히 재전유되는 여성잡지는 어김없는 불화의 공간이었다. 남성편향적 근대 질서를 훈육하는 목소리와 이에 도발하는 여성들의 목소리가 충돌하고 문학의 편파성을 적발하며 남성의 언어를 여성의 시좌로 다시 쓰는, 사회에서 가정에서 문학판에서 몫을 부여받지 못한 여성들이 몫을 주장하는 정치의 공간이었다. 계몽과 저항, 경합과 협상이 비일비재 발생하는 이 역동적인 장에서 생성된 여성들의 글쓰기 혹은 여성문학은 그러므로 비단 패권적 남성성이 가공한 여성(성)을 수동적으로 재현하거나 문학이라는 지고한 권위를 강화하는 하위범주가 아니라, 문학의 가장자리에서 문학의 경계를 동요하는 글쓰기의 역능을 잠재하고 있었다.

이 책은 필자의 박사학위 논문과 이후 발표한 후속 연구물들을 수정하고 보완한 것이다. 논문이 안고 있는 빈틈이 역력하기에 충실히 채우려 진력했지만 충분치 않았고 결여는 여전히 크게 남았다. 모든 정통한 연구는 "대상의 정체를 밝히는 대신 대상의 접근 불가능성을 규명하는 데 주력한다"는 아감벤의 말을 상기해 본다면, 이 책이 안고 있는 결여는 텍스트가 보유한 '앎의 불가능성' 혹은 '행간'(조르조 아감벤, 윤병언

역, 『행간』, 자음과모음, 2015, 12면)을 완전히 소유하려는 부질없는 욕망에 덜미 잡힌 결과가 아닌가 생각해 본다. 텍스트의 침묵을 마지막까지 경청하기보다 서둘러 말로 바꾸거나 대리발화하기에 급급했고, 그 과정에서 의지가 앞선 오독 역시 빈번했을 터다. 허나 이 과오는 이제 돌이킬 수 없으며 오롯이 내가 감당해야할 몫으로 남았다. 다만, 텍스트의 미로 속에서 무수히 길을 잃고 찾아 헤매던 분투와 좌절의 이 부끄러운 기록이 앞으로도 부단히 이어질 내 모험의 여정에 부디 쓸 만한 지침서가 되길 바랄 뿐이다.

이 책이 나오기까지 도움을 주신 분들이 많다. 먼저 책의 저본이 된 박사학위 논문을 읽고 논평해주신 김중하, 김정자 선생님을 비롯한 심사위원 분들께 감사드린다. 필자와 더불어 논문을 반복해 읽으며 날카로운 비판과 충실한 조언을 아끼지 않은 그 분들이 게시지 않았다면 이 책은 존재하지 못했을 것이다. 아울러 문화연구에 대한 시야를 열어주고 주변부의 시각으로 근대 보편을, 세계문학의 지형 안에서 한국문학을 다시 사유할 수 있도록 독려해 주신 김용규 선생님과, 오래전 페미니즘과 조우할 수 있도록 안내자가 되어준 이경, 임옥희 선생님께도 이 자리를 빌어 감사드린다. 이 분들을 통해 학문하는 태도와 열정을 배웠고, 페미니즘의 언어로 세상을 재독하고 발화할 수 있기를 꿈꾸게 되었다. 자료의 정리와 글의 교정을 도와준 김수진 선생, 문학이라는 화두로 함께 고민하고 토론해온 선·후배 동학들에게도 고마움을 전하며, 언제나 삶의 지표가 되어주신 어머니와 든든하게 지지해준 가족들에게도 감사드린다. 마지막으로 책을 발간할 수 있도록 지원해 준 부산대 한국민족문화연구소와, 인문학 출판이 녹록찮은 상황임에도 원고의 출간을 흔쾌히 맡아주신 소명출판의 박성모 사장님, 촉박한 일정에도 훌륭하게 책의 모양새를 만들어주신 윤종욱 선생님과 편집부 여러분들께도 진심으로 감사드린다. 이 모든 분들이 있어 부족한 책이 세상에 나오게 되었다.

2017년 10월, 미리내 계곡이 보이는 연구실에서

김경연

# 차례

## 1. 문학, 매체, 젠더

한국문학사에서 1920~30년대는 문학이 초월적인 지위를 획득하고, 전문적인 작가와 비평가 시스템을 갖춘 문단을 형성하면서 본격적으로 제도화를 추진하고 완성해 간 시기이다. 신문·잡지 등 신종 미디어는 이러한 문학 근대화 프로그램을 주도하고 문학 제도화를 수행한 핵심적 기관으로 역할한다. 근대 여성들의 문학행위 및 여성문학의 형성 과정을 살피기 위해 1920~30년대 여성잡지를 통과해야 하는 이유가 여기에 있다. 근대 여성 담론을 형성한 장으로 여성잡지를 독해하거나 특정 잡지에 제한된 여성의 근대적 표현에 관한 연구는 활발했으나, 여성들의 근대적인 독서와 글쓰기에 관한 담론을 생산하고 여성문학 범주를 구성해 간 중핵적 미디어로서 여성잡지 전반을 조명한 연구는 드물었다. 따라서 이 책은 여성의 표현행위와 여성문학을 형성한 문화적 장치로서 여성잡지에 주목하고, 여성용 미디어를 매개로 이루어진 여성의 독서와 문학의 내 · 외부에 산포된 여성들의 글쓰기를 재독하고자 한다. 이를 통해 남성중심적 보편이 관철된 근대문학의 틈을 읽어내고, 문학이라는 아버지의 법[1]을 균열하는 여성문학의 역동적 가능성 역시 타진할 수 있으리라 기대한다. 아울러 이는 보다 온전한 여성문학사 서술을 위해서도 필요한 작업이 될 수 있을 것이다.[2]

여성과 문학의 조우는 전근대와 근대의 차이를 부각하는 획기적 사건이었다. 진명여학교를 졸업하고 동경여자전문학교를 중퇴한 스물두 살의 김명순은 1917년 최남선이 주관하던 잡지 『청춘』이 실시한 특별현상문예공모에 소설 「의심의 소녀」를 투고, 3등으로 당선한다. "독자와의 사상상 교제"와 "흥기하려는 신문단에 의미 있는 파란을 일으키고자"[3] 기획되었다는 『청춘』의 특별대현상 모집에 실명으로 투고한 김

---

1    Lidia Curti, *Female Stories, Female Bodies*, New York University Press, 1998, pp.33~40. Lidia Curti는 문학의 장르(genre)란 '할 것'과 '하지 말아야 할 것'을 결정하는 일종의 '법'으로 작동하며, 또한 이는 아버지의 법이라 주장한다. 장르(genre)와 젠더(gender)의 차이는 다만 'd'에서 발생할 뿐 '만들다, 생산하다'라는 뜻의 어원 'gen'을 공유하고 있음을 지적, 장르(genre)와 젠더(gender)의 친연적 관계를 부각한다. 아울러 필자는 장르/문학에 각인된 젠더의 명령을 위반하고 나오려는 여성작가들의 혼종적이고 낯선 '글쓰기'에 주목한다. 최근에는 이와 유사한 문제의식 아래 문학(literature)이라는 개념 대신 광의의 글쓰기(writing)로 범주를 재설정하는 논의들이 다양하게 개진되었다.

2    최근 독자적인 여성문학사 서술의 필요성을 제기한 김양선은 그 구체적인 전략으로 여성문학 제도 연구의 필요성, 여성문학 제도 연구가 포괄해야 할 대상과 방법론 모색 등 문학제도 연구에 젠더적 관점이 요구된다고 강조한 바 있다. 김양선, 『한국 근 · 현대 여성문학 장의 형성』, 소명출판, 2012, 11~12면.

3    『청춘』매호문예모집 광고 참조. 1910년대 현상공모를 적극적으로 활용했던 잡지가 『청춘』이다. 『청춘』의 경우 '매호현상문예'를 모집하는 한편 '특별대현상' 공모를 실시하기도 했는데, 『청춘』이 매호현상문예 응모 분야로 선정한 것은 '시조, 한시, 잡가, 신체시가, 보통문, 단편소설'이었으며, 특별대현상 모집의 경우 '고향의 사정을 기록하는 문', '자기

명순은 소설 부문 고선자(考選者)이자 당대 최고의 문사였던 이광수로 부터 여사(女士)로 지시된 것은 물론, 당선작 「의심의 소녀」는 이광수 자신의『무정』과 더불어 교훈성의 구태를 탈각하고 근대문학에 육박한 수작으로 평가받는다.[4]

주지하다시피 정치가 불가능한 식민지 조선에서 근대문학은 정치에 육박하는 특권적 지위를 부여받았다. 조선인을 "제일 못나고 제일 가난 하고, 산천도 남만 못하게 되고, 시가도 남만 못하고, 가옥도, 의복도, 음식도 남만 못하고, 철학도, 발명도, 예술도 업고, 일을 할 줄도 모르 거니와 할 일도 업"[5]는 가장 불행한 백성이라고 개탄한, 피식민인의 열 패감에 시달리던 식민지 지식인들에게 박래품으로서의 문학은 서구적 근대, 혹은 세계사적 보편을 공유하는 매개로 인식되었다. 그 공유의 희열이 식민지 조선인들로 하여금 부르주아의 오락물로 출발했던 근대 문학을 '혁명'이요 '예술'로 상상하게 만든다. 식민지 조선에서 근대문 학은 "一國의 문화의 꽃"으로 지시되는가 하면, "신문화의 선구가 되고 母"[6]가 되며, "인민의 內情을 지배하는 者",[7] "인생의 정신이요, 사상이 요, 자기를 대상으로 한 참사랑이요, 사회개량, 정신합일을 수행할 수 있는"[8] 지고의 가치로 상승했다. 그러므로 문학을 창작하는 문사, 곧 작 가는 단순한 예술가 이상이었으며, 이광수의 표현을 빌리자면 문사는

---

의 근황을 보지하는 문', '단편소설' 분야로 제한했다.

4    이광수, 「현상소설고선여언」(『창조』 12호, 1918.3), 『이광수전집』 16, 삼중당, 1963, 374~375면.

5    경서학인, 「예술과 인생 − 신세계와 조선민족의 사명」, 『개벽』 제29호, 1922.11, 3면. 경서학인은 이광수의 필명이다.

6    이광수, 앞의 글, 17면.

7    안확, 「조선의 문학」, 『학지광』 6호, 1915.7, 256면.

8    김동인, 「소설에 대한 조선 사람의 사상을」, 『김동인전집』 6, 삼중당, 1976, 265면.

민족의 정신을 치유하는 의사와 같은 존재, "사상가의 직, 교육자의 직"[9]을 겸한 존재로 상승한다. 때문에 김명순과 같이 문사로 인준된 여성들의 존재는 전근대와의 구별짓기를 욕망하던 근대문학 기획자들이 근대의 가능성을 전시할 수 있는 일종의 스펙터클이자, 전대의 문(文)과는 달리 근대 문학(literature)이 성별을 지운 무성적(無性的)이고 중립적인 제도임을 증거할 수 있는 사건이기도 했다.

여성들이 이 같은 문학을 적극적으로 환대하고 욕망한 것은 당연한 귀결이었다. "자긔를 잇지 안코 서라야 남을 진심으로 사랑할 수 잇슬 것"[10]이며, 여성이기 이전에 "나는 사람이다"[11]라는 생각을 가져야 한다는 여성 해방의 구호들이 힘을 얻는 가운데, 문학은 그 구호를 현실화할 수 있는 가장 강력한 매개로 상상된다. 문학 공부를 소원하고, 심지어 문학 취미가 있는 남편을 꿈꾸는 여성들의 욕망을 당대 여성잡지에서 발견하기란 그리 어렵지 않다. 탐정영화에 공명하고 탐정소설에 탐닉하던 청년 김동인을 매혹시킨 문학은 여학교 졸업을 앞둔 가난한 인력거꾼의 딸에게도 동일한 욕망의 대상이 된다.[12]

신문·잡지 등 대중 미디어는 근대의 매혹을 전파하는 문학을 소개·유통하고 독자투고나 현상문예공모와 같은 재상산 제도를 활발하게 가

---

9    이광수, 「문사와 수양」(『창조』 8호, 1921.1), 앞의 책, 18~19면.
10   나혜석, 「나를 잇지 안는 행복」, 『신여성』 2권 4호, 1924.4, 37~39면.
11   신알베트 「여학교 졸업생들에게 긴절한 부탁 한마디」, 『신여성』 2권 4호, 1924.4, 20면.
12   예컨대 이확순이라는 여성은 졸업생 감상담에서 문학에 대한 열망과 자신의 불우한 처지를 다음과 같이 토로하고 있다. "학교는 졸업하엿나이다. **나는 문학공부가 소원이외다.** 그러나 내 여동생 또 즛헤ㅅ동생까지 학교에 단기는 터인대 엇더케 아버님의 인력거버는 수입에서 내 학비를 엇으리잇가." 이확순, 「교문을 나서면서─졸업생 감상담」, 『신여성』 2권 4호, 1924.4, 36면.

동하면서 근대적 독서와 글쓰기를 훈육한 것은 물론, '문학'과 '문학 아닌 것'을 선별하고 문학적인 것인 것과 그렇지 않은 것을 식별하는, 즉 '문학성'을 배타적으로 검열·통제·구성하는 기관으로 군림했다.[13] 때문에 박헌호는 식민지 조선에서 매체가 근대문학을 탄생시킨 장이자 그 양식과 미학, 재생산 방식에 결정적인 영향을 미친 사회적 제도라고 지적한 바 있다.[14] 이와 같이 근대매체는 근대문학을 형성한 물적 토대로 기능한 한편,[15] '매체'와 '문학'의 상호공명적 네트워킹을 통해서 근대라는 표상을 구성·전파하고, 식민지 조선의 근대화를 실천할 수 있는 새로운 근대적 주체를 생산하는 정치적 장이었다. 1920~30년대는 이러한 매체와 문학 간 교통(交通)의 최대치를 보여준 시기이다.

주지하듯이 일제가 식민 통치전략을 '문화정치'로 수정한 1920~30년대 전반은 신문·잡지의 시대라 할 만큼 다수의 매체들이 창간되었다. 특히 잡지의 경우 이 시기 창간호를 낸 잡지가 250여 종에 이르렀으며, 잡지의 종류 역시 문예지, 종합지, 종교지, 아동지, 학생지, 학술지, 사상지 등 다양했다. 이 중 종합지의 경우도 80종이 넘었으며, 여성지도 30여 종에 달했다. 창간호나 이른바 3호잡지로 단명하는 경우도 많았으나 인기 있는 잡지의 경우 5,000~6,000부 혹은 1만 부 이상의

---

13  김용규, 『문학에서 문화로』, 소명출판, 2004, 14~15면 참조.
14  박헌호, 「식민지에서 작가가 된다는 것」, 『작가의 탄생과 근대문학의 재생산 제도』, 소명출판, 2008, 18면.
15  박영희는 조선 문예가 신문·잡지와 같은 매체와 친연적 관계 속에서 성장해 왔음을 다음과 같이 지적한다. "조선의 문예의 성장은 어느때나 동일한 노정을 걸어왔으니 말하자면 문예의 독자적 발전을 하지 못하고 늘 기생적 성장을 하였다고 해도 과언이 아니다. 문예적 출판이나 권위있는 문예잡지에서 그 성장을 圖하지 못하고 신문이나 잡지 한 구석에서 겨우 영자(影子)를 유지하여 왔을 뿐이다." 박영희, 「1934년 조선문단의 동향」, 『신동아』, 1934.12, 66면.

발행부수를 기록하기도 했다.[16] 이러한 잡지 창간의 열기에는 1920년대 초 신인간·신민족의 창출, 신문화 건설을 목표로 전개된 문화운동역시 강력한 동인으로 작용했던 것으로 보인다.[17]

당시 신문과 잡지는 문화운동의 주요한 실천기관으로서 신민족의구성원이 될 개조된 주체를 생산하는 동시에 청년, 여성, 아동, 학생 등성별, 연령, 사회적 지위 등에 따라 근대적 주체를 분할하고 그 각각을특성화하면서 그에 합당한 역할 및 취향/교양을 할당한 담론장이었다. 아울러 신문은 '학예면'을, 잡지의 경우는 대부분 '문예란'을 마련하면서 근대문학과 손잡고 청년, 여성, 아동, 학생 등 각각의 대상 독자들을겨냥한 다양한 신생 문학들을 탄생시키게 된다. 예컨대『개벽』,『신여성』,『어린이』,『학생』 등을 창간한 1920년대 개벽사는 청년층과 지식층을 주요 독자로 설정한『개벽』을 통해서는 예술로서의 신문학을,『어린이』,『학생』 등을 통해서는 '아동문학'이나 '소년/소녀문학' 혹은'학생문학'과 같은 다양한 하위 장르들을 생성한 것이다. 말하자면 근대문학은 근대매체와의 접속을 통해서 전대의 문학과 결별했을 뿐만아니라, 각종 하위범주들을 생산하면서 다양한 경계선을 긋고 그 사이에 위계를 설정해 간 셈이다. 문학과 비문학, 본격문학과 하위문학, 고급문학과 대중문학 등의 범주는 이와 같은 '정의내리기' 혹은 '경계선

---

16    김근수,『한국잡지개관 및 호별목차집』, 한국학연구소, 1973; 최수일,「1920년대 문학과『개벽』의 위상」, 성균관대 박사논문, 2002, 12면;「일제시대의 출판문화―종합잡지를 중심으로」,『한국문화연구』14집, 2008.6, 201~213면; 김수진,「1920~30년대 신여성 담론과 상징의 구성」, 서울대 박사논문, 2005, 127~128·144~146면 참조.
17    김현주는 문화운동이 1920년대 중반 이후 이념적, 실천적 동력을 상실했지만 '문화'는식민지 시대 내내 다양한 사상과 운동에 개념적 틀을 제공했다고 지적한다. 김현주,『이광수와 문화의 기획』, 태학사, 2005, 23면.

설정'에 의해서 탄생하며,[18] 여성문학이라는 성별화된 범주의 형성 역시 이 같은 과정을 통과해 간 것으로 보인다.

그러므로 여성과 근대문학의 결합은 기실 성별을 삭제한 것이 아니라 '여류문학'이라는 명명이 함의하듯이 오히려 여성을 각인하는 방식을 취한다. '여류'라는 수사는 대개 문학과 비문학의 경계적인 것, 모호하고 열등한 자질 등을 의미했다. 식민지 시기 최고의 여성작가로 평가받았던 박화성이 "번연이 자기들보다 높이 훨씬 급히 올라가는 작품을 내놓는 여성작가들 보고는 '여성작가의 것은 괴벽이 있어 읽지 안느니' '여성은 작가로 치지 안느니' '여류작가야 어듸 참으로 있기나 하느냐?'는 등 왼갓말들을 거침없이 잘 하"[19]는 남성작가들에게 불만을 토로한 것은 당시 '여류'나 '여성'이라는 의미가 어떤 방식으로 통용되었는가를 단적으로 보여주는 언사일 것이다. 익히 알듯이 현상공모라는 공식적 등단절차를 통해 최초로 여성문사의 인준을 받은 김명순의 「의심의 소녀」 역시 바로 이 작품을 발탁한 이광수에 의해 일본 소설의 표절이라는 근거 없는 의혹에 시달렸는데,[20] 식민지 시기 여성작가들 다수가 이러한 표절이나 대필 시비에 휘말린 것으로 보인다. 때문에 이광

---

18  현택수, 「문학예술의 사회적 생산」, 『문화와 권력—부르디외 사회학의 이해』, 나남출판, 1998, 21~23면. 부르디외는 문학현상을 일종의 의식적 행위의 제도화 과정으로 설명한다. 문학적 가치를 설정하고 작품을 만들어 배포하고 읽는 일련의 행위는 개인과 집단의 사회적 행위이며, 이 모든 의식적 행위, 곧 제도화하는 행위는 대상을 정당화하고 신성화하는 과정을 수반한다는 것이다. 따라서 부르디외는 '문학적인 것'과 '비문학적인 것'의 차이는 단지 '정의내리기' 또는 '경계선 설정'의 결과라고 해석한다.

19  박화성, 「여류작가가 되기까지의 고심담」, 『신가정』, 1935.12, 31·36면.

20  이러한 시비는 표절의 구체적 증거나 정황이 드러나지 않았음에도 불구하고 「의심의 소녀」가 당선된 지 25년 후 제기된 이광수의 의혹만으로 거의 기정사실화 되었던 것으로 보인다. 김병익, 『한국문단사』, 일지사, 1973, 90면 참고.

수의 아내이자 『동아일보』 기자생활을 한 허영숙은 자신이 작가가 될 수 없는 가장 큰 이유는 바로 문사 남편을 두었기 때문이라는 냉소적 고백을 하기도 한다.

> 내가 아무리 문사가 되고 십허서 삼생의 원을 삼는다 하더래도 나는 영원히 문사가 되지 못할 것입니다. 그러면 그 리유는 무엇인가. (…중략…) 그 리유는 나는 문사의 남편을 가진 까닭입니다. (…중략…) ─그 소설은 그 여자가 짓지 아니하엿다─웨? 그 여자에게는 글 쓰는 오라비가 잇다─그것은 그 오라비가 지은 것일 것이다─녀자가 그 만치라도 쓸 수가 잇나! (…중략…) 그러나 그 오라비가 썻다는 것은 더욱 알 수 업는 일입니다. 아모도 그것을 그 오라비가 썻다는 증거를 들 수 업는 동시에 그 여자가 아니 썼다는 증거도 들 수 업는 일입니다. 자 그러니 내가 엇더케 문사가 될 수가 잇사오릿가 설영 내가 글을 쓸 줄 알아 훌륭한 창작을 세상에 내논다 합세다. 그러나 그것을 내가 썻다는 증거가 어데 잇습닛가 글 쓸 줄 안다는 오라비만 두어도 누이 글을 오라비의 글이라 하는데 남편이 문사이면 그 안해의 글은 물논 남편의 글이라 할 세상이 아니오릿가 더 심하게 말하면 내가 쓴 것 가운데 잘 된 것은 모다 다 남편이 쓴 것이오 못된 것만 다 내가 쓴 것이라 할 것입니다.[21] (강조는 인용자)

박화성이나 허영숙의 문제제기는 '여류', '여성'이라는 성별적인 레테르가 문단을 장악하고 있던 남성들에 의해 전유되면서 얼마나 심각하게 오염되었는지를 여실히 보여준다. 복수의 여성들의 문학행위를 '여

---

21 허영숙, 「나는 영원히 여류문사가 아니다」, 『비판』, 1932.12, 109~111면. 이하 인용문 강조는 인용자.

류'라는 단수로 환원하려는 폭력적 명명하기가 실행되는 근대문학 장은 동화와 배제라는 근대성의 본질, 즉 자기 정립을 위해 타자를 부단히 날조하면서 타자를 자기로 환원하거나 배제하는 식민화의 논리가 관철된 장이었다. 자기의 정체성을 보증하기 위해서는 차이를 각인하는 타자의 정체성 역시 구성되어야 한다. 근대 여성문학, 여성들의 문학행위는 이러한 폭력적 정체성의 구성 과정과 쟁투하면서 형성되었다.

문학과 친연적 관계를 형성한 근대 미디어 역시 동화와 배제라는 동일한 근대적 메커니즘이 작동한 장이었다. 식민지 교육이 누락하거나 삭제한 근대 지식을 전파하고 담론을 형성한, 일종의 학교 밖의 교육기구였던 식민지 조선의 신문과 잡지는 성별, 계급, 연령 등의 차이를 넘어 균질적인 근대인을 생산한 동시에, 다시 청년, 여성, 아동 등으로 근대주체를 분할하고 그에 고유한 각각의 지식과 규범, 그리고 취향을 할당해 갔다. 또한 근대문학과의 연합을 통해서 담론의 효과를 극대화했는데, 여성용 미디어 역시 예외는 아니다.

근대 여성매체는 규방이라는 사적 공간에 유폐되어 있던 여성들의 언어를 공적인 장으로 끌어내도록 견인했다. 주지하다시피 전근대 여성들에게 읽고 쓰기, 곧 문(文)에 접근하는 행위는 규범(閨範)에 어긋나며 부덕(婦德)에 반하는 것으로 경계되었다. "책을 읽고 뜻을 연구하는 것은 장부의 일이요, 부인은 아침저녁의 음식과 춥고 덥고에 따른 의복의 지공, 귀신과 손님의 받듦을 해야 하는데, 어느 겨를에 서책을 앞에 놓고 읽고 외우고 할 수 있겠느냐?"[22]는 성호 이익의 말이나, "부인들은

---

22  이익, 「人事門 婦女之教案」, 『성호사설』, 경희출판사, 1967, 560면. 임형택, 「17세기 규방소설의 성립과창선감의록」, 『동방학지』, 1988, 110면 재인용.

마땅히 書史와 論語・毛詩・小學書・女四書를 대략 읽어 그 뜻을 통하고 百家의 성과 先世의 계보, 역대국호, 성현의 이름을 알면 족하다. 부질없이 詩詞를 지어서 바깥에 전파하게 하는 것은 옳지 못하다"[23]는 이덕무의 발언은 독서와 시사(詩詞)의 창작, 즉 문학행위가 여성의 영역일 수 없음을 분명히 한 전형적인 언설이다. 여성의 독서와 글쓰기는 유교적 교양을 학습하거나 또는 최소한 부덕(婦德)에 배치되지 않는 선에서 제한적・선택적으로 허용되기도 했으나 이 또한 아버지나 남편 혹은 남자 형제들의 배려가 필수적이었다.[24] 여성들 역시 당대의 질서에 습합되기 위해서는 이러한 가부장의 명령을 내면화할 수밖에 없었던 것으로 보인다. 예컨대 어머니의 행장을 기록한 홍석주는 자신의 어머니가 글 읽기를 좋아하고 시를 짓는 재주가 있었음에도 불구하고 글 쓰는 것은 부인의 일이 아니라 하여 거부했으며, 그럼에도 시 수백 편을 남길 수 있었던 것은 시 짓기를 좋아하는 아버지의 간곡한 부탁과 배려가 있었기 때문이라 기록하고 있다.[25]

근대매체, 특히 1920년대를 전후로 잡지 창간의 열기 속에서 다양하게 등장한 여성잡지들은 이와 같이 문(文)의 영역에서 배제되었던 여성들에게 적극적으로 독서와 글쓰기를 독려한다. 문예물을 포함한 근대적인 읽을거리들을 제공하고 독자투고나 현상모집 등을 마련, 여성의 자기표현을 유도했다. 그러나 동시에 여성매체는 '차이화와 배제를 추진하는 장치'[26]로 기능하기도 했다. 이는 비단 담론의 차원에만 국한된

---

23  이덕무, 「婦儀事物」, 『士小節』, 한림서림, 1916, 74면.
24  최연미, 「조선시대 여성 편저자, 출판협력자, 독자의 역할에 관한 연구」, 『서지학연구』 제23집, 2002, 120면.
25  박석무 편역, 『나의 어머니, 조선의 어머니』, 현대실학사, 1998, 26~37면.

것이 아니라 '여성용' 읽을거리를 발명하는가 하면 여성들의 역할과 의무에 부합하는 문학 작품을 선별·배치하고, 아울러 여성들이 쓰는 글의 '양식'과 '장르'를 지정하기도 했다. 그러므로 근대 미디어, 특히 여성을 독자로 호명한 여성잡지는 여성의 읽고 쓰기를 확대한 동시에 성차의 질서를 따르도록 하는 젠더 규범이 부단히 작동한 장이기도 했다.[27] 주목할 점은 청년이나 아동 등을 대상 독자로 설정한 매체들이 이들 독자들을 겨냥한 문학을 창안하고, 독자들을 다시 그 창안된 문학을 생산할 수 있는 작가로 변신시킨 통로 역할을 적극적으로 담당한 데 비해, 여성용 미디어들은 이에 미온적이었다는 사실이다. 특히 현상공모나 독자투고 등 신문·잡지를 통한 문사 배출 시스템이 활발히 가동되던 1920년대 이후 여성지를 통해 이른바 본격문학의 장에 진입한 작가들은 거의 부재하다.[28] 이에 반해 1923년 개벽사의 방정환이 창간한 잡지 『어린이』의 경우 윤석중, 이원수, 서덕출, 신고송 등의 아동문학 작가들을 독자투고를 통해 적극 발굴했으며,[29] 알려져 있다시피 『개벽』의 경우는 1920년대 전반기 새로운 작가 배출의 주요 무대였다. 대표적으로 현진건, 김기진은 자유투고의 형식을 빌려, 이기영, 송영 등은 현상

---

26 히라타 유미, 『여성 표현의 일본 근대사』, 소명출판, 2008, 10면. 히라타 유미는 이 책에서 근대 미디어가 여성들의 읽고 쓰기, 즉 표현행위에 각인한 젠더의 명령을 읽어내고 있다.

27 위의 책, 12~13면.

28 이선희 정도가 『신여성』에 몇 차례 독자투고를 하다가 개벽사 기자로 발탁돼 활동하며 이후 작가로 등단한 경우다. 그러나 이선희 역시 1934년 잡지 『중앙』을 통해서 소설가로 정식 등단한다.

29 윤석중, 「아동문학의 주변」, 『한국문단 이면사』, 깊은샘, 1999, 193~194면. 이 글에서 윤석중은 1925년 5월 『어린이』지 독자투고에 서덕출이 「봄편지」로, 10월호에 이원수가 「고향의 봄」으로, 신고송이 「쪼각빗」으로, 자신은 「오뚝이」를 선보였다고 회고한다.

문예모집을 통해 등단했다.[30] 그러나 개벽사의 여성잡지였던 『신여성』의 경우는 이러한 경로를 밟아 여성작가를 배출한 사례가 없다.

여성용 미디어를 통해서 여성들의 글쓰기가 활발하게 전개되었으나 대다수 여성들의 글쓰기는 문학의 경계 밖에서 이루어져 비문학으로 배제되었으며, 여성적인 스타일의 글쓰기로 수렴되거나 '여류문학'이라는 하위범주로 주변화되었다. 이 책은 이 같은 과정이 역사적으로 구성되고 전개된 경로를 추적하고자 한다. 이를 위해 여성매체가 여성 독자들을 형성하고 취향을 주조하는 방식, 여성들의 글쓰기가 영도되는 맥락을 살필 것이며, 아울러 여성들이 독서와 글쓰기를 통해서 주어진 젠더/여성이 되라는 미디어의 명령을 균열하는 징후를 독해하고자 한다. 기무라 료코의 지적처럼, 매스미디어는 기존의 합의를 반영하는 것이 아닌 합의를 능동적으로 형성하는 장인 동시에, 어떠한 합의를 형성할 것인가에 대한 투쟁도 존재하는 장이기 때문이다.[31] 근대 여성 미디어 역시 남성지배적 담론이 지령한 여성 문화/문학의 규범이 일방적으로 관철된 장이라기보다 남근중심적 명령을 이반(離叛)하려는 여성의 욕망이 경합하고 협상하는 장이며, 이 역동적인 쟁투 속에서 탄생한 것이 여성문학이었을 터다.

---

30  최수일, 앞의 글, 173면; 최수일, 「개벽의 '현상문예'와 '신경향파문학'」, 『작가의 탄생과 근대문학의 재생산 제도』, 소명출판, 2008, 95면.
31  기무라 료코, 이은주 역, 『주부의 탄생-일본 여성들의 근대와 미디어』, 소명출판, 2013, 39면.

## 2. 1990년대 전후 여성문학 연구의 전개

1990년대를 전후해 여성문학 연구는 기왕의 한국문학 연구가 지닌 한계를 보완해 줄 새로운 대안으로 부상했다. 주지하다시피 이는 1990년대 이후 한국의 상황 변화와도 맞물린다. 민주화가 진전되면서 민족주의나 민중주의 같은 전대의 거대 이념들이 그 운동성을 상당 부분 상실한 상황에서 페미니즘은 실천성을 담보한 새로운 이론으로 주목받았다. 여기에 포스트모더니즘이나 포스트구조주의 등 일련의 포스트 담론들이 확대되면서 남성중심성이 지배해 온 근대에 대한 성찰을 촉발했고, 지워진 여성의 역사를 복원하려는 여성주의적 시각에 힘을 실었다. 1990년대를 전후한 여성문학의 활기나 여성문학 연구의 진전은 이같은 흐름 가운데서 가능한 것이었다. 신세대 여성작가들이 문단의 주류로 부상하고. 여성 비평가들, 여성문학 연구자들이 대거 등장하면서 과거의 협소한 여성문학 논의들에 일대 전환을 가져온 것이다. 이렇게 출발한 1990년대 이후 여성문학 연구는 남성중심의 문학 독해를 수정하고 페미니즘적 다시 읽기를 시도하는 한편, 문학사의 정전 목록에서 누락된 여성작가의 작품들을 재독하는 작업을 수행해 왔다. 여성문학 속에 재현된 여성 고유의 경험이나 여성문학의 장르적 특질을 규명하는 이 새로운 독법을 통해서 한국문학사의 결락을 메우는 여성문학사의 기록이 시작될 수 있었다.

초창기 여성문학 연구는 문학사에서 제대로 평가받지 못한 여성작가들과 그들의 작품을 발굴하고 재평가하는 데 진력했다. 논의는 대개

1920년대 중반을 전후해 등단해서 1930년대 본격적으로 활동했던 박화성, 강경애, 최정희, 장덕조, 김말봉, 백신애 등 제2기 여성작가들에 집중되는 경향을 보인다.[32] 이들은 대개 근대문학 제도 속으로 비교적 유연하게 편입되어 '작가'의 지위를 부여받고 그들의 작품 역시 '문학'의 범주로 큰 갈등 없이 안착한 경우이다. 근대 여성문학 연구는 사실상 이들에 거의 집중되었으며 연구 성과 또한 풍부하게 축적되었다.[33]

그러나 이와 같은 성과에도 불구하고 초창기 여성문학 연구는 남성 중심적인 문학사가 '여류작가'로 승인한 여성들과 그들의 작품에만 논의를 한정해 근대 여성문학의 전모를 밝히는 데는 미흡한 측면이 있었다. 이러한 문제의식은 2기 여성작가들에 집중되어 있던 근대 여성문학 연구의 방향을 김명순, 나혜석, 김원주 등 1기 여성작가와 작품으로 전환하는 계기를 마련한다. '여성해방'과 '여성문학'의 정초라는 두 가지 근대적 목표를 지향했던 이들은 대부분의 문학사 기술에서 누락되거나, '작가'라는 지위는 물론이거니와 '여류작가'라는 지위마저 불안하게 부여되곤 했다. 이들 작품에 대한 평가는 작품 자체의 가치보다 대개 그들의 '품행'이나 '덕'에 근거해 이루어졌으며, 2기 여성작가와 그들의 문학을 승인하기 위한 참조물로 소모되면서 이들의 작품 또한

---

32   주지하다시피 근대 여성작가들은 그 등단시기와 주요 활동시기에 따라 편의상 1,2,3기로 나누는 것이 일반적인데, 나혜석, 김원주, 김명순을 1기, 박화성, 강경애, 백신애, 최정희 등을 2기, 임옥인, 지하련, 임순득 등을 3기 여성작가에 포함시킨다.

33   이 중 초창기의 선구적 연구들을 소개하면 다음과 같다. 이상경, 『강경애 연구』, 서울대 석사논문, 1984; 정영자, 『한국 여성문학 연구―1920~30년대를 중심으로』, 동아대 박사논문, 1987; 서정자, 『일제 강점기 한국 여류소설 연구』, 숙명여대 박사논문, 1988; 김정자, 『한국 여성소설 연구』, 민지사, 1991; 김미현, 『한국 근대 여성소설의 페미니스트 시학』, 이화여대 박사논문, 1995.

'문학'과 '비문학'의 경계에 모호하게 위치되곤 했다.[34]

이상경이나 서정자 등은 이러한 1기 여성작가들을 적극적인 연구대상으로 삼고 근대문학사의 결락을 메우는 한편 근대 여성문학사를 기술할 수 있는 바탕을 마련한다.[35] 뿐만 아니라 이들은 식민지 시기 여성 비평가의 발굴에도 진력해, 근대 평단을 지배한 남성 평론가들의 틈에서 1930년대 말 여성주의적 시각의 비평을 발표했던 '임순득'을 새롭게 조명해 낸다.[36] 남성들에 의해 명명되고 구성된 '여류문학'이라는 범주를 성찰하고 '여류작가'라는 지위 안에 안주하려는 여성작가들을 비판한 임순득의 비평 활동에 주목하고 근대문학사가 배제한 식민지 초창기 여성작가와 작품으로 관심을 확대한 이상경과 서정자의 작업은 패권주의적 문학사 기술과 남성 대가 주체들에 의해 주도된 근대 문학

---

34  김기진은 "10년 전에는 김명순·김일엽·전유덕·허영숙·나혜석 등 세씨가 '여류문단'의 이름을 짊어지고 있었다. 그러나 실례의 말이 되는지 모르나 그때의 이분들이 쓴 작품이라는 것을 오늘날 문예계에서 행동하고 있는 제씨의 앞에 내놓는다면 혹은 비교도 안 될 괴상한 물건일는지도 모른다. 그만큼 지금의 여성작가에게는 과거의 여성작가들보다 높은 지위에 있다"(「구각에서의 탈출―조선의 여성작가 제씨에게」, 『신가정』, 1935.1, 80면)라고 언급한 바 있다.

35  이상경이 2000년에 『나혜석 전집』(태학사)을, 서정자가 2001년에 『정월 라혜석 전집』(국학자료원)을 출간하면서 페미니스트이자 작가로서 나혜석의 위상을 분명히 한 것은 물론 1기 여성작가들과 그들의 작품에 대한 관심 역시 환기했다. 뿐만 아니라 이상경은 이보다 앞선 1999년에 『강경애 전집』(소명출판)을, 서정자는 2004년에 『박화성 문학전집』(푸른사상)을 엮은 바 있기도 하다. 한편 이상경은 식민지 시기부터 1990년대에 이르기까지 주요한 여성작가들의 행로와 그들의 작품을 여성주의적 시각으로 다시 읽은 『한국근대여성문학사론』(태학사, 2002)을 발표하면서 여성문학사를 새롭게 기술하기도 했다.

36  '임순득'에 대한 연구는 서정자가 「최초의 여성문학평론가 임순득론―특히 그의 페미니즘 문학 비평을 중심으로」(『청파문학』 제16집, 1996.2)를 발표하면서 임순득의 존재를 부각한 이후, 이상경이 「임순득, 혹은 여성문학사의 재구성」(『한국문학평론』, 1999년 여름)을 통해 여성주의 평론가이자 소설가로서 임순득의 위상을 집중 조명하면서 근대 여성문학사를 재구성한다. 최근 이상경은 임순득의 평전 『임순득, 대안적 주체를 향하여』(소명출판, 2009)를 썼다.

비평, 그리고 이에 대한 여성 문인들의 의도한 혹은 의도하지 않은 공모를 넘어, 대항문학사로서의 여성문학사를 온전히 복원하고 기술하겠다는 의지로 평가할 수 있다.

남근적 문학사가 누락한 근대 여성작가와 작품을 새롭게 해석하고 평가하는 연구들이 진전을 이룬 가운데 여성 담론 연구 역시 활발하게 진행되었다. 초창기 여성문학 연구가 '작가'로서의 여성에 초점을 맞춘 것이라면, 여성들이 재현되는 방식과 양상에 관심을 기울이는 여성 담론 연구는 텍스트 속에 표상되는 '기호'로서의 여성에 주목한 것이라 하겠다. 이러한 연구는 문학내적인 차원에 머물지 않고 신문이나 잡지 등으로 텍스트의 범주를 확장했다. 대표적으로 이혜령, 심진경, 신수정, 김복순, 김미영 등의 연구가 주목된다.[37] 이혜령과 심진경은 1920 ~30년대 근대소설에 재현된 여성의 섹슈얼리티에 관심을 기울이고, 근대소설이 여성을 타자화하면서 근대적 자아를 구성해 온 방식을 추적한다. 이를 통해 근대소설에 투영된 가부장적 민족주의와 식민주의의 흔적을 읽어내고 있다. 신수정은 1920년대 신여성이라는 표상의 구성과 한국 근대소설 형성의 친연성을 규명하고 근대소설의 성(性) 정치적 성격을 밝힌다. 그런가 하면 김복순은 시점이나 서술의 과정에 개입한 성차의 문제, 소설 형식의 정착과 형성 과정에 틈입한 젠더화 과정에 착목함으로써 소설 형식 및 근대미학의 젠더화 과정을 분석하는 새

---

[37] 이와 관련한 대표적 연구로는 다음과 같은 논문들이 있다. 이혜령, 『한국 근대소설의 섹슈얼리티 연구-1920,30년대를 중심으로』, 성균관대 박사논문, 2001; 심진경, 『1930년대 후반 장편소설의 여성 섹슈얼리티 연구』, 서강대 박사논문, 2001; 신수정, 『한국 근대소설의 형성과 여성의 재현양상 연구』, 서울대 박사논문, 2003; 김미영, 『1920년대 여성담론 형성에 관한 연구』, 서울대 박사논문, 2003.

로운 페미니즘 서사학을 소개하고 이광수의 『무정』을 통해 이를 규명하기도 했다.[38] 심진경, 이혜령, 신수정, 김복순의 연구가 문학내적인 차원에서 이루어졌다면 김미영은 문학 밖으로 외연을 확대해 여성 담론이 형성되는 방식을 추적한다. 근대소설이나 신문·잡지 등이 모두 담론 형성 매체라는 인식 아래 1920년대 발표된 소설뿐 아니라 신문·잡지 등을 대상으로 신여성 담론의 함의와 여성주체의 형성 과정을 고찰한 것이다.

기왕의 근대 여성문학 연구가 작가로서의 여성과 텍스트에 재현되는 기호로서의 여성에 주목해 왔다면, 최근에는 '독자'로서의 여성에 관심을 기울이는 연구 역시 시도되었다. 김옥란은 현모양처 교육에 입각한 근대 학교교육과 갈등하던 여성들이 주체적인 의식 형성의 장으로 선택한 것이 독서였다는 점을 지적하고, 당대 여학생들이 고급문예와 사상서류 등 폭넓은 독서 욕구를 보였다는 점을 강조한다.[39] 여성 독자 연구는 작가와 작품 중심으로 진행되던 여성문학 연구를 보완할 수 있는 새로운 관점으로 주목된다.

여성 독자 연구와 더불어 문학을 근대적 '제도'의 일종으로 파악하는 관점의 연구들 역시 꾸준히 제출되었다. 이는 1990년대 이후 근대문학의 기원을 추적하고 탈신비화하는 연구들의 연장선에 있는데, 여성문학 연구 또한 이런 방향으로 선회해온 것이다. 심진경, 김옥란, 박지영, 유진월 등이 대표적이다.[40]

---

38  김복순, 「『무정』과 소설 형식의 젠더화」, 『대중서사연구』 14호, 2005, 193~238면; 김복순, 「페미니즘 미학의 기본 개념과 방법」, 『여성문학연구』 15호, 2006, 167~200면.
39  김옥란, 「근대 여성주체로서의 여학생과 독서 체험」, 『상허학보』 13호, 2004, 245~276면.
40  심진경, 「문단의 '여류'와 '여류문단' ─ 식민지시대 여성작가의 형성과정」, 『상허학보』

심진경은 식민지 시기 여성작가들이 사회적·제도적·의식적 장으로서의 문학 장에 진입하기 위해 남성중심적 가치를 내면화한 경로를 추적한다. 이 과정에서 제2기 여성작가로 분류되는 박화성, 최정희, 장덕조 등 1930년대 여성작가들이 선배 여성문인들인 김명순, 나혜석, 김일엽 등과의 차별화 전략을 통해 '여류작가'의 지위를 승인받고 '여류문단'을 형성해 간 정황을 규명하고 있다. 심진경이 여성작가의 형성 과정에 개입한 남성중심성을 읽어내고 있다면, 김옥란은 근대문학 제도가 재편·정착되는 과정에서 문학 장르의 젠더화 문제에 착목한다. '희곡'이 여타의 장르에 비해 여성작가에게 배타적인 영역으로 그들의 활동 자체를 차단해 왔던 데 반해, '수필'은 가장 여성적인 장르로 적극 권장되었다는 것이다. 그러나 김옥란의 연구는 구성론적 관점에서만 이루어져 '수필'이라는 장르가 지닐 수 있는 생산적 가능성에 대해서는 달리 주목하지 않았다. 근대와 전근대, 문학과 비문학의 경계에 있는 수필이 여성과 조우함으로써 발생할 수 있는 다른 가능성에 대해서도 관심을 기울여야 하며, 이를 위해서는 구체적인 텍스트의 독해가 필수적이다.

박지영과 유진월의 연구는 문학이라는 제도 밖으로 배제된 여성들의 글쓰기에 관심을 기울이는데, 이를 위해서 여성잡지 『신여자』와 『신여성』을 각각 선택하고 있다. 박지영은 식민지 시기 최대 여성 독자를 확보했던 『신여성』이 여성들의 글쓰기를 신파적이고 감상적인 글쓰

---

제13집, 2004.8, 277~316면; 김옥란, 「여성작가와 장르의 젠더화」, 『탈식민의 역학』, 소명출판, 2006; 박지영, 「『신여성』지의 '독자투고'문을 통해서 본 '여성적 글쓰기'의 형성 과정」, 『작가의 탄생과 근대문학의 재생산 제도』, 소명출판, 2008; 유진월, 「『신여자』에 나타난 근대 여성들의 글쓰기 양상 및 특성 연구」, 『여성문학연구』 14호, 1995, 147~170면.

기로 유도하는 한편 이를 '여성적 글쓰기'로 본질화하고 폄하하는 이율배반을 노정했다고 지적한다. 박지영의 시각은 충분히 의미 있는 것이나 해결해야 할 몇 가지 문제 또한 남기고 있다. 먼저 '여성적 글쓰기'를 구성하는 '내용'뿐만 아니라 '형식'에 대한 해명 역시 필요하다는 점이다. 『신여성』이 감상적 내용을 담아내는 형식적 장치로 본격문학 장르가 아닌 '감상문·서간문·소품문·실화·수기' 등 제도권 밖의 글쓰기 양식을 주로 여성들에게 배정한 함의 역시 규명되어야 한다. 이는 여성문학이 왜 본격문학에 미달된 하위범주로 줄곧 배제되었는지를 밝힐 수 있는 주요한 단서이기 때문이다. 아울러 여성들의 글쓰기를 매체의 욕망에 따라 일방적으로 결정되는 구성물로만 읽어내는 시각 역시 재고되어야 한다. 여성들의 글쓰기는 매체의 의도에 따라 일방적으로 결정되는 것이 아니라, 매체의 욕망과 여성들의 욕망이 길항하는 가운데 이루어지는 협상의 산물이기 때문이다.

한편 유진월은 '여성적 글쓰기'를 박지영과는 전혀 다른 방식으로 읽어내고 있다. 『신여자』를 통해서 근대 여성들의 글쓰기 양상을 검토한 유진월은 '여성적 글쓰기'를 신가부장들의 욕망을 배반하는 글쓰기, 남성적인 방식에 도전하는 '대항적' 글쓰기로 해석한다. '남성적 글쓰기'가 타인을 조정하기 위한 글쓰기인 반면 '여성적 글쓰기'는 유동적이고 시적이며 의미가 다양하게 열려 있는 글쓰기라고 그는 강조하고 있다. 그러나 유진월은 '유동적·시적·개방적'인 여성적 글쓰기의 특징이 실제 여성들의 글쓰기 속에서 어떻게 구현되고 있는지 명쾌하게 해명하지 못할 뿐만 아니라, 여성과 남성의 글쓰기 차이를 부각하기 위해 '남성적', '여성적'이라는 개념을 본질주의로 환원할 우려 또한 노정한다.

이상에서 살펴본 바와 같이 근대 여성문학 연구는 다양한 흐름으로 전개되어 왔다. 남성중심적 문학사기 누락히거나 제대로 평가하지 않은 여성작가와 작품을 조명함으로써 정전의 목록에 이들을 새롭게 등재하려는 초창기 연구를 지나, 소설과 신문·잡지 같은 근대 미디어가 여성 담론을 형성한 방식에 주목하는 연구들이 꾸준한 성과를 거두었다. 특히 근대문학이 제도화되는 과정에서 성별정치가 작동하는 상황에 관심을 기울인 연구들이 제출되어 작가·작품 중심으로 진행되었던 여성문학 연구에 의미 있는 변화를 유도했다.

그럼에도 불구하고 근대 여성문학이 형성된 장으로 여성매체의 역할을 규명하는 논의는 여전히 미흡한 상황이다. 문학뿐만 아니라 사회학이나 여성학 분야에서 여성 담론이 형성되는 장으로 여성매체를 독해하는 연구들은 많았고, 여성들의 글쓰기가 구성된 장으로 여성잡지에 관심을 기울인 단편적인 연구들은 제출되었으나, 근대 여성매체와 여성문학 형성의 관계를 본격적으로 조명한 연구는 드물었다. 아울러 여성잡지를 통해 여성들의 글쓰기에 접근한 연구 역시 박지영과 유진월의 경우에서 보듯 각각 구성주의나 본질주의에 편향되는 경향이 있었다. 구성론적 관점이 여성매체에 작동하고 있는 가부장적 욕망을 읽어내는 데 성공한 반면 이를 균열하는 여성 글쓰기의 저항적/역동적 지점을 놓치고 있다면, 남성과 다른 여성의 '차이', 곧 '여성성'을 강조하는 논의는 남성중심적 문학/문화에 대항하는 여성의 대항서사를 구축하는 데는 유리할 수 있으나, 여성과 남성의 차이를 본질화하고 양자의 이항대립을 강화하는 결과를 초래할 수 있다. 따라서 이 같은 편향

된 관점들을 극복할 때 근대 여성문학의 다층에 보다 효과적으로 접근
할 수 있으리라 생각된다.

## 3. '여성문학'의 (불)가능한 정의와 젠더적 독법

'여성문학'은 사실상 합의된 정의내리기가 불가능하며 다양한 의미
가 혼재하는 개념이다. 때문에 그 용어 역시 통일되지 않아 논자들의 문
제의식이나 지향에 따라 여류문학·여성문학·여성해방문학 등이 다
양하게 사용되기도 했다. 그중 '여류문학'은 이미 시효가 끝난 용어라
할 수 있다. 여성작가들의 문학을 통칭하는 개념으로 조어된 '여류문학'
은 식민지 시기 생산돼 이후로도 오랫동안 사용되었으며, 초창기 근대
문학사 기술에서도 여성작가들의 문학은 흔히 여류문학이란 명명의 장
속에 달리 배치되어 논의되었다. 가령 백철은 『신문학사조사』에서 '여
류문학의 수준'이라는 제목으로 근대 여성작가들의 문학을 평가하는
데, 그 모두에 "여성 출신의 작가들을 일괄하여 그 경향을 개관"[41]한다
는 전제를 달고 있다. 경향의 개관이란 센티멘털리즘, 곧 감상성을 여성
의 본질적 특성으로 전제하고, 여성작가들의 작품을 이 같은 특성과 부
합하는 경우와 이를 부분적으로 극복한 경우로 변별하여 전자를 부정

---

41    백철, 「여류문학의 수준」, 『신문학사조사』, 민중서관, 1955, 344면.

적으로 후자를 비교적 긍정적으로 기술하는 방식이다.

　백철의 경우에서 짐작할 수 있듯이, 여류문학이란 명명은 여성작가들에 의해서 창작된 문학 일반을 지시하는 중립적 의미로 사용되기보다, 남성중심적 문단과 문학사, 그리고 이에 편승한 근대 저널리즘이 발명한 '남성적 의미화 경제의 산물'[42]이라 할 수 있다. '여류(女流)'라는 말이 함의하듯 여기에는 여성작가들 개개인의 차이를 지우고 '복수'로 존재하는 여성들의 작품을 이른바 여성적인 것이라는 '단수'로 환원하고 본질화하려는 욕망이 내재되어 있으며, 여성들이 창작한 문학에 대한 근본적인 편견과 불신이 전제되어 있다. 여성주의가 학계와 문단의 주요 화두가 된 1990년대를 전후해 여류문학에 내장된 부정적 함의가 분명히 인식되기 시작하면서 이 용어는 사실상 폐기되기에 이른다.[43]

---

42　'남성적 의미화 경제'란 모든 의미화의 방식은 객관적이고 중립적인 것처럼 보이지만 사실은 남성적인 관점에서 이루어져 남성적인 것을 보편적인 것인 양 일반화하면서 당연시하는 경향이 있고, 그런 의미화 방식은 부르주아/프롤레타리아 간의 수직적 경제구조처럼 남성/여성 간의 지배/피지배 양식을 유비적으로 보여준다고 생각하는 뤼스 이리가레의 관점을 의미한다. 이리가레는 보편적인 것처럼 보이는 모든 의미화 경제는 남성적인 것이므로 여성만의 대안적 체제의 중요성을 강조한다. 그러나 주디스 버틀러는 이 논의 자체가 여성적이라는 관념을 본질화한다는 점에서 이리가레의 여성만의 대안적 체제 주장에 비판적이다.(주디스 버틀러, 조현준 역, 『젠더트러블』, 문학동네, 2008 참조) 필자는 모든 의미화의 방식이 객관적·중립적이라기보다 남성적인 것을 보편적인 것인 양 일반화하는 경향이 있다는 뤼스 이리가레의 문제의식에 동의하지만 이 논의 자체가 남성적/여성적이라는 이분법을 재설정하고 여성적이라는 관념을 본질화할 위험이 있다는 주디스 버틀러의 비판에 더욱 주목한다. 따라서 이 책에서 차용한 뤼스 이리가레의 '남성적 의미화 경제'의 '남성적'이란 개념은 '남성중심적 권력관계의 작동'을 의미하는 것이며, 남성적 체제에 대항하는 대안으로서의 여성적 체제를 전제하고 사용한 말이 아님을 밝힌다. 이 책에서는 여류문학이라는 하위범주가 구성되는 '남성중심적 의미화 경제'를 추적하되, 그것이 통일되고 합의된 범주로서의 여성이라는 정체성이나 '여성문학'을 상정하기 위한 것은 아니다.

43　1990년대를 전후로 여성주의적 시각의 대두는 여성문학 연구가 제도권 내로 들어서는 계기를 마련했고 한국여성문학학회(1998)와 한국고전여성문학회(2000)의 창립은 이를 잘 보여준다고 이경하는 지적한다. 여성문학 연구가 제도권 내로 진입했다는 것은

여성주의적 시각에 힘입어 여류문학이라는 명칭이 폐기된 자리에 '여성문학', '여성해방문학'이라는 용어가 등장한다. 여성해방문학이 여성주의적 지향을 보다 분명히 드러낸 것이라면, 여성문학은 여성작가문학, 여성해방문학, 여성과 관련한 문학 전체 등 다양한 함의들이 혼재하고 있다.[44] 그러나 이러한 의미의 혼재는 여성문학이라는 용어가 지니는 한계라기보다 오히려 복수의 의미를 포괄할 수 있는 생산적 지점일 수 있다는 생각이다. 따라서 여성매체를 중심으로 여성들의 문학행위가 독려되고 여류문학이라는 특정한 성격의 하위범주가 구성되는 과정, 또한 그 구성의 메커니즘을 교란하는 여성들의 문학(행위)에 접근하고자 하는 이 책의 목적과 범위를 포괄할 수 있는 용어로 '여성문학'을 선택하고자 한다.

이 책에서 여성문학은 통일되고 합의된 범주로서의 여성이나 여성문학이 존재하며 또는 그것을 지향해야 한다는 의미는 아니다. 외려 하나로 수렴될 수 있는 여성들이 존재 불가능하듯이 단일한 개념과 범주로 귀납될 수 있는 여성문학이 가능할 수 없음에도 불구하고, '단수'로서의 여성과 여성문학을 구성해온 욕망의 정체를 탐사하고자 하는 것이 이 책의 일관된 문제의식이다. 다만, 남성들과는 다른 삶의 조건과 물적 토대 위에서 문학행위를 해야 하는 여성들의 상황과, 소수자로서의 여성들의 경험이 그들의 문학 형식과 내용에 영향을 미칠 수 있다는 점에서 여성적 특수성을 상정할 수 있으며,[45] 저자가 여성문학을 이해

---

여성문학의 위상 변화를 반영하는 것이며, 이와 같은 상황 변화가 여류문학의 명칭 수정을 요구하는 배경이 되었다는 것이다. 이경하, 「여성문학사 서술의 문제점과 해결방향」, 서울대 박사논문, 2004, 18~19면.

44　이경하, 앞의 글, 20~21면.

하는 방식 또한 이러한 지점을 공유한다. 그러나 여성의 역사적 · 경험적 특수성 또한 인종 · 계급 · 연령 등 여성들의 다양한 위치에 따라 상이할 수 있으며, 따라서 여성문학은 언제나 '복수성'과 단일한 정체성 안에 포획되지 않는 '유동성'을 지닌 것이라는 시각을 놓치지 않는다.

　여성문학에 대한 이와 같은 이해 아래, 이 책은 여성매체를 통해 여성과 문학이 관계 맺고 여성문학이 형성되는 과정을 글을 쓰는 주체로서의 여성, 독자로서의 여성, 텍스트 속에 재현되는 여성이라는 세 가지 측면에서 검토하고자 한다.[46] 또한 여성문학 논의에서 다루는 문학의 범주를 근대문학 장르 체계로 분류될 수 있는 것에 한정하지 않는다. 이경하는 여성문학 연구에 있어 새로운 문학 범주 설정이 필요하다고 역설한 바 있다. 국내외 여성문학사 서술의 성과와 문제점을 비판적으로 검토한 이경하는 근대문학이 글쓰기의 영역에서 어떤 특정 유형만을 포괄하고 다른 유형들을 배제해 왔다는 사실에 주목, 여성문학사의 올바른 기술을 위해서는 '작가, 창작, 작품'이 전제된 근대의 협소한 문학 개념을 광의의 '어문생활'로 확대 정의할 것을 제안한다. 어문생활(활동)은 말과 글로 이루어지는 소비활동 및 생산활동으로서 듣기 · 말하기 · 글 읽기 · 글쓰기 전체를 포괄하며, 문학과 비문학을 아우르고

---

45　이는 이상경의 문제의식을 공유하고 있는 지점이기도 하다. 이상경은 여성문학론이 고유의/본질적 여성성을 상정하는 것이 아니라 남성과 여성이 문학을 생산하는 물적 조건이 다르며, 이는 그들이 쓰는 형식과 내용에 영향을 미치고, 성의 이데올로기는 남녀의 작품이 읽히는 방식과 그 작품이 정전으로 등록되는 방식에 영향을 미친다는 전제 아래에서 출발해야 한다고 주장한다. 이상경, 『한국근대여성문학사론』, 소명출판, 2002, 31면.

46　허미자는 여성과 문학의 관계를 첫째, 문학의 창작자로서의 여성, 둘째, 문학의 수용자로서의 여성, 셋째, 문학의 내용으로서의 여성이라는 구도 속에서 파악하는데, 저자 역시 이러한 구도 속에서 논의를 전개하고자 한다. 허미자, 『한국여성문학연구』, 태학사, 1996, 14면.

주체의 실천과 경험을 강조하는 문화 개념을 적극적으로 표현하기 위한 새로운 명명이라는 것이다.[47]

　필자 역시 이경하의 이러한 문제의식을 공유하고 있다. 매체를 통한 여성들의 읽고 쓰는 행위, 달리 문학행위에 제대로 접근하기 위해서는 종래의 (근대)문학 범주를 고수하는 것은 생산적이지 못하다고 판단된다. 여성들은 과거 문(文)의 영역으로부터 그 진입을 거부당해 왔으며, 근대 이후 문학(literature)이라는 새로운 제도로의 편입 역시 제한받았다. 따라서 기존의 문학 범주를 고수할 때 여성들의 읽기와 글쓰기는 대부분 문학이라는 법 바깥에서 이루어진 '비문학'의 영역으로 배제되고 논의의 대상에서 제외될 수밖에 없다. 그러나 문학이라는 문화자본[48]을 획득하는 과정에서 대부분 소외되거나 열악한 위치에 놓일 수밖에 없었던 여성들의 상황을 고려할 때, 여성문학을 논의하기 위한 출발점으로 문학 범주의 확장이나 새로운 범주 설정은 필수적이다. 이와 같은 판단 아래 이 책에서는 기존의 문학 범주 안으로 분류될 수 있는 텍스트는 물론 일기·서간문·감상문·실화·수기·애화 등과 같이 근대문학의 경계 밖으로 밀려난 범주들 역시 연구의 대상에 포함시키고자 한다. 따라서 근대 여성매체를 통한 여성들의 독서와 창작/글쓰기 행위를 기존의 문학/비문학 개념에 갇히지 않고 '문학행위'로 명명

---

47　이경하, 앞의 글, 97~104면.
48　부르디외는 자본을 사회적 경쟁에서 (의식적 또는 무의식적) 도구로 사용할 수 있는 모든 에너지로 보는데, 문화자본이란 구체적으로 지식, 교양, 기능, 취미, 감성 등을 들 수 있다. 문화자본의 특징은 그 축적을 위해서는 '주입'과 '동화'에 따른 내면화를 요구하며 이를 획득하기 위한 일정한 시간의 투자를 필요로 하고, 책이나 그림 등과 같은 객체화된 상태 및 제도화된 상태로 존재한다는 것이 특징이다. 피에르 부르디외, 최종철 역, 『구별짓기-문화와 취향의 사회학』上, 새물결, 1995, 11~12면.

하고자 한다. 이는 문학을 절대화하고자 하는 의도가 아니며, 다만 문학이 근대문화의 정수이자 근대인의 교양으로 부상한 1920~30년대에 문학에 대한 식민지 조선인들의 열망과 이를 적극적으로 견인한 매개가 잡지나 신문 등 근대 미디어라는 당대의 특수한 맥락을 고려한 것이다. 당시 여성잡지를 읽고 글을 투고하는 여성들의 행위는 대개 새로운 문예에 접근하고자 하는 소망이 투영된 경우가 많았으며, 따라서 이 책에서 사용하는 '문학행위'라는 말은 '문학을 욕망하는 행위' 혹은 '문학에 접근하고자 하는 행위'로서의 독서와 글쓰기를 의미한다.

이 책에서 주요하게 다루는 텍스트는 1920년대를 전후한 무렵부터 1930년대 중반까지 발행된 대표적 여성잡지인 『여자계』, 『신여자』, 『신여성』, 『신가정』이며, 그 외 주요한 잡지와 신문들을 보조 자료로 활용했다. 1920~1930년대는 가히 미디어의 시대라 할 만큼 다양한 신문과 잡지들이 발간되고, 이러한 매체들과 연계해 식민지 조선에서 근대문학이 제도화되던 시기였다. 아울러 이 시기에 여성들의 읽고 쓰기를 계몽하고 관리하려는 각종 언설들이 폭발적으로 증가한 것은 물론, 독서와 글쓰기에 대한 여성들의 직접적 실천도 전대와 비교할 수 없을 만큼 확대되었다. 이 과정에서 공적인 문제에 개입하려는 여성들의 욕망과 문학장에 진입하려는 여성들의 열망 또한 강렬해진다.

『여자계』(1917.12~1921.7)는 1917년 동경에 유학하고 있던 여학생 단체인 '조선여자친목회'에서 발간한 잡지이며, 『신여자』(1920.3~1920.7)는 1920년 삘링스 부인을 발행인으로 김원주(일엽) 등이 중심이 돼 창간한 잡지이다. 『여자계』는 여성들이 중심이 돼 발간한 최초의 여성잡지이며, 『신여자』 역시 신교육을 받은 여성들이 중심이 되어 적극적으

로 새로운 여성 담론을 생산한 잡지라고 할 수 있다. 『신여성』(1923.9~
1926.10, 1931.1~1934.8)은 개벽사가 1922년 창간한 『부인』을 폐간하
고 1923년에 창간한 여성잡지로, 식민지 시기 최장기간 발행되고 가장
폭넓은 여성 독자들을 확보한 잡지라고 할 수 있다. 여성의 독서를 계
몽한 것은 물론 현상공모나 독자투고 등을 통해 여성들의 글쓰기를 적
극적으로 견인한 『신여성』은 '매체-여성-문학'의 연계를 규명하는 데
반드시 통과해야 할 텍스트가 된다. 아울러 신동아사에서 창간한 『신
가정』(1933.1~1936.9)은 여성 담론 생산과 관련하여 『신여성』만큼 중
요하게 다루어지진 않았으나, 『신여성』 이후의 여성 담론 및 특히 여성
문학의 확대와 구성 과정에 핵심적 역할을 담당한 것으로 보인다.

이 책은 이상의 여성매체들과 교통하면서 근대 여성문학이 형성되
는 역동적인 과정을 추적하며, 중립적인 영역으로 상상된 근대문학제
도에 기입된 젠더를 가시화하고자 한다. 아울러 이를 통해 작가·작품
중심의 여성문학 연구가 누락한 지점들을 조명하고 여성문학사의 결락
을 메우고자 한다.

1부 「여학교와 여성용 미디어의 네트워크—여성의 표현을 계몽하고
'여성'을 발명하다」에서는 근대 여성문학 형성의 역사적 조건을 검토
한다. 여성문학이 형성되기 위해서는 읽고 쓰는 능력을 갖춘 여성들의
존재가 필수적이며, 따라서 이들이 등장할 수 있었던 제도적·담론적
지형 변화를 검토할 필요가 있다. 1장에서는 근대적 교육공간으로 '여
학교'가 등장하고 1920~30년대 여성들의 학교교육이 확대되는 상황
및 교육내용을 점검하고, 근대적 교육을 통해 여성의 리터러시(literacy)
가 확대되고 주체적 인식이 가능한 '여학생'들이 탄생하는 과정을 살펴

본다. 아울러 '여성잡지'가 여학교 교육과 긴밀한 네트워크를 형성하면서 여성교육을 계몽하는 한편 여성교육의 내용에 젠더 규범을 작동시키는 지점들에 주목할 것이다. 2장에서는 『여자계』, 『신여자』, 『신여성』, 『신가정』을 중심으로 1920~30년대 여성잡지들이 구성한 여성주체의 내용과 담론화의 형식을 살펴본다. 이는 여성매체들이 여성의 독서와 글쓰기 및 여성문학과 관련한 담론을 생산하고 '독자'와 '필자/작가'로서의 여성을 구성하는 방식에도 결정적인 영향을 미친다는 판단 때문이다. 아울러 이러한 구성의 메커니즘에 이의를 제기하는 여성들의 이질적인 목소리에도 귀 기울이고자 한다.

2부 「여성 독서 계몽과 문학 취향의 구성-여성용 독서를 교육하다」는 여성잡지가 근대적인 여성 독자를 형성하고 여성의 독서를 계몽하는 과정에서 가동한 젠더정치의 흔적을 포착한다. 1장에서는 여성잡지를 중심으로 여성의 독서가 장려되는 동시에 금기서와 필독서를 분류하고 여성의 독서 취향을 규율하는 상황, 아울러 여성 독자들의 문학열이 상승하면서 여성잡지에 문예란이 배치되는 과정과 여성잡지 문예란의 성격을 검토한다. 2장에서는 여성잡지에 배치된 주요 서사물의 양식과 내용 분석을 통해 매체가 여성용 독물(讀物)을 구성하면서 여성 독자들의 문학 취향을 훈육하고 여성을 표상하는 방식을 검토한다.

3부 「여성의 글쓰기와 여성문학의 지형-여성적 글쓰기의 창안과 굴절을 읽다」에서는 여성잡지를 매개로 이루어진 여성 글쓰기의 다층적 지형을 살핀다. 1장에서는 여성매체가 다양한 독자투고제도를 마련하는 등 여성의 글쓰기를 계몽하는 동시에 여성적 규범을 발동하고 특정 장르를 할당하는 정황에 주목한다. 아울러 여성잡지가 마련한 프로

그램을 통해 이루어진 여성 독자들의 실제적 글쓰기 양상 역시 검토한다. 2장에서는 여성매체를 통해 여성과 근대문학이 접속하는 상황을 살핀다. 여성 대상 미디어들이 여성의 문학행위를 독려하고 여성문학을 형성한 장으로 기능한 한편, 여성을 매체의 독자로 견인하는 과정에서 가동한 젠더정치를 최초의 여성문학 섹션이라 할 수 있는 『조선문단』의 '여자부록'을 통해 천착한다. 아울러 여성잡지를 중심으로 여성작가와 여성문학에 관련한 담론이 생산되는 양상을 살피고, '여류문사'와 '여류문학'이라는 특정 범주를 구성하려는 남근적 욕망에 매체가 개입하는 정황을 추적한다. 3장에서는 여성들이 쓴 실화/수기 · 수필 · 소설 등 서사성에 바탕을 둔 주요 텍스트를 통해 여성들의 문학을 여성적인 규범 안으로 포획하려는 매체의 욕망과 이를 이반하는 여성 글쓰기의 역동성을 조명한다.

여성들의 문명화가 근대화의 정도를 가늠하는 척도로 부각되면서 여성교육은 더 이상 금기의 영역이 아니라 강력한 계몽의 대상이 되었다. 주지하듯이 여성들의 제도 교육이 원천적으로 봉쇄되었던 전통적인 유교사회에서 여성들의 읽고 쓰기는 대개 사대부가에서 아버지로부터 배우거나 남자 형제들의 학문 과정을 어깨너머로 배우는 편외견학(扁外見學)의 가학(家學)의 형태를 띠었다.[1] 대학이나 향교, 서원이나 서당과 같은 남성중심의 공적 교육 기관으로부터 배제되었던 여성들의 교육은 '규방'이라는 사적 공간에서 집안 남성들의 배려나 유교적 부덕(婦德)을 강화하려는 의도에 따라 예외적으로 허용된 것이었다.[2] 물론 이러한 제한적이고 성별화된 교육 역시 경제적 여유가 있는 사대부 여성들에 국한된다.

근대는 이처럼 '성별'과 '신분'에 갇혀 있던 여성들의 교육을 전면적으로 개방하고, 여성들에게 교육을 통해서 전근대적인 지위를 속신(贖身)할 것을 새롭게 요구했다. 전대와 단절하고 조선의 문명화를 추진하던 계몽주체들에게 여성교육을 포함한 조선의 유교교육은 그 제도와 내용 모두 반드시 극복해야 할 부분이었다. 때문에 전통적인 교육을 "나무를 거구로 심으고 그 자라기를 브라"는 것과 같은 어리석은 행위로 폄하하는 한편, "세계 기명한 나라에셔 들은 인민 교육", 즉 근대적 교육을 대한 인민이 "나라에 유익혼 사름들이 되게 ᄒᆞ는" "합당한 도"[3]

---

1   최연미, 앞의 글, 120면.
2   예를 들어 조선시대 양반가 여성들에게 교육적 차원에서 제공된 서적들로는 성종의 모후인 소혜왕후의 『내훈』, 청나라 왕상(王相)의 『여사서』, 송시열의 『계녀서』, 이덕무의 『사소절』, 『열녀전』 등 유교 이데올로기를 내면화하는 서적들이었다. 조혜란, 「조선시대 여성 독서의 지형도」, 『한국문화연구』 8집, 2005, 33~39・43~47면.
3   「논설」, 『협성회회보』 1호, 1898.1.1.

의 구현이라고 주장하는 언설들은 근대계몽기 이후 꾸준히 제기되었으며, 여성의 근대적 교육 역시 이러한 담론의 확산과 더불어 광범위하게 유포되었다.

근대 미디어는 이와 같은 담론을 형성·전파하는 장이며, 학교교육은 근대적 교육을 현실화하는 제도였다. 근대적 제도로서의 공교육과 문화적 장치로서의 미디어는 서로 긴밀한 담론 연합을 이루면서 근대성을 내면화하고 이를 실행할 수 있는 근대적 주체(agent)를 생산하며, 나아가 이들을 통해 균질적 공동체인 국민/민족을 상상한다. 말하자면 학교와 미디어의 네트워크는 근대적 주체를 국민/민족에 기입될 수 있는 형태로 분할하고 그 각각의 주체 위치를 결정, 훈육해 간 것이다. '청년·여성·아동' 등은 바로 이와 같은 과정을 통해서 탄생한 근대적 구성물이며, 학교와 미디어는 그 각각의 표상에 합당한 고유의 역할을 할당하는 한편 청년·여성·아동이라는 분할에 다시 비가시적 위계를 설정한다. 동화와 배제, 분할과 위계화는 근대적 주체화의 형식이며 근대성의 본질적 구조이기도 하다. 이는 또한 신여성, 곧 근대적 여성 창출의 메커니즘이며 여성문학을 구성하고 서열화한 방식이기도 했다. 그러므로 학교교육과 미디어가 새로운 여성을 구성해 간 형식과 여성에 부여한 역할의 내용을 밝히고, 동시에 그 균열 지점을 발견하는 것은 근대 여성문학의 형성 과정을 추적하는 데 필수적인 작업이 된다.

규방이라는 사적공간에 머물러 있던 여성들을 공적인 장으로 불러낸 여학교의 등장과 여성용 미디어의 발간은 근대계몽기에 일어난 동시대적 사건이었다. 1886년 기독교 선교를 목적으로 한 조선 최초의 여학교 이화학당이 창설되었고,[4] 여성용 신문을 표방한 순한글 신문인 『제

국신문』이 1898년에 창간되었다.[5] 1900년대로 들어서면서 여성용 잡
지들 역시 발간된다. 1906년『가뎡잡지』를 필두로 1908년에『녀ᄌ지
남』과『자선부인회잡지』가 창간되면서 여성들은 바야흐로 근대적 매
체의 독자로, 때로는 근대적 글쓰기의 주체로 견인되었다.[6] 여성의 표
현을 공적인 장에서 실현시킬 수 있는 근대적 시스템이 마련된 것이다.

그러나 이러한 시스템을 작동하고 근대 여성 담론을 구축한 것은 여
성이 아닌 대부분 남성들이었다. 이는 근대계몽기뿐만 아니라 여성의

---

4   손인수,『한국여성교육사』, 연세대 출판부, 1977, 221~223면. 이화학당은 감리교 선교
    사인 스크랜톤 부인이 1886년 6월 여학생 한 명을 상대로 수업을 시작하면서 출발했고,
    당시 첫 여학생은 정부관리의 첩이었던 '김부인'이라는 여성이었다고 한다.
5   최준,「제국신문」해제,『뎨국신문』영인본, 1~4면.『제국신문』은 1898년 8월 10일 창
    간되어 1910년 8월 2일 폐간되었다. 창간 주체는 이종일을 비롯 배재학당 학생회인 협성
    회 간부 출신의 유영석과 그 외 최정식, 이승만, 장효근 등이다. 이들은 개명·개화하는데
    신문보다 더한 것이 없고 나라의 주인에는 민중보다 더한 것이 없다는 생각에 의기투합
    해『독립신문』이 민중을 제도하는 데 앞장서고 있으니 부녀자층의 계몽에 나설 것을 결
    의,『제국신문』을 창간하게 되었다고 한다.
6   참고로 본문에서 열거한 근대계몽기 여성잡지의 발행기간, 발행인, 발행소, 통권 호수를
    정리하면 다음과 같다.

| 잡지명 | 편집인/발행인 | 발행소 | 발행기간 | 통권 |
|---|---|---|---|---|
| 『가뎡잡지』 | 유일선 | 가정잡지사 (상동청년학원 내) | 1906.6~1906.8 | 3호 |
| 『家庭雜誌』 | 신채호 | 가정잡지사 | 1907.7~1908.8 | 7호 |
| 『녀ᄌ지남』 | 편집인 : 강윤희 발행인 : 이석영 | 여자보학원 | 1908.4 | 1호 |
| 『자선부인회잡지』 | 편집인 : 최찬식 발행인 : 박노학 | 자선부인회 | 1908.8 | 1호 |

이 중『가뎡잡지』는 확인할 수 있는 최초의 여성 대상 종합지로, 가정부인을 독자로 한
계몽지나 교육지로서의 성격을 분명히 하면서 순한글 표기에 한자도 병기하지 않았다.
'논설, 기서(寄書), 평론, 동서양 가정미담, 위생, 백과강화, 잡록, 현상문제, 잡보'로 구성
되어 있었고 필자는 유일선, 주시경, 양기탁, 신채호 등 대부분 남성이었다. 잡지의 내용
은 여성의 권리나 인격을 논하는 것이 아니라 여성이 가정에서 하는 일들을 좀 더 원활히
하기 위한 신문명을 소개하는 데 치중했다.『자선부인회잡지』역시 순한글 잡지로 편집
인은 최찬식이었으나 필자는 예외적으로 모두 여성이었던 것으로 보인다. 김근수, 앞의
책, 21~24면; 김수진, 앞의 글, 145~146면.

교육이 비약적으로 확대되고 여성잡지의 창간이 본격화 된 1920년대 이후에도 크게 다르지 않은 상황이었다. 여성의 권리보다는 여성의 새로운 역할과 의무를 교육 내용으로 설정한 여학교는 물론이고, 대부분 남성들에 의해서 주도된 여성 미디어 역시 남성중심적 시선과 목소리가 부단히 관철되는 장이기는 마찬가지였다. 예외적으로 여성들이 주관하고 필진으로 대거 참여한『여자계』나『신여자』역시 남성 후원자/조력자라는 매개를 끊어내는 것이 용이하지 않았다. 따라서 근대 여성잡지는 아이러니하게도 남성에 의해서 여성을 '보는' 방식이 결정되고, '있어야 할' 여성이 상상되며, 여성들이 이를 내면화하도록 부단히 요구하는 새로운 성별정치가 실행되는 장소라고 할 수 있었다. 여성들의 근대적인 독서와 글쓰기, 곧 여성들의 문학행위는 바로 이와 같은 젠더정치의 장 속에서 확대되는 한편 조율되며, 아울러 이러한 장의 메커니즘을 이용하고 동시에 교란/협상하는 가운데 형성된 것이다.

# 제1장

# 여성의 리터러시 확대와 젠더질서의 구축

## 1. '여학교'의 탄생과 '여학생'의 등장

근대계몽기로 접어들면서 여성교육의 필요성이 꾸준히 제기된다. 교육의 기회를 박탈당한 채 규방에 머물러야 했던 여성의 현실은 조선의 문명화를 기획하던 계몽주체들은 물론, 유교와 대결하면서 기독교의 정착을 추진하던 선교사들의 시선에 포착되었다. 이들에게 여성은 전대 조선사회의 한계를 고스란히 보여주는 동시에 근대의 가능성을 효과적으로 전시할 수 있는 대상으로 인식된다.

여학교의 등장은 여성이 공적인 제도교육의 수혜자가 되었음을 입증하는 사건이었다. 주요섭의 표현대로, 여학교라고는 기생학교가 전부였던[1] 조선에 1886년 5월 최초의 여학교인 이화학당이 창설되면서

---

1    주요섭, 「조선여자교육사」, 『신가정』, 1934.4, 195면.

이후 '미션계 여학교',[2] '민간인 사립여학교'[3]들이 잇달아 설립되었다. 이 과정에서 주목되는 것은 여성들이 스스로의 권리를 주장하고 여성의 위치를 개선하기 위한 여학교 설립의 필요성을 공적인 형태로 제기했다는 사실이다. 서울 북촌 부인들이 중심이 되어 조직된 찬양회[4]는 '여권통문'[5]을 돌리고 왕에게 국가적 차원에서 여성교육을 시행할 것을 요구했다. 이와 같은 여성들의 문제제기는 국가가 여성교육을 공식적으로 인준하고 관립여학교가 만들어지는 계기를 마련한다.[6]

근대계몽기 민족의 실력양성과 선교의 목적, 소수 여성들의 근대적 각성이 결합되면서 시작된 여성교육은 3·1운동 이후 식민권력이 무단통치에서 문화정치로 통치전략을 수정하고, 식민지 내부적으로는 문화운동이 전개되면서 획기적인 전환을 맞게 된다. 다시 말해 1920년대 여성교육의 비약적 확대에는 3·1운동과 문화정치, 그리고 문화운동

---

2  이화학당 창설 이후 1893년 선교사공의회에서 부인들의 개종시키는 일과 그리스도교 신자인 소녀의 교육을 위해 여성교육이 시급하다는 판단 아래 1894년에 평양에 정의여학교를 필두로 전국의 주요 도시마다 미션계 여학교를 설립하게 된다. 손인수, 앞의 책, 225~226면.

3  민간인 여학교는 1897년 민간인 여성에 의해 정신여학교, 1898년 찬양회 부인들에 의해 순성여학교가 설립된 이후 1905년 을사조약 이후 애국계몽운동의 열기 속에서 여성교육사업, 여성교육단체가 활발히 활동하면서 진명여학교, 여자보학원, 동덕여학교 등이 잇달아 개교하게 된다. 손인수, 앞의 책, 245~255면.

4  찬양회의 구성원들은 과부나 서북지방 여성, 또는 함경도 출신 러시아 귀화인 등과 같이 주변부의 소외된 위치에 있는 여성들이 많았다고 한다. 김경일, 『여성의 근대, 근대의 여성』, 푸른역사, 2004, 40~41면.

5  '통문'이란 조선시대에 개인이나 민간단체가 어떤 사실이나 주장을 여러 사람들에게 알리기 위해 작성한 문서로, 참여자들의 이름을 적어서 돌리는 것이 특징이다. 이경하, 「대한제국 여인들의 신문 읽기와 독자투고」, 『여/성이론』 통권 12호, 2005년 여름, 281면.

6  찬양회 부인들의 상소에 대한 비답의 형식으로 정부는 1899년 여학교 관제를 정비하고 각의에 상정하나, 당시 여성교육에 보수적이었던 관료들의 반대로 현실되지 못하다가 1908년 4월에 여자교육령(관립고등여학교령)을 반포하고 같은 해 한성고등여학교를 설립하게 된다. 주요섭, 앞의 글, 155~156면; 손인수, 앞의 책, 237~241면.

이라는 계기들이 복합적으로 작용한 것이다.

3·1운동은 여성이 민족과 개인을 자각한 계기이자 신교육을 받은 여성들의 존재를 대외적으로 부각한 사건이었다. 3·1운동 당시 여학생들이나 여교사들이 독립선언과 시위에 적극 참여하면서 여성들이 더 이상 약자가 아니라 공적인 장에서 발언하고 남성과 더불어 사회의 변화를 도모할 수 있는 능동적 주체임을 입증했고, 여성교육의 필요성 역시 확인시키는 계기를 마련한다.[7] 한편 3·1운동 이후 전개된 문화운동은 여성의 교육열을 고조시키는 결정적 동인으로 작용한다. 개인의 정신 개조를 통한 민족 개조, 개조된 민족을 통한 신문화 건설 및 민족의 실력양성을 기획한 1920년대 문화운동은 그 구체적 방법론으로 신교육의 보급을 주장하고 민립대학을 포함한 학교 설립 운동 및 야학이나 강습소 개설을 추진했다. 이와 같은 열기 속에서 근대적 교육의 중요성이 점차 식민지 대중들에게 인식되면서 향학열이 거세게 일어난다.[8] 문화정치로 선회한 식민정부 역시 일본 본토의 교육제도에 준거하여 학제를 개편하고 1922년 제2차 조선교육령을 공포하게 된다.[9]

이러한 복합적 계기들은 여성교육 부분에도 뚜렷한 변화를 가져왔다. 3·1운동 직후인 1921년에는 전 해와 비교하여 초등 및 중등 정도의 여학생 수 모두 1.5배 이상 증가했으며, 1920년대에만 네 곳의 여

---

7   정요섭, 「3·1운동과 여성」, 『한국근대여성연구』, 숙명여대 아세아여성문제연구소, 1987, 58~67면; 손인수, 앞의 책, 266~274면.

8   박찬승, 『한국근대 정치사상사 연구』, 역사비평사, 1992, 167~168·245면; 박찬승, 『민족주의 시대─일제하의 한국 민족주의』, 경인문화사, 2007, 103~107·111~117면.

9   손인수, 앞의 책, 276~277면. 1922년 4월 2차 조선교육령이 공포되면서 여성교육부문에서는 이화·숙명·진명·정신·동덕 등의 여학교들이 여자고등보통학교로 승격되고 수업연한도 3년에서 4년(혹은 5년)으로 연장된다.

자전문학교 과정이 개설되었다.[10] 1920년대 이후 변화된 여성교육의 상황은 동덕여학교 교장이었던 조동식이나 주요섭의 다음과 같은 언급에서도 확인된다.

물론 생도들에게는 월사금이라고는 말도 해보지 못하엿습니다. 그러고 누가 그 자녀를 학교에 보내야지요. 학교에서는 선생들이 등사판에 광고지를 백이여서 집집마다 차자가서 제발 짜님이나 누의가 잇스면 학교로 보내주십시요 돈 한푼도 아니밧고 공부식히여 드립니다 하고 힘써 말해도 잘 보내지들 아니햇습니다. (…중략…) 대정구년 봄에 이르러 일반 녀자의 향학열이 늘어서 각 학교에서는 입학하려오는 학생을 다 밧지 못하게 되엿습니다.[11]

---

10 주요섭, 앞의 글, 202・206~207면. 주요섭이 초등정도의 여학생으로 정한 범위 안에는 공립・사립학교 및 서당에 다니는 여학생들이 모두 포함되었으며, 1908년부터 1930년까지 각 교육기관에 다니는 여학생 수와 총계를 통해 변화의 추이를 보여준다. 중등정도의 여학생이란 여자고등보통학교 이상에 재학 중인 여학생으로 1912년부터 1930년까지의 통계를 내고 있다. 아울러 주요섭의 「조선여자교육사」에 따르면, 1914년 이화학당 내에 보육전문 과정이 개설되었고 이후 이화학당은 1925년에 정식으로 전문학교의 인가를 받는다. 이화보육학교는 2년제이며, '(영)문과'와 '음악과'가 전문학교 과정으로 인정되었는데 수업연한은 3년이었다. 그 외 역시 3년 과정인 '가사과'가 개설되었다고 한다. 1922년에는 중앙보육이, 1926년에 경성보육, 1928년에 여자의학전문강습소가 개교했다. 1930년대 초반이 되면 치과의학전문, 약학전문, 협성신학 등에 남녀공학이 허가돼 여성들이 전문과정을 공부할 수 있게 되었다고 한다. 1920년대까지 여자전문과정은 대부분 아동교육을 목적으로 하는 보육과였으며, 이화전문의 음악과 영문과를 제외하고는 대개 기능적 지식 습득에 집중되었음을 알 수 있다.

11 조동식, 「10년 전 여학생과 지금 여학생」, 『신여성』 3권 1호, 1925.1, 14~16면. 3・1운동은 국내적으로 여학생 수의 증가를 가져왔을 뿐만 아니라, 여자 유학생 수 증가의 주요한 요인이 되었던 것으로 보인다. 3・1운동이 마무리된 1920년 여자 유학생 수는 1910년과 비교해 3배 이상 증가했으며, 전체 유학생의 11.8%(145명)로 이전, 이후(1910~1942) 시기를 통틀어 남자 유학생 비율과 가장 적은 편차를 보였다. 박선미, 『근대 여성, 제국을 거쳐 조선으로 회유하다』, 창비, 2007, 41~42면.

과거 30년을 돌아다 볼 때 조선 여학생의 증가는 실로 놀랄만한 일이다. 처음 한 사람의 고아를 데리고 이화학당을 시작하든 그때와 10만여 명의 초등학교 여자생도를 가진 오늘과 비교할 때 실로 감탄하지 않을 수 없는 것이다. 여학교 초창시대에는 그 어느 학교임을 막논하고 입학하는 학생이 없어서 교장 이하 선생들이 거의 학생구걸을 하다싶이 가정을 방문하였고 학교에 더려다 가르치는 조건으로는 의식주를 전부 학교에서 담당하여야 되엿었다. 그리든 것이 불과 30년을 지난 오늘에는 년 450원이라는 학비를 내여가면서도 도로혀 경쟁시험을 치르고 있게 된 오늘을 돌아볼 때 실로 감회가 깊은 것이다.[12]

조동식이나 주요섭의 발언을 통해 3·1운동 직후인 대정 9년, 즉 1920년 이후 여자의 향학열이 꾸준히 높아져 1930년대 초반이 되면 "녀자 교육이 필요하냐 불필요하냐 하는 문뎨도 인제는 한 묵은 니야기"가 될 만큼 여자교육은 선택이 아니라 이미 당위적인 요구가 되었으며, 이러한 분위기에 힘입어 예전에는 보통과 졸업으로 만족하던 여성들이 "고등보통학교도 만족치를 아니하고 더욱 더 상급학교로 가려고 하는 경향"[13]이 일반화되었음을 알 수 있다. 이와 같이 1920~30년대 여학교의 증가와 신교육을 받은 여성들의 대거 등장은 양과 질의 측면에서 근대적인 여성 독자와 필자/작가가 형성될 수 있는 기반이 마련되었음을 보여준다.

---

12 주요섭, 앞의 글, 206면. 주요섭은 이화학당의 첫 여학생을 고아라고 기록하고 있으나 이화학당을 처음 개교한 스크랜튼 부인의 회고에 따르면 첫 여학생은 정부관리의 첩인 김부인으로, 영어를 배워 왕후의 통역이 되어보려고 이화학당에 들어왔으나 3개월 만에 그만두었다고 한다.

13 조동식, 「여자교육의 昔今觀」, 『신여성』 4권 4호, 1926.4, 9~10면.

한편 이러한 여성들의 교육열은 유학열로 나타나기도 했다. 유학은 남성뿐만 아니라 식민지 조선의 여성들에게도 동일한 욕망의 대상이었으며, 특히 여자대학은 물론 여자전문학교도 부재했던 1920년대 초반의 상황, 이후에도 여자전문과정이 사실상 보육과에 집중되었던 열악한 교육환경은 여성들이 유학을 선망하는 주요한 동기가 되었던 것으로 보인다.[14] 말하자면 '기능적' 지식 혹은 '여성적' 지식을 강요하는 식민지의 여성교육에 대한 반발과 성별에 구애받지 않고 근대의 가능성을 다양하게 실감하고자 하는 여성들의 열망이 유학열로 나타났던 것이다. 이들에게 유학을 통한 근대의 경험은 자기를 인식하고 여성임을 자각하는 것은 물론, 때로는 그 표현의 매개로 '문학'을 발견하게 되는 계기가 된 것으로 보인다. 식민지 시기 많은 여성작가들이 이 과정을 통과해 갔는데, 가령 "산 같은 지식욕을 제어할 수가 없어서 몹시 번뇌하던"[15] 탄실 김명순은 "여학교를 졸업하고 어느 소학교에서 교원 노릇을 해서 살림을 도울 줄 알았던" 어머니의 기대를 물리치고 일본 유학을 떠나 문학에 입문했다. 김명순은 자전적 소설 「탄실이와 주영이」에서 자신의 유학 동기를 다음과 같이 밝히고 있다.

　　나는 남만 못한 처지에서 나서 기생의 딸이니 첩년의 딸이니 하고 많은

---

14　『신여성』(1924.3)에 실린 이확순의 이야기(「인력거를 써러 쌀, 공부 식힌 아버지와 그 짜님」)는 이러한 상황을 반영하고 있다. 남달리 문학취미가 깊고 재주가 있어서 시 짓기와 글쓰기에 힘을 기울이던 이확순은 장차 영문학을 전공하고자 하나 국내에 이 방면의 여자전문학교가 없고, 따라서 일본이나 중국 유학을 원하지만 가난한 형편 때문에 괴로워하는 심경을 토로하고 있다.

15　김명순, 「탄실이와 주영이」(『조선일보』, 1924.6.14~7.15), 『한국근대여류선집 2 김탄실－나는 사랑한다』, 솔뫼, 1981, 186면.

업신여김을 받았다. 그리고 내가 성장하는 나라는 약하고 무식하므로 역사적으로 남에게 이겨본 때가 별로히 없었고 늘 강한 나라에 업심을 받았다. 그러나 나는 이 경우에서 벗어나야겠다. 벗어나야겠다. 남의 나라 처녀가 다섯 자를 배우고 노는 동안에 나는 놀지 않고 열 두자를 배우고 생각하지 않으면 안된다. 남이 겉으로 명예를 찾을 때 나는 속으로 실력을 기르지 않으면 안되겠다.[16]

인용문에서 확인할 수 있듯이, 진명여학교 보통과 4년을 졸업한 김명순이 가족들 몰래 일본행을 택한 것은 "바늘과 가위로 헛되이 시일을 허비"하기보다 다양한 학문을 접해보고 싶다는 열망과, 첩의 딸이라는 세간의 업신여김을 불식시키려는 개인적 욕망, 그리고 식민지 조선의 열악한 상황을 극복해보려는 민족적 자각이 결합된 것이었다.

비슷한 시기 일본에 유학하면서 문사(文士)로 변신한 나혜석은 여성에 부과된 기왕의 젠더 규범에 의문을 제기하면서 여성으로서의 분명한 자각을 내보인다. 1910년대 동경 유학생 기관지였던 『학지광』에 발표한 「잡감—K언니에게 與함」[17]에서 나혜석은 먼저 여성에게만 향하는 "안존ᄒ다, 얌전ᄒ다, 말이 업다, 공손ᄒ다, 남자를 보면 잘 피ᄒ다"와 같은 성별적 칭찬을 거짓되고 무가치한 것으로 거부하고, "그 계집이 활발ᄒ다, 그 여자 말도 만타, 건방지기도 ᄒ다, 남자와 교제가 만타" 등의 부정적 언사들이 오히려 참될 수 있다고 주장한다. 또한 그녀는 "방에서 마로ᄭ지 걸어나와 대문ᄭ지 나온 우리로셔 아이스쿠림도

---

16   김명순, 「탄실이와 주영이」, 앞의 책, 194면.
17   나혜석, 「잡감—K언니에게 與홈」, 『학지광』, 1917.7, 65~68면.

맛보고 팥도 먹어본 우리로서, 싼테의 시니 칸트의 철학이니 평등이 엇더코 자유니 무엇시니ᄒᆞ는 우리로서", 곧 신교육을 받은 여성들로서 '욕심'을 내야한다고 주문하기도 했다. 그 욕심이란 먼저 "조선 여자도 ᄉᆞ람이 될 욕심", "자기 소유를 만들냐는 욕심", "활동할 욕심"이라는 것이다.[18]

신교육을 통해 '민족'에 대한 자각은 물론 '여성'의 위치와 '자기'에 대한 인식을 분명히 해가는 이들에게 여성교육의 내용은 불만일 수밖에 없었다. 주지하다시피 근대계몽기 이래 여성교육의 목표는 좋은 어머니(자녀교육자)·아내(남편의 내조자)·가정 관리자(주부)를 기르는 현모양처 양성에 입각해 있었다. 1908년에 공포된 여자교육령(관립고등여학교령)에는 고등여학교의 설립 목적을 "여자에게 필요한 고등 보통교육 및 기예를 전수"[19]하는 것이라 밝히고, 1908년 첫 관립고등여학교인 한성고등여학교 개교 당시 순종비가 내린 휘지(徽旨)에는 "보통교육은 남녀의 別이 無한 것이니, 여자는 嫁하여 夫를 翼하고 家를 理하며, 子女를 扶育하는 책임을 負하여 一家의 행복을 증진하고, 이를 推하여 국운을 裨補함도 큰 것"[20]이라고 여성교육의 목표를 설정한다.

이러한 여성교육의 목표는 1908년에 장지연이 쓰고 광학서포에서

---

18    김명순이나 나혜석 외에도 일엽 김원주가 이화학당을 졸업하고 동경영화(英和)학교에 입학했으나 중퇴했으며, 박화성은 추천을 받았던 나라고등여자사범학교에는 관심을 두지 않고 끝까지 일본여자대학을 고집했다고 한다. 신교육을 받은 여성들이 가장 일반적으로 진출하는 직업은 교사, 특히 보통학교 교사였으나, 당시 여성들은 사회의 이러한 암묵적 강요에 대해 거부감을 지니고 있었던 듯하다. 교사가 되기보다 미술이나 음악, 문학을 공부하고 싶다는 여학생들의 소망이 『신여성』에는 자주 피력된다.
19    손인수, 앞의 책, 240면.
20    『구한국관보』, 1908.5.26. 손인수, 앞의 책, 241면 재인용.

발행한 여학교 교과서 『녀ᄌ독본』에도 분명히 표현되어 있다. 장지연은 이 책 상권의 총론을 통해 "녀ᄌ는 나라 백성된 쟈의 어머니될 사름이라 녀ᄌ의 교육이 발달된 후에 그 ᄌ녀로ᄒ여곰 착ᄒ 사름을 일울지라 그런고로 녀ᄌ를 ᄀᄅ침이 곳 가뎡교육을 발달ᄒ야 국민의 인도ᄒ는 모범이 되"는 것이라 천명한다. 이에 따라 교과서에는 '모도(母道)' 편이 가장 먼저 배치되었고, '부덕(婦德)' 편과 남편에 대한 의리를 지킨 여성들의 이야기를 담은 '정렬(貞烈)' 편이 그 뒤를 잇고 있다.[21]

미선계 여학교나 민간여학교 역시 관립여학교의 교육 목표와 크게 다르지 않았다. 이화학당의 교육 목적은 먼저 조선 여자가 살아가는 생활상 아래에서 모범적 주부가 되도록 가르치는 것이며, 아울러 그들의 이웃과 친척 앞에서 십자가를 전하는 전도사들이 되도록 양성하는 데 있었다.[22] 숙명여학교의 교육방침에는 "현사회에 적응하는 婦人의 양성에 힘쓴다"고 명시되어 있으며, 동덕여학교 역시 "여자교육은 어디까지 여자를 만드는 교육이요, 그것이 가정을 만들고 국가를 만드는 것"이라 밝히고 있다. 여성의 자기 발견보다 가정과 국가의 이익에 봉사하는 여성 창출에 기반한 이 같은 교육 목표는 가령 "녀자거니 녀사무원이거니 녀편네거니 하는 생각보다 먼저 '나는 사람이다' 하는 생각을 가져야"[23] 한다는 여성들의 주장과 쉽게 합치될 수 없는 것이었다.

식민권력이 추진한 여성교육 또한 부덕의 함양과 기능적 지식 교육

---

21    장지연, 「녀자독본」, 『한국개화기교과서총서』 8, 아세아문화사, 1977. 「녀자독본」 상권은 모도·부덕·정렬의 모범이 되는 조선 여성들의 이야기를 다루며, 하권은 구국의 모범이 되는 서양과 중국 여성들의 이야기를 주로 다루고 있다.

22    주요섭, 앞의 글, 26면.

23    신알베트, 「여학교 졸업생들에게 긴절한 부탁 한마디」, 『신여성』 2권 4호, 1924.4, 20면.

을 목표로 함으로써 다중적 억압을 강요당하는 식민지 여성들의 타자화를 더욱 강화하는 방향으로 나아간다.[24] 식민지 시기 신문기자로 활동하면서 여러 편의 수필을 남긴 바 있는 김원주는 자신의 자서전을 통해 이러한 식민지 여성교육의 현실을 비판한 바 있다.

그때 일제는 식민지 조선에서 실업교육을 중시하던 시기였다. 조선 사람을 최소한 지식과 기술을 갖춘 하등 일본인으로 만들기 위한 식민지 동화교육정책방침에 따라서였다. 나는 성큼 대답이 나오지 않아 생각해 보겠노라고 하고 물러나왔다. 실업학교라는 것이 나의 지향과 취미에 맞지 않았기 때문이었다. 더 배우고 싶은 것이 실업이나 기술은 아니었다. 많은 지식을 배워서 세계형편과 여성들의 생활처지를 알고 나 자신이 문명하여 우리나라, 우리 여성들을 개명하고 싶은 그것이었다.[25]

여학교를 졸업할 무렵 고학생 김원주에게 일본 잠사학교 관비생 제의가 들어왔고, 자기 의사와는 무관한 공부를 위해 1928년 일본 유학을 떠난 김원주는 유학 기간 내내 지향과 취미에 맞지 않는 공부 때문에 갈등하게 된다. 졸업 후 제사공장에서 근무하던 그녀가 개벽사 여기자 광고를 보고 선뜻 지원한 것은 이 같은 갈등의 일단으로 해석된다.

---

24  1922년에 발표된 여자교육령 제8조에는 여자고등보통학교의 목표를 "여생도의 신체발달 급 부덕 함양에 유의하되 덕육을 베풀고 생활에 유용한 보통지식과 기능을 가르치며 국민된 성격을 양성하고 국어에 숙달케 하는 것으로써 목적을 삼"(주요섭, 앞의 글, 204면)는다고 되어 있다. 여기서 국어란 일본어이며, 일제의 여성교육이 철저히 보통지식, 곧 상식의 습득과 기능(실기) 교육에 입각해 있었음을 알 수 있다.
25  성혜랑, 『등나무집』, 지식나라, 2000, 33면. 성혜랑은 김원주의 딸이며 이 책의 제1편 「어머니의 수기」는 김원주의 자서전이다.

목표를 전유하는 주체가 다를 뿐 근대계몽기 이래로 여성교육은 새로운 젠더 시스템 내부로 여성들을 통합하려는 현모양처 교육으로 일관하게 되며, 이는 여학교의 교과과정에도 뚜렷하게 반영되었다. 관립 여학교인 한성고등여학교(이후 경성여자고등보통학교로 개명)의 교과편제는 본과·예과·기예전수과로 되어 있었으며, 본과에 가사·수예 과목이 배정되어 있었던 것은 물론, 기예전수과라 하여 여학생들에게 재봉·자수·편물 등을 집중적으로 교육하는 과정이 따로 개설되어 있었다.[26] 그런가 하면 식민지 시기 4년제 여자고등보통학교 학과 편제에서 가장 많은 시수를 할당받은 과목은 일본어와 가사·재봉 과목이었으며, 가사·재봉 과목은 고학년으로 올라갈수록 일본어 과목보다 더 많은 시수가 할애되었다.[27]

그러나 여성을 어머니·아내·주부라는 근대적 젠더 시스템으로 유인하려는 기획은 매끄럽게 관철되지 못한 것으로 보인다. 박선미의 지적처럼 근대 여성교육은 그 목표에 완전히 종속되지 않는 잉여를 처음부터 내부에 잉태하게 되며, 바로 이 잉여에 의해서 적발되고 균열될 가능성을 항상 안고 있기 때문이다.[28] 시스템 내부로 포획하려는 힘이 강할수록 그 외부로 탈주하려는 욕망 역시 강해진다는 사실은, 여성교육에 대한 다음과 같은 여성들의 문제제기에서도 확인할 수 있다.

우선 탄실은 학과 변경에 배울 것이 없어졌다. 그는 한일합방 당시에 중등과

---

26    이송희, 「한말, 일제하의 여성교육론과 여성교육정책」, 『여성연구논집』 제16집, 2005, 197~198면.
27    주요섭, 앞의 글, 204면.
28    박선미, 앞의 책, 235~236면.

1년급이던 것을 그 이듬해에는 중등과 3년으로 월반을 했어도 도무지 힘들여 배울 것이 없었다. 학교 학생들은 모두 성내었다. (…중략…) 게다가 공부하는 학생들에게는 원수같이 귀찮은 침공, 자수, 조회, 또 츠마이만 넣어서 참으로 학생들에게 괴로움을 주었다. 학과를 열심으로 하는 학생들은 누구나 성을 내고 외국으로 공부가기를 원했다.[29]

상식이라는 것은 결단코 지금의 여학교를 졸업해야만 엇는 것은 아닙니다. 상식은 다른 것이 아닙니다. 현사회에 대한 상당한 비판을 엇는 것이 상식임니다. 그리고 현대의 학교교육은 실로 이것을 목적으로 한 것임니다. 그러나 오늘날의 학교교육이야말로 현사회에 대한 비판력을 쌔앗기에 전력하는 교화기관임을 엇지하겟슴닛가?[30]

학교에서 가사시간이나 수신시간이면 여자의 천직, 또는 주부의 책임이나 육아법에 관한 이야기를 늘 들어왔다. 그런 이야기를 들을 때마다 여자를 모욕하는 것과 같아서 불쾌한 생각을 가졌었다.[31]

성별화된 교육 내용에 대한 이와 같은 여성들의 불만과 비판은 시스템의 현실적 변화를 요구하는 움직임으로 나타나기도 했다. 동덕여학교 교장 조동식은 여학교의 방침이 '학과'와 더불어 가사나 재봉수예 등을 위주로 한 '기예(技藝)'를 병행하는 것이나, 여성들의 교육열과 의

29    김명순, 「탄실이와 주영이」, 앞의 책, 194면.
30    김명희, 「시평(時評)」, 『신여성』 3권 1호, 1925.1, 11면.
31    범부, 「범부(凡婦)의 느낌」, 『신가정』, 1934.12, 357면.

식 변화로 여학생들이 기예보다 학과 교육을 더욱 강력하게 요구한다고 지적했다.

> 우리 조선녀자교육도 날로날로 진보되고 쌀하서 녯날 녀학생의 보통과 졸업을 만족하던 것이 오늘에 잇서서는 고등보통학교도 만족치를 아니하고 더욱더욱 상급학교로 가려고 하는 경향! 다른 무엇보다도 일반학과에 힘쓰는 것을 엿볼 수 있습니다. (…중략…) 지금의 녀학생들의게는 이러한 경향이 잇습니다. 기예(技藝)보담도 학과(學課)를 더 요구합니다. 현재 녀학교 방침이 기예와 학과를 평균하자는 주의나 녀학생들의 요구는 학과를 기예 이상으로 요구하며 그편으로 힘쓰는 것이 일반 녀학생의 경향이겟습니다.[32]

이와 같이 '여학교'는 현모양처 이데올로기를 내면화한 균질적 여성 창출을 기획한 공간이자, 이 동질화의 시스템을 부단히 의심하고 위협하는 '여학생'들이 탄생되는 장소이기도 했다. 식민지 시기 여성 미디어는 이 분열이 재연되는 또 하나의 장이었다. 다시 말해 여성에 대한 당대의 지배적 담론이 생산되고 이를 훈육하는 제도권 밖의 교육기관이자, 동시에 이 같은 교육의 효과를 훼절하는 여성들의 목소리와 대항담론이 형성되는 장이 여성잡지였던 것이다.

---

32    조동식, 앞의 글, 16면.

## 2. 여성교육 미디어로서의 '여성잡지'

근대계몽기 이래로 여성교육 및 여권에 대한 담론 확산에 주력해 온 것이 근대 미디어이다. "학문을 놉히빗화 사나희들보다 힝실도 더 놉고 지식도 더 널펴 부인의 권리를 찻고 어리석고 무리흔 사나희들을 교훅 흐기를 ᄇ"[33]란다는 『독립신문』의 논설은 당시 신문·잡지를 통해 유사하게 목격되는 언설이다. 미디어는 여성교육에 관한 담론을 직접 생산하는 한편, 여성의 위치를 재조정하려는 여성들의 폭증하는 기대를 적극적으로 사건화했다. 예컨대 여성을 주요한 계몽의 대상으로 설정한 『제국신문』은 1898년 찬양회 부인들이 여권통문을 돌린 사건을 집중적으로 조명하면서 남녀평등과 여성교육의 중요성을 강조하는 다음과 같은 논설을 실었다.

북촌서 부인네들이 녀학교 셜시홀 뜻스로 리김 두소소가 입학 권면ᄒᆞᄂᆞᆫ 말과 학교 셜시ᄒᆞᄂᆞᆫ 쥬의는 통문을 지어 돌녓다ᄂᆞᆫ 말 ᄉᆞ지는 본 신문에 이왕 ᄂᆡᆷ엿거니와 이런 일을 ᄃᆡ하야셔는 다만 보아 넘기기만 흘거시 아니기로 대강다시 셜명ᄒᆞ노라 그 통문에 ᄒᆞ엿스되 셰상에 남녀가 다를거시 업거늘 엇지 남ᄌᆞ의 버러다 주ᄂᆞᆫ 것만 먹교 심규에 안져 남의 압졔만 밧으리오 문명흔 나라에셔들은 여ᄌᆞ가 어려셔붓허 학교에 다니며 각종 학문을 빗화 학문이 남ᄌᆞ만 못ᄒᆞ지 안은고로 남녀가 동등권이 잇스되 슬프다 우리는 그럿치 못ᄒᆞ야 셰상 형편을 모로고 병신 모양으로 지ᄂᆡ엿스니 유지ᄒᆞ신 동포 형뎨들

33  「논설」, 『독립신문』, 1896.4.21.

은 녀아들을 우리 시로 셜립ᄒᆞᄂᆞᆫ 학교에 보ᄂᆡ여 각항 학문을 공부 식이라고 ᄒᆞ엿ᄂᆞᆫ지라 [34]

근대 미디어가 이러한 담론을 확대하는 방식은 무엇보다 대중들을 신문·잡지의 독자로 호명하는 것이었다. 근대계몽기 이래 신문·잡지 읽기는 근대인이 되기 위한 필수조건으로 미디어가 적극 홍보한 부분이기도 했다. 신문은 전근대의 습속을 앓는 이들의 병통을 치유할 "보명익긔탕"[35]에 비유되는가 하면, "언한문 석긴 신문 ᄒᆞᆼ장 보와" "내외중요사건에 대ᄒᆞ야 관찰과 비평적 이해력"[36]을 갖추는 것이 새로운 여성의 조건으로 요구되기도 했다. 1922년 개벽사에서 창간한 잡지 『부인』의 서문에는 "모든 사람들이 신식 교육을 받아야 하는데, 학교에 갈 수 있는 사람은 학교에서 배우고 가정에서 있는 사람은 이 조그마한 잡지로 배우라"고 권고하고 있다. "사람을 다시 만드는 기관은 교육이오 교육ᄒᆞᄂᆞᆫ 기관중에 유력ᄒᆞᆫ 것은 잡지"[37]라는 언설이 설득력을 얻을 만큼, 신문·잡지는 그야말로 제도권 밖의 또 다른 학교였던 셈이다. 이러한 분위기는 '신문종람소', '신문·잡지 종람소' 등 신문·잡지를 읽는 공적 공간의 탄생을 가능하게 한다.[38]

---

34  「논설」, 『제국신문』, 1898.9.13.
35  「잡보」, 『미일신문』, 1898.11.2.
36  양백화, 「내가 요구하난 7개조」, 『신여자』 창간호, 1920.3, 16면.
37  방신영, 「신여자를 讀ᄒᆞ고」, 『신여자』 2호, 1920.4, 32면.
38  김봉희, 『한국 개화기 서적 문화 연구』, 이화여대 출판부, 1999, 320~321면. '종람소'란 도서관과 유사한 형태로 근대계몽기 이후 꾸준히 설립되면서 근대적 독서를 견인하게 된다. 개인이나 학교 등이 도서관의 규모에는 미치지 못하지만 서적 혹은 신문·잡지 등의 일부 자료를 갖추고 일반인들에게 개방하여 이용하게 했던 일종의 개인문고 혹은 소규모 도서관이었다.

신문·잡지를 읽는 여성들이 생기면서 미디어에 글을 쓰는 여성들 역시 나타나기 시작했다. 근대 미디어가 적극 활용한 독자들의 '투서' 혹은 '투고'는 일차적으로 독자들을 확보하는 전략이자, 미디어들이 생산한 담론을 자연스럽게 확대·재생산하는 장치이기도 했다. 말하자면 '투고'는 독자들이 담론에 능동적으로 개입하는 과정이자, 미디어가 계몽하는 담론을 재생산하는 주체로 독자들을 구성하는 과정이기도 했던 것이다. 『제국신문』에 실린 평안도 어느 '녀노인'의 투고에서 이 같은 상황은 가늠된다.

엇던 녀인이 귀글을 지어 본샤에 보니매 주칭 평안도 녀노인이라 ㅎ엿는 듸 유리흔 말이 만키로 긔ᄌᆡㅎ노라

날마다 신문보니 논셜이 졀담일셰 남ᄌ로 힝셰ㅎ야 츙의가 입게드면 남ᄌ라 홀것 잇소 남ᄌ로 싱겻거든 대장부 ᄉ업ㅎ오 ᄉ업이라 ㅎᄂ거슨 츙효의리 웃듬이라 츙효의리 품어스면 두려울것 젼혀 업소 츙셩츙 굿게 잡아 보국안민 ㅎᄋᆸ세다 (…중략…) 기명이 더듸되면 슘쳔리가 ᄂ보될듯 독립협회 연셜소문 졀졀이 츙군이오 ᄉᄉ이 ᄋ국이라 우미흔 녀ᄌ들도 연셜을 들러보니 츙이지심 격발ㅎ나 녀ᄌ몸이 도엿스니 보국안민 홀 수 잇소 녀학교 셜시ㅎ야 기명규칙 ᄇ온 후에 남ᄌ와 동등되여 츙군ᄋ국 목젹숨아 황실을 보호ㅎ고 민심을 구졔ㅎ면 그아니죠흘잇가[39]

---

39  「논설─독자투고」, 『제국신문』, 1898.11.5. 근대계몽기 『제국신문』과 『여자지남』 등 여성독자들을 겨냥한 신문·잡지에 투고된 여성들의 글쓰기에 대해서는 다음과 같은 논문을 참고할 수 있다. 이경하, 「『제국신문』 여성독자투고에 나타난 근대계몽담론」, 『한국고전여성문학연구』 8집, 2004; 홍인숙, 「근대계몽기 여성 글쓰기의 양상과 '여성주체'의 형성과정─1908년 『대한매일신보』, 『여자지남』, 『자선부인회잡지』」, 『한국고전연구』 14집, 2006.

신문의 논설을 읽고 충군애국이 격발한 평안도 여노인은 여성들에게 교육을 통해 개명규칙을 배워 남성과 동등해진 후에 보국안민 하자는 주장을 펴고 있다. 미디어에 배치된 글을 읽고 이에 자극 받아 글을 쓰는 이 여인의 요구는 여성교육의 목적을 '충군애국'이라는 단일한 의미망으로 포섭하려는 미디어 주체들의 언설과 다르지 않다. 그러나 여성도 교육을 통해 충애지심을 지닌 국민이 될 수 있다는 이 여성의 주장 속에는 충군애국이라는 거시적 목표에 이르기에 앞서 남성과 '동등'해지고 싶다는 욕망이 잠재되어 있는 것이기도 하다. 따라서 미디어라는 공적인 장 속에서 이루어진 여성의 읽고 쓰기, 곧 여성의 교육은 여성들이 미디어의 명령에 일방적으로 응답하는 과정이라기보다, 여성이 스스로의 위치를 발견하고 자신의 위치를 재정위하고자 하는 욕망이 형성되는 과정이기도 했다.[40] 1920년대를 전후로 본격적으로 등장하기 시작한 여성잡지들 속에서도 이는 동일하게 목격된다.

신문화·신민족 건설의 열기가 지배했던 1920년대는 여성들의 향학열이 고조되고 여학교가 본격적으로 활기를 띤 시기였을 뿐 아니라, 여성잡지들이 창간 러시를 이룬 시대이기도 했다.[41] 여성잡지들은 여성의 신교육을 적극 계몽하는 한편, 학교교육을 통해 읽고 쓰기가 가능해진 여성 독자들을 대상으로 독서와 글쓰기를 교육하는 장이기도 했다. 히라타 유미의 지적처럼 학교가 근대화의 제도적 프로그램이라면,

---

[40]  사라 밀즈, 김부용 역, 『담론』, 인간사랑, 2001, 140~141면. 사라 밀즈는 담론으로서의 여성성이 형성되는 장에서 여성들은 그 이데올로기에 일방적으로 속는 존재라기보다 그 담론적 구성물을 이용해 스스로의 위치를 적극적으로 구성하려 한다고 지적한다.

[41]  1920년대를 전후로 1930년대까지, 즉 일제의 문화정치 기간 창간된 주요 여성잡지 목록은 아래와 같다.(김근수, 앞의 책, 111~124·175~194·533~551면 : 최덕교 편저, 『한국잡지백년』, 현암사, 2004 참조)

미디어는 그 명령을 실행하는 장이었던 셈이다.[42]

여성교육의 계몽과 방향 설정은 식민지 시기, 특히 문화운동의 영향이 강렬했던 1920년대 여성잡지의 주요한 사명으로 부과되었다. 개벽사가 "조선 구가정 부인의 지식계발"[43]을 목적으로 창간한 『부인』을 폐간하고 1923년 "현대 여학생을 표준하여" 『신여성』을 새롭게 창간한 것은 이와 같은 시대적 분위기가 반영된 것이라 할 수 있다.

이 시기 여성잡지들은 독자에게 직접 호소하는 방식의 논설은 물론, 여성을 훌륭하게 교육시킨 모범적인 부모들의 일화나 여학교 소개 기사,[44] 혹은 교육을 통해 자수성가한 여성이나 여성교육에 헌신한 이들

| 잡지명 | 발행연월 | 발행처 | 잡지명 | 발행연월 | 발행처 |
|---|---|---|---|---|---|
| 『여자계』 | 1917.12 | 여자계사 | 『여성시대』 | 1930.8 | · |
| 『여자시론』 | 1920.1 | 여자시론사 | 『여성조선』 | 1930.9 | · |
| 『신여자』 | 1920.3 | 신여자사 | 『현대가정공론』 | 1931 | 현대공론사 |
|  |  |  | 『신광』 | 1931.2 | 신광사 |
| 『부인』 | 1922.6 | 개벽사 | 『여인』 | 1932.6 | 비판사 |
| 『신여성』 | 1923.9 | 개벽사 | 『만국부인』 | 1932.10 | 삼천리사 |
| 『부녀지광』 | 1924.7 | 개조사 | 『신가정』 | 1933.1 | 신동아사 |
| 『활부녀』 | 1926.9 | · | 『반도여성』 | 1933 |  |
| 『장한』 | 1927 | 장한사 | 『여성(女聲)』 | 1934.4 | 경성여성사 |
| 『부녀세계』 | 1927.4 | · | 『여성(女性)』 | 1936.4 | 조선일보사 |
| 『현대부인』 | 1928.4 | 현대부인사 | 『부인공론』 | 1936.5 |  |
| 『여성지우』 | 1929.1 |  | 『가정지우』 | 1936 | 조선금융연합조합 |
| 『근우』 | 1929.5 | 근우회본부 |  |  |  |

* '·' 표시된 잡지는 발행처를 확인하지 못함.

42  히라타 유미, 앞의 책, 9면.
43  현철, 「알아두어 필요할 연극 이야기」, 『신여성』 2권 6호, 1924.9, 95면. 현철은 이 글의 서두에서 개벽사가 『부인』을 폐간하고 『신여성』을 창간한 배경을 간단히 언급하고 있으며, 현철 자신이 『부인』의 편집을 맡았던 사실을 회고하고 있다.
44  『신여성』은 '방문기' 또는 '평판기'라는 제목으로 여학교를 소개하는 기사를 종종 실었다. 기사는 먼저 학교 설립 이념 등을 소개하고, 수업 광경을 참관한 뒤, 대개 마지막에는 '기숙사 구경'으로 끝맺는 것이 일반적이다. 여학교 기숙사에 대한 이러한 관심은 규방 밖으로 나와 가시적 존재가 된 신여성들에 대한 감시와, 여성들의 새로운 사적 공간에

의 전기 등 다양한 읽을거리들을 제공하면서 여성교육을 적극적으로 독려했다. 아울러 근대계몽기와는 달리 이 시기 논설들에는 여성교육의 필요성을 환기하는 한편, 여성들의 열악한 교육 환경을 비판하고 상급학교 진학을 강조하는 내용도 자주 포함되었다. 예컨대 『신여성』에 실린 다음과 같은 글은 이 시기 여성교육을 계몽하는 가장 일반적인 언설이었다.

> 엇지면 공부하는 여자가 이러케도 적을가 물논 한심한 꼴이요 근심할 현상이다. 그러나 우리 여자가 지금 공부를 하려고 하면 공부할 수는 잇느냐 다시 말하면 배우고져 하는 그 여자들을 능히 슈용해 낼 학교들이 잇느냐 입학난! (…중략…) 그리고 목하당장에 답답한 것은 여자보통학교를 졸업

대한 일종의 관음증적 시선이 투영된 것으로 보인다. 『신여성』이 여학생 기숙사 관련 비화(秘話)들을 수록한 것 역시 이러한 남성적인 시선이 작동한 결과라 해석할 수 있다. 여학생 기숙사를 소개하는 글은 『신여성』보다 앞서 1920년 발간된 『신여자』에서 이미 선보인 바 있다. 여성들이 주관하고 대부분 여성들이 필자로 참여한 이 잡지에서 여학생 기숙사를 다루는 방식은 『신여성』과는 다소 차이를 보인다. 이화학당과 정신여학교의 기숙사를 소개하는 두 편의 글은 특히 신교육을 받는 여성들의 건강하고 건전한 생활에 초점을 맞추고 있다. 학업에 대한 여학생들의 열정과 미래에 대한 포부, 그리고 고향과 가족에 대한 그리움 등 여학생들의 내면을 읽어낼 수 있는 내용들이 중요한 비중을 차지한다. 이는 기숙사 생활을 경험한 여성 필자나, 특히 기숙사 생활을 하고 있는 해당 학교의 여학생을 필자로 활용했기 때문에 가능한 것이기도 했다. 『신여자』의 이러한 편집 의도는 여성교육에 대한 부정적 시선이나, 혹은 여학생들, 즉 신여성들의 생활을 훔쳐보거나 감시하는 남성적 시선에 대한 일종의 대응/거부로 읽히기도 한다. 정신여학교 기숙사생활을 소개한 김경순(정신여학교 학생)은 글의 모두에 "남들은 여자참정이니 부인해방이니ᄒ야 동분서주ᄒᄂ 동안에 우리는 겨우 보통학교 여중학교ᄭ지 노를 저어 왓"(『신여자』 3호, 1920.5, 51면)다는 말로 여성교육에 대한 세간의 부정적 시선을 간접적으로 비판하는 한편, 함께 생활하는 여학생들을 "ᄒᆫ 목적지를 향ᄒ고 보조를 갓치ᄒᄂ 자매들"로 호명함으로써 여성 연대의식을 강하게 드러낸다. 아울러 기숙사 생활의 悲와 歡를 통해 "노력으로 歡과 홈에 니르"는 것이 여학생들이 향하고 있는 한 목적지이며, 기숙사생활에서 얻은 진리라 천명하고 있다.

하고 난 그 여학생들이 여자고등학교에 들 수가 업는 그것이며 여자고보를 졸업한 그 학생들이 그 이상 학교를 공부할 수가 업는 그것이다. (…중략…) 사람들아 됴선 사람들아 산애만으로도 못살고 산애만으로도 일하지 못할 조선 사람들아 더욱이 사회 민족을 위한다는 쯧잇는 사람아 쏘는 실제 입학 년녕에 달한 쌀을 두고 바로 금년봄에 보통학교와 고등보통학교를 졸업한 쌀을 둔 사람아 당신들은 이에 대한 무슨 새 생각 새 계획이 잇서야 할 것이 아닌가.[45]

필자 김기전은 조선의 여성교육이 남성교육에 비해 현저히 낮은 절뚝발이 교육임을 지적하는 한편, 여성이 고등교육으로부터 사실상 배제되고 있는 상황을 비판한다. 이는 여성들이 중등 이상의 교육을 받을 수 있는 제도적 기반이 미흡할 뿐만 아니라, 여성교육에 대한 부모들의 인식이 부족한 탓이라 지적하고 있다. 계몽의 효과를 배가하기 위해 잡지는 이러한 논설과 나란히 인력거를 끌어 딸을 공부시킨 모범적인 아버지를 배치하기도 했다.[46]

1920년대 여성잡지에 수록된 여성들의 전기 역시 여성교육과 관련된 인물들이 많았다. 근대계몽기 교과서나 소설을 통해 호출된 위인들이 롤랑부인이나 잔 다르크와 같은 구국의 여성들이었다면, 1920년대 여성 위인들은 '현모'나 '양처'들,[47] 혹은 헬렌 켈러나 메리 라이언과

---

45  김기전, 「조선의 절쪽바리 교육」, 『신여성』 2권 3호, 1924.3, 4~5면.
46  일기자(一記者), 「인력거를 쩌러 쌀, 공부 식힌 아버지와 그 싸님」, 『신여성』 2권 3호, 1924.3, 26~29면.
47  『여자계』 2호(1918.3)에는 「태서현부소전」이라 하여 다윈의 아내 등을 소개하고 있다. 다윈의 아내는 병약한 다윈의 건강을 보살피고 가정을 훌륭히 건사한 것은 물론, 심원한 학문상에 이르러 남편을 도와 그가 훌륭한 업적을 남길 수 있도록 도운 현부(賢婦)로

같이 교육을 통해 장애를 성공적으로 극복하거나 여성교육에 헌신한 인물들이었다. 특히 『여자계』에 이어 『신여성』에도 등장하는 맹인 헬렌 켈러의 성공 스토리는 대부분 문맹이거나 문맹에서 갓 벗어난 조선의 여성 독자들을 계몽하는 데 탁월한 상징성을 지닌다는 판단이 전제된 것으로 보인다.[48] 최남선은 『여자계』의 창간을 축하하는 글에서 "아모를 배호기 전에 맨몬저 켈러女史―女史의 정신을 배호고 아모도 본밧지 못할지라도 오즉 켈러女子의 생애―그 노력만 본바드면 금일 조선의 여자―참으로 책임잇는 여자 노릇하기에 아모 부족함이 업슬"[49] 것이라고 충고하고 있다. 그런가 하면 『신여자』 창간호에 소개된 메리 라이언은 여자가 보통학교나 졸업하고 결혼하는 것이 여자의 최고 소망이었던 시절 "남자와 동등사업을 홀 수 잇"[50]다는 신념으로 학업을 계속해 성공한 것은 물론, 미국 최초의 여자전문학교를 창립해 여성 고등교육의 기초를 마련한 모범적 여성으로 소개되고 있다.

여성교육을 계몽하는 갖가지 형식의 언설들이 배치되는 가운데 이러한 담론장에 개입하는 여성 독자들의 투서나 여성 필자들의 글은 주목된다. 이들의 글 속에는 여성의 읽고 쓰기를 금하는 구습과 쟁투하려는 의지, 여성교육에 대해 미온적인 신남성들의 위선적 태도에 대한 비판, 여성교육의 방향에 대한 문제제기 등이 다양하게 표출되어 있다.

---

기록된다.

48　『여자계』 3호(1918.9)에 「헬렌·켈러」라는 제목으로, 『신여성』 2권 6호(1924.9)에는 「세계 유일의 병신학자―헬렌·케라 역사」로 소개되고 있다. 『여자계』 3호에는 헬렌 켈러의 사진이 표지사진으로 들어가 있다.

49　육당선생, 「청춘에서 여자계에게」, 『여자계』 2호, 1918.3, 45면.

50　박인덕 역, 「메레 라욘여사전」, 『신여자』 창간호, 1920.3, 40면.

(가) 何國을 勿論하고 其國의 문명을 볼나면 여자의 교육정도를 몬져 살피는되 우리 女子靑年은 보통지식이나 가진 자가 몃명이닉 되나뇨. 이 엇지 개탄할 바가 아니 리요. (…중략…) 現今 외국문명을 밧고 新科學도 맛보앗다는 자 즉, 여자교육이 필요하며 유익한 거슬 설명하고 여자교육을 면력하라고 역설하는, 표면으로 보면 多聞多識하고 문명의 선도자갓치 보이는 신사들의 가정을 보아도 맛당히 교육을 밧을 만한 靑年女子가 헛도히 집안에이서 남자의 노예노릇을 하며 세월을 보닉는 이가 부지기수로다. 자기의 가정도 개혁하지 못하고 외양으로 여자교육을 맛당히 힘쓸거시라 하니 이 무슴 일이뇨. 싱각건되 幾千百年遺傳해 닉리온 완고흔 성질이라. 然則 우리가 져 거짓 신사들을 의지ᄒ고 여자교육을 위탁흘가. 결단코 아니라 我의 事를 我가 흘지니 엇지 타인을 의지ᄒ리오. (…중략…) 아—슬프다 우리 靑年女子 동포들은 각성하야 여자교육에 헌신 노력할지어다.[51]

(나) 여자교육이라하면 한 특수흔거시오 보통 교육으로 더브러 구별하야 생각하는 거슨 근본적 잘못이오, 이런 그릇된 사상을 가지고 베푼 여자교육은 그 효과가 적을 쑨아니라 교육의 목적을 달흘 수 업습니다. 교육의 근본의의를 극히 간단하게 말하면 「幼少者의 개발」이니, 그 幼少者가 男兒요 女兒됨에 쌀아서 그 이상이 다를 리가 잇습니가. (…중략…) 이제 우리의 교육계를 보건대, 혹은 전연히 일국민을 양성 하랴고하고, 혹은 충실흔 신도, 유용흔 敎役者를 양성하랴고 혹은 무슨 직업을 전수하랴고 하느니, 이는 참말 개인의 가치를 몰각하고 무시함이 심한 거시라 하겟습니다. 이는 男女敎育

51    이앨나, 「여자교육사상」, 『여자계』 2호, 1918.3, 55면.

에 공통흔 사실이나, 여자교육에 이서서는 더욱 교육의 本意를 그릇하고 개인의 가치를 몰거한 거시 잇습니다.[52]

(다) 이천년 禁錮중에 잇던 우리 여자는 금일에 至ㅎ야 암운과 흑우를 벗고 문호를 一開ㅎ는 오늘늘에 反히 此를 반대ㅎ는 수구일파는 곳 세계순리를 逆論者이요 여자사회의 일죄인이라흠이 과언이 아닐가 ㅎ노라 금일에 여자의 해방이라흠이 즉 해방이 아니라 전일 권리를 회복ㅎ거시니 일반 여자는 자성자각ㅎ며 동심협력ㅎ야 일반사회가 놀닌 눈을 쓰게 ㅎ는 날은 금일 일파의 空言妄談도 자기 자멸흘 줄노 자신ㅎ노라[53]

(라) 남자 교육의 주요한 방향은 지능의 계발에 잇는 것이오, 그것은 그들의 추리력을 예리케하고 쏘 지식을 널피고 의지를 굿굿케하는 것이라고 생각하고 잇습니다. 그러나 녀자의 경우에 잇서서는 더욱이 상류가정에 잇서서 그들의 교육은 오로지 감정의 발달에 치중합니다. 곳 음악, 문학, 예술, 시와 갓흔, 다만 그들의 상상력을 강케 하고 그들을 더욱더욱 신경과민케 하는 제종의 긔호를 가지게 하는 것이 교육이 되는 것임니다. 이것은 교육자가 여자의 천성과 그 억색한 생활에 대한 편견에서 생긴 착오를 나타내는 표시올시다.[54]

인용문 (가)의 공주영명학교 교사 이앨나는 기서(寄書), 즉 독자 투서의 형식을 빌려 여자교육의 중요성을 강조하는 한편, 근대적 교육을 받

---

52   일기자, 「여자교육론」, 『여자계』 3호, 1918.9, 6~10면.
53   이일정, 「여자교육복권론」, 『신여자』 3호, 1920.5, 5면.
54   연구생, 「결혼 때문의 교육-페-뻴에 의함」, 『신여성』 3권 6호, 1925.6·7, 7~8면. 연구생이란 필명으로 활동한 이는 '화중선'이라는 기생이었다.

고 여자교육의 필요성을 주장하는 지식인 남성들이 기실 그들 가정 내 여성들의 교육에는 인색하며 여성들을 여전히 남성의 노예로 취급하는 현실을 비판한다. 이앨나는 이들을 가차 없이 "거짓 신사"로 일갈하고, 더 이상 이들에게 여자교육을 의지할 수 없으며, 여자 스스로가 여자교육의 주체로 나서야 한다고 촉구한다. 아울러 여성교육에 헌신하고 여성들의 각성을 이끌기 위한 여성 연대의 필요성을 제기하고 있다.

그런가 하면 『여자계』의 기자 명의로 쓴 「여자교육론」(인용문 (나))에서는 여성의 교육을 남성의 교육과 구별하고 특별한 범주로 설정하는 것은 잘못이라 비판한다. 또한 교육의 주체가 지닌 욕망에 따라 여성을 '국민', '신도' 혹은 '교역자'나 기능적인 '직업인'으로 양성하려는 것 역시 교육의 궁극적 목표가 될 수 없다고 주장하고 있다. 교육의 본의는 개인의 참가치를 되살리는 것, 곧 "독립흔 한 사람"(같은 글, 10면)을 만드는 것이며 그 유일한 방법은 "개성의 계발"(같은 글, 12면)이라는 것이다.

여자의 읽고 쓰기를 금하는 수구적 태도를 비판하고 있는 인용문 (다)의 필자 이일정은 교육은 여성이 박탈당한 권리를 '회복'하는 것이며, 따라서 여성교육은 해방이 아니라 '복권'의 차원이라고 선언한다. 그런가 하면 인용문 (라)는 여성의 교육 내용에 대해 문제를 제기하고 있다. 남성교육이 지능과 지식 계발, 즉 '이성'을 발양하는 교육이라면 여성교육은 '감정'교육에 치중하고 있다는 것이다. 이는 여성성에 대한 교육자들의 편견에서 비롯된 것이며, 따라서 남성-이성, 여성-감정의 논리가 전제된 성별 교육의 중단을 요구하고 있다.

남성의 '타자'로 정위된 여성의 위치를 자각하고, 여성교육의 목표를 '개인'의 발견, 독립된 '주체'의 정립에 두려는 이 같은 여성들의 욕망과, 현모양처 교육의 범주로 여성교육을 제한하려는 이들의 욕망이 매끄럽게 합치될 수는 없었다. 주지하듯 근대계몽기 이래 여성교육의 목표는 좋은 어머니 되기, 곧 모성의 자각에 있었다. 근대는 여성과 더불어 '아이'가 발견된 시대이며, 계몽 미디어는 이 아이들, 즉 미래의 국민을 양생(養生)하는 '어머니'되기를 여성교육의 목표로 설정했다. 교육을 받은 어머니만이 근대적 국민을 낳고 기를 수 있다는 새로운 모성 담론이 근대계몽기 이래 신문·잡지를 통해 적극 확산된 것이다.

> 녀편네의 직무는 셰상에 나셔 사나히를 글으치라는 것이라 녀편네가 학문이 잇거드면 즈식을 처음에 빅속에 포틱 ᄒ엿실 째브터 아홉 둘을 잘 보호 ᄒ야 해산ᄒ 후로 ᄎᄎ 기르면셔 더웁고 칩고 주리고 빅부르고 가렵고 압혼 것을 째째로 잘 슬피여 묘리 잇게 길너 내여[55]

> 동양이 미약ᄒ고 진흥하지 못흠은 실로 여자의 교육이 없음이라. 여인이 무식하고 어찌 그 소생된 남자가 명철하기를 바라리오[56]

인용한 논설들은 여성의 직무가 오직 자식을 낳고 가르치는 것이며, 어머니의 자식 교육은 태교에서부터 시작된다고 강조한다. 전통적인 자녀 교육에서 그 중심이 아버지였다면,[57] 근대적인 가정에서 자녀 교육은

---

55 「논설」,『독립신문』, 1898.2.1.
56 「논설」,『제국신문』, 1901.4.5.
57 조선시대 사대부가의 자녀 교육의 목표는 덕과 지가 출중한 사람, 곧 '군자'를 양성하는 것이었다. 이는 자녀 교육에서 아버지의 역할이 중요한 이유이기도 했다. 조선시대 선비

전적으로 어머니의 몫이 된다. 무식한 여인은 미래의 국민인 '사나히'를 온전하게 길러낼 수 없고, 그것은 국가가 진흥하지 못하고 나아가 동양이 미약한 이유가 되기도 한다. 근대계몽기 이래 학교 교육과 미디어 교육이 연합한 것은 바로 이러한 '여덕(女德)'의 창출, 곧 근대적 틀로 재구성한 부덕(婦德)과 모도(母道)의 훈육에 있었다. 이 훈육의 기획은 1920년대 이후 여성잡지들을 통해서 부단히 관철되고 강화되었다. 교육받은 신여성들의 역할을 민족이라는 상상적 범주로 귀납하고, 자각한 여성들의 욕망을 미래의 국민을 양육하는 모성으로 환원하려는 개조 주체들의 남근적 구상을 여성 미디어들 속에서 만나기란 그리 어렵지 않다.

녀자의 교육은 모성중심의 교육(母性中心敎育)이라야 한다. 녀자의 인생에 대한 의무의 중심은 남의 어머니 되는데 잇다. (…중략…) 조혼 어머니가 되어 조혼 아희를 길러내는 것이 오즉 녀자의 인류에 대한 의무요 국가에 대한 의무요 사회에 대한 의무요 쏘 녀자가 아니고는 하지 못할 것이다. 한 나라에서 조혼 국민을 만히 나게 하려면 먼저 조혼 어머니를 만히 만드러 노아야 한다. 더구나 우리나라와 가티 특수한 경우에 잇셔 민족적 개조가 긴급한 국민에게는 무엇보다도 만흔 조혼 어머니가 필요하다. (…중략…) 교육 방침이 국민을 쌀하 다를 것이오 시운을 쌀하도 다를 것이다 그러나 오날날 우리 조선 녀자에게는 모성중심의 교육을 집히집히 너허 주지 아니하면 녀자를 교육식힌다는 것이 아모 의미가 업는 줄 안다.[58]

---

들의 일과를 살펴보면 자녀들의 독서 지도가 중요한 일과로 기록되어 있으며, 아버지가 하루 5~6차례씩 자녀의 독서를 지도했다고 한다. 유점숙, 『전통사회의 아동교육』, 중문출판사, 1994, 51면.

58 이광수, 「모성중심의 女子敎育」, 『신여성』 3권 1호, 1925.1, 19~20면.

영원히 그 민족의 장래에 진흥하는 모든 것이 그 모성인 여성의게 잇지 안코 어데 잇겟느냐. (…중략…) 그럼으로 여성을 모성의 의미에서 이탈시키면 그도 亦 아무 존귀함이 업다고 생각한다. 여성의 교육을 모성중심으로 하라. 여성의 교양을 모성중심으로 하라는 말은 즉 인류나 혹 국민을 위하야 여성은 모성 중심의 발달을 가지고 그 인격도 모성을 중심으로 한 정돈으로 하여야 한다는 말이 엄밀하고 진지한 의미에서 용납으로 하지 안이치 못할 것이다. (…중략…) 조선에 새국민 필요한 이상 완전한 모성이 필요하다. 조선에 새 생명이 필요한 이상 완전한 모성이 필요한 것이다. 여성은 모든 논박을 듣지 말나 다못 어머니라는 것−조혼 어머니−새 국민의 어머니−라는 것을 명심하라[59]

이광수와 이은상에게 '여성'은 곧 '모성'과 등치되며, 여성을 모성에서 이탈시킬 때 여성은 "아무 존귀함이 업"는 비존재와 다를 바가 없다. 그러므로 이광수와 이은상은 "논문의 독자인 조선 민족의 모성, 즉 조선여성"(이은상, 같은 글, 5면)들을 향해 "완전한 모성"을 지닌 좋은 어머니, 새 국민의 어머니가 되어 민족의 개조, 민족의 진흥에 헌신할 것을 명령하며, 이를 위해 여성교육은 철저히 '모성중심의 교육'이 되어야 한다고 주장한다. 이러한 남성 계몽주체들의 요구를 내면화한 여성들의 글 역시 발견된다. 어린아이의 양육자로 여성의 역할을 규정하는 아래 여성 필자의 목소리에는 여성교육의 목적을 입안해 온 남성주체들의 목소리가 착종되어 있다.

---

59    이은상, 「조선의 여성은 조선의 모성」, 『신여성』 3권 6호, 1925.6・7, 5~6면.

형님 지금 감초지 못할 깃븜 가운딕 중ㅎ고 大흔 책임을 싱각ㅎ심닛가. 어머니는 愛의 화신이오 犧牲의 근본이겟소 만히 스랑하는 거슨 만히 사는 거시지오, 스랑 업스면 살지 안는 거시 맛당 할가요. 영구히 스랑하는 거슨 영구히 사는 거시지요. 그러나 스랑에 싸진 어머니는 만히 그 愛子를 죽임니다 자연딕로 잇는 어머니는 ᄆᆞ음은 광석썩에 싸야몬드라 ㅎ겟소 어머니 마음을 충분히 광휘잇게 ㅎ랴면 교육을 바다야 ㅎ겟지오. (…중략…) 어머니를 교육하는 거슨 全民族을 교육함이라 ㅎ겟소 왜 여자교육의 필요를 씨닷지 못ㅎ게 幼稚한가요, 우리 민족은. (…중략…) 아해를 나혼 거시 최고의 의의의 어머니라고는 할 수 업지오 육체의 어머니에 만족ㅎ시지 말고 맹목적 愛에 침닉 ㅎ시지말고 지능과 총명한 인격으로 정신적 어머니 되기를 기대할 거시외다.[60]


편지 형식으로 쓴 이 글에서 필자는 아이를 낳아 어머니가 된 여성에게 사랑과 희생의 어머니의 역할을 환기하는 한편, 육체의 어머니, 맹목적 사랑으로 오히려 자식의 교육을 그르치는 어머니가 되지 말고 지능과 총명을 겸비한 '정신적 어머니'가 될 것을 주문한다. 이 새로운 어머니로 여성이 변신하기 위해 필요한 것이 '교육'이라는 것이다. 이와 같은 언설들은 '여성' 혹은 '인간'으로서의 자각과 '어머니'가 되라는 사회적 요구 사이에서 협상할 수밖에 없었던 당대 여성들의 위치가 읽히는 장면이기도 하다.

신교육을 받은 여성들의 사회 진출이 사실상 봉쇄되어 있다는 것 역

---

60    김덕성, 「싀로 어머니가 되신 형님쯰」, 『여자계』 2호, 1918.3, 19~20면.

시 여성교육을 현모양처 교육으로 담론화하는 데 일조한 것으로 보인다. 여학교를 졸업하고도 교사가 되는 것 외에는 대부분 가정으로 돌아가 주부가 될 수밖에 없는 열악한 상황은 『신여성』의 졸업생 감상담 모집에 투고한 여학생의 글을 통해서도 짐작할 수 있다.[61]

> 그러나 오래 공부하던 업을 맛치고 학교문을 마즈막 나가려는 졸업생들 각자들의 마음은 도리혀 무서운 고민 중에 괴로히 지낸답니다. (…중략…) 첫재 공부를 더 하고 십흐니 갈곳이 잇습닛가 저는 공부를 더 하고 십습니다. 그것치만 돈이 업서서 일본이나 청국에는 갈 수가 업습니다. 됴선 안에서 갈 곳이 한 곳인들 어대 잇습닛가 남학생 갓흐면 그래도 전문학교나마 갈 곳이 잇습니다. 그러나 녀학생들은 어대가야 좃켓습나. 고등보통학교나 졸업하고 그만두려면 보통학교만 졸업하고도 신문 한 장 편지 한 장은 보고 쓸 수 잇스니 그것으로 족할 것입니다. (…중략…) 졸업은 깃다울 것입니다. 그러나 조선 녀학생들에게는 데일 만흔 괴로움을 가저오는 째임니다. 가게 될 째 가드래도 제발 싀집 가라고 독촉 좀 말아주십시요 다른 회사니 대학이니보다도 여자전문학교를 위선 단 하나라도 세워주십시요 그리고 여자들에 대한 충분한 리해를 가저주십시요[62]

61　『신여성』에 실린 「여학교 졸업생 가는 곳」(2권 3호, 1924.3)을 참고하면 상급학교에 진학하거나 유학을 하는 여학생늘도 있으나, 교사가 되거나 가정으로 놀아가는(미혼・결혼 포함) 여성들의 비율이 훨씬 높았음을 알 수 있다. 상급학교 진학도 사범과가 많았으며, 유학을 다녀온 여성들의 다수가 교사가 되는 상황이었다. 이는 「진명여학교방문기」(『신여성』, 2권 5호, 1924.7)에서도 확인되는데, 졸업생 485명 중 유학이 14인, 교원이 된 경우가 47인, 은행원 혹은 회사원이 2인, 그리고 나머지는 모두 가정에서 살림살이를 한다고 소개하고 있다.

62　진명 김××, 「갈 곳이 업습니다」, 『신여성』 2권 3호, 1924.3, 32~33면.

진명여학교 학생의 이 절망적인 토로에 대한 여성잡지의 대응은 상황을 개선하기보다 수리하는 쪽으로 전개된다. 『신여성』에 실린 「여자교육개신안」에서 주요섭은 "현조선에서 여자고등 졸업생의 구할은 가정주부가 될 운명에 처햇"다는 것을 기정사실화하고, 가정으로 돌아갈 여학생들에게 영어보다는 "상식"을, "음악 하는 법보다도 듣는 법을 배와주"며, "육아법"을 가르치라고 요구한다.[63] 잡지는 여자교육계의 가장 큰 문제점이 "가정과 학교의 부조화",[64] 즉 학교교육과 가정교육의 괴리라는 점을 지속적으로 부각했다. 『신여성』이 기획한 「학부형끼리의 여학생문제좌담회」[65]에 나온 방정환, 이성환, 이익상 등 참석자들은 여학교에 가정과나 상과, 농과 등을 확충하고 가사 교육을 강화하며, 보육학교 교육을 시키는 것이 여성들에게는 가장 효과적일 것이라고 주장하고 있다.

> 강 : 함경도라도 밧일은 모르지. 내가 여학교를 경영한다면 반드시 가정
> 과·상과·농과를 두겟는데 특별히 농과에 주력해보겟습니다.
> 방(김부인께) : 댁에서는 어쩌서 상업에 보내섯습니까.
> 김 : 제 어른이 보냇습니다. 제 자신의 힘을 엇자면 이곳이 첩경이겟스니
> 까 보낸 모양 갓습니다.
> 방 : 졸업한 뒤에 실사회에 나가는데 말씀이지요.

---

63  주요섭, 「여자교육개신안」, 『신여성』 5권 5호, 1931.6, 10~12면.
64  조춘광, 「인간애와 교육」, 『신여성』 2권 11월호, 1924.11, 64면.
65  「학부형끼리의 여학생문제좌담회」, 『신여성』 5권 5호, 1931.6, 28~35면. 좌담회에는
방정환, 이익상, 이성환 등이 참석했으며, 여성 참석자로는 문일평의 아내인 김은재가
있었다. 방정환은 1931년 사망 전까지 『신여성』의 편집인과 발행인을 겸했다.

김 : 아니지요. 출가한다손 치드라도 그럿습니다.

(…중략…)

방 : 어린이 문제와 여성 문제는 써러질 수가 업다고 나는 생각되는데 지
    금 완전한 곳이 업서서 그러치 보육학교교육을 식혓스면 하고 생각합
    니다. 기한이 짧고 집에 드러가 살님을 하든지 밧게 나가 취직을 하든지
    퍽 긴절하다고 생각합니다.

강 : 보육학교라고 할 것이 아니라 여학교에서 가사과목을 더 가르치는
    것이 조켓지요.

이(성) : 육아과를 두는 것도 조타고 생각합니다.

방 : 하여간 어머니의 무식가티 무서운 것도 쏘 업다고 생각합니다. 현재
    조선에도 이로 인한 비참한 실례가 퍽 만흐니까요.


여학교를 일종의 '신부양성소'로, 신여성의 공간을 다시 가정으로
제한하려는 사회의 요구에 암묵적으로 동조하는 가운데, '여학생의 결
혼관'을 물어 온 잡지 『신여성』에 대해 경성 모 여학교 교사라고 자신
의 신분을 밝힌 한 필자는 다음과 같이 우회적인 비판을 하기도 했다.


   요사이 젊은 사람들이 고등명도의 녀학교를 가르켜 신부양성소라고 한다
는 말을 들엇는데 귀 신녀성사에서도 그러케 치시는 것입닛가? (…중략…)
그것은 우슨 말슴이올시다만은 사실상 더 공부하려야 할 곳도 업고 사회에
나아가 일을 하려야 일할 것도 업서서는 참말로 신부양성소 밧게 되지 못할
것입니다. 한편으로 생각하면 조선녀학생들은 가련하지요.[66]

교육받은 신여성의 미래를 결국 가정의 주부로 정위하려는 여성 미디어의 태도는 잡지의 상당 부분을 연애와 결혼, 그리고 이혼 관련 내용에 할애하고 여성 독자들이 주어진 젠더 규범을 자연스럽게 내면화도록 교육했다. 그러나 이러한 교육의 효과는 미디어가 계몽을 위해 여성들에게 허용한 '글쓰기'를 통해서 이미 균열의 조짐을 보이고 있다.

한 번 나의 정신을 가다듬어서 자아(自我)를 차즈려 할때에 이십(二十歲)이 넘은 튼튼하고 건강한 몸으로써 의식쥬까지 부모에게(혹은 남편에게) 의뢰치 아니하면 심지어 그것까지도 업게 되니 이것이 과연 신시대 녀자의 치욕이 아니고 무엇이겟슴닛가? 그럼으로 진정한 자아(自我)를 차자서 남과 가튼 갑잇는 생활을 자유로 하랴면 먼저 내 힘으로 먹고 내 힘으로 입으며 내 쌍에 살어야 할터이나 일즉이 우리 여자에게난 실업(實業)이란 엇더한 것임을 알아볼 만한 긔관까지 업섯슴을 불행으로 늣기엿섯슴니다 (…중략…) 그러나 그간 일년의 졸업으로 엇은 나의 새로운 각성(覺醒)은 가챠('장차'의 오기로 짐작됨) 나를 살 길로 인도함이 되엿나이다 이졔부터난 나도 결단코 다른 사람 의회('의뢰'의 오기로 짐작됨)하지 말며 다른 사람만 원망하지 말고 오직 내 힘을 다─하야 적은 대서부터 실지로 실천하야 나는 나대로의 생활을 도모하려 합니다.[67]

아아 이내 어린 몸이 학해(學海)의 피안(彼岸)을 바라보면서 적은 배로 항행(航行)하여 온 지 여러 해에 간신히 중등 정도의 배화학교를 졸업하자 험한 물결은 집혼 안개가 압흘 가리워서 압길은 쏘 다시 아득하고 나아갈

---

66 경성모여학교 교사, 「신부양성소」, 『신여성』 2권 5월호, 1924.5, 42면.
67 근화상과생 이명숙, 「혼자 살 수만 잇게 된다면」, 『신여성』 2권 3호, 1924.3, 37면.

방향은 캄캄하엿다. 그리하여 몸시도 부닥기든 끗에 하는 수 업시 항행의
길을 멈추고 적음 섬[島]에 닷을 나리운지도 벌서 일주년이라는 길고 긴 세
월이 지나갓다. 적은 섬이란 무엇인가? 그는 ○○학교의 교단이엇다 그리하
야 나는 거긔서 교원 생활을 하면서 행여나 다시 나아갈 항로가 열일가 하고
조흔 긔회가 오기를 바라면서 학생생활을 그리우고 잇섯다. (…중략…) 사
람이 긔회를 만드는 것이요 긔회가 사람을 싸르는 것은 아니라하고 업는 힘
을 다하여 올봄에 쏘다시 상경하엿다 그리하여 나의 나아가려는 방향을 쌀
하 ○○미술원에 입학을 하고 원하든 공부를 시작하엿다[68] (○○는 원문의
표기)

졸업의 감상을 쓴 필자 이명숙은 부모나 남편에게 의뢰하지 않고
"참나"(같은 글, 37면)를 찾는 독립적 삶을 살겠다는 의지를 내보이며, 졸
업 후 1주년 감상을 쓴 배화교 졸업생은 교사로서의 삶에 만족하지 않
고 화가가 되겠다는 소망을 실현시키고자 한다. 여성의 최종적 위치를
아내와 어머니로 지정하고, 여성교육을 모성 교육 혹은 현모양처 교육
으로 견인하려는 욕망이 미끄러지는 지점이다. 달리 말하면 이는 음악
하는 법보다는 듣는 법에, 창작자보다는 감상자의 위치에 여성이 머물
러 있기를 원하는 가부장적 욕망과, 감상자보다는 창작자가 되고 싶어
하는 여성들의 욕망이 충돌하는 지점이기도 하다. 그 충돌의 지점에서
우리가 발견하는 것은 가부장의 요구를 순종적으로 '읽어내는' 존재가
아닌 적극적으로 자기를 '쓰는/표현하는' 여성의 존재이다.

---

68    배화교졸업생 황SY, 「눈물 만흔 첫고생」, 『신여성』 2권 6호, 1924.9, 50~51면.

# 제2장

# 여성잡지가 표상한 근대적 여성

청년여자/신여자 · 신여성 · 주부

근대로 이행하면서 여성을 명명하는 말들이 새롭게 나타나기 시작했다. '청년여자', '신여자', '신여성', '모던걸', '현대여성' 등 신교육을 받은 여성들을 호명하는 어휘들이 탄생하면서, 이들과 대쌍 개념의 '구여성'과 같은 신조어들 역시 등장한다. 교육과 가치관이 여성들을 분할하는 기준이 되는가 하면, '주부', '처녀', '소녀' 등과 같이 결혼과 연령에 따른 여성의 구분이 생겨나고 이를 지시하는 명명들이 출현했다. 기실 '계집'과 '여편네'를 대체한 '여자' 혹은 '여성' 역시 근대의 신조어이기도 하다. 이처럼 여성 내부에 촘촘한 차이를 각인하는 용어들의 발명과 이 신조어들을 정의내리기 위한 경합이 이루어진 주요한 장이 여성잡지였다. 다시 말하면 근대 여성잡지는 여성의 분할과 위계화가 가동되고 그에 따른 합의되지 않은 명명들이 혼재하며, 새로운 호명의 의미를 둘러싼 담론적 갈등과 각축이 일어난 장소인 것이다. 따라서 여성을 지시하는 다양한 용어들은 단지 그 사용법상의 불일치만을 의미하지는 않으며,[1] 매체가 놓이는 역사적 문맥과 매체의 이념적 지향이 연루되어 있는 것이기도 하다. 근대 여성잡지는 이러한 '명명하기'[2] 혹은 정의내리기의 정치를 통해서 새로운 여성들의 표상을 만들고, 잡지의 독자인 여성들을 향해 '있어야 할' 여성을 부단히 호명하는 "정신적" "실행적"[3] 기관으로 역할하게 된다.

이 장에서는 『여자계』, 『신여자』, 『신여성』, 『신가정』을 중심으로 1920~1930년대 여성잡지들이 근대적 여성주체를 구성해 가는 담론의 추이를 따라가 보고자 한다. 여성주체의 구성을 둘러싸고 형성된 여성 담론은 당대 문학 속에서 여성을 재현하는 방식을 결정하고 여성이 읽는 작품을 선별하는 기준이 되었는가 하면, 여성들의 글쓰기를 실행하고 특정한 범주로 유도한 것은 물론, 여성들의 문학을 비평하는 비가시적인 규준으로 작동했기 때문이다.

---

1  소영현, 「젠더 정체성의 정치학과 '근대/여성'담론의 기원」, 『한국 여성문학 연구의 현황과 전망』, 소명출판, 2008, 145면.
2  레이 초우, 장수현·김우영 역, 『디아스포라의 지식인』, 이산, 2005, 155면. 레이 초우는 '명명하기'가 현실을 사라지게 하는 대신 특정한 현실을 올바른 것으로 구성한다고 지적한다.
3  김양, 「우리의 운명은 어대잇소?」, 『여자계』 6호, 1921.1, 16면. 김양이라는 필자는 이 글에서 "잡지는 학술적보다는 정신적, 추상적보다는 실질적, 이상적보다는 실행적"이라 규정한다.

# 1. '청년여자/신여자', 개조와 연대의 기획

1910년대 실력 양성의 포부를 안고 유학을 떠났던 소수의 여자 유학생들이 중심이 되어 『여자계』(1917)와 『신여자』(1920)를 창간한다. 두 잡지는 모두 여성들이 발간 주체가 되고 여성 독자들을 겨냥했으며, 여성들에게 본격적으로 글쓰기의 장을 제공한 명실상부 여성이 중심이 된 매체라는 점 외에도 여러 가지 유사한 지점을 공유하고 있다. 먼저 '개조'를 향한 시대적 열망이 이들 잡지의 탄생을 추동한 역사적 동인이 되었다는 사실이다. '개조'와 '해방'이라는 단어를 창간사의 모두(冒頭)에 배치한 『신여자』는 개조가 곧 "인류의 부르지즘"이요, 세계는 "참으로 개조홀 써"[4]가 되었다고 선언한다. 개조란 "생의 요구의 만족을 구하야 자기 쏘는 자기의 생활환경을 변화"시키는 것이며, "완전한 인격자"[5]가 되는 것이 개조의 궁극적인 목표라 천명하기도 한다. 완전한 인격자로 거듭나기 위해서는 이를 방해하는 현상이 먼저 타파되어야 한다고 주장하는데, 이에 당연한 수순으로 질곡으로서의 현상인 '여성'이 발견된다. 서사의 형식으로 쓰여진 『여자계』 2호의 「권두의 변」에는 질곡으로서의 여성이 '위중한 어머니'로 비유되며, 이 어머니를 구하러 가는 것이 잡지 『여자계』의 소명임을 환기한다. 개조는 치유이자 구원이기도 한 것이다. 여성이라는 굴레를 타파하고 '완전한 인격자'

---

4    「창간사」, 『신여자』 창간호, 1920.3, 2~3면. 창간사의 필자는 따로 명시되어 있지 않으나, 『신여자』의 편집주간인 김원주(金元周)가 쓴 것으로 짐작된다.

5    「먼저 현상을 타파하라」, 『신여자』 4호, 1920.6, 2~3면.

혹은 '보편적인 시민/근대인'이 되고자 하는 이 같은 기대는 식민지의 암울함을 압도하고 현실을 신춘(新春), 신태양(新太陽)의 메타포로 충만한 '새 세계'로 지시할 만큼 강렬하다.[6]

그렇다면 이러한 새 세계를 도래시킬 주체는 누구인가. 『여자계』와 『신여자』는 그들을 '청년여자' 혹은 '신여자'라 호명하고 있다. '청년여자'나 '신여자'는 두 잡지에 모두 혼용되었으나, 『여자계』에는 '청년여자'가, 『신여자』에는 잡지의 제호와 같은 '신여자'가 더 빈번히 배치되었다. '청년여자'와 '신여자'는 서로를 대체할 만큼 유사한 의미를 구축해 간다. 개혁의 주체를 자임하고 나선 이들은 무엇보다 "교육의 보급을 선결적 책임"[7]으로 스스로에게 부과하며, 조선 여자계가 해야 할 사업으로 아동교육, 학교교육, 부인교육을 제시하기도 했다. 유아원·학교 설립과 더불어 서적·잡지의 출판 역시 이러한 사업의 일환으로 추진된다.[8]

그런가 하면 '청년여자'와 '신여자'는 "일가(一家)의 주부",[9] "가정의 주인"[10]이 되어 완전한 가정을 만들어 갈 책임을 지닌 존재로 정의되기도 했다. "완전한 가정이 잇셔야 완전한 사회를 지배하고 완전한 사회가 잇셔야 완전한 국가가 잇"[11]다는 논리 아래 '청년여자'나 '신여자'는

---

6   예컨대 현덕신의 「싀 셰계가 다시 왓네」(『여자계』 5호, 1920.6)에는 이러한 분위기가 잘 반영되어 있다. 가령 다음과 같은 구절을 예로 들 수 있겠다. "봄이 왓도다 봄이 다시 우리 강산에 도라왓도다 명쥬옷 닙고 가벼웁게 나라오는 듯한 따쯧한 봄바람은 향기나는 사랑을 가지고 와셔 모든 죄악을 씻쳐 무음을 맑게 하며 신령된 눈을 쓰게 하니 신통하다 유력흔 춘풍이여 (…중략…) 아! 世界가 자유로다 어름쌍 갓치 찬 바람도 내부로 발동흐는 생명력의 활동을 쓰을 수 업쓰며 판갓치 구든 찬 어름도 春水의 팽창력을 막을 수 업도다".(34면)
7   「신여자의 사회에 대흔 책임을 논흠」, 『신여자』 창간호, 1920.3, 7면.
8   「각성하라」, 『여자계』 2호, 1918.3, 4면 참조.
9   춘강, 「신여자의 자각」, 『여자계』 4호, 1920.3, 33면. 춘강은 전유덕의 필명이다.
10   「창간사」, 『신여자』 창간호, 1920.3, 3면.

"새 조선 지으시려는"[12] 이들로 호명되기도 한다. "늬남편을 정력잇는 일꾼 맨들고 새지식을 만히어더 육아에 힘써 동포위히 일 잘홀 국민민 들이" '쳥년여자'다 '신여자'가 "집에 잇는 국민"[13]으로 등록될 수 있는 방법임을 두 잡지는 부각한다. 『신여자』 창간호에는 '신여자'가 가정과 분리된 여성들이 아니라 주부의 책임을 분명히 인식하는 존재임을 거듭 공포하고 있다. 창간사에서 신여자들이 세상에 나온 목적이 "同等이란 헛문서만 차즈려홈도 아니고 女尊이란 헛글자만 쓰랴는 것도 아"니라고 밝힌 잡지 발간의 주체들은, 창간호 곳곳에 "가뎡의 책임을 가지신 부인들에게"라는 제목으로 주부, 특히 남편의 내조자로서 여성이 해야 할 일들을 열거하고 있다. 창간호 권두 논문에서는 "금후의 시세변동과 인문발달에 의ᄒ여 엇더흔 기세로 향ᄒ든지 당분간은 남자에계 承順ᄒ야 그의 동정하에 점진적 태도를 취"[14]하라고 여성 독자들에게 권고하기도 한다.

그런데 창간호 마지막에 배치된 「편집인들이 엿줍는 말삼」에서는 이러한 목소리에 균열이 감지되기도 한다. 『신여자』 편집진들은 창간사나 잡지 발간의 목적을 밝힌 권두 논문의 논조를 의식한 듯, "권두의 논문은 현금조선여자사회를 표준ᄒ야 흔 말삼이온디 고등교육을 밧으신 제씨는 비난ᄒ실 점이 읍지 아니ᄒ나 우리의 주위의 형편을 도라보시고 용셔ᄒ십시요"라고 독자들의 이해를 구하고 있다. 가정에 대한 여성의 책임을 강조하고 주부를 여성 본연의 역할로 부각하던 창간호의

---

11  춘강, 앞의 글, 33면.
12  무명은인, 「여자의 주는 力」, 『여자계』 2호, 1918.3, 24면.
13  이 내용은 제목 없이 7·5조의 창가 형태로 『신여자』 창간호에 삽입되어 있다.
14  「신여자의 사회에 대흔 책임을 논홈」, 『신여자』 창간호, 1920.3, 6면.

목소리가 가부장적 요구에 대한 일방적인 응답이라기보다 신여자가 존재하기 위한 일종의 협상임이 짐작되는 대목이다. 협상 혹은 전략으로서의 '이중적 목소리'내기는 이미 창간호 권두 논문에서 읽히는 것이기도 했다. 당대 남성들이 신교육을 받은 여성들을 비난하던 상투적 어투로 여성의 부허사치(浮虛奢侈)를 경계하던 필자는 글의 마지막 부분에서 이를 문제 삼는 궁극적인 이유가 "여자교육반대론자에 一口實을 與"할 수 있기 때문이라 언급한다. 이는 신교육을 받은 여성들을 허영과 사치를 일삼는 비생산적인 존재로 표상하고, 국가/민족주의 논리 속에서 이 같은 여성을 민족적 책임을 망실하고 "家國을 참살하"[15]는 죄인으로 지목한 발언들과는 확실히 다른 목소리이다. 『신여자』에는 이 같은 비균질적인 목소리들, 국가나 민족의 의미망으로 귀납되지 않는 여성들의 이질적인 목소리가 『여자계』보다 훨씬 분명하게 들린다. "인류를 완전한 생활로 인도ᄒᆞ는"[16] 자, "여자해방을 실행"하고 "부인문제를 해결"[17]할 자, "깨이고 아는 여자"[18] 등 '청년여자'와 '신여자'가 원론적인 차원에서 유사한 의미를 공유함에도 불구하고, 양자의 미묘한 차이를 읽게 되는 것은 이 때문이다. '청년여자', '신여자'라는 명명의 상이함은 단순히 용어의 다름만을 의미하지 않으며, 기실 이를 적극적으로 전유한 각 매체의 성격과 지향이 투과된 용어일 수 있는 것이다.

　『여자계』가 '청년여자'를, 『신여자』가 '신여자'의 의미망을 구축해가는 과정을 들여다보면 두 잡지의 차이는 보다 뚜렷하게 드러난다.

---

15　춘강, 앞의 글, 33면.
16　김계수란, 「여자제군의 불(火)의 혀(舌)를!!」, 『신여자』 창간호, 1920.3, 47면.
17　이양선, 「새로 오신 여러 형님에게」, 『여자계』 6호, 1921.1, 2면.
18　김원화, 「청년여자들에게」, 『신여자』 창간호, 1920.3, 45면.

『여자계』가 가장 분명하게 단절과 대결의 의지를 내보인 것은 '부로(父老)·구(舊)·야만'으로 지시된 조선의 '과거'이다. 과거와의 단절과 결렬은 '청년'이 구성되는 방식이며,[19] 『여자계』의 청년여자들 역시 이와 같은 청년의 구조 속에서 탄생한다. 동형의 형식을 빌어 태어난 이들은 서로를 '오라비와 누이', 곧 의사 혈연관계로 설정하며 강한 유대감을 표시한다. 이런 측면에서 '청년'[20]을 매개로 만들어진 '청년여자'라는 용어는 매우 의미심장하다. '청년여자' 혹은 '누이'라는 근대적 여성주체가 탄생하기 위해서는 '청년' 혹은 '오라비'라는 남성의 매개를 통해서만 가능하다는 논리가 상징적으로 읽히기 때문이다.[21] 주지하듯이 『여자계』의 창간과 존립에는 당시 일본에 유학하고 있던 조선 청년들과 그들이 전유했던 매체 『학지광』의 영향력이 크게 작용한다. 이광수와 전영택이 『여자계』의 고문(찬조)을 맡았을 뿐만 아니라, 『학지광』에서 활동하던 다수의 남성들이 『여자계』의 편집과 경영에 관여하고 필진으로 참여했다.[22] 서사 형식으로 쓰인 『여자계』 2호의 「권두의 사」에

---

19  이경훈, 「청년과 민족-『학지광』의 담론적 특성」, 『근대어·근대매체·근대문학』, 성균관대 출판부, 2006, 400면.

20  당시 '여자청년'과 짝말을 이루는 '청년남자'라는 용어가 사용되기도 했으나 일반적이지 않았으며, 청년(소년)은 곧 남성을 전제하는 것이 더 보편적이었다. 청년은 무성(無性)적인 용어가 아니며, '여자청년' 또는 '청년여자'는 남성으로서의 '청년'과 변별하기 위해 등장한 용어로 보인다.

21  김수진, 앞의 글, 212면.

22  일본 여자 유학생들의 모임인 '여자친목회'의 주관으로 첫 발행된 『여자계』 2호의 '소식'란에는 『여자계』의 편집부장에 김덕성, 부원에 허영숙, 황애시덕, 나혜석, 찬조에 전영택, 이광수가 선출되었다고 전한다. 전영택과 이광수 등 당시 동경에 와 있던 남자 유학생들은 『여자계』의 편집진이나 필진으로 참여한 것은 물론 기부금 등을 모아 『여자계』 발간 비용의 상당 부분을 지원한 것으로 보인다. 『여자계』는 '보고'나 '여자계기부방명'을 통해 기부자들을 소개하고 있는데, 상당수가 남성들이다. 특히 전유덕의 오빠이기도 한 전영택은 3호까지 편집고문을 맡았던 것은 물론 거액의 기부금을 모아 『여자계』 발간을 도운 것으로 보인다. 여성들이 "독립하여서 자력으로 경영"(「편집여언」)하게 되었음

는 이들 청년들에 대한 감사와 강한 유대감이 피력되어 있다. 청년들은 병든 어머니를 구하러 가는 "여자계를 생각ᄒ여 도와준"[23] 유일한 은인으로 형상화되며, "형도 업고 오라버니도 업슨" 여자계에 혈연관계를 능가하는 정신적 '오라비'로 환기된다.[24] 아울러 청년여자와 청년은 "동포를 구하고 만인을 지도홀" 자들로 연대하며, "사회적 관습적 권위의 굴복자가 되어 활기가 결핍된"[25] 반도의 청년남녀들과는 구별되는 '동류(同類)'로 결연한다.

청년여자와 청년이 화합하고 합심해야 할 '우리'를 형성하면서, 그 반대편에 우리와 다른 타자들, 우리가 개조해야 할 대상들, 우리가 개척해야 할 식민지들 역시 발견된다. 소영현이 지적한 바 있듯이, 『여자계』가 '청년여자'를 구성하는 방식은 근대주체로서의 청년 담론이 구성되는 메커니즘을 차용하면서 반복하고 있다.[26] 청년과 더불어 "몬져

을 표방하고 나선 『여자계』 4호(1920.3)의 '여러분끠' 란에는 3호까지 헌신적 지원을 해 준 전영택에 대한 특별한 감사가 표시되어 있다. '소식' 란에는 『여자계』의 독립 경영을 지원하기 위해 여자친목회 회원들 중에서 '학홍회'가 조직되었음을 알리고 있다. 회장에는 『여자계』 4호의 편집겸 발행인을 겸하고 있는 유영준이 피선된다. 그러나 경영과 편집의 독립을 주장하고 나선 『여자계』 4호에도 김환, 김안식 등 다수의 남성들이 필자로 참여하고 있으며, 필명으로 쓴 경우가 많아 정확히 확인할 수는 없으나 『여자계』에는 전반적으로 남성 필자의 비율이 높았던 것으로 보인다. 확인할 수 있는 남성필자로는 이광수, 전영택, 홍기원, 최남선, 최승구, 김환, 염상섭, 노자영, 김필수, 김안식 등이 있으며, 「신구충돌의 비극」이란 글을 발표한 '김녑(金燁)'의 경우 김수진은 '김일엽(金一葉)'과 동일한 인물로 보고 있으나(김수진, 앞의 글, 148면), 이상경은 남성필자로 분류하고 있다.(이상경, 『한국근대여성문학사론』, 소명출판, 2002, 60면) 정확한 확인은 되지 않으나, 김상배가 펴낸 김일엽선집 『잿빛 적삼에 사랑을 묻고』(솔뫼, 1982)에는 「신구충돌의 비극」은 빠져 있다.

23 「권두의 사」, 『여자계』 2호, 1918.3, 2면.
24 『여자계』 2호의 '신간소개' 란에는 『학지광』이 "동경의 우리 오래비 잡지"(74면)로 지시되고 있다.
25 현덕신, 「싀 셰계가 왓네」, 『여자계』 5호, 1920.6, 33·35면.
26 소영현, 「젠더 정체성의 정치학과 '근대/여성' 담론의 기원」, 『한국 여성문학 연구의 현황

교육을 받은 여자"[27]들, "다 안다는 우리"[28]들인 청년여자는 "아직 夢中에 잇는 여자"[29]들, "아모것도 모르는 녀들",[30] "반도 안에 잇는 수백만 여자들"[31]과 분리되며, "장래 교육가가 되어 吾朝鮮女子의 무지무식을 免케"[32] 할 직분을 지닌 자들로 스스로를 정위한다. 병들고 불쌍하고 고통과 번민이 없는 존재로 '녀들'을 타자화하면서 그들과는 전적으로 구별되는 개혁의 주체, 이상적인 주체로 청년여자는 상승하고 있다.

이와 같이 신(新)과 구(舊)를 분리하고 위계화하는 시선은 다시 신(新)의 내부에 차이를 만들어 낸다. 청년여자들은 "허영심에 취ᄒ야 자기신분을 守치 안코 벌셔 참정권을 도모ᄒᄂ 서양여자를 學ᄒ야 가정과 村里와 市町에 대ᄒ 事ᄂ 도외"시하고, "부모와 남편을 雇工으로 간주ᄒᄂ"[33]는 여자들, 혹은 여자의 천직을 망각하고 "이기주의로 독신생활 하려는"[34] 여자들과 동류일 수 없다. 이들을 "신여자계의 악마", 허영심이나 가득하여 별별 꿈을 다 꾸는 "색테리아균"[35]과 같은 사이비 신(新)들로 날조하면서, '자동·신용·인내'로 자조(自助)하는 청년여자는 출현한다.[36] 이처럼 『여자계』가 근대적 여성주체로서의 '청년여자'를 구성하는 방식은 '청년'을 주조하는 과정과 흡사하며, 당대 여성

과 전망』, 소명출판, 2008, 151~152면.
27 박순애, 「대문을 나선 형제들의게」, 『여자계』 2호, 1918.3, 26면.
28 이양선, 앞의 글, 2면.
29 박순애, 앞의 글, 26면.
30 이양선, 앞의 글, 2면.
31 추국, 「여자의 자각」, 『여자계』 6호, 1921.1, 8면.
32 범(範), 「조선 청년여자의 희망」, 『여자계』 6호, 1921.1, 28면.
33 염봉, 「청년여자의 자조」, 『여자계』 4호, 1920.3, 27면.
34 춘강(전유덕), 앞의 글, 31면.
35 위의 글, 31면.
36 염봉, 앞의 글, 27~28면.

들을 분리하고 위계화하는 시선에는 청년들의 시선이 착종돼 있다.

한편『신여자』는『여자계』와 유사하면서도 상이한 방식으로 '신여자' 담론을 구축해 간다. "모든 전설적, 인습적, 보수적, 반동적인 일체의 구사상에서 버셔나지 안이ᄒ면 안이"되며, "이것이 실로 '신여자'의 임무오 사명이오 또 존재의 이유를 삼"[37]아야 한다고 주장한『신여자』역시 "과거와 절연"[38]을 통해 현재를 기획한다. 그러나『여자계』에서 맺어진 청년과 청년여자 간의 끈끈한 유대는『신여자』에 오면 이미 균열이 발생하고 있다.『여자계』에서도 이는 부분적으로 읽혔으나,『신여자』는 '우리'로 연대했던 청년들에 대해 보다 분명한 거리를 두고 있다. 이 거리란 청년에 대한 비판이 발동하는 지점이며, 여성으로서의 자각이 더욱 선명하게 발아하는 지점이기도 하다.『신여자』는 매우 의도적이라 생각될 만큼 청년들이 주도한 여성 담론에 적극적으로 개입하면서 '신여자'라는 새로운 여성주체를 구성하고, 남성들이 여성들을 분류하고 평가하던 방식을 패러디함으로써 기왕의 청년 담론에 균열을 내고 있다.

(가) 갑 : 네 만일 그리셔 여자는 남자와 동등이 되지 못ᄒ겟다고ᄒ면 우리 여자ᄂ 우리 여자ᄂ 남자의게 대ᄒ야 동등권을 부인ᄒᆯ 점이 부지기수입니다. 남자는 져마다 다 자기의 천직을 감당ᄒᄂ가요? 일본에 신지 유학ᄒ고 모모의 자제라ᄂ 이들도 져녁마다 신정 길노 느러섯고 각요리점은 낫과 밤으로 창기와 환락ᄒ야 사회에 대한 책임을 지기는 고ᄉ하고 무엇인지 아지도 못하는 무수ᄒ 청년들을 볼 ᄯ마다 들을 ᄯ마다 실상 남자의 同權을

---

37　「우리 신여자의 요구와 주장」,『신여자』2호, 1920.4, 7면.
38　「먼저 현상을 타파하라」,『신여자』4호, 1920.6, 2면.

용인홀 수가 업습니다 동시에 그 사람다운 有志紳士 某某 혹 여자의 허영을 논박ᄒᆞᄂᆞᆫ 기자들의게 대ᄒᆞ야 그것ᄒᆞᄂᆞᆫ 시간과 노력을 이용ᄒᆞ여 어서 이러ᄒᆞᆫ 폐풍을 개량ᄒᆞ엿스면 ᄒᆞ고 바라고 축원을 마지 아니홉니다 여자가 직무를 다ᄒᆞ지 못ᄒᆞ여 자유권을 닐혓스면 스스로 닐흔 것이요 ᄯᅩ 스스로 차즐 수가 잇는 것이이요 남자도 그러ᄒᆞ지요 누가 주고 말고 ᄒᆞᆯ 것인가요?[39]

(나) 여자가 본 현대남자 아모리 ᄒᆞ여도 온당ᄒᆞ지 아니ᄒᆞᆫ 제목이 올시다. 무얼 안다고 현대남자를 비판ᄒᆞ깃습닛가? (…중략…) 그러나 언제ᄭᅵ지 불평을 품고 언제ᄭᅵ지 침묵을 직힐 수는 업슴으로 一文에 대흔 報讎로 산덤이 ᄀᆞᆺ흔 비난을 豫期ᄒᆞ면서 붓을 드는 所以외다. (…중략…) 愛를 기초한 결합은 어데까지 찬성이외다 그러나 現代男人 중 명실이 상부하지 못흔이도 더러 잇습니다 연애를 일종의 오락물로 즉 노골적으로 말슴ᄒᆞ면 여자를 玩弄ᄒᆞᄂᆞᆫ 분도 적지 아니홉니다 남자만 愛를 개봉ᄒᆞᄂᆞᆫ 특권이 잇는줄노 想覺ᄒᆞ시와 眞적의 愛는 업시면서 일부러 愛를 제조ᄒᆞᄂᆞᆫ 분도 잇셔 연약흔 여자의게 그 愛를 즉 개봉흔 愛를 구홉니다.[40]

(다) 져는 감히 여자의 한사람으로 담대하게 청년남자에게 이 글을 올립니다. (…중략…) 누천년동안 밥 짓고 바느질하고 생산밧게 모르든 조선여자도 하날의 넓으신 은혜인지 인류진화의 원칙으로든지 그 럿케 갓처잇든 조선여자도 이제는 신문명의 은혜를 입어 여자의무의 상례라고까지 싱각하든 기제사 접빈객 외에 ᄉᆡ로온 학문을 ᄇᆡ호고 ᄉᆡ로운 의무를 ᄭᆡ다라 여자는 남자의

39  김활란, 「남녀동등문제-갑을의 대화」, 『신여자』 2호, 1920.4, 38면.
40  계뫼, 「여자가 본 현대남자」, 『신여자』 3호, 1920.5, 11면.

부속물로 종속적 생애에 自甘치 아니하려는 기풍이 점차로 보히닛가 남자 중에서는 명확한 定見도 읍시 함부루 여자는 사치를 한다 교육밧은 여자는 허영심이 만타 교육밧은 여자는 오만하다하야 공격과 비방이 물퍼붓듯 하읍 니다. 물론 교육밧은 여자중 사치의 폐가 잇겟지요 그러나 이것은 그들의 생활향상에 인한 자연의 추세올시다. 사람의 생활은 결코 일정불변할 것이 아니요 항상 그 時勢와 형편에 싸르는 것이요 허영심이 만타는 데 대하야셔도 역시 불 갓치 쓰거운 향상욕에 발로이냇가 이것도 역시 막을 수 업는 人情의 상태이올시다 이 위에 말한바와갓치 남자 중에도 허영의 폐를 말하자면 한이 읍스닛가 특히 여자만은 가랏쳐 그럿타고는 못할터이올시다[41]

두 여성의 대화 형식을 빌려 쓴 「남녀동등문제─갑을의 대화」(인용문 (가))에서 필자 김활란은 글쓰기의 권력을 대부분 독점한 남성들이 신문 이나 잡지를 이용해 그들의 편견과 감정에 치우친 여성들의 허영론을 제기하고, 이를 빌미로 남녀동등권의 가부를 논하는 것 자체가 여성을 무시하는 처사라고 강력히 반발하고 있다. 또한 신교육을 받은 여성들 을 사치와 허영을 일삼는 존재로 폄훼하는 남성중심적 담론에 맞서 허 영하는 존재는 남성들의 내부에도 있으며, 따라서 허영을 이유로 여성 의 평등권을 인정치 않는다는 것은 남성들의 동등권 역시 박탈할 수 있 다는 논리로 역전될 수 있음을 환기하기도 한다. 여성의 자유권은 남성 들이 주는 것이 아니라 여성 스스로가 찾는 것이라는 김활란의 주장에 서, 이제 청년들은 청년여자를 조력한 정신적 오라비라기보다 신여자들

---

41  김애은, 「청년남자에게」, 『신여자』 3호, 1920.5, 49~50면.

이 극복해야할 또 다른 권력으로 인식되고 있음을 간취하게 된다.

그런가 하면 계뫼의 「여자가 본 현대남자」(인용문 (나))나 김애은의 「청년남자에게」(인용문 (다))는 '보고, 판단하고, 분류하는' 전통적인 남성의 언어를 흉내 내면서 청년들의 가부장성을 조롱하고 있다. 「여자가 본 현대남자」에서 필자 계뫼는 연애와 혼인에 임하는 신남성들의 허위의식과 모순적 행태를 공격한다. 남성들이 애(愛)를 그들의 독점적인 권력으로 착각하고 연애신성을 주장하면서도, 실은 "眞的의 愛"가 없이 "愛를 제조"하고 또한 애(愛)를 이용해 여성을 농락하는 행태를 비판하는 필자는 단지 '보여지는' 존재가 아닌 '보는' 존재로서의 여성의 위치를 분명히 한다. 보는 주체는 곧 인식하고 비평하는 주체이며, 보고 인식하고 비평하는 남성의 권력을 재전유한 여성은 글쓰기를 '통해' 글쓰기의 권력을 남용하고 있는 남성들을 비판한다. 흥미로운 점은 이 비판의 대상 속에 청년문사들 역시 포함되어 있다는 사실이다. 필자 김애은은 여성들의 현실을 모르고 "측면으로만 관찰을 하야 큰 잡지에 소설을 쓰는 거슨 결코 文士의 취흘 길이 아니"라고 주장한다. 신문이나 잡지뿐 아니라 소설과 같은 근대 미디어들을 독점한 청년문사들의 남성 편향적인 여성 재현에 이의를 제기하는 목소리인 것이다.

『신여자』의 창간 동기 역시 남성들이 글쓰기의 권력을 대부분 장악하고 여성들에게 글쓰기의 공간이 제대로 허용되지 않았다는 인식이 전제되었던 것으로 보인다. 여성 독자들의 투고를 모집하는 광고에는 통분한 눈물과 설움을 발표할 수단과 기관이 없어 가슴 속에만 고민하고 지내는 "우리여자네의 ᄒᆞ고져홀 소래를 발표ᄒᆞ기 위ᄒᆞ야 나온 것이 신여자"[42]라고 창간의 이유를 밝히고 있으며, 여성들이 글을 쓸 수 있는 매체가 부족하기 때문에 남성 독자들의 투고를 게재하지 않겠다는 뜻을 분명히 하고 있다.[43] 아울러 『신여자』는 편집고문이 '양우촌'임을 밝히는 대목에서 "이 한 분 외에는 전부 우리 여자로 조직되야 사무를 보고 잇"다고 강조하는데,[44] 이는 청년의 영향력을 배제하고 여성이 주체적으로 새로운 여성 담론을 형성하겠다는 의지로 읽힌다.

더불어 여성 필자들은 신여자를 개혁의 파트너라기보다 여전히 남성의 종속적 위치에 배정하거나, 이를 위반하려는 여성들을 경계하는 신남성들의 태도를 프랑스 혁명기의 '마라'에 비유하는가 하면 '시기청년(猜忌靑年)'이라 비판하기도 한다. 「여자가 본 현대남자」에서 필자 계뢰는 구습에서 신조로 넘어가는 당대를 프랑스 혁명기의 '공포시대'와 유사하다고 전제한 뒤, 샤로테가 독재적 권력을 행사한 혁명 주역 마라를 죽인 것은 "공포시대를 퇴치ㅎ랴는 애국심에서 나온 행동"이라 평가한다. 그런가 하면 「청년남자에게」를 쓴 김애은은 남성들이 여성을 분류하던 시각과 방식을 차용해 '허영청년'·'부랑청년'·'시기청년'

42  「투서환영」, 『신여자』 창간호, 1920.3, 53면.
43  『신여자』 3호 '편집을 맞치고'에서 편집진들은 남성들의 투고를 수록하지 못하는 것에 대한 유감과 그 이유를 다음과 같이 밝히고 있다. "한 가지 겨의들이 유감으로 생각ㅎ는 것은 우리 신여자를 사랑ㅎ시는 남성 독자의 남자 여러분꼐서 우리의 뜻을 찬성ㅎ사고 명론탁설을 만히 지어보넘심을 내여들이지 못함입니다 우리 신여자는 주져넘은 말삼이지만은 우리 여자의 손으로만 하야가즈는 작정임으로 그리함이온즉 혹 오해하실가ㅎ야 말삼함이오니 용서하읍시고 만히 밧그로 사랑하 쥬심을 바라나이다."
44  『신여자』의 편집주간을 맡았던 일엽 김원주의 자서전에는 양우촌 외에 '방정환'과 '유광열'이 고문격으로 도와주었다는 기록이 보인다. 『신여자』 주요 필자로는 김원주, 박인덕, 김활란 등 이화학당 출신들이 많았으며, 『신여자』 창간과 관련된 김원주의 회고에 따르면, 『신여자』 창간을 위해 모인 자리에 박인덕, 신줄리아, 나혜석과 더불어 방정환과 유광열이 자리를 함께 한 적이 있다고 기록되어 있다. 그러나 나혜석은 『신여자』 4호에 「4년 전 일기 중에서」라는 글 한 편을 발표하고, 김원주의 일상을 소개하는 삽화를 그린 것 외에 『신여자』에서 다른 흔적을 찾아볼 수는 없다. 김상배 편, 『근대여류작가선집 3 김원주-잿빛 적삼에 사랑을 묻고』, 솔뫼, 1982, 59면 참고.

으로 청년의 내부를 분할함으로써 청년의 순결성을 훼손한다. 그녀는 "학문을 빗호고 식로운 의무를 씻다라" 여자가 "남자의 부속물로 종속적 생애에 自甘치 아니하려는 기풍"을 허영심으로 매도하는 남성들을 '시기청년'으로 일갈하는 한편, "교육밧은 여자 중 사치의 폐"가 있다 하더라도 이는 "時勢와 형편에 싸르는 것"이며 "불 갓치 쓰거운 향상욕에 발로"한 자연스러운 과정이라 해석하기도 한다. 변화에 대한 여성들의 욕망을 허영심으로 읽어내고, 허영심을 지닌 여성들을 여자의 직분을 망각한 부류로 배제했던 『여자계』와는 목소리를 달리하는 담론들이 배치되었는데, 구식 아내를 버리고 신여자들과 결합하려는 남성들에 대해서도 『신여자』의 필자는 다음과 같이 권고하고 있다.

> 기왕일바면 할 수 잇스면 그 알지 못하는 여자이나마 해방을 식여서 사회에 출입을 식여서 견문을 넓히고 집에셔 가사를 도라보는 여가에 열성으로 사랑으로 신학문을 잘 가라치고 씌우치면 본래 유식한 사람은 업는 법이닛까 아마도 보통지식은 엇을 듯하고 또 자기의 장기와 천재를 싸라 문학, 음악, 미술 무엇이든지 전문하야 특별한 인물이 될는지도 몰흘 것이 아님닛까? 그리하야 피차에 행복을 짓고 가정에 평화를 쇠함이 엇썰는지오.[45]

"알지 못하는 여자", 곧 구여성도 교육을 통해 "자기의 장기와 천재"를 발휘할 수 있는 신여자가 될 수 있다는 이 같은 언급은 『신여자』가 구여성을 단순히 '뎌들', 곧 신여자들과 전적으로 다른 타자가 아니라

---

45    김활란, 「남자의 반성을 促함」, 『신여자』 4호, 1920.6, 40면.

동류의 여성들로 인식하고 있음을 확인할 수 있는 대목이다. '우리'로 결연했던 청년들과의 비판적 거리두기를 시도하는 대신『신여자』는 다층적 여성들을 '우리'의 범주로 재구성하는 것이다.[46] 이 같은 상황 변화는 창간호의 모두에서도 감지되는데, "고대의 부인이 역사에 빗나든 유적을 찻고 현대의 부인이 세계사방에서 활동ㅎ난 사업을 소개하야 우리 조선여자에게 공개코져 하난 것이 우리쯧"이라고 편집진들은 천명한다. 이와 같은 언설에는 과거와 현재, 조선과 세계의 분리를 넘어 여성으로서의 연대감이 작용하고 있는 것으로 보인다. 신(新)과 구(舊)의 경계를 넘어 여성들을 '우리'로 호명한『신여자』는 여성이 '약자'나 '무지자'라는 시선은 물론 남성들이 '강자'요 '지자'라는 인식 역시 승인하기를 거절한다.

> 세상의 남성들아! 여자들을 弱者라 無智者라 업수히 역이지 말지어다! 오늘날 여자는 弱者도 無智者도 다 안이니라! 세상의 여성들아! 남자를 强者라 智者라 㤼ㅎ지 말지어다 오늘날 남자는 强者도 智者도 다 아니니라! 오늘

---

46  신남성들에 대해 비판적 거리를 전제하는 한편, 구여성들을 잠재된 신여자로 보는 이러한 인식은 특정 필자에 국한된 것이 아니라,『신여자』에 참여했던 여성들이 상당 부분 공유했던 것으로 보인다.『신여자』의 편집주간이었던 김원주는 소설「혜원」,(『신민공론』, 1921.6)에서 사랑하는 여자를 배신하고 재력 있는 집안의 딸과 결혼한 청년문사를 통해 당대 신남성들의 모순적 행태를 비판하며, 소설「자각」,(『동아일보』, 1926.6.16~29)에서는 구여성인 아내를 버리고 일본 유학에서 만난 여학생과 결혼한 남성을 비판적으로 형상화하고 있다. 버림받은 구여성이 자신의 친구에게 보내는 편지 형식으로 쓴 이 소설에서 주인공 여성은 남편의 절연장을 받고 집을 나온 뒤 학교에 다니게 되면서 자기 각성에 이르는 여성으로 그려진다. 더욱이 이 여성은 시집에 두고 온 아이에 대해 연민과 그리움을 느끼면서도, 자식에 대한 사랑 때문에 자신의 전 생활을 희생할 수는 없으며, 자식의 생활과 자신의 생활을 한데 섞어 놓고 헤맬 수는 없다는 분명한 자의식을 내보인다.

의 시대가 이전의 시대가 안이니 이젼의 여자는 오날의 여자가 되어야 흐나
니라. 넷날의 사회는 오날의 사회가 안이니 오날의 남자는 넷날의 남자가
안되여야 흐니니라.[47]

　　그럼에도 불구하고 여성과 남성에 대한 기존의 시각을 전도하는 이
과감한 선언 직후에 편집진들은 "우리도 부럽지 안케 살아가랴면 여자
는 여성미를 발휘흐고 남자는 남성미를 발휘흐"[48]라고 촉구하기도 했
다. 여성미와 남성미가 구체적으로 무엇을 의미하는지 밝히지는 않았
으나, 여성미와 남성미를 여전히 분리해서 바라보는/바라볼 수밖에 없
는 여성들의 태도가 분명히 읽히는 대목이다. 여성들에게 "獨立自營의
정신"[49]을 요구하고 신여자를 "내가 누구인가를 自問흐는 時女子"[50]로
정의하면서도, 한편으로 가정에서 여성의 책임을 강조하고 여성을 '집
에 있는 국민'으로 지시하는 모순과 혼란이 『신여자』를 지배하고 있는
것도 사실이다. 그러나 이는 여성이 국민/민족이라는 공적인 주체로
승인받기 위해서 '집'이라는 사적인 공간을 부인할 수 없다는 현실적
인식, 다시 말해 신여자가 존재/생존하기 위한 최소한의 전략적 타협
이었는지 모른다. 이러한 협상을 통해서 '청년여자'와는 유사하면서도
다른 '신여자'라는 여성주체가 출현할 수 있었던 것이다.

　　그러나 '청년여자'이든 '신여자'이든 『여자계』나 『신여자』이후 여
성들이 주도적으로 여성 담론을 생산할 수 있는 매체는 사실상 사라지

---

47　「머리에씀」, 『신여자』 2호, 1920.4, 2~3면.
48　위의 글, 3면.
49　「여자의 자각」, 『신여자』 3호, 1920.5, 2면.
50　김해지(평양부 신양리), 「여자의 정조」, 『신여자』 3호, 1920.5, 45면.

게 된다. 남성들이 기획한 여성 담론의 장에서 이제 여성들은 주체적 자기 목소리를 내기 위해 좀 더 힘겨운 분투를 시작하게 된 것이다.


## 2. '신여성', 주체주의와 민족주의의 착종


여성이 중심이 되었던 『여자계』와 『신여자』가 단명한 이후 1920~1930년대 여성 담론의 생산과 확산의 중심에 있었던 잡지가 개벽사에서 발행한 『신여성』이다. 한 논자가 지적한 바 있듯이, 『신여성』은 신여성에 대한 언표를 유포하고 재상산하며 증폭시킨, 그야말로 신여성 담론의 형성과 변환을 지배한 여성매체였다.[51] 『신여성』을 통해 구성된 것은 비단 '신여성'이라는 표상만은 아니다. 『신여성』은 신여성과 대비되는 '구여성'을, 신여성 내부에 '진정한' 신여성과 '사이비' 신여성을, 도시여성 또는 모던걸과 대비되는 '농촌여성'이라는 다양한 표상을 창출한 장이기도 했다. 여성들에 대한 근대적 분할과 다양한 여성 기호들이 생산된 담론장이 『신여성』인 것이다.

개벽사의 여성잡지 창간은 천도교의 여성 계몽운동과 맞물린 것이기도 했다. '소아(小兒)'와 더불어 '여성'을 봉건적 질서 속에 유린된 피억압자이자 약자로 규정하고, 부인/여성을 새로운 개벽의 시대를 준비

---

51    김수진, 앞의 글, 258면.

하는 동반자로 계몽시켜야 한다는 천도교의 이념이 여성매체의 창간에도 영향을 준 것으로 보인다.[52] 1922년 잡지 『부인』[53]의 창간은 1920년대 문화운동의 영향과 천도교의 여성 계몽이념이 합치된 결과로 볼 수 있다. 『부인』은 조선 가정의 개조와 이를 위한 가정 부녀들의 계몽을 주요한 목표로 설정했다. 『개벽』에 실린 『부인』 창간호 광고에는 "사천년 동안이나 되는 과거의 우리 조상 한머님들의 싸이고 싸힌 철턴의 원한을 풀어 들이고 억천만 년 멀고 먼 장래의 우리 아들딸 될 애기들의 새살림을 넉넉케 하시려거든"[54] 『부인』을 맞아들이라고 촉구한다. 여성의 해방과 변화가 미래의 새 가정을 만드는 견인차가 될 수 있다는 논리를 피력한 것이다. 『부인』에 수록된 글 역시 가정 살림과 부인 계몽에 관련한 내용이 대부분이었다.[55]

1923년 9월 개벽사가 "조선 구가정 부인의 지식계발"을 목적으로 발간했던 『부인』을 폐간하고, 1923년 "현대 여학생을 표준하여"[56] 『신

---

52 박용옥, 「신여성에 대한 사회적 수용과 비판」, 『신여성』(문옥표 외), 청년사, 2003, 53~54면.

53 『부인』은 1922년 6월 창간되어 1923년 8월 통권 15호로 종간했다. 김수진, 앞의 글, 145면.

54 『개벽』 25호, 1922.7, 334면. 『부인』 창간호 광고에는 "읽는이의 편리를 취하야 문자마다 엽혜다 한문글자를 부치인 것은 「부인」의 남다른 자랑"이라는 언급이 보이는데, 이는 한자를 아는 여성들의 편리를 위함이라기보다, 여성들에게 한자를 학습시키려는 목적이 더 컸던 것으로 짐작된다. 근대계몽기에 나왔던 여성용 교과서, 대표적으로 장지연이 집필한 『녀자독본』은 한글 옆에 한자를 병기해 여성들의 한자 학습을 겸하도록 했다.

55 「저녁에 돌아오는 남편을 엇써케 맛즐가」(창간호, 1922.6), 「사회의 변천과 주부의 책임」(1922.7), 「어써케 하면 부인다운 부인이 될가」(1922.8), 「한 가뎡을 경제뎍으로 개선하기까지」(1922.10), 「우리 가뎡의 급히 고칠 몃가지」(1922.10), 「외국부인을 칭찬하다가 조선부인에게 동정함」(1922.10) 등 『부인』에 수록된 글들은 대부분 가정의 개조와 부인의 계몽에 관한 것이었으며, 신식 남편을 둔 구식 여성들의 하소연이나(「랭정한 남편에 대한 나의 불평」, 1922.9), 반대로 신식 남편들의 구식 아내에 대한 불만(「구식 안해에 대한 나의 불평」, 1922.9) 등을 소개한 글도 실었다.

---

여성』을 창간하게 된 것은 다양한 계기가 작용한 것으로 보인다. 3·1
운동 이후 발흥한 문화운동의 열기와 여성 향학열의 상승은 신교육을
받거나 받고자 하는 여성들을 새롭게 매체의 독자 및 계몽의 대상으로
견인해야 한다는 필요성이 제기되었을 것이며, 아울러 『신여성』 창간
을 주도한 방정환의 영향 역시 컸으리라 짐작된다.[57] 방정환은 이미 잡
지 『신청년』을 만든 경험이 있었고,[58] 고문 격으로 『신여자』의 발간에
도 일부 관여했던 것으로 보인다. 또한 『신여성』 창간보다 몇 달 앞서
『어린이』를 창간(1923.3), 발행하고 있기도 했다. 이렇듯 구세대보다는
신세대의 목소리와 지향을 담고 이들을 통해 새로운 조선을 상상한 방
정환의 이력과 의지가 『부인』의 폐간과 『신여성』의 창간에 주요한 동
인이 되었을 터라 짐작해 볼 수 있다.

　『신여성』은 창간 초부터 '가능태'로서의 신여성, 곧 바람직한 신여
성을 정의하려는 강한 지향을 내보인다. 『개벽』의 창간 주체였던 이돈
화는 '병적' 개성을 버리고 '진정한' 개성을 찾는 것이 신여성이 되는
조건이라고 역설한다.

---

56　현철, 「알아두어 필요할 연극 이야기」, 『신여성』 2권 6호, 1924.9, 95면. 이 글의 서두에
　서 현철은 개벽사가 『부인』을 폐간하고 『신여성』을 창간한 배경을 간단히 언급하고 있는
　데, 현철 자신이 개벽사 사원으로 있을 때 『부인』의 창간을 적극 주장해 만들었으며, 자신
　의 퇴사 후 소파가 『신여성』으로 제호를 변경하고 대상 독자 역시 현대 여학생을 표준하
　게 되면서 지금과 같은 호황을 누리게 되었다고 회고한다.
57　방정환이 『신여성』의 편집 겸 발행인을 맡은 것은 4호(1924.3)부터로 되어 있다. 창간호
　부터 4호 이전까지는 박달성이 편집 겸 발행인을 역임했다. 그러나 현철의 회고에 의하면
　『신여성』의 창간에는 방정환의 영향이 결정적이었던 것으로 보인다.
58　『신청년』은 1919년 1월 20일 창간돼 1921년 7월 15일까지 통권 6호가 간행되었다. 경성
　청년구락부 회원들이 주축이 되어 만든 동인지에 가까운 잡지라고 할 수 있으며, 중심인
　물은 방정환, 유광렬 등이다. 한기형, 「『신청년』 해제」, 『서지학보』 제26호, 2002, 249~
　250면 참조.

여러분이 내적으로 잇는 개성은 세상이라 하는 園主가 자기의 사용하기
조토록 함부로 잘나노혼 병적 개성입니다 여러분 여러분이 현재에 가지고
잇는 여러분 개성을 진실한 것이라 미덧다는 큰코닷침니다 여러분이 현재
의 병적 개성을 버서버리고 깁히 내면에 뭇쳐잇는 진실한 本來性을 찾는 것
이 이른바 신여성이라는 것입니다 안이 新男性도 될 수 잇스며 新人性도 될
수 잇는 것입니다.[59]

인간 내면의 "진실한 본래성"을 구하는 것은 신여성의 자질이자 "신
인성", 즉 신인간의 조건이기도 하다. 그렇다면 '진실한 본래성' 혹은
진정한 자기를 찾는 방법은 무엇인가. 김기전은 그것이 "스사로 죽을
지경에 쌔지는 자긔번민"이라고 주장한다. "자긔번민이 아니고 도저히
자긔의 엇던 것을 차저낼 수가 업스며, 자긔의 엇던 것을 알어내지 못
하고는 자긔 일가에 사상톄계(思想體系)가 설 수 업스며, 자긔 일가의 사
상 내지 감정의 톄계가 서지 못하고는, 엄정한 의미에서 자긔생활이
업"[60]다는 것이다. 그러므로 '신여성'이란 자기번민을 통해 진실한 본
래성/개성을 찾는 자, "자긔의 운명을 자긔의 힘으로 개척하"[61]는 여성
이며, 이와 같이 신여성의 자질이 구성되면서 '구여성'의 내용 역시 결
정된다. 말하자면 구여성이란 번민 없는 여성, '병적 개성'을 탈거하지
못하고 겉과 속이 다른 "이중덕" 성격과 "의뢰적"[62] 생활을 영위하는 여
성들이 되는 것이다. 신여성이 정의되기 위해서는 구여성 역시 발명되

---

59   이돈화, 「세상에 나온 목적」, 『신여성』 1권 2호, 1923.11, 2~3면.
60   기전, 「당신에게 즈긔번민이 잇슴닛가」, 『신여성』 2권 5호, 1924.7, 24면.
61   김명천, 「여성운명의 장래」, 『신여성』 4권 3호, 1926.3, 15면.
62   기전, 앞의 글, 23면.

어야 하며, 때문에 『신여성』은 신여성뿐 아니라 구여성의 표상 역시 가공된 장이기도 하다. 특히 신여성과 구여성을 가르는 '자기번민'은 『신여성』이 발화한 가장 강력한 담론이기도 했다.

내가 만일 녀학교 당국자가 된다하면 첫재로 일반학생을 지도하는 정신에 잇서 무엇보다도 먼저 자긔반성(自己反省)을 고됴(高調)하겟습니다. (…중략…) 지금 녀학생들은 대톄로 부귀영화(富貴榮華)를 생각하고 지금하고 잇는 공부는 그 부귀영화를 슬어오는 유일한 방법으로 알고잇습니다. (…중략…) 그러니까 나는 오늘의 여자들을 교육함에는 무엇보다도 먼저 그들의 지금 갓고 잇는 심정 그것을 교정하고 십흐며 그리하는 데에는 자긔번민을 갓게 할 필요가 잇다함니다.[63]

재래의 조선의 여성은 죽은 감정의 주인공이엿섯고 지지자이엿섯다. 여성은 언제나 무조건으로 이유도 업고 이론도 업시 오직 복종하엿스며 모욕을 당하여도 참고 쏘 모욕을 당하여도 묵묵히 반항하지 안핫섯다 이것이 오늘날까지의 여성이엿섯고 선량한 부덕이엿섯다 (…중략…) 우리의 감정이 살어 잇다 하면 우리는 이러케 잇지 안코 벌써 번민에 싸젓스리라 무엇보다도 진실된 번민에 싸여서 큰 고통 중에 잇섯스리라 벌서 그 고통에 열매까지 맷처 엇더한 사실을 우리에게 나타내엿스리라 그러나 아직 업다 여성아 우리는 감정을 살리자 쏘 번민을 니르키자 쏘 고통하자 여긔서 새로운 쏫이 피고 열매가 열린다.[64]

---

63    김기전, 「자기반성, 자기번민을 갖게 하라」, 『신여성』 3권 1호, 1925.1, 21면.
64    권두 「감정을 살리자」, 『신여성』 3권 11호, 1925.11. 권두는 허정숙이 쓴 것으로 보인다.

번민은 '자기반성'인 동시에, "선량한 부덕(婦德)"으로 포장된 무조건적인 복종과 침묵의 명령에 반항하는 '창조적 감정'으로 정의된다. 따라서 여성교육의 목적 역시 자기 안위를 위한 것이 아닌 번민을 통한 자기 찾기, 새로운 생의 창조로 나아가야 한다고 인용문의 필자들은 주장하고 있다.

그러나 자기번민을 통한 주체주의는 어디까지나 신민족 건설이라는 의미망 안으로 귀납되어야 하는 것이었다. 주지하듯이 1920년대 '주체주의',[65] 곧 자기 개조는 민족 개조라는 대전제를 충족시키기 위한 필요조건으로 요구된 것이며,[66] 따라서 번민이 이렇듯 의도된 방향, 즉 '조선의 새 여자' 건설이라는 사회에 유리한 방향으로 흘러가지 않을 때 오히려 근대의 새로운 불안이 될 수 있었다. 더욱이 이러한 위험성은 여자의 번민에 더욱 농후하며, 특히 신여성의 번민은 대체로 아까운 일생을 허비하는 "반역적 번민"[67]이 될 위험성이 크다는 것이 남성 계몽주체들의 인식이었던 것으로 보인다. 따라서 번민의 진위(眞僞) 역시 구분되어야 했다. "사람으로서 또는 사회 전체로서 보아 아모 향상과 발전성을 가지지 못하"는 "허영적 번민" 혹은 "헛번민"과 "실질적 번민"[68]은 분별

---

65  유선영은 3·1운동 이후 식민지 조선 사회가 개인의 변화를 통해 사회의 변화를 도모하는 '주체주의(subjectivism)'로 선회했다고 해석한다. 3·1운동 이후 개인 차원의, 그리고 일상생활 영역의 근대화를 위해 자아관념, 의식, 가치, 행동, 의식주, 취향, 정체성, 문화 영역에서 개혁과 개선, 개조 운동이 빠르게 공론화되고 공감을 형성했다는 것이다. 유선영, 「3·1운동 이후의 근대주체 구성」, 『대동문화연구』 제66집, 2009, 265~268면.

66  동덕여학교 평판기를 쓴 『신여성』의 기자는 글의 모두(冒頭)에서 "새로운 사람이 되라 새로운 녀자가 되라 되되 조선에 유용한 새 녀자가 되라 이것은 조선 사람 누구나 가진 희망이고 쏘 긔대"라고 언급한다.(一記者, 「동덕여학교평판기」, 『신여성』 3권 2호, 1925.2, 48면) 당대 '주체주의'와 '민족주의'가 긴밀하게 연계된 논리임을 짐작할 수 있는 대목이다.

67  이성환, 「허영적 번민과 실질적 번민」, 『신여성』 3권 11호, 1925.11, 31면.

되어야 하며, 실질적 번민만이 진정한 번민으로 승인될 수 있었다. 그렇다면 실질적 번민이란 무엇인가. 이성환은 다음과 같이 정의한다.

> 그러면 어쩌한 번민이라야 이와 갓혼 손실이 업는 번민이 될가? 즉 허영적이 아닌 실질적 번민이라 할가? (…중략…) 이제 거두절미하고 억지로 말하랴면 '어쩌'한 무엇이 개인적 처지로서나 쏘는 사회적 견지로 보아 그것이 도저히 현상 그대로 만족할 수 업는 째 '어쩌케 안하면 안되겟다'는 데로부터 생기는 번민은 정도에 의하여 혹은 실질적이 될 수 잇다함니다. (…중략…) 현대조선여성이여! 당신은 허영적 번민과 실질적 번민의 두 분별을 공정하게 하소서 그리하야 자신 쏘는 세상에 유리한 번민이거든 깁게 크게 넓게 길게 놉게 깃깃내 함이 잇스소서![69]

'자신'과 '세상/민족'을 모두 충족시키는 것이 실질적 번민이며, 이를 충족시키지 못하는 신여성의 번민은 "그저 쓸조아식 자유 긔분 속에서 더러운 향락을 탐하려는"[70] 개인주의적 욕망으로 부정되고, 이러한 헛번민에 굴복당한 여성들은 신여성의 분위기만 풍기는 겉껍데기 신여성으로 폄훼된다. 민족의 욕망에 회수되지 못하는 이 사이비 신여성들의 욕망은 위험하며, 개인적 욕망을 수습하지 못한 여성들은 그들의 "아버지나 옵바나 남편이나 애인을 쏫기만 하는" "남자의 노력의 량탈자"들로서 "갈보"나 "창기"와 다를 바 없는 비생산적인 존재로 일갈되

---

68  위의 글, 31면.
69  위의 글, 31~32면.
70  기전, 「당신에게 주긔번민이 잇슴닛가」, 『신여성』 2권 5호, 1924.7, 23면.

기도 한다.[71] 그런가 하면 이들은 구여성보다 더욱 비루하고 불량한 존재로 분류되기도 했다. "구식녀자들은 가튼 이중생활을 하고 가튼 의뢰생활을 하면서도 비교덕 은은(隱隱)히, 쏘는 겸손히 하던 것이 근래 신녀자는 구식녀자와 역시 쏙가튼 이중의 감정과 의뢰의 생활을 하면서도 그 태도에 잇서는 어대싸지 드러내놋코 공공연히 하고 잇다"[72]고 김기전은 비판한다. 매체는 이 신여자답지 못한 신여자들을 감시하는 주체로 그들이 배제했던 구식여자들을 동원함으로써 담론의 효과를 배가하기도 한다. '구가정부인'이라고 소개된 한 여성 필자는 "금전이 극히 곤난한 우리조선 사람의 가뎡에서 한 푼이라도 절약을 하고 근검을 하여야만 될터인데 공부를 하얏다고 금전의 버러드릴 생각은 하지 안코 쓸 생각만"[73] 한다고 여학생들을 비난한다.

이렇듯 신여성과 구여성을 가르고 다시 신여성의 내부에 진(眞)과 위(僞)를 식별하는 구별과 배제의 정치는 요컨대 상반된 두 개의 의미로 구성된 '신여성'이란 혼종적 표상을 만들게 된다. 신여성을 자각한 존재로 정의하는 한편에서, 소비적이고 허화부박한 가공물, "자연스린 맛(自然味)이라고는 조곰도 볼 수 업는 인형"[74]으로서의 신여성이 구성되는 것이다. 이와 같은 이중적 시각은 『신여성』에서 어렵지 않게 목격되고 있다. 지식을 통해 새로 열린 눈을 가지게 된 젊은 여성들은 "전에 내려오던 형식덕이나 쏘는 시원치 못한 오락으로는 만족할 수가 업"고 그 이상의 향락, 불필요한 소비를 요구하게 되며, 종국에는 "성덕(性的)

---

71   팔봉산인, 「금일의 여성과 현대의 교육」, 『신여성』 3권 6호, 1925.6 · 7, 63면.
72   기전, 앞의 글, 23면.
73   최인엽, 「구가정부인이 본 여학생」, 『신여성』 4권 4호, 1926.4, 43면.
74   배성룡, 「젊은 여성의 육체미 · 실질미」, 『신여성』 3권 2호, 1925.2, 23면.

방면의 향락"[75]을 구하게 된다는 논리가 자연스럽게 개진된다. 말하자면 지식에 "눈 뜬 젊은 여성"[76]이란 곧 '성적(性的)'으로 개안한 여성을 의미하기도 하며, 따라서 신여성의 섹슈얼리티는 관리되지 않으면 안 되는 위험한 인자로 떠오른 것이다.

이런 가운데 '고향' 혹은 '농촌'은 자각한 신여성이 개조해야 할 공간이자, 향락적이고 인공적인 신여성들에게 "자연 그대로의 아름다움"[77]을 회복하게 할 성소(聖所)로 발견된다.

> 우리는 말할 수 업시 농촌의 순결한 생활이 부러워진다. 도회의 우리로는 사면골방으로 보와도 향촌의 자연미란 참으로 숭엄하고 신비하다. 낫으로는 자긔의 할 일을 열심히 하고 해가 지면 밤한울을 처다보고 번민도 업시 가족들과 모여 안즐 새에는 낫의 모―든 피로를 잇고 물과 가티 서늘한 바람을 마시며 개울에 흐르는 물소리르 드르며 집신 삼고 쑤리겻고 한울의 총총한 별을 보며 웃고 이야기하는 모양! 나는 참으로 이 이상 더 숭엄미가 업다고 생각한다 (…중략…) 이것이 즉 도회에서는 두 번도 보지 못할 존귀한 미(美)라고 생각한다. 이것은 그림 이상, 시 이상이다. 쑴 이상의 쑴이오 음악 이상의 음악이다.[78]

농촌은 "진정한 쾌락"(같은 글, 33면)을 누릴 수 있는 공간, 번민이 없는 공간, 예술 이상의 예술, 존귀한 미와 숭엄미, 신비한 자연미가 넘치

---

75   SD생, 「젊은 여자의 고적한 심리 속(續)」, 『신여성』 3권 6호, 1925.6・7, 30면.
76   위의 글, 35면.
77   배성룡, 앞의 글, 23면.
78   박경식, 「도회의 여자와 향촌의 여자」, 『신여성』 4권 8호, 1926.8, 33~34면.

는 공간으로 상상되며, 때문에 소비에 탐닉하고 허영에 오염된 신여성들이 다시 '참생활'을 시작할 수 있는 '치유'의 공간이자 '교육'의 공간으로 지시된다. 신여성들에게 농촌으로 돌아가라는 요구는 이와 같은 맥락에서 매우 빈번하게 『신여성』에 배치되었다. 예컨대 이헌구는 "정숙한 덕행이 잇기는 고사하고 로류장화와 가튼 경우가 만흔" 도회의 신여성들은 "한 사람에 대하야 四萬六千명의 동무를 가르치고 지도하여야 할" 책임을 망각한 것이며, 따라서 "조선녀성을 해방하기 위하야 쏘는 조선의 문화보급을 위하야 쏘다시 조선민족의 장래를 위하야 신교육을 바든 녀성은 농촌으로 도라가야만 할 것"[79]이라고 명령한다.

이러한 담론들이 배치되는 가운데 도시의 신여성들과 대비된 것이 '농촌여성'이다. 신여성 대 구여성이 설정되고 '신여성', '구여성'이라는 동일성의 기호들이 구성되는 방식을 그대로 답습하면서, 도시여성과 농촌여성이라는 절대적인 차이의 표상들 역시 만들어진다. "생산은하지 안코 소비만 하는" "사람의 가장 타락한 생활"[80]을 하고 잇는 존재가 도회여성들이라면, 힘든 육체노동은 물론 "어머니로써 생산하고 길느고 가르침에도 비록 부족함은 만흐나마 큰 힘을 드리고 잇"(같은 글, 29면)는 것이 농촌여성들이다. 또한 도회에서 사는 여자들이 대개 "병신"이라고 할 만큼 "병 업는 사람이 별로 업"[81]는 반면, 농촌의 여성들은 모두 "고통업는 행복"(같은 글, 34면)한 존재들로 정의되기도 한다.[82]

---

79    이헌구, 「여성도 농촌으로 도라가라」, 『신여성』 4권 9호, 1926.9, 6면.
80    배성룡, 「농촌부인의 생활」, 『신여성』 4권 8호, 1926.8, 31면.
81    박경식, 앞의 글, 33면.
82    '방학 동안의 시골생활'이라는 제목으로 『신여성』이 모집·게재한 여학생들의 귀향 소감문은 이러한 담론들을 다양하게 환기하고 있다. 짧은 시골 생활을 통해 여학생들에 대한 세간의 부정적 인식을 접하고 신여성의 반성을 촉구하는 목소리가 있는가 하면,

그렇다면 농촌이라는 치유의 공간에서 신여성들이 농촌여성들을 교사로 삼아 회복해야 할 자연스러운 본성, 이른바 "영구한 미, 실질의 미, 근본의 미"[83]란 무엇인가. 이은상은 그것이 바로 '모성(母性)'이라 선언한다. 여성은 남성이 아니며 때문에 개성을 띤 것만이 아니라 "생산이 가능한 이상 즉 모성"이고, 모성은 "순진한 자연성"[84]이라는 것이다. 따라서 모성으로서의 여성은 '자연적인' 존재, 곧 '비역사적인' 존재가 되며, 남성과 절대적으로 다른 존재로 규정될 수밖에 없다. 인공미를 탈각하고 "완전한 여성답은 여성", 신여성다운 진정한 신여성으로 돌아오라는 명령이 궁극적으로 향한 지점은 "조선에 새 국민"을 양육하는 "완전한 모성"[85]의 회복이며, 여성의 자연으로의 회귀인 셈이다.

여성을 모성으로 환원하려는 이러한 의지는 이념적 지향과 무관하게 대부분의 남성 계몽주체들이 욕망한 내용이기도 했다. 예컨대 사회주의자 김기진은 신여성을 다음과 같이 정의한다.

오늘의 시대를 쭉쭉히 보고 우리의 살림을 반듯이 깨닫고 『나』라는 의식을 넓혀서 그것을 세계의 끗까지 확장하고 오늘날의 온 세계를 통트러서의 녀자라는 처지에서 쪼는 다만 조선 안의 녀자라는 처지에 서서 자긔네의 할 바 일이 무엇인가를 즉 자긔의 사명(使命)이 무엇인가를 밝히 알고서 실행

---

열악한 농촌 현실과 불합리한 농촌 여성들의 생활을 발견하고 그 변화를 모색하는 개척자적인 번민이 토로되는 경우도 있다. 그런가 하면 오랜만에 고향 산천을 찾은 한 여학생은 지극히 이방인적인 시선으로 도회를 "지옥"에, 농촌을 "천국"에 등치시킨다. 「방학동안의 시골생활」, 『신여성』 4권 9호, 1926.9, 26~32면.

83  배성룡, 「젊은 여성의 육체미 · 실질미」, 『신여성』 3권 2호, 1925.2, 25면.
84  이은상, 「조선의 여성은 조선의 모성」, 『신여성』 3권 6호, 1925.6 · 7, 6면.
85  위의 글, 6면.

하는 녀성이 신여성이다. (…중략…) 구든 의지력과 반역의 정신과 철저한 모성의 자각과 현실 생활에 대한 깁흔 성찰을 가저야 하겟다. 그리하여 것겁 데기의 소위 신녀성의 내음새를 버서바리고 참된 신녀성이 될 것이다.[86]

신여성은 '나'라는 의식 안에 간히지 않고 조선의 여자라는 처지에 서 자기의 할 바를 자각해야 하며, 따라서 조선의 신여성으로 반드시 갖추어야 할 내용은 현실에 대한 성찰, 굳은 의지력, 반역의 정신과 더 불어 '철저한 모성의 자각'이라고 김기진은 주장한다. 여성은 "저 스스 로가 현모양처가 되고 십흔 본능적 충동을 내포"[87]하고 있다는 주요섭 의 언급은 이러한 모성이 근원적인 것임을 다시 한 번 환기한다. 모성 은 주요한이 시 「신여자송」을 통해서 웅변한 것처럼 "새벽가치 쌔고 쌍 가치 자라는"[88] 자연이며, 따라서 여성이 근원적인 어머니라면 여성은 결국 자연이 되는 셈이다. 자연인 여성, 곧 모성을 내장한 여성은 남성 과 동일한 형질의 근대주체일 수 없으며, 따라서 '근대/문명'과 '자연/ 모성'이 결합된 모호하고 혼종적인 주체인 '신여성'은 근대적이지만 전 적으로 근대적이지 않은 구성물이 된다.

이런 가운데 『신여성』에는 여성을 오직 모성으로 환원하려는 가부장 적 욕망에 이의를 제기하는 다음과 같은 여성들의 목소리 역시 읽힌다.

슯흐다 가이업다 맛당히 차져야만 할 직혀야 할 나를 잇고 사는 것 이것이

---

86  팔봉산인, 「소위 신여성 내음새」, 『신여성』 2권 6호, 1924.9, 23면.
87  주요섭, 「신여성과 구여성의 행로」, 『신여성』 7권 1호, 1933.1, 34면.
88  주요한, 「신여자송」, 『신여성』 2권 6호, 1924.9, 117면.

야말로 처량한 일이 아닌가! 우리는 넘우나 겸손하여왓다 아니 나를 잇고 살아왓다 자기의 내심에 숨어잇는 무한한 능력을 자각 못햇섯고 그 능력의 발현을 시험하여 보려들지 안을만치 전체가 희생쑨이엿고 의뢰쑨만이엿다 (…중략…) 자긔를 잇지 안코서라야 남을 진심으로 사랑할 수 잇슬 것이요 자긔를 잇지 아니하는 가운대에 녀자의 해방 자유 평등이 다 잇는 것이요 연애의 철저가 잇슬 것이며 생활개선의 긔초(基礎)가 잡힐 것이며 경제상 독립의 마음이 날 것 일다[89]

인격적으로 자각하엿다는 것은 新個人主義에 의하야(썰죠아에서 발달해 온 넷 개인주의가 안임) 생활의 기초를 세윗다는 말이다. 단체의식이 우리의 모든 불순한 본능을 충동함에 비하야 외롭다는 개인심리는 말할 수 업시 쌧긋하다고 생각햇다. 그래서 나는 단체의식을 전달하는 모든 인간적 속박을 써나서 위선 나혼자로써의 사람이 되겟다고 생각햇다. 그때 나는 비로소 마음이 침착해지고 내 혼과의 교통이 갓가와지는 듯하게 생각되엿다. 나는 할 수 잇는 대로 外界와 아모런 교섭이 업시 나혼자 생각하고 나혼자 즐거워하기를 조와햇다. (…중략…) 나는 몬저 妻가 되기 전에 혼자 사람으로써의 쌔긋한 심지를 품고 내 자신에 대해서 스사로 만족할이만큼 내 마음을 세련식히려고 해섯다. 그러한 노력은 결코 세상을 위함도 안이고 또는 남편을 위함도 안이다. 단지 내가 나를 위한다는 절실한 개인주의에서 울어 나왓다. 妻가 되기 전에 몬저 완전한 개인이 되자하는 것이 과거 1년 동안에 어든 자각이다.[90]

---

89  나혜석, 「나를 잇지 안는 행복」, 『신여성』 4호, 1924.3, 37~39면.
90  김원주, 「인격창조에」, 『신여성』 2권 6호, 1924.9, 40~41면. 이 글은 '재혼 후 1주년'

인용한 글에서 나혜석은 여자 해방, 연애, 경제적 독립에 앞서는 것, 혹은 그것을 가능하게 하는 것이 '나'를 망각하지 않고 '자기'로 온전하게 서는 것임을 역설하며, 김원주는 인간의 모든 불순한 본능을 충동하는 단체의식, 그 단체의식을 전달하는 모든 인간적 속박을 벗어나서 먼저 "나혼자로써의 사람", 곧 "완전한 개인"이 되겠다는 자각을 내보인다. 세상을 위함도 남편을 위함도 아닌 "단지 내가 나를 위한다는 절실한 개인주의에서 울어"나온 김원주의 '완전한 개인되기'나 나혜석의 '자기를 기억하기'는 식민지의 남성 계몽주체들이 허영·사치·타락의 징후로 간주한 여성들의 '개인주의'를 적극적으로 재전유한 것이기도 하다. 이를 통해서 나혜석이나 김원주와 같은 여성들이 상상한 것은 식민주의나 '가부장적 민족주의'[91]의 명령과 거리를 둔 다른 여성주체의 생성일 것이다.

---

감상을 묻는『신여성』측의 청탁에 따라 쓰여진 글이다. 이 글에서 김원주는 재혼 후 1년 동안 자신의 노력으로 얻은 성과를 첫째 개인주의의 자각, 둘째 모성에 대한 자각, 셋째 예술적 생활의 동경을 들고 있다. 김원주는 개인주의의 자각과 모성의 자각이 조화롭게 양립 가능하다고 본 듯하다. 때문에 "진실한 개인주의자가 되는 동시에 충실한 모성"이 되겠다는 의지를 피력한다. 더불어 김원주는 여성이 모성을 잃지 않기 위해서 "사회가 모성을 존중히 넉여야 될 것"이며, 모성을 잃는 것은 여성에게 책임을 묻기 전에 모성을 중시하지 않는 사회가 가장 큰 원인이라 주장한다.

91  일레인 김·최정무 편저,『위험한 여성』, 삼인, 2001, 13~51면. 한국의 민족주의와 젠더의 관계를 조명한 필자들은 민족주의의 근간에 작동하고 있는 가부장적 남성주의를 읽어 낸다. 필자들에 따르면, 남성주의 담론의 정수가 민족주의이며, 남성주의와 결탁한 민족주의는 이를 위협하는 여성들, 즉 개별적 자아를 추구하는 여성들을 민족의 권위와 순결성을 훼손하는 위험한 여성으로 배제해 갔다는 것이다.

# 3. '주부', 신가정의 구상과 근대적 어머니의 발명

1926년 정간했던 개벽사의 『신여성』이 1931년 속간되고, 1933년 신동아사가 『신가정』[92]을 창간하면서 1930년대 여성잡지계는 다시 활기를 띠기 시작한다. 『신여자』, 『신여성』 등 1920년대 문화운동의 열기 속에서 창간된 여성매체들이 대개 '여학생들', 즉 신교육을 받은 미혼의 젊은 여성들을 주요한 독자로 겨냥하고 이들을 신민족·신문화 건설을 위한 여성주체로 견인하려 했다면, 1930년대 속간된 『신여성』이나 새롭게 등장한 『신가정』은 독자의 비중을 종래 여학생에서 '주부'로 이동하고 이들을 주요한 계몽의 대상으로 설정한다. 특히 기왕의 여성잡지와의 차별화를 선언하고 "조선가정을 위한 한 개의 잡지",[93] 곧 '가정잡지'를 표방한 『신가정』은 창간사에서 '새 사회' 건설을 위한 '신가정'의 창안을 주장하고, 이를 위해 '주부'를 목표로 하지 않을 수 없다고 밝히기도 한다.

---

92　『신가정』(1933.1~1936.9)은 동아일보의 계열사인 신동아사에서 창간한 이른바 '신문잡지'이다. 신문잡지란 신문사에서 발행된 잡지를 의미한다. 동아일보사는 1931년 『신동아』를 창간하고 '여성란', '부인란', '가정란'이란 제명(題名)의 여성 독자를 겨냥한 코너를 마련하는데, 『신가정』은 이러한 란이 분리 독립된 형태라고 할 수 있다. 『신가정』은 동아일보사 잡지부의 주관 아래 발행되었는데 초대부장은 주요섭, 편집장은 이은상이었으며 1935년 이후 변영로가 편집장을 맡았다. 『신가정』은 주로 편집장인 이은상과 여기자 김자혜가 맡았으며 김원경 역시 『신가정』 담당 기자로 활동한다. 신문자본에 의해 발행된 『신가정』은 1920년대 이후 여성잡지계를 주도하고 있던 『신여성』에도 상당한 위협이 되었을 것으로 보이며, 1931년 속간된 『신여성』이 1933년에 폐간하게 된 배경에는 충분한 자금력을 바탕으로 한 『신가정』의 도전 역시 작용했을 것이라 짐작된다. 김미령, 「한국여성잡지의 성장과정에 관한 연구—『신가정』과 『여성동아』를 중심으로」, 중앙대 석사논문, 1985, 19~22면 참조.

93　「신가정 광고」, 『신동아』, 1932.12.

우리는 진실한 의미에서 가정생활을 갖지 못한 사람들입니다. (…중략…) 따라서 새사회를 만들자, 광명한 사회를 짓자, 하는 것이 우리의 다시 없는 리상이라 할 것이면 먼저 그 근본적 방법인 점에서 새 가정을 만들고 광명한 가정을 지어야만 할 것입니다. (…중략…) 그런데 가정 문제의 모든 책임이야 그 가정의 전원이 다 가지고 잇는 것이지마는 그 중에서도 특별히 주부된 이가 가장 그 무거운 짐을 많이 지고 잇느니만큼 우리는 가정의 문제를 생각할 때 누구보다도 먼저 주부된 이를 목표로 하지 않을 수가 없습니다. (…중략…) 한 가정이 새롭고 광명하고 정돈되고 기름지다고 하면 그것은 그 개인 그 가정만의 행복이 아니라 그대로 조선사회 조선민족의 행복으로 될 것입니다. 그렇거늘 어찌 주부의 지위와 그 가치를 예사로이 말할 수 잇겟습니까. 우리는 조선사회의 새로운 건설을 꾀하는 그 방법으로 여러 가지를 생각할 수 잇는 동시에 이 '가정문제'라는 것을 중대시하는 의미에서 이 『신가정』을 발간케 된 것입니다.[94]

인용한 『신가정』의 창간사는 조선의 가장 큰 문제점이 유교적 가족제도에 있다고 판단하고 조선이 "진실한 의미에서 가정생활을 갖지 못"했으며, 따라서 신가정을 창출하는 것이 조선 사회, 조선 민족의 행복을 견인하는 방법이라고 역설한다. 근대적인 가정의 실현이 사적인 차원이 아니라 "완전한 사회" "완전한 국가"[95]를 건설하는 공적 의무로 부과되는 장면은 1920년대 여성잡지에서도 목격된 바 있다. 예컨대 『여자계』에 실린 「신구충돌의 비극」에서 필자는 조선의 가정이 지나(중국)

---

94 송진우, 「창간사」, 『신가정』, 1933.1, 1~2면.
95 춘강, 앞의 글, 33면.

의 가정제도를 본보기로 하여 남존여비의 구별이 엄격했으며, 때문에 남성이 모든 권리를 독점하는 남녀 불평등의 원인이 전대의 가족제도에 있다고 비판한다. 가정제도의 근간이 되는 결혼제도의 개혁은 이러한 불평등과 불행을 해소하는 방법이라고 주장한 필자는 청년과 여학생들을 향해 "이상적 Love"를 통한 이상적 가정을 구성하는 것이 이들의 사회적 책임이라고 천명한다.

> 여러분 조선학싱 제군이여, 삼스층 양옥과 자동차, 보석반지가 아모리 조와도 자긔를 알아주고 스랑ㅎ는 일긔인이 즈긔의게는 더 힝복이 되겟스며 황금의식이 아모리 풍부ㅎ여도 리상뎍 Love를 엇으니만치 만족지 못홀 것이외다. 그러ㅎ거날 엇지하야 시디와 형편과 장자는 불고ㅎ고 만쳡즈동차와 보석반지를 상상ㅎ며 힝복된 Love를 벌이고 황금에 팔니는가. 제군아 싱각흘지여다. 제군이여 우리 반도에 구습에 저존 가뎡을 타파ㅎ고 리상뎍 가뎡을 만들며 후일 즈녀를 올케 길너 쟝차 그들노 ㅎ여금 몸을 나라에 바치게 ㅎ고 마음은 민족을 위ㅎ야 오날 현상을 우리의 리상디로 만드는 칙임이 뉘게 잇습닛가.[96]

한편 『신여자』나 『신여성』 역시 신가정을 이상적인 사회를 구현하는 근간이자, 행복을 담보하는 '광명한 가정', 곧 '스위트홈(樂家庭)'으로 상상하는 담론들을 주요하게 배치한 바 있다. 신가정을 "아름답고 맑은 가정" "사회에 활동ㅎ는 사람을 위ㅎ는 안락소이요 낙원"[97]이라고

---

96    김녑, 「신구충돌의 비극」, 『여자계』 2호, 1918.3, 35면.
97    주은월, 「현대가 요구ㅎ는 신가정」, 『신여자』 창간호, 1920.3, 26면.

지시한 『신여자』는 이러한 정의를 재현하는 서사물을 배치함으로써 행복한 신가정의 신화를 효과적으로 강화하기도 했다. 예를 들어 『신여성』에 「스윗트 홈, 행복한 가정」[98]으로 제목이 바뀌어 재수록되기도 했던 주은월의 「행복스런 가정」에서는 신가정이 관념의 차원을 넘어 구체적인 형상으로 전시된다.

전문학교 교사인 청년과 여학교를 졸업한 신여성이 사랑으로 결합한 옆집 부부는 학교에 다니는 남편의 동생, 일을 도와주는 노파와 더불어 단출한 가족을 구성하고 있다. 조용하고 공기 좋은 곳에 위치한 서양식 집에 사는 이들은 시종일관 "무슨 니야기에 듯난 듯한 그리운 시다운 생활"을 영위하는 것으로 묘사되며, 행복한 일상을 구가하는 젊은 부부는 "삶답게 사는 사름", "디상텬국에 사는 사름"[99]으로 형상화된다. 서사는 이들 부부의 생활을 지켜보는 옆집 여인의 시선을 통해 서술되는데, 여인의 시선에 독자들의 시선을 겹쳐 놓는 전략을 구사함으로써 신가정에 대한 독자들의 동경을 한층 더 자극했다.

주은월의 글이 서사적 재현이라는 간접적인 방식을 빌어 신가정을 홍보했다면, 남편과 아내의 대화를 통해 조선 가정의 개혁에 접근해 간 나혜석의 「부처간의 문답」은 보다 직접적인 계몽적 언설을 구사한다. 조선의 부인문제로부터 출발한 이들의 대화는 불평등한 조선의 가족제도에 대한 불만과 비판으로 이어지며, 주로 문제를 제기하고 대화를 주도하는 편은 아내인 여성이다. 필자인 나혜석의 목소리를 대리하는 아내는 서구의 가정을 "남녀가 화평하고 사랑할 줄 알고 액겨 줄줄 알며

---

98 　주은월, 「스윗트, 홈 행복한 가정」, 『신여성』 2권 5호, 1924.7, 25~27면.
99 　주은월, 「행복스런 가정」, 『신여자』 2호, 1920.4, 20・21면.

밉살스러울만치 침착하고 심옥하며 질서 잇고 정결한"[100] 이상적인 가정으로 부각하고 조선 가정의 현실을 이와 대비시킨다. 이상적 가정이 실현되어야 톨스토이나 도스토예프스키 같은 세계적인 대문호, 대사상가들이 출현할 수 있다는 아내의 주장에 설득당하는 쪽은 대개 남편이다. '설득하는 여성-설득당하는 남성'의 구도를 통해 나혜석은 신가정의 실현을 위한 남성들의 변화를 촉구하는 한편, 주부의 위치를 적극적으로 재규정하기도 한다. 신가정의 주부를 남편을 내조하는 수동적인 아내의 위치로 고정하기보다, 조선의 신가정을 기획하고 실천하는 적극적이고 독립적인 여성으로 정의한 것이다. 남편이나 아내 모두 "무엇이든지 다각각 자기 압히 남에게 쓸리지 아닐만치 늘 준비를 하고" 사는 자립적인 삶, 적극적인 행동을 취할 수 있을 때 "자유와 평등과 평화가 유지"[101]된다고 아내, 곧 나혜석은 주장한다. 말하자면 여성과 남성모두 각각 주체적인 삶을 영위할 수 있는 자유와 평등의 실현이 진정한 신가정의 조건임을 환기한 것이다.

1930년대 신가정 담론은 나혜석이 주장한 이 같은 신가정의 정의가 후퇴하는 가운데 오직 민족과 사회의 논리 안에서 신가정의 의미를 재강화한다. 잡지 『신가정』의 창간사에서 확인되듯이, 신가정의 건설은 남녀 불평등을 해소하고 전통적 가족제도의 구속으로부터 남녀 모두를 해방시키는 차원이라기보다, 사회와 민족의 행복 실현을 그 우선적 목적으로 상정했다. 가정과 민족을 한 몸으로 연결시키는 가국(家國)의 이데올로기 안에 포획된 신가정 담론은 여성을 '새 가정', '광명한 가정'

---

100 나정월, 「부처간의 문답」, 『신여성』 1권 2호, 1923.11, 70면.
101 나정월, 앞의 글, 73면.

의 창조자이자, 조선 민족의 행·불행을 결정하고 새로운 조선사회 건설의 역할을 부여받은 '주부'로 재차 호명한다. 그러므로 주부란 개인으로서의 여성을 말소한 자리에서 탄생한 민족으로서의 여성이며, 사적인 주체인 동시에 민족주의가 호명한 공적인 여성주체의 형상인 셈이다.

1930년대 신가정 담론에서 특기할 점은 남편의 내조자로서의 아내의 역할보다 자녀 교육자로서의 '어머니'의 역할이 한층 강조되었다는 것이다. "사회에서 피를 흘니고 쌈을 흘니는 그들", 곧 남편들이 편안히 쉴 수 있는 "스위트 홈(樂家庭)"[102]을 관리하고, 남편과 "가장 갓갑게 통정홀 만흔 친구"[103] 같은 아내 되기를 주부의 주요한 역할로 설정하던 이전과는 달리, 1930년대 여성잡지들은 어머니로서의 주부의 역할을 보다 강화하며, 따라서 좋은 어머니가 되기 위한 교양의 습득과 자질의 내면화를 여성 독자들에게 부단히 요구했다. 1930년대 『신여성』 속간호가 '어머니란'을 마련하고 주부를 독자로 견인한 것이나, 신동아사가 주부 독자를 대상으로 한 『신가정』을 창간한 것은 이와 같은 분위기를 반영하고 있다.

『신여성』은 '어머니란'이 "어린 아기의 보육·교육 기타 문제와 어머니로서 반듯이 알아야 할 상식과 지식"[104]을 제공하는 것이라고 그 성격을 밝힌다. 기자 이정호가 책임 집필한 '어머니란'에는 '아동의 심리연구', '아동과 의복', '아동과 신문에 대하여' 등 '아동문제강화'라

---

102  춘강, 앞의 글, 33면.
103  「가뎡의 칙임을 가지신 부인들에게 其四」, 『신여자』 창간호, 1920.3, 48면.
104  「어머니란 광고」, 『신여성』 5권 11호, 1931.12, 46면.

는 제목의 시리즈물이 연재되었으며, 어머니란 이외에도 '산부독본', '임부독본', '아동문제이동좌담회' 등 여성을 어린이와 매개된 존재, 즉 '어머니'로 수렴하고, "어린이문제는 여성문제와 써러질 수가 업"[105]다는 인식이 관철된 독물(讀物)이나 기획들이 1930년대 『신여성』의 지면을 다량 차지하게 된다.

1920년대 모성 담론이 관념적인 차원에서 이루어졌다면, 1930년대 신가정 담론은 '어머니'의 역할에 합당한 자질들을 구체적으로 훈육한다. 다시 말해 여성을 어머니로 환원하던 관념적 구호를 넘어서 아동교육자로서의 지식을 겸비한 근대적 어머니를 발명한 것이다. 이 발명과 훈육을 담당한 여성잡지는 어머니가 갖추어야 할 상식과 교양을 제공하는 한편, 어머니를 '거룩한 사랑'의 존재로 부각하는 담론을 함께 배치함으로써 어머니라는 표상의 외연과 내포를 구성한다. 어머니에 얽힌 추억을 이야기하는 『신여성』의 기획물 '거룩한 어머니의 사랑'[106]은 그 대표적인 경우이다. 어머니의 사랑 같이 크고 위대한 것은 없으며, 동서고금을 막론하고 위인열사들의 출세에는 반드시 어머니의 사랑과 감화가 있었다는 전제 아래 수록된 글에서 필자들은 한결같이 어머니를 희생적 사랑을 행한 존재, 자식에 대한 끊임없는 관심과 무궁한 애정을 베푼 존재로 기억한다. 다만 여성 필자인 최의순에게 어머니는 모든 이들의 반대를 무릅쓰고 딸의 교육을 관철시킨 유일한 후원자이

---

105 방정환 외, 「학부형끼리의 여학생문제좌담회」, 『신여성』 5권 5호, 1931.6, 34면. 좌담회에 참석한 방정환은 어린이문제와 여성문제는 떨어져 생각할 수 없고, 여성들은 보육학교 교육을 시켰으면 한다는 의견을 피력한다.
106 「거룩한 어머니의 사랑」, 『신여성』 6권 11호, 1932.11, 37~41면. 이 기획에는 최의순의 「유일의 후원자」, 주요섭의 「끈침업는 관심」, 방인근의 「어머니의 추억」, 유광열의 「최후까지 애정」이 수록되어 있다.

자 여성으로서의 새로운 자각을 할 수 있도록 견인한 존재로 추억되고 있다. "너는 나보다 긔(氣)를 펴고 살 세상을 만들어야 한다. 모든 눈아페 고생은 내가 마탓다"고 딸을 독려한 어머니는 단순한 희생과 사랑의 존재를 넘어 딸에게 독립적 삶을 살 수 있도록 기회와 힘을 준 각성한 여성으로 그려진다.

주부 대상 가정잡지를 표방한 『신가정』에 오면 '사랑과 희생의 어머니'를 강화하는 담론이 시, 소설, 수필, 편지, 일기 등 다양한 유형을 매개로 배치되고 있다. 창간호의 경우, 서울로 유학 간 딸과 시골 어머니가 주고받는 편지나, 여러 필자들이 잊을 수 없는 어머니의 말씀을 추억하는 것은 물론, 윤석중의 동시 「엄마 목소리」, 딸의 설빔을 얻기 위해 자신의 두 눈을 바치는 어머니 이야기인 주요섭의 「어머님의 사랑」, 어미 잃은 호랑이 새끼를 거두는 어미소의 사랑을 형상화한 이강흡의 동화 「소와 호랑이 새끼」, 여성작가들의 연작소설인 「젊은 어머니」에 이르기까지 여성 독자들에게 희생과 사랑의 어머니상을 교육하는 읽을거리들이 지면을 점령한다.

1933년 5월호 역시 '어머니'라는 표제 하에 여러 필자들이 어머니를 정의하거나 어머니에게 하고 싶은 말을 경구 형식으로 쓴 코너를 비롯해, 자녀에 대한 어머니의 소망을 피력한 「어머니의 꿈」이나, 「어머님 생각」, 「눈―어머님 령전에」, 「엄마의 아기」와 같은 시조·시·동시, 「어머님 전상서」 등의 수필, 그밖에 어머니를 추억하는 각종 산문들을 대거 배치하고 있다. 5월호의 경우 '어린이날'[107]을 염두에 둔 기획성

---

107 어린이날은 1923년 방정환, 고한승, 진장섭 등이 중심이 된 색동회가 발족한 5월 1일로 제정되었으나 이후 5월 5일로 바뀐다. 정인섭, 『색동회 어린이 운동사』, 휘문출판사,

편집이라고 볼 수도 있으나, 『신가정』에는 여성을 반드시 어린이와 매개된 존재로 정위하고 좋은 어머니 되기를 가르치는 다양한 형태의 담화들이 수시로 배치되었다. 5월호에 실린 황신덕의 「조선은 이러한 어머니를 요구한다」[108]는 조선이 원하는 어머니가 "명일의 조선을 건설할 만한 씩씩한 일꾼을 길러내는" 존재이며, 이는 '의지가 굳세고 비판력이 빠른 어머니', '시대에 낙오 없고 진취성이 있는 어머니', '아들을 알고 조선을 아는 어머니'라고 구체적 조건을 명시한다. 그런가 하면 원숭이의 어미 사랑을 소개한 글은 모성애를 본능적인 차원으로 환기하는 한편 희생적 사랑으로 정의하기도 했다.[109]

1930년대 『신가정』이나 속간된 『신여성』이 독자의 중심을 여학생에서 주부로 이동하고, 신가정 담론을 활성화하면서 이들에게 조선의 미래를 생산하는 바람직한 어머니를 훈유하고자 한 것은 다음과 같은 계기들이 작용한 것으로 보인다. 먼저 1930년대로 접어들면서 1920년대 전반의 실력양성운동의 분위기가 재연되었다는 것이다. 『동아일보』, 『조선일보』 등 언론기관과 기독교, 천도교 등의 종교계를 중심으로 문맹퇴치운동을 포함한 민중계몽운동(농촌계몽운동)이 민족개조·민력신장과 같은 슬로건을 내걸고 대대적으로 전개되었다.[110] 신동아사의 『신가정』이나 속간된 개벽사의 『신여성』이 새 조선, 광명한 조선의

---

1981, 46~50면.

108  황신덕, 「조선은 이러한 어머니를 요구한다」, 『신가정』, 1933.5, 385~388면.

109  「보라! 동물도 어미 사랑 이러하다」, 『신가정』, 1933.5, 395~402면.

110  최석규, 「1930년대 전반기 민중교육운동」, 『한국학연구』 제6·7합집, 1996, 330~331면. 최석규는 1930년대 부르주아 민족주의 진영이 주도한 민중계몽운동이 사회주의 세력의 농민층 장악에 위기를 느끼는 한편, 민족운동의 주도권을 장악하여 민중층의 사회운동을 일정하게 개량화하고 일제에 대해서도 일정한 타협적 대응력을 확보하려 했던 '합법적인 탈정치적 내용'을 지닌 것이었다고 평가한다.

건설에 복무하는 민족주의적 어머니 되기를 여성에게 표나게 요구하고
나선 것은 이러한 분위기가 반영된 것으로 보인다. 특히 식민지 자본주
의가 본격적인 궤도에 올라선 1930년대 전반은 봉건적 가족제도가 해
체되는 한편 에로티시즘이 성행하면서 남녀 모두 성적 방종을 일삼는
퇴폐적 징후가 나타난다는 인식이 확산되었고,[111] 때문에 이 같은 징후
에 오염되지 않은 순결한 가정의 이상적 관리자로서 여성을 고정하려
는 가부장적 민족주의의 요구 역시 더욱 맹렬해졌을 것으로 보인다.

여기에 1920년대 신교육을 받은 여학생들이 30년대에는 가정의 주
부로 그 위치가 바뀌고 이들이 잡지의 주요한 구매자들이자 독자층이
되었다는 현실적인 고려도 개입했으리라 짐작된다. 학교에서 가사 시
간, 수신 시간이면 여자의 천직, 주부의 책임, 육아법에 관한 얘기를 듣
고 반항심을 느끼며 독신으로 살 것을 결심하던 과거 여학생들은 이제
재학시대에 수신강화나 가사 설명을 좀 더 잘 들어두지 않은 것을 후회
하는 아내이자 어머니로 그 위치가 이동하면서 고민의 속내 역시 변화
한 것이다.

> 그러면 남자가 밖에서(사회에서) 받은 상처를 잘 만져주며 위로하여서
> 사회사업을 하는 원동력을 길러주는 것은 오로지 안해의 힘밖에 없고나 그
> 러기 때문에 고금을 물론하고 위대한 인물의 배후에는 그보다 더 위대한 여
> 자의 힘이 숨어 있지 않는가. (…중략…) 하고 생각할 때 전에 가졌던 불만과
> 반항심이 차차 나도 모르는 사이에 살아지고 그 반면에 책임의 중대함만을

---

111 김옥엽, 「가정제도와 성문제의 동향」, 『신여성』 5권 11호, 1931.12, 10~13면.

느끼게 된다. 그보다도 지금 남의 어머니가 된 나는 나의 시간과 니력의 전부를 다 그 어린애에게 바치고 있다. 그러나 그것이 조금도 아깝지 않겠다고 생각된다. (…중략…) 어머니 된 책임이 그 얼마나 중대함을 다시금 느끼게 된다. 그러고 보니 지금 내 몸은 오직 남편과 아이에게 희생하고 있을 뿐이다. 옛날의 나의 생각과 너무도 엄청나게 변천된 나를 발견할 때 나 스스로도 수수꺽이와 같은 느낌을 가지게 된다.[112]

인용문에서 필자는 자신의 시간과 이력의 전부를 오직 아이와 남편에게 바치며 과거 여학생 시절과는 엄청나게 생각이 바뀐 자신을 확인하고 "수수꺽이와 같은 느낌"을 갖게 된다고 고백하고 있다. 1930년대 여성잡지는 이렇듯 여학생에서 주부로 이동한 여성들에게 아내와 어머니의 자리가 요구하는 희생을 당연한 것으로 받아들일 것을 종용하는 민족주의적 요구와, 과거와는 현격히 다른 자신을 여전히 수수께끼와 같은 느낌으로 바라보는 여성들의 자기응시가 길항하는 장소가 되었다.

이상에서 살핀 바와 같이, 1920~30년대 여성잡지는 여성의 주체적 각성이나 자기 발견보다 먼저 여성이 해야 할 의무와 역할을 부과하는 담론들이 지배력을 행사하면서 무수한 차이로 존재하는 '여성들'이 부정되고 하나의 '집합'이나 '범주'로서의 '여성'을 구성해 간 주요한 담론 공간으로 자리잡는다. 그럼에도 불구하고 '있어야 할' 여성을 호명하는 지배적/남근적 담론 구조에 개입하는 여성들의 이질적인 목소리 역시 부단히 발생하는 장소가 여성잡지이기도 했다. 근대적 여성주체

---

112 범부, 「凡婦의 느낌」, 『신가정』, 1934.12, 359면.

를 둘러싼 이 구성과 균열의 동학은 여성 미디어를 통한 여성들의 독서와 글쓰기, 곧 '여성들이 읽고 쓰는 문학'이 형성되는 과정에도 고스란히 재연되고 있다.

# 제2부

# 여성 독서의 계몽과 문학 취향의 구성

## 여성용 독서를 교육하다

신문·잡지 같은 신종 미디어가 근대문학이 스스로를 '정당화'하고 '제도화'할 수 있는 물적 공간으로 기능했다는 것은 주지의 사실이다. 익히 알다시피, 3·1운동 이후 일제가 문화정치로 선회하고 문화운동이 확대되면서 신문·잡지가 대거 등장한 1920~30년대는 문학이 근대매체와 긴밀히 교통하면서 제도화가 추진된 시기이다. 이 과정에서 잡지의 역할은 특히 주목되는데, 잡지는 신문의 정보 유통과는 달리 심도 있고 전문적인 지식을 전달하는 매체라는 점에서 근대문화 및 근대 지식의 총아로 부각되었을 뿐만 아니라,[1] 신문보다 적은 자본과 인원으로 발간할 수 있어 대중적인 확산이 신문보다 훨씬 용이했다.[2] 때문에 1920년대는 '잡지의 시대'라 할 만큼 다수의 잡지가 창간되었으며, '잡지문단'[3]이라는 명명이 가능할 만큼 잡지와 문학의 네트워킹이 활발했다. 이는 비단 문예지에 국한된 현상이 아니라 종합지를 아우르는 것이기도 했다.

1920년대를 대표하는 종합지 『개벽』과 문예잡지 『조선문단』에 대

---

1  한기형, 「최남선의 잡지 발간과 초기 근대문학의 재편」, 『근대어·근대매체·근대문학』, 대동문화연구원, 2006, 321면.

2  잡지가 신문보다 용이하게 대중들이 접근/발간할 수 있는 매체로 인식되었음은 몇 가지 예를 통해서도 확인된다. 가령 아동문학가 윤석중의 회고에 따르면, 보통학교 3학년인 12살 때 심재영, 설정식 등과 손잡고 '꽃밭사'라는 독서회를 조직하고, 2년 후인 1925년 무렵 '꽃밭사'를 '기쁨사'로 고치면서 서덕출, 이원수 등과 더불어 『기쁨』이라는 등사판 잡지 외에 『굴렁쇠』라는 회람 잡지를 발간하게 되었다고 한다.(강진호 편, 『한국문단이면사』, 깊은샘, 1999, 193~194면) 이 외에도 1927년 기생들이 주도하여 '장한사(長恨社)'라는 잡지사를 만들고 잡지 『장한』을 발간한 것은 이 시기 잡지가 뜻을 같이 하는 이들이 모여 자신들의 목소리를 집단적으로 낼 수 있는, 신문보다 진입장벽이 낮은 매체로 인식되었음을 짐작할 수 있다. 『장한』의 발간 주체들은 창간사에서 기생이란 부자연한 제도가 사회에 끼치는 해독이 없도록 하고 그들 자신에게 돌아오는 참담을 면하고자 하는 취지에서 "문화적 시설의 하나이며 향상 진보기관의 하나로 잡지 장한(長恨)을 발행"한다고 밝히고 있다.(김월선, 「창간에 際하야」, 『장한』 창간호, 1927.1, 4면)

3  김병익, 『한국문단사』, 일지사, 1980, 79면.

한 다음과 같은 언급은 이 시기 잡지들이 근대문학의 형성과 제도화에 결정적인 역할을 수행했음을 확인할 수 있는 대목이다.

여기서 내가 20년대의 문예사조의 생성과정을 고찰한다는 것은 그 주제가 일반성의 것이지만 특히 『개벽』지의 간행사실을 매개로 하는 것은 먼저 말했다시피 그것으로써 더 구체성을 띠게 된다는 것, 1920년대에 『개벽』지가 간행될 때의 시대적·사회적인 정세가 그대로 신문화·문학운동사에 대한 역사적인 배경 조건이기도 한 점과 함께 나아가서 『개벽』지가 간행된 사실 자체가 바로 그 문화·문학사의 발전의 일부로서 20년대의 문예운동도 『개벽』지의 무대와 서로 분리시켜서 고찰하기 어려운 깊은 관계를 갖고 있었다는 점이 더욱 중요한 것이다.[4]

오늘날에 앉아서 보자면 이 춘해의 『조선문단』은 조선 신문학사상 몰각할 수 없는 큰 공적을 남기었다. 춘해 자신은 우금 조선문학에 기여한 한 개의 작품도 만들지 못하였지만, 그의 창간한 『조선문단』이 문학사상 남긴 공적은 지대하였다.[5]

인용문의 백철이나 김동인의 언급에서도 확인되듯이, 식민지 조선에서 신문과 더불어 잡지는 문학 패러다임의 근대적 변환을 지배한 담론 기관이자 문학 제도화를 위한 "3종의 人",[6] 즉 근대문학이 존립할 수

---

4    백철, 『백철문학전집 1 - 한국문학의 길』, 신구문화사, 1968, 236~237면.
5    김동인, 「『조선문단』 시대」, 『김동인전집』 6, 삼중당, 1976, 40면.
6    이광수, 「문학이란 何오」, 앞의 책, 515면.

있는 기반인 '작가·독자·비평가'를 생산한 장으로 역할한다. 여성과 문학의 교통은 물론 '여류문학'이라는 성별적 문학 개념과 범주 형성 역시 이러한 신문·잡지의 역할과 긴밀히 연관된다. 특히 1920~30년대 여성잡지의 창간이 전성을 이루고, 문학을 통해 대중을 유인하거나 혹은 문학을 대중적으로 확산하려는 매체의 기획이 맞물리면서, 여성과 문학이 만날 수 있는 환경이 본격적으로 조성되었다.

여성잡지는 여성과 문학의 조우와 관련해 특히 주목해야 할 매체이다. 앞서 살펴보았듯이 1920~30년대 창간 러시를 이룬 여성잡지는 각종 여성 담론을 생산한 미디어일 뿐만 아니라, 근대적인 독자와 작가로 여성을 계몽하고 관리한 장이자, 여성과 문학의 접속을 둘러싼 각종 담론을 생산·유포·확대한 주요한 기관이기 때문이다. 아울러 '여류문학'이라는 특정 범주의 구성과 그 개념의 확산에도 가장 적극적으로 관여한 매체 역시 여성잡지였다.

이 장에서는 여성잡지가 여성의 근대적 독서를 계몽·관리하면서 여성들의 독서 취향, 특히 문학 취향을 구성해 간 정황을 여성 독자 및 독서와 관련한 각종 기사들과 문예란의 안팎에 배치된 '읽을거리'들을 통해 살펴보고자 한다.

주지하듯이 근대의 시작과 더불어 새로운 지식의 학습 경로로 독서가 독려되었다. 전대의 유교 교육을 망국의 원인으로 지목하고 구습·구제도와 대결하면서 근대인으로 변신하려던 계몽주체들에게 독서는 새로운 삶의 방식이나 가치관을 형성하는 주요한 방법으로 인식된다. 마에다 마이의 지적처럼, 근대인이 되기를 열망하는 이들에게 그들의 인생 방향을 결정짓는 것은 더 이상 양친에게서 받은 교훈이 아니라 한

권의 책이 된 것이다.[7] 이광수는 1915년『청춘』에 발표한「독서를 권함」에서 문명인의 탄생 조건으로 독서를 다음과 같이 적극 권장한 바 있다.

> 서적은 사상과 지식을 간직한 창고이니, 글이 생긴 이래로 수천대 聖人賢哲의 캐어놓은 金玉 같은 진리와 교훈과 꼭같은 情의 美를 그린 것이 다 그 속에 있는지라 吾人이 원시적 빈궁하고 누추한 야만의 상태를 벗어 버리고 풍부·고상·화려한 문명의 생활을 現出하여 조화옹의 경영에 놀라운 대교정을 준 것은 실로 이 창고에 쌓아 놓인 보물의 힘이로다. (…중략…) 독서는 정신적 영양이매 정신적으로 사는 문명인은 독서로 살아야 할지오. 하물며 문명정도 어린 민족은 이것으로 제 지위를 높여야 할 것이며 오는 시대의 주인이 되려는 청년은 독서로 항상 문명의 최고점과 병행하여야 하리로다.[8]

문명인을 육체보다 정신을 중히 여기는 자로 규정한 이광수는 문명인/근대인이 되기 위한 조건으로 독서를 강조하고 있다. 독서는 "오인보다 이상 되는 오인으로 진화하기" 위한 조건이며, 문명의 정도가 떨어진 조선민족이 "제 지위를 높일 수 있는" 계기라는 것이다. 따라서 "오는 시대의 주인"으로 호명된 청년들에게 "문명의 최고점과 병행"하는 독서는 선택이 아니라 일종의 신성한 명령으로 하달되고 있다. 이광수에게 독서는 근대적 교양의 습득을 넘어 민족 개조를 위한 필수불가결한 전제로 상상된 것이다.

---

7    마에다 마이, 유은경·이원희 역,『일본 근대 독자의 성립』, 이룸, 2003, 161면.
8    이광수,「독서를 권함」(『청춘』 4호, 1915.1),『이광수전집』 1, 삼중당, 1962, 560~562면.

새로운 민족 구성원이 되기 위한 독서의 필요성은 3·1운동 이후 전
개된 문화운동의 열기 속에서 한층 부각된다. 조선의 신문화 건설과 민
족 개조를 선언한 문화운동의 주체들은 수양을 통한 개인의 인격완성
을 문화의 의미로 이해하고, 서구에서 유입된 예술·과학·도덕·종교
등을 습득해야 할 문화의 내용으로 간주했다.[9] 독서는 이러한 서구적
지식을 학습하고 인간의 내면/정신을 계발하는 방법으로 적극 홍보되
었는데, 『개벽』의 창간 주체였던 이돈화 역시 독서의 중요성을 다음과
같이 강조하고 있다.

> 독서는 취미니 독서의 취미를 모르는 자는 어썬 점에서 불행의 인물이라
> 할 수 잇나니 書는 실로 취미의 보고이며 취미의 왕국이라 할 수 잇다 試하야
> 나더러 書의 취미를 語케하리라 (…중략…) 원래 인생은 취미라 취미로써 生
> 하고 취미로써 死하나니 취미는 써 천태만상이라 고상한 자도 잇스며 비루
> 한 자도 잇는 것이라 고상한 취미에 不就하는 자는 비루에 취하야 나아가게
> 되는 것이라 불행이 우리 조선인은 독서의 취미를 아지 못하는 자 多한지라
> 그럼으로 취미의 방면이 스스로 반대방향으로 취하야 음주, 악연, 권세 등의
> 악덕으로 변하는 자─比比皆然하니 조선인 된 자─삼가 독서의 취미를 체험
> 하야 僞의 취미로 眞의 취미에 나아가기를 切望하는 바이다 [10]

인용문에서 이돈화는 취미를 '비루한' 것과 '고상한' 것으로 분별하
고 독서를 "고상한 취미", 혹은 "眞의 취미"로 규정한다. 조선인들은 독

9   박찬승, 『한국근대 정치사상사 연구』, 역사비평사, 1992, 210면.
10  이돈화, 「진리의 체험」, 『개벽』 제27호, 1922.9, 43~44면.

서를 모르는 자가 많고 독서를 모르는 것은 불행한 일이며, 따라서 조선인들은 독서를 통해 행복한 민족으로 개조될 수 있다는 것이 이돈화의 논리이다. 식민지 조선에서 독서는 문명과 야만을 가르는 표지일 뿐만 아니라 인생의 행복과 불행을 결정하는 규준으로 고양되는 상황이다.

신인간·신민족 탄생을 위한 독서의 요구는 계급뿐만 아니라 성별 역시 초월했다. 민족 개조의 사명을 할당받은 '신여자'의 조건은 외양이나 스타일의 창출이 아니라 '독서'를 통해 새 글을 읽고 새로운 지식을 얻어 새로운 생각을 하는 것이라는 담론이 당대 미디어를 타고 확산되었다. 조선의 신여자 창출을 기획하고 신여성의 조건과 규범을 할당한 근대 여성잡지는 여성의 독서를 가장 적극적으로 추동한 기관이었다. 여성 독서에 관한 각종 담론을 형성, 유포하고 여성이 읽어야 할 '필독서류'와 '금지서목'을 분류하는 한편, 여성들의 독서 취향을 구성해 간 중추적인 미디어로 역할했던 것이다.

그러므로 2부에서는 여성잡지가 여성의 근대적 독서를 교육하는 동시에 여성들의 독서 취향, 특히 문학 취향을 형성, 관리하는 과정을 추적하고자 한다. 아울러 문학을 포함한 다양한 독물(讀物)들 속에서 여성이 재현되는 양상을 살핌으로써 여성잡지가 여성 독자들에게 내면화하도록 요구한 여성상의 정체와 그 훈육의 메커니즘에도 주목하고자 한다. 이는 여성잡지를 통해 '여성용' 문학이 구성되는 과정을 밝히는 작업이 될 것이다.

# 제1장

# 여성 독서의 계몽과 문예란의 배치

## 1. 여성 독서의 계몽과 지도 ─ 여성의 필독서와 금기서의 선별

신교육을 받은 여성들이 늘어나면서 여성의 독서를 강조하는 언설들 역시 꾸준히 늘어났다. 과거 부덕(婦德)에 어긋나는 것으로 경계했던 여성의 독서는 여자의 인격을 구성하는 결정적 조건으로 떠오르며, 독서를 하지 않아 자신의 인격을 짓밟히는 것은 남의 인격을 짓밟는 것과 동일한 '죄'[1]로 지목되기도 했다. 독서는 밥하기, 바느질하기, 아이 기르기와 더불어 가정부인이 갖추어야 할 새로운 부덕으로 요구되는가 하면, 신여성으로 변신하기 위한 필수 조건으로 계몽되기도 했다.

1920~30년대 여성잡지들에 배치된 논설이나 기사들 속에서 여성

---

1 「여자의 인격─부인과 독서」, 『동아일보』, 1927.5.10, 3면.

의 독서는 구여성과 신여성을 구별하는 표지가 되었을 뿐만 아니라 진정한 신여성과 사이비 신여성을 가르는 심급으로 부상했으며, 여성이 경험하는 여러 가지 난관을 여성 스스로 해결할 수 있는 실력 양성의 과정으로 강조되기도 했다.

고등보통학교와 동등 또는 그 이상의 정도를 졸업한 여자 여러 동무야, 당신들의 가진 공통한 일홈은 무엇이냐 新女子이다. 舊女子가 아니오 新女子이다. 新女子이면, 입은 옷도, 신는 구두도, 하는 말세도, 무엇도무엇도 새로워여 되겟지만, 몬저 당신네들의 머리가 새로워야 할 것이다. (…중략…) 이러한 당신들이기 짜문에 다시 한 번 뭇는다. 당신들의 머리는 완전히 새로워젓느냐, 새로워지기 위하야 나날히 새글을 닑더냐고. 나는 당신들 중에서 일 잘하는 사람을 보앗다. 산보 잘하는 사람을 보앗다. (…중략…) 그러나 간단 업시 소문 업시 책을 보고 잇는 사람은 보지 못햇다. 물론 소문업시 보는 것이라 보아도 우리가 보는 줄을 모르는 것일지도 모르겟다마는. 무엇보다도 책을 읽어야 한다. 책을 보아서 늘 머리를 새롭게 해야 한다. 머리 속에 구덕이가 잇고는 더 볼일이 업는 것이다.[2]

만일 교과서 이외의 독서를 하게 되면 '애는 문학소녀란다'라거나 또 '애는 사상가야!'라고 빈정대게까지 되는 한심한 일이 생기고 만다. 적어도 현대여성이 여성으로의 자각이라거나 인간으로의 도저한 각성이 잇다면 독서 안 햇다는 것이 유일의 치욕이 되지 안으면 안될 것이다. 그 사회의 문화를 구성하

---

2    小春, 「요쌔의 朝鮮 新女子」, 『신여성』, 1923.11, 59면.

고 잇는 사상, 문예, 더 나아가 종교, 철학, 정치, 경제에까지 일정한 상식쯤은 가져야 할 것이다. 이러한 것은 독서의 힘을 빌지 아니하고는 도저히 불가능하다. 적어도 독서하는 것이 우리 생활의 일부가 되지 안으면 안된다.[3]

여성을 싸고 도는 만혼 문제 여성이 해결해야 할 여러 가지 난관 이 모든 것을 자각하고 나갈 힘은 만히 듯고 만히 읽고 스사로의 실력을 기르는데 잇는 것입니다. 무식하다고 어리석다고 남편에게 수모밧는 것이나 남자들에게 우슴을 밧고 십지 안커든 하다못해 신문이나 잡지라도 매일 계속적으로 읽어서 힘을 기릅시다. 허술한 거 갓하도 읽고나면 보람이 나타나는 것입니다. 외국여자들의 독서열을 우리 여성들도 본밧어 새해부터는 '잠자긔 전에 한 장식이라도' 책을 읽도록 합시다.[4]

인용문에서 김기전(小春)은 독서를 구여자와 신여자, 머리가 새로워진 '진정한 신여성'과 외양에 치중하는 '사이비 신여성'을 가르는 기준으로 지정하는가 하면, 이헌구는 독서가 취미로 자리잡지 못한 조선사회에서 여성의 책 읽기에 대한 폄훼적 시선이 있음을 비판하고, 자각한 현대여성이 되기 위해 독서를 생활화하라고 주문한다. 독서는 사상, 문예, 종교, 철학, 정치, 경제에 대한 일정한 "상식"을 습득하기 위한 수단이며, 따라서 독서를 하지 않는 것은 상식의 결핍을 의미하는 "치욕"으로 적발된다.

김기전이나 이헌구가 '근대인'으로 변신하기 위한 독서를 강조했다

3    이헌구, 「현대여학생과 독서」, 『신여성』 7권 10호, 1933.10, 31면.
4    김자혜, 「책 읽읍시다」, 『신여성』 7권 1호, 1933.1, 44면.

면, 김자혜는 '여성'임을 자각하기 위한 독서를 역설한다. 독서는 "여성을 싸고 도는 만혼 문제"를 발견하는 계기이며, "여성이 해결해야 할 여러 가지 난관"을 극복할 수 있는 실제적 힘으로 강조된다. 독서를 통해 남성의 억압에 대항하는 여성주체의 형성을 구상하는 필자는 잡지의 독자들을 "우리"로 호명하며 여성의 동질감을 고무하고, 독서열의 모범적 사례로 "외국여자"를 언급하면서 국경을 넘는 여성으로서의 연대감을 고취하기도 한다. 독서의 취미화, 독서의 일상화를 계몽하기 위해 『신여성』은 종종 문명한 서구 여성들의 독서 취미를 소개하는 경우가 있었는데, 예를 들어 프랑스 여학생들의 생활을 소개하는 기사에서 독서는 음악, 테니스와 더불어 이들의 "비상하게 고상한" 취미생활로 부각되었다. 아울러 일요일이면 가족이 모여 "유익하고 좋은 작품을 읽고" "읽은 후에는 반드시 비평"을 하는 독서 취미를 조선 여성들이 본받아야 할 사례로 제시하기도 한다.[5]

이와 같이 독서의 생활화를 강조하고 독서의 중요성을 계몽하는 언설과 더불어 여성의 독서 취향을 지도하려는 담론 역시 주요하게 배치되었다. 독서를 하라는 요구보다 중요한 것은 바람직한 신여성의 정의를 위반하지 않는 독서였으며, 따라서 여성의 역할에 부합하는 독물과 그렇지 않은 읽을거리를 선별하는 작업은 필수적이었다. "례긔(禮記) 렬녀전(烈女傳) 가튼 썩은 냄새가 나는 사상과 관념"[6]을 전파하는 서적들은 여성의 금기서목 중 단연 첫 번째였다. 신여성의 독서는 "묵고 썩은 모든 문명을 파괴하고 새로운 제도와 새로운 도덕과 새로운 륜리를 세

---

5    일기자, 「불란서의 여학생 생활」, 『신여성』 2권 3호, 1924.3, 21~23면.
6    신식, 「가을과 여자의 독서」, 『신여성』 4권 10호, 1926.10, 6면.

우기에 즉 인류문명을 조직적으로 완성식히기에 도움이 될[7] '새 글'이 되어야 하는 것이다.

그렇다면 '새 글'의 목록에는 무엇이 배치되었을까. 먼저 목록의 상위에 '신문'과 '잡지'가 올라 있다. '신문 잡지 서적 보기'가 '신여성 십계명'[8]에 포함되기도 했으며, 신문과 잡지는 규범적 틀에 갇힌 학교교육이 감당하지 못하는 인생의 "활교훈", 즉 시시각각 바뀌는 세계나 일상의 변화를 전달하고, 문명인이 지녀야 할 "보통상식"을 습득할 수 있는 "사회교육"의 장으로 홍보되었다. 신문·잡지를 매일 매달 읽지 않는 것은 생명을 잃는 것과 다름없다는 극단적 수사가 동원될 만큼, 여성을 근대매체의 독자로 견인하려는 욕망이 강하게 피력된다.

신문집지(新聞雜誌)가 우리생활에 얼마만치나 밀접한 관계가 잇느냐? 하는 것은 여러 말슴 아니한다 하더라도 아시겟스나 저 문명국이라 하는 구미(歐米)에서는 이러한 말을 한다 합니다 '그날의 신문 그달의 잡지를 낡지 아니하면 그날그달은 생명을 일어버리엇다고' (…중략…) 신문잡지에 쓰는 말과 학교서 갈으키는 문귀에는 이러한 차이가 잇슴니다 학교서는 갈으키는 말이나 문귀는 대개가 고뎡(固定)덕임니다 그러함으로 밤낫할 것 업시 변해가는 세계의 활무대(活舞臺)에서 일어나는 일을 그째그째의 말 그 찰나 그 찰나의 술어(術語) 혹은 유행하는 말로 보도하는 신문잡지를 힘잇게 낡키기에 너무 차이가 나는 까닭임니다 신문을 충분히 낡지 못한다면 잡지의 긔사도 철저하게 알지 못할 것은 사실일 것이외다. 이러한 사람이 잡지를

---

7    위의 글, 6면.
8    이광수, 「신여성 십계명 – 젊으신 자매께 바라는 십개조」, 『만국부인』 창간호, 1932.10.

본다하면 겨우 소설이나 닑는 데에 지나지 아니할 것임니다. 소설을 닑는다 해야 수박 겻겁덕이 먹는 세음이지 작자(作者)의 고심해서 생각한 깁혼 인생관이라던지 신비한 철리(哲理)를 알으지 못하고 지내간다 하면 말로만 잡지를 보고 신문을 닑엇다 하지 무슨 효과가 잇겟슴닛가. 이러한 데서 소설중독 문학중독이 생기는 것도 적지 아니할 것이 외다. (…중략…) 이러한 것은 학교에서 힘써 학생의게 볼만한 것을 지뎡해서 갈으키여 주기도하고 보는 방법을 알으키여주어서 학교교육 이외에 사회교육을 일편으로 갈으키는 것이 되리라고 생각함니다 이러한 긔회를 자조 지어준다면 학생생활에도 다 대한 유익이 잇스리라고 생각함니다 신문이나 잡지를 닑지 못하게 하는 한편에 폐해가 잇는 줄로 나는 생각함니다.[9]

필자 정병기는 근대 교육의 일부를 담당하고 있는 신문·잡지를 여학교에서 읽지 못하게 하는 것은 잘못이며, 오히려 신문·잡지에서 볼만한 것을 선별해 읽을 수 있는 능력과 보는 방법을 적극적으로 지도해야 한다고 주장한다. 아울러 여성들이 소설을 읽는 통로로만 신문·잡지를 소비하거나, 더욱이 작가의 인생관이나 진리에 접근하려는 심층적 독서보다 표피적 읽기에 급급한 "소설중독" "문학중독"에 빠지는 것은 신문·잡지를 제대로 읽는 법을 배우지 못했기 때문이며, 이는 학교교육의 책임이 크다고 비판하고 있다.

한편 근대적 생활을 영위할 수 있는 상식 습득의 차원을 넘어 "영원한 정신적 생명이 되고 양식이 되는 의의 잇는 독서"[10]가 필요하다는

---

9   정병기, 「여학생과 신문잡지」, 『신여성』 2권 12호, 1924.12, 15~16면.
10   이헌구, 앞의 글, 33면.

주장들 역시 제기되었는데, 이러한 분위기를 타고 '문예서류'나 '사회과학서' 같은 사상서들이 조선 여자들이 읽어야 할 "정당한 글"의 목록에 새롭게 등재되기도 했다. 사상서나 문예서류는 "인류문명을 완성할 과학적 지식을 엇기 위하야, 다시 말하면 새 사상과 새 지식을 세우고 엇기 위하야"[11] 읽어야 할 필독서로 계몽된 것이다.

도서실 그곳에서는 무제한인 자연교육이 숨어 잇는 곳이다 반드시 녀성을 사상적으로 선도할 만한 또는 사회의 과학 세계 형편 축소하야 조선의 되는 일긔 외에 문예도 좀 고급문예를 열람케 하여야 한다 그 묵은 영자(英字) 소설가튼 아무 실익 업는 책 썩은내 나는 종교(宗敎)서류 가튼 것만 라열하는 것은 너무나 학생들의 사상을 암매하게 하고 싸라서 사상을 허영의 길로 인도히고 일정한 목덕이 업시 쓴 정신생활을 하게 한다. 이것이 오늘날 우리 학생계의 도서영향이다 이 엇지 가석하고 가통할 일이 아니랴 학교 당국에서는 더욱이 신년부터는 도서실을 더 확장하고 내용이 충실한 사상이 순화될 그런 서책을 만히 라열하야 학생으로 하여금 사회의 과학을 알게 함이 조흘가한다. (…중략…) 그럼으로 우리는 좀 고급으로 사회과학서류를 탐독하기로 설 맹약하여야 할 것이다.[12]

여학생은 학교 밖의 사회를 알어서는 안된다는 법이 없다. 바다와 같이 넓은 세상 그 세상에서 엎으러지고 일어나고 하는 크고 적은 인생사리 사는 일, 싸우는 일, 괴로운 일, 기쁜 일, 눈물과 웃음, 진실과 거짓이 모든 것을

---

11   신식, 앞의 글, 6면.
12   일기자, 「여성평단—독서에 대하야」, 『신여성』 4권 2호, 1926.2, 20∼21면.

가르켜주는 것은 교과서가 아니오 검은 칠판이 아니오 오직 문학과 사회과학의 서적들뿐이다. 한번은 그 문을 통과하고야말 남녀간 사랑이라는 것의 진실한 자태도 그 내용도 또 남성의 심리도 희망도 환멸도 그리고 현실생활의 계급적 전 내용을 적나라하게 보여주는 것은 문예작품이다. 사회생활의 복잡한 내용—개인과 집단과, 사회와 또한 사회, 계급, 또한 계급, 정복과 피정복, 국가와 또한 국가, 이 모든 것의 서로서로의 관계가 어떻게 이루어지고 변하여 오고 그리고 어떻게 발전되어 가고 있으며 현재 조선의 이 현실에서 삶을 누리고 있는 여성으로서 깨닫고 하지 아니 하면 아니 될 일이 어떠한 것이라 함을 알으켜주는 것은 사회과학이다. 명년에 학교를 졸업하게 된 중등 이상의 여학생들 중에 과연 사회과학과 문학에 관한 초보적 지식이나마 가진 이가 있는가 없는가?[13]

인용문에서 『신여성』의 기자는 여학교 도서실 설비가 대개 미흡하며 미선계 여학교를 겨냥한 듯 비치된 도서들이 조선의 현실을 반영하지 못하는 영문소설이나 종교서적들이 대부분이라 조선 여학생들의 학문 진작이나 사상 발전에 기여하지 못하고 오히려 허영의 길로 인도한다고 비판한다. 따라서 문예물을 읽되 '고급문예'를 선택하고, 여성의 사상을 순화시키기 위한 '사회과학서류'의 탐독을 적극 권장하고 있다. 인용한 김기진의 글에서는 여성이 학교교육의 한계를 극복하고 사회현실에 눈 뜨기 위해서 자발적 독서가 필요하며, 이러한 독서의 대상은 '문학'이나 '사회과학' 서적이 되어야 한다고 강조한다. 사회관계의 복

---

13    김기진, 「조선여성이어 독서하라」, 『신가정』, 1934.10, 112~113면.

잡다단함을 일깨우고 조선의 현실을 타개하기 위해 여성이 해야 할 일을 제시하는 것이 사회과학이며, 인생의 희로애락이나 남녀 간 사랑의 진실한 자태는 물론 "현실생활의 계급적 전 내용을 적나라하게 보여주는 것"이 문학이라는 것이다.

이와 같이 여성들이 읽어야 할 필독서류에 문학을 배치하였으나 여성과 문학, 특히 여성과 소설의 조우에 대해서 담론을 주도하고 있던 남성 지식인들은 대부분 호의적이지 않았다. 문학을 '고급문예'와 '하품문예'로 구분한 이들에게 여성 독자들 대부분은 '하품문예물'의 소비자로 인식되었으며, 따라서 여성의 문학 독서, 특히 소설 독서는 여성을 방종과 타락, 급기야 죽음에 이르게 하는 위험한 계기일 수 있다는 견해들이 빈번히 제시되었다.

> 그런듸 이 시대에는 별로히 모-든 것을 알냐고ᄒᄂᆫ ᄆᆞ음이 잇습니다 그 중에도 더욱이 남녀 간에 관한 事情입니다. 그럼으로 누구든지 이 時代에ᄂᆫ 별로히 조와ᄒᆞ야 신문상에 기재되ᄂᆫ 小說을 날마다 큰 滋味로 기다리게 됩니다. 이러한 시기에 小說을 보게 함은 ᄆᆡ오 좃지 못한 결과를 生게 합니다 일노붓허 차차 연상을 이르켜가지고 공상을 ᄒᆞ며 煩悶을 ᄒᆞ게 됩니다. 그런고로 이 시대에ᄂᆫ 小說을 嚴禁하난 것이 됴흘줄 생각합니다.[14]

또 이러한 경향이 잇다. 조선책사가튼 데서는 요사이 새로 창작인 하품문예소설 그런 것만을 사간다. 이것이 즉 녀학생의 사상경향을 웅변으로 말함

14    춘정생, 「처녀의 번민」, 『여자계』 2호, 1918.3, 18면.

이다. 이러한 하품문예소설 등이 얼마나 우리 녀학생계의 사상을 악화케 하는지 알 수 업다.[15]

方 : 여학생의 취미를 지도한다면 어썬 것을 지적할 수 잇슬가요.

李(益) : 그야 가정형편에 싸라 달르겟지요. 쌀조아적이라면 피아노, 올강 가튼 것을 작난식히는 것이겟지만 근본으로 무취미한 생활을 하는 가정에서 취미라고 하여야 별 것 업지요. 文學방면에 대한 것은 소년시대에는 어느 정도까지 경계할 필요가 잇슴니다.

(…중략…)

方 : 여하튼 여자라면 남자와 한평생 가티 지낼 터이면서 남자의 정체를 안 가르켜 준다는 것은 말 못하는 외국사람에게 시집보내는 것과 다를 것이 업겟슴니다. 남자의 성격, 심리 이런 것을 알자면 小說을 읽히는 것밧게 업지요. 아마.

李(星) : 다소간 그러켓지만 조선 가정에서 거기까지 생각할 가정은 아마 몃밧게 업겟슴니다. 상당한 나이가 찬 뒤면 모르지만 어린 사람에게는 小說이 문제지요.[16]

『여자계』에 실린 인용문의 필자는 처녀 시절은 무용(無用)한 번민이 많은 시기이며 때문에 이 시기에 소설을 읽는 것은 쓸데없는 번민을 가중시킬 뿐만 아니라 공상에 빠지게 할 염려가 있으므로 소설을 엄금하라고 훈계한다. 『신여성』의 기자 역시 여성들, 특히 여학생들이 하품문

---

15   일기자, 「여성평단―독서에 대하야」, 『신여성』 4권 2호, 1926.2, 21면.
16   「학부형끼리의 여학생문제좌담회」, 『신여성』 5권 5호, 1931.6, 32~33면.

예소설의 주요 독자이며 이러한 소설 읽기가 여학생들의 사상을 악화시킨다고 우려하고 있다. 젊은 여성의 소설 접근을 경계하는 언설들은 『신여성』이 주최한 학부형 좌담회에서도 목격된다. 참석자들은 여학생 자녀에게 권해야 할 취미로 독서가 적합하며 소설 읽기를 통해 남성의 성격이나 심리를 배울 필요가 있긴 하나, 성숙하지 못한 여성이 문학, 특히 소설을 읽는 것은 문제적이라 지적하고 있다.

여성의 독서가 "천유여년 전으로부터 지금까지" 경험하지 못한 미증유의 현상이며, "現今은 누구보다도 조선 여자의 더할 수 업는 행운이 돌아온 긔회"[17]로 긍정되면서도 여성의 문학/소설 독서가 경계되는 이 같은 상황은 가령 '홍옥희'와 '김용주'의 자살 원인을 분석하는 과정에서도 발견된다. 조선 최초의 '동성끼리의 철도정사사건'으로 충격을 준 홍옥희와 김용주의 자살 원인으로 거론된 것은 다름 아닌 그들의 문희 독서였다. 두 여성의 죽음에 대해 언급한 사회의 명망가들은 두 여성들이 평소 "문학서류를 애독하여 항상 세상을 비관하는 모양이 보히엿섯다"[18]든가, 소설을 탐독했는데 그 내용이 죽음을 찬미하는 글들이었다는 사실을 강조한다. 식민지 조선의 청년들이 새롭게 투신할 가치의 영역으로 문학이 옹호된 것과는 달리, 조선의 처녀들에게 문학은 외려 금기나 경계의 영역으로 분리되고 있는 지점이다.

여성들의 사상을 악화시키는 문학, 즉 '하품문예소설'이란 무엇인가. 그것은 다름 아닌 '연애소설'을 의미했다. 주지하듯이 자유연애는 근대인에 부과된 사명이자 신(新)과 구(舊)가 대결하고 분리되는 지점으로

---

17  「여자 독서열의 격증과 오인의 금치 못할 환희」, 『조선일보』, 1926.12.5, 2면.
18  「청춘 두 여성의 철도자살사건과 그 비판」, 『신여성』, 1931.5, 30면.

근대의 시작과 더불어 적극적 의미를 획득했다. 다시 말해 식민지 조선에서 연애는 근대적인 라이프스타일일 뿐만 아니라 전근대의 유교 이념과 쟁투하는 근대성의 실천적 수행이었으며, 따라서 사적 영역이되 공적 가치를 부여받은 것이었다. 때문에 연애지상론, 연애신성론은 1910년대 이광수는 물론 1920년대 초반 지식인들을 통해서도 꾸준하게 부각되었는데, 가령 황석우는 연애를 "청춘의 식욕의 그 가장 친한 자매며 또는 그 생명의 가장 갓가운 죽마의 벗"으로, "종교와 동일한 지위를 점령"하고 예술과 합병한 "신성불가침"[19]의 영역으로 옹호하기도 했다.

그러나 자유연애가 사회적으로 범람하기 시작한 1920년대 이후 연애의 위험을 경고하는 목소리가 커지면서 연애신성론을 취하하거나 재정의하려는 움직임 역시 나타나기 시작한다. 예를 들어 이돈화는 연애를 "인류의 강한 力의 발표되는 본원"이며 "人心의 중심"으로 긍정하는 한편, '신성한' 연애와 '성욕적' 연애를 구별하고 전자만을 "진리적 연애", 곧 진정한 연애로 승인한다.

근래 청춘남녀의 間에 흔히 戀愛神聖문제가 유행되어 연애를 절규하는 調가 놉하감을 보았다 그러나 나는 남녀의 性慾間에 生하는 愛의 관념으로써쌘 이를 연애로 보고져 아니한다. (…중략…) 연애라 하면 결코 다 신성한 것이 아니오 연애를 善히 활용하는 곳에 처음으로 신성의 의미가 발현하는 것이다 동일한 남녀의 연애라 할지라도 연애의 노예가 되어 거경자살을 逐하며 사업을 廢하며 방랑에 流함과 가튼 것은 이 실로 연애의 악용이라 할

---

19    황석우, 「연애」, 『개벽』 22호, 1922.4, 49~50면.

수 잇다 이제 나의 이른바 신성한 연애라 하는 것은 異性의 연애를 해탈하고 진리적 연애를 把持하는 것이니[20]

"이성의 연애"를 배제하고 신성한 연애로 추출된 "진리적 연애"란 무엇인가. 그것은 "사기(私氣)", 즉 사사로운 욕망을 반납하고 대의를 위한 사업, 곧 식민지 조선인들의 최고 이상인 "민족의 발전"에 집중하는 "희생적 정신"[21]으로 전화된 것이다. 따라서 연애의 분할과 위계화가 나타나는 1920년대 이후 공적인 열정으로 수렴되지 못한 연애는 진정성이 부재한 단지 성적 욕망의 표현이며 타락의 징후로 가치 절하된다. 특히 1920년대 여학생 수가 비약적으로 증가하고 학교교육을 받은 신여성들이 연애의 장에 본격적으로 뛰어들면서 근대의 가능성을 담보하던 연애의 의미가 재고되거나 부정되는 양상이 뚜렷해진다. 자기 발견과 여성 해방의 출구로 연애를 재전유하려는 여성들의 욕망은 근대의 악폐(惡弊)나 허영심으로 폄하되며, "사랑이란 말은 듣고, 맛은 못 본 조선인"[22] 청년들이 연애에 부여했던 신성성은 급속하게 철회되었다. 연애는 이제 "인생의 全生에 근거를 유한 중요한 인생의 기능"[23]이 아니라 딸과 누이, 때로는 아내를 타락시키는 근대의 위험과 불안으로 떠오른 것이다.

연애가 신성성을 탈각해 가면서 연애소설 역시 의미의 변전을 경험

20 　이돈화, 「진리의 체험」, 『개벽』 27호, 1922.9, 37면.
21 　위의 글, 37~38면.
22 　이광수, 「어린 벗에게」(『청춘』 9~11호, 1917.9~11), 『이광수전집』 14, 삼중당, 1962, 31면.
23 　이광수, 「혼인에 대한 관견」, 『학지광』 12호, 1917.4, 30면.

하게 된다. 전근대의 습속을 비판하고 현실의 변화를 기획하던, 식민지 조선에서 이른바 '정치소설'의 역할을 대행하던 '연애소설'[24]은 1920년대 이후 여성들이 주로 애독하는 통속한 독물을 지시하는 것으로 그 의미가 추락하고, 1920~30년대 여성잡지들에서 연애소설 읽기는 군것질이나 창가 부르기, 데파트 참례 등과 더불어 신여성들의 저급한 취미로 비판되고 있다.

> 요사히 시장에서 염가로 판매되는 연애소설이나 일고 그러치 안으면 잡지 우에서 '나는 당신을 사랑해요. 죽는 날까지 잇지 안으려해요' 한 이따위 달콤한 문구를 느러노은 단편소설 낫치나 보고 거긔에 중독되야 연애를 부르고 헤덤비이는 자도 업지 안을 것이다. 그것은 아직도 자기에게 중심 사상이 스지 못한 청년에게는 소위 '독서중독'이 업지 안타.[25]

아모려나 상식을 어들 모든 지식의 긔초가 될 만한 과학방면에 독서를 시작하야서 차차 전문적으로 드러가야만 할 것은 물론이나 불행하게도 녀학

---

24  『신여성』의 발행인이었던 방정환이 한때 동인으로 참여했던 청년 문예잡지 『신청년』(1919~1921, 경성청년구락부의 기관지적 성격)에는 '연애소설'이라 직접 명명된 소설들이 실렸으나, 이 소설들에서 연애에 대한 부정적 인식은 전혀 발견되지 않는다. 예컨대 『신청년』에는 방정환이 직접 쓴 「사랑의 무덤」(『신청년』 제2호, 1919.12)이라는 작품이 실려 있는데, 제목 앞에 '연애소설'이라는 명칭이 붙어있으며, "자녀를 교육ᄒ는 가정에 再讀을 권함"이라는 말이 부기되어 있다. 이 작품에서 자유연애는 전근대의 습속을 비판하고 근대주체들의 정당성을 확보하는 기제로 활용된다. 『신청년』을 발굴한 한기형은 이 잡지에 수록된 나도향, 박영희, 최승일, 황석우의 소설을 검토하면서 이들 소설이 대부분 애정문제를 다루고 있음을 확인하고, 당대 청년들이 겪고 있는 구속감과 답답함이 애정문제로 변주된 것이라 해석한다. 때문에 한기형은 당대 '연애소설'이 곧 '정치소설'일 수 있었다고 지적한 바 있다. 한기형, 「잡지 『신청년』 소재 근대문학 신자료 (1)」, 『대동문화연구』 제41집, 2002, 433~436면.
25  김경재, 「결혼문제에 대한 조선청년의 번민」, 『신여성』 3권 6호, 1925.6·7, 16면.

생(그는 남학생 역시 그럿치만)의 머리에는 그런 싹싹한 학문가튼 것이 잘 드러가지를 안는 모양입니다. 그래 모든 노력을 다해 가지고 일껏 학과의 틈을 타서 못처럼 독서한다는 것이 센치멘탈한 긔분이 나는 연애소설이나 감상문가튼 것에 눈을 붓치게 되고 신문잡지는 별로 보도 안치만 긔것 본대야 련재소설이나 남녀로맨쓰에 그치고 만다 합니다. 이러고서 남녀의 평등을 말하고 녀자의 향상을 말한다면 오히려 시일이 멀음을 한탄치 아니할 수 업는가 합니다.[26]

창가를 밥먹듯하고 결혼식에 잘 몰려단이고 밤새워가며 연애소설 읽기 들너리서기 살 것도 업시 데파-트 참례하기…… 험담이 아니라 대개 이런 게 그들의 취미겟지요.[27]

한때 "자녀를 교육하는 가정에 재독(再讀)을 권"[28]하던 연애소설은 1920년대 중반의 담론 공간에서는 '센티멘털한 기분을 자극하는 여성 취향의 싸구려 소설'로 그 함의가 바뀌고 위상 역시 후퇴하고 있는 상황이다. 다시 말해 연애소설은 가벼운 '여성용 독물'로 분류되는 동시에 대표적인 '여성 금기독물'로 지정된 것이다.

그러나 여성의 독서를 둘러싼 이러한 담론의 추이와는 달리 실제 여성들의 독서는 비단 연애서류에 국한되지 않았다. 중앙서림 대표 신길구는 「서점에서 본 여학생」이라는 글에서 남학생보다 여학생의 독서열

---

26 　신식, 앞의 글, 6~7면.
27 　박로아, 「여학생의 취미검토」, 『신여성』 5권 4호, 1931.5, 72면.
28 　SP생, 「연애소설-사랑의 무덤」, 『신청년』 2호, 1919.12, 282면.

이 부족하나 갈수록 독서하는 여학생이 많아진다고 전제한 뒤, 여학생들이 주로 찾는 소설의 종류로는 "노자영 군이 만든 「사랑의 불꽃」과 긔타 연애소설가튼 것을 녀학생계에서 만히 사보더니 지금에 와서는 그러한 서적은 찾지도 안"으며, 그 대신으로 "문예에 관한 서적과 사상(思想)에 관한 서적을 만히 찾"[29]는다고 지적한다. 『신가정』의 독서특집에 수록된 서점 주인들의 글에서도 이와 유사한 언급들이 발견된다. 박문서관의 노익형은 "전에는 연애소설이나 신소설, 또는 유행창가집 같은 것만 찾는 여자가 많더니 요새는 기생이나 여급 같은 여자 이외에는 그런책을 찾는 여자가 한 분도 없"다고 지적하고 있다. 오히려 젊은 여성들이 "문예서적을 많이 찾는 경향이 있고 또 잡지 중에도 실용적 기사가 많은 것만을 찾는"[30]다는 것이다. 영창서관의 강의영은 여학생보다 최근에 와선 젊은 가정부인들이 책을 많이 사간다고 전제한 뒤, 여성들의 도서 구매 경향에 대해서는 "그 전과 같이 천박한 것은 곰팡이가 슬 지경이며 창가책 같은 것도 이제는 여급 같은 이도 안 찾"는 서적이 되었고, "한참 뻔질나게 여자들이 사가던 「사랑의 불꽃」이니 무슨 「金子塔」이니 하는 미명(美名)의 서적은 영원히 몰락을 당한 것 같"[31]다고 진단한다.

연애소설이 여성 독자들의 주요 애독물이었던 것은 사실이나,[32] 여성

---

29   신길구, 「서점에서 본 여학생」, 『신여성』 4권 4호, 1926.4, 41~42면.

30   노익형, 「낙관되는 전도」, 『신가정』, 1934.10, 120면.

31   강의영, 「독서정도의 향상」, 『신가정』, 1934.10, 121면.

32   동아일보는 1931년 경성부가 28일 동안 부립도서관 열람자들이 대출한 도서를 통해 독서 경향을 분석한 내용을 보도하는데, 학생들은 대개 "과학소설과 자연과학 서적" 같은 것을 즐겨 읽고, "일반 부인의 애독물은 역시 연애지상주의의 연애소설이 최다수"라고 지적했다.(『동아일보』, 1931.9.16, 2면) 그런가 하면 1932년 조선총독부는 평양부에서 생활 실태 조사를 실시했는데 출판물 및 신문·잡지가 민중의 사상에 큰 영향을 준다는 이유로 그 분포 및 구독자를 조사한 결과, 여성 구독자가 즐겨 읽는 출판물이 '일본인' 여성

들의 독서 경향을 오로지 달고 향기 나는 연애소설에 국한된 것으로만 비난할 상황은 아닌 것이다. 실제 여성들의 독서는 연애소설, 연애시와 같은 연애서류의 애호를 넘어 '문예'와 '사상서' 등으로 그 취향을 확대하고 있었던 것으로 보인다.[33] 이는 여학생들의 독후감에서도 확인되는데, 여름방학 동안 읽은 책 중 대표될 만한 것과 독후감을 보내달라는 『신가정』 측의 요구에 따라 모집된 8명의 전문학교 여학생들 중 4명의 학생이 『흙』, 『노산시조집』, 『죄와 벌』, 『불여귀』와 같은 문예서류를, 3명의 학생이 『신사상의 해결과 선도』, 『유물사관』, 『베벨의 부인론』 등 사상서를, 그리고 한 학생이 『처세와 수양』이라는 수양서를 읽고 간단한 감상을 적어보냈다.[34] 독후감 모집 대상이 전문학교 이상의 여성들인 이유도 있겠으나, 서점 주인들이 확인한 바와 같이 당시 여성들의 독서 경향이 남성 지식인들이 우려하는 바와는 달리 '오락'을 넘어 '교양'의 차원으로 나아갔음을 짐작할 수 있는 대목이다. 소설에 대한 여성들의 취향 역시 비단 연애소설류에 국한된 것은 아니었다. 1934년 『신동아』(1934.12)가 '여자전문정도학교'의 여학생들을 대상으로 '감격 받은 소설'을 설문 조사한 결과에 따르면, 여학생들은 다음과 같이 연애소설 외에 다양한 방면의 소설들을 읽는 것으로 나타났다.

---

(평양부 거주)의 경우 '가정소설'(27.6%), '조선인' 여성인 경우는 '연애소설'(38.4%)인 것으로 나타났다. 조선인 여성들이 연애소설 다음으로 즐겨 읽는 것은 '종교소설', '가정소설', '전설'의 순이었다.(송연옥, 「조선 '신여성'의 내셔널리즘과 젠더」, 『신여성』, 청년사, 2003, 93~94면)

33 식민지 시기 여학생들의 주체 정립과 독서 경험에 관한 연구를 진행한 김옥란 역시 여성의 주체적인 의식 형성의 장이 독서였으며, 당시 여성들의 독서가 연애소설을 넘어 고급 문예나 사상서 등으로 확대되었다고 지적한 바 있다. 김옥란, 「근대 여성주체로서의 여학생과 독서체험」, 『상허학보』 13호, 2004, 260~272면.

34 「그들의 하유독서와 그 독후감」, 『신가정』, 1934.10, 114면.

| 작품 | 母<br>(학견 作) | 테쓰 | 무쇠탈 | 단종<br>애사 | 마의<br>태자 | 재생 | 해왕성 | 불여귀 | 부활 | 진주<br>부인 | 우수<br>부인 | この<br>太陽 | 家な<br>き兒 |
|------|------|------|------|------|------|------|------|------|------|------|------|------|------|
| 비율 | 25% | 20% | 10% | 5% | 5% | 5% | 5% | 5% | 5% | 5% | 5% | 5% | 5% |

　　표에서 확인되듯이, 여성들의 실제 소설 독서 취향은 연애·가정·역사·과학 소설 등으로 다양하며 국내 작가로는 이광수의 소설을 선호하고, 전문학교 정도의 학력을 지닌 일본어 해독이 가능했던 여성들인 만큼 『진주부인』, 『우수부인』 등 일본소설 역시 즐겨 읽는 것으로 조사되었다. 이는 여성 독자들을 하품문예물, 즉 연애소설의 독자로 규정하는 언설들이 여성잡지에 주요하게 배치되었으나,[35] 기실 여성들의 독서, 특히 문학 독서는 연애서류의 애호를 넘어 그 외연을 다양하게 확대하고 있었음을 방증하는 자료일 것이다. 이 과정에서 문학에 대한 여성들의 관심과 지지, 그리고 여성 독자들의 문학열을 당대 여성잡지들이 어떻게 수용하고 또한 조율했는지는 주목해야 할 부분이다.

---

[35] 　이러한 언설은 신문이나 잡지뿐 아니라 당시 소설을 통해서도 확인할 수 있는데, 여성작가 김명순을 소설화한 『김연실전』에서 김동인은 연실의 독서 범위를 연애소설에 한정된 협소한 차원으로 환기하고, 연애소설 독서가 그녀의 성적 방종과 허영심을 잉태한 원인으로 몰아가기도 한다. 여성의 독서에 대한 왜곡된 시선은 고스란히 여성 글쓰기에 대한 불신으로도 이어져, 김동인은 김연실의 문학 창작 행위를 연애소설 중독에서 발로한 허영심과 성적 욕망의 표현으로 형상화했다.

## 2. 여성 독자의 문학열과 '문예란'의 배치

앞서 확인했듯이 1920~30년대 여성들의 문학애호는 상당했던 것으로 보인다. 이는 물론 여성에 국한된 현상만은 아니었다. 주지하다시피 식민지 조선에서 문학은 "신사상·신이상"을 전파하는 가장 강력한 "선전자"[36]이자, "사람이 차저야 할 유토피아"나 "영원의 진리가 숨은 아름다운 동산"[37]으로 비유될 만큼 최고의 가치로 상승했으며, 문학에 대한 조선인들의 관심과 열기는 "조선 사람은 문학만 배운다"[38]는 탄식이 나올 정도로 강렬한 것이었다. 신교육을 받은 여성들 역시 이러한 문학열에 동참하는 경우가 많았는데, 때문에 1920~30년대 여성잡지에서 문학 공부를 소원하거나 심지어 문학 취미가 있는 남편을 꿈꾸는 여성들의 글을 발견하기란 그리 어렵지 않다.

문학에 대한 여성들의 지지는 여학교 학생들을 대상으로 여학생들의 독서 경향을 분석한 사례에서도 확인된다. 가령 김윤경은 배화여교 도서실의 1년간 도서대여 기록을 통해서 여학생들의 독서 경향을 분석한 바 있는데, 참고서를 제외하고 대여횟수에서 압도적 상위를 차지한 것은 문예물, 특히 '소설'이었다.[39] 김윤경은 대여횟수에서 가장 상위

---

36  이광수, 「문사와 수양」, 『이광수전집』 16, 삼중당, 1963, 18면.
37  춘성, 「철 업는 깃붐」, 『조선문단』 6호, 1925.3, 69면. 『조선문단』은 당시 활동하고 있던 대표적인 문사들에게 등단할 당시의 경험을 술회하는 '처녀작 발표시대의 감상'이라는 기획을 마련했고, 여기에 최남선, 이광수, 방정환, 현진건, 염상섭, 박영희, 노자영 등이 필자로 참여했다. 춘성 노자영은 『기독신보』에 시를 투고·게재하면서 시인으로 인정받은 때의 벅찬 감회를 쓰고 있는데, 노자영의 글에서도 당시 문학이 지닌 위상은 가늠된다.
38  이광수, 「문학에 뜻을 두는 이에게」, (『개벽』 21호, 1922.3), 『이광수전집』 16, 삼중당, 1963, 47면.

를 차지한 참고서류를 교과목 담당 교사의 요구에 따른 '비자발적' 독서로, 그 나머지 부분을 여학생들의 '자발적' 독서로 분류하는데, 자발적 독서에서 상위를 차지한 '문예물'은 대여횟수에서 참고서와 큰 차이가 나지 않으나, 자발적 독서 대상이 된 다른 도서류와 비교하면 단연 우위를 점했다. 이는 문학에 대한 당시 여학생들의 선호를 짐작할 수 있는 대목이기도 한데, 『조선일보』에 실린 다음과 같은 기사를 통해서도 이는 재차 확인된다.

그러면 지식계급의 녀성으로써는 다만 그 아는 데에만 긋치엿는가 그러치 안으면 엇더한 방면의 서적을 보게 되며 쏘한 조선녀성의 독서열은 엇더한가 이것을 도서관에 나타난 삼년 간의 조선녀성의 독서열을 보게 되면 첫재로 문학방면의 서적을 보는 이가 절대다수이며 둘재로는 사회와 교육에 대한 문제인바 이것은 가정문제 즉 육아문제라든가 의복제조법 등이며 쏘한 운동방면에 대한 지식이며 그 외 사회적 상식 등이 포함되어 잇는 것입니다. 그리고 셋재는 철학과 종교 방면이며 넷째는 경제 방면인 바 이것은 조선

---

39 김윤경, 「여학생의 독서현상 해부」, 『신가정』, 1934.10, 129~133면. 김윤경이 분석한 내용을 표로 정리하면 다음과 같다.

| 도서종류 | 대여횟수 | 도서의 성격 |
|---|---|---|
| 교과서에 대한 참고서 | 196 | |
| 문예(대부분이 소설) | 114 | 소설, 시가 |
| 역사 | 31 | |
| 수양서류 | 29 | 교훈 및 인격수양과 관련한 서적, 위인 성공담 등 |
| 취미서류 | 16 | 모험담, 웃음거리, 묵은 잡지 등 |
| 윤리서류 | 8 | 윤리학이나 공공도덕, 연애나 결혼에 관한 서적 |
| 철학서류 | 5 | 철학이나 인생관에 대한 학설 |
| 종교서류 | 4 | 종교에 관한 서적 |
| 사회적 서류 | 3 | 사회관계나 사상에 관한 서적 |

녀성들이 녀성 경제문제에 대하여 깁히 생각하는 바가 잇는 싸닭이라고 하겟습니다. 그리고 그 외에 대하여는 여기에 표시하는바 순차로 되어잇는 바 여긔에 잇서서 제일 만히 문학 방면의 서적을 보는 바 아즉까지 조선문단 가운데에 녀자들의 문학적 활동이 적은 것은 기이한 현상인바 압날에 잇서서 연구한 바를 발표하게 될 째에는 녀성문단에 새로운 비약이 잇지 아니할가 합니다.[40]

3년간의 도서관 기록을 분석해 조선 여성들의 독서열을 조사한 인용문의 기사에서 여성들의 절대 다수가 선호하는 서적은 '문학' 방면으로 나타났으며, '사회와 교육', '철학과 종교' 방면이 그 다음을 잇고 있다. 조사를 통해 문학에 대한 여성들의 애호가 상당한 것을 확인한 『조선일보』 기자는 문학에 대한 여성들의 이러한 호응에도 불구하고, 여성들의 문학 활동이 적고 '여성문단'이 제대로 형성되지 않은 것을 기이한 현상이라 지적하기도 한다.

1920~30년대 여성잡지들은 여성들의 이러한 문학열을 수용하기 위한 기획들을 다양하게 마련하였는데, 특히 '문예란'의 배치는 문학에 대한 여성 독자들의 열기를 흡수하기 위한 주요한 장치로 보인다. 문예란을 독립적으로 배치한 최초의 여성잡지는 1920년대 『신여성』이다. 『여자계』, 『신여자』, 『부인』 등이 문예물을 수록하되 문예란을 별도의 섹션으로 지정하지 않았던 것과 달리, 『신여성』은 개벽사가 발행한 여타의 잡지들과 마찬가지로 문예란을 하나의 섹션으로 독립하고 대개

---

40  「조선녀성의 독서열은 엇던가」, 『조선일보』, 1933.1.23.

잡지 후반부에 문예물을 따로 모아 수록하는 방식을 취했다. 문예란의 배치는 문학을 매개로 독자들을 확대할 수 있을 뿐만 아니라, 무엇보다 '문예'와 '문예가 아닌 것'을 독자들에게 간접적으로 교육하는 효과까지 있었던 것으로 보인다. 이러한 전략을 십분 활용한 것이 문예란을 최초로 독립한 잡지 『개벽』이기도 했다. 이광수가 "오늘날 우리가 가진 문사들 중에 아마 반수 이상은 개벽에서 일홈을 일우엇다"[41]고 평가할 만큼 『개벽』의 문예란은 독자들에게 근대문학을 소개하고 교육하는 통로이자, 문학 감식안을 갖추게 된 독자들을 다시 문사(文士)로 전환하는 권위 있는 산실의 역할을 한 바 있다.

그러나 여학교를 졸업한 엘리트 여성들을 중심 독자로 겨냥한 『신여성』의 문예란은 양적·질적으로 여성들의 문학열을 온전히 담아내기에는 미흡한 점이 많았다. 이는 청년층과 지식층을 주된 독자로 상정한 『개벽』과 비교하면 그 차이를 더욱 뚜렷하게 확인할 수 있는데, 『개벽』의 경우 문예물 비중이 전체 기사의 1/3을 넘었던 것과 달리,[42] 『신여성』에서 문예물 및 문학 관련 글이 차지한 비중은 전체의 1/10 정도였다.[43] 양적으로 빈약했던 『신여성』의 문예란은 질적으로도 미흡한

---

41 이광수, 「우리 문예의 방향」, 『조선문단』 13호, 1925.11, 84면.
42 최수일, 「1920년대 문학과 『개벽』의 위상」, 성균관대 박사논문, 2002, 71~74면. 최수일의 조사에 따르면 『개벽』의 문예물 비중은 약 37.5% 정도였다고 한다. 『개벽』은 문예면을 따로 독립하고 창간 초기부터 문예부장(학예부장)을 별도로 두어 문예면을 담당하도록 하는 등 종합지이면서도 문학지라고 평가될 만큼 편집진들이 문예에 대해 각별한 관심을 기울였다고 최수일은 지적하고 있다.
43 김수진, 앞의 글, 179~180면. 김수진은 『신여성』 기사 전체와 『신여성』 정간 당시 개벽사에서 간행한 잡지 『별건곤』에 수록된 여성 관련 기사를 총합하여 기사의 구성 비율을 분석했는데, 이에 따르면 『신여성』의 문예물 비중은 전체 기사의 13.5% 정도이다. 김수진은 문예물이 없는 『별건곤』의 여성란을 제외하고 계산하면 『신여성』의 문예류 비중이 다소 올라가겠지만 그리 큰 차이는 없다고 지적한다.

부분이 많았는데, 가령 1920년대『신여성』의 문예란에 소설을 수록한 작가들 대부분은 당시 문단의 주요 인사들이 아니거나 소설을 주업으로 하지 않은 최승일, 박영희, 양주동, 주요섭, 이상화 등이었으며, 또한 소설의 경우 1920년대『신여성』에는 창작보다 번역물의 비중이 높았다. 때문에『신여성』의 문예란에 대한 여성 독자들의 불만이 꾸준히 제기되었던 것으로 보인다.

우리 신녀성에는 문예란이 왜 그러케 빈약합닛가. 우리 독자로는 그런 방면에 취미를 가지고 읽는 이가 만흔데 좀 소설가튼 것을 만히 실어주섯스면 감사하겟습니다.[44]

아모리하여도 우리『신녀성』에는 문예편이 너무 박약합니다. 좀더 훌륭한 문예를 실어볼 수 업슬가요. 이것을 읽는 것이 반드시 문예를 취하야 읽는 것은 아니지만 그려도 매 호에 상당한 소설 멧 편식은 계속적으로 실어주섯스면 매우 조흘듯합니다.[45]

그런데 문예란은 왜 확장한다고 확장한다고 말슴하고 실행은 안습닛가. 우리 독자 일동은 다가티 항의하여 봅시다. 그 문제가 실현되어야지. 여러분은 엇덧습닛가?[46]

---

44    황주 S생,「회화실」,『신여성』4권 6호, 1926.6, 50면.
45    강인애,「회화실」,『신여성』4권 9호, 1926.9, 94면.
46    추천생,「회화실」,『신여성』4권 10호, 1926.10, 84면.

『신여성』의 문예란에 대한 여성 독자들의 이와 같은 직접적 문제제기뿐만 아니라, 4권 10호(1926.10)에 수록된 편집실 광고에도 "지금까지 본지의 문예란이 빈약하야 아모 흥미를 끌지 못하게 된 것은 편즙실에서도 퍽 유감으로 생각햇섯지만 독자 여러분의 불평도 여간 아니엇"다는 언급이 보인다. 이러한 불만에 대해 『신여성』 편집부가 내놓은 대안은 "세계명작 중에 제일 자미잇고 유익할 小說"[47]을 번역하여 싣겠다는 것이었다.

질이나 양에서 협소한 문예물에 비해 특히 1920년대 『신여성』의 지면을 상당 부분 차지한 읽을거리들은 애화·비화·기화·야화·괴담·사실담·만문·정탐기 등 허구와 사실의 경계가 모호한 이른바 '취미기사'류들이다. 『신여성』은 1924년 12월호에 실은 사고(社告)를 통해서 신년호부터 내용과 체제를 혁신할 것이며, 구체적으로 '논의와 시평', '사진화보', '생활개선', '독자논단', '실익기사', '취미기사', '창작란'으로 잡지를 구성하겠다고 밝힌다.[48] "『신여성』의 독특한 편집법에 의하야 광대한 인기를 끄는" 읽을거리로 소개한 『신여성』의 취미기사들, 즉 근대문예의 범주로 분류될 수 없는 이 유사문학적 대중 독물들은 개벽사가 1926년 취미와 상식을 제창하며 창간한 본격 대중잡지 『별건곤』에 앞서 이미 『신여성』의 지면을 채운 주요한 읽을거리들이기

---

47  「예고」, 『신여성』 4권 10호, 1926.10, 28면.
48  '실익기사'에 대해 "각종 개량복제법과 가정위생, 가정과학, 실제생활에 가장 필요한 신지식 만재! 실로 새 살림살이의 친절한 선생"이라 소개하고 있다. 구체적으로는 '털로 짠 의복 쌀래법', '양말 구녁 역는 법', '털실 사는 것과 가리는 법' 등 가정 살림에 관한 것이나, 1930년대 속간 이후로는 육아법에 관련한 내용이 실렸다. 여성을 가정이라는 사적 영역 내에 위치하거나 위치하게 될 가정의 관리자로 보는 시각이 전제된 기사 구성이라 할 수 있다.

도 했다.[49] 때문에『신여성』을『개벽』과 같은 층위의 엘리트 독자층을 형성한 매체로 보는 시각은 재고되어야 할 것으로 보인다.[50]『개벽』이 지식인 청년을 근대적 독자로 호명하는 방식과『신여성』이 지식인 여성들을 독자로 훈육하는 방식에는 분명 차이가 있었기 때문이다.『신여성』은 사회과학서 같은 사상서와 고급문예를 여성들이 읽어야 할 목록에 올리고, 구사상이나 구관념을 전파하는 전근대적 독물이나 하품 문예소설을 금서로 지정했으나, 아이러니하게도『신여성』에 실제 배치된 읽을거리들 중에는 기(記)·화(話)·담(談) 등으로 명명된 문학과 비문학의 경계가 모호한 혼종적 취미독물이나 이른바 흥미 위주의 하품 문예물이 주요한 부분을 차지하고 있었다.

이러한 상황에 다소 변화가 감지되는 것은 1931년『신여성』이 속간된 이후이나. 문예란을 확충하라는 독자들의 꾸준한 요구를 반영한 듯, 1930년대『신여성』의 문예란에는 번역물보다 창작물의 비중이 커지

---

49  이경돈은『별건곤』이 1920년대 중반 취미를 발견하고, 애화·비화·기화·야화·괴담·사실담·실화·정탐기·사화·야담·전설·설화·만문 등 대중적 감수성을 생산한 가벼운 읽을거리인 소설 외 서사들을 취미독물이라는 새로운 양식으로 안착시켰음을 밝힌 바 있다.(이경돈,「『별건곤』과 근대 취미독물」,『대동문화연구』제46집, 2004, 251~284면) 취미독물의 제도화에『별건곤』이 결정적 기여를 한 것은 사실이나 이경돈의 연구에는『신여성』이라는 경로가 누락되어 있다. 개벽사의 편집진들이 취미독물의 제도화를 본격적으로 실험한 장은『신여성』이며, 이는 교육의 유무와 상관없이 여성 독자들을 '대중'으로 기호화한 혐의가 읽히는 대목이기도 하다. 말하자면 문학을 포함한 본격적인 근대지식의 장에 참여하기에는 구여성은 물론이고 근대 교육을 받은 신여성들 역시 여전히 미흡하다는 성차적 인식이 작동하고 있었던 것이다. 이 성별적 시선이『신여성』의 독특한 편집법에 의거한 '취미기사'가 '창작란'을 압도한 이유였는지도 모른다.

50  천정환,「주체로서의 근대적 대중독자의 형성과 전개」,『독서연구』13호, 2005, 209~235면. 천정환은 1920~30년대를 기준으로 한국의 독자층을 '전통적 독자층', '근대적 대중 독자', '엘리트적 독자층'으로 구분하고, '엘리트적 독자층'을 전문잡지와『개벽』,『신여성』등 종합지 구독자,『개조』,『중앙공론』등 일본어 잡지 구독한 자들로 신문학의 순수문예작품과 외국 순수문학 소설, 일본 순문예작품 등의 향유자로 규정한 바 있다.

며 '이태준'이나 '이효석'과 같은 작가들이 장편을 연재하기도 했다. 『신여성』이 이러한 변화를 시도한 것은 1930년대 신문자본에 의해 창간된 『신가정』 등 신생 여성잡지와의 경생 역시 한 요인이 되었으리라 짐작된다. 1930년대 동아일보사에서 창간한 『신가정』은 『신여성』과 달리 문예물의 비중을 대폭 강화해 전체 기사에서 문예물이 차지하는 비중이 20%를 상회했다.[51] 특히 『신가정』은 여성작가의 작품 수록에 비교적 소극적이었던 『신여성』과 달리 문예면을 여성작가들에게 대폭 할애하고 여성문학 담론을 활성화하는 데도 적극적이었다.

이와 같이 『신가정』이 문예란을 확충하고 여성들의 작품을 포함한 문예물의 비중을 높인 것은 먼저 바람직한 가정관리자로서의 '여성교양'의 강화를 그 이유로 들 수 있을 것이다. 『신가정』은 조선의 신가정 창출을 위해 주부에게 "각 방면의 상식을 구비케 하고저 하는"[52] 것이 창간의 목적임을 밝힌 바 있는데, 문학 역시 잡지의 독자인 여성들이 지녀야 할 상식/교양의 일환으로 제공된 것이라 볼 수 있다. 이는 1930년대 동아일보사가 제창한 '문화주의'의 이념과도 맞물린다. 1931년 『신동아』 창간사에서 송진우는 『신동아』 발행의 주지를 "조선 민중의 표현기관으로서의 자임, 민주주의의 지지, 문화주의의 제창"[53]이라 천명한 바 있다. 『신가정』 역시 이러한 동아일보사의 이념적 영향 아래 있었다고 판

---

51  김미령이 『신가정』의 총 목차를 그 성격(내용)에 따라 분류하고 비율을 조사한 내용은 다음과 같다.(김미령, 앞의 글, 27면)

| 기사 내용 | 생활개선 | 교육 및 여성 의식 계발 | 애국사상 고취 | 오락·취미 스포츠 | 문예 | 기타 | 합계 |
|---|---|---|---|---|---|---|---|
| 게재 비율 | 12.3% (331건) | 21.7% (582건) | 2.4% (64건) | 5.6% (150건) | 21.1% (568건) | 36.9% (993건) | 100% (2,688건) |

52  「창간사」, 『신가정』 창간호, 1933.1, 3면.
53  「창간사」, 『신동아』 창간호, 1931.11, 1면.

단할 때, 문학의 확대는 문화를 통한 수양, 즉 교양의 획득을 의미하는 문화주의가 일정하게 반영된 부분이라 해석할 수 있다.

아울러 1930년대 여성 독자의 증가 역시 중요한 요인이 되었을 것이다. 앞서 살펴보았듯이 1920년대는 전대에 비해 여성들의 여학교 진학률이 높아졌고, 1930년대 들어 이 비율이 더욱 상승하면서 1930년대는 여학생이나 여학교를 졸업한 여성들이 비약적으로 증가했다.[54] 이는 여성잡지의 잠재적 독자층이 확대되었다는 것을 의미하며 따라서 잡지는 이들 여성들을 독자로 견인하기 위한 적절한 장치가 필요했으리라 짐작된다. 『신여성』뿐 아니라 1930년대 『신가정』이 문예란을 질적·양적으로 확충한 것 역시 이 같은 상황에 대한 고려가 반영되었으리라 보인다.

1930년대 『신여성』과 『신가정』이 문예란을 확충하기는 했으나, 이른바 본격문학보다는 유사문학적 읽을거리들을 우세하게 배치했으며, '동화'나 여성의 연애와 결혼을 주제로 한 대중적 취향의 '장편연재소설' 같은 특정 장르들이 비중 있게 수록되었다. 이는 '학교'와 더불어 근대적 주체 생산을 담당했던 '미디어'가 여성과 남성에게 할당한 근대적 교양의 내용이 성별화되었음을 보여주는 것이기도 하다. 근대계몽기 이래로 남성 계몽주체들이 지식인 여성들을 '누이', 곧 '하위 파트너십'의 대상으로 지시했듯이,[55] 대개 남성 지식인들에 의해 기획된 여성

---

54　여성들의 여자고등보통학교 진학률은 1912년 2.1%에 불과했던 것이 1920년 이후 급격히 상승해 1920년에는 4.4%로, 1924년에는 14.7%로 늘어났으며, 이러한 증가추세는 1930년대에도 계속되어 1920년대 말 여자고등보통학교와 여학생 수가 15개교 4,100여 명 수준이던 것이 1930년대 말에는 22개교 8,000여 명 수준으로 증가하였다. 김수진, 앞의 글, 97면; 김경일, 『여성의 근대, 근대의 여성』, 푸른역사, 2007, 283면.

55　김복순, 「근대초기 여성교양의 성립과 파트너십 문화론의 계보」, 『여성문학연구』 17호,

잡지들 역시 동일한 논리가 감지되는 것이다. 그것은 곧 '성별화=서열화(위계화)'의 공식이며, 이는 미디어를 통한 근대 여성 독자의 형성 과정에도 관철되고 있다. 여성용 미디어를 통해 본격문학을 향유하는 신남성 독자들과는 다른, 취미독물이나 하품문예물을 주로 읽는 신여성 독자들이 구성되며, 이는 남성주체들과 '거의 동일하지만 아주 똑같지는 않은'[56] 여성주체를 구성하는 메커니즘이 작동한 결과로 보이기도 한다. 여성을 근대적 주체로 호명하는 표면적 환대 속에 남성의 타자로 여성을 재기입하는 젠더정치가 아이러니하게도 여성잡지를 통해서 실행되고 있었던 것이다.

2007, 185~192면 참조. 이경훈은 식민지 시대 청년 담론의 구조에서 오빠-누이의 오누이 관계의 설정이 전대의 유교적 위계보다 상대적으로 평등하고 수평적인 청년의 연대를 촉진할 수 있었다고 지적한 바 있지만(이경훈, 『오빠의 탄생』, 문학과지성사, 2003, 44~55면), 오빠와 누이라는 관계 설정에서 상징적으로 읽히듯 여기에는 새로운 성적인 위계가 설정되었던 것으로 보인다.

56    호미 바바, 나병철 역, 『문화의 위치』, 소명출판, 2002, 186면. 호미 바바는 '거의 동일하지만 아주 똑같지는 않은' 모방을 식민지적 주체 형성의 메커니즘이라 지적한다. 바바의 모방 개념은 또 하나의 식민관계가 형성되고 있었던 식민지의 남성과 여성주체의 형성에도 적용될 수 있으리라 생각된다.

# 제2장
# 여성용 독물讀物의 구성과 독서 취향의 젠더화

## 1. 유사문학적 서사물의 창안과 대중주의의 기획

### 1) 애화–슬픔의 형식과 여성 하위주체의 재현

1920년대 초반부터 잡지나 신문의 사회면에는 '애화'로 명명된 기사들이 게재되기 시작했다. 여직공의 애화, 소녀애화, 청춘남녀의 애화, 농촌애화, 박명미인의 애화 등으로 다양하게 이름 붙인 애화류 기사들은 대개 독자들의 눈물을 자극하는 감상적 서사물이었다. 단발성으로 끝나는 경우가 많았으나 연재의 형식을 취하는 경우도 적지 않았으며,[1] 일반 기사와 달리 흥미를 유발하기 위한 서사적 장치들이 동원

---

1    예를 들어 『조선일보』에 실린 '28가인의 애화'(1921.8.11~16)는 6회, 『동아일보』에

되면서 사실에 허구성 역시 상당 부분 개입되었으리라 짐작된다. 더욱이 대부분의 애화는 사건을 경험한 당사자가 기술하는 것이 아니라 그들의 이야기를 목격하거나 전해들은 제3자에 의해 기록된다는 형식을 취했다. 때문에 애화는 소설로 오해될 여지가 충분했고, 문학과 문학 아닌 것을 분별해 가던 근대문학 기획자들에게 이는 경계해야 할 사항이었다.

1924년 『조선문단』 창간호에 실은 「문학강화」를 통해서 이광수는 신문의 사회란에 나오는 애화가 문학이 아님을 분명히 한다. 애화가 "비록 심히 문학에 가까운 듯하나, 역시 역사와 같이 사실의 기술이요, 창작적 상상력의 예술적 작품이 아닌 까닭"[2]이라고 그 이유를 밝힌 바 있다. 근대계몽기 신문 '잡보'의 경우처럼 애화는 일상 속의 예외적 사건을 선정적으로 재구성함으로써 평범한 일상을 구경거리로 만든, 사실과 허구가 착종된 당대의 대표적인 대중적 읽을거리였던 것으로 보인다. 문제는 이러한 사적 영역의 충격적 재현을 위해서 주로 동원된 것이 '여성'이며, 여성들의 비극적 운명이나 수난을 서사화한 애화 속에서 여성이 일종의 볼거리이자 동정과 연민의 대상으로 구성되었다는 사실이다.

여성잡지에 애화가 처음으로 등장한 것은 『신여자』이다. 『신여자』에는 '혼인애화'로 명명된 「희생된 처녀」(창간호, 1920.3)와 '연애애화'로 지시된 「나는 가오」(2~3호, 1920.4~5) 두 편이 수록되었다. 『신여자』는

---

게재된 '소녀애화'(1921.10.2~8)는 7회에 걸쳐 연재된다. 두 애화 모두 여성이 기생으로 전락해 가는 비극적 과정을 서사화하고 있다.

2    이광수, 「문학강화」, 『이광수전집』 16, 삼중당, 1963, 63면.

1920년대 창간된 여타의 신문·잡지보다 가장 앞서 애화라는 서사물을 선보인 경우이다. 여성 주도의 잡지를 표방한 『신여자』가 애화라는 형식 속에 여성의 비극을 담아낸 것은 무엇보다 여성의 비극을 야기한 원인을 비판하고 새로운 가치를 승인하려는 데 목적이 있었던 것으로 보인다.

『신여자』 창간호에 실린 월계의 「희생된 처녀」는 봉건적인 관념에 사로잡힌 아버지의 반대로 학교는커녕 일곱 살 이후로 문 밖 출입도 자유롭지 못했던 구여성의 비극을 서사화하고 있다. 아버지가 정해준 대로 열세 살 어린 남자와 혼인하지만, 성장해 일본으로 유학 간 남편은 신여성과 사랑에 빠지게 되고 결국 조혼한 아내를 버리게 된다. 버림받은 여성은 여동생에게 자신과 같은 불행을 답습하지 않기 위해서 공부하라는 당부를 남긴 채 스스로 목숨을 끊는다. 서사는 이 여성이 구습의 혼인을 강요한 부로(父老)들, 즉 구세대의 완고함에 희생된 존재임을 부각하면서 근대적 가치를 내면화한 신남성으로부터도 버림받은 "신(新)과 구(舊), 그 경계선하에 무참히 희생된"[3] 존재로 환기한다. 필자와 편집진은 이 여성의 비극을 통해서 구세대들을 향해 혼인제도의 개혁은 물론 여성교육의 필요성을 주장하려는 의도를 분명히 하고자 한 것으로 보인다. 「희생된 처녀」는 다음과 같은 모두로부터 출발하고 있는 것이다.

희생된 처녀!! 이 일 편은 우리 조선현대사회의 이면에 가리워 잇는 수만흔 비참흔 생활의 한 조각을 그리워논 눈물의 哀史올시다. 자녀를 양육ㅎ시

---

3    월계, 「희생된 처녀」, 『신여자』 창간호, 1920.3, 29면.

는 부모이시여! 소학책에 업다고 덥허놋코 부인ᄒ시는 여러분이시여! 남의 일갓치 보지 마시옵 여러 분의 집에는 이러흔 비운에 우는 가련흔 인생에 잇지 아니흔가 민저 삷혜보시오 그리고 여러분의 오리인 죄를 찌다르시오 왜 무슨 까닭으로 귀엽고 중흔 자녀를 가두고 막어 병신을 민듭닛가 이제 기재되는 희생된 처녀 가련흔 여자 우리 동포의 一人 즉 당신의 귀여운 짜님 중의 一人의 참혹흔 죽음에 동정의 눈물을 흘녀 주시오 그리고 다시는 그러 흔 비극이 생기지 안토록 ᄒ야서 우리사회도 남만치 행복되게 ᄒ시옵[4]

「희생된 처녀」가 여성의 신교육과 근대적 결혼 제도를 승인하기 위한 서사라면, 「나는 가오」는 근대적 사랑, 즉 연애의 가치를 계몽하기 위한 서사라고 할 수 있다. 필자 김원주는 오랫동안 만나지 못했던 친구 장경자를 우연히 만나 그녀가 서른이 넘도록 혼인하지 않고 홀로 살아가는 내력을 전해 듣는 방식으로 장경자와 이상현에 얽힌 연애 비사(悲史)를 구성하며, 이를 통해 "경모하고 흠앙하고 존숭ᄒ는 연애"[5]의 가치를 독자들에게 전파한다.

「나는 가오」의 주인공 장경자는 계모의 핍박으로 집을 떠나 일본으로 유학을 가게 되는데 집안이 몰락하고 아버지 장부령마저 사기죄로 수인의 처지가 되면서 학업은 물론 생계의 위협마저 느끼게 된다. 이러한 장경자의 처지를 동정하고 사랑하게 된 조선인 유학생 이상현은 장경자를 돌보고 그녀의 아버지를 구해내지만, 그러나 집안의 반대와 장부령을 구하기 위해 얻은 고리대금을 감당하지 못해 조선을 떠나 행방

---

4   위의 글, 28면.
5   한입, 「나는 가오」, 『신여자』 2호, 1920.4, 22면.

을 감추게 되고, 장경자는 삼십이 넘도록 처녀로 남아 자신을 위해 희생한 이상현이 돌아오기만을 기다린다는 내용이다. 연애를 둘러싼 이상현과 장경자의 비극적 서사를 통해서 필자는 "남녀의 모든 것은 사랑뿐"이며, "지극한 사랑 밋헤는 고생도 업고 슯흠도 업고 드러온 것도 업고 남붓그러온 것도 업"[6]는, 곧 영원히 변하지 않는 신성한 가치가 사랑임을 역설하고 있다.

교육이나 사랑/연애와 같은 근대적 가치를 긍정하고 이를 독자들에게 계몽하기 위한 효과적 전략으로 애화를 선택한 『신여자』 이후 본격적으로 애화를 배치하기 시작한 잡지는 『신여성』이다. 『신여성』은 창간 초부터 애화나 비화(悲話)로 명명된 '애화류'를 꾸준히 수록했다. 애화를 비롯한 비화·실화·야화 등의 유사문학적 서사물들은 특히 1920년대 『신여성』의 주요한 읽을거리였으며, 이러한 서사물들이 문예란에 수록되는 경우도 빈번했다. 이광수는 사실성을 애화의 조건으로 전제했으나 『신여성』에는 사실성의 범주로 묶일 수 없는 애화들이 다수 출현하고 있다. 예컨대 슬픔을 자극하는 전설이나 설화를 애화로 재구성해 '전설애화' 등의 이름을 부기하였고, 애화의 사실성을 강조할 경우 '사실애화'라는 단서를 달았다.

『신여성』이 애화류에 비중을 둔 것은 무엇보다 여성 독자들을 확대하기 위한 의도가 컸으리라 짐작되며, 아울러 여기에는 성차적 인식이 발동했던 것으로 보인다. 남성성과 여성성을 구별하는 언설들이 『신여성』에는 자주 수록되었는데, 눈물과 같은 감정적 인자들은 예외 없이

---

6    한입, 「나는 가오(속)」, 『신여자』 3호, 1920.5, 42면.

여성의 특수성으로 지정되었다. 여성은 "오래동안 남성의 무리한 압박을 바다온" 결과 "유한(遺恨)과 원통(怨痛)을 가슴 속에 품고 잇슴으로"[7] 눈물이 많을 수밖에 없다는 역사적 해석이 나오는가 하면, 여성은 생래적으로 남성보다 눈물이 많으며, "리지적이 안이오 감정적"[8]이고, 때문에 "義理로 할 일에 感情을 내려고 하며",[9] "감정적 분자를 만히 포함하"[10]고 있으므로 조그만 자극에도 격렬한 감동을 격발시키는 "감상적"인 성향이 농후하다는 해석이 이루어지기도 했다.

이와 같이 감정적 또는 감상적인 자질을 여성성으로 지정하는 담론들은 여성의 독서 취향을 규정하거나 결정하는 논리가 되었던 것으로 보인다. 예컨대 남성과 여성의 본질적 차이를 강조하던 김승식은 여성들이 "감정적 이약이 즉 신세타령 가튼 이약이나 의리 인정이 얼키인 연극의 대강 취지에 대하야는 아조 관찰이나 주의나 아조 예민하고 가튼 독서로 하여도 쌧쌧한 론문이나 과학서류보다는 아조 감상적 긔분이 농후한 난문학 즉 연애소설 가튼 것을 가장 탐독"[11]하게 된다고 주장한다. 독서 취향을 성별화하는 논리는 애화류와 같은 감상적 서사물을 여성에게 적합한 읽을거리로 구성하고 이를 여성잡지에 배치하는 근거로 활용된다. 『신여성』에 이처럼 애화가 범람하자 매월 잡지를 구독하고 있다는 한 여성 독자는 "압흐로는 슯흔 이야기보다 기운나는 이야기와 사회 실문제에 대한 기사를 만히 실어"[12]달라고 주문하기도 했다.

---

7 　이돈화, 「여성의 청춘기」, 『신여성』 2권 6호, 1924.9, 3면.
8 　김승식, 「심리학상으로 본 여자─모방성과 감정에 대하야」, 『신여성』 4권 7호, 1926.7, 31면.
9 　성학박사, 「양성미의 해부」, 『신여성』 3권 11호, 1925.11, 35면.
10 　김승식, 앞의 글, 29면.
11 　위의 글, 30면.

독서를 포함한 여성의 문학행위를 과도한 감정지향성에 연루된 것으로 비판하면서도 오히려 여성매체가 여성의 눈물에 편승하는 '애화'를 여성들의 주요한 읽을거리로 수록했다는 사실은 아이러니하다. 한 논자는 슬픔을 통해 여성 근대주체의 형성을 모색한 서사로 애화를 읽어내지만,[13] 애화는 이렇듯 '선진한 여성'의 창출을 기획한 계몽의 서사라기보다 슬픔과 여성을 결합하는데 주력한 서사이며, 슬픔을 일종의 운명적 형식으로 여성들에게 부과한 서사라 판단된다. 때문에 슬픔은 굳이 현실에서 연유한 것이 아니어도 좋았다. 예를 들어 『신여성』에 수록된 「봉선화 이약이」,(2권 5호), 「현해탄」,(2권 8호), 「남겨둔 흙미인」,(3권 2호), 「만리장성 애화」,(5권 9호) 등은 현재와는 동떨어진 과거, 현실과 무관한 비현실적인 전설이나 설화 속에서 슬픔의 원천을 끌어온다. '처녀애화'로 명명된 「봉선화 이약이」에서는 죽은 왕자별을 그리는 처녀의 슬픔이, 「현해탄」에서는 저주받은 운명을 타고난 연인과 함께 희생되는 여성의 비극이 서사화되었다. 그런가 하면 전설애화 「남겨둔 흙미인」에서는 떠난 남편을 하염없이 기다리다 죽어서 흙인형이 되는 아내의 이야기가, 「만리장성 애화」에서는 만리장성 축조에 동원되었다 숨진 남편을 따라 자결하는 여성의 비극이 그려진다. 이 비현실적인 서사들 속에서 한결같이 부조되는 것은 슬프고 가련한 형상의 여성들이다. 그들은 대개 부정한 힘에 유린당하는 죄 없는 약자들이며, 이렇듯

---

12   군산 일독자, 「여인사룬」, 『신여성』 5권 5호, 1931.6, 90면. '여인사룬'은 '여인살롱'을 의미한다.

13   김연숙은 애화(비화)류를 슬픔이라는 감정을 통해 여성들에게 전근대적인 모순을 타개할 것, 근대적인 가치를 지향할 것을 기억시키는 근대주체 형성의 장치로 해석한다. 김연숙, 「근대주체 형성과 '감정'의 서사」, 『현대문학이론 연구』 29호, 2006, 31~44면.

'희생자'로 여성을 표상하는 것은 애화가 여성을 재현하는 일관된 방식이기도 했다.

그렇다면 여성이라는 '희생자' 혹은 여성 '하위주체'[14]를 통해 적발되는 현실은 무엇인가. 그것은 먼저 전근대적인 관념과 낡은 습속이며, 또한 근대의 위험이기도 하다. 『신여자』에 실렸던 「희생된 처녀」를 제목만 바꾸어 수록하고 있는 「출가한 처녀」(『신여성』 2권 6호)나 「시대가 출산한 비극—그의 남편은 엇지하야 죽엇나」(『신여성』 3권 2호) 등의 애화는 구습·구관념이 야기한 비극을 재현하고 있다. 「시대가 출산한 비극」의 B부인은 계급도 금전도 아닌 오직 자유의사로 재인(광대)의 자손인 남편과 결혼했으나, 미천한 계급의 남편을 인정하지 않는 친척들과 아버지의 강압에 못 이겨 다시 친정으로 돌아오게 된다. 아내가 떠난 후 행방을 감춘 남편은 결국 동네 앞 냇가에서 시체로 발견되고 B부인은 남편도 아이도 없이 홀로 살아가는 "애처롭고도 가엽기 한이 없는 운명"으로 주저앉는다. B부인의 고통을 전달하던 화자는 "사랑보다도 문벌을 중히 녁이는 예전의 틀닌 가족제도를 정신업시 직히고 안젓는 로인"들과 "계급사상에 넘우 완고스러운 세상사람"들에게 이 불행의 책임을 묻고 있다.[15]

전근대와 근대의 틈바구니에서 고통 받는 여성들은 구여성에 국한

---

14  하위주체(subaltern)는 그람시가 프롤레타리아를 대신해 썼던 용어로 가야트리 스피박이 적극적으로 재전유한 개념이다. 임노동 중심의 프롤레타리아 계급 개념을 확대해 여성·하위층 등 다양한 종속적 처지들을 아우를 수 있는 용어로 사용된다. 스피박은 특히 자본주의와 가부장제가 결탁한 식민지 혹은 제3세계의 착취당하는 서발턴 여성에 대해 주목한 바 있다. 스티븐 모튼, 이운경 역, 『스피박 넘기』, 앨피, 2005, 91~132면; 태혜숙, 「성적주체와 제3세계 여성문제」, 『여/성이론』 통권 제1호, 1998, 110~113면 참조.
15  임순호, 「시대가 출산한 비극—그의 남편은 엇지하야 죽엇나」, 『신여성』 3권 2호, 1925.2.

되지 않았다. 신여성들 역시 전근대적 습속에 연루된 부당한 폭력에 가차 없이 유린당하는 희생자로 등장하고 있다. 「여학생 애화—비운의 끝」(『신여성』 2권 10호)은 그 대표적인 경우이다. 고향 전라도에서 우등으로 보통학교를 마치고 아버지의 배려로 서울로 유학하게 된 판순은 자신의 어려운 처지를 자각하고 공부에 매진하지만, 가난한 현실 때문에 결국 공부를 포기하고 병든 아버지와 보통학교에 다니는 동생들을 위해 김부자집 아들의 소실이 되기로 결심한다. 그러나 혼인날 아침 여학생에서 소실로의 전락을 수락할 수 없었던 판순은 마을 뒤 소나무 가지에 목을 매 끝내 자살하고 만다.[16]

구습과 가난이 잉태한 이 비극적인 '판순들'은 애화에서 어렵지 않게 목격되고 있다. 그들은 가족을 위한 희생을 강요당하거나 가족을 위해 스스로를 희생하는 딸들이며 그러므로 한결같이 가련하지만 고결한 형상을 하고 있다. '심청전'의 애화적인 재구성이라고 할 수 있는 「중국 청연각 유곽에 팔려 잇는 가엽슨 박명녀의 호소장」(『신여성』 5권 4~11호, 이하 「박명녀의 호소장」)에 등장하는 여성 역시 '순결한 창녀'로 형상화되고 있다.

어머니의 병을 고치기 위해 스스로 중국인 상인에게 자신을 양도한 여성은 국경을 넘어 중국 유곽에서 몸을 파는 창녀로 전락한다. 조선의 기억을 애써 끊어내고 모든 것을 단념한 채 창기로 살아가던 그녀는 사회변화를 촉구하는 중국 청년 학생들의 시위로 유곽이 문을 닫으면서 마침내 자유를 얻게 된다. 이 과정에서 여자는 시위대에 끼어 있는 보

---

16  방재욱, 「여학생 애화—비운의 끗」, 『신여성』 2권 10호, 1924.10.

통학교 시절 친구 수진이라는 남성을 만나게 되고, 그를 통해 비로소 고통의 치유를 모색한다. 피폐해진 정신과 아이도 낳을 수 없이 만신창이로 찢겨진 몸의 그녀는 수진이라는 남성의 동정어린 시선 속에서 "이 시대의 수난자", "이 시대에 희생된 가련하고 훌륭한 녀자"로 지시되며, 조선 사회를 위한 일꾼으로 부조된다.[17]

애화 속에서 여성은 희생당하는 동시에 스스로를 희생하며, 또한 희생해야만 존재를 인준받을 수 있는 자들이기도 하다. 희생이 온전히 여성을 구성하고 있는 셈이다. 「부잣집 규중처녀가 청루에 몸이 쌔지기까지」(『신여성』 2권 5월호)는 희생을 통해 스스로 욕망한 죄를 씻어내는 여성의 이야기이다. 부유하게 자랐으나 아버지를 일찍 여읜 주인공 여성은 여학교를 졸업한 후 좋은 남편을 스스로 선택하는 모험을 감행한다. 그러나 고아로 고학하며 은행원이 된 줄 믿고 선택했던 남편은 여자의 재산을 모두 갈취한 뒤 종적을 감춘다. 절망을 극복하기 위해 고향으로 돌아와 다시 여학교에 입학하지만 남편의 방해로 학교에서도 쫓겨난 그녀는 이후 청루의 기생을 전전하면서 혹독하게 근대를 경험한다. 근대의 위험을 모르고 모험을 감행한 이 여성이 자신의 훼손된 인생과 몸을 정화하는 방식은 바로 어머니를 수행하는 것이다. 주인공 여성은 집으로 돌아와 남동생을 훌륭히 뒷바라지해 선린상업학교에 보내는 것으로 이야기는 마무리된다.[18]

전근대의 억압과 근대의 위험에 유린당하는 타자로서의 여성들은

---

17 유광열, 「중국 청연각 유곽에 팔려 잇는 가엽슨 박명녀의 호소장」, 『신여성』 5권 4~11호. 연재물이므로 페이지 수를 따로 표시하지 않는다.
18 삼청동인, 「부잣ㅅ집 규중처녀가 청루에 몸이 쌔지기까지」, 『신여성』 2권 5월호, 1924.5, 64~72면.

애화를 통해 끊임없이 생산된다. 문명화의 사명을 짊어진 식민지의 남성 근대주체들은 여성들을 가난과 구습에 희생되는 "곱고도 아름다운" 약자들로 구성함으로써 조선의 토착적 현실을 고발하고, 근대의 가능성을 경험하려다 함정에 빠진 여성 수난자들을 통해서 근대를 위협하는 사회적 악을 폭로한다. 이 고발과 폭로의 기획을 위해 동원된 애화 속의 슬픈 여성들은 이야기될 뿐 이야기하지 못하며, '시대의 수난자'나 '가련한 희생자'로 명명될 뿐 명명하지 못한다. 피억압자인 여성들의 목소리는 그들의 이야기를 발화하는 제3자에 의해서 부단히 전유된다. 예컨대 「출가한 처녀」에서는 근대적 교육을 받은 여동생이 구여성인 언니를, 「시대가 출산한 비극」에서는 이웃집 여인이 불행한 B부인을 대변하고 있다. 이 여성 대변자들은 이들을 누이로 호명한 오빠들, 곧 남성 근대주체들을 대리하는 말씀 전달자일 가능성이 높다.

「여학생 애화—비운의 꽃」이나 「박명녀의 호소장」 등은 남성 서술자들에 의해 여성의 희생이 재구성되는 형태를 취하고 있다.[19] 특히 팔려가는 여성의 시점으로 기술된 「박명녀의 호소장」은 식민지의 남성 지식인인 필자 유광열이 스스로 박해 받는 여성이 되어 그녀의 언어를 발화한다. 국경을 넘어 창녀로 희생되는 여성을 통해 이민족에 유린된 조선을 표상하고 식민권력에 대해 스스로를 가련한 여성으로, 곧 고통받는 약자로 구성했던 식민지의 남성주체들이 여성들에 대해서는 다시 그들의 고통을 대변하는 정의로운 오빠나 연인으로 자기를 재구성하기도 한다. 여성화자의 1인칭 고백 형식으로 진행되던 「박명녀의 호소

---

19    애화류는 대부분 남성 필진들이나 기자들이 썼다.

장」은 수진이라는 남성인물이 등장하면서 대부분 대화 형식으로 바뀌고, 남성화자의 목소리가 압도적인 이 대화를 통해서 서술자는 '희생자인 여성'에서 유린당한 여성에게 온전한 삶을 되돌려주는 '시혜자인 남성'으로 귀환한다.

애화 속의 여성들은 바로 이러한 자비로운 남성들, 또는 남성의 말씀을 전달하는 여성들에 의해서 대변되고, 목소리를 박탈당한 여성들은 줄곧 침묵을 강요당한다. 스피박의 말대로 하위주체는 말할 수 없으며 기록될 뿐 스스로를 기록하는 주체가 되지 못한다.[20] 그러므로 애화라는 지극히 온정적인 마이너리티 서사 속에서 소수자인 여성들은 '공백'으로 남게 되며, 그 공백을 채우는 것은 글쓰기 혹은 재현의 권력을 대부분 독점한 남성주체들이다. 그들은 애화를 통해서 여성을 시대의 희생자 또는 억압 받는 타자로 재현하고, 스스로를 이들 약자들을 동정하는 주체로 정당화한다. 주지하다시피 이광수는 '동정'을 "인류의 영귀한 특질 중에 가장 영귀한 자", "가장 정밀한 인격측계(人格測計)", "청량신선한 새 정신"으로 정의하고, "군자에 필요불가결한 미덕"으로 지정한 바 있다. 또한 그는 "동정의 넓고 뜨거움"을 지닌 자를 '위인'으로, 동정의 범위가 협소한 자를 '범인(凡人)'으로 분류하기도 한다.[21] 말하자면 '동정'은 근대의 시작과 더불어 바람직한 근대주체 형성의 필수불가결한 요건으로 부각된 셈이다.

문제는 동정이 동정하는 자와 동정 받는 자의 위계 구도 속에서 실현

---

20    서발턴이 말할 수 없다는 것은 힘을 박탈당한 존재들의 목소리가 재현의 지배적인 정치체계 안에서 다른 사람들에게 들리거나 인식되지 못한다는 의미이다. 스티븐 모튼, 앞의 책, 127~129면.
21    이광수, 「동정」(『청춘』 3호, 1914.12), 『이광수전집』 1, 삼중당, 1962, 557~560면.

되며, 동정하는 '주체'가 탄생하기 위해서는 여성・하층민・아이 들과 같은 하위층들이 동정을 호소하는 '타자'로 구성되어야 한다는 사실이다. 동정이라는 위계적 구도 속에서 타자들은 주체를 위협하거나 도발하지 않는 심리적으로 안전한 장소가 되며, 여성・하층민・아이 들은 헤게모니를 가지지 못한 '약자'의 위치로 결박되는 상황이 발생한다.[22] 따라서 감정에 호소하는 여성용 읽을거리로 제시된 애화를 통해서 여성 독자들은 쉽사리 동정하는 주체로 스스로를 정위할 수 없다. 애화 속에서 동정을 호소하는 여성들은 그들과 절대적으로 다른 타자가 아니라 곧 그들 자신으로 환원되며, 때문에 여성 독자들은 동정하는 주체와 동정 받는 타자의 위치를 불안정하게 오고간다. 여성의 감정에 편승한, 여성 동정적인 독물(讀物)인 애화가 실은 여성을 타자로 기입하고 여성 독자들을 스스로 피해자나 약자로 승인하도록 종용하는 '빈여성적' 서사일 수 있는 것은 이 때문이다. "눈물만 쭐쭐 흘니고 안젓다면 그야말로 얄미운 녀자입니다. 우리는 생각하고 행동합시다"[23]라고 주장하는 한 여성 독자의 발언에서 읽히듯, 여성은 슬픈 존재로 결박되기보다 주어진 슬픔 속에 갇히기를 거부하는 존재이며, 그러므로 슬픈 이야기보다 실은 "기운나는 이야기와 사회 실문제에 대한 기사"[24]를 더 많이 요구한 독자들인 것이다.

---

22  레이 초우, 장수현・김수현 역, 『디아스포라의 지식인』, 이산, 2006, 146~156면 참조. 레이 초우는 중국 근대문학이 마이너리티 담론을 형성하는 과정을 추적하고, 이러한 마이너리티 담론 속에서 여성이 타자화되었던 상황을 규명한 바 있다.

23  서대문외 박종신, 「화화실」, 『신여성』 4권 10호, 1926.10, 82면.

24  위의 글, 82면.

2) 은파리-정탐의 형식을 통한 여성 감시와 사실효과

애화와 더불어 『신여성』에 수록된 대표적 유사문학적 서사물이 은
파리 연작이다. 애화가 『신여성』보다 앞서 『신여자』나 각종 신문들에
서 이미 선취한 양식이었다면, '은파리' 시리즈는 방정환에 의해 창안
되고 초창기에는 개벽사 발간 잡지들에만 실렸던 특징적 서사 양식이
었다. 애화가 '슬픔'의 형식을 통해 대상에 대한 독자들의 동정을 촉발
하고자 했다면, 은파리는 '풍자'의 형식을 빌려 "인간 사회의 위선과 허
위를 폭로·고발"25하고 개선의 효과를 노렸다. 말하자면 '애화'와 '은
파리' 연작 모두 계몽의 전략을 달리한 계몽적 서사물인 것이다.

은파리 연작이 처음 등장한 것은 잡지 『개벽』이다. 방정환은 '목성'
이라는 필명으로 『개벽』 7호부터 은파리를 게재하기 시작하는데, 은파
리를 통해 고발되는 대상은 부정한 방법으로 재산을 축적하는 '부호대
감', 집안의 재산에 의지해 방탕한 생활을 일삼는 '부호의 자제', 또는
독신을 주장하며 자유분방한 생활을 구가하는 '신여성'이나, 여자와 술
에 탐닉하는 '청년사상가' 등 주로 사회 지도층 인사들이었다. 18호를
끝으로 『개벽』에서 종적을 감춘 은파리 서사물이 2년 만에 다시 모습
을 드러낸 것은 『신여성』이다. "사람의 꼴이 보기 실혀서 개벽 잡지상
에서 작별을 말하고 몸을 감추"었으나 "『신여성』 편즙장의 어서 나오
라는 독촉이 성화"26같아 다시 나왔다는 은파리는 부호대감, 부호의 자
제, 신여성, 청년사상가 등 비판의 대상을 다양화했던 『개벽』과 달리

25    최수일, 앞의 글, 148면.
26    목성記, 「은파리」, 『신여성』 2권 6월호, 1924.6, 24면.

풍자의 표적을 대부분 '신여성'이나 신여성에 연루된 인물들에 집중하게 된다.

풍자의 대상을 신여성으로 단일화한 것뿐만이 아니라『신여성』의 은파리 시리즈는『개벽』과는 다른 차이점을 지니고 있다. 먼저『개벽』에서의 계몽적/교훈적 성격을 여전히 유지하면서도 대중적인 흥미를 보다 확대해 나간 점이다. 이는『신여성』의 '내용혁신·지면혁신' 광고를 통해서도 확인되는데, 아래 인용한 광고에서 은파리는『신여성』을 대표하는 '취미기사'로 소개되고 있다.

『신여성』독특한 편집법에 의하여 매호 광대한 인기를 끄는 취미기사 은파리 쌍S 일류의 漫文도 신년부터 배전하야 지상활약할 것입니다.[27]

대중적인 흥미를 유인하는 취미기사로 분류된 은파리는『신여성』의 독자들을 견인하는 데도 상당히 성공했던 것으로 보인다.『신여성』의 독자란인 '회화실'에는 은파리가 다시 수록된 것을 환영하는 다음과 같은 여성 독자의 글이 실리기도 했다.

우리『신녀성』에「은파리」가 또 나왔습니다그려. 미우니엡부니 하여도 은파리처럼 공로가 만혼 긔사는 업슬 것입니다. 저도 동무들에게서 만히 드럿습니다마는 신녀성 지상에는 반드시 이 긔사가 잇서야 되겟다고 하는 말을 만히 드럿습니다. 그것은 익살부린 그것을 한 우슴ㅅ거리로 본다느니보

---

27 「광고」,『신여성』2권 12월호, 1924.12, 63면.

다도 악마가튼 남녀의 비밀행동을 들추어서 세상사람을 놀래고 반성케 하는 까닭입니다.[28]

　인용문에서 확인할 수 있듯이 '웃음'과 '반성'을 절묘하게 결합시킨 은파리는 『신여성』 지상에 반드시 있어야 할 대표적인 인기 독물로 인식되었으며, 이 서사물에 대한 독자들의 지지는 은파리의 게재가 늦어지는 이유를 설명한 대목에서도 읽을 수 있다. 아래 인용문에서 『신여성』의 편집인이자 은파리의 창작자인 방정환(목성)은 '은파리'의 목소리를 빌려 다음과 같이 서술하고 있다.

　　은파리가 비밀 잘 알어내기로도 유명하지만 그보다도 남의 알('일'의 오기로 보임―인용자)에 더 칭찬을 밧는 것은 정직하기가 유다른 까닭이다. 그런데 한 번 서막을 열어노코는 어대로 도망을 갓느냐고 독자로부터 야단야단이어서 편즙장이 매우 곤란합시다고. 그러나 짠은 은파리도 그것이 전문이 아니고 다른 일이 매우 밧부신 처지다. 그래 그러케 되얏스니 다 용서해 주고 요다음 十月호에는 참말 그짓말 안는다. 요번에 쏘 거짓말 하면 이 다음부터는 은파리 패호를 그만 쌔여 바릴 결심이니 고만큼만 짐작해 주고 기다려줍쇼.(은파리로부터)[29]

　그렇다면 『신여성』의 은파리 연작이 대중들의 취미(재미)에 부합할 수 있었던 요인은 무엇일까. 그 주요한 이유로 먼저 '정탐'의 형식을 들

---

28　경성 박경순, 「회화실」, 『신여성』 4권 8호, 1926.8, 85면.
29　「은파리」, 『신여성』 4권 9호, 1926.9, 92면.

수 있다. 『개벽』의 은파리 시리즈가 '대화'를 주된 형식으로 채택한 데 비해,[30] 『신여성』의 경우는 '정탐', 곧 미행의 형식을 취하고 이른바 '탐정' 은파리를 통해 숨겨진 사실을 폭로함으로써 독자들의 흥미를 더욱 자극했다. 『개벽』의 풍자 주체인 은파리가 '야유와 비꼼, 발랄한 재치와 유머를 동반한 화술'로 풍자 대상을 압도하면서 도덕적·인식적 우위를 확보해 갔다면,[31] 『신여성』의 은파리는 서사의 시작부터 시종일관 '전지적(全知的)' 위치를 점하게 된다. 말하자면 인간들의 일거수일투족을 완벽하게 감시하는 존재이자 인간들의 부정을 폭로하고 징벌하는 위치로 상승하면서 은파리의 인식적·도덕적 우위는 『개벽』에 비해 한층 강화된 것이다. 『신여성』의 「은파리」 1회에는 '은파리'의 위상이 다음과 같이 설정되어 있다.

엇재 나왓거나 나온 바에는 텬하 유일의 은파리직을 발휘하련다. 나 사는 자미는 거긔에 잇스닛가. 눈은 새ㅅ별 갓고 몸은 총알보다 빠르고 옷은 고흔 빗이고…… 이럿케 훌륭한 것이 모다 누구의 층찬인 줄 아느냐 알고 보면 은파리 내 이약이란다. 낫말은 새가 듯고 밤말은 쥐가 듯는다고 사람들은 영악한 체하고 그런 말을 하것다. 그럿치만 나는 낫이고 밤이고 왼통 보다 듯는 것을 엇지나 그쌘인가 낫말밤말을 듯기만 할 쑨 아니라 천정에 부터서 바람에 부터서 일정일동을 모조리 보고 잇는 것을 엇더케 하려느냐, 아모러한 곳에서라도 올치 못한 짓을 하여 보아라, 다른 사람 못보는 곳이라고 낫븐

---

30    『개벽』에 실린 은파리 연작 중 정탐/미행의 형식을 취한 것은 17호에 실린 청년사상가 풍자가 유일하며, 그 외 두 편이 일반 서술 형식으로(13·18호) 되어 있고, 나머지는 대화의 형식으로 기술되었다.
31    최수일, 앞의 글, 150면.

짓을 하여 보아라! 은파리 눈에야 들키지 아닐 법이 잇슬 줄 아느냐. 아모리 구석진 곳을 차저가 보렴으나 바람벽에서 횟닥 날러서 모자 우에 올나 안거나 억개 우에 몸 편히 안저서 어대까지고 싸라 가고야 말 것이니…… 경찰서 형사의 미행(尾行)보다도 신문긔자의 뒤쫏기보다도 은파리의 미행이 무서운 줄을 알고 잇서야 될 것이다.[32]

　보통 파리들과는 달리 시간이 지나도 색이 변하지 않는다는 은파리는 공간과 시간에 구애됨이 없이 인간들의 일정일동을 살피며 "올치 못한 짓" "낫븐 짓"을 적발하는, 미행에 관한한 그야말로 '형사'나 '신문 기자'보다도 무서운 존재로 그려진다. 대화를 통해 풍자 대상이 되는 인물의 죄를 드러내고 부정한 상대를 말로 굴복시키던 『개벽』과 달리, 『신여성』의 은파리 연작은 전지적 능력을 지닌 은파리의 '미행' 형식을 취함으로써 상대의 목소리를 아예 차단하고 일방적인 폭로를 선택한다. 대상에 대한 인식과 판단은 더욱 철두철미하게 은파리의 시각에 위임되는 셈이다. 또한 은파리의 미행은 새로운 사실을 발견하는 차원이라기보다 이미 판단하고 진위(眞僞)를 결정한 사실을 확인하는 차원이기도 하다. 말하자면 미행 이전에 이미 정탐 대상의 행위는 '옳지 못한 짓' '나쁜 짓'으로 판단이 완료된 것이며, 미행은 단지 이를 공표하는 과정에 불과한 것이다. 이러한 공표가 파괴력을 지니는 것은 『신여성』의 은파리 연작이 『개벽』과 달리 '사실성'을 강하게 환기하기 때문이다.
　『개벽』의 은파리 서사가 불특정한 사회 지도층 인사들의 부정한 행

---

32　목성기, 「은파리」, 『신여성』 2권 6월호, 1924.6, 24~25면.

태를 허구적 형식 속에 담은 것이라면, 『신여성』의 경우는 특정한 인물들에 얽힌 '사실'임을 표나게 강조한다. 『신여성』 2권 8호의 「은파리」에는 기록한 내용이 은파리 자신의 "눈으로 본대로 드른 대로 거짓말 보태지 아니하고 써 노"은 것이며, "결코 업는 일을 꿈여내지는 안는다"[33]고 호언하고 있다. 대부분 익명이긴 하나 '실재'하는 특정 인물의 '죄'를 적발한다는 원칙을 대외적으로 과시함으로써 '사실효과'를 극대화하고 여론에 충격을 가하는 전략을 구사한 것이다. 이는 풍자의 대상이 된 인물들을 확실한 '공공의 적'으로 규정하는 동시에 불특정 다수의 행동을 감시하고 규제하는 효과를 낳게 된다.

『신여성』의 이와 같은 전략은 상당 부분 성공했던 것으로 보인다. 예컨대 독신주의를 천명한 서울 유명 여학교 'S여선생'의 이중생활이 「은파리」(2권 5호, 1924.7)를 통해 폭로된 이후 서울 시내 여학교에서 S성을 가진 여교사는 물론 다른 여교사들까지 의심의 대상이 되어 조사를 받았다는 내용이 다음과 같이 실려 있다.

재작년 여름에 그째의 편집주임 방씨의 부탁대로 녀교원으로 녀교원답지 안흔 추태를 갓는 사람이 잇서 신성하여야 할 학교 사무실의 공긔까지 더럽혀 놋는 일을 묘사하야 보냇더니 그는 그것을 '독신 여교사의 속생활'이라고 뎨목을 붓처서 신녀성 第二券五號에 발표하엿난대 성명까지 고대로 발표하기는 넘어 심하다고 S라는 녀교사라고 써 노아서 그 긔사 째문에 경성 안에서만도 여러 곳 녀학교 안에서 식그런 문뎨가 니러낫던 일이다. S라는 성을

---

33   목성기, 「銀파리」, 『신여성』 2권 8호, 1924.10, 65면.

가진 녀교사는 물론이고 S성을 갓지 아니한 녀선생까지 그 사실의 주인공인
가 의심을 밧아 각각 그 교장에게 상당히 됴사를 밧앗고 혹은 의외의 죄까지
그 통에 들처 난 일이 잇섯난대 물론 그 사실의 주인공인 추한 녀선생도 그
중에 씌여 됴사를 밧엇섯다[34]

이러한 '사실' 폭로의 전략은 주로 유명인을 그 대상으로 겨냥하면서
독자들의 흥미를 더했던 것으로 보인다. 서울 여학교의 유명한 'S여선
생'뿐만 아니라, '색국이'라고 지시된 '윤심덕' 역시 「은파리」의 풍자 대
상으로 예정되었던 것이다. 『신여성』 4권 10호에는 "편집장의 청구에
못닉이여 못처럼 색국이의 최근 생활을 됴사해서" 실리기로 되어 있었
으나 "색국이가 화륜선을 타고 오다가 바다로 드러갓다"는 말을 듣고 개
벽사에서 원고를 돌려받아 불살랐으니 독자나 편집자는 섭섭해도 은파
리 자신의 마음은 편하게 되었다고 고백한다. 아울러 독자들이 "그 긔사
를 닑엇드면 누구던지 그가 바다를 차저가게된 마음을 더 쌔르게 자세
히 짐작할 수 잇섯슬 것"[35]이라고 언급하기도 했다. 그런가 하면 죽은 윤
심덕 대신에 풍자 대상으로 지명된 부호의 아들 '배상규'가 실명 거론되
면서 그의 여성 편력이 고발되는 한편, 배상규의 행각에 놀아난 유명한
'여사'가 함께 거론되기도 했다. 잡지는 독자들의 호기심을 다음 호로
이어가려는 의도에 따라 "그 녀사가 누구인지 그 일홈과 그 다음의 일홈
은 요다음달에 이약이"[36]하겠다고 서사를 마무리하기도 한다.

---

34  「銀파리」, 『신여성』 4권 7호, 1926.7, 59~60면.
35  「銀파리」, 『신여성』 4권 10호, 1926.10, 42 · 43면.
36  위의 글, 46면.

정탐/미행과 사실의 전략을 통해 『신여성』의 은파리가 주로 겨냥한 대상은 '신여성'들이었다. 독자들이 몹시 재촉을 한다는 『신여성』 편집장의 연락을 받고 1년 만에 다시 나타났다는 은파리가 "녀자에만 한할 것 업시 남자의 일도 취급"[37]하겠다고 공언하기는 했으나, 공격의 무게 중심은 여전히 신여성에 가 있었다. 그러므로 부호대감, 부호의 자제, 신여성, 청년사상가 등을 풍자의 대상으로 망라하던 『개벽』의 은파리가 성(性)을 삭제한 '무성적(無性的)' 존재였다면, 신여성을 풍자의 표적으로 겨냥한 『신여성』의 은파리는 다분히 '남성적'인 존재로 성별화된다. 또한 남성으로 변모한 은파리는 신여성을 대표하는 여학생이나 여교원 들의 외양부터 내밀한 '속생활'까지 전천후하게 감시하고 비판하는 남근적 시선을 담지한다. 타락하고 오염된 신여성의 표상은 바로 이러한 시선 속에서 구성되는 것이다.

'애화'가 조선의 토착적 현실을 고발하고 민족의 수난을 상징하는 가련한 약자요 희생자로 여성을 형상화했다면, '은파리' 연작 속에서 신여성은 민족의 순결성을 훼손할 수 있는 '위험한 존재'로 부각되고 있다. 그렇다면 무엇이 이들을 위험한 존재로 만드는가. 달리 말하면 무엇이 신여성의 오염과 타락의 징후로 적발되는가. 신여성의 죄로 지목된 것은 다름 아닌 민족이라는 공동체의 욕망에 동화되지 못하는 개인적 욕망, 즉 개별적 자아를 추구하려는 욕망이었다. 이러한 욕망은 곧 죄이며, 이와 같은 욕망을 지닌 여성들은 '잠정적인' 혹은 '은폐된' 창녀로 매도당한다. 외양은 곧 사적 욕망의 표현이라 할 때, 신여성의

---

37 「銀파리」, 『신여성』 4권 7호, 1926.7, 58면.

외양은 은파리의 일차적인 비판의 대상이 되었다. 미행의 주체인 은파리의 시선 속에서 신여성들의 외양 변화는 외세에 의한 오염이나 허영심의 표현으로 부정되고 있다. 예컨대 2권 8호에는 "쌀지도 길지도 안혼 흰저고리에 얌전해 보이는 검은 치마"를 입고 가는 여학생의 뒷모습을 쫓던 은파리가 그 단발한 앞모습을 보고 "퍽 얌전하게 생긴 얼굴이지만 이마 우에 압머리를 가위로 베힌 것을 보닛가 모양도 내이고 십어하는 아가씨가 분명하"다고 판단하는가 하면, "압머리에 가위질 하는 녀자치고 허영심 적고 련애소설 안 닑는 사람은 업"[38]다고 일갈하기도 한다. 은파리가 여학생의 비밀스러운 속생활을 본격적으로 미행하게 된 계기 역시 이러한 외양이 중요하게 작용한다. 외양은 위험한 신여성을 식별하는, 또는 신여성의 위험을 증거하는 가시적인 표지인 셈이다.

외양이라는 가시적 표식을 단서로 시작된 은파리의 미행은 비가시적인 영역, 즉 신여성들의 타락한 속생활을 적나라하게 폭로하면서 종결된다. 그 비밀스러운 속생활의 중심에 '연애'가 자리하고 있다. 신여성들의 연애는 "사회풍기를 어지럽게 하는 낫븐 죄"[39]로 지목되며 여성타락의 결정적 요인으로 환기된다.

2권 8호의 「은파리」에는 토론회를 핑계로 부모를 속이고 연극장을 돌아다니며 남학생과 연애를 일삼는 여학생 명자의 사생활이 폭로되고 있다. 명자의 경우가 더욱 충격적인 것은 취미가 너저분하고 공부보다 모양내기와 돌아다니기를 좋아하는 그녀의 친구들과 달리 명자가 "넘어도 쌕굿하고 넘어도 얌전"[40]한 인상을 지녔기 때문이다. 「은파리」를

---

38  「銀파리」, 『신여성』 2권 8호, 1924.10, 66면.
39  「銀파리」, 『신여성』 4권 7호, 1926.7, 59면.

통해서 적발당하는 신여성들의 대부분은 이렇듯 표리부동한 존재로 형상화되어 있다. 이는 비단 소수의 신여성들에 국한되지 않고 신여성 일반을 향한 시선이기도 하다. 앞서 살펴본 바 있듯이 『신여성』에는 교육을 통해 "새로 열닌 눈"을 지닌 여성들이 동시에 성적(性的)으로도 눈을 뜬 여성이라는 언설들이 종종 배치되는데, 가령 2회에 걸쳐 연재된 「젊은 여자의 고적한 심리」에서는 "비교적 쎄임이 만흔" 젊은 직업부인들, 곧 신여성들은 "성(性)의 충동에서 생긴 욕망과 요구가 채워지지 못하야 거긔서 어든 고적한 심리"가 "정신을 매우 쉽게 혼미한 속에 씌여노코 여러 가지 흥미 잇는 방면에 향하야 열녀나간다"[41]고 주장하기도 했다. 은파리의 미행은 이러한 신여성들의 위험성을 선정적으로 전시하고 이를 경계하는 서사로 기능하는 것이다.

『신여성』의 「은파리」는 여학생뿐만 아니라 부인기자, 여자예술가, 여교원 등 다양한 신여성들을 연애에 탐닉하거나 성적인 타락에 직면한 불순한/위험한 여성들로 형상화한다. 박애주의자로 유명한 모 여학교 체조선생 C는 극장 간부와 연애를 하다 문제가 돼 학교를 그만두었으나 여전히 밤마다 단성사를 기웃거리며 토키영화 구경을 다니고, 모 학원원장인 P여사는 명월관 본점에서 남성들과 어울려 '노류장화노름'을 하는 등 향락적인 이중생활을 즐긴다.[42]

그런가 하면 경성여자고등보통학교 사범과를 우등으로 졸업하고 일본 유학을 마치고 돌아와 서울 유명 여학교에 근무하는 S선생은 일본

---

40 「銀파리」, 『신여성』 2권 8호, 1924.10, 67면.
41 SD생, 「젊은 여자의 고적한 심리(속)」, 『신여성』 3권 6호, 1925.6 · 7, 30 · 32면.
42 「여학교 교원 미행기 – 은파리」, 『신여성』 7권 1호, 1933.1, 57~59면.

말 잘하기로 유명하고 교제 잘하기로 유명한 외에도 "독신생활주의"로
도 유명해 서른이 넘도록 결혼하지 않고 "처녀각씨를 직혀오는 갸륵한
선생님이시라 학교 안에서도 S선생님 S선생님하고 학생들에게 써밧치
는 인긔 만흔 양반"이나, 실은 미남자로 유명한 도화 선생 K와 비밀 연
애를 즐기며 밤마다 그에게 보낼 연애편지를 쓰는 속물적인 여성으로
그려진다.[43] 독신옹호론을 펼치던 여선생이 기실 연애에 탐닉하고 있
다는 상황 설정은 연애만큼이나 여성의 독신주의에 대한 부정적 시각
이 내재된 것으로 보인다. 은파리라는 정탐 주체의 시선이 민족주의와
결합한 가부장적 남성주의의 시선이라 할 때, 민족을 양육할 미래의 어
머니를 오염시킬 수 있는 연애도 문제적이지만, 어머니가 되라는 민족
주의의 명령을 원천적으로 거부하는 여성의 독신주의는 더욱 위험천만
한 것으로 인식되었을 것이다. S여선생에 얽힌 은파리 미행기는 여성
의 연애와 독신주의에 대한 가부장적 민족주의의 불안을 여실히 보여
주는 서사라 할 수 있다.

『개벽』에서 출발해 『신여성』의 대표적 취미독물로 대중적 인기를
모았던 은파리는 이후 여성 정탐기를 지칭하는 일종의 보통명사로 자
리잡았던 것으로 보인다. 『신여성』의 편집인이었던 방정환이 '목성'이
라는 필명으로 창작하기 시작했던 은파리 시리즈는 1931년 방정환이
죽고 난 이후 '은파리'라는 필명 아래 다수의 필자들이 참여하는 형식
의 서사물로 변모한 것이다. 이 과정에서 은파리는 『신여성』이나 개벽
사 잡지들의 독점적 서사물의 범위를 넘어, 대개 신여성에 대한 풍자를

---

43  목성기, 「銀파리」, 『신여성』 2권 5호, 1924.7, 35~41면.

목적으로 하는 정탐기 일반을 의미하게 되며, 당대 여성 대상 저널리즘의 대표적인 대중 독물로 정착한 것으로 보인다. 예컨대 1932년 12월호 『신동아』의 '가정란'에는 「E여학교기숙사암찰기」가 실리는데 필자가 '은파리'로 기재되어 있다.

이상에서 살펴본 바와 같이 1920~30년대 여성잡지를 대표하는 『신여성』은 '애화'와 더불어 '은파리'라는 유사문학적 대중독물들을 여성용 읽을거리로 배치하는 동시에, '슬픔'과 '풍자'라는 상반된 서사 전략을 통해서 대조적인 여성상을 창안해 갔다. 즉 약자·수난자·희생자의 모습을 한 민족의 가련한 딸 혹은 누이의 반대편에, 외세에 오염되어 자기 욕망의 충족에 급급한 방탕한 속물 여성이 구성된 것이다. '가련한 희생자'(애화) 대 '타락한 속물'(은파리)이라는 이 상반된 여성 형상은 결국 가부장적 민족주의의 메커니즘이 가공한 쌍생아에 다름 아니다.


## 2. 동화(童話)의 수록과 근대적 모성 교육


애화나 은파리 연작과 더불어 1920~30년대 여성잡지에 배치된 주요한 서사물이 '동화'이다. 『여자계』나 『신여자』의 경우 아동에 관한 근대적 이해를 촉구하거나 육아법에 관련한 글들이 간간이 실리긴 했으나 아직 새로운 문예물로서의 동화가 수록되지는 않았다.[44] 개벽사가 창간한 『부인』에 동화 「미련쟁이」(6호) 등이 실리면서 여성잡지에 동화가 배치되기 시작했고, 이후 『부인』을 폐간하고 『신여성』이 창간 되면서 동화는 여성잡지의 주요한 읽을거리로 등장한다.

1920년대 『신여성』의 문예란에 동화가 수록되었던 것은 먼저 『신여 성』의 편집인 겸 발행인이자 『어린이』의 편집 역시 주관하고 있었던 방정환의 영향이 컸으리라 짐작된다. 주지하듯이 '어린이'란 용어를 발 명하기도 한 방정환은 아동운동의 주역이었을 뿐만 아니라, 아동문학 을 새로운 문학 범주로 정착시키는 데 주도적인 역할을 담당했다. 김기 전과 더불어 천도교소년회를 창립했던 그는 1923년 동경 유학 당시 강 영호, 손진태, 고한승, 진장섭, 정병기 등과 더불어 어린이 운동 단체인 '색동회'를 조직하기도 했는데, 당시 색동회의 결의에서 가장 우선되었 던 것이 '동화'와 '동요', 즉 아동문학을 통해서 아동운동을 전개하자는 것이었다.[45]

방정환은 이를 적극적으로 실천해 나가는데, 1922년 번안동화집 『사랑의 선물』 출간이나 1923년 잡지 『어린이』의 창간은 아동문학의 형성과 아동운동의 확대에 결정적인 계기가 된다. 안데르센 동화, 페로 동화, 오스카 와일드 동화 등 세계적으로 유명한 동화 10편을 모아 개 벽사에서 단행본 동화집으로 출판한 『사랑의 선물』은 1920년대에만

---

44 여성을 어머니로, 즉 여성이 육아의 책임을 지닌 존재임을 환기하는 담론들은 『신여 자』보다는 『여자계』에 두드러졌다. 특히 『여자계』의 편집을 여성들이 주도하게 된 4호 이전, 즉 편집고문이었던 전영택이나 이광수 등 남성들이 편집에 직접적으로 관여할 당 시에 이러한 경향은 더욱 강하다. 예컨대 『여자계』에는 「새로 어머니가 되신 형님의」(2 호), 「육아의 2대 주의」(2호), 「천재를 만드는 早教育」(3호), 「小兒를 엇지 대접할가」(3 호) 등 여성을 어머니로 환원하는 글들이 주요하게 배치되었다.

45 정인섭, 『색동회 어린이 운동사―증보』, 휘문출판사, 1981, 32~33면.

20만 부 이상이 팔린 베스트셀러였으며,[46] 『어린이』는 1920년대 아동에 관한 담론을 생산, 유포한 장이자 아동문학을 형성해 간 중추적 매체였다. 방정환은 『천도교회월보』를 통해 새롭게 창간하는 『어린이』에는 "수신강화 갓흔 교훈담이나 수양담은(특별한 경우에 어느 특수한 것이면 모르나) 일체 넛치 말아야 할 것"이라 주장하고, "저의끼리의 소식 저의끼리의 작문 담화 쏘는 동화 동요 소년소설 이쌘으로 훌륭"[47]하다고 강조한다.

그러나 아동문학이 형성·정착된 1920년대에 동화·동요 등은 비단 아동용 매체에만 수록된 것은 아니었으며, 아동문학의 독자로 설정된 대상 역시 어린이에 국한되지 않았다.[48] 방정환의 본격적인 동화론이라 할 수 있는 「새로 개척되는 '동화'에 관하야」에서 그는 동화가 단지 아동만 읽는 것이 아니라, "영원한 아동성"을 잃지 않기 위해 청년, 장년, 노인 등 "모든 큰이들도 접"해야 하는 아동문예라 주장한다. '영원한 아동성'이란 천진난만하고 순결한 "아름다운 시의 낙원" "숭엄한 비밀"과 같은 것이며, 따라서 어른은 이 영원한 아동성을 아동의 세계에서 보수해 가지지 않으면 안 되며, 아동의 마음에 돌아가기에 힘쓰지 않으면 안 된다는 것이다.[49] 이와 같은 주장에 힘입어 1920년대 초반

---

46  이기훈, 「1920년대 '어린이'의 형성과 동화」, 『역사문제연구』 제8호, 2002, 33~35면.
47  방정환, 「소년의 지도에 관하여 - 잡지 '어린이' 창간에 제하여 조정호형께」, 『천도교회월보』, 1923.3, 54면.(원종찬, 「한국 아동문학 형성과정 연구」, 『동북아문화연구』 제15집, 2008, 93면 재인용)
48  이는 어린이 혹은 아동이란 개념 자체가 여전히 유동적인 이유도 컸으리라 생각된다. 아이·소아·소년·어린이·아동이라는 용어가 혼재되어 사용될 만큼 아동이란 개념은 유동적이었으며, 이는 아동이 사회역사적 구성물임을 방증하는 것이기도 하다. 이에 대해서는 이기훈의 논문(「1920년대 '어린이'의 형성과 동화」)과 조은숙의 『한국 아동문학의 형성』(소명출판, 2009)을 참고할 수 있다.

『개벽』에는 동화가 간간이 실리는가 하면, 독자를 대상으로 전래 동화를 현상모집 하기도 했다.[50]

　동화의 독자로 어린이뿐 아니라 청·장년층 역시 부분적으로 호명되었음은 『개벽』에 실린 『사랑의 선물』 광고를 통해서도 짐작할 수 있다. 개벽사는 1922년 『사랑의 선물』을 출판한 이후 『동아일보』와 자사 잡지인 『개벽』을 통해서 광고를 게재하는데,[51] 『개벽』에 실린 『사랑의 선물』 광고에는 『개벽』의 주요 독자들인 지식인 청년과 학생들을 동화의 독자로 견인하려는 의지가 피력되어 있다.

　　따뜻한 남국의 빗붉은 꽃그늘에 늣겨 우는 어린 처녀의 눈물과 머나먼 북국에 쏘다지는 눈속에, 외로이 쫏기는 어린 색씨의 발자최! 아아, 젊은 형제여 이 책을 접하야 그리운 옛 시절의 화원에 돌아가 다시 못올 어린날의 기록을 쎠안고 날이 지도록 가치 울자

　　　　　　　　　　　　　　　　　　　　　　　　—『개벽』, 1922.7

---

49　방정환, 「새로 개척되는 '동화'에 관하야」, 『개벽』 31호, 1923.1, 20~22면.

50　『개벽』에 실린 동화는 「호수의 여왕」(아나톨 후란쓰, 방정환 번안, 25·27호), 「해와 달」(주요섭, 28호), 「털보장사」(오스카 와일드, 방정환 번안, 29호), 「웨?—新동화」(박영희, 67호)이며, 이 외에 고래(古來) 동화 현상모집을 통해서 당선된 「수탉의 내력」(이영숙, 32호, 당선동화 3등), 「금선의 이약이」(김이달, 33호, 당선동화 3등), 「금방망이」(이화천, 중국남경, 35호, 현상동화 3등), 「고양이와 개」(이종희, 진남포 전래동화, 38호)가 수록되었다.(박지영, 「1920년대 '책광고'를 통해서 본 베스트셀러의 운명」, 『작가의 탄생과 근대문학의 재생산 제도』, 소명출판, 2008, 268면 참조) 고래동화현상모집 발표는 1922년 『개벽』 9월호에 실리는데, 10월호에 수록된 고래동화현상모집 광고에는 현상 모집이 발표된 이후로 "각지방 독자로부터 응모하는 동화가 연일 답지"하고 있다고 밝히기도 한다.

51　이기훈, 앞의 글, 38면 참조. 개벽사는 『사랑의 선물』이 출간된 이후 1922년 7월에서 9월 사이에만 『동아일보』에 6회에 걸쳐 광고했다고 한다.

세계문호명작동화로 싸인 이 존귀한 이 사랑의 쏫묵금을 아즉도 책상에 가지지 못한 이가 잇는가 책은 절판되려 하도다 속히 구하야 후일의 유감이 업스라

―『개벽』, 1922.8

쌔 正히 가을이라 燈火를 가까이 하고 책 닑을 절기이로다 學窓 旅窓 쏘 病窓에 이 책을 벗하야 감상의 가을의 쓸쓸을 이즈라

―『개벽』, 1922.10

허위와 모순에 더럽힌 현실의 세계! 번민과 비애에 가슴 압하하는 젊은 동무의 그윽한 설움을 하소연할 곳이 어디뇨 비오는 날 바람 부는 저녁에 쓸쓸하게 혼자 안저서 눈물이 고일 쌔 아아 불상한 동무여 그대를 이 책을 닑으라 이 쪽으만 책이 실로 놀랍게까지 잘팔리는 것은 조선서 처음 보게 취미잇고 유익하고 갑이 몹시 싸고 글과 책이 몹시 어엽부고 닑기 쉽고 그러면서도 이상하게 老人이나 幼年이나 紳士나 婦人이나 다 조아하게 된 까닭이라 한다.

―『개벽』, 1922.10

인용문에서 알 수 있듯이, 동화는 어린이용 독물로 한정되기보다는 허위와 모순으로 가득 찬 현실에서 번민과 비애에 빠진 청년들을 위안하고, 그들이 이른바 '영원한 아동성'을 지킬 수 있는 유익한 읽을거리로 제시되고 있다. 또한 이를 반영하듯『사랑의 선물』은 유년뿐 아니라 노인, 신사, 부인 등 광범위한 성인 독자층을 확보했던 것으로 보인다.

1923년『어린이』와『신여성』이 창간된 이후『사랑의 선물』광고는
『개벽』에서『어린이』와『신여성』으로 그 비중이 옮겨가며,[52] 동화 역시
『개벽』이 1922년에 모집한 전래동화 당선작들이 1923년에 수록되고
박영희의 동화 한 편이 1926년에 실린 외에 잡지『개벽』에서는 자취를
감추게 된다.『개벽』에 이어『신여성』과『어린이』가 발간되고 각각 청
년·여성·아동으로 그 대상 독자를 분할하면서 매체의 성격을 특화하
자, 동화의 독자 역시 '아동'이나 '여성'으로 그 범위를 조정하면서 정착
해 갔던 것으로 보인다.『사랑의 선물』광고가『개벽』에서『어린이』와
『신여성』으로 그 비중이 이동하고, 주로 이 두 잡지를 통해서 동화가 수
록되고 있는 것은 이처럼 변화된 상황을 반영한 것으로 짐작된다.

그렇다면 동화가 아동 대상 매체인『어린이』외에『신여성』에 수록
된 이유는 무엇일까. 1920년대『신여성』에 동화가 꾸준히 게재된 것은
우선 잡지의 주요 독자인 여학생들을 겨냥했기 때문이라 볼 수 있다.

---

[52] 1923년 2월 23일자 광고를 끝으로『동아일보』에『사랑의 선물』광고는 더 이상 게재되
지 않으며,『어린이』와『신여성』이 창간된 1923년 이후로『개벽』에 실린『사랑의 선물』
광고는 1924년 4월부터 1925년 8월까지 8회,『어린이』에는 1924년 3월부터 1926년
3월까지 26회,『신여성』에는 1924년 3월부터 1926년 9월까지, 그리고 속간 이후인
1931년 12월부터 1932년 10월까지 10회 게재된다.(박지영, 앞의 글, 274~278면 참조)
광고 횟수에서『개벽』과『신여성』의 차이는 크게 없으나, 광고의 방식에서『신여성』에
실린『사랑의 선물』광고는『개벽』과는 다른 지점이 있었다.『개벽』과는 달리『신여
성』에는 기사 형식의 광고가 게재되기도 했는데, 예를 들어『신여성』1924년 3월호에
실린『사랑의 선물』첫 광고에는『사랑의 선물』에 실린「잠자는 왕녀」의 중간 부분이
길게 발췌되고 이어 책 속에 "사나운 요술왕의 안해로 팔녀여가는 불상한 색씨의 신세
이약이며 또는 착하고 쌔끗한 마음으로 서로 사랑하는 어린 남녀가 못된 사람의 저주로
하야 여러 가지 비참한 고생을 하는 이약이" 등 "쌔끗하고 고결한 이약이"만 실려 있어
"사랑이니 련애니 구지레한 책"(43면)과는 다르다고 강조한다.『신여성』에 실린『사랑
의 선물』광고는 내용의 일부를 공개함으로써 독자의 흥미를 보다 직접적으로 자극하는
한편, 여학생들이 즐겨 읽던 연애소설류와의 차이를 강조하는 방식을 취한 것이다.

아동의 범위가 유동적인 당시 상황에서 청년들뿐만 아니라 여학생들 역시 동화의 독자층을 형성했고, 사실상 1920년대『신여성』의 주요 독자들인 고등보통학교 이상의 여학생들은 동화나『어린이』지의 주요 독자들이기도 했다.

방정환이 지방 강연을 갔을 때 머물렀던 집 주인의 딸이 평소『어린이』지와 방정환의 열렬한 독자라고 해 만나 보니 고등여학교에 다니는 처녀여서 당황했다는 일화가 있는가 하면,[53] 중앙서림 대표 신길구는 여학생의 독서열에 대해 언급하면서 여학생들이 주로 찾는 서적의 종류가 '소설 · 잡지 · 동화' 등이며, 잡지로는『신여성』은 물론『어린이』, 『신소년』 같은 것을 많이 본다고 지적한 바 있다.[54]

그러나 이와 같은 현상은 자연발생적이라기보다 동화나 아동잡지의 독자로 여성을 겨냥하는, 달리 말하면 '여성'과 '아동'을 매개하려는 사회적 분위기와 담론의 작동이 만들어낸 결과로 볼 수 있으며, 이러한 담론 형성의 주요한 장이 되었던 것이 '신문'이나 '여성잡지'였을 것으로 판단된다. 신문의 경우 우선 기사의 배치에서부터 아동과 여성을 함께 묶어내는 것이 일반적이었다. 예를 들어『동아일보』학예면은 '부인' 관련 기사가 지면 상단의 절반을, '아동' 관련 내용이 그 나머지 절반을 차지하고 하단에는 보통 '문예'가 자리잡는 형태였다. 말하자면 학예면, 곧 신문의 제3면은 부인 · 아동 · 문예를 통합하는 지면인 것이다.[55] 다

---

53  이기훈, 앞의 글, 16면.
54  신길구, 「서점에서 본 여학생」,『신여성』 4권 4호, 1926.4, 41~42면.
55  이혜령, 「1920년대『동아일보』학예면의 형성과정과 문학의 위치」,『대동문화연구』 제52집, 2005, 105~106면 참조. '부인란'에는 대개 의식주나 육아와 관련된 정보, 계몽적인 내용과 함께 여학교의 동정, 여성 단체 및 모임에 관한 소식 등을 다루었고, '소년란(아동란)'에는 각 학교의 동정과 어린이 관련 행사 소식, 수재아동에 관한 소개, 만화나 동

른 신문들 역시 대부분 유사한 형태를 띠었다. 예컨대 『조선일보』의 경우 '가정부인'란에 여성과 아동 관련 기사, 그리고 문예물이 함께 수록되었다. 신문은 학예면이나 가정부인란 등을 통해 여성과 아동에 관한 지식을 생산하는 한편, '가정부인'이란 명명이 환기하듯이 여성을 아동과 연결된 존재로 구성하고 이를 기사 배치에도 관철시킨 것이다.

이러한 신문의 역할과 전략을 유사하게 구사했던 것이 여성잡지였다. 여성잡지의 동화 수록이나 아동용 독물 및 매체에 관한 광고 수록을 '현상'의 반영이라기보다 '당위'가 개입된 여성 계몽의 일환으로 접근해야 하는 이유는 이 때문이다. 다시 말해 1920년대 『신여성』에서 시작된 여성잡지의 아동 관련 독물의 배치는 당시 여학생을 포함한 여성들의 아동물 선호를 반영하는 차원이라기보다, 여성을 '이상적 어머니'로 구성해 가려는 목적이 더욱 강하게 작동했던 것으로 보인다. 동화나 어린이용 잡지를 통해서 어린이에 관한 지식을 습득하고, 어린이의 감성, 즉 '영원한 아동성'을 확고히 간직하고 있어야 할 주체는 그 누구보다 미래에 아동을 양육할 여성들이라는 판단이 전제된 것이다. 이와 같은 논리는 『신여성』에 수록된 『어린이』지 광고에도 잘 나타나 있다.

  여학생 문답
  (…중략…) "그럿케 유명한 줄은 나는 몰낫지요 어린이라닛가 그저 죽-그만 어린애들만 보는 책인 줄 알앗지요"
  "아이그 천-만에…… 어린이만 넑는 것이 무어야요. 잡지사에서는 물론

───────────────

화·동요 등이 실렸다.

어린이들을 위해서 하는 것이겟지만 어른이 볼스록 더 자미를 붓치는 것을 엇점닛가 왜 학교에서도 담화회(談話會) 할 째에 어린이 잡지에 잇는 이약이들 아니들 합뎃가"

"아이그 그런 것을 나는 이째껏 한번도 안 보앗구면……"

—『신여성』 4호, 1924.3

잠간만 드려다 보아도 고동안에 샷쯧하고 맛잇는 지식이 한가지식 느는 것 그것은 자미 잇기로 됴선 뎨일인 『어린이』 잡지임니다 불스록 자미나고 낡을수록 유익한 순결하고도 고상한 이약이만 소복소복하게 실려잇는 고어 엽븐 책은 낡는 사람의 가슴을 맑고 향내 나는 샘물로 곱게곱게 써주는 이상한 힘을 가지고 잇슴니다. 그래서 마음 고흔 여학생들에게 더욱 환영을 밧슴니다.

—『신여성』 4호, 1924.3

누구나 붓쳐두려고 할 어엽브듸어엽브고 곱듸고흔 仙女 사진이 『어린이』 잡지 이달치에 특별부록으로 끼여 잇는고로 女學生界에 야단들입니다. 조선 안에서 나는 잡지란 잡지 중에 뎨일 만히 팔니기로 유명한 『어린이』는 그 내용이 자미잇고 고상하기로 텬하에 임의 정진평판이 잇지만은 이달치(五月號)는 특별히 어린이날을 긔렴하는 특별호인고로 자미잇든 중에도 유난히 더 자미잇게 되엿슴니다 (…중략…) 귀여운 少年小女에게 사줄 것은 물론이요 우션 당신브터 먼저 이 책을 사보십시요 일즉이 못 본 것을 한탄하실 것입니다

—『신여성』 2권 5호, 1924.7

조선서 제일 만히 팔니기로 유명할 뿐 아니라 그 내용이 자미잇고 순결하기로 조선第一인 『어린이』잡지는 新女性 편즙인으로 여러분이 잘 아시는 방정환 씨의 손에 아름답고 곱게 편즙되여 수십만 명의 소년소녀의 가슴에 곱고도고흔 靈을 길너가고 잇습니다. 특별히 여학생 여러분에게 아모 거릿김 업시 권고할 수 잇는 것이라. 다른 아모것보담도 그 책을 구하야 녀름날 더운낫에 동모삼아 닑으면 반듯이 그 엇는 것이 만흘 것을 자신을 가지고 말슴해 둡니다.

-『신여성』 2권 6호, 1924.9

인용문에서 확인되듯이 『신여성』의 편집진들은 동생이나 조카에게 『어린이』지를 사서 주는 존재가 아닌, 직접 읽어야 할 '독자'로 여학생을 호명하고 있다.[56] 여학생이 『어린이』를 읽어야 하는 이유는 무엇인가. 그것은 『어린이』지에 수록된 각종 아동물이 "소년소녀의 가슴에 곱고도고흔 靈"을 길러가듯이 "닑는 사람의 가슴을 맑고 향내나는 샘물로 곱게곱게 써서주는 이상한 힘"을 발휘하기 때문이며, 따라서 광고는 『신여성』의 독자인 여성들을 향해 "귀여운 少年小女에게 사줄 것은 물론이요 우션 당신브터 먼저 이 책을 사보"라고 주문한다. 이는 단지 요구의 차원에 그치지 않고 여학생들을 『어린이』지의 독자로 견인하기 위한 각종 장치들을 동원했던 것으로 보인다. 예들 들어 인용 광고문에서 알 수 있듯이, 『어린이』 잡지에 특별부록의 형태로 선녀 사진을 끼

---

56  『신여성』 1권 2호(1923.11)에 실린 『어린이』 첫 광고의 경우는 예외적이다. 1권 2호의 『어린이』 광고에는 "당신께서도 사랑하난 동생이나 족하가 게시겟지요. 당신이 마음 조흔 언니나 누의나 아즈머니면 당신의 동생이나 족하에게 무슨 선물을 주십닛가 자미잇고 유익하기 뎨일이면서 책갑 단+전인 『어린이』 한 권도 사보내주지 못하고 그리고도 누웜네 언님네 아즈머님네 하실 수 잇습닛가"라 하여 여성을 『어린이』지의 직접 독자로 호명하지는 않았으나, 이후부터 광고의 방향은 바뀌고 있다.

위 넣는 것 역시 여학생을 독자로 유인하기 위한 하나의 방법이라 짐작된다. 이러한 전략들은 꽤 성공한 것으로 보이는데, 비록 개벽사측의 입장이 반영된 광고이긴 하나, 인용한 첫 광고문에서 언급된 것처럼 여학교의 담화회에서 『어린이』지에 실린 내용들이 이야기될 만큼 『어린이』나 각종 아동물들은 당시 여학생 독자들을 폭넓게 확보했던 것이다.

이와 같이 아동용 매체나 아동물 독자로서의 여성의 창출은 어린이 문제와 여성 문제는 분리될 수 없다고 생각하고 '보육학교교육'을 가장 이상적인 여성교육으로 상정한 당시 남성 지식인들의 구상이 반영된 결과물이기도 하다. 여성들은 미디어를 포함한 지식장을 점령하고 있던 남성들로부터 아동물의 독서를 통해서 어린이와 같은 '곱고도 고운 영'을 회복할 것을 요구받았을 뿐만 아니라, '어린이'라는 근대적 구성물을 보는 시각과 그들을 양육하는 방법, 즉 근대적인 어머니의 태도를 익히도록 주문받았던 것이다. 이런 측면에서 동화는 물론 방정환의 에세이 「어린이 찬미」가 『어린이』가 아닌 『신여성』에 실린 것은 의미심장하다. 어린이를 "부처보다도 야소보다도 한울씃 고대로의 산한우님", "더할 수 업는 참됨(眞)과 더할 수 업는 착함과 더할 수 업는 아름다움"의 화신, "자유와 평등과 박애와 환희와 행복"[57]만을 지닌 존재로 표상한, 이른바 '동심천사주의'에 입각한 방정환의 근대적 어린이관이 피력된 「어린이 찬미」는 어린이가 아닌, 어머니로 귀환할 혹은 귀환한 '여성'들의 필독물로 제시된 것이다. 「어린이 찬미」와 마찬가지로 여성잡지에 수록된 동화나 동요 역시 비단 여성들이 가볍게 향유하도록 배치

---

57    소파, 「어린이 찬미」, 『신여성』 2권 6호, 1924.9, 66 · 67면.

된 문예물에 머물지 않고 아동 교육을 위한 일종의 지침서로 볼 수 있는 것은 이 때문이다.

더욱이 여성들의 아동물 독서는 아동성의 획득과 어린이에 대한 근대적 이해를 넘어 이들의 '독서 지도'를 위해서도 반드시 필요한 사항으로 요구되었다. 『동아일보』에 실린 「보통학교 어린이들에게는 어썬 책을 읽게 할까?」라는 기사에는 어린이들의 독서 지도를 "어머니 되신 이의 관심할 일"로 분류하였는데, 흥미로운 것은 어린이의 독서 대상 역시 '성별'에 따라 분리되고 있다는 점이다.

> 아이에게 읽게 할 책의 선택의 표준은 위선 어른 자신이 읽어서 그 책의 담긴 내용을 감상해야만 합니다. 첫째 교육적 가티가 잇는가 업는가를 어머니 되는 분이 알고서야 작정할 것입니다. 그러랴면 위선 아이의 지적 욕구의 만족을 끼칠만한 것이 아니면 안됩니다. 그리고 정확한 것 예술적 가티가 잇슬 것도 필요조건입니다. 녀자에게는 특히 정조(情操) 방면으로도 수양이 될 만한 가치가 잇는 것이 필요합니다. 될수록 명랑한 긔분이 드는 것이 아니면 아니됩니다. 더욱이 보통과 학생 중에도 五六년쯤 된 아이면 센치멘탈한 것을 열독하는 례가 만흡니다. 그러므로 특히 주의를 해 주어야 합니다.[58]

인용문의 기사는 아이가 읽을 만한 교육적 · 예술적 가치가 있는 책을 선택하기 위해서 어머니가 먼저 책을 읽고 그 내용을 감상할 것을 주문하고 있다. 아울러 여자 아이에게 적합한 책을 지정하고 있는데,

---

58　「보통학교 어린이들에게는 어썬 책을 읽게 할까?」, 『동아일보』, 1932.10.7, 5면.

'정조' 방면으로 수양이 될 만하고 '명랑'한 기분이 드는 것이 효과적이라고 강조한다. 이는 보통학교 5,6학년만 되어도 '센티멘털한 것'을 열독하고 싶어 하는 '여자 아동'의 욕망을 제어하기 위해서라는 것이다. 여성의 소설 독서, 특히 연애소설 독서를 금기시하던 논리와 동일한 논리가 작동하고 있는 셈이다.

그렇다면 1920~30년대 『신여성』이나 『신가정』에는 어떤 동화들이 수록되었을까. 먼저 『신여성』의 경우 동화로 명명된 작품들의 수는 많지 않았으나 광범위한 동화의 범주에 넣을 수 있는 '전설, 신화, 미화'나 '心소설', '그림 이야기' 등이 수록돼 『신여성』의 문예란에서 동화류가 차지하는 비중은 적지 않았다. 『신여성』의 문예란에 수록된 동화와 동화류로 분류할 수 있는 작품들을 구분해 정리하면 다음과 같다.

동화

| 작가/역자 | 제목 | 게재호 | 비고 |
|---|---|---|---|
| 소파(방정환) | 「삼태성」 | 2권 5월호(1924.5) | 창작 |
| 앤더슨 작 | 「아이다의 꽃」 | 3권 10호(1925.10) | 번역 |
| 에로센코 작/<br>박영희 역 | 「문어지령으로 쌌는 탑」(써러지령으로 쌌는 탑)* | 3권 11호~4권 1호<br>(1925.11 · 12~1926.1) | 번역 |
| 이정호 | 「어머니의 사랑」 | 4권 3~4호(1926.3~4) | 번역 |
| 고월 역 | 「영혼 바든 인어」 | 4권 6호·4권 8~9호<br>(1926.6·8~9) | 번역 |
| 적두건 | 「대상」(하우프의 동화) | 8권 1호(1934.1~4) | 번역 |

* 4권 1호에 '써러지령으로 쌌는 탑'으로 제목 수정.

동화류(신화·전설·미화·心소설·그림 이야기 등)

| 작가/역자 | 제목 | 게재호 | 비고 |
|---|---|---|---|
| 성원 역 | 「해ㅅ님의 사랑」 | 2권 6월호(1924.6) | 번역/씨리샤신화 |

| 고한승 역 | 「라인미화」 | 2권 5호(1924.7) | 번역/전설기화 |
| 삼청동인 | 「백설귀신의 사랑」 | 2권 5호(1924.7) | 번역/북국전설 |
| 고한승 역 | 「로-레라이」 | 2권 6호(1924.9) | 번역/라인전설 |
| 고한승 역 | 「사랑과 맹세」 | 2권 8호(1924.10) | 번역/라인전설 |
| 몽견초 | 「금발낭자」 | 2권 10호(1924.12) | 창작/心소설 |
| 회산 역 | 「로-헨그린」 | 3권 8호(1925.8) | 번역/라인미화 |
| 이학득 | 「호랑이와 형제 되여」* | 4권 1호(1926.1) | 창작 |
| 조아아 | 「사랑의 왕국으로」 | 4권 6~7호(1926.6~7) | 창작/그림이약이 |

* 「호랑이와 형제 되여」는 장르 명칭이 부여되지 않은 채 문예란에 배치되었으나 내용은 전래동화에 가깝다.

표에서 확인되듯이, 『신여성』에 실린 동화들은 대부분 번역물이나 번안물이었으며, 그밖에 동화류에 속하는 작품들도 독일이나 그리스 등 유럽의 신화나 전설인 경우가 많았다. 번역자로는 고한승, 방정환, 박영희 등이 참여했는데 고한승은 방정환과 함께 색동회를 창립한 주축이었으며, 1925년에는 독일의 라인강 전설들을 모아 번역한 『라인미화』를 출간하기도 했다.[59] 흥미로운 점은 『신여성』에 실린 동화나 동화류들 중에는 낭만적 사랑을 주제로 한 경우가 주류를 이루는가 하면, 그 가운데는 「인어공주」를 번안한 「영혼 바든 인어」와 같이 슬픔을 자극하는 비극적 내용이 많았다는 사실이다. 슬픔에 호소하고 대상에 대한 연민과 동정을 촉발하는 것은 『사랑의 선물』을 포함한 1920년대 창작·번역/번안 동화들의 전반적인 특징이기도 했으나, 낭만적인 사랑을 주제로 한 내용이 많았던 것은 1920년대 『신여성』의 주요 독자들이기도 했던 '여학생'들을 겨냥했던 이유가 컸으리라 판단된다.

---

59  이기훈, 「독서의 근대, 근대의 독서-1920년대의 책읽기」, 『역사문제연구』 7호, 2001.12, 57면. 논문의 부록인 '1920~1927 『동아일보』 게재 서적광고'를 참고했다. 고한승이 편역한 『라인미화』는 박문서관과 신구서림을 통해 출판되었으며, 『동아일보』에는 4회 광고가 실렸다.

이런 측면에서 2회에 걸쳐 연재된 조아아의 「사랑의 왕국으로」는 주목되는데, 그림과 글이 함께 배치되어 '그림 이약이'라는 명칭이 부여된 이 작품은 애상적이면서 환상적인 분위기를 자아내는, 당시 등장했던 '소년소녀소설'에 가까운 형태였다. 부모가 모두 죽고 무인도에 단둘이 남겨진 열두 살의 옥희와 열다섯 살의 금동의 사랑과 이별을 그린 「사랑의 왕국으로」는 죽음을 넘어선 두 남녀의 지고지순하고 영원한 사랑을 환기하는 내용이다. 작가 조아아는 작품의 말미에서 "「사랑의 왕국으로」라는 제목으로 나는 참사랑에 눈쓴 사람의 련애를 그리려고 애를 썼섯다"[60]라고 창작 의도를 밝힌 바 있는데, 이와 같은 동화류들을 통해 연애소설에 탐닉한다고 판단된 여학생들의 독서 취향을 조정하려는 의도 역시 일정하게 반영되었던 것으로 보인다. 이러한 편집진의 의도는 비교적 성공했던 것으로 판단된다. 「사랑의 왕국으로」는 다음과 같은 독자들의 긍정적 반응을 이끌어 내고 있는 것이다.

요전호의 「사랑의 왕국으로」라는 그림이약이는 퍽 쌔긋하고 자미 잇섯습니다. 아모 지식도 업는 문견업는 두 남녀로서 외롭고 먼 섬 가운데서 생긴 련애! 추할듯하건만 추하지 안코 음탕할 듯하건만 음탕하지 아니하여 매우 곱고 순박한 맛이 잇섯습니다. 얼는 그 끗이 읽고 십슴니다.[61]

「사랑의 왕국으로」는 두 번 다 자미잇시 읽엇습니다. 문예편에 그런 글이 늘 낫-스면 조켓습니다. 그것이 그만 끗나게 된 것을 섭섭히 아는 동시에

---

60    조아아, 「사랑의 왕국으로(속)」, 『신여성』 4권 7호, 1926.7, 81면.
61    평양 KS생, 「회화실」, 『신여성』 4권 7호, 1926.7, 83면.

쓰다시 그 대신 자미잇는 문예가 다음호에 나오기를 기다리고 잇습니다.[62]

한편 『신여성』에 수록된 동화(류)들에는 여성을 중심인물로 설정한 경우가 많았으며, 이들은 대개 긍정과 부정의 상반된 유형으로 분리되었다. 부정적인 인물의 경우 과도한 욕망을 부려놓다 불행으로 치닫거나, 그렇지 않으면 결정적인 전환의 계기가 마련돼 비극을 종식시키는 경우도 있었다. 「써러지령으로 쌋는 탑」이나 「금발낭자」 등이 그 대표적인 예가 된다.

『신여성』에 2회 연재된 「써러지령으로 쌋는 탑」은 '위대한 남쪽 빛'의 딸인 '남쪽 동산의 꽃'과 '위대한 북쪽 빛'의 아들인 '북쪽 하늘의 광영'이 서로 상대에 대한 관심과 애정을 구하기 위해 더 높은 탑을 쌓다 결국 자신의 탑에서 떨어져 죽게 된다는 내용인데, 주목할 것은 이러한 비극을 낳는 욕망의 발원이 여성인물이라는 점이다. 아버지가 죽은 뒤 막대한 재산을 물려받은 '남쪽 동산의 꽃'은 "이 세계에 그리고 아마는 모든 다른 세계의 만흔 부자 사람들과 갓치 다만 자기 몸을 사랑하는 것을 알엇"으며, "이 세계의 다른 여자들과 갓치 다만 입는 옷과 쟝식하는 것과 결혼하는 데 대해서만 생각하"[63]는 인물로 그려지고 있다. 때문에 '남쪽 동산의 꽃'은 '북쪽 하늘의 광영'이 결혼을 청하게 할 목적으로 먼저 화려한 궁전을 지어 욕망의 경쟁을 시작하는 비극의 진원으로 적발되고 있다.

몽견초(방정환)의 「금발낭자」는 '心소설'이라는 명명을 달고 있으나,

---

62    숭이동 백경자, 「회화실」, 『신여성』 4권 8호, 1926.8, 86면.
63    에로센코 작, 박영희 역, 「써러지령으로 쌋는 탑」, 『신여성』 4권 1호, 1926.1, 74면.

내용은 물론이거니와 당시 동화에서 일반화된 경어체를 사용하는 등 동화의 특징을 상당 부분 지니고 있었다. "한―이 업시 길다란 황금머리"[64]를 지닌 마리아나라는 여성은 머리가 길어 12명의 시녀를 거느리고 있으며, 자신의 애정을 쏟는 아름다움의 세계를 훼손하는 상대에 대해서는 처형까지 불사하는 인물로 그려진다. 그런 마리아나가 어느 날 정원을 거닐다 아름다운 피리 소리에 반하게 되고 그 피리를 분 남자의 청을 받아들여 결국 머리를 자르게 된다는 내용이다. 머리를 자른 후 비로소 시종들뿐 아니라 마리아나 역시 자신의 길고 긴 머리, 곧 그녀의 욕망으로부터 해방되며, 서사는 이후 마리아나의 생활이 긍정적으로 변화되었음을 환기한다. 흥미로운 것은 그 변화의 중심에 피리 부는 남자를 향한 마리아나의 헌신이 자리하고 있다는 점이다. 마리아나는 잘라낸 머리로 남자의 갑옷을 짜는 행복한 아내의 형상으로 귀결된다. 여성들의 욕망을 허영심의 발로나 불행을 야기하는 원인으로 부각하는 이러한 동화들에서 『신여성』의 주요 독자층이었던 여학생들의 욕망을 경계하려는 신가부장들의 욕망이 읽히기도 한다. 「금발낭자」의 마리아나처럼 여성은 남편이나 자식들에 자신의 욕망을 온전히 기투할 때 비로소 진정한 여성으로 승인받을 수 있는 것이다. 이러한 요구들은 동화도 예외가 아니었으며, 『신여성』은 동화를 통해서 바람직한 아내의 형상은 물론 좋은 어머니의 표상 역시 훈육하고 있다. 방정환과 함께 『어린이』지를 편집했고 『신여성』 속간호에서는 '어머니란'을 기획·주관했던 이정호는 안데르센의 동화를 번안한 「어머니의 사랑」을 통해 자

---

64    몽견초, 「금발낭자」, 『신여성』 2권 12월호, 1924.12, 34면.

식을 위해 모든 것을 희생하는 어머니를 정당한 어머니로 환기한다. 죽음의 사자가 데려간 아들을 구하기 위해 자신의 눈을 빼주고 머리를 잘라주고 죽음의 사자에 맞서는 어머니는 "아모런 괴로움과 아모런 무서움이 잇슬지라도" "어머니된 책임을 다하기 위하야"[65] 희생을 감수하고 죽음조차 불사하는 어머니로 형상화된다.

동화를 통한 이러한 표상 정치는 1930년대 『신가정』에 오면 더욱 강화되는 상황이다. 가정잡지를 표방하고 주요 독자층을 '여학생'과 '주부'로 설정하면서 현모양처 이데올로기를 적극적으로 강화했던 잡지인 만큼, 『신가정』은 『신여성』에 비해 '동화'의 비중을 비약적으로 확대한다. 특히 『신가정』은 창작동화의 비중을 압도적으로 높이고, 조선 '전래동화' 특집을 마련하거나 '아동문예현상모집'을 실시하는 등 여성잡지와 동화의 동서(同棲)를 본격적으로 추진해 가기도 했다. 『신가정』에 수록된 동화는 다음과 같다.

| 작가 | 제목 | 게재 호수 | 비고 |
|---|---|---|---|
| 이강흡 | 「소와 호랑이의 새끼」 | 1933년 1월호 | 창작 |
| 주요섭 | 「구멍 뚫린 고무신」 | 1933년 2월호 | 창작 |
| 주요섭 | 「미친 참새 새끼」 | 1933년 3월호 | 창작 |
| 이정호 | 「망두석 재판」 | 1933년 7월호 | 창작 |
| 최의순 | 「등대와 용돌이」 | 1933년 8월호 | 창작 |
| 홍은성 | 「팔려가는 발발이」 | 1933년 9월호 | 창작 |
| 김복진 | 「돌문이와 쌀분이」 | 1933년 12월호 | 창작 |
| 전영택 | 「콩쥐와 팥쥐」 | 1934년 1월호 | 전래동화 |
| 전영택 | 「흥부와 놀부」 | 1934년 2월호 | 전래동화 |

---

65  이정호, 「어머니의 사랑(承前)」, 『신여성』 4권 4호, 1926.4, 78면.

| 피천득 | 「자전거」 | 1934년 2월호 | 창작 |
|---|---|---|---|
| 전영택 | 「범이 어머니 되어 온 이야기」 | 1934년 3월호 | |
| 전영택 | 「아버지를 위하여」 | 1934년 4월호 | 전래동화 |
| 전영택 | 「심청전」 | 1934년 6월호 | |
| 정순철 | 「약물」(당선) | 1934년 7월호 | |
| 최인화 | 「뫼추라기와 여호」(당선) | 1934년 7월호 | 현상모집 |
| 이병병 | 「봄비」(당선) | 1934년 7월호 | 당선동화 |
| 노양호 | 「삼남매」(가작) | 1934년 7월호 | |
| 김복진 | 「두 눈백이」 | 1935년 3월호 | 창작 |
| 김복진 | 「금비둘기」 | 1935년 5월호 | 창작 |
| 안데르센 작 /서항석 역 | 「그림 없는 그림책」 | 1935년 7월호 | 번역 |
| 김수정 | 「시집가는 쥐」 | 1936년 1월호 | 창작 |
| 임병철 | 「소」 | 1936년 2월호 | 창작 |
| 임병철 | 「원숭이의 재판」 | 1936년 3월호 | 창작 |
| 노양근 | 「불효 다람쥐」 | 1936년 3월호 | 창작 |
| 노양아(노양근) | 「의좋은 동무」 | 1936년 4월호 | 창작 |
| 임병철 | 「꿩의 희생」 | 1936년 4월호 | 창작 |
| 임병철 | 「두껍이의 보은」 | 1936년 6월호 | 창작 |

『신가정』에 수록된 동화들은 독자인 여성들을 대상으로 '이상적 어머니' 되기를 계몽하는 한편, '있어야 할' 아동의 표상을 제시함으로써 여성들을 바람직한 아동을 생산하는 양육자로 교육하려는 의도를 분명히 한다. 다시 말하면 어린이를 직접 독자로 상정하지 않은 여성잡지의 동화는 어머니에게 이상적 어린이와 관련한 교훈담을 제공하고, 이를 다시 어머니가 어린이에게 이야기해 주도록 기획된 것이다. 이는 어린이의 개념이 유동적이었던 1920년대에 어린이와 성인의 경계에 있는 여학생들을 주요 독자로 설정했던 『신여성』보다 어린이의 범주가 비교적 분명하게 획정되고 주로 기혼여성들을 독자로 상정한 『신가정』에

와서 더욱 분명해진다. 『신여성』이 여학생들을 동화의 '직접 독자'로 호출하는 경향이 강했다면, 『신가정』은 여성들(주부들)을 동화의 전달자, 즉 일종의 '매개 독자'로 정위한 것이다.

물론 『신가정』에도 어린이보다는 여성들을 직접 독자로 겨냥한, 교훈담의 성격이 두드러진 동화들이 다수 수록되기도 했다. 예를 들어 창간호에 실린 「소와 호랑이 새끼」는 대표적인데, 내용은 소가 어미 잃은 호랑이 새끼 다섯 마리를 자신의 젖을 나누어 먹여 길렀다는 이야기이다. 어미소의 젖을 먹고 자란 호랑이들은 자신들을 길러준 소가 팔려가게 되자 모두 나서 소를 구하고 은혜를 갚는 것으로 서사는 마무리되며, 소의 주인이나 호랑이들 모두 어미소의 사랑에 감동하는 마지막 장면은 '위대한 모성'을 강하게 환기한다. 동화라는 장르명이 부여되지 않았으나 '아기를 둔 어머니들의 볼 이야기'라는 부제를 달고 있는 주요섭의 「어머님의 사랑」 역시 딸에게 설빔을 지어주기 위해 자신의 머리털을 자르고 눈마저 내어주는 어머니의 헌신적 사랑을 부각하고 있다. 흥미로운 것은 이 작품이 아버지인 필자가 옥희라는 딸에게 이야기를 들려주는 방식을 취하고 있다는 점이다. 딸에게 모성을 교육하는 존재가 남성 가부장이라는 사실은 모성의 신화가 남성 판타지가 투사된, 지극히 남성중심적인 구성물임을 상징적으로 환기하는 대목이다.

여성 독자들을 대상으로 바람직한 어머니를 교육하는 동화들이 수록되는가 하면, 『신가정』에는 이상적인 가능태로서의 아동을 부각하는 동화들 역시 다수 배치되었다. 앞서 언급한 것처럼, 이는 어머니가 어린이에게 들려줄 것을 전제하고 일종의 아동 교훈담을 구성한 것이라 하겠다. 『신가정』에 수록된 동화들이 아동을 표상하는 방식 역시 어린

이를 '순결과 도덕적 완성'의 원형으로 바라보는 방정환의 '동심주의'와 크게 다르지 않았다. 예를 들어 우화의 형식을 취하고 있는 주요섭의 「미친 참새 새끼」에서 주인공 일작이는 부모 없이 외롭게 사는 어린 참새임에도 불구하고 참새나라의 모든 어른들을 압도할 만큼 순결하고 지혜로운 존재로 형상화된다. 평화롭던 참새나라에 정체를 알 수 없는 큰 새가 날아들자 새의 정체를 두고 목사님 영감참새는 말세를 예고하는 '악마'라 하고, 공자님을 섬기는 샌님 영감은 100년 만에 한 번씩 나타나는 '대붕새'라 우기게 되면서 나라가 분열하고 큰 싸움이 일어나게 되자, 일작이는 자신을 희생할 각오로 새의 정체를 찾아 나서게 되며, 그리하여 큰 새가 실은 비행기였다는 사실을 알게 된다는 내용이다. 현실 풍자적인 성격이 강한 이 동화에서 일작이로 표상된 '어린이'는 목사님 영감과 샌님 영감으로 대표되는 기성세대의 그릇된 편견과 대립으로부터 자유로운 존재로 부각되고 있다.

『신가정』이 실시한 아동문예 현상모집에서 당선한 정순철의 「약물」에는 지극한 효성을 발휘하는 열세 살의 어린 소녀가 등장한다. 아버지는 집을 나가 소식이 없고 어머니마저 병이 들자 어린 정순은 어머니의 병을 고치기 위해 새터 약물을 찾아 나서고, 힘들게 약물을 구해가지고 오다 포수에게 쫓기는 사슴과 길가에 쓰러진 아저씨에게 물을 모두 나누어준다. 정순은 다시 약물을 떠 가지고 내려오지만 날이 지면서 길을 잃고 지쳐 쓰러지는데, 그때 정순에게 도움을 받은 사슴이 나타나 무사히 집으로 돌아올 수 있게 된다. 집에 돌아온 정순은 물을 나누어 줬던 아저씨가 아버지란 사실을 알게 되고 정순의 가족은 다시 행복한 가정을 이루게 된다는 내용이다. 주요섭의 「미친 참새 새끼」에서 어린이가 어른의 세계, 즉 현실의 속악함에 물들지 않은 '순결하고 지혜로운' 존재로 그려지고 있었다면, 「약물」에서는 '고결한 사랑'의 존재로 형상화된 셈이다.

'일작이', '정순이' 등에서 확인할 수 있듯이 여성잡지에 배치된 동심주의에 입각한 동화들에서 어린이는 현실의 어린이라기보다는 관념적 어린이에 가깝다. 모성 예찬과 마찬가지로 영원한 아동성, 즉 동심주의의 긍정 역시 현실의 어린이를 돌보는 여성과는 달리 그 양육의 현실로부터 일정하게 거리를 둔 남성문화가 만들어 낸 판타지일 수 있는 것이다.[66] 그 판타지 속에서 여성과 아동은 '계몽과 보살핌이 필요한 사회적 약자'[67]로 함께 발견되는가 하면, 현실이 삭제된 채 어린이는 영원한 '동심'으로, 여성은 영원한 '모성'으로 결박되었다. 여성잡지에 수록된 동화는 바로 그 환원의 정치를 작동시킨 주요한 매개였던 셈이다.


## 3. 장편연재소설의 배치와 여성교양의 훈육


독서가 신여성의 조건으로 꾸준히 부각되었음에도 불구하고 여성의 소설 독서를 바라보는 시선에는 계몽과 불안이 공존하고 있었음을 앞

---

66   가와하라 카즈에, 양미화 역, 『어린이관의 근대』, 소명출판, 2007, 168~170면. 일본의 근대 아동문학을 연구한 가와하라 카즈에는 동심주의를 남성문화가 배태한 관념으로 설명하고 있다.
67   이혜령, 앞의 글, 110면.

서 확인한 바 있다. 여성들에게 고급문예를 열람케 하라는 요구가 있는 가 하면, 여성들에게 소설을 보게 하는 것은 부질없는 공상과 번민을 일으키는 원인이 되니 소설 독서를 경계하는 것이 바람직하다는 견해들 역시 빈번히 제시되었다. 여성의 소설 독서를 둘러싼 이와 같은 담론의 저변에는 여성들이 교육의 유무와 상관없이 고급문예를 읽는 독자가 아닌 '연애소설'이나 '가정소설'과 같은 하품문예소설의 주요 독자층이라는 인식이 전제되었던 것으로 보인다.[68]

여성과 소설의 조우를 위험한 것으로 바라보는 한편, 여성을 고급독자가 아닌 대중독자로 분류하고 특정 종류의 소설을 '여성적' 소설로 성별화하는 이 같은 시각은 여성매체가 여성 독자들이 읽는 소설을 선별하고 배치하는, 다시 말하면 '여성용' 소설을 구성하는 데 결정적으로 자용한다. 가령 『동아일보』의 경우 1925년 처음 실시한 신춘문예모집에서 문예계 모집작품으로는 '단편소설과 신시'를, 소년계 모집작품으로 '동화극·가극·동요'를, 부인계 모집작품으로는 '가정소설'을 지정한 바 있다.[69]

양적·질적으로 소설 비중이 약했던 1920년대 『신여성』이 소설 부분을 강화한 것은 1931년 속간 이후이다. 속간 첫 호(1931.1)에 이태준

---

68  김동인은 신문소설의 애독자가 '가정부인'과 '학생'이 대부분이며, 그밖에는 직공군과 소점원이 있다고 지적한 바 있다. 문학 독자를 '성별'과 '계급'에 따라 나누고 여성과 하위층을 이른바 고급문예를 향유할 수 없는 대중적 독자로 분류한 것이다.(김동인, 「신문소설은 어떻게 써야 하나」, 『김동인전집』 6, 223~225면) 아울러 익히 알려졌듯이, 탄실 김명순을 소설화한 「김연실전」에서 김동인은 연실의 독서 범위를 연애소설에 한정된 협소한 차원으로 환기하고, 연애소설 독서가 그녀의 성적 방종과 허영심을 잉태한 원인으로 몰아가기도 했다.

69  이혜령, 앞의 글, 104~105면 참조.

의 장편『구원의 여상』을 연재하기 시작한『신여성』은 여성잡지 최초로 장편연재를 시작하면서 이후 여성잡지의 장편소설 연재 시대를 이끌게 된다.『신여성』의 이와 같은 시도는 문예란이 빈약하다는 여성 독자들의 꾸준한 문제 제기와, 여성 독자들이 확대되는 당시 상황을 고려한 것이라 짐작되는데, 편집진이 이태준의『구원의 여상』을 장편연재의 첫 작품으로 선택한 것은 상당히 성공적이었다.『신여성』의 독자란인 '여인사룬(여인살롱)'에는『구원의 여상』과 일본 작품과의 유사성을 질문하는 독자의 편지부터 작품에 대한 지지와 종결에 대한 아쉬움까지『구원의 여상』에 대한 여성 독자들의 관심이 잘 드러나 있다.

> 『구원의 여상』을 매월 자미잇게 읽고 잇습니다. 실례 말슴입니다만은 그 소설은 창작입니까 쏘는 번역입닛가. 누구말은 일본 잡지에서 그런 소설을 읽엇다고 해서 엿주어 보는 것입니다.[70]

> 매호 련재되는 이태준 선생의『구원의 여상』은 참말 자미잇습니다. 그러나 소설이 단 한 편 밧게 실니지 안어서 늘 부족한 감이 업지 안사오니 신년호부터 한 편쯤 더 실어 주엇스면 좃켓는데요 편즙하시는 선생님의 의견은 엇더신지요.[71]

> 그런데 선생님! 오래동안 계속되든『구원의 여상』의 주인공 인애의 장래엔 어쩌한 행복이 잇스려노? 하고 달마다 달마다 손꼽아 디라렷더니 애처롭

---

70   대구 윤춘봉, 「여인사룬」,『신여성』5권 5호, 1931.6, 91면.
71   경성 박순자, 「여인사룬」,『신여성』5권 11호, 1931.12, 81면.

208   근대 여성문학의 탄생과 미디어의 교통(交通) – 1920~30년대 여성문학의 형성과 여성잡지의 젠더정치

게도 그냥 미지의 나라로 가버리고 말엇습니다그려! 청춘이 앗갑드라도 자긔의 일신을 희생하면서 연이 동무에게 끗업는 사랑을 주고 간 인애가 나를 울리고야 말엇습니다. 압흐로도 이럿케 쇼크를 줄 수 잇는 장편을 또 련재하야 주시기 바랍니다.[72]

기자 선생님! 얼마나 애들 쓰십니까? 나는 七年 전부터 신녀성의 애독자인데 어썬 사건으로 인하야 좀 부자유스러운 몸이 되야 보고 십흔 이 책을 영영 못보다가 작년부터서야 다시 계속하게 되엿습니다. 매월 련재되는 『구원의 여상』이 끗이나서 매우 섭섭합니다. 압흐로 더욱더욱 만히 힘써 주시여 다달이 새로운 기사를 담뿍 실고 나타나기를 바랍니다.[73]

1년 6개월 이상 연재한 이태준의 『구원의 여상』이 성공하자 『신여성』은 1933년 3월부터 다시 1년이 넘게 이태준의 『법은 그러치만』을 연재하는 한편, 같은 시기에 이효석의 장편 『주리야』를 동시에 수록한다. 특히 『법은 그러치만』의 연재에 앞서 실린 『신여성』의 광고는 『구원의 여상』을 통해 여성 독자들의 전폭적 지지를 이끌어 낸 이태준의 인기를 십분 활용하고 있다. 광고 모두에 '이태준 선생 집필'이라 명시하고 연재소설에 대한 이태준의 인터뷰를 함께 배치하는가 하면, 이태준에게 연재 승낙을 얻어내기까지 그 과정이 만만치 않았음을 부각하고 있다.

72 구성 김성자, 「여인사론」, 『신여성』 6권 10호, 1932.10, 90면.
73 전주 김마리아, 「여인사론」, 『신여성』 6권 10호, 1932.10, 91면.

일즉이 『구원의 여상』을 본지에 연재하야 만천하 독자의 더할 수 업는 환
영을 바드신 이태준 선생은 쏘다시 오는 신년호부터 『법은 그러치만』이라
는 장편소설을 집필해 주시기로 야속하엿습니다 사실은 이선생이 밧브신
몸이 되야 도저이 장편에 붓을 잡을 새이가 업다고 구지 사양하시는 것을
전번 현상모집에 독자제위의 열렬하신 투표가 이선생에게 대다수를 점령케
되엇슴으로 억지로 청을 하야 긔어코 승락을 어더 신년호부터는 꼭 실리게
되엇습니다 그 내용 그 필치에 드러가서는 단 한마디도 말슴치 안켓습니다
오직 만천하수만 독자의 기대에 어그러지지 안을 걸작이 될 것만을 미더 의
심치 아니하오니 특별이 애독해 주시기를 바라오며 미리부터 깃븐 마음으
로 기다려 주시기를 부탁합니다

— 『법은 그러치만』 광고, 『신여성』 6권 11호, 1932.11

여성 독자들 사이에서 이태준 소설(장편)의 인기는 최정희의 회고를
통해서도 그 일단을 가늠해 볼 수 있다. 『삼천리』사 기자 시절 이태준
에게 소설을 청탁하던 일을 회고한 최정희의 글에서 이태준이 당시 여
성인물 창조에 탁월한 작가로 인정받고 있었음을 짐작할 수 있다.

상허 이태준에게 여자의 '심장'을 써달라는 편지를 썼다. 나는 그에게 보
내는 편지에 그가 여자의 '심장'을 꼭 쓰도록 간절히 편지를 했다. 지금 내가
아름다운 여자 하나를 창조하려는데 이목구비와 수족까지는 다 만들어 놓
았으나 이 여자에게 '심장'이 없으니 선생님의 따사로운 '심장'을 이 여자에
게 넣어 달라는, 대략 이런 내용이었다. 그는 참으로 따사로운 '심장'을 내
아름다운 여자에게 넣어 주었다.[74]

『삼천리』사 기자였던 최정희가 여성인물에 '심장'을 넣어줄 가장 적합한 작가로 이태준을 결정했다는 것은 당시 여성 독자들 사이에서 이태준의 인기를 가늠할 수 있는 대목이다. 때문에 이태준은『신여성』에 이어『신가정』에도 장편『박물장사 늙은이』를 연재하는 등 양대 여성잡지에 모두 장편을 수록한 유일한 작가이자, 두 잡지를 통틀어 횟수로 가장 많은 작품을 게재한 작가이기도 했다. 『신가정』에 실린『박물장사 늙은이』연재 광고에도 가장 도드라지게 부각된 것이 '이태준作'이라는 점이었다. 『신가정』측은『박물장사 늙은이』가 "이태준 씨의 획시적 역작"이며 "오래동안 생각하고 붓끝을 갈아놓은 그 매끈한 솜씨는 三四년도의 조선문단에 또한 적지않은 파문을 던져줄 것"(『신가정』, 1934.1)이라고 광고한다.

한편『신여성』에서 시작된 여성잡지의 장편연재소설 수록은 든든한 신문자본을 배경으로 한『신가정』에 오면 더욱 활발해진다. 『신가정』에는 장편연재소설뿐만 아니라 2,3회씩 연재되는 소설이 다수 배치되었으며 '연작소설'이 실리기도 했다. 연작소설이란『동아일보』가 새로운 소설 연재 방식으로 처음 시도한 것이며, 독자의 흥미를 끌기 위해 여러 명의 작가가 한 작품을 릴레이 형식으로 창작하는 소설 형태였다.[75] 1930년대 여성잡지의 '연재소설'이나 '연작소설'의 수록은 곧 신문소설의 방식과 내용을 차용한 것이라 할 수 있다. 말하자면 1930년대 여성잡지의 문예란은 신문의 가정란 혹은 학예면과 마찬가지로 대중적 장편소설의 수록 매체로 활용되었으며, 무엇보다 여기에는 늘어

---

74    최정희, 「조광·삼천리 시절」, 『한국문단이면사』, 깊은샘, 1999, 217면.
75    김병익, 『한국문단사』, 일지사, 1973, 97면.

나는 여성 독자층을 확보하기 위한 잡지사 측의 상업적 구상 역시 반영되었던 것으로 보인다. 이태준의 경우에서 볼 수 있듯이, 여성잡지의 편집자들이 대중적인 장편소설 연재에서 이미 그 성가(聲價)가 인정된 작가들을 적극 필자로 동원한 것은 이를 방증하는 대목이다.[76] 여기에 장편연재 작가로 박화성이나 강경애 같은 신진 여성작가들을 기용한 것 역시 당대 여성 독자들의 관심을 견인하기 위한 편집진의 전략이 작용했던 것으로 보인다.

여성잡지에 수록된 대부분의 장편연재소설의 소재는 여성들의 '연애'와 '결혼'에 관한 것이었다. 이들 소설 속의 여성인물들은 미혼의 처녀이거나 사망·실종·투옥 등으로 남편이 부재한 젊은 부인들, 즉 대개가 '독신' 여성들이었으며, 소설은 이들 '유동적인' 여성들에게 진정한 사랑과 결혼의 메시지를 전하거나 바람직한 여성상을 제시하는 보수적 경향을 드러내는 경우가 많았다. 말하자면 이들 여성잡지 소설들은 여성 독자들, 특히 당시 여성잡지의 주요 독자들이었던 신여성들에게 그들이 내면화해야 할 '행복의 조건'을 전파하고 '세상의 이치'를 교육하는 역할을 담당하고자 한 것이다. 때문에 여성잡지 연재소설에서 가장 빈번히 적발된 것은 연애의 위험성이었다. 구여성은 물론 교육받

---

76　이태준이 장편소설을 연재한 것은 1931년 『신여성』에 『구원의 여상』을 발표한 것이 처음이었으며, 그 계기는 아마도 1929년 이태준이 개벽사에 입사해 『학생』, 『신생』 등의 잡지 편집을 맡았던 인연이 컸으리라 보인다. 『구원의 여상』을 시발로 『법은 그러치만』, 『박물장사늙은이』, 『제2의 운명』, 『불멸의 함성』, 『성모』, 『황진이』, 『화관』, 『청춘무성』, 『행복의 흰손들』 등의 장편을 연이어 발표하게 되는데, 여성지에 실린 경우를 제외한 나머지 대부분은 『조선중앙일보』, 『조선일보』 등의 신문에 연재되었다. 1940년대 『조광』과 『신시대』를 통해 두 번 장편을 연재하였으나, 1930년대에는 '여성지'와 '신문'이 장편 수록의 주요 매체였다. 권영민, 『한국근대문인대사전』, 아세아문화사, 1990, 963~969면.

은 신여성 역시 여학교 졸업과 동시에 거의 대부분 가정으로 귀환하는 것이 현실인 상황에서 사회적 이동의 가능성을 사실상 박탈당한 여성들에게 연애는 근대적 자유와 변화를 경험할 수 있는 최소한의 모험의 형식이었다.

그러나 여성잡지 소설에서 연애에 대한 욕망은 대개 '변하기 쉬운, 진정한 사랑의 방식이 아닌, 여성의 허영심이 낳은 그릇된' 욕망을 함의하거나, 여성을 타락에 이르게 하는 '근대의 오염' 혹은 여성에게 쉽게 발병하는 '근대의 질병'과 같은 것으로 기피되는 상황이다. 이태준의 『구원의 여상』과 『법은 그러치만』, 이효석의 『주리야』 등 여성잡지 연재소설들이 가르치는 가장 강력한 교훈 중 하나는 '연애는 위험하다'는 것이었다. 그러므로 이들 소설에서 연애를 욕망하는 여성들은 한결같이 부정적으로 형상화되며 대개는 불행한 결말로 치달았다. 여성잡지 연재소설 시대를 열어간 이태준의 『구원의 여상』은 이러한 서사적 전범/공식을 만들어간 대표적 작품으로 볼 수 있다.

인애, 명도, 영조 세 남녀의 사랑과 우정, 그리고 갈등을 서사적 뼈대로 삼은 이 소설에서 친구 인애의 연인 영조를 욕망하다 결국 자신의 애인으로 만드는 명도는 시종일관 부정적 신여성의 표상으로 재현되며, 그녀의 삶은 어김없이 타락과 파국으로 귀결된다. 소설은 명도의 불행이 그 누구의 잘못도 아닌 명도 자신의 허영심에서 비롯된 것임을 환기하며, 이러한 명도와의 극단적인 대비를 통해서 주인공 인애는 진정한 신여성, 곧 '구원의 여상(女像)'으로 상승한다. 명도가 '육체(몸), 욕망(허영심), 소비적, 자유분방한 성(性), 비처녀성' 등으로 기표화되는 반면, 인애는 '정신, 희생, 동정적, 정조, 처녀성' 등의 의미를 담지한 여성으로 표상되면서 인애와 명도는 시종일관 병치되는 것이다. 소설은 이러한 병치를 통해서 명도를 위(僞)로 인애를 진(眞)으로 분리하며, 인애를 통해 진정한 신여성상을 여성 독자들에게 계몽하고 있다. 이는 인물 형상화를 통한 간접적인 방식에 그치지 않고 더욱 직접적인 방법을 통해 이루어지기도 하는데, 예를 들어 영조가 인애에게 여전히 재래의 정조관념(내외관념)으로부터 자유롭지 못하다고 지적하자, 인애는 자신이 생각하는 바람직한 여성해방운동에 대해 다음과 같이 주장한다.

안요 그런 것이야 아모리 코론타이당의 여성들이라 치드래도 그 사람 천성에 따라 더 수집은 사람과 더 허랑한 사람의 구별은 있겠지요. 그렇다고 내가 코론타이 당이라는 것은 아닙니다. 편지로도 늘 말슴드렸지만 저는 여자입니다. 어대까지든지 여성으로서 완성을 도모할게지 여성의 지위를 멸시된 채 내여 바리고 남성화 하려는 그런 여성운동 아닌 여성운동엔 휩쌔고 싶지 안어요.[77]

여성의 이념적 · 성적인 자유를 주장했던 콜론타이의 여성주의를 부정하는 인애의 발언은 이태준으로 대표되는 식민지 시기 지식인 남성 주체들이 용납 가능했던 여성해방운동의 최대치를 확인시키는 것이자, 그들이 상상했던 바람직한 여성상을 제시하는 것이라 하겠다. 그렇다면 인용문에서 인애가 주장하는 "여성으로서 완성", 달리 말하면 바람

---

77  이태준, 『구원의 여상』, 『한국근대장편소설대계』 19, 태학사, 1988, 172~173면. 인용 부분은 『신여성』 5권 8호(1931.9) 『구원의 여상』 8회분으로 실린 것이나, 현재 『신여성』 5권 8호가 결호인 이유로 부득이하게 이태준이 1937년 태양사에서 단행본으로 출간한 『구원의 여상』을 인용 텍스트로 삼았다.

직한 여상(女像)은 어떤 모습인가. 인애가 도모하는 여성으로서의 완성은 궁극적으로 '모성성'을 내장함으로써 실현되는 것이며, 따라서 이태준이 제시하는 구원의 여상은 다름 아닌 '어머니'인 셈이다.

기실 모성성을 담지한 존재로서의 인애는 작품 초반부터 꾸준히 환기된다. 인애는 어렸을 적 안주사의 강간 위험으로부터 자신을 구해준 영조를 위해 밤낮으로 수예품을 만들어 유학비에 보태는 헌신적/모성적인 누이이자 연인으로 형상화되며, 소설은 "남매간처럼 골육에서 울어나는듯한 우애지정을 늣기는"[78] 인애와 영조의 사랑이 "말초신경의 무서운 진동"[79]을 자극하는 명도와 영조의 사랑과는 본질적으로 구별되는 것임을 일찌감치 강조한다. 그러다 자신을 배신하고 명도를 선택한 사회주의자 영조를 위해 인애가 죽음을 불사하면서 영조의 옥바라지를 하는 작품의 종반부에 오면 인애의 모성성은 최대치로 부각된다. 수인(囚人)이 된 영조를 위해 자신의 병든 몸도 돌보지 않고 헌신적으로 뒷바라지하다 끝내 죽음에 이르는 인애는, 영조를 찾아 동경에 갔다가 우연히 만난 조선인 유학생 김기석과 쉽게 동거를 시작하고 영조의 아이를 유산하게 된 이후에도 오히려 영조와의 과거를 깨끗이 청산한 셈이라고 생각하는 명도와 극명하게 대비된다. 명도로 대표되는 '배신하는 아내', '타락한 아내'의 반대편에 인애로 표상되는 '희생적인 아내', '정숙한 아내'의 형상이 존재하는 것이다. 더욱이 죽어가면서 자신을 배신한 친구 명도를 용서하고 그녀를 끝까지 염려하며 그리워하는 인애는 상처받은 남성뿐만 아니라 타락한 여성까지 사랑으로 감싸 안는 영원한 사랑의

78  이태준, 「구원의 여상(4)」, 『신여성』 5권 4호, 1931.5, 88면.
79  「구원의 여상(5)」, 『신여성』 5권 5호, 1931.6, 88면.

시혜자, 곧 '구원의 어머니'로 등극하고 있다. 여기에 소설 말미에 배치된 인애의 죽음은 인애를 신성화하는 동시에, 여성 독자들의 감상적 공명(共鳴)을 극대화하는 효과적인 장치가 된다. 이러한 공명을 통해서 이태준의 『구원의 여상』이 전파하는 것은 표피적인 연애와 대비되는 진정한 사랑이며, 이는 결국 남성이 흔쾌히 승인할 수 있는 여성이 곧 '모성'이며, 모성만이 진정한 사랑임을 역설하는 것이기도 하다.

한편 『구원의 여상』의 명도는 이태준이 쓴 『법은 그러치만』에 등장하는 '서운'이나, 이효석의 『주리야』의 '주리야', 그리고 『신가정』에 연재된 주요섭의 『쎌스껄』의 '경숙'으로 변주된다. 섬에서 나서 섬을 떠나지 않았던 『법은 그러치만』의 서운은 도시에 대한 막연한 동경과 허영심에 사로잡혀 결혼하기로 약속한 연인 경남을 배신한 이후 뭇 남자들을 전전하며 몸을 유린당하고 결국 살인자로 전락하는 인물이다. 소설은 서운의 타락 원인이 궁극적으로 그녀의 허영심, 즉 보통학교를 졸업한 건실한 청년 경남을 사랑하면서도 "하이카라 젊은 녀자들"의 화려한 생활을 꿈꾸고 경남이 "언제나 훌륭하게 되나"[80] 조바심내고 불안해하는 허황된 욕망에서 기인한 것임을 환기한다.

부적절한 욕망에 쉽게 감염되는 것은 비단 가난한 섬 처녀 서운만이 아니라, 지주집안의 딸이자 여자고보를 졸업하고 아름다움까지 겸비한 신여성 '주리야' 역시 마찬가지이다. 이효석의 주리야는 물질적 허영뿐 아니라 지적 허영에 들뜬, 통찰력이 부족하고 소비적인 신여성의 전형으로 등장한다. 이러한 주리야의 면모는 그녀의 이름에서도 간파되는

---

80  이태준, 「법은 그러치만(3)」, 『신여성』 7권 5호, 1933.5, 128·130면.

데, 자칭 '엥겔스걸'인 그녀는 김영애라는 본명 대신 남성 주인공인 주화의 유물론 강연을 들은 이후로 자신의 이름을 '주리야'로 개명한 것이다. 이념에 대한 막연한 동경과 소비적 욕망을 지닌 그녀는 또한 구과 신, 조선과 서구가 착종된 인물로 형상화되기도 한다. 자신의 의사와 무관하게 혼인이 진행되자 무작정 주화를 찾아오면서 그와 동거하기 시작한 주리야는 "밥과 쌩 쌔터와 고초장 김치와 새랫드 카페와 숙늉"이 뒤얽힌 "독특한 생활양식"[81]을 고수하는데, 이 우스꽝스러운 혼란 자체가 고스란히 주리야의 본질로 환기된다.

이러한 주리야는 또한 이태준의 명도나 서운과 같이 남편·연인을 배신한 방종한 여성의 계보이기도 하다. 주화가 강연 차 지방에 내려간 사이 들이닥친 오빠와 약혼자를 피해 주리야는 주화의 동지이기도 한 대학생 민호의 집을 찾게 되고 그와 성관계를 맺게 된다. 성적인 욕망을 제어하지 못하고 민호와 스스럼없이 성관계를 가지는 신여성 주리야는 남편을 감옥에 보내고 홀로 아이를 키우며 남편의 옥바라지를 하는 여직공 남죽이나, 감옥에 있는 연인을 굳건히 기다리는 카페 여급 한라와 대비된다. 흥미로운 것은 민호와 정사를 나눈 이후 카페 아리랑을 찾아간 주리야가 한라에게 콜론타이즘에 대한 생각을 묻고 토론하는 다음과 같은 장면이다.

"한라는 코론타이즘을 어써케 생각허우?"

"코론타이즘 – 성생활에 관한 자도요 이단이지 결코 새로운 성도덕의 수

---

81    이효석, 「주리야」, 『신여성』 7권 4호, 1933.4, 62면.

립이 아니야. – 나는 적어도 그러케 생각해"

"그러면 과연 왓시리사의 행동은–"

"음탕한 게집의 란잡한 행동에 지나지 못하지"

"굿건한 투사적 공로는 어써케허구"

"투사적 공로는 공로요 사랑은 사랑이지. 그와 이와는 아무 관련도 업는 것이야. 주의는 량심에서 나온 것이고 사랑은 감각에서 나온 것인데 그 사랑의 감각을 주의 량심으로 카무프라쥬 하랴고 한 곳에 왓시릿사의 무리가 잇지 안을까"

"즉 문란한 애욕을 감추랴고 주의를 내세웠단 말이지"

"반다시 그럿치는 안켓지만 적어도 주의의 그늘에 숨어서 애욕을 란용한 것은 어썰가 생각해. 애욕 생활이 어지러운 이상 그것은 동물적 면에 지나지 못하는 것을 어젓한 주의의 간관으로 둘너가리 우는 것은 약고 간사한 짓이야. – 왓시릿사는 결국 굿건한 투사엿는지 모르나 반면에 음탕한 동물이지 무어야"

"사람이 아니요 동물!"

한라의 마치 재판관의 그것과도 가튼 엄격한 자세에 주리야는 그도그러케 이러케 돌연히 반문하지 안을 수 업섯다. – 왓시릿사가 동물이면 나는 무엇인고.[82]


콜론타이의 대표작 『붉은 사랑』에 등장하는 주인공 '왓시라사'를 '음탕한 동물'로 일갈하고 콜론타이즘을 비판하는 한라의 발언과 『구

---

82 「주리야(7)」, 『신여성』 7권 10호, 1933.10, 155면.

원의 여상』에서 역시 콜론타이즘을 경계하던 인애의 주장이 겹친다. 한라와 인애의 발언이 결국 이효석과 이태준이 행한 복화술임을 상기할 때, 신여성들을 매료시켰던 콜론타이즘에 대한 지식인 남성들의 부정적 시선을 가늠할 수 있다. 이는 또한 『신여성』이나 『신가정』과 같은 여성잡지의 독자들 대부분이 신교육을 받은 여성들임을 감안할 때 콜론타이즘을 비판하는 장면 배치가 의도한 지점이 무엇인지 읽히는 대목이기도 하다. 그것은 결국 콜론타이즘에 대한 신여성 독자들의 경도를 경계하는 것이며, 더욱이 '왓시리사'와 '콜론타이즘'을 '여성'의 목소리를 통해 비판한 것은 더욱 강한 효과를 발휘한다.[83]

시골처녀 서운이나 신여성 명도, 주리야에 이어 노동여성인 경숙에게도 사랑과 연애, 그리고 결혼의 문제는 여성이 직면한 최대의 관심사로 떠오르고 있다. 『신가정』에 연재된 주요섭의 장편연재소설 『쎌스껄』 역시 사랑을 배반하고 애정 없는 남성을 좇아 떠난 여성의 불행과 그 후회를 초점화하고 있는 서사이며, 궁극적으로 행복한 결혼의 조건을 교육하는 소설이다.

경숙과 창제는 어릴 적부터 친구 사이로 지내오다 경숙의 집이 이사를 하면서 헤어지는데 10년 만에 우연히 경성에서 재회하게 된다. 10

---

[83]  『신가정』은 「코론타이 여사의 사상과 문학」(1934.12)이라는 글을 게재하기도 했는데, 이 글에서 필자 하문호는 콜론타이의 저술과 사상, 그리고 대표적인 창작소설 세 편을 다루고 있다. 필자는 1920~30년대 조선의 신여성들을 매료시켰던 엘렌케이와 콜론타이의 차이점을 부각하면서, 엘렌 케이는 모성 보호를 위해 여성의 정치적 진출을 찬동하지 않은 경향이 있는 반면, 콜론타이는 모성 보호의 필요가 있을수록 일층 여성의 정치 참여가 필요함을 주장했다고 설명한다. 필자의 주요 논점은 콜론타이를 붉은 사랑의 주창자, 즉 연애지상주의자로 파악하고 있는 조선 (신)여성들의 오해를 바로 잡는 데 있었다.

년 만에 만난 그들은 경숙이 백화점의 셸스걸(여점원, 세일즈걸)로 창제는 자동차 운전수로 성장해 있다. 소설은 초반부에 셸스걸이라는 자신의 직업에 권태를 느끼면서 '일'보다는 서서히 '결혼'에 긴박되는 경숙의 심경을 초점화함으로써 여성에게 가장 주요한 관심이 결국 사랑과 결혼의 문제로 귀착되고 있음을 환기한다.

> 그러나 그것은 잠깐 동안 뿐이엇다. 한 달 가고 두 달 가고 반년 가고 일년 가고 세월이 흘러감을 따러 그는 자기 직업에 권태를 일으키기 시작하엿다. 그래서 할 수 잇스면 어서 속히 가정으로 들어 앉엇스면 좋을 생각이 나는 때가 많엇다. 경숙이는 생명의 꽃봉우리에 도달한 건강한 처녀이엇다. 건강하고 젊은 몸은 때로는 억제하기 힘들만한 정도까지 남성의 포옹이 그리워지는 때가 잇엇다. 또 가정에 들어가서 밥도 짓고 빨래도 하는 것이 셸스걸 노릇보다는 행복스러우리라고 상상되엇다. (…중략…) 그 어린애기! 왜 경숙이는 어린 애기를 가질 권리가 없는가? 그는 어린 애기에게 젖을 먹여보고 싶은 충동을 늣기엇다. 고 토실토실한 어린 손고락들에게 키쓰를 퍼부어 주고 싶엇다. 그리고 활동사진에서 어머니가 애기를 안꼬 자장가를 부르는 장면을 볼 때에는 혼자 죽죽 울기까지 하엿다. 그리고 세상 모-든 처녀들이 일반으로 가지는 공상과 기대를 경숙이도 가지고 잇섯다. 분명코 언제든지 한번은 어떤 남자의 품에 안길 수 잇는 날이 이를 것을 기대하고 잇는 것이엇다. 그것은 환희로 가득찬 그리고도 불안에 휩쌔인 즐겁고도 구슬푼 기다림이엇다.[84]

---

84   호외생(주요섭), 「셸스걸(3회)」, 『신가정』, 1933.7, 207면.

이러한 심경의 변화 속에서 다시 만난 창제에게 경숙은 강한 애정을 느끼고 창제 역시 경숙을 미래의 아내로 생각하고 있으나, 경숙이 감당하고 있는 가난은 그녀가 창제의 사랑을 선뜻 받아들일 수 없게 만드는 장애물로 작용하기도 한다. 소설은 무능력한 부모와 병든 남동생의 생계를 홀로 책임지고 있는 경숙의 상황을 배치하는 한편, 경숙이 살고 있는 셋집의 처참하도록 가난한 살풍경을 삽입하면서 경숙이 사랑하는 창제가 아닌 서울의 큰 부자 이태환과 결혼을 결심하게 되는 개연성을 높이기도 한다.

경숙네 식구들이 세 들어 사는 집에는 경숙과 마찬가지로 집안의 생계를 혼자 꾸려나가야 하는 신산한 삶을 살아가는 딸들이 있다. 연초공장이나 제사공장에 다니면서 얼마 안 되는 월급으로 가족을 책임지는 그들은 때로 돈의 유혹에 쉽게 빠지기도 하며, 때문에 피국과 불행은 이들에게는 이미 결정된 것처럼 보이기도 한다. 연초공장에 다니다 집을 나가서 첩으로 전락하는 금년의 경우는 대표적인데, 이는 금년의 불행으로만 끝나는 것이 아니라 결국 가족 전체의 비극을 초래한다. 금년이 행방을 감춘 뒤 술로 세월을 보내던 금년의 아버지는 말다툼 끝에 아내를 죽이고 감옥에 들어가는 것이다. 가난이 몰고 온 이 참극은 경숙이 창제가 아닌 애정 없는 이태환과 서둘러 결혼을 결심하는 주요한 원인이 되기도 한다.

이런 참혹한 일을 목도하는 경숙이는 거의 히스테릭 할만침 홍분되엇다. 어서 바삐 이런 무섭고 더럽고 기가 막히는 굴엉을 빠저 달아나버리고 싶엇다. 그때 그의 머리를 스치고 지나가는 번개불 같은 생각은 '기아집 한 채' 하던 얼마전 어머님의 말슴이엇다. 기아집, 넓은 뜰, 꽃밭, 피아노 거기는 이 북적꼴과는 비교도 할 수 없는 골처럼 상상되엇다. 그리고 경숙이 자기에게 그 평안과 사치와 만족을 줄 수 잇는 한 사람의 이름이 또렷이 그의 머리에 나타낫다가 슬어지엇다.[85]

그런데 직업에서 오는 권태나 가난 등 경숙의 선택을 충동한 계기들을 다층적으로 조명하던 소설은 인용문에서와 같이 경숙의 그릇된 선택이 결국은 자신의 "평안과 사치와 만족"을 구하기 위한 것임을 부각해 간다. 때문에 경숙의 선택은 가족을 위한 숭고한 희생이라기보다 자신의 욕망을 채우기 위한 허영심이 더욱 결정적인 것이었으며, 따라서 경숙의 불행 역시 명도, 서운, 주리야 등과 마찬가지로 결국 온전히 여성 자신의 책임으로 돌아오는 것이다.

경숙이 여성의 가장 큰 죄로 지목된 허영심에 응답한 존재로 부조되면서 그녀 역시 불행을 피해갈 수 없게 된다. 창제에게 돌이킬 수 없는 상처를 주면서 결혼한 이태환은 경숙을 하나의 인격체가 아니라 성욕을 만족시켜 주는 "한 개의 완구(작난가음)"[86]로 생각하며, '정신'이 실종되고 오로지 '물질'에만 탐닉하는 방탕한 이태환과의 결혼은 결국 파국으로 치닫게 된다.

날이 가면 갈수록 경숙이는 지금의 자기생활의 무의미함과 공허함을 느끼엇다. 돈 많은 사람들의 생활이 그러케까지도 천박하고 또 기생충적이라

---

85  「쎌스껄(4회)」, 『신가정』, 1933.8, 181면.
86  위의 글, 183면.

고는 상상도 못하엿엇다. 더욱이 그 아모 쓸데도 없는 기생충의 생활을 스사로 부끄러워 할 줄도 몰으고 도로혀 그것으로써 자랑을 삼는 그런 야비한 생활철학과 시시각각으로 부듸칠 때 그는 그들 뿌르죠아지 계급과 또는 그 분위기 속으로 시집 들어온 저 자신을 미워하고 저주하는 생각이 더욱 커저 갓다. (…중략…) 물질적 만족만이 결코 사람에게 행복을 가저오는 것은 아니다. 정신적 향상이 없는 생활은 물질적으로 아모리 배부른 도야지에서 나을 것이 없다 그런데 그것을 깨닷지 못하고 돈으로써 인류생활의 최고 기준을 삼고 그것 이외에는 인격도 정신도 아모것도 없다고 로골적으로 내뽑는 이태환이를 볼 때 끝없는 멸시와 반항심이 끌어 올라 오는 것이다.[87]

인용문에서 작가 주요섭은 경숙의 내면을 조명함으로써 행복한 결혼의 조건이 물질적 풍요로움이 아니라 "정신적인 향상", 즉 정신직인 사랑이며 이러한 사랑을 온전히 실현할 수 있는 것은 이태환과 같은 속물적 부르주아지가 아니라 창제와 같은 건실한 노동자와의 결합임을 설파한다. 경숙은 결혼 1년 만에 결국 파경을 맞고 만만치 않은 대가를 치른 후에 이 같은 교훈을 얻게 되는 것이다. 소설은 경숙이 "생(生)에 대한 새로운 철학"을 얻게 되는 것으로, 창제 역시 오랜 방황 끝에 자신의 마음을 담은 "러부레타"[88]를 경숙에게 보내는 것으로 마무리 되며, 다음과 같이 두 젊은이가 사랑으로 행복한 결합에 이르게 될 것임을 예고하면서 끝이 난다.

---

87　「쎌스껄(5회)」, 『신가정』, 1933.9, 188면.
88　「쎌스껄(7회)」, 『신가정』, 1933.11, 187면.

경숙이는 마치 새로운 세상을 향하여 걸어가는 사람처럼 걸어나갓다. 새 생활, 새일, 새활동, 새 기쁨을 향하여 그는 성도(聖徒)와도 같이 걸어나갓다. …… 집에는 청제로부터의 한 뭉치의 편지가 와서 기다리고 잇는 줄은 꿈에도 모르고![89]

『쎌스껄』은 물질이 아닌 사랑/정신에 의한 결합만이 진정한 행복을 실현할 수 있다는 신성한 교리를 설파하고 여성의 욕망을 경계하며, 여성 독자들에게 결혼의 합당한 조건을 가르치는 일종의 '여성교양소설'[90]인 셈이다. 이는 비단 『쎌스껄』뿐만이 아니라 여성잡지 연재소설들이 계몽하는 가장 주요한 교훈이기도 했다. 말하자면 여성 독자들은 이들 소설을 통해서 여성이 취해야 할 사랑과 결혼에 관한 바람직한 행동규범을 교육받는 동시에, 여성의 행과 불행은 오직 사랑과 결혼에 의해 결정된다는 성별화된 진리를 납득하도록 요구받았던 것이다.

---

89  위의 글, 188면.
90  프랑코 모레티는 괴테와 제인 오스틴에서 시작된 서구의 '교양소설'을 근대의 상징적 형식이라고 해석한다. 모레티에 의하면 교양소설은 '실제'의 젊음으로부터 이동성과 내면성으로 요약되는 '상징적' 젊음을 추출해 냈으며, 이렇듯 전대미문의 이동성과 내적 불안정성을 경험하는, 즉 사회적으로 규정되지 않은 '자유로운 개인'을 다시 '확신을 가진 시민'으로 사회화/교육하는 것이 교양소설의 구조라는 것이다. 젊음을 반납하고 이른바 성숙에 이르는 이 과정은 강제나 체념이 아닌 주인공의 자발적 동의에 의한 것으로 그려지며, 이러한 타협은 안정적인 '행복'의 구현으로 그려진다. 또한 교양소설에서는 이러한 행복을 남녀 간의 결합, 곧 '결혼'으로 완성하는 경우가 대부분이었다고 모레티는 지적한다. 따라서 그는 근대적인 관념으로서의 행복의 출현이 개인과 세계 사이의 모든 긴장이 끝나는 것을 말하며, 더 이상 변형에 대한 갈망이 사라지는 것을 의미한다고 해석한다.(프랑코 모레티, 성은애 역, 『세상의 이치』, 문학동네, 2005, 25~66면) 근대의 가능성(이동성, 모험)을 경험하고자 하는 여성 주인공들이 갖가지 우여곡절 끝에 자신의 과오를 인정하고 결국 한 남자의 연인이나 아내로 귀착되는 1920~30년대 여성잡지 연재소설 역시 여성 독자들을 대상으로 한 일종의 교양소설이라 할 수 있을 것이다.

1920~30년대 여성잡지가 문학을 포함한 근대적 읽을거리들을 제공하고 여성의 독서를 계몽하는 동시에 성별 규범을 작동시키는 과정을 살펴보았다. 특히 여성의 문학 독서와 관련해 여성잡지는 이중적인 태도를 보이는데, 여성들에게 고급문예 읽기를 독려하고 '문예란'을 배치하는 한편 여성들의 문학 독서를 위험한 것으로 경계하는 담론을 배치하는가 하면, 여성들을 연애소설과 같은 하품문예물의 소비자로 분류하고 이를 비판하면서도, 실제로 여성잡지에 수록된 읽을거리들은 고급문예의 범주에 포함되지 않는 경우가 많았다. '애화'나 '은파리' 연작과 같이 계몽성과 대중성이 결합된 유사문학적 서사물이나, 여성을 어린이와 매개된 존재로 상정하는 '동화', 연애와 결혼을 주제로 한 대중적 취향의 장편연재소설의 수록 등은 여성잡지가 여성 독자들의 문학취향을 여성규범을 위반하지 않는 범위 내에서 조율해 간 정황을 파악할 수 있는 지점이다. 말하자면 1920~30년대 여성잡지는 여성들이 읽는 문학, 곧 여성용 문예물의 구성을 통해서 여성 독자들의 문학 취향을 성별화하는 한편, 이러한 독물(讀物)들을 통해서 여성 독자들이 내면화해야 할 여성 교양/규범을 훈육해 간 것이다. 이 같은 성별정치는 여성잡지가 견인한 여성들의 글쓰기에도 유사하게 나타나고 있다.

# 제3부

# 여성의 글쓰기와 여성문학의 지형

여성적 글쓰기의 창안과 굴절을 읽다

근대 이래 여성의 글쓰기는 금기의 영역이 아니라 계몽의 항목이 되었다. 학교의 교과목에는 '독서'와 '작문'이 포함되었고 신문·잡지는 '독자투고'나 '현상모집' 등을 마련, 근대적 글쓰기를 독려하고 독자를 필자로 변신시키는 시스템을 다양하게 갖추게 된다.

혁명과 비분강개의 시대인 근대계몽기 신문과 잡지에 투고된 여성들의 글은 대부분 충군애국, 문명, 개화와 같은 공적인 계몽 담론을 내면화하는 양상을 보인다. 당대 공동체의 요구를 내면화한 이 시기 여성들의 글은 사적이기보다는 공적이며, 감성적이기보다 이성적이고, 글의 형식 역시 대개 공적인 언설을 담아내기에 적합한 '논설'의 형태를 취하고 있었다.[1] 『제국신문』 여성독자 투고를 분석한 이경하는 이러한 여성 글쓰기의 이면을 적극적으로 읽어낸다. 근대적 국민국가를 상상하던 신남성들의 계몽 기관이었던 신문이 여성의 표현을 수락하는 방식은 여자도 국민이며, 국민 된 의무를 다해야 한다는 민족주의적 언설을 표면화하는 것이었고, 사적인 영역 속에 유폐되었던 여성들은 이러한 요구를 매개로 공적 활동에 대한 욕망을 표출했다는 것이다.[2] 그런가 하면 1908년 발간된 여성잡지 『여자지남』과 『자선부인회잡지』 및 『대한매일신보』의 여성 독자투고를 분석한 홍인숙은 근대계몽기 여성들의 글쓰기가 당대 계몽기획자들이 여성들에게 요구한 모성 담론에 연동되면서도, 한편으로 여성으로서의 자의식 역시 담아냈다고 지적한다. 매체를 통한 공적 발언의 형식을 빌려 여성들은 자아실현이나 공적

---

1    홍인숙, 「근대계몽기 여성 글쓰기의 양상과 '여성주체'의 형성과정」, 『한국고전연구』 14집, 2006, 103~130면.
2    이경하, 「『제국신문』 여성독자투고에 나타난 근대계몽담론」, 『한국고전여성문학연구』 8집, 2004, 67~95면.

정체성의 성취, 다른 여성들과의 연대 등을 도모함으로써 지배적 계몽 담론에 일방적으로 포획되지 않는 '여성주체'의 탄생 가능성을 보여주었다는 것이다.[3]

이러한 분석은 여성과 같은 소수자들의 글쓰기가 이를 금기로 제한하거나 일정한 방향으로 수렴해 가려는 당대 담론 권력과 협상하면서 이루어지는 수행적 글쓰기임을 확인시킨다. 다시 말하면 선험적이고 본질적인 차원의 여성적 글쓰기란 부재하며, 다만 사회문화적 맥락에 따라 수시로 모습을 바꾸는 역사적 산물로서의 여성들의 글쓰기가 존재한다는 의미인 것이다. 여성들은 시대적 맥락에 따라 발화의 내용과 형식이 매번 달리 구성되는 이러한 글쓰기의 틀 안에서 여성적인 발화 방식과 내용을 할당한 '법'을 내파하는 언어를 만들어 내었다.

여성들의 학교교육이 확대되고 신문·잡지 등 매체 창간이 전성을 이룬 1920~30년대는 글쓰기가 근대적인 여성 교양의 필수 항목으로 강조되었으며, 여성잡지를 중심으로 여성들의 글쓰기를 독려하는 담론이 형성되었다. 뿐만 아니라 당시 근대매체들이 독자투고, 현상(문예) 공모, 신춘문예, 신인추천제 등을 통해 독자를 필자/작가로 전환하는 재생산 제도를 다양하게 마련한 것과 마찬가지로, 여성잡지들 역시 독자를 필자/작가로 전환하는 프로그램을 운영했다. 당시 여성잡지는 신교육을 받은 여성들이 주로 애독하는 매체였으며,[4] 따라서 여성들이 독

---

3    홍인숙, 앞의 글, 130면.

4    윤금선, 「1920~30년대 독서 운동 연구」, 『한말연구』 제17호, 2005.12, 143~144면. 윤금선의 조사에 따르면, 1920년대 여성들의 독서 실태를 보도한 『조선일보』 분석기사 (「매우 개탄할 조선여자의 독서열」, 1925.1.22)에서 여성들이 주로 읽는 잡지로 『신여성』과 『조선문단』이 조사되었다. 『조선일보』는 도서관 방문 및 도서대여 상황, 조선도서 주식회사나 한성도서주식회사의 도서 판매 현황을 분석 자료로 활용했다.

서와 글쓰기는 물론 문학과 접촉하는 주요한 매개로 여성잡지를 활용하게 된다. 아울러 잡지들마다 편차는 있으나 여성잡지는 대개 여성작가들의 작품을 수록하고 여성문학과 관련한 담론을 생산하는 주요한 통로가 되기도 했다. 그럼에도 불구하고 1920~30년대 여성잡지가 여성들에게 요구했던 글쓰기의 내용과 형식, 문학의 범주와 성격 등은 젠더규범의 작동과 관련해 주목할 필요가 있다.

3부에서는 1920~30년대 여성잡지가 여성들의 글쓰기를 견인하는 동시에 성별 경계의 범주 안으로 구획하려는 힘들이 어떻게 작용하고 있는지에 주목하고, 여성용 미디어가 여성작가를 발굴하는 한편 '여류문학' 범주를 구성하는 데 수행한 역할과 그 성격을 살피고자 한다. 아울러 여성매체가 가동한 성별 메커니즘에 여성들의 글쓰기가 어떻게 대응해 갔는지 그 양상을 검토한다.

## 1. 독자투고제의 운영과 여성적 규범의 작동

1920~30년대에 글쓰기는 근대적인 여성 교양의 필수 항목으로 강조되었다. 신여자가 되는 첫 번째 조건으로 "서간문은 물론이어니와 남편의 구수(口授)ᄒ는 딕로 諺漢文 셕긴 원고 한장 밧어 쓸 만ᄒ"[1] 능력이 요구되는가 하면, 여성들이 "문장을 못 쓰고 자기의 감상을 표현하는 글을 못 쓰는 것은 부끄러운 일이며, 자기 나라 말을 못쓰는 것은 더욱 부끄러운 일"[2]이라는 주장 역시 개진되었다.

1920~30년대 여성잡지들 가운데 가장 먼저 일반 여성 독자들을 필

---

1    양백화, 「내가 요구하난 7개조」, 『신여자』 창간호, 1920.3, 16면.
2    윤지훈, 「모던여성 십계명」, 『신여성』, 1931.4, 73면.

자로 호명한 잡지는『신여자』이다.『신여자』보다 앞서 창간한『여자계』의 경우, 여자 유학생들을 주요 독자층으로 설정하고 동인 시스템으로 운영되면서 잡지에 글을 쓰는 필자 역시 제한하는 상황이었다.[3]『여자계』가 일반 독자들을 대상으로 원고를 모집한 경우는 한 차례의 현상모집이었는데,[4] 광고 이후 당선작에 대한 발표는 물론 현상모집에 관한 언급이 전혀 없는 것으로 보아 모집 자체가 제대로 이루어지지 않았던 것으로 보인다. 이와는 달리 "新女子라는 잡지는 新女子 편집동인 몃사람의 것이 아니요 조선여자전체의 것"[5]임을 천명한『신여자』는 창간호부터 지속적으로 투고 광고를 내고 일반 여성 독자들의 글쓰기를 적극적으로 주문하고 나섰다.

舊에서 新으로 건너가랴는 여러분!? 生의 빗을 보지 못ᄒ고 어둠속에 게신 여러분? 얼마나ᄒ 고통과 비애가 우리 가삼을 압흐게 ᄒ고 얼마나ᄒ 압제와 학대가 우리의 눈에 피눈물이 나게 ᄒᄂᆫ지, 여러분의 속에는 통분한 눈물과 억울ᄒ 설움이 싸이고 매처 잇지요 그리고 그를 발표ᄒᆯ 수단과 기관이 업서 가삼 속에셔만 고민하고 지내시지 안슴닛가? 우리 여자네의 ᄒ고져ᄒᆯ 소래를 발표ᄒ기 위ᄒ야 나온 것이 新女子입니다 그럼으로 이 新女子는 편집동인 몃사람의 것이 안이라 왼 조선 모－든 여자의 것이니 쎠리지 마시고 발표ᄒ십시오 암흑사회, 어름갓흔 가정에셔 늣기시는 일, 쏘는 엇더케 개선

---

3  『여자계』는 투고광고에 "본지의 편집상 관계로 본사에서 부탁드린 이의게 한하여 기고를 받기로 합니다"라는 문구를 기재했는데, 6호에서는 '편집상 관계'와 '매수의 제한'을 기고 제한의 이유로 들고 있다.

4  『여자계』 3호에 현상모집 광고가 수록되어 있으며, 모집종류는 '논문'과 '미문'이었다. '논문'의 경우 '조선여자계 문제'를, '미문'의 경우는 '고향의 여름'을 주제로 제시한다.

5  「투고환영」, 『신여자』 2호, 1920.4, 64면.

ᄒ쟈는 의견 등 무엇이든지 여자의 글이면 깃겁게 게재ᄒ겟습니다[6]

　인용한 투고광고에서 편집진들은『신여자』가 여성의 대사회적 발언
을 목적으로 발간된 잡지임을 분명히 하고, 여성 독자들이 투고의 형식
을 빌려 여성을 구속하는 현실을 고발함으로써 여성의 열악한 지위를
개선할 수 있는 노력을 경주해 줄 것을 당부한다. 2호에서는 "부모의
학대, 남자의 전횡, 완고ᄒ 구식가정, 여자교육과 여자의 인격무시, 여
자의 진로"[7] 등 고발의 내용을 구체적으로 나열하기도 했다. 광고에서
알 수 있듯이,『신여자』의 독자투고는 특정한 형식을 지정하지 않고 글
쓰기를 통해 여성들이 스스로의 열악한 위치를 확인하고 이를 개선하
도록 유도하는 데 목적을 두었던 것으로 판단된다. 그러나 편집진들이
투고 부족을 호소하고 있는 것으로 보아,[8] 『신여자』에 투고하는 여성들
은 그리 많지 않았던 것으로 보이는데 이는 당시 여성 독자의 규모가
협소했던 원인도 컸으리라 짐작된다.

　『여자계』나『신여자』가 단명하면서 일반 여성 독자들을 '필자/작가'
로 전환할 수 있는 가능성을 제대로 발휘할 수 없었던 데 비해, 이러한
시스템을 재점화하고 독자투고제도를 본격적으로 가동한 것은『신여
성』이다.『신여성』은『신여자』와 마찬가지로 창간 초부터 독자들에게
지면을 개방하고, 거의 매호 다음과 같은 투고 광고를 게재하면서 여성

---

6　「투서환영」,『신여자』창간호, 1920.3, 53면.
7　「투고환영」,『신여자』2호, 1920.4, 64면.
8　편집진들은 투고광고(2호)를 통해『신여자』가 조선여자 모두의 것임을 천명하고 "여러
　늣김만흔 어룬에게 깁히 도와주십사고 엿주엇는데 엇전일인지 여러분에게서 보내주신
　원고가 잇긴 잇"으나 매우 적은 형편이라고 어려움을 호소하고 있다.

독자들의 글쓰기를 적극적으로 유도한다.

> 여러분의 원고를 많이 보내주십시오. 나는 그것을 제일 환영합니다.(2권 4호)

> 새해부터는 신녀성을 더욱더 애호하여 주시며 싸라서 여성에게 유익한 글을 만이 투고하여 주시며 지방에서 녀성에 관한 여러 가지 소식을 만이 통지하여 주십시오.(4권 1호)

> 당신이 손소 쓰신 원고를 감추어 두시지 마시고 주저 업시 보내주십시요. 억울한 이야기! 분한 이야기! 숨은 속사정! 무슨 이야기던지 세상에 해보고 십흔 글을 써서 보내주십시요. 반가히 바다서 내여 드리겟습니다. 글로 쓰기 어려우시면 사실만 들어서 보내시면 본사서 대신 써들이겟습니다. 가슴 속에 뭉쳐 잇는 사정 이야기 감추어둘 것만이 아닙니다.(5권 10호)

> 조선의 신녀성 동무여! 밤낮 규중에 드러안져서 세간사리뿐 노릇만 할 시대는 지낫다 혹은 박게 나스든지 규중에 잇든지 당신들의 주장하고 시픈 일 하고 시픈 말이 만다시 잇슬 것이 아닌가 잇거든 사양말고 써보내라 『신녀성』은 우리잡지거니 하고 원고를 작고 보내라 그리하야 어대까지고 녀성 본위의 잡지를 만들기에 힘쓰라.(6권 3호)

인용문에서 『신여성』은 여성 독자들의 투고를 적극 추동하는 가운데, 지방 독자들을 투고의 주체로 직접 호명하는가 하면, 글쓰기에 익숙하지 않은 여성들의 투고를 유도하기 위해 사실만 들어 보내면 편집부에서 대필도 가능하다는 점을 밝히기도 했다. 아울러 『신여자』와 유사한 어조로, 여성의 현실을 타개하고 여성 본위의 잡지를 만들기 위해 여성 독자들이 적극적으로 투고해 줄 것을 요구하기도 한다.

한편 『신여성』의 투고 광고에는 한문을 섞어 쓰지 말고 '조선문'으로 평이하게 써달라는 조건이 부기되기도 했는데,[9] 이는 여성 독자들이 조선어 표현에 익숙하도록 하는 교육적인 의도 외에, 여성 독자들의 폭을 확대하기 위한 편집진의 고려 역시 반영되었던 것으로 보인다. 실제로 『신여성』의 독자층은 중등교육 이상을 받은 도시의 신여성들이 주류를 이룬 가운데, 그 이하의 학력을 지닌 여성들이나 농촌에 거주하는 여성들 역시 일부 포함되었다.[10]

---

9　예를 들어 4권 3호의 「편즙을 마치고나서」에는 "문법은 아무조록 평이하게 하고 또 전부 조선문으로 써 주십시요 한문을 석거서 써 주시는 글은 대단이 미안하고 유감이지만은 긔재치 안이하겠습니다"라는 단서를 달고 있다.

10　신여성의 독자란인 '화화실'이나 '여인사룬'에는 『신여성』의 독자층을 짐작해 볼 수 있는 다음과 같은 독자들의 글이 실려 있다.

신녀성은 애써 본다고 달달이 봅니다마는 아모리 하여도 모를 말이 만하여서 자미가 적습니다. 될 수 잇는 대로 신지식은 업셔도 조선국문을 알으면 읽어셔 알 수 잇슬만치 좀 쉬운 기사도 만히 내주십시요 특별히 청합니다.(일농촌여자, 「회화실」, 4권 6호)

저는 시골 무식쟁이 부인입니다. 서울 가서 공부하는 족하가 달달이 신녀성 잡지를 보내주나 별로 읽을 틈도 업고 쏘는 읽어도 의미를 알 수 업는 긔사가 만허서 항상 두통입니다. 그런데 이번에 '가정에서 읽을 것'이라는 세 가지 긔사는 아조 자미나고 유익하게 읽엇습니다. 될 수 잇는 대로 그런 가정기사를 만히 좀 내주세요. 여러 무식이 부인들을 대신하야 특청합니다.(논산 윤○순, 「회화실」, 4권 8호)

나는 일개 농촌녀성으로 달마다 나오는 신녀성을 바다 쥘 째마다 만혼 그대를 가지고 한아도 쌔놋치 안코 정성껏 읽습니다. 그러나 읽고나면 어쩐 일인지 낙망을 하고 하고 합니다. 그 까닭은 현재의 신녀성 잡지는 몃몃 지식계급의 녀성이나 부유한 가정의 녀성을 위한 긔사뿐이고 절대다수인 농촌과 공장의 근로녀성은 등한시하는 감이 업지 안습니다. 그러나 압흐로는 좀더 농촌에 잇는 무산무식의 녀성대중을 위한 긔사를 좀 만히 실어 주시기 바랍니다.(맹산 일농촌여성, 「여인사룬」, 6권 10호)

그런데 여러 선생님! 저는 향촌부인이온데 달마다 나오는 긔사를 보아야 대개가 도시유

『신여성』은 이처럼 독자투고를 매개로 새로운 여성 교양으로 부상한 글쓰기를 교육하고 여성들의 표현을 끌어내려는 의도를 관철시킨 동시에 독자들을 안정적으로 확보하고자 했던 것으로 짐작되며, 때문에 『여자계』, 『신여자』 등 이전 여성잡지들의 독자투고 방식이 단조로웠던 것에 비해, 『신여성』은 독자들의 흥미를 자극하고 당시 식민지 청년남녀들을 매혹시켰던 문학에 대한 열기를 반영하는 등 다양한 독자투고제도를 가동했다. 가령 일상생활과 관련한 독자들의 견해나 경험담을 주제로 한 '현상모집'을 수시로 실시하는가 하면, 여성잡지로는 최초로 '독자문예모집'을 실시한다. 『신여성』은 매호마다 독자의 문예를 선별·수록해 '독자문예' 또는 '독자문단'이란 이름의 코너로 정착시킬 의도였던 것으로 보이는데, 독자문예모집 대상으로는 '시, 논문, 서한문, 감상문, 소품문, 일기, 기행문'이 고정적으로 포함되었으며, 독자들의 잡지 구독 소감이나 질문이 실리는 '회화실', 지방 독자들이 간단한 지역 소식을 전하는 '지방통신'이 독자문예의 목록에 묶이기도 했다. 모집 대상은 '시'를 제외한 대부분이 문학의 범주에서 탈락하거나 하위범주로 주변화된 양식들이었으며, '논문'을 제외한 나머지는 공적인 발화가 아닌 '사적'인 내용을 기술하는 형식들이었다.

주목할 것은 『신여성』의 독자문예모집 대상에 '소설'이 대부분 누락되었다는 사실이다. 소설이 모집 대상에 포함된 것은 확인한 바로 3권 11호(1925.11)가 유일한데, 3권 11호의 광고에는 투고의 종류로 '논문,

한계급에 대한 것뿐이요 절대 다수인 노동층에 대한 긔사가 적으니 퍽 유감스럽습니다. 압흐로는 노동층의 녀성을 위하야 만히 애써주심을 바랍니다. (신흥 남궁일복, 「여인사론」, 6권 11호)

평론, 소설, 감상문, 수필, 기행문학'을 제시하고 있다. 그러나 1926년 이후 독자문예모집 광고에서는 '소설'과 '평론'은 누락되었다.[11] 주지하듯이 근대문학의 총아로 부상했던 '소설'이 대다수 근대매체가 독자투고에 반드시 포함시키는 필수 항목이었음을 상기할 때,[12] 1920~30년대 최대의 여성 독자층을 확보하고 있었던 『신여성』이 "여자문단의 서광"[13]을 위한다는 목적으로 모집한 독자문예에 소설이 포함되지 않았다는 것은 『신여성』이 구상한 '여자문단'의 정체를 의심스럽게 하는 대목이다. 더욱이 1920년대 중반이 되면 『신여성』이 독자문예모집 종류로 제시했던 '서한문·감상문·소품문·일기·기행문' 등은 대부분 '문학'의 범주에서 탈락되어 가는 분위기였다. 가령 『개벽』과 더불어 근대문학의 제도화를 추진한 『조선문단』은 '단편소설·희곡·시·시조·논문'과 더불어 '감상문·소품문·서간문·일기문·기행문'을 독자투고 대상에 포함시켰던 초기와 달리, 1920년대 중반을 넘어서면 '창작'만을 모집하기로 결정하고 '소설·희곡·시·시조'로 투고 범위를 제한한다.[14] 창작, 즉 '문예'의 범주에서 누락된 '감상문·소품문·

---

11  사회 제반 문제에 대한 여성독자들의 '평론(논평)'은 독자문예와는 별도로 모집해 싣기도 했다.
12  예컨대 1910년대 현상공모를 적극적으로 활용했던 『청춘』의 경우 '매호현상문예'를 모집하는 한편 '특별대현상' 공모를 실시하기도 했는데, 『청춘』의 매호현상문예 응모 분야는 시조·한시·잡가·신체시가·보통문과 단편소설이었다. 특별대현상 모집의 경우도 '고향의 사정을 기록하는 문', '자기의 근황을 보지하는 문'과 더불어 '단편소설'이 포함돼 있었다. 『개벽』의 독자투고 범위는 '언론, 학술, 종교'와 더불어 소설을 포함한 '문예'였다. 그런가 하면 2호로 종간되긴 했으나 1927년 기생들이 필자와 독자로 참여한 잡지 『장한』의 경우도 독자투고 대상에 소설을 포함시키고 있다.
13  「독자문예」, 『신여성』 4권 8호, 1926.8, 52면.
14  『조선문단』은 1926년 짧은 기간 정간했다가 1927년 속간하면서 독자투고 규정에 종래보다 투고범위를 축소하여 창작만을 모집하기로 하였음을 알리고, 소설·희곡·시·시조로 모집 범위를 축소했다. 『신여성』이 정간된 것은 1926년이므로 『조선문단』과 직접

서간문·일기문·기행문' 등이 다시 문예에 포함될 수 있는 가능성이 마련된 것은 '수필'이 하나의 문학 장르로 구성되기 시작한 1930년대 이후였다. 그러므로 1920년대 『신여성』이 '창작'이 아닌 주로 '사실' 과 '사사성(私事性)'을 결합한 양식들을 여성문예로 지정했다는 것은 『신여성』이 기획한 '여자문단' 혹은 '여류문학'에 성별적 시각이 개입한 징후를 읽어낼 수 있는 대목이기도 하다.

1930년대 가정잡지 및 여성교양지를 표방하면서 독자투고제도를 한층 강화하고, 특히 여성 독자들의 문학적 글쓰기를 적극 유도해 간 잡지는 『신가정』이다. 이는 앞서 살펴본 바 있듯이 기존 여성잡지와의 차별화나 부상하는 여성 독자들을 유인하기 위한 전략으로 읽히기도 하는데, 『신가정』은 창간 당시부터 창간기념 '문예모집', '실화모집'과 같은 이벤트를 통해서 이 같은 차별화 전략을 대외적으로 공표하기도 했다.

창간 이후 『신가정』이 독자투고로 모집한 첫 분야는 아동용 문예물

---

적인 비교는 할 수 없으나, 『조선문단』의 경우 투고모집을 조정하기 이전에도 독자투고의 주요한 범위는 '단편소설·희곡·시·시조'였던 것으로 보인다. 이는 투고광고의 배치에서도 일정하게 읽히는 대목인데 '단편소설·희곡·시·시조'가 상단에 그 나머지는 하단에 배치되어 있었다. 한편 1931년 속간 이후 『신여성』의 독자투고에도 소설은 계속 누락되었으며, 투고의 범위는 대부분 문예 범주 밖의 매우 협소한 수준이었다. 1930년대 『신여성』의 투고광고를 몇 가지 예로 들면 다음과 같다.
집안 살림사리에 즉접으로 필요한 기사를 모읍니다. 경험담도 조코 그러치 안으면 새방법 소개도 조흡니다. 이 외에 무엇이든지 질문하실 것이 게시면 조곰도 주저치 마시고 물어주십시요, 신상에 관한 것 가정에 관한 것 미용에 관한 것 무엇이든지 친절하게 대답해 드립니다.(5권 3호)
신세타령(실화), 공개장, 우리 고을의 여성 자랑, 진기·괴기담(실화), 자랑스러운 우리 고을의 요리 기 타무엇이고 재미스럽고 유익한 것이면 써 보내주십시오.(7권 3호)
어느 분이던지 만히 투고해 주십시오. 수필, 기행문, 실화, 전설, 민요, 기담, 괴담(7권 5호)

이었다. 『신가정』은 "여러 독자에게 자유로운 페이지를 제공"하려 한다는 취지를 밝힌 뒤 "그 중에서 위선 동요, 동화, 아동소설 등 아동들에게 읽힐 만한 좋은 원고를 모집"하며, "실을 가치가 있는 것이면 본지에 발표하고 본지 규정의 원고료를 드리겠"[15]다는 광고를 하고 있다. 투고의 주체를 여성으로 한정하지는 않았으나 『신가정』의 독자 대부분이 여성이었던 만큼 아동물을 독자투고 분야로 제시한 것은 여성을 바람직한 아동 양육자로 교육하려는 매체의 의도가 일정하게 반영되었던 것으로 보인다. 아울러 『신가정』 측은 '동화 · 동요' 부문의 대대적 현상모집 역시 실시하고 당선작을 2회에 걸쳐 잡지에 수록하기도 했다.[16]

이후 『신가정』의 독자투고 광고에는 특정 분야를 지정하지 않고 '무엇이든지, 언제든지' 투고를 환영한다는 내용이 짧막하게 실리는 경우가 많았으나, 독자투고의 대부분은 문예물이 차지했다. 이는 『신가정』이 '독자문단', '여학생문예', '이 달의 학생작품' 등의 제호를 내건

---

15 「투고환영」, 『신가정』, 1934.7, 158면.
16 당선작은 1934년 6월호에 '동요'가 7월호에는 '동화'가 수록되었으며 성별을 명시하지 않았으므로 정확하게 파악할 수는 없으나 필자들에는 남녀가 섞여 있었던 것으로 보인다. 당선 작품은 다음과 같다.

| 장르 | 작가 | 작품 | 게재호 |
|------|------|------|--------|
| 동요 | 이해남 | 「별 세기」(당선) | 1934.6 |
| | 강승한 | 「엄마 잃은 병아리」(당선) | |
| | 박영종 | 「제비 마중」(당선) | |
| | 김성도 | 「강아지」(선외) | |
| | 한신호 | 「글공부」(선외) | |
| 동화 | 정순철 | 「약물」(당선) | 1934.7 |
| | 최인화 | 「뫼추라기와 여호」(당선) | |
| | 이병병 | 「봄비」(당선) | |
| | 노양호 | 「삼남매」(가작) | |

다양한 독자란을 마련하고 문예물을 독자들의 주요한 글쓰기로 유도했기 때문인 것으로 보인다. '여학생문예란'을 통해서는 여학생들의 '서간문'을 모집한다는 광고가 실리기도 했는데, "부모님에게 드리는 것이나 형제 동료 사이에 주고받는 글이나 아모 것이든지 우리글로 써보내시면 그 중 잘된 것을 고선하야 여학생 문예란에 실겠"[17]다는 내용이 기재되어 있다. '서간문'을 여성문예의 주요한 양식으로 보는 시각은 『신여성』에 이어 『신가정』에서도 동일하게 확인되는 부분이다.

『신가정』의 독자투고에서 주목되는 부분은 『신여성』과 달리 소설을 여성 독자들의 글쓰기로 배정했다는 점이다. 『신가정』은 필자를 여학생으로 제한하는 '소녀소설'을 아래와 같이 모집하고 채택된 작품을 잡지에 수록하기도 했다.

소녀소설 모집

우리 신가정이 조선 여성에게 끼친 바 공은 새삼스럽게 설명할 것은 없겠습니다. 그러나 오직 뜻하고도 일우지 못한 것은 나이 어린 여러분의 손으로 된 작품을 실지 못한 것이었습니다. 그러나 이번 해가 바낌에 새 계획을 세워 나이 어린 여러 분의 손으로 된 여러분의 생활 기록을 실고저 합니다. 될 수 있으면 여러분 자신의 학교생활, 기숙사생활, 가정생활 등을 간명하게 스켈취한 소설을 보내주십시요 규정은 아래와 같습니다.

---

17 「서간문모집」, 『신가정』, 1935.9, 185면.

* 투고 규정

1. 자격－여학생 여러분에 한함

2. 매수－이백자 원고지 30매까지

3. 문체－순조선문(한글식 철자법으로)


　'소녀소설'의 모집은 소설에 대한 여학생들의 관심을 창작으로 견인한다는 긍정적인 지점이 있었으나, 투고 자격에 제한을 두고, 소재를 학교생활, 기숙사생활, 가정생활 등 신변적인 내용으로 한정했으며, 분량이 협소해 그야말로 편집진의 요구대로 사실을 '간명하게 스케치'하는 정도의 수준에 머무를 수밖에 없는 한계를 애초 안고 있었다. 따라서『신가정』의 소녀소설 모집은 소설 창작에 재능을 보이는 여성 신인들을 발굴하고 이들을 전문적인 작가로 성장시키기 위한 기획이라기보다 여학생 독자들의 이목을 집중시키기 위한 일종의 이벤트적 성격이 강했으며, 모집 역시 지속적으로 이루어지지 않아 실제 작품이 잡지에 수록된 경우는 두세 차례에 불과했다. 반면에『신가정』이 상당한 비중을 두었던 것은 여성 독자들이 쓰는 '실화'였다. 앞서 언급했듯이『신가정』은 창간기념 현상모집의 대상으로 '실화'를 지정한 바 있으며, 이후에도 여성 독자들이 쓰는 실화는『신가정』에 배치되는 빈도가 높았다. 유사문학적 성격을 띤 실화, 곧 여성 수기류는『신가정』뿐만 아니라『신여성』역시 여성 독자들의 주요한 글쓰기로 지정한 바 있는데, 1920~30년대 여성잡지들이 문학과 비문학의 경계에 있는 자기서사를 '여성적 글쓰기' 혹은 '여성문예'의 주요한 양식으로 정착시켜 나가고자 한 정황이 감지되는 대목이기도 하다.

성별규범이 일정하게 투영되긴 했으나 당시 여성잡지들이 독자투고 제도를 활발히 운영하게 되면서 『신여성』, 『신가정』 등에는 여성 독자들이 쓴 글이 독립적으로 배치되는 다양한 '독자란'들이 탄생하게 된다. 아래에서는 1920~30년대 여성잡지들이 운영한 독자란의 성격과 독자란에 수록된 여성들의 글쓰기 양상을 살펴보고자 한다.

## 2. 여성 글쓰기 공간으로서의 '독자란'의 형성

잡지에 독자란을 처음 독립적으로 배치하기 시작한 매체는 『개벽』이다. 『개벽』은 '독자교정란(讀者交情欄)'[18]이라는 이름으로 독자들의 투고를 받아 게재하는 별도의 코너를 마련하는데, 독자들이 잡지를 읽은 소감이나 편집진에 요구하는 사항 등을 간단히 적은 부분과, 독자들이 기고한 문예 작품을 수록하는 '문림(文林)'의 두 부분으로 구성되어 있었다. 개벽사에서 창간한 『어린이』 역시 '독자담화실'[19]이라는 이름의 독자란을 운영하였는데, 『어린이』의 '담화실'은 『개벽』의 독자교정란과는 달리 독자들의 문예 작품은 싣지 않고, 대신 독자들의 글에 대해 기자가 일일이 응답하는 방식을 취했다.

---

18   확인한 바로 『개벽』이 '독자교정란'을 배치한 것은 5호(1920.11)부터이다.
19   창간호(1923.3)에 담화실을 마련한다는 광고를 내긴 했으나 독자담화실이 『어린이』에 고정적으로 배치되기 시작한 것은 1권 10호(1923.11)부터이다.

여성지에 처음 독자란을 배치한 잡지 역시 개벽사의 『신여성』이다. 여학생을 주요 독자로 겨냥했던 만큼 『신여성』이 기획한 첫 독자란은 '여학생통신'이었다. '여학생통신'은 『개벽』의 '독자교정란'이나 『어린 이』의 '담화실'과는 달리 전체가 여학생들의 '서간문'으로 이루어져 있으며, 간혹 불특정 다수의 『신여성』 독자들을 수신인으로 하는 경우도 있었으나 사적인 친분 관계에 있는 친구나 지인, 학교 선·후배 등 특정 개인이 수신자가 되는 것이 대부분이었다. 더욱이 편지의 수신인이 모두 '여성'들이었다는 점 역시 특기할 부분인데, 말하자면 『신여성』의 '여학생통신'은 공적 공간을 이용한 사적 커뮤니케이션의 장이자, 발신자와 수신자가 모두 여성으로 구성된 일종의 여성 공간을 형성한 셈이다. 그러나 '여학생통신'은 몇 차례 실리다 사라지는데, 기자는 여학생들의 투서가 적기 때문이라고 그 이유를 밝히기도 했다.[20]

'여학생통신' 이후에도 『신여성』에는 다양한 독자란이 마련된다. 그 중에서 『개벽』의 '독자교정란'이나 특히 『어린이』의 '담화실'과 유사한 성격을 지닌 '독자와 기자', '회화실', '여인사룬'[21] 등이 차례로 만들어졌다. '독자와 기자'가 기사 내용과 관련해 독자가 궁금한 사항을 질문하고 기자가 이에 답하는 형식이었다면, '회화실'이나 '여인사룬'은 독자와 잡지 사이의 교류는 물론 독자와 독자 간의 유대가 형성되는 장이었다. 말하자면 『신여성』이라는 매체를 공유하는 '독자'인 동시에 '여

---

20  한 여성 독자가 호마다 게재되던 여학교통신이 퍽 흥미 있게 보는 코너였고 친밀성도 생겨 좋았는데 요사이 게재되지 않는 이유를 묻자 기자는 웬일인지 투서가 적어 하나 둘쯤 있어도 게재하지 않게 되었다고 답을 했다. 개성 일여성, 「독자와 기자」, 『신여성』 3권 1호, 1925.1, 92면.
21  '여인사룬'은 '여인살롱'을 의미하는 것으로 보인다.

성'이라는 공동성이 형성되는 회화실이나 여인사룬은 '독자 커뮤니티'
이자 '여성 커뮤니티'로 기능한 것이다. 회화실 첫 회(4권 6호, 1926.6)에
투고된 다음과 같은 여성 독자들의 글에서도 이는 잘 드러난다.

> 여러분 동무들! 우리는 이 『신여성』잡지를 읽을 째마다 얼마나 불만이 만
> 햇던가요. 저는 이런 욕까지 한 일이 잇섯습니다. "이것은 자긔네들 전유물
> 인가 엇제 독자에게 도모지 말 한마대 해볼 긔회도 주지 안흐니" 하고. 그러
> 나 지난 오월호 광고에 이 '회화실'란이 생긴다는 것을 보고 매우 후회하엿
> 습니다.(시내 리종숙)

> 이 회화실란이 이압흐로 얼마나 자미잇슬가요. 생각만 하여도 마음에 만
> 족한 생각이 납니다. 그러나 여긔에 함부로 속업시 짓거려서는 남자들에게
> 흠을 잡힐가 념려되오니 우리가 우리의 인격을 존중히한다는 의미에서 공
> 평한 말과 의미잇는 말을 쓰는 것이 매우 조흘 줄 압니다. 너무 건방진 말슴
> 갓지만 저는 이 처음 열니는 회화실에셔 이것을 특별히 우리녀성독자동무
> 에게 경고하여 두고 맙니다.(대구 일여성)

> 긔자선생님! 아마 이 '화화실'에는 특별히 남자의 투고를 밧지 아니하시
> 는 것이 좃치 안켓습닛가. 여러 가지 자미스럽지 못한 문제가 생기지나 아니
> 할가 념려하는 까닭입니다.(화동 閔生)

회화실에 투고한 여성들은 불특정 다수의 『신여성』 독자들을 "우리
여성독자동무"로 호명하며 동일한 매체를 공유하는 친밀감을 표현하

는가 하면, 회회실란에 남성들의 투고를 받지 말고 온전히 여성들의 글만을 수록하자고 기자에게 제의하기도 했다. 그런가 하면 한 여성은 남성들에게 흠을 잡히지 않기 위해 "공평한 말과 의미있는 말"을 쓰자고 다른 여성 독자들에게 당부하는 등 회화실을 통해 여성들 사이의 친밀감과 유대감을 뚜렷하게 피력한다.

1926년 『신여성』이 정간되면서 사라졌던 회화실은 1931년 잡지가 속간되면서 '여인사룬'으로 이름을 바꿔 새롭게 등장하고 있다. 5권 9호(1931.10)에는 "이달부터 새로히 애독자 여러분의 란을 새로 내"게 되었으며, "독자 여러분과 독자 여러분 사이의 통신 쏘는 본지를 읽으신 소감이나 혹 時想에 대한 감상 혹은 궁금하신 일 알고 십흐신 무슨 사항이고 적어보내주시면 실어드리겟스며 쏘 성의것 책임잇는 대답을 하여 드리겟"[22]다고 코너를 소개하기도 했다.

그런가 하면 1920년대 『신여성』은 지방에 거주하는 여성들의 투고만으로 이루어지는 '지방통신란'을 신설하기도 했는데, 이는 잡지가 지방의 여성들을 본격적으로 미디어의 독자로 흡수하고자 한 전략적 측면 역시 있었던 것으로 보인다. 『신여성』은 3권 11호(1925.11·12)의 편집여언을 통해 "본지는 압흐로는 더욱이 녀성사회의 모든 소식을 서로 알리우기 위하야 지방통신란을 신설하고 각 지방에 녀성의 단체나 학교나 그 외의 녀성에게 대한 소식을 게재하려하오니 독자제위는 여러 가지 소식을 만히 통지하여 주기"를 당부하며, 4권 1호(1926.1)부터 지방통신란을 배치하기 시작했다.

---

22 「여인사룬」, 『신여성』 5권 9호, 1931.10, 89면.

『신여성』의 '지방통신란'에 수록된 글 중에는 특히 남성들의 폭력과 배신에 고통 받는 여성들의 이야기를 전하는 경우가 많았다. 예컨대 한 여성은 자신의 마을에 사는 유학까지 다녀온 남성이 어린 딸과 시부모를 극진히 봉양해 온 아내를 배신하고 신여성과 이중결혼을 해 봉변당한 얘기를 전하면서 "오늘날의 녀성은 구녀성이나 신녀성을 물론하고 다가티 남성에게 속"기 쉬우니 "이거슬 쌔닷고 반기를 들지 안이하면 아니될 줄"[23] 안다고 호소하는가 하면, 아내와 강제로 이혼하고 다른 여성과 혼인한 목사의 이중성을 고발한 철원에 사는 어느 여성 독자는 "남성에게 녀성이 작고 학대와 모욕을 당"하며 "현대의 종교는 더욱 녀성을 압제"[24]한다고 비판하면서 남성뿐 아니라 종교에 대한 강한 불신을 내보이기도 했다. 지방통신란 역시 여성들의 열악한 현실에 대한 고발의 장으로 주로 활용된 것으로 보이며, 앞서 언급했던 『신여성』의 독자란들과 마찬가지로 '여성'이라는 공동성을 확인하고 강화하는 장으로 역할한 것으로 판단된다.

아울러 『신여성』은 여성들이 본격적인 문학의 장으로 접속할 수 있는 가능성을 마련하는데, 바로 '독자논단'과 '독자문예'란이다. 사회평론적 성격을 띤 독자논단은 3권 1호(1925.1)에 처음 배치되었으며, 코너의 모두에는 "여자투서에 한하여 환영한다"는 규정을 명시하고 있다. 또한 너무 길게 쓰지 말라는 언급 외에 자수(字數)의 제한을 따로 정하지 않아 여성들이 자신의 생각을 충분히 피력할 수 있는 규모를 확보할 수 있게 된다. 때문에 독자논단은 내용과 형식에서 『신여성』이 기획한 여타의

---

23  「지방통신란」, 『신여성』 4권 1호, 1926.1, 49면.
24  「지방통신란」, 『신여성』 4권 3호, 1926.3, 50면.

독자 글쓰기와는 이질적인 양상을 보였다. 앞서 살펴보았듯이 『신여성』이 발주한 여성들의 글쓰기가 주로 사적/신변적인 내용을 기술하는 자기재현적 양식이었다면, 독자논단은 '평론'이라는 공적 언술의 형식을 통해 여성들의 대사회적 발언이 이루어지는 글쓰기 장이었다.

독자논단에 실린 여성들의 글에는 진정한 여성해방을 촉구하는 내용, 여성의 가사노동에 대한 정당한 보상이 있어야 한다는 주장 등 여성문제와 관련한 것이 많았으나, 종교나 시간 문제 등 사회 문제 전반에 대한 관심과 비평을 시도하는 경우 역시 적지 않았다. 예를 들어 3권 2호(1925.2)에 실린 「조선사회와 기독교」라는 글을 투고한 '김신도'라는 여성은 예수의 혁명적 성격을 상실하고 원칙주의에 얽매인 조선의 기독교를 비판하면서 "불상한 사람들을 붓들어 주는 개혁운동"으로 기독교를 재정의하는데, 글의 말미에는 여성인 자신이 여성문제가 아닌 종교문제를 거론하는 이유에 대해 다음과 같이 언급하기도 했다.

> 녀자문제로 의론이 분분한 조선사회의 여자로써 붓을 들을 째에 엇지면 그러케 녀자에 대한 말은 한 마디도 업슬가 하고 이상스러히 생각하시는 분도 게시겟스나 다만 민족이 살고 개인이 살냐고 하면 일심단합 밧게는 업는 줄로 알고 여자도 잇는 정성을 다하야 사회와 민족을 위하야 직접간접으로 노력하여여 될 줄로 생각한 저는 억지로 구별하기가 실혀서 싸로 여자에 대한 제의 의견을 말치 아니하엿습니다.[25]

---

25  신의주 김신도, 「조선사회와 기독교」, 『신여성』 3권 2호, 1925.2, 62면.

여성은 여성과 관련한 문제에 대해서만 발언하라는 사회의 암묵적 요구를 의식한 듯, 필자 김신도는 여자도 사회와 민족을 위하야 노력해야 한다고 생각하기 때문에 굳이 관심을 두어야 할 문제를 남녀로 구별하고 싶지 않았다는 말로 성별 논리에 갇힌 글쓰기를 완곡하게 거절하고 있다. 또한 그는 기독교와 더불어 "문학을 사회발뎐의 어용품(御用品)으로 쓰자"(같은 글, 61면)는 제의를 하기도 했는데, 이는 1920년대 식민지 조선의 젊은이들 사이에서 문학의 위상을 가늠케 하는 것이며, 아울러 잡지라는 공공의 매체에 평론을 투고하는 것 역시 궁극적으로는 문학을 지향하는 행위였음을 짐작케 하는 대목이기도 하다.

그러나 '독자논단'은 오래 지속되지는 못하고 3권 5호를 마지막으로 사라졌다가 속간 이후 '여인논단', '여성전선' 등으로 이름을 바꾸어 이어진다. '여성전선' 광고에는 "여러분의 평소 불평·불만 쏘는 항의를 긔탄 업시 적어보내" 달라는 내용과 함께 "일반 남성에게 쏘는 사회에 가튼 여성에게, 부모에게 긔타 각 방면에 대하야 하고 십흔 말슴을 솔직하게 적어보내" 달라는 편집진의 부탁이 실려 있다. '여성전선'란에 수록된 글에는 남성문사들의 이중성을 비판하고 여성작가들의 입장을 옹호하는 내용이나(이혜정, 「억울한 여류작가」, 6권 8호), 여학생들이 단순히 대중문화의 소비자로 전락하는 상황을 비판하고 자기의 이상에 전력을 다하는 "셀프 메이킹 썰"이 되어달라는 요구가 있는가 하면(김영순, 「여학생제군에게 격함」, 6권 8호), 여급도 엄연한 직업부인이며 "더욱이 사람들의 만연한 몰이해에 기인한 오류를 밧고 잇는 괴로운 직업"[26]이

---

26    강정희, 「여급도 직업부인인가」, 『신여성』 6권 10호, 1932.10, 21면.

라는 주장이 실리는 등, 여성과 관련한 세간의 불신과 오해를 불식시키고 여성의 입장을 적극 변호하거나, 여성 자신의 성찰을 촉구하는 여성들의 목소리가 강하게 개진되었다.

한편 '독자문예'란은 이러한 평론란과 더불어 『신여성』이 의욕적으로 시도한 독자란이었다. '독자교정란' 내에 '문림'이라는 독자문예란을 함께 배치했던 『개벽』과 달리, 『신여성』은 '회화실'과 같은 독자담화 공간과는 별도의 독자문예란을 마련한다. 『신여성』 측은 독자문예 모집을 통해 들어온 글들을 선별해 '독자문단' 혹은 '독자문예'라는 이름으로 정기적으로 수록할 취지였던 것으로 보이나, 실제로 『신여성』에 '독자문예'가 수록된 것은 서너 차례 정도에 불과하다. 독자문예란의 수록이 번번이 누락되고 독자문단이 활성화되지 못하는 이유에 대해서 『신여성』 편집진은 다음과 같이 설명하고 있다.

두 달이나 석 달이나 두고 내려오며 독자여러분의 귀고를 모집한다고 광고하여노코 발표한다고 발표한다고 쓰러내려오던 독자문예! 실로 말슴하기도 무엇합니다. 처음에는 물론 성적이 상상 이상으로 지극히 조흐리라고 생각햇던 것이 모여놋코보니 실지에 와서는 상상 이상으로 낫벗습니다. (…중략…) 그래 우리가 생각하기에는 학교시험가튼 관계로 해서 글 쓰실 만한 분으로도 쓸 틈이 업는 까닭으로 나 아닌가 생각햇스나 아마 녀자에게만 응모(應募)의 자격을 제한하기 쌔문에 범위가 좁앗슨 것도 한 원인이겟지만 만일 여자여러분으로서 이러케도 글 쓰시는 분이 적다고 하면 너무나 섭섭한 일입니다. (…중략…) 압흐로 만히 투고해 주시기를 아울너 바라오며 본사에서도 쯧쯧내 문예를 애호하시는 독자여러분을 위하여서는 지면의 몃부분을 개방하기에 조금도 앗김이 업시 진력하며 후원하여 후일 녀자문단의 서광을 기다릴가 하오니 이 쯧을 량해하시고 조금도 사양과 붓그럼업시 다 가티 노력하시기를 성심으로 원하나이다.[27]

독자문예란이 활성화되지 못한 가장 큰 이유로 여자에게만 응모(應募) 자격을 제한해 범위가 좁았기 때문이라 지적하고, 그럼에도 '여자 문단'의 서광을 위해 여성 독자들에게 꾸준히 지면을 제공하겠다는 약속을 하고 있으나 1920년대 『신여성』에 독자문예란이 수록된 것은 4권 8호가 마지막이었다. 독자문예모집 광고를 내고 4권 1호(1926.1)에 처음 독자문단이 실린 이후 정간(4권 10호, 1926.10)하기까지 10개월 동안 『신여성』에 독자문예란은 단 2회 배치되었으며 속간 이후에도 한두 차례 수록된 것이 전부였다.

『신여성』 측은 독자문예란의 부실과 잦은 누락의 원인을 여성 독자들의 투고 부족과 수준 미달에서 찾고 있으나 이러한 편집부의 설명을 온전히 받아들이기엔 어려운 점이 있다. 앞서 살펴본 것처럼 문학에 대한 당시 여성들의 관심과 애호는 지대했으며, 이러한 문학열은 비단 독자의 차원에 머물지 않고 근대문학을 생산하는 주체가 되고자 하는 욕망으로 견인되기도 했다. 『신여성』에 수록된 다음과 같은 여성들의 글에는 이러한 열망이 잘 드러나 있다.

---

27　「독자문예」, 『신여성』 4권 8호, 1926.8, 52면. 4권 1호에 처음 '독자문단'이 등장한 이후 계속 실리지 않다가 4권 8호에 '독자문예'로 코너명이 바뀌어 두 번째로 수록된다. 인용한 부분은 4권 8호 독자문예란의 서두에 실려 있는 내용이다.

긔자 선생님 여러분! 다 평한하심닛가? 신녀성에 대하야 말슴인데 독자로는 누구로나 다 투고할 수 잇슴닛가? 또 용지는 귀사에서 보내는 원고용지라야 되는지 자긔의 마음대로도 할 수 잇는지 알고저 합니다.(안악 임신훈, 회화실, 4권 7호)

신녀성 독자문예에는 글의 길고 싸른 것을 꼭 모집광고에 지정한 대로하야만 됨닛가. 혹 다소 짤거나 길으면 몹쓸닛가. 좀 알녀주십시요.(전주 一投稿生, 회화실, 4권 7호)

귀사에서 발행하는 네 가지 잡지 중 한 책에 한하야 매월 한 편씩만 빌려서 매월 작품을 발표해 볼까 하는데 그럿케 하려면 귀사와 어쩌한 관계를 매저야 하는지 그것을 좀 알려 주소서. 물론 발표하여서 별 손색이 업는 자신 잇는 작품을 말하는 것입니다.(김소순, 여인사룬, 6권 3호)

엿줄 말슴은 넘치를 불고하고 詩 한 편을 보내드리오니 바더보시고 잘못된 곳을 첨삭하셔서 긔재하여 주십시요 詩의 내용은 朱乙온천에 대한 것입니다.(함영여고 K생, 여인사룬, 6권 3호)

이제 한 달만 잇스면 학교를 나슬 여자입니다. 文藝에 취미가 잇서 그 방향으로 힘쓸랴고 하오니 엇더한 순서를 발버야될가요? 문예통신학교는 업습니까?"(일독자, 여인사룬, 7권 3호)

『신여성』의 독자문예란이 부실한 원인을 전적으로 여성 독자들에게 전가할 수 없는 것은 당시 『개벽』, 『어린이』 등과 비교하면 더욱 선명해 진다. 『개벽』은 독자교정란 속에 '문림'을 꾸준히 배치하는 한편, 네 차례의 대대적인 현상문예를 통해 독자를 작가로 견인한 바 있으며, 『어린이』 역시 상시적으로 '현상글쒺기'[28]를 운영하고 '쒺힌 글'란을 두어 독자들의 글을 수록했다. 이후 『어린이』는 '작문'란과 '입선동요' 란을 마련하고 독자투고를 더욱 확대하는가 하면 '독자작품특집호'[29]를 꾸리는 등 독자들을 대상으로 문예를 포함한 글쓰기 교육을 실시하고 이들을 아동문학 작가로 성장시키는 데도 적극성을 보인다. 따라서 『신여성』의 독자문예란이 빈약했던 것은 편집진들의 주장처럼 글을 쓰는 여성들이 부족했던 탓이라기보다 오히려 매체가 여성들을 문학 창작의 주체로 견인하려는 의지가 부족했던 원인이 더욱 컸으리라 판단된다.

이와는 달리 1930년대 『신가정』은 '독자란'의 기획과 배치에서도 『신여성』과의 차별화를 시도하며 『신여성』을 압도하는 측면이 있었다. 『신가정』의 독자란은 대부분 '독자문예'를 수록하는 방식이었는데, 운영 형태 역시 '독자문예(독자문단)', '여학생문예', '이 달의 학생작품' 등으로 다양했다. 이 중 '여학생문예(여학생페이지)'나 '이 달의 학생작

---

28  『어린이』는 "감상문, 원족기, 편지글, 일기문, 동요, 이상 무엇이던지, 새로 짓거나 학교에서 작문 시간에 지은 것 중에서 보내시면 뽑아서 책 속에 내여들이고 조흔 상품을 보내들이겠습니다. 교재 공부에 유익한 일이오니 빠지지 말고 보내주시면 꾸미느라고 애 쓰지 말고 솔직하게 충실하게 쓰기에 힘쓰십시오. 그런 것을 만히 뽑습니다"라는 내용의 '현상글쒺기' 광고를 싣고 있었다.
29  『신여성』 5권 10호(1931.11)의 『어린이』 광고에는 "『어린이』 十一月호는 독자작품특집호로 하야 발행햇는데 정말 조선아이들의 마음과 감정에 자릿자릿하게 울리는 노래와 이야기가 가득히 실려서 집집마다 큰 평판"이라는 내용이 실려 있다.

품' 등은 '여학생'을 문예 창작의 주체로 한정한 독자란이었는데, 대개 '경성보육', '이화여전', '중앙보육' 등 여자전문학교를 중심으로 여학교 한 곳을 지정하고 해당 학교에 재학 중인 학생들의 작품을 수록하는 것이 일반적이었다.

『신가정』의 독자문예란에 실리는 글의 장르는 『신여성』의 독자문예란과 같이 시의 비중이 높긴 하나 동요, 시조, 서간문, 일기, 소품, 논문 등 다양한 양식들이 망라되었다. 특히 '여학생문예'나 '이 달의 학생작품' 등에는 시보다는 서간문, 일기, 소품, 단상 등 '수필류'들이 큰 비중을 차지했다. 독자문예란에 소설은 거의 수록되지 않았는데,[30] 이는 활발하지는 않았으나 『신가정』이 '소녀소설' 등 여학생 독자들의 소설을 모집하는 다른 경로가 있었던 것도 한 이유가 되었으리라 생각된다. 『신가정』의 독자문예란에 실린 여성들의 글 중에는 특히 여성의 현실에 대한 비판적 자각이나, '자기'를 찾고자 하는 의지를 내보인 글들이 많았다. 예를 들어 1935년 6월호 '독자문단'에 실린 'S생'의 글 「어머니가 되어 어머님을 생각함」에서 필자는 구여성과 신여성을 막론하고 여성의 열악한 위치를 조명하고 있다. 교육을 받지 못한 필자의 어머니는 아버지에게 버림받고 한스러운 일생을 보냈기에 딸만은 공부를 해 자신과는 다른 인생을 살아가기를 소망한다. 딸은 어머니의 바람대로 공부를 하고 신식결혼을 했지만 그러나 그녀가 새삼 확인하는 것은 어머니와 자신이 동일하게 감당해야 하는 '여성'의 현실이다. 어머니와는

---

30   1936년 2월호 '여학생페이지'에 실린 이화여전 재학생 장영숙의 단편 「봄」이 유일하게 확인할 수 있었던 소설 작품이다. 「봄」은 가족들의 연이은 죽음으로 아버지와 단둘이 살게 된 여학교 음악 교사 '애나'의 슬픔과 고독감을 초점화하고 있다. '여학생페이지'의 말미에는 「봄」을 포함한 수록 작품들에 대한 '편집자의 촌평'이 실리기도 했다.

다른 삶을 살아가는 것처럼 보이나 실은 "어머님의 제사를 당하야도 향불 하나 올니지 못"하는 딸은 자신이 어머니와 같은 '여성'임을 절감하게 된다.

1935년 9월호 '학생문예'란에 수록된 양정자의 「일기에서」는 무엇보다 '자기'에 대한 사랑이 제일 귀중하며 "끝까지 끝까지 나 홀로라도 나 자신을 사랑하고 나 자신을 믿고 나아가자"[31]는 의지가 피력되는가 하면, 1936년 6월호 '이 달의 학생작품'에 실린 이고(梨高) 졸업생 이강자의 「동경 간 언니에게」에서는 여학교를 졸업하고 고향에 돌아와 지낼 수밖에 없는 자신의 처지임에도 이를 비관하거나 자기연민에 빠지기보다, "언니나 동무들이 세상에서 배우는 동안 동생은 이 산 속에서나마 책을 보고 쓰기도"[32] 하겠다는 다짐을 내보이기도 한다. 이와 같이 여성잡지의 독자문예란에 실린 여성들의 글은 남성들이 비판하는 여성 특유의 낭만적/감상적인 경향과는 대부분 무관한 내용들이었다. 여성 독자들은 글쓰기를 통해 오히려 신세한탄이나 감상에 빠지는 위험을 경계하고 개인적인 문제부터 사회적인 문제에 이르기까지 다양하게 개입하면서 자신들의 목소리를 내고자 했다.

그런데 여성잡지가 이처럼 다양한 독자투고제도를 실행하고 독자란을 마련해 여성 필자/작가를 발굴하고 이들의 글쓰기/문학을 본격적으로 수록하기 이전, 이미 1920년대 『조선문단』에 의해 이와 유사한 기획이 시도된 바 있다. 다음 장에서는 『조선문단』의 '여자부록'을 통해 여성과 문학의 조우를 사건화하고 '여류문학'이라는 차이의 게토를 만

---

31    배화여고 4년 양정자, 「일기에서」, 『신가정』, 1935.9, 185면.
32    梨高졸업생 이강자, 「동경 간 언니에게」, 『신가정』, 1936.6, 169면.

들어간 정황을 살피는 한편, 여자부록이라는 성별적 섹션 속에 배치된 여성들의 글쓰기가 이를 내파하는 징후들을 독해하고자 한다. 아울러 1920~30년대 여성잡지가 여성작가나 여성문학과 관련해 생산한 담론의 구체적 정체를 추적한다.

# 여성작가의 발굴과 '여류문학' 범주의 구성

## 1. 문학 대중화 기획과 여성문학 섹션의 탄생
### ―『조선문단』의 '여자부록'

1920년대 『개벽』과 더불어 '잡지문단'을 이끌었던 『조선문단』[1]은 근대문학의 제도화 및 문학 대중화를 견인한 대표적 매체였다. 『조선문단』의 창간 주체인 방인근은 잡지 창간 당시의 상황을 다음과 같이 언급하고 있다.

---

1   『조선문단』은 1924년부터 1936년까지 통권 26호가 발행된 문예지이며, 1920년대 (1924.10~1927.3)에만 20호가 발행되었다. 두 차례의 휴간(1925.12~1926.2, 1926.7 ~1926.12)과 속간(1927.1, 1935.2)이 있었고, 1936년 1월로 종간했다. 최덕교 편저, 『희곡잡지백년』 2, 현암사, 2004, 130~147면 참조.

그때 잡지로는 『개벽』이 있었고 문예지는 하나도 없었으며, 일반 문예지의 출현을 고대하던 판이요, 그야말로 문학열은 심한 데 그 고갈을 면하게 할 만한 것이 없던 때라 『조선문단』이 나오자 크게 환영을 하였던 것은 사실이다. 기성 문인으로도 발표기관이 없었고 더구나 문학청년으로서 헤매는 이가 많았는데 이 『조선문단』으로 그들은 쏠려 들게 된 것이다. 특히 문단 등용문이라는 미명하에 독자 문단을 모집하고 추천을 하여 신진을 많이 골라낸 것이다.[2]

인용문에서 방인근은 종합지 『개벽』이 거의 유일하게 문단을 형성·지지(支持)하는 기관으로 존재하는 상황에서 『조선문단』이라는 본격적인 문학 저널리즘의 탄생이 당시 고조된 대중들의 문학열을 충족시킬 수 있었다는 점, 뿐만 아니라 작품 발표 매체의 부족에 직면한 기성문인들에게 본격적인 작품 발표 기관의 역할을 했다는 점, 아울러 신진들을 '문사/작가'로 인준하는 문단 등용문이 되었다는 점을 강조하고 있다. 방인근의 술회와 같이, 『조선문단』은 1920년대 전반기 "빙허, 도향, 동인, 춘원, 상섭, 월탄, 늘봄, 백화, 안서" 등과 같은 기성 문인들의 새로운 작품 발표 무대가 되었을 뿐만 아니라, "서해, 은상, 조운, 도순, 화성, 독견, 영빈, 설야"[3] 등 신진들의 본격적인 문사 등용 기관이기도 했다. 이념적 좌·우를 가리지 않고 문인들에게 활동 무대를 제공한 것은 물론 신인 배출을 견인했던 『조선문단』의 위상과 역할은 김동인의 다음과 같은 회고를 통해서도 짐작할 수 있다.

---

2    방인근, 「조선문단 시절」, 『한국문단이면사』, 깊은샘, 1999, 126면.
3    춘해, 「『조선문단』과 그 시절」, 『조선문단』, 1935.4, 130면.

오늘날 앉아서 보자면 이 춘해의『조선문단』은 조선 신문학사상 몰각할 수 없는 큰 공적을 남기었다. (…중략…) 염상섭, 나도향, 현진건 등이 스타 아트를 한 것은『개벽』지상이었지만 소설가로 토대를 완성한 것은『조선문단』에서였다. 서해의 요람도『조선문단』이었다. 상허 이태준의 문학청년으로서의 요람, 노산 이은상의 요람, 그 밖 적잖은 작가들이 이『조선문단』을 요람으로 출발하였다.[4]

『조선문단』을 무대로 삼고는 좌·우파의 온 문인이 창작으로 평론으로 자기네의 입장을 분명히 하였다. 더구나 보통 잡지상에서 글을 보기가 쉽지 않던 육당까지 간간히 출마하였다.『조선문단』은 세상의 인기가 좋았을 뿐만 아니라 문인들 가운데도 특별히 인기가 좋았다. 거기는 특별한 이유가 있다. 아직껏 조선서 발행된 잡지는 동인잡지든가 그렇지 않으면 영업사가 발행한 것이었었다. (…중략…) 그러나 춘해의 입장은 그렇지 않았다. 춘해는 자기도 소설을 써 보려는 마음을 내이느니만치 문예에 대하여 이해가 깊었다.[5]

『조선문단』이 문학에 문외한인 영업자가 만든 것이 아니라 스스로 문사가 되고자 하는, 문예에 대한 이해가 깊은 방인근이 출자자 겸 발행자가 되었다는 사실을 지적한 김동인은 자신이 만든 "『창조』의 발간으로서 그 첫 싹이 튼 조선의 문예계는 춘해의『조선문단』발간으로 사회적으로 온전히 그 지위를 잡았다"[6]고 평가한다.

---

4    김동인, 「『조선문단』 시대」, 『김동인전집』 6, 삼중당, 1976, 40면.
5    김동인, 「창조·폐허 시대」, 『한국문단이면사』, 깊은샘, 1999, 41면.

『조선문단』이 『창조』에 이어 문예잡지의 계보를 이은 것이라고 김동인은 강조하나, 실상 『창조』나 『폐허』 같은 동인지가 "멋멋 同人이 모히어서 제 각기 제멋내로 써들든 시대"[7]의 산물, 혹은 "문예 작품을 처음 쓰는 이들이 발표하는 기관"[8]이라는 인식이 투영된 결과물이라면, 『조선문단』은 이러한 아마추어리즘을 극복하고 전문성을 강화한 문예잡지의 첫 출발이라 할 수 있었다.[9]

본격적인 문예 저널리즘을 표방한 『조선문단』은 "문학에 대한 이해가 없는" 조선에서 문학이 예술의 영역임을 교육하는 한편, "조선에서와 같이 문사되기 쉬운 나라"[10]에서 문사가 제도를 통해 인준되는 문예 전문가임을 확고히 하는, 이른바 문학의 신성화, 문사 탄생의 제도화를 적극적으로 추진해 간다.

창간호의 「권두사」에서 문학이 "사람의 동물성을 변하야 사랑의 사람으로 화"하게 하는 "참된 예술" "인생을 위한 예술" "거룩한 사랑의 예술"임을 선언한 『조선문단』이 문학에 대한 인식 전환을 위해 우선적으로 기획한 것은 문학 담론의 활발한 가동이었다. 창간호부터 5회에

---

6    위의 글, 42면.
7    염상섭, 「처녀작 발표당시의 감상─처녀작 회고담을 다시 쓸 째까지」, 『조선문단』 6호, 1925.3, 59면.
8    늘봄, 앞의 글, 74면. 늘봄 전영택은 이 글에서 『창조』에 처음 소설을 발표할 당시의 소회를 밝히고 있다. 소설을 써 놓고도 도무지 마음에 들지 않아 발표할 용기가 나지 않았으나 동인지가 문학 작품을 처음 쓰는 이들, 연습하는 이들이 발표하는 기관이라는 생각을 가지고 발표할 용기를 냈으며, 글의 끝에 '습작'이라는 말을 첨가했다고 밝힌 바 있다.
9    김병익은 『개벽』과 『조선문단』을 한국 잡지문단의 두 기둥으로 평가하면서, 이들 잡지가 동인지의 폐쇄성을 완전히 탈피하여 원고의 외부 청탁제와 원고료의 지불을 제대로 실시하며, 시·소설·비평 등 각 장르의 작품들을 폭넓게 수용하면서 정기적(定期的) 그리고 장기적(長期的)으로 발행된 잡지다운 최초의 잡지였다고 평가한 바 있다. 김병익, 앞의 책, 79면.
10   장백산인, 앞의 글, 73면.

걸쳐 이광수의 「문학강화(文學講話)」를 연재한 『조선문단』은 문학론 및 시·소설 등 장르별 창작 방법론을 수록하는 등 문예 강좌를 통해 문학이 예술적/전문적 영역임을 주지시키는 한편, 외국 작품 및 작가 소개, 번역, 해외 문단 소개 등에도 주력한다.[11]

그런가 하면 "비평안 업는 신문잡지경영자들의 손으로 一篇의 '소설이라는 것' '시라는 것이 활자로 박어 나오면"[12] 소설가가 되고 시인이 되는 문단의 현실을 개혁하고, 문예에 대한 이해가 부족한 기존의 신

---

11  1920년대 『조선문단』에 게재된 문학론 및 장르별 창작방법론 관련 글과 외국문학 및 문단을 소개한 글을 정리하면 다음과 같다.

| 문학론 및 장르별 창작방법론 | | | 외국문학 및 문단 소개 | | |
|---|---|---|---|---|---|
| 이광수 | 문학강화 | 1~5호 | 편집인 | 아나톨 프란쓰 | 1호 |
| | | | 일기자 | 해외문단소식 | 1~2호 |
| 주요한 | 노래를 지으시려는 이에게 | 1~3호 | 김안서 | 타고아의 시 | 2호 |
| | | | 秋湖 | 오델로 | 1~4호 |
| 김동인 | 소설작법 | 7~10호 | 오천석 | 쎄라 티즈데일의 시 | 4호 |
| | | | 김안서 | 아더 시몬쓰 | 4호 |
| 김안서 | 작시법(作詩法) | 7~12호 | 최서해 | 근대영미문학개관 | 4호 |
| | | | 크롤리 | 셰익스피어극의 교훈(번역) | 4호 |
| 이은상 | 영시사강화 | 12~13호 | 최서해 | 근대독일문학개관 | 5호 |
| | | | 이은상 | 시인 휘트맨론 | 8호 |
| 최남선 | 조선국민문학으로서의 시조 | 16~17호 | 전영택 | 詩聖 단테 | 9호 |
| | | | 이은상 | 텐니손의 亂世詩 | 9호 |
| 양주동 | 영시강화 | 18~20호 | 김억 | 이에츠의 연애시 | 10호 |
| | | | I. K. P | 세계문호탐방 1 — 셰익스피어 | 15호 |
| | | | | 세계문호탐방 2 — 로맹 롤랑 | 16호 |
| | | | | 세계문호탐방 3 — 도스토예프스키 | 17호 |
| 이병기 | 조선문법강좌 | 20호 | 이윤재 | 중국극발달소사 | 15~17호 |
| | | | 무위산인 | 가스타브 플로베르 | 18호 |
| | | | R. S. K | 세계문호와 그의 작품 — 골키와 첼캇슈 | 19호 |
| | | | 일기자 | 세계문호와 그의 작품 — 루나찰스키 | 20호 |
| | | | 양건식 | 元曲槪說 | 20호 |

12  장백산인, 앞의 글, 73면.

문·잡지와의 차별성을 확보하기 위한 전략으로 문예와 문예 아닌 것을 선별하는, 즉 문학 작품의 가치를 판단하고 결정하는 문학 비평의 활성화를 모색하기도 한다. 이를 위해 『조선문단』이 새롭게 창안한 것이 '합평회(合評會)'이다. 매달 잡지를 통해 발표된 시와 소설을 대상으로 몇 명의 기성 문인들이 참석해 총평하는 형식을 취한 합평회는 비평의 대상을 선택하는 과정에서 문예로 합당한 작품을 승인하고 그렇지 않은 경우를 배제하는 1차적인 선별화가, 다시 비평을 통해 작품으로서의 최종적인 가치를 결정하는 2차적인 선별화가 이루어지는 방식이었다. 1920년대 『조선문단』 합평회가 비평의 대상으로 선택한 작품들은 주로 『조선문단』과 『개벽』, 『생장』 등에 게재된 시나 소설들이었으며, 합평회에 참석했던 주요 문사들은 양백화, 현진건, 방인근, 염상섭, 나도향, 최서해 등이었다.

합평회는 문학 작품을 선별하는 새로운 비평 제도인 동시에, 문사라는 작가 집단 내부에 위계적 층위를 설정하는 계기로 작용하기도 한다. 합평회라는 형식을 통해 비평의 권력을 부여받은 소수의 작가들은 문예를 창작하는 주체이자 문예 작품의 가치를 판단하는 비평 주체의 권위를 동시에 획득하게 된, 말하자면 작가 위의 작가, 곧 문단의 '대가'로 암묵적 승인을 받게 되는 것이다.

문학에 대한 인식 전환을 도모하고 '문예'의 개념을 대중들에게 전파하는 한편, 전문적인 예술가로서의 문사 배출 역시 『조선문단』이 기획한 주요 내용이었다. 『조선문단』의 편집동인이었던 이광수는 "소설이 무엇인지 시가 무엇인지 어렴풋한 개념도 업는" 이들이 문예 작가가 되는 조선의 현실을 비판하고, "일반 공중의 요구와 비평안이 놉하갈사록 春畵文學 癡話文學은 슬어지고 말 것이"며, "점점 文士 되기가 어려울 것이"[13]라고 천명한 바 있다. 이와 같은 주장을 현실화하는 방법으로『조선문단』이 처음 시도한 문사 배출 제도가 '현상추천제'였다.

『조선문단』은 창간호부터 매호 투고모집을 실시하는데, 광고에 "특작(特作)은 문단에 추천(推薦)한다는 의미로 '추천'이라 쓰고 그 다음은 '입선'이라 쓰고 쏘 다음은 '가작'이라고 씁니다. 얼마 지나 諸位中에 탁월한 분이 계시면 신진작가로 소개합니다"라고 그 규정을 밝히고 있다. 아울러 원고의 선자(選者)가『조선문단』의 편집동인이자 당시 문단의 대가로 군림하고 있던 '이광수, 주요한, 전영택'임을 광고함으로써 추천의 권위를 높이는 한편, 이들이 지니고 있던 대중적인 지지를 십분 활용한다.[14]

흥미로운 것은 이 과정에서『조선문단』이 특히 '여성' 독자를 호명하고 있다는 사실이다. 이는 투고모집 광고에서부터 드러나는데, 그 제호를 '매호 男女 투고모집 규정'이라 하여 투고의 주체로 여성을 분명히 기입하고 있다. 특히 창간호에는 '여자의게 特告'라는 제목으로 "매호를 남녀를 물론하고 투고모집을 하지만은 제4호에는 여자문단부록을 設하겟사오니 여자제위는 十一月二十日內로 투고 만히 하시기 바람

---

13  위의 글, 73~74면.
14 『조선문단』의 창간 및 발행을 주도했던 방인근과 더불어 이광수, 주요한, 전영택이 편집동인으로 활동했으며 최서해가 방인근과 함께 편집을 맡았다.『조선문단』은 특히 '이광수 주재'를 창간호에서부터 뚜렷하게 부각하는데, 이에 대해 일부 문인들 사이에서는 비난과 반대도 있었으나 한편으로는 그것이 또 대중적인 인기를 견인하는 주요한 장치였다고 방인근은 회고한 바 있다.(방인근,「조선문단 시절」,『한국문단이면사』, 깊은샘, 1999, 126면) 한편, 이러한『조선문단』의 전략은 주효했던 것으로 보이는데, 편집진은 투고문이 매일 2,30편씩, 한 달이면 5,6백 편이 들어와 고선(考選)에 어려움을 겪고 있음을 토로하기도 한다.(「편집후몃말슴」,『조선문단』4호, 1925.1, 209면)

니다"라는 광고를 싣기도 했다.

『조선문단』의 이러한 성적(性的) 개방성은 잡지의 문학 대중화 전략
과도 연결된다.[15] 문학 전문화를 추진한 『조선문단』은 대중들을 문학
독자이자 문예잡지의 독자로 견인하는 문학 대중화 전략 역시 병행하
는데, 독자들이 자신이 좋아하는 문사를 투표하는 '조선문사투표'나 독
자들의 '조선문단공개장' 실시, 문사들의 얼굴을 묘사한 '문사들의 얼
굴', 작가들의 동정을 살피는 '문사들의 이 모양 저 모양', '조선문사의
연애관', '문사방문기', 문사들의 사진이나 초상화를 싣는가 하면, '글
쓰는 이들의 주소'라 하여 '문사 주소록'을 수록하는 등 대중 독자들을
확보하기 위한 다양한 기획을 마련한다. 이는 대중화 전략인 동시에
『조선문단』이 지향한 전문화 전략과도 일정하게 연결되는 것이었다.
말하자면 『조선문단』의 기획들은 독자들을 견인하는 장치이자, 시나
소설의 개념도 제대로 파악하지 못하는 아마추어 문사나 타인의 작품
을 표절하는 사이비 문사가 횡행하는 조선 문단에서 작가의 경계를 분
명히 하고 이를 독자들에게 주지시키는 효과를 낳게 된다. 아울러 문사
로 인준된 이들의 작품이 진정한 문예임을 교육하는 효과 역시 유발하
는데, 이는 1920년대 『조선문단』이 전문화·대중화 기획의 병행을 통
해 '문예로서의 문학', '예술가로서의 문사'를 정의하고 문학 및 문사의
범주를 확고히 설정하는 한편, 이를 독자들에게 계몽하는 일종의 문학
교육기구였음을 방증한다.

---

15  1920년대 『조선문단』의 전문화와 대중화 병행 전략에 대해서는 이봉범의 논문 「1920년
   대 부르주아문학의 제도적 성격과 『조선문단』」(『탈식민의 역학』, 소명출판, 2006)을
   참고할 수 있다.

이러한 『조선문단』이 독자를 작가로 견인하는 현상모집 광고를 통해 여성을 직접 호출하고, 두 번에 걸친 '여자부록'(4호, 15호)을 마련한 것은 『조선문단』이 문학 장 내부에서 배제/소외되었던 여성들에게 지면을 할애하여 이들이 창작적 역량을 펼칠 수 있는 기회를 제공함으로써 여성작가 발굴을 목적한 것이라기보다,[16] 부상하기 시작하는 여성 독자들을 문예잡지의 독자로 적극 흡수하기 위한 전략이 더욱 농후했으리라 짐작된다.

앞서 살펴보았듯이 3·1운동 이후 여성 향학열의 상승과 더불어 신교육을 받은 여성들이 문학이나 신문·잡지의 독자로 새롭게 부상했으며, 이들을 대상으로 한 여성잡지의 창간이나 신문의 '부인란' 혹은 '가정란'과 같은 여성 섹션이 마련되었다. 이와 같은 저널리즘의 기획은 단순히 여성들을 계몽하기 위한 의도만이 아니라, 여성들을 신문·잡지의 독자로 유인함으로써 독자를 확대하려는 전략 역시 주요했을 것으로 보인다.

여성 독자들의 부상을 짐작케 하는 흥미로운 일화가 김동인의 글에서 발견되는데, 『조선문단』이 기획한 '처녀작 발표 당시의 감상'에서 김동인은 『창조』 창간호에 발표한 처녀작에 대해 독자로부터 첫 편지를 받았는데 그가 미지의 여성이었음을 술회하고 있다. 그 여성 독자의 편지에서 "작품에 대한 대단한 찬사의 언구(言句)를 발견"[17]하고 작가로서의 활기를 얻었다는 것이다.

본격적인 여성 종합지 시대를 연 『신여성』의 창간은 이러한 여성 독

---

16  이봉범, 앞의 책, 162면.
17  김동인, 「처녀작 발표 당시의 감상 – 짯듯한 세상」, 『조선문단』 4호, 1925.1, 60면.

자들을 잡지의 독자로 겨냥한 것이며, 1920년대 『신여성』의 성공은 이와 같은 미디어의 전략이 주효한 것이었음을 입증한다. 『신여성』 1권 2호에 실린 창간호를 산다는 광고는 당시 여성 독자들의 부상과 확대를 증명하는 하나의 사례가 될 수 있다.

> 또 이 구구한 청을 하게 되엿습니다 新女性 창간호는 나가기 전부터 여러분의 재촉이 빗발치듯 하더니 그어코 책이 난지 열흘도 못되어서 한 권도 남지 아니하고 다 팔렷습니다 우리 新女性이 이럿케 한영되여 간 것은 깃븐 일이오나 책 업난대 주문이 매일 답지하여서 미안하고도 퍽 곤란합니다 책이 업다고 문답한즉 구해서라도 한 권 보내달나고 간절히 요구하시는 분이 만하서 엇지하는 수업시 여러분의 보시고 난 책을 다시 사드리기로 하오니 여러분이 보서서 유익한 책이면 한 권이라도 더 우리 부녀에게 닑히기 위하야 보시고 난 창간호를 본사로 보내주시면 冊價 參拾錢을 보내던지 새로 나는 책으로 밧구어 드리던지 하겟사오니 부대 돌려보내 주시기 바랍니다[18]

다소의 과장이 섞여 있을 가능성이 있으나, '독자'로서의 여성이 형성되고 있으며 그 수 역시 무시할 수 없을 정도로 증가하고 있음을 확인시키는 대목이다. 『동아일보』가 '(가뎡)부인란'을 신설한 것 역시 여성 독자들의 부상과 무관하지 않은 것이라 짐작된다. 『동아일보』의 부인란은 '소년소녀란'·'문예란'과 더불어 1924년부터 배치되기 시작했으며, 부인란에는 의·식·주 및 육아와 관련된 정보와 계몽적인 내

---

18  「창간호를 삼니다」, 『신여성』 1권 2호, 1923.11, 74면.

용, 그리고 여학교의 동정이나 여성 단체 및 모임에 관한 소식 등이 실려 있었고 시·소설이 연재되기도 했다.[19]

이러한 정황으로 미루어 본다면, 『조선문단』이 다양한 대중화 기획을 시도하는 한편, 독자 투고의 주체로 여성을 직접 호명하고 2회에 걸쳐 '여자부록'이라는 여성문학 섹션을 배치한 것 역시 여성들을 문예와 매체의 독자로 흡수하기 위한 목적이 주요했을 것이라 판단된다. 또한 『조선문단』의 이 같은 의도는 어느 정도 관철된 것으로 보인다. 1920년대 『조선문단』은 『신여성』과 더불어 여성들이 많이 읽는 잡지로 분류되었으며,[20] 이러한 상황은 모윤숙의 글을 통해서도 확인할 수 있다. 모윤숙은 자신이 시인이 된 과정을 소개하는 글에서 독서와 작문하기를 좋아했던 여학생 시절, "『영대』, 『조선문단』 같은 잡지를 열심으로 보고 그 속에 글들을 쓰신 리광수 김동인 방인근, 제씨들은 훌륭한 분들이라고 마음에 존경을 갖이게 되었"[21]다고 고백한 바 있다. 『조선문단』이 기획한 '여자부록'은 문학열이 고조된 당시 상황에서 문학을 동경하는 여성들, 특히 여학생들을 충분히 자극했을 것이라는 짐작이 가능하다.

『조선문단』은 4호와 15호를 '여자호'라는 이름으로 발간하고 그 안

19  이혜령, 앞의 글, 106면. 이혜령은 부인란·아동란·문예란의 형성과정을 통해 『동아일보』 학예면의 형성과 문학의 위치를 규명하고 있다.
20  윤금선, 「1920~30년대 독서 운동 연구」, 『한말연구』 제17호, 2005.12, 143~144면 참조. 『조선일보』는 여성들의 독서 실태를 조사한 분석기사(「매우 개탄할 조선여자의 독서열」, 1925.1.22)를 통해 독서하는 여성의 비율이 남성들에 비해 현저히 낮다고 지적하고 여성들의 독서열을 촉구하고 있다. 도서관 방문 및 도서대여 상황, 조선도서주식회사나 한성도서주식회사의 도서 판매 현황을 분석 자료로 활용하였는데, 『신여성』과 『조선문단』이 여성들이 주로 읽는 잡지로 조사되었다.
21  모윤숙, 「난 어떠케 시인이 되었나」, 『신가정』, 1936.3, 93면.

에 '여자부록'이라 하여 별도의 섹션을 마련하는데, 그 성격은 다소 차이가 있었다. 4호의 여자부록은 방인근의 아내이자 전영택의 여동생인 춘강 전유덕을 제외하고는 투고 모집에 응모한 여성들은 모두 일반 여성 독자들이었던 것으로 보인다. 수록된 글의 장르 역시 시·소설, 일기나 편지 형식의 수필류로 다양했다. 그러나 15호의 여자부록은 나혜석, 김명순, 김일엽, 전유덕과 같은 기성의 여성 문사들이었으며 수록된 작품 역시 모두 소설이었다. 4호와 15호의 여자부록에 실린 작품들은 다음과 같다.

| 게재호 | 필자 | 제목 | 장르 |
|---|---|---|---|
| 4호 | (배화여고) C생 | 「불평의 가치」* | 파악 불가 |
| | 춘강 | 「맑고 깨긋한 샘물아」 | 시 |
| | 손기화 | 「장미화」 | |
| | (고성) 음전 | 「어대?」 | |
| | 김선 | 「아기의 죽음」 | 수필류 |
| | (진주) 백파 | 「사내들」 | 소설 |
| | 화성 | 「추석전야」 | |
| | 춘계생 | 「나의 정조관」 | 수필류 |
| | 춘강 | 「잔을 깨트리라」 | |
| | 추계 | 「추억」 | |
| 15호 | 나정월 | 「원한」 | 소설 |
| | 김탄실 | 「손님」 | |
| | 김일엽 | 「사랑」 | |
| | 전춘강 | 「현대부부」 | |

\* 배화여고 여학생의 「불평의 가치」는 검열로 인해 85행이 전원 삭제돼 장르 파악이 불가능함.

위의 표에서 수필류로 범주화한 글들을 『조선문단』의 독자투고 모집 종류에 따라 세분화하면, 여성의 인격 수양과 정조를 강조한 춘계생의 「나의 정조관」과 남성들의 금주를 주장한 춘강의 「잔을 깨트리라」를 논설적인 성격이 강한 '논문'으로, 죽은 애인을 그리워하며 정조를 지킬 것을 맹세하는 「추억」과 아들이 죽은 후의 비통한 심경을 토로한 「아기의 죽음」을 '서간문'으로 분류할 수 있다.[22] 주목되는 것은 4호 여자부록에 실린 두 편의 여성 소설인데, R이라는 여성을 두고 삼각관계를 이루는 K와 P 두 남성의 내면을 그린 백파의 「사내들」은 '입선소설'에, 남편 없이 가족의 생계를 홀로 꾸려 나가는 방직공장 여공 영신의 신산한 삶을 그린 박화성의 「추석전야」[23]는 '추천소설'에 당선된 형식으로 발표되었다.

그러나 투고 모집을 통해 일반 여성 독자들의 글을 발탁한 『조선문단』의 기획은 4호 한 회로 끝나며, 두 번째 여자호로 명명된 15호의 여자부록은 기존 여성 문사를 동원해 꾸리게 된다. 또한 4호에 이름을 올린 여성 투고자들 중 작가로 견인된 경우는 박화성 한 사람에 불과하며, 박화성 역시 「추석전야」 이후 몇 년의 공백기를 거쳐 1929년 5월 『동광』에 「하수도공사」를, 같은 해 6월부터 『동아일보』에 장편 『백화』를 연재하면서 본격적으로 작가의 지위를 얻었다. 이러한 일련의 상황들은 창간호부터 대대적인 광고를 통해 여성 독자들의 투고를 받아 마련된 여자호의 기획이 기실 여성작가의 발굴에 주요한 목적이 있다기보

---

22 　초창기 『조선문단』의 독자 투고 모집 종류는 '단편소설·희곡·시·시조·논문·감상문·소품문·서간문·일기문·기행문'과 '독자통신'이었다. 그러나 1926년 몇 차례 정간했다가 1927년 1월 속간하면서, 독자투고 규정에 종래보다 투고 범위를 축소하여 '창작'만을 모집한다는 단서를 달고 '소설, 희곡, 시, 시조'로 투고 종류를 제한하게 된다.
23 　「추석전야」는 박화성이 스무 살 때 공식적으로 발표한 첫 소설이며, 일 년 전인 열아홉 살 때 「팔삭동」이라는 단편소설을 소설로서 처음 써 보았다고 회고한 바 있다. 박화성, 「여류작가가 되기까지의 고심담」, 『신가정』, 1935.12, 41면.

다 '여자부록'이라는 낯선 사건을 구성함으로써 독자들의 이목을 집중시키고, 특히 여성들을 문예 저널리즘의 독자로 흡수하기 위한 일종의 이벤트적 성격이 강했다는 판단이 설득력을 얻는 이유가 된다.[24]

아울러 당시 남성들이 여성작가들과 여성들의 작품에 대해 지니고 있던 편견과 오해 역시 이러한 판단을 뒷받침하는 근거가 되는데, 박화성은 자신의 첫 소설 「추석전야」를 추천했던 이광수의 회고를 언급하면서, 남성작가들의 불신을 감당해야 하는 여성작가의 고뇌를 다음과 같이 토로한 바 있다.

> 이광수 씨가 저번 조선문단 시절의 회고담을 하시면서 "웬 여자가 작품 하나를 보냈는데 문장이 거츨어서 의미가 잘 통하지 않았으나 사람의 마음을 쿡 찔르는 맛이 있기에 문장과 내용을 곳처서 냈는데 그 여자가 화성이었다"라고 하신 것은 기억력이 좋으신 이광수 씨의 일이매 물론 중간에서 쓰신 분의 잘못 들으심이라고 생각합니다. 사상전환기에서 한창 고민하든 나는 그때 「추석전야」를 써놓고 어떻게나 여러 번을 읽어봤든지 글자 하나 틀리지 않게 그만 족족 외우게까지 되었었는데 나중에 조선문단에 난 것을 보니까 글자 하나 곳친 것 없이 꼭 그대로 나왔읍니다. 만일 정말로 이광수 씨가 좀 곳처 주섰드라면 지금쯤 내보면서도 만족하여할 것이 아니겠읍니까마는ㅡ[25]

1920년대 『조선문단』이 추천을 통해 발굴한 여성작가에게 지속적

---

24 『조선문단』의 '여자부록'이 여성 독자의 확대를 염두에 둔 기획임은 여자부록에 실린 광고에서도 부분적으로 읽히는데, 15호 여자부록에는 '경성여자미술강습원생도모집'이라는 광고가 실려 있다.
25 박화성, 앞의 글, 41면.

으로 지면을 제공한 경우는 발견되지 않는다. 이는 비슷한 시기 추천 형식으로 등단했던 '유도순'과 비교하면 대조적인 지점이다. 『조선문단』 4호에 시 「갈닙 밋혜 숨은 노래」를 추천받았던 유도순은 등단한 1925년 거의 매월 『조선문단』에 시를 게재하면서 시인의 지위를 안정적으로 구축해 갔다.[26] 그러나 김명순의 소설 한 작품을 제외하고,[27] 『조선문단』이 여성들의 글을 수록하는 방식은 모두 '여자부록'이라는 성별적 섹션 속에 배치하는 것이며, 그 역시 단 두 차례에 불과했다.

　『조선문단』의 '여자부록'은 이후 여성잡지를 포함한 각종 저널리즘에 여성들의 작품이 수록되는 방식이기도 했는데, 말하자면 1920년대

---

[26]　참고로 『조선문단』에 유도순의 시가 발표된 경우는 다음과 같다.(권영민, 『한국근대문인사전』, 아세아문화사, 1990, 721~722면 참조)

| 작품 | 게재연월 | 작품 | 게재연월 |
|---|---|---|---|
| 「갈잎 밑에 숨은노래」 | 1925.1 | 「기억」 | 1925.7 |
| 「어떤 날 밤」 | 1925.2 | 「가을」 | 1925.10 |
| 「옛날의 한 때」 | 1925.2 | 「달빛 잠긴 사호(四湖)에서」 | 1925.11 |
| 「달빛」 | 1925.3 | 「그리운 거리」 | 1926.3 |
| 「춘소(春宵)」 | 1925.3 | 「세 죽음」 | 1926.5 |
| 「기다림」 | 1925.4 | 「세 죽음(2)」 | 1926.5 |
| 「봄과 마음」 | 1925.5 | 「나의 마음」 | 1935.2 |
| 「계집」 | 1925.7 | 「마의태자」 | 1935.4 |
| 「제수(祭水)」 | 1925.7 | 「금강산이 좋을시고」 | 1935.5 |
| 「애원」 | 1925.7 | 「압록강 뱃사공」 | 1935.5 |

[27]　'여자부록' 외에 김명순의 작품이 『조선문단』에 실린 경우는 5호에 소설 「꿈뭇는 날」, 8호에 시 「창궁(蒼穹)」, 「언니 오시는 길에」, 그리고 1926년 4월에 시 「보슬비」 총 4편이 있다. 『조선문단』 9호에는 '5월 창작소설 총평'이라는 부제가 달린 합평회가 실리는데, 김명순의 소설 역시 합평회의 대상 작품이 된다. 그러나 「꿈뭇는 날」에 대한 평가는 지극히 부정적인데, 참석한 논자들은 '일본문 직역체' 같다거나(양백화), 작가가 퍽 신경질적으로 생각된다거나(염상섭), 또는 무엇을 독자에게 암시하고자 한 것인지 이해할 수 없으며 "짧은 것이나마 다시 몃 토막 내어서 日記로 적어둔다면 혹 작자로서는 무슨 가치가 잇슬지"(염상섭) 모른다고 주장한다. 「조선문단 합평회 제4회－五月 창작소설 총평」, 『조선문단』 9호, 1925.6, 124~125면.

『조선문단』이라는 문예 저널리즘이 만들어 낸 성별적, 시혜적 구성물인 '여자부록'은 1930년대 "써너리즘에 급급한 잡지 편즙자"[28]에 의해 만들어진 '여류작가창작특집' '직업여성주제단편집' 등과 같은 여성문학 섹션이 탄생하는 기원으로 자리한 셈이다.[29] 아울러 이러한 젠더화된 게토 내부로 귀납된 여성들의 글은 그 개별적 차이가 지워지고 오직 여성이라는 성적 동일성의 차원으로 환원되는, 다시 말하면 '여류문학'으로 결정되는 시발이기도 할 것이다. 전문화와 대중화를 병행하면서 1920년대 문학 저널리즘으로 군림했던 『조선문단』의 '여자부록'은 배치의 젠더정치를 통해 여류문학이라는 낯선 문학 범주의 탄생을 가시화한 동시에, 여성들의 문학을 보편으로서의 문학, 혹은 남성의 문학과는 별개의 '특수와 차이'의 영역임을 독자들에게 훈육한 최초의 저널리즘적 기획물이라 할 수 있다.

그렇다면 '여자부록'이라는 젠더화된 공간에 배치된 여성들의 글은 구체적으로 어떤 양상을 띠고 있었을까. 검열 과정에서 모두 삭제돼 그 장르나 내용을 파악할 수 없는 배화여고 여학생이 쓴 「불평의 가치」를 제외하고 4호와 15호의 여자부록에는 앞서 언급한 바 있듯이 시, 논문・서간문을 포함한 수필류, 소설 등 다양한 장르가 망라되었으며, 자

---

28  이혜정, 「억울한 여류작가」, 『신여성』 6권 8호, 1932.8, 39면.

29  1930년대 여성작가들이 다수 등장하면서 이들을 가시화한 기획들이 여성지를 비롯해 1930년대 각종 잡지들에서 마련된다. 가령 1930년대 속간된 『신여성』에는 '직업여성주제단편집'(5권 11호, 1931.12)이라 하여 직업여성을 소재로 한 여성작가들의 작품을 싣는가 하면, '여류작가창작특집'(8권 1호, 1934.1) 등과 같은 기획을 마련하게 된다. 이후에 논의하게 되겠지만, 잡지 『신가정』 역시 1933년 1월 창간호부터 5회에 걸쳐 당시 부상하고 있던 여성작가들 5인에게 릴레이 형식으로 연작소설 「젊은 어머니」를 청탁, 수록하는가 하면 이후로도 여성 필자들의 작품임을 사건화한 기획들을 지속적으로 배치했다.

연이나 사랑의 예찬, 여성 정조에 대한 환기, 여성들에게 새로운 육아법과 아동위생에 대한 교육을 계몽하는 내용 등 다양했다. 그런데 여자부록에 실린 이러한 여성들의 글 중에서 단연 주목되는 것은 '소설'이다. 소설은 2회에 걸친 『조선문단』의 여자부록에서 여타 장르에 비해 압도적 비중을 차지할 뿐만 아니라, 남성중심적 시각이 창안한 이른바 '여류성'을 균열하는 지점들을 보유하고 있기 때문이다.

3인칭 시점을 사용해 남성들의 심리를 조명한 백파의 「사내들」(4호), 김일엽의 「사랑」(15호), 전유덕의 「현대부부」(15호)는 남성들이 지닌 허위의식이나 속물성을 비판적으로 응시하고 있다는 점에서 흥미로운 작품들이다. 백파의 「사내들」은 R이라는 여성과 K, P 두 남성 간의 삼각관계를 그리고 있는데, 소설은 두 남성의 구애를 받고 있는 여성의 내면을 그리기보다 한 여성을 동시에 욕망하는 두 남성의 심리를 초점화하고 있다. R을 사이에 둔 K와 P의 심리적 쟁투는 물론, 가령 다음 인용문에서와 같이 R의 사랑을 얻지 못한 P의 패배감이나 질투심, 그리고 사랑을 쟁취한 자로서 K가 느끼는 묘한 승리감을 재현하는 데 주력한다. 때문에 「사내들」은 사랑의 낭만성을 홍보하기보다 사랑을 매개로 드러나는 남성들의 적나라한 욕망을 현시하는 데 집중함으로써 사랑/연애를 탈낭만화하고 남성들의 속물성을 냉소적으로 응시하는 서사가 된다.[30]

---

30  독특하게 여성을 사이에 둔 남성들의 심리에 초점을 맞춰 썼기에 백파의 「사내들」은 작가의 성별이 계속 의심되었던 것으로 보인다. 4호의 「편집후몃말슴」에는 "진주 백파씨는 여러 가지 점으로 보아 여자신 줄 밋어짐으로 여자부록에 넛슴니다. 만일 쯧밧게 남자이면은 저희의 큰 망신입니다"라는 언급이 있다.

그러나 K는 지금의 만쪽을 엇기 젼까지의 자긔를 생각하여보앗다. 오래 동안 P에 대한 질투심을 억제하면서 표면으로는 P와 R의 사랑을 깁버하여 쥬는 체하느라고 몹시 고민과 싸와온 자긔엿다. (P가 지금까지 나의 맛보고 오든 모든 고통을 지금붓터 맛보게 되는고나 그리고 나는 P의 맛보든 깁븜을 맛보려 하는고나 자우간 이것이 세상에 사라 나가는 맛이야)하며 거러간다.

"아―고롭다!!"

잇째에 P는 R의 뒤에 싸라 오면셔 말을 하엿다. (가슴속 고민을 질투를 억제하면서 표면으로는 고민의 문제는 젼연 숨겨바리고 천년스룹게 군다 고) K는 생각하면서 "응―참―몹시 고롭네…… 이러구 래일 일직이 이러날 수가 잇나?……" (…중략…) 이러케 사랑의 승리자라는 사내와 사랑의 패부 자라는 사내들은 무셥게 어지러운 암투를 가슴 속에 깁히~ 감초와 가면셔 거러간다.[31]

김일엽의 「사랑」 역시 아내와 자신의 친구인 A가 결혼 전에 연인이 었을 것이라 막연히 의심하고 질투하는 남편을 초점화자로 설정하고 있다. 소설은 동경에서 유학하던 시절 친분이 있던 A의 안부를 자주 묻는 아내가 혹시 A와 육체적 관계까지 나눈 연인 사이였을지 모른다는 남편 C의 의심과 자신의 근거 없는 의심에 대한 남편의 최종적인 반성으로 이루어지는데, 서사의 중심은 남편과 아내가 화해에 이르는 후반부가 아니라 사실상 아내를 의심하고 시험하려는 남편의 심리를 묘사하는 데 있다.

---

31    백파, 「사내들」, 『조선문단』 4호, 1925.1, 194면.

그런가 하면 창희와 경주라는 두 젊은 남녀의 부부생활을 그린 전유덕의 「현대부부」(15호)는 초점화자를 창희와 경주로 번갈아 이동하면서 방탕한 남편의 속물성을 조명하는 한편, 이러한 남편과의 결혼생활에 고통스러워하는 아내의 심리를 섬세하게 재현한다. 특히 남편과의 다툼 끝에 아내 경주가 느끼는 절망과 분노를 서술한 소설의 마지막 부분은 자유연애로 맺어진 현대부부의 허상을 드러내는 것은 물론, 불합리한 남녀 차별의 구조가 여전히 유전되고 있는 결혼제도의 모순을 고발하고 있다.

> "귀찮타. 너가튼거슨ㅡ살기실타, 가! 죽어!" 하며 경주를 왈칵 붓잡어 문압흐로 써곤진다. 경주는 눈물이 푹 쏘다진다. 세상이 캄캄해진다. 과연 죽엇스면! 하는 생각이 치민다. 원통한 세상, 무지한 남자, 불합리한 현사회제도ㅡ그는 원망과 저주가 뒤섥는다. 몸부림을 하고 머리를 쥐여쓰드며 돌에 부듸쳐 부시고 십헛다. 경주는 밧그로 획나왓다. 마루에 푹곡그러저 흙흙 늣겨운다.
>
> 밤은 고요한데 바람은 미친듯, 지구를 부시고 날닐듯, 획획 하고 부러닥친다. 마치 저주바든 인생들아! 다 죽어라! 하는 것처럼 바람은 구슯히 웅얼대며......[32]

이상에서 살펴본 바와 같이, 백파의 「사내들」, 김일엽의 「사랑」, 전유덕의 「현대부부」는 연애 혹은 사랑에 대한 환상을 강화하기보다 현

---

[32] 전유덕, 「현대부부」, 『조선문단』 15호, 1926.4, 93면.

실적 문맥의 개입을 통해 사랑을 탈신비화한 공통점이 있다. 아울러 이들 여성작가들은 서술하는 주체의 성(性)을 은폐할 수 있는 3인칭 시점을 전략적으로 선택함으로써 자신의 감정이 직접적으로 드러날 수 있는 1인칭 서술의 주관성을 피하고 '자기'와의 객관적 거리를 확보하는 것은 물론 남성의 내면을 자유롭게 들여다볼 수 있는 시점의 전지성을 확보하고자 했던 것으로 보인다.

한편 박화성의 「추석전야」(4호), 나혜석의 「원한」(15호), 김명순의 「손님」(15호)은 신여성과 구여성을 막론하고 여성들이 경험하고 있는 비극적인 삶을 서사화한다. 박화성의 등단작이기도 한 「추석전야」는 남편 없이 가족의 생계를 홀로 꾸려 나가는 방직공장 여공 영신의 신산한 삶을 부조함으로써 영신과 같은 여성 하위주체의 삶을 유린하고 있는 폭력의 정체를 폭로하고자 한다. "인물이나 공부로 첫손가락을 꼽는 단정한"[33] 여학생이었던 영신을 가족의 생계를 전적으로 책임져야 하는 방직공장 여공으로 추락시킨 것은 '가난'이며, 소설은 이 가난이 빈부와 계급의 구조적 모순에 기인한 것임을 분명히 한다. 더욱이 작가는 이러한 궁핍을 감당하고 있는 인물로 하위층 '여성'을 중심에 배치함으로써 빈부와 계급 모순뿐만 아니라 성차별의 모순까지 감내해야 하는 하위층 여성의 비극을 부각한다. 다시 말하면 박화성은 어린 두 딸과 노모를 부양해야 하는 여공 영신의 삶을 통해 여성 하위주체의 삶을 훼손하는 빈부·계급·성 등 다층적 폭력의 구조를 고발하고 있는 것이다.

나혜석의 「원한」은 구여성의 비극을 보여주는 작품이다. 부잣집 무

---

33   박화성, 「추석전야」, 『조선문단』 4호, 1925.1, 202면.

남독녀로 성장한 주인공 이씨는 아버지 이 판서의 요구에 따라 김 승지의 아들 철수와 혼인하지만, 술과 기생에 탐닉해 방탕한 생활을 하던 철수는 열아홉에 병으로 죽게 된다. 스물세 살의 나이로 홀로된 이씨는 남편이 떠난 시가에서 외롭게 살아가다 가끔씩 바깥출입을 하게 되는데, 부호에 호색가인 이웃집 박참판에게 능욕을 당하게 된다. 흥미로운 것은 소설이 박참판에 유린당한 자신의 몸을 깎아내 버리고 싶을 만큼 더럽다고 생각하면서도, 동시에 박참판의 손길을 그리워하는 여성의 솔직한 욕망을 가감 없이 드러내고 있다는 점이다.

> 그리다가도 깜짝깜짝 놀라질 쌔마다 자긔 몸에 무슨 큰 부스럼험질이나 생기난듯하게 근질근질도 하고 더러운 몸을 싹가낼 수만 잇스면 싹가내고 십헛섯다. 그 자를 무러쓷고 느러져보고도 십헛섯다 이갓치 형형색색으로 쩌오르난 가삼을 안고 몟칠동안 조혀지내섯다 (…중략…) 그러나 리씨의 머리에난 이상하게도 그날밤 인상을 이즐 수 업섯다 그 짜듯한 손 그 다정한 눈 생각할사록 눈압헤 쏙쏙히 나타나서 보엿섯다 그러나 '하라버지갓흔 사람허구……' 하난 생각이 날쌔난 심한 모욕을 당한 것 갓하야 심히 분하고 그사로 붓그러윗섯다.[34]

결국 이씨는 셋째 첩이 되어 박참판의 집으로 들어가지만 박참판이 다시 여학생을 첩으로 들이면서 갖은 학대를 받게 되고 결국 일 년만에 박참판의 집을 나오게 되는 것으로 소설은 마무리된다. 이 과정에서 구

---

34　나혜석, 「원한」, 『조선문단』 15호, 1926.4, 69면.

여성인 이씨가 첩으로 들어온 여학생에 대해 "분하고 질투하는 것보다 그 여자가 불쌍히 보이고 그 여자의 앞길이 환하게 보이난듯 가련"(71 면)하게 느끼는 장면이나, 오직 "쌜간몸"(71면)인 채로 박참판의 집을 나서면서도 이씨가 새로운 삶을 시작하려는 의지를 내보이는 장면은 인상적이다. 나혜석이 소설 「경희」 등에서 보여주었던 구여성과 신여성 간의 갈등이나 반목, 즉 양자 간의 대타의식이 「원한」에 오면 약화되며 오히려 신구를 초월한 여성으로서의 공감과 연대가 읽힌다. 때문에 구여성의 비극을 서사화한 「원한」에서는 구여성을 일방적인 계몽의 대상으로 정위하려는 작가의 욕망이 대부분 청산되고 있다.

이는 김명순의 「손님」에서도 부분적으로 감지된다. 「손님」은 삼순이 자신의 정당한 연인 혹은 혼인 상대가 될 수 있는 이상적인 남성을 결정하는 과정을 중심 서사로 하고 있는데, 삼순이 그러한 남성으로 주인성을 발탁하는 이유는 그가 민중의 설움을 아는 사회주의자이기 때문이다. 삼순은 주인성을 매개로 하위층 여성과 연대할 수 있는 삶을 기획하려는 욕망을 내보인다. 소설의 마지막에 삼순이 '여공'이 되겠다는 결심을 내보이는 이유는 이 때문이다.

이상 살펴본 바와 같이, '여자부록'이라는 『조선문단』이 할당한 성별적 영역 안에서 수행된 여성들의 글쓰기는 이른바 이성 혹은 현실이 탈락된 감정의 과잉, 곧 감상성이나 낭만성으로 지시된 '여류성'[35]으로 귀납되지 않는 개별성을 지니고 있다. 그러므로 『조선문단』의 여자부

---

35  '여류성'이란 당시 문단을 장악하고 있던 남성 문학주체들에 의해 여성들의 문학이 내장하고 있는 본질적 특성을 의미하는 것으로 지시되었으며, 대개 이성/지성을 원초적으로 결여하고 감정의 지배로부터 벗어나지 못한 여성 특유의 감상성을 의미하는 부정적 함의를 내재했다. 이와 관련한 구체적 논의는 이어지는 장들에서 진행하고자 한다.

록은 '여성문학'이라는 낯선 범주의 등장을 알리는 동시에 여성들의 문학을 '여류문학'이라는 성별적 동일성의 범주로 환원하고자 하는 젠더정치가 매끄럽게 관철될 수 없을 것임을 보여주는 아이러니한 구성물이 된다. 문단의 권력을 장악하고 대가로 군림하던 남성 문사들이 허용한 성별화된 공간에서 여성들은 남성들이 상상한/구성한 '여류성'을 부단히 훼절하고 있기 때문이다. 1920년대 가장 영향력 있는 문학 저널리즘이었던 『조선문단』의 여자부록이 '여류문학'이라는 성별적 범주의 구성과 균열을 동시에 보여주는 기원적 사건인 것은 이러한 이유다. 이와 유사한 젠더정치의 양상은 이후 여성잡지에서 고스란히 재연되고 있다.

## 2. 여성작가의 발굴과 여성문학의 배치

여성들이 문학 창작의 주체로 적극 참여하기 시작한 것은 여성들이 주도한 『여자계』와 『신여자』부터이다. 『여자계』와 『신여자』 이전에 여성들의 문예가 잡지에 수록된 경우는 극히 드물었으며, 이는 글을 쓰는 여성들의 수가 부족했던 이유도 있겠으나 창작물을 발표할 수 있는 매체를 대부분 남성들이 독점했던 원인도 배제할 수 없다. 남성들이 매체·담론·문학을 독점하면서 여성들이 이 네트워크로부터 소외되는 상황은 예컨대 『학지광』을 통해서도 확인할 수 있다. 일본에 유학하는 조선인 학생들이 주관한『학지광』에 여자 유학생의 글이 게재된 경우는 나혜석 등 극소수에 불과했으며, 이들에게 요구된 글쓰기 역시 소설이나 시와 같은 근대문학의 본령이 아니라 대부분 '감상문' 형식의 소품들이었다. 그러므로『여자계』의 창간에는 청년들과의 연대를 통해 여성들 역시 새로운 조선을 기획하는 데 적극적으로 참여한다는 의도가 반영된 한편으로, 매체·담론·문학을 대부분 남성들이 점유하면서 여성들이 배제되고 있다는 문제의식 역시 작용했으리라 판단된다. 때문에『여자계』에는 남성 필자들의 비중이 높은 가운데에도 문학 부문, 특히 '소설'의 경우는 모두 여성 필자들이 맡아 창작했으며,[36] 그 외 시나 수필 역시 여성들이 필자로 참여하는 경우가 많았다. 특히『여자계』의 편집을 맡았던 나혜석은『여자계』를 통해 처음으로 소설을 발표하면서 근대문학 작가로의 본격적인 변신을 시도했으며, 김명순 역시『여자계』를 빌어 소설과 수필 등을 발표하면서 '작가'로서의 위치를 강화한다.

한편 "신문이고 잡지고 男人들이 모두 경영ᄒ고 만"드는 상황에서 "우리 손으로 된 것",[37] 즉 온전한 여성 주도의 잡지를 만들겠다고 나선『신여자』의 경우는 문학의 비중을『여자계』에 비해 확대했을 뿐만 아니라, 수록된 문예물 역시 모두 여성들의 창작이었다. 또한『신여자』의 편집진들은 스스로 '여성작가'라는 의식을 분명히 내보이기도 했는데,

---

36　『여자계』에 수록된 소설은 정월 나혜석이 쓴『경희』(2호, 1917.3)와『회생한 손녀에게』(3호, 1918.9), 망양초 김명순의『조모의 묘전에』(4호, 1920.3)과 MK생의『팔늬의 나(Pollyanna)』(4호, 1920.3), 역시 김명순의『영희의 일생』(1)(미완)(5호, 1919.6), 유향의『어린 영순에게』(6호, 1920.1)의 총 6편이며,『여자계』는 매호마다 소설을 빠지지 않고 수록했다.

37　心史, 「당면의 문제」,『신여자』2호, 1920.4, 16면.

『신여자』의 편집진이라 판단되는 한 필자는『신여자』의 발간 주체인 자신들을 남성작가와 마주선 '청탑여사들'이라 지칭하고, 『신여자』의 창간이 숨은 청탑들, 즉 여성작가들을 발굴하기 위한 것이라 천명하기도 한다.[38]

> 우리는 靑鞜이외다. 저 혁혁혼 男人作家와 마조선 靑鞜女士들이외다. 靑鞜이라홈은 아시는 바와 ㄳ치 푸른 버선 곳 쓸누스타킹이외다. 千七百五十年 영국 런던에서 개최혼 문예가회합에 엇던 여류문학자에 一人이 푸른 버선을 신고 왓다고 히서 그 후로브터 청탑이라고 우리 여류작가를 별명을 주엇다홈니다. (…중략…) 오날 우리 文壇에도 장차 세계를 썰칠 청탑들이 만히 잇슴니다. 파뭇친 청탑들이 얼마나 만흔지 모름니다. 신문이고 잡지도 男人들이 모두 경영호고 만들지마는 아직 우리 손으로 된 것은 두서넛에 지나지 못홈니다. 그것도 오로지 우리 붓으로 쓰고 만든 것이라 홀 것은 업다고 호깃슴니다. 이 적절혼 요구에서 이 결핍을 補키 위호야『新女子』란 잡지가 去月에 一호를 머로로 호야 청탑들의 작품이라고 자랑홀만혼 것과 동시에 파뭇친 천재들을 출현시키랴고 나왓슴니다.[39]

---

38  일엽 김원주의 회고에 따르면, 『신여자』를 창간하면서 '청탑회'라는 모임을 구성하여 1주에 한 차례씩 만나 새로운 사상, 새로운 문학에 대해 토론했다고 한다. 『신여자』는 편집진들을 명시하지 않아 이 모임의 회원이 누구였는지 정확히 알 수는 없으나, 『신여자』 창간을 위한 모임에 김원주를 비롯해 박인덕, 나혜석, 신줄리아, 김활란 등이 참여했다는 기록으로 보아, 이들이 '청탑회'의 주요한 구성원이었던 것으로 짐작된다. 김일엽, 「자전소설 – 진리를 모릅니다」, 『근대여류작가선집 3 김원주 – 잿빛 적삼에 사랑을 묻고』, 솔뫼, 1982, 59면 참조.
39  心史, 앞의 글, 16면.

자신을 포함한 『신여자』의 편집진들을 '청탑', 곧 여성작가라 명명한 필자는 청탑의 기원을 밝히는 한편, 브론테 자매, 제인 오스틴, 스토우 부인, 브라우닝 부인 등을 청탑의 계보로 설정하면서 국경을 초월한 여성작가로서의 동질감을 환기하기도 한다.[40] 아울러 『신여자』의 창간이 남성들이 주도하는 신문 · 잡지로부터 소외된 '파묻힌 청탑들', 곧 재능 있는 여성작가들을 발굴하고 여성들의 작품을 수록하기 위한 매체 확보의 목적이 큰 것임을 분명히 한다. 이와 같이 여성과 문학의 조우를 적극적으로 견인한 이들 『신여자』의 편집진들에게 여성작가는 남성작가에 미달된 존재이거나 남성과 근원적인 차이를 지닌 존재가 아닌 남인작가와 '마주선' 존재, 즉 남성들과 더불어 조선 문단을 이끌어 갈 '대등한' 여성작가를 의미하는 것이었다.

『신여자』의 편집진들이 잡지를 창간하고 매체를 확보하고자 한 동기 역시 '여성운동'과 '문학운동'의 병행에 있었던 것으로 보이며, 때문에 '부인문제'와 더불어 『신여자』가 주요한 실천적 과제로 상정했던 것이 바로 여성문학의 확대와 여성작가의 배출이었다. 『신여자』의 편집진으로 판단되는 필자 심사는 「당면의 문제」라는 글에서 『신여자』는 물론 신교육을 받은 여성들이 해결해야 할 시급한 문제로 '문학 · 여성문제 · 음악(예술)'을 들고 있다. 아울러 음악에 대해 언급하면서 필자는 음악이 예술이며, 예술이나 예술가를 천하게 대접하는 풍토가 바뀌

40 그런가 하면 『신여자』에는 서구의 여성 기자나 여성 문인이 기고한 글이 실리기도 했는데, 대개 국가나 민족을 초월한 여성으로서의 연대감을 피력하는 내용이었다. 예컨대 미국여류문예가로 소개된 '버지니아 리 웰치'가 『신여자』에 기고한 시는 "고구려의 여외투를 입어거나 / 일본식 착물을 둘넛거나 / 구라파 의상을 감엇거나 / 심장의 쒸놈과 소망의 증장(增長)은 갓도다"(2호, 8면)라고 시작하는데 여성으로서의 동질감을 강하게 환기한다.

어야 한다고 주장한다. "기교만 보이는" 자를 '예인'으로, "생명의 流를 汲"하는 존재를 '예술가'로 정의한 심사는 기교와 예술의 차이를 부각하고, 예술의 범주에 속하는 음악이나 문학이 여성들이 "종생"할 만한 새로운 가치의 영역임을 강조하기도 했다.[41] 문학이나 음악과 같은 창조적인 예술의 영역을 여성들과 매개하는 이 같은 언설은 비단 담론의 차원에 그치지 않고 『신여자』의 실제 편집방향으로 이어진다. 『신여자』에서 문예물은 논설이나 논문 등과 대등한 비율을 차지했으며, 수록된 문예물의 종류 역시 시, 소설, 수필류 등으로 다양했다.[42]

---

41  心史, 앞의 글, 17~18면.
42  『신여자』의 목차에 근거하여 게재된 글을 유형별로 나누고 그 게재 횟수를 정리하면 다음과 같다.

| 호수 | 논설·논문 | 대화 | 문예류 | | | | | 기타 |
|------|-----------|------|--------|--------|------------|------|--------|------|
|      |           |      | 시 | 소설 | 애화·수기 | 전기 | 수필류 |      |
| 1호 | 6 | · | 3 | 2 | 1 | 1 | 3 | 4 |
| 2호 | 3 | 1 | 2 | 2 | 3 | · | 5 | 3 |
| 3호 | 9 | · | 1 | 1 | 1 | · | 3 | 2 |
| 4호 | 3 | · | 2 | 1 | 1 | · | 2 | 1 |
| 합계 | 27 | 1 | 8 | 6 | 6 | 1 | 13 | 10 |

위의 표에서 시로 분류한 작품들 중에는 7·5조의 형식적 틀에 맞추어 쓴 것이 많았다. 목차에는 이를 시로 명명한 경우도 있으나 제목만 제시될 뿐 따로 장르명을 부여하지 않은 경우도 있다. '애화'의 경우는 그 양식명을 밝히고 있으며, '수기'는 '간호부생활', '독신처녀의 생활', '청상의 생활'과 같이 제목에 모두 '생활'이란 명칭이 들어가 있는 것을 임의로 수기로 분류했다. 온전히 필자의 경험 내용을 기술하는 수기는 애화에 비해 사실성이 강하며, 애화는 대부분 타인의 비극적인 경험을 제3자인 필자가 기록하는 형식이었다. 애화의 필자들은 대개 비극적 인물의 가족이나 가까운 지인으로 설정된다. 때문에 애화는 수기에 비해서 사실성이 약하며, 『신여자』 창간호에 실린 애화 「희생된 처녀」는 편집여언에서 '서정문'이라 명명되기도 한다. '수필류'에는 개인적이고 서정적인 내용의 감상문이나 독후감 등을 포함시켰으며, 창간사나 머리말, 『신여자』 창간을 축하하는 글이나, 「가정에 계신 부인들에게」와 같이 신가정의 주부의 역할을 제시한 단편적인 글들, 아울러 여학교 기숙사 생활을 소개하는 글, 장르명이 부여되지 않은 번역물과 만화 등은 기타로 분류하였다. 기타의 글들은 논설·논문의 성격보다는 광의의 문예물의 범주 속에 넣을 수 있는 경우가 더 많다. 특히 이화학당과 정신여학교의 기숙사 생활을 소개한

문예의 비중을 강화하고 여성작가의 발굴에 적극적이었던 『신여자』를 통해서 작가로 변신한 경우가 일엽 김원주이다. 『신여자』 창간을 주도하고 편집주간 역할을 담당했던 김원주는 가장 많은 문예물을 『신여자』에 수록한 필자이기도 했다. 1919년 동경 영화(英和)학교에 입학하면서[43] 일본 유학 생활을 시작했던 일엽은 『여자계』에서는 뚜렷한 활동을 하지 않았으나 『신여자』를 창간하면서 본격적인 문필 활동을 시작했으며, 이는 『여자계』의 편집에 관여하면서 작가로 변신해 간 나혜석과 유사했다. 『신여자』에 수록된 김원주의 글은 논설을 비롯한 소설·수필·애화 등으로 다양했다.[44]

김명순은 『여자계』에 이어 『신여자』 창간호에 '물망초'라는 필명으로 소설 「처녀의 가는 길」을 발표했으며, 김원주나 김명순 외에도 신진 여성작가들의 이름이 『신여자』에서는 자주 목격된다. 가령 소설 부문에서는 백합화(필명), 김송월이, 수기류의 작자로는 정종명이나 김편주가, 시에서는 방순자, 근아(필명), 계뫼(필명), 심사(필명) 등이, 번역이나

---

글은 기숙사 생활을 경험했거나 하고 있는 여성들이 필자로 선정돼 그들의 감상이나 감회가 빈번하게 표현되면서 서정적인 수필에 가까웠다.

43  이는 김상배가 편찬한 김일엽 선집에 근거한 것이나, 이 책 역시 김일엽이 일본에 유학한 시점을 1919년으로 보는 것은 추정에 입각한 것이다. 김일엽이 이화학당 중학과를 졸업한 1918년 3월을 염두에 두고 1919년을 그녀의 유학 시점으로 판단한 것으로 보인다.

44  『신여자』에 발표한 일엽 김원주의 소설과 수필(류), 애화 등을 정리하면 아래와 같다.

| 게재호 | 제목 | 종류 |
|---|---|---|
| 창간호(1920.3) | 「어머니의 무덤」 | 수필류 |
| | 「계시」 | 소설 |
| 2호(1920.4) | 「K언니에게」 | 수필류 |
| | 「어느 소녀의 死」 | 소설 |
| | 「나는 가오」 | 연애애화 |
| 3호(1920.5) | 「동생의 죽음」 | 수필류 |
| | 「나는 가오(속)」 | 연애애화 |

수필류의 필자로는 박인덕, 월계(필명) 등의 이름이 새롭게 확인되고 있다.[45]

이와 같이 여성과 문학을 적극적으로 연결하고 여성을 문학 창작의 주체로 견인하려는 『신여자』나 『여자계』의 실험은 그러나 1920년대 본격적인 여성잡지 시대를 열어간 개벽사의 『신여성』으로 제대로 이어지지 못했다. 창간 초 김명순이나 나혜석의 작품이 몇 편 실린 외에, 김명순, 나혜석, 김일엽 등 1920년대 대표적 여성작가들의 작품을 『신여성』에서 발견하기란 쉽지 않다. 말하자면 1920년대 『신여성』은 신진 여성작가들의 배출뿐만 아니라 기존의 여성문사들이 활동할 수 있는 공간의 역할 역시 제대로 하지 못한 셈이다. 소설의 경우를 예로 들면 1920년대 『신여성』의 문예란에 소설을 수록한 여성은 '김명순'과 개벽사 여기자였던 '박경식' 등 극히 소수에 불과했으며 이들의 작품 역시 1회 게재에 그치고 있다.

1931년 속간 이후 『신여성』은 문예란을 확충하고 여성작가들의 작품 비중을 늘리는데, 이는 1930년대를 전후해 새로운 여성작가들이 다수 등장한 이유도 있겠으나, 확대되는 여성 독자들을 더욱 염두에 둔 것이라 판단된다. 『신여성』이 여성작가들의 작품을 수록하는 방식에서도 이는 부분적으로 확인된다. 여성작가들의 작품은 대개 '직업여성주제단편집'(5권 11호, 1931.12)이나 '여류작가창작특집'(8권 1호, 1934.1) 등과 같이 여성이라는 성별을 명시한 섹션에 배치되면서, 작품이 부각되기보다 '여류' 작가라는 존재 자체가 전시되는 상황이었다. 또한 여

45 백합화는 「愛의 추회」(2호)를, 김송월은 「엇더한 남편을 엇을가」(4호)를 발표했다. 백합화는 소설에 이어 일종의 수기인 「독신처녀의 생활」을 『신여자』2호에 수록한 바 있다.

성작가들은 대개 여성과 관련한 주제를 다루는 경우에 필자로 선택되는 것이 일반적이었다.

이는 『신여성』뿐 아니라 1930년대 『신가정』역시 유사한 상황이다. 『신가정』은 문예물의 비중을 확대하는 한편, 여성작가들에게 적극적으로 지면을 할애하고 여성작가나 여성문학과 관련한 담론 형성의 장으로도 주요한 역할을 담당하는 등 여성작가나 여성문단의 존재를 가시화하고 여성문학의 대두를 문단의 신경향으로 적극 기획한다. 이와 같은 『신가정』의 구상은 창간 초부터 뚜렷하게 드러나는데, 박화성, 송계월, 최정희, 강경애, 김자혜 다섯 명의 여성작가들이 릴레이로 작품을 쓰는 형식인 연작소설 「젊은 어머니」를 1933년 1월 창간호부터 5월호까지 연재했다. 이후로도 『신가정』은 여성작가들에게 활발하게 지면을 제공하고, 특히 여성들에게 주로 배정되었던 시나 수필은 물론 여성들의 '소설'을 문예란에 적극적으로 배치하기도 했다.[46] 이 밖에도 『신가정』은 여성문학과 관련한 담론 역시 활발하게 가동하는데, 삼국시대부터 조선조에 이르는 '여류문학사'를 이은상이 맡아 창간호부터 연재하는가 하면, 서구나 중국의 대표적인 여성작가와 그들의 작품을 소개하고 해외 여성문학의 동향을 살피는 기획을 지속적으로 마련하기도 한

---

46　『신가정』은 1930년대 전반기 여성작가들에게 가장 많은 지면을 할애한 잡지이기도 했는데, 특히 여성 소설가들이 작품을 게재하는 주요 매체가 되었던 것으로 보인다. 가령 강경애의 경우, 『신가정』이 창간된 1933년 1월부터 폐간된 1936년 9월까지 발표한 총 16편의 소설 중 30%가 넘는 6편을 『신가정』에 수록했다. 이는 이 기간 강경애의 소설이 발표된 매체 중 가장 높은 비중을 차지하는 것이다. 소설 이외에도 수필 역시 『신가정』에 다수 발표했다. (권영민, 앞의 책, 2~3면 참조) 『신가정』에 수록된 여성작가들의 소설 비중은 번역물을 제외한 전체 창작 소설 편수 중 40%를 넘었다. 『신가정』에 발표된 전체 소설 목록은 이 책의 마지막에 별도로 수록하였다.

다. 아울러 당시 활동하고 있던 여성작가들의 작품에 대한 비평 역시 활발하게 시도하면서 여성작가와 그들의 문학을 문단의 새로운 쟁점으로 부각한다.

『신가정』이 이와 같이 적극적이었던 것은 후발 여성잡지로서의 취약함을 극복하기 위해 문단과 독자들을 자극할 수 있는 쟁점이 필요했으며, 때문에 당시 부상하기 시작한 신진 여성작가들의 작품을 적극 배치하고 여성문학 담론을 의욕적으로 생산한 측면 역시 있었다고 볼 수 있다. 『신가정』이 발간된 1933년부터 1936년 무렵은 카프 등 문단에 절대적인 영향력을 행사한 구심점들이 약화되거나 사라지고 문단의 쟁점이 부재하는 사실상의 '문단침체기' 혹은 '문단공백기'였고 따라서 "문학의 신방향"[47]을 모색하는 시기라고 할 수 있었다. 그러므로 『신가정』이 주도한 여성작가의 발굴과 여성문학의 확대는 이러한 문단 공백이 낳은 구성된 사건인 측면이 있는 것이다. 이는 물론 『신가정』에 국한된 것은 아니었는데, 때문에 여성잡지를 포함한 당대 저널리즘을 통해 여성작가들이나 여류문단의 존재가 부각되는 상황에 대해 비판적인 시각 역시 만만치 않았다.

예를 들어 안함광은 여류작가가 일종의 "선전으로서 대중의 열정에 영합하야 상로(商路)를 좀 넓히어보자는 저널리즘의 약바른 '쇠'"며 상투적 수단"[48]에 의해 창안된 고안물에 불과하다고 비판하면서, 여성작가들의 탄생과 저널리즘이 유착관계에 있다는 의혹을 제기하기도 했

---

47 박영희, 앞의 글, 71면. 박영희는 1934년의 문단 동향을 점검하는 이 글에서 "금년 일년 간 여류작가의 창작적 노력이 그 양이나 질에 있어서 많은 발전을 보여주었다"고 언급하면서 "여류작가의 활동시대라고 말해도 무관할 듯하"다고 지적한다.
48 안함광, 「문예시평—두 가지 문제를 가지고」, 『비판』 제19호, 1932.12, 123면.

다. 그런가 하면『신가정』에「여류작가개평」을 쓴 이무영은 '여류문단의 존재여부'나 '여류작가의 규정문제'에 관한 논쟁들을 언급하면서, 그 결말은 대개가 "여류문단의 존재와 여류작가의 존재까지도 부정하는 태도"로 귀착하고 있으나, 자신은 조선의 문단과 마찬가지로 "적고 얕고 가볍지마는 조선도 여류문단이라는 것이 확실히 존재하고 있다"[49]는 의견을 피력하기도 했다. 당대 조선 문단을 "여류작가 남조(濫造)시대"라고 규정한 홍구 역시 저널리즘을 통해 여성작가가 생산되는 메커니즘을 언급하면서 다음과 같이 이를 강하게 비판하고 나선다.

> 어느 잡지사를 물론하고 여류작가가 업는 곳은 하나도 업다. 즉 여기자는 모두 여류문사이다. 그러면 그 문사의 기준점은 어대 잇는지 도모지 알 수 업다. 그리하야 여류작가의 다량생산시대이며 기근시대이며 딸아서 폭락시대의 전조이다.[50]

'여류작가'가 저널리즘의 필요에 따라 구성된 고안물이라는 이 같은 인식은 당시 여성작가들이나 또는 여성 독자들 역시 부분적으로 공유했던 것으로 보인다. 1930년대 여류작가시비론의 중심에 있던 최정희는 "과거의 조선에는 완성된 여류작가가 없음에 따라 문단에서 우리들의 문학을 작성하지 못하엿던 것은 사실"이었으며, "다만 단명(短命)의 무수한 잡지가 나옴에 따라서 '쩌낼리스트가 맨들어준 소위 여류 평가와 작가들이 대두할 뿐이었다"고 지적한다. 때문에 "조선에는 여류작

---

49    이무영,「여류작가개평」,『신가정』, 1934.2, 64・65면.
50    홍구,「1933년의 여류작가의 군상」,『삼천리』, 1933.1, 85면.

가가 있느니 없느니 그 중에서는 여성의 존재-정신과 개성까지도 무시한"[51] 비난이 제기되었고 자신 역시 그 피해자라고 언급하면서, 저널리즘에 의해 생산된 여성문사가 단지 과거에 존재한 것일 뿐 현재의 상황은 아님을 강조하기도 했다.

그런가 하면 『신여성』의 독자인 이혜정은 당시 여성작가를 둘러싼 문단의 비판에 대해 이들을 적극 변호하고 나섰는데, 그는 전문적 평안(評眼)을 갖추지 못한 관계로 여성작가의 작품에 대해 정당한 평을 내리지는 못하나 한 문예동호자의 눈으로 본다 하더라도 여성작가들이 "一家를 이룬 작가라고 하기보담도 습작시대에 잇다고 보는 것이 가장 타당"할 것이라고 전제한 뒤, "아직 습작시대에 잇는 그 분들을 '여류작가'라고 올녀 안처노코 욕을 먹게 하는 허물"은 "써너리즘에 급급한 잡지편즙자"[52]에게 있다고 비판하기도 했다.

모윤숙 역시 '여류문사'라는 구성물을 만든 주체가 결국 저널리즘과 유착한 남성문사들이라 지적하고, 문단의 권력을 쥐고 있는 남성작가들이 문학에 갓 입문한 여성들에게 '여류문사'라는 호명을 자의적으로 부여하면서도, 한편으로 여성작가들의 무능을 비난하는 이중성을 보이고 있다고 비판한다.

둘재로 남성들의 여성예찬이라. 그것도 진정한 의미에서 례찬을 한다면 모르거니와 이용적으로 自家의 영리를 위해서 추어주는 일이 만흔 것이다. 요새 제일 듯기도 실코 보기도 실은 일은 女流文士니 무어니 하고 잡지에

---

51　최정희, 「1933년도 여류문단총평」, 『신가정』, 1933.12, 45면.
52　이혜정, 「억울한 여류작가」, 『신여성』 6권 8호, 1932.8, 39면.

소개해 노코 다음에 욕먹이는 사실들이다. 사실 나는 그 점에선 분개한다. 언제 그러케 '나는 여류문인이요'하고 자처한 여성이 잇섯드냐 말이다. 본인도 알지 못하게 두어번 잡지에 올려 노코 뒤ㅅ싸라 욕이요 評이니 물론 評하는 사람은 고맙게 보나 이유도 업고 죄도 업시 評을 밧는 일은 애매한 일이다. 이런 利用的 宣傳으로 남의 인격을 비열하게 만들고 이사람 저사람 입에 오르내리게 하는 일은 무슨 무가치한 일이냐 말이다.[53]

여류문사가 저널리즘과 남성들이 결탁해 만든 거짓 예찬의 산물이라고 주장한 모윤숙은 여류문사라는 용어가 이미 오염된 명명이라는 판단 아래 "여문인(女文人)"[54]이라는 말을 대신 사용하기도 했다.

이와 같이 근대 여성작가의 등장에 긍정적이든 부정적이든 여성매체를 포함한 저널리즘의 영향이 큰 것은 사실이나, 당시 여성작가들과 저널리즘의 관계가 비단 저널리즘이 호명하고 여성들이 이에 응답하는 일방적인 관계만은 아닌 것으로 보인다. 남성들이 장악하고 있던 문단의 진입장벽을 허물고 여성들이 작가가 되기 위해서는 저널리즘을 적극적으로 이용할 수밖에 없는 측면도 있었다. 『여자계』나 『신여자』와 같은 여성 주도적 잡지를 통해서 여성들이 문예물을 발표하고 문사로 변신할 수 있는 미디어를 확보하기도 했으나, 이러한 매체가 사실상 사라지면서 남성이 주도하는 문학 장에 여성들이 진입하기란 더욱 어려운 일이었다. 때문에 여성들은 '여류문사'라는 새로운 구성물을 전시하려는 저널리즘의 욕망을 의도적이든 비의도적이든 이용하면서 작품을

---

53    모윤숙, 「현대남성에게의 항변」, 『신여성』 7권 1호, 1933.1, 30면.
54    위의 글, 30면.

발표할 수 있는 기회를 확보하고 궁극적으로 작가의 지위를 획득할 수 있는 계기를 마련한 측면 역시 있었다.

시인이 되기까지의 과정을 술회한 모윤숙의 글을 통해서 이러한 과정의 일단을 엿볼 수 있다. 독서와 작문을 즐기면서 자연스럽게 문학에 대한 애호심이 감발해 이화여전 문과에 진학한 모윤숙은 3,4학년 작문 시간을 통해 이후 『신가정』의 주임을 맡게 되는 변영로와 만나게 된다. 모윤숙은 변영로가 자신의 글을 꼼꼼히 읽고 비평해 준 스승이었다는 것 외에 그에 대한 별다른 언급을 하지 않았으나, 이화전문 학생이었던 모윤숙의 시가 신문·잡지에 발탁되는 과정에서 변영로가 일정하게 역할했을 가능성 또한 배제할 수는 없다. 모윤숙은 이화 시절 신문·잡지에 시를 발표한 이후의 상황을 다음과 같이 회고하고 있다.

리화시대에는 종종 신문이나 잡지에 시를 발표했지요. 그야말로 글이랍시고 여자에 글이니까 그랬는지 한두 번 발표한 이후로는 신문사나 잡지사 같은 데서 종종 청이 왔읍니다. 그래서 차차 글을 세상에 발표하게 되었는데 아모 세련되지 않은 글이 작고 작고 청에 못이겨 내여 놓아지니 자연 정당한 평가의 눈으로 볼 때에는 '참 조선이다 보니 여자된 덕에 시인 소리를 듣는다' 하고 어떠케 들으면 빈정거림인 듯하나, 사실에 있어서는 옳은 론단이라고 않할 수 없을 만치 쓰레기 글이 많이 나갔읍니다.[55]

모윤숙은 저널리즘의 청탁에 못 이겨 미흡한 글들을 내놓았다는 자

---

55  모윤숙, 「어떠케 난 시인이 되엇나」, 『신가정』, 1936.3, 95면.

조적 고백을 하고 있으나, 한편으로 작가가 되기를 소망하던 여성들이 '여류문사'라는 새로운 사건을 기획하던 저널리즘의 욕망과 접속하면서 시인이나 소설가로 성장할 수 있는 발판을 만들어 갔음을 짐작할 수 있는 대목이기도 하다.

문학을 하고자 하는 여성들이 저널리즘과 교통하는 또 하나의 방법은 안함광, 이홍구 등이 비판적으로 지적하기도 한 '여기자'가 되는 것이었다. 주지하듯이 당시 여기자로 활동했던 여성들의 상당수가 이후 여성작가로 변신하게 되는데, 이들 중에는 문사로 먼저 등단한 뒤 기자를 겸업하는 경우, 기자로 출발해 자신이 관계하던 신문·잡지에 시나 소설을 발표하면서 작가로 변신하는 경우도 있었다. 물론 이들 중에는 기자로 재직하면서 한두 편 작품을 발표하다 퇴직 이후 더 이상 창작활동을 하지 않는 이들도 있었다.[56]

김명순, 김원주(元周), 김말봉, 노천명, 모윤숙이 먼저 작가로 등단한 이후 기자 활동을 한 경우라면, 김자혜, 김원주(源珠), 김오남, 송계월, 이선희, 장덕조, 최정희 등은 기자로 출발해 여성작가로 이동해 간 경우이다. 이는 기자라는 위치나 경력이 여성들이 작가로 성장하는 데 유용한 매개가 되었음을 의미하는 대목이기도 하다. 아울러 이들 중에는 자신이 몸담고 있던 신문·잡지사의 요구에 따라 작품을 한두 편 발표하면서 여류문사라는 타이틀을 얻게 되는 경우도 있었으나, 애초 작가가 되기 위한 목적으로 여기자를 선택하는 경우도 적지 않았던 것으로 보인다.

---

56  기자를 겸하면서 수필을 제외한 시나 소설을 발표했던 주요 여성문사들을 정리하면 다음과 같다.

대표적으로 최정희는 여기자의 애환을 술회한 글에서 "문단 진출을 꿈꾸고 문인들의 만화나 사진을 보는 대로 오려서 스크랩북에 붙여 놓을 때는 여긔자가 되면 문인들과 자주 만나서 내가 듣고저 하는 이야기나 들을 줄 알앗"[57]다고 고백한 바 있다. 저널리즘과 문단이 어느 때보

| 이름 | 기자활동 | 문예활동의 시작 |
|---|---|---|
| 김명순 | 매일신보<br>(1926.11~1927.4) | 『청춘』 현상공모에 소설 「의심의 소녀」 3등 당선(1917) |
| 김원주(元周) | 불교(1927~1932) | 『신여자』에 소설 「계시」 발표(1920.3) |
| 김자혜 | 동아일보<br>(1932.4~1934.7) | 『신가정』에 여성작가연작 소설 「젊은 어머니」 발표(1933.5) |
| 김원주(源珠) | 개벽사(1929.12~1931.1)<br>매일신보(1931.1~1933) | 『신여성』 '직업여성주제단편' 특집에 「(여하인편)엡쑨이는 어대로?」 발표(1931.12) |
| 김말봉 | 중외일보(1929~1930) | 『동아일보』 '신춘문단'에 「시집살이」 발표(1925.4.18~25)<br>/『조선중앙일보』 신춘문예에 「망명녀」 당선(1932) |
| 김오남 | 조선일보(1930) | 『신동아』에 시조 13수 발표(1932.12) |
| 노천명 | 조선일보(1937.5~1939.1)<br>매일신보(1941~1945) | 『신동아』에 시 「밤의 찬미」(이전 영문과 재학 당시) 발표(1932.6) |
| 모윤숙 | 여론(女論)(1933)<br>삼천리(1937.10~1938.가을) | 『동광』에 시 「피로 새긴 당신의 얼굴」 발표(1931.12) |
| 박경식 | 개벽사(1926~1928) | 『신여성』에 소설 「두 사람」 발표(1926.8.10) |
| 송계월 | 개벽사(1931~1933.5) | 『신여성』 '직업여성주제단편' 특집에 「(여직공편)공장소식」 발표(1931.12) |
| 이선희 | 개벽사(1933.말~1934)<br>조선일보(1938.3~1939.8) | 『중앙』에 소설 「불야여인(不夜女人)-가등(街燈)」 발표(1934.12) |
| 장덕조 | 개벽사(1932.8~1932.말) | 『제일선』에 소설 「저회(低徊)」 발표(1932.8) |
| 최의순 | 동아일보(1928.9~1933.8)<br>개벽사(1928.6~1928.9) | 『신여성』 '직업여성주제단편' 특집에 「(여교원편)구혼자」 발표(1931.12) |
| 최정희 | 삼천리(1931~1934<br>/ 1937.10~1938.가을) | 『삼천리』에 소설 「정당한 스파이」 발표(1931.10) |

위의 표는 『신여자』・『신여성』・『신가정』과, 박용규, 「일제하 여기자의 사회적 특성과 언론활동」(『대중매체와 성의 상징질서』, 나남, 1997, 82~83・99면), 권영민의 『한국근대문인대사전』(아세아문화사, 1990), 김연숙의 「저널리즘과 여성작가의 탄생-1920~30년대 여기자 집단을 중심으로」(『여성문학연구』 14호, 2005)를 바탕으로 다시 정리하였다. 송계월의 경우 권영민의 『한국근대문인대사전』에는 1933년 『신가정』 2월호에 여성작가연작소설 「젊은 어머니」를 발표하면서 창작활동을 시작한 것으로 되어 있으나, 필자가 확인한 바에 따르면, 송계월은 이미 자신이 기자로 근무하고 있던 개벽사의 『신여성』을 통해 「(여직공편) 공장소식」(1931.12), 「강제귀농」(1932.10), 「(벽소설)신창바닷가」(1932.11)를 발표한 바 있다.

57 최정희, 「방문・집필・원고」, 『신가정』, 1933.1, 32면.

다 긴밀하게 교섭했던 상황에서 기자가 되는 것은 문단 진출의 가장 **빠**른 경로로 인식되었음을 확인할 수 있는 언급이다. 단편적이긴 하나 이는 김원주(源珠)에 얽힌 일화를 통해서도 짐작 가능하다.

개벽사의 기자로 입사한 김원주에게 처음 주어진 임무는 '3대 신문사 사장들의 심장**빼기**'라는 제목으로 대중잡지 『별건곤』에 실릴 통속적인 가십성 기사를 취재해 오는 것이었다고 한다. 당시 『별건곤』을 주재하고 있던 차상찬은 신입 여기자인 김원주를 기자를 지망하는 여성으로 위장시켜 동아일보의 송진우, 조선일보의 신석우, 중외일보의 이상협을 방문하게 하고 그들의 반응을 기사화한다는 목적이었던 것으로 보인다. 그런데 동아일보를 방문한 김원주에게 송진우가 기자를 지망하는 이유를 묻자 김원주는 "문학공부도 하고 세상일도 널리 알고 싶"[58]다는 답을 하고 있다. 송진우는 당시 여기자가 신문의 가정란이나 잡지의 가정 방문 기사 등 주로 제한된 범위를 맡아보는 상황, 아울러 가십거리로나 구설에 오르는 이른바 "화초기자"[59]인 실상을 지적하고 마음을 돌리라고 충고한다.

최정희 역시 실제 기자 생활을 시작하면서 문학공부나 문단진출을 꿈꾸었던 자신의 생각들이 "전연 자취도 없는 공상으로 돌아가고", 원

---

58  성혜랑, 앞의 책, 59면.
59  물망초, 「문화전선의 기수—부인긔자의 생활」, 『신여성』 7권 12호, 1933.12, 59면. 『매일신보』에서 기자생활을 했던 물망초 김명순은 부인기자—결혼 여부와 특별히 관계없이 여기자를 명명하는 용어로 사용—가 되는 것이 여학교 교원보다 나을 것이라 생각하지만 실상은 그렇지 않으며, 신문·잡지사 내에서 여기자의 위상은 뚜렷한 역할이 주어지지 않아 '화초기자'라는 매우 모욕적 명명으로 불리고 있다고 지적한다. "그런 만큼 부인긔자의 활략해야 할 범위는 점점 좁혀지고", 때문에 김명순이 글을 쓴 1933년의 시점에서 "잡지사 신문사에서 부인긔자의 자리가 거지반 거더저버렷"다고 언급한다.

고를 받기 위한 필자 방문, 집필, 검열로 이어지는 "예긔도 못햇든 쓰린 고통만 닥처왓다"고 토로한 바 있다. 그럼에도 불구하고 여성이 문단에 입문할 수 있는 가장 유리한 위치가 여기자였음은 분명한 것으로 보이는데, 최정희는 글의 말미에서 "잘 쓰나 못 쓰나 여긔자들에게 원고청(請)이 많게 되는 경향"[60]이 있다고 언급한다. 그는 이것이 한결 더 곤란한 부분이라고 지적하기도 했지만, 그러나 '여류문사'라는 새로운 사건을 구성하고자 하는 저널리즘의 욕망과 문단에 진입하고자 하는 자신의 욕망을 탁월하게 결합시키면서 여류문사의 계보에 등재될 수 있었던 작가가 최정희이기도 하다.

물론 이는 최정희에 국한된 것만은 아니다. 송진우의 언급에서도 확인되듯이 여기자들은 신문의 '가정란'을 맡아보거나, 혹은 근무하는 잡지사에서 발행하는 '여성지'의 기자로 투입되는 경우가 많았는데, 여성 독자들을 대상으로 하는 여성잡지라는 특수성이 작용하면서 여성잡지에 여기자들이 작품을 발표할 수 있는 기회가 보다 용이하게 주어질 수 있었던 것으로 보인다. 말하자면 여성잡지는 독자투고나 현상문예와 같은 공식화된 등단제도를 통해서 여성 독자를 작가로 발굴하는 경우보다는, 여기자들을 작가로 전환시키는 비교적 유연한 통로가 된 것이다. 본격적인 기자 활동을 한 것은 아니지만 나혜석이나 김원주(일엽)는 각각 『여자계』와 『신여자』의 편집을 맡아보면서 작가로 변신했으며, 박경식과 김원주(源珠)는 개벽사의 여기자로 근무하면서 『신여성』에 처음 소설이나 수필 등을 발표했고, 송계월 역시 『신여성』 담당 기자로

---

60  최정희, 앞의 글, 33면.

활동하면서 『신여성』에 첫 소설 「공장소식」(5권 11호)에 이어 「강제귀
농」(6권 10호), 「신창 바닷가」(6권 11호) 등을 연이어 발표했다. 그런가
하면 『신가정』의 기자를 맡고 있던 김자혜는 『신가정』이 기획한 연작
소설 「젊은 어머니」의 마지막 연재자로 참여하면서 작가로 입문했으며
이후에도 같은 잡지에 여러 편의 수필을 게재했다.

　이와 같이 여성 독자를 대상으로 여성문제를 다룬다는 특수성에 힘
입어 여성작가들에게 지면을 보다 용이하게 할애하고, 아울러 여기자
들이 여성작가로 이동하는 주요 통로가 되었던 여성잡지는 여성문학과
관련한 담론을 생산하는 주요한 매체가 되기도 했다. 다음은 『신여
성』과 『신가정』을 중심으로 전개된 '여류문학' 담론의 양상을 살펴보
고자 하자.


## 3. 하위범주로서의 '여류문학' 담론의 생산


　1930년대를 전후해 새로운 여성작가들이 문단에 다수 진출하고 여
성들의 문학이 문단과 저널리즘의 주요한 관심사로 떠오르면서 1930년
대 신문·잡지 등에는 '여류문학', '부녀문학', '규수문학', '신여성문학'
등 다양한 신조어가 등장하기 시작했다. 문학에 '여성'이라는 성별 정체
성을 각인하는 이런 용어들은 단순히 여성들이 창작한 문학을 지칭하는
중립적 개념으로 사용되기보다, 여성들의 문학을 특수한 범주로 분류하

려는 욕망이 농후하게 개입된 용어라 할 수 있다. 때문에 이와 같은 의미에 부합하는 용어로 가장 일반적으로 선택된 것은 '여류문학'이었다. '여류(女流)'란 여성작가나 작품의 개별적인 차이보다 여성으로서의 '동일성'을 전제한 명명인 것이다. 『신여성』, 특히 1930년대 『신가정』의 경우는 이러한 여류문학 담론의 중심에 있었으며, 담론을 주도한 쪽은 대부분 문단과 매체를 장악하고 있던 남성문사들이었다.

여성작가와 여성문학의 존재를 문단의 사건으로 부각하고자 했던 『신가정』은 창간호부터 이은상이 집필을 맡아 일종의 '여성문학사'를 기술하는데, 삼국시대부터 조선시대까지 대표적인 여성들의 작품을 각 시대별로 비교적 상세히 소개하고 있다. 이은상뿐만 아니라 김태준 또한 '조선의 여류문학'이라는 글을 『조선일보』에 연재한 바 있는데, 김태준의 여류문학사는 한글 창제 이전과 이후로 나누이 한글 창제 이후를 중심으로 기술되고 있으며, 아울러 '아관현대조선(我觀現代朝鮮)의 신여성문학'이라는 제명으로 당대 여성문학에 대한 비평이 첨가되어 있기도 하다.

이은상이나 김태준의 여류문학사 기술에서 우선 흥미로운 점은 이들이 과거 여성들의 문학을 일종의 '국민문학'으로 재발견하고 있다는 것이다. 특히 이은상의 경우는, 찬란하였을 과거의 문학이 내 문자가 없어다 전하지 못하는 상황에서 "녀자의 것이 들어잇서 금사같이 반짝이는 것은 생각할사록 고마운 일"[61]이라고 언급하는가 하면, 조선의 부녀문학을 '규수문학'과 '교방문학'으로 나누고 한문으로 된 '규수문학'보다 조선국문으로 된 기생들의 '교방문학'을 "우리 선조의 남긴 고유한 국민

---

61　이은상, 「삼국시대의 여류문학」, 『신가정』, 1933.1, 19면.

문학을 계승한 장자요 그 영예의 수상자가 될 것이"[62]라고 평가한다.

주목할 점은 과거 여성문학에 대한 논의들이 대부분 '시가(詩歌)' 중심으로 전개되었다는 사실이다. 이는 전대 문학 장의 중심이 시가(詩歌)인 이유도 있겠으나, 여성문학의 본령이 소설이나 희곡과 같은 장르가 아니라 '시'라는 성별적 인식 또한 투영되었던 것으로 보인다. 근대문학이 형성되고 문학 장르가 재편되는 과정에서 '소설'은 "현대 문예계의 왕자"[63]로 상승하였으며, '소설'이나 '희곡'이 일정한 연령 이상이 되어야 쓸 수 있는 전문적인 능력을 요구하는 장르로, '시'나 '수필' 등은 전문적인 능력을 축적하지 않아도 문학 입문 과정에서 누구나 쓸 수 있는 장르로 인식되었다.[64]

문제는 이 과정에서 '시'나 '수필'이 주로 여성적 장르로 성별화되었다는 사실이다. 백철은 『신여성』에 수록한 「현대 여학생과 문예」에서 여학생 시대는 젊은 세대의 진취성이 "실제적 의미와 실현 정도를 동반한 것이 아니고 다대(多大)한 공상과 주관적 기분의 충동"에 좌우되는 시기이며, 이러한 여학생들의 생활기분을 한 마디로 "행복된 기분주의", 곧 "로맨티시즘"[65]이라 지적한 뒤 이를 구현하기에 적당한 장르가 '시'라고 주장한다.

---

62  이은상, 「황진의 일생과 그의 예술」, 『신가정』, 1933.7, 53면.
63  김동인, 「근대소설의 승리」, 『김동인전집』 6, 삼중당, 1976, 174면.
64  소설을 여타의 장르보다 우위에 두는 분위기는 소설 창작과 연령(연륜)을 결합시키는 담론 배치를 통해서도 나타난다. 『조선문단』에 실린 「문단만화」를 통해 이광수는 "시는 젊은 사람도 쓸 수 잇스나 소설은 사십 세 이상이 되어야 쓸 수 잇다고 하고 극은 그보다도 더욱 인생의 경험의 축적이 필요하다고 한다"고 언급한다. 장백산인, 「문단만화」, 『조선문단』 2호, 1924.11, 73면.(장백산인은 이광수의 필명이다)
65  백철, 「현대 여학생과 문학」, 『신여성』 7권 10호, 1933.10, 34・35면.

이상에서 나는 여학생의 생활기분이라는 것을 대략 설명하얏스나 여기까지에서 나는 벌서 여학생문예의 특징을 대부분 설명하고 말엇다. 왜 그러냐하면 여학생문예란 결국 여학생 시대의 모든 생활 기분 생활에 대한 낭만적 기분과 센티맨타리즘! 을 반영하고 잇는 것 이외의 아무것도 아니다! 여학생 시대 전 정서, 전 생활 그 동경과 열정 그 자신이 벌서 詩 이외의 아무것도 아니다. 그리고 그 시적 생활 정신 그것이 즉시 여학생 문예의 가장 조혼 형식인 서정시로 표현되게 되는 것이다. 그런 의미에서 여학생 시대를 서정시 시대라고 부를 수 잇는 것이다![66]

시를 낭만주의적 형식으로 이해하고 여학생들의 감성과 가장 부합하는 장르로 규정한 백철은 여학생 특유의 감성과 장르 선택의 관계를 보여주는 주요한 예로 당시 이화여전 문과에 재학 중이던 노천명의 시를 들고 있다. 그는 노천명의 작품들이 여학생 문예를 대표하는 가장 우수한 경우임에도 불구하고, 그 특징은 역시 "애상적이고 감상주의적"인 낭만적 경향을 벗어나지 못하고 있으며, 따라서 "현실의 음영"을 전혀 "묘사"하지 못하고 있다고 비판한다. 이러한 노천명의 한계는 일반 여학교의 교우지에 발표되는 여학생들의 시와 수필을 통해서도 동일하게 파악되는 사항이라 지적한 백철은 여학생 문예를 "서정과 감상주의" 문예로 일갈하고, 이는 문학의 주성(主性)을 잃어버린 것이므로 문예다운 문예가 될 수 없다고 강조한다.[67] 비단 여학생들뿐만 아니라 시는 여성에게 가장 적합한 장르로 빈번히 지정되곤 했는데, 예를 들어 여류문

66    위의 글, 35면.
67    위의 글, 37면.

인의 출현을 촉구한 이하윤은 "오늘의 남성은 서정시를 여성에게 양여해 버려도 조흘 것이 아니냐"[68]는 발언을 하기도 했다.

뿐만 아니라 창간호부터 조선 여류문학사를 연재하는 등 여성문학 담론을 선점한 『신가정』은 피천득, 함대훈, 조희순, 이하윤, 정래동, 유경상, 이헌구 등 외국문학 전공자들을 필자로 대거 기용하면서 영국·러시아·프랑스·미국·독일·중국 등 다양한 국적의 여성작가와 그들의 작품을 소개하는 해외 여성문학 소개를 시리즈로 연재하는데,[69] 여기에서도 논의는 대개 여성 시인과 그들의 시작(詩作)을 중심으로 이루어졌으며, 대개의 경우 이들 작품은 긍정적으로 평가되었다. 이는 『신가정』뿐만 아니라 당시 매체가 마련한 해외 여성문학 소개에서도 유사하게 발견되는 사항이기도 하다. 예컨대 『학지광』에서 잔 다르크와 엘리자베스 여왕에 필적할 일대여시인(一大女詩人)으로 평가받은 바 있는[70] 영국의 '브라우닝 부인'은 1930년대 『신가정』의 창간호를 통해서도 여류문학의 모범으로 제시되고 있다. 피천득은 브라우닝을 신체적 병약함을 예술로 승화시킨 탁월한 시인으로 평가하며, "우미수려한 단시나 애련한 쏘넽들은 엘리사베스가 아니고는 지을 수 없는 히귀한 걸작들"[71]이라고 극찬한다. 브라우닝 부인에 이어, 송대의 새로운 시형인 사(詞)를 개척한 여시인 '이청조'나,[72] 프랑스 대시인으로 '노아이으 백작부인',[73] "구시(舊詩)의 탈을 완전히 벗어나 백화(白話)"를 아름답게 구사하면서 중국 신시(新詩)를 정착시킨 중국의 '빙심(氷心)여사',[74] 러

---

68    이하윤, 「여류문인아 출현하라」, 『동아일보』, 1932.1.8, 5면.
69    『신가정』에 실린 여성작가 및 여성문학과 관련한 글들(소개, 평론)을 정리하면 다음과 같다. 당시 활동하던 여성작가들과 관련한 평론인 경우에는 비고에 평론이라 표시했다.

| 필자 | 제목 | 게재호 | 비고 |
|---|---|---|---|
| 이은상 | 「삼국시대의 여류문학」 | 1933.1 | |
| 피천득 | 「브라우닝 부인의 생애와 예술」 | 1933.1 | |
| 이은상 | 「고려시대의 여류문학」 | 1933.2 | |
| 이은상 | 「李朝 國初의 여류문학」 | 1933.3 | |
| 함대훈 | 「근대 로서아 여류문학에 대하여」 | 1933.4 | |
| 이은상 | 「수성궁 十宮姬의 문학」 | 1933.4 | |
| 이은상 | 「成明年間의 여류문학」 | 1933.5 | |
| 조희순 | 「독일문학과 여류작가」 | 1933.5 | |
| 이은상 | 「황진의 일생과 그의 예술」 | 1933.7 | |
| 이하윤 | 「불란서 여시인 노아이으 여사의 서거」 | 1933.7 | |
| 정래동 | 「빙심녀(氷心女)의 시와 산문」 | 1933.8 | |
| 유경상 | 「현대 미국문단의 여류작가」 | 1933.8 | |
| 소영(박화성) | 「연작소설 『젊은 어머니』에 대한 촌평」 | 1933.8 | 평론 |
| 이헌구 | 「불란서에 빛나는 여류 작가들」 | 1933.9 | |
| 유경상 | 「현대 미국 여류작가들(其二)」 | 1933.9 | |
| 유치진 | 「신극운동에 나타난 여성의 족적」 | 1933.10 | |
| 정래동 | 「중국의 여류 작가」 | 1933.10 | |
| 함대훈 | 「현대 로서아 여류 시인」 | 1933.10 | |
| 피천득 | 「영국 여류 시인 크리스티나 로세티」 | 1933.11 | |
| 최정희 | 「1933년 여류문단 총평」 | 1933.12 | 평론 |
| 양주동 김기림 여수 | 「편감촌평−여류 문인」 | 1934.2 | 평론 |
| 이무영 | 「여류작가 총평」 | 1934.2 | 평론 |
| 노자영 | 「문예에 나타난 모성애와 「영원의 별」」 | 1934.3 | |
| 정래동 | 「중국 여류 작가의 창작론과 창작 경험담」 | 1934.9 | |
| 하문호 | 「코론타이 여사의 사상과 문학」 | 1934.12 | |
| 김팔봉 | 「구각에서의 탈피 조선 여성작가 제씨에게」 | 1935.1 | 평론 |
| 필자 × | 「세계 여류문인 소전」 | 1935.7 | |
| 정래동 | 「중국 현대 여류 작가 백미여사의 문학생활」 | 1935.7 | |
| 이청 | 「여류 작품 총관」 | 1935.12 | 평론 |
| 박화성 | 「여류 작가가 되기까지의 고심담」 | 1935.12 | |
| 김원근 | 「유희춘 부인의 박학과 그 부인의 문예」 | 1936.1 | |
| 사운생 | 「조선 유일의 여문장가인 서씨부인」 | 1936.2 | |
| 모윤숙 | 「어떠케 나는 시인이 되엇나」 | 1936.3 | |
| 서항석 | 「입센과 여성문제」 | 1936.5 | |

시아의 현대 여류시인으로 '지나이다 기피우스',[75] 영국의 '크리스티나 로세티'[76] 등이 각국을 대표하는 여성 시인으로 소개되고 있다.

이와 같이 『신가정』은 해외 여성문학 소개의 상당 부분을 여성 시인들에 할애하는 한편, 이들을 통해서 '시'가 여타의 장르보다 여성과 가장 잘 어울리는 장르임을 자연스럽게 환기했다. 시와 여성을 매개하는 논리는 대개 여성을 '감정'과 연결시키고, 감정의 영역을 표현하기에 시가 가장 알맞은 장르라는 방식으로 전개되는데, 가령 중국의 여류문학을 소개한 정래동은 중국 과거의 부녀문학사는 그 대부분이 '시가'에 관한 것이며, 이는 "중국문학 형식을 고찰하여 보면 시가를 제한 외에는 감정을 주로 한 문학 형식이 없엇든 것이"기 때문이라고 해석한다. 따라서 "많은 문학부녀가 자긔네의 성격에 적합한 시가의 길을 밟은 것도 당연한 일이엇을 것"이며, 전문적이든 비전문적이든 "현대의 중국 여작가들도 시를 쓰지 않는 작가가 드물다"는 것이다.[77]

---

70  이병도, 「규방문학」, 『학지광』 12호, 1917.4, 387~388면. 이 글에서 필자는 여자가 '약한 자' 또는 '이해치는 못할 자'라는 말이 있으나 이는 모두 범연히 한 말에 지나지 않으며, 여성 중에서도 엘리자베스 여왕이나 잔 다르크 같은 영웅과 호걸, 천재와 학자가 있듯이, 여성들 역시 문학을 통해 "경모(敬慕), 숭배할 만한" 위인의 반열에 오를 수 있다고 강조한다. 그 예로 "엘리웃트의 소설과 브라우닝의 시"를 거명한 필자는 규방문학의 모범으로 "我邦의 대표적 여시인 허난설헌"과 "일본의 대표적 여시인 江馬細響"의 시를 독자들에게 소개하고 있다. 이 글에서는 '여류문학'이라는 용어는 아직 발견되지 않으며 '규방문학'이라는 용어가 사용되고 있다.
71  피천득, 「부라우닝 부인의 생애와 예술」, 『신가정』, 1933.1, 27면.
72  정래동, 「송대의 女詞人 이청조의 수옥사」, 『신가정』, 1933.6, 129~133면.
73  이하윤, 「불란서 여시인 노아이으 여사의 서거」, 『신가정』, 1933.7, 152~153면. 『신여성』 6권 10호(1932.10)에 실린 이헌구의 「현대 불란서 여류작가 군상」에서 '노아이유 여사'는 프랑스를 대표하는 여성 시인으로 소개되고 있다.
74  정래동, 「빙심여사의 시와 산문」, 『신가정』, 1933.8, 51~57면.
75  함대훈, 「현대 로서아 여류시인」, 『신가정』, 1933.10, 159~166면.
76  피천득, 「영국 여류시인 크리스틔나 로세틔」, 『신가정』, 1933.11, 132~137면.

'시'가 여성과 본질적으로 친연적인 장르임을 전제하고 여성 시인과 시에 대해서 비교적 긍정적 평가가 이루어진 반면, '여성'과 '소설'의 연결에 대해서는 부정적인 시각이 많았다. 여성의 소설은 문학 작품으로서 함량미달이라는 견해가 제시되거나, 그렇지 않으면 본격문학의 범주 밖에 위치한 '대중적인' 혹은 '여성적인' 소설 창작에 제한된 차원으로 평가되는 경우가 빈번했던 것이다. 중국의 대표적인 여성 소설가 3인—정령여사·진학소여사·려은여사—의 작품을 소개한 정래동은 연애시대의 여성 심리를 주로 다룬 이들의 소설이 "소설로서 완성한 작품이라고 볼 수 없"으며, 아울러 중국 여성작가들의 단편소설에 대해서는 그 수효가 많으나 대개가 온전한 소설이라기보다 "감상문의 연장이거나 혹은 수필의 장편"인 경우가 많다고 평가하기도 했다.[78]

여성이 쓰는 소설의 주류가 연애서사이기 때문에 대중들의 취미에 부합할지 모르나 진정한 문학이 되기 어렵다는 비판은 러시아의 여성작가를 소개한 함대훈의 글에서도 발견된다. 함대훈은 근대 러시아 여성작가를 대표하는 '나그르 드스카야'의 소설을 소개하면서, 그의 『디오니소스의 격노』가 당시 러시아 문단의 커다란 환영을 받았음에도 불구하고, "저급한 취미를 좋아하는 현대문학에 잇서서는 어느 정도까지 환영을 받엇"을지 모르나 단지 "흥미를 중심으로 한 한 개의 방종한 련애사"[79]에 불과하다고 부정적 평가를 내린다. 그런가 하면 유경상은 19세기 미국 문단에서 탐정소설이나 역사소설 작가로 명성을 얻은 여성작가들을 소

---

77    정래동, 「중국의 여류작가」, 『신가정』, 1933.10, 150면.
78    위의 글, 152~153면.
79    함대훈, 「근대 로서아 여류문학에 대하야」, 『신가정』, 1933.4, 124~126면.

개하면서 여성 소설가들의 경우 주로 '대중적 취향'의 소설을 쓰거나, 또는 소위 '여성적 형식'의 소설을 쓰는 작가들로 환기하기도 했다.[80]

한편 정래동은 전대 중국의 문학 부녀들이 여성 득유의 '김징'을 표현하는 장르로 '시가(詩歌)' 이외에 선택할 여지가 없었다면, 현대 중국의 여성작가들은 그 다수가 시가 이외에 '서간체 소설'의 형식을 통해 감정을 담아내고 있다고 지적하고, 이를 빌어 필자는 "과거 급(及) 현재까지의 부녀들이 그 감정을 표현하기 쉬운 문학형식을 취한 것을 알 수 잇다"[81]고 주장하기도 한다.

시나 소설, 수필 등 장르를 막론하고 여성의 문학은 여성 특유의 '감정'의 영역 안에 긴박되어 있다는 시각은 시대와 국경을 넘어 여성의 문학을 평가하는 동일한 방식이었으며, 아울러 여성들 개개인의 문학을 '여류문학'이라는 단일한 범주로 수렴하는 주요한 논리로 작용한 것으로 보인다. 때문에 '낭만적' 또는 '감상적' 경향에 대한 지적은 여성들의 문학을 소개 · 비평하는 글 속에서 상투적으로 발견되는 언사이기도 하다. 말하자면 허난설헌에게 부여된 "로맨틱의 시인"[82]이라는 평가는 영국의 엘리자베스 브라우닝을 비평하는 수사로도 활용되며, 중국의 부녀문학을 넘어 다시 현대 조선의 김명순이나 모윤숙과 같은 여성작가들의 문학을 평가하는 방법으로 동원된 것이다. 김기진은 『신여성』에 게재한 「김명순에 대한 공개장」에서 김명순의 작품을 "여성 통유의 애상주의"[83]로 비판하는가 하면, 박용철은 모윤숙의 시가 감상적

---

80  유경상, 「현대 미국 여류작가 其二」, 『신가정』, 1933.9, 150~157면.
81  정래동, 「중국의 여류작가」, 『신가정』, 1933.10, 150면.
82  이병도, 앞의 글, 391면.
83  김기진, 「김명순에 대한 공개장」, 『신여성』 2권 10호, 1924.11, 50면.

이라는 일반의 평가를 수용하는 한편, 모윤숙 시의 감상성을 적극 옹호하고 나서기도 했다. 박용철에 따르면, "시에 있어서 눈물을 부정하려는 태도는 헛된 노력에 지나지 아니"하며, 따라서 시를 통해 "감정을 감추고 죽인다는 것보다 대담하게 감정을 발표"하는 것이 필요하고, 이런 측면에서 모윤숙 문학의 감상성은 오히려 긍정적이라는 것이다. 덧붙여 박용철은 "앞으로 서정시는 여자에게 미루어 주는 것이 좋겠다"는 영국 비평가의 말을 인용하면서, "평소에 자기의 고독한 감정의 세계를 지키는 소장이 있는 여자는 앞으로 조촐한 그릇에 순수한 감정을 소복히 담아놓는 것 같은 서정시의 세계에 있어서는 오히려 중요한 일꾼이 될 지도 모른다"는 견해를 피력하기도 한다.[84]

프랑스의 여성작가들을 소개한 이헌구 역시 프랑스 여류문단 전체의 경향을 "여성적인 천박한 감상성과 사긔류의 심경 고백적 내지 정욕 생활의 상투적 표현묘사가 많은 것"이라 지적하며, 여성들의 문학에서 "심혹한 사회의 현실상이라거나 객관적 사물분석의 리지적 총명과 섬광을 찾어보기가 매우 어렵"다고 비판한다. "현재 불문단을 지배하는 앙드레 지드나 마르셀 프루스트라거나 포올 발레리 등의 지성과 잠재의식의 내적 통찰을 도저히 여류작가에게서는 발견할 수 없"다는 것이다. 그럼에도 불구하고 여성들의 문학이 존재해야 하는 이유는 "여성 독자의 감성의 자유로운 표현이라거나 서정시맥은 역시 이 여류작가들 손으로서 항상 청신한 발라한 충격을 문단의 분위기 속에 팽배시킬 것"[85]이기 때문이라고 이헌구는 주장한다. 말하자면 여성들의 문학은

---

84  박용철, 「여류시단비평」, 『신가정』, 1934.2, 15~21면.
85  이헌구, 「불란서에 빛나는 여류작가들」, 『신가정』, 1933.9, 149면.

'여성 독자'들이 전제되거나, 박용철의 논법과 같이 '서정시'와 같은 특정 장르와 매개되어야만 그 존재 의의가 인정되는 매우 협소한 범주로 정위된 것이다.

『신여성』에 「여류예술가소론」을 쓴 김진섭 역시 '여류성', 곧 '여성성'을 지성이 결핍된 '감정'의 영역으로 정의하고 여성들의 문학이나 예술을 이러한 본질적 특이성으로부터 벗어날 수 없는 것이라 일갈하고 있다. 때문에 "남성적 추상의 신랄한 가혹이 여성적 優美에 의하여 완화되고 형식의 엄연한 합법성이 진묘한 落相과 귀여운 執意에 의하여 相殺된 것"을 과거와 현재를 막론하고 '여인예술'의 정체라고 정의한 그는 "과도의 감정이입"으로 대상과 자신을 분리하지 못하는 생래적 "직접성"을 지닌 여성들이 문필적 재능을 발휘하기에 가장 적합한 양식으로 '서간체'를 제시한다.

女藝術家의 무엇보담도 명백한 특징이 어떠한 '모델'을 묘사하는 대신, 묘사되는 바 대상 속에 滑落하랴는 願望 즉 과도의 감정이입에 잇다는 것은 모든 미술 비평가의 혼이 말하는 바 사실이지만 이러한 사실에 의하여 왕왕히 저 놀랠만치 아름다운 직접성은 여자에 잇서서 비로소 획득될 수 잇는 것이다. 그리하여 도처에서 조그만 형식은 정규적으로 채택된다. 부인들이 그네들의 문필적 재능의 특질을 가장 순수하게 보인 문학적 형식도 그런 까닭으로 그것은 어느 시대에서든지 항상 보고의 가장 개인적인 형식, 그리하야 그것은 '플랜'도 업고 질서도 업고 모든 사랑스러운 교태와 변심에 대한 가능성을 갖고 잇는 바 저 '서간체'에 달음업섯다.[86]

서간체는 "예술의 엄밀하고 추상적인 합법성과 표현 수단의 유동성"[87]이 결핍된 것은 물론, 감정이입이 본래적으로 과도한 여성들이 그들의 여성성을 탁월하게 발휘할 수 있는 '가장 개인적이며 예술적 플랜도 질서도 없는 조그만 형식'으로 정의되고 있다. 김진섭에 따르면 서간체는 시대를 불문한 '여성적인 양식'이 되며, 아울러 서간체와 유사하게 고유의 예술적 플랜이나 질서를 결여한 개인적 형식들, 예컨대 일기·실화·수기 등은 대개 여성적인 문예의 범주로 분류될 수 있는 것이다.

여성문학을 본격문학의 외부에 위치한 성별화된 범주로 구성하려는 이와 같은 남성중심적 담론의 작동에 대해 여성들의 이의제기 역시 잇따랐다. 『신여성』에 기고한 한 여성 독자는 "남자문인들의 대개는 넘우 여자의 작품에 대하여 핸디캡을 한다. 남자작가들이 엄성하게 여자작가의 작품을 평한 적이 잇는가 하고 물으면 실례의 말이지만은 얼골이 붉어지지 아니할 분이 적지는 아니할 것"[88]이라 비판하며, 당대 최고의 여성작가로 평가받았던 박화성은 "번연이 자기들보다 높이 훨씬 급히 올라가는 작품을 내놓는 여성작가들 보고는 '여성작가의 것은 괴벽이 있어 읽지 안느니' '여성은 작가로 치지 안느니' '여류작가야 어듸 참으로 있기나 하느냐?'는 등 왼갓말들을 거침없이 잘 하"[89]는 남성작가들에게 불만을 토로하기도 했다. 모윤숙 역시 남성작가들이 여성작가들로부터 "일반의 기대에 넘어간 글이 나오면 오라버니가 혹은 아젓씨 남

---

86 김진섭, 「여류예술가소론」, 『신여성』 8권 3호, 1934.4, 41면.
87 위의 글, 39면.
88 이혜정, 「억울한 여류작가」, 『신여성』 6권 8호, 1932.8, 39면.
89 박화성, 「여류작가가 되기까지의 고심담」, 『신가정』, 1935.12, 31·36면.

편을 수색하야서 필자로 내세운다"고 지적한 뒤, 여성들에게 예술적 구상력, 문학적 기질이 근본적으로 결여되어 있다는 남성들의 논리를 다음과 같이 반박하고 나서기도 했다.

여자는 웨 남자만치 글을 못쓰랴는 법이 어대 잇단 말인가? 여성의 상상력이 小說을 그만치 못꿈이리라는 예측은 무엇으로부터 밧엇는가? 조선의 어두운 역사를 짊어지고 나려온 남성 고유의 자존심에서 나온 경향이 아닐가한다. 부엌에서 밥이나 짓고 어린애 젓이나 먹일 줄 알지 무슨 構想力이 잇스랴! 해서 한말이다.[90]

그런가 하면 잡지 『삼천리』가 주관한 '여류작가좌담회'에 참석한 여성작가들은 "여성다운 작가"가 되라는 남성문사들의 요구, 곧 "남성작가가 감히 손을 대지 못하는 경지", "여성 아니면 쓸 수 없는"[91] 심경을 쓰는 것만이 여성문학의 전부라 규정하려는 남성작가들의 욕망에 맞서 다음과 같이 주장하기도 한다.

또 일반사회에 하고 싶은 말은 제발 여류문인은 여자다운 작품을 써라 여자로만 쓸 수 잇는 작품을 써라 요따위 소리를 말어 주섯스면 하는 말입니다. 글세 글을 쓰는대 그다지 엄격하게 성별을 해서 말할 게 무엇임닛까? 아니 그럼 웨 남성작가들은 꼭 남자라야만 쓸 수 잇는 것을 쓰지 않고 여자로도 잘못 쓸 별별 깊은 점까지 다 쓰고 잇나요? 자기네는 '함부로'(?) 여성의 쓸

90    모윤숙, 「현대남성에게의 항변」, 『신여성』 7권 1호, 1933.1, 30면.
91    이무영, 「여류작가개평」, 『신가정』, 1934.2, 57면.

것을 쓰면서도 여자더러는 여자로서 쓸 것만 쓰라니 이건 참 당초에 말구(句)가 아니닷는 말이죠. (…중략…) 여성다운 작품을 쓰려고 노력하라는 말은 참 의미불통의 말입니다. 좌우간 작품다운 작품 값 잇고 보람 잇는 작품을 쓸 수 잇도록 노력하는 것이 文人 공통의 희망이라야 될 줄 압니다[92]

　인용문에서 박화성은 "여자다운 작품", "여자로만 쓸 수 잇는 작품"을 쓰라는 요구를 거부하고 여성들이 문학작품을 쓰는 궁극적 목적은 "작품다운 작품 값 잇고 보람 잇는 작품"을 창작하는 것이며, 이는 또한 "문인 공통의 희망"이라고 강조한다. 다층적인 여성들의 문학을 균질적인 '여류문학'으로 환원하고, 여류문학이라는 구성적 외부를 통해서 본격문학이라는 '내부' 혹은 '(남성중심의)보편'을 구축하려는 남성들의 욕망을 비판하는 여성작가의 목소리인 것이다.

　그렇다면 이러한 여성 필자/작가들의 목소리는 그들의 글쓰기에 어떻게 반영되었을까. 여성들의 글쓰기를 '여성적인 글쓰기'로, 여성들의 문학을 '여류문학'으로 환원하려는 젠더정치에 대응하는 여성 글쓰기의 역동성을 살펴보고자 한다.

---

# 제3장

# 여성의 글쓰기와 '경합/협상'의 정치학

## 1. 실화·수기류—참회와 고발, 두 겹의 자기역사 쓰기

1920~30년대 여성잡지에서 압도적으로 발견되는 여성들의 글쓰기
는 여성이 자신에 관한 이야기를 사실이라는 전제하에 기술하는 다양
한 '자기서사'[1] 양식들이다. 일기나 편지는 물론이고 고백·실화·수

---

1 박혜숙은 '자기서사'를 화자가 자기 자신에 관한 이야기를 사실이라는 전제에 입각해
진술하며, 자신의 삶을 전체로서 회고하고 성찰함으로써 그 의미를 찾고자 하는 특징을
갖는 글쓰기 양식이라 정의한다. 때문에 자기서사는 단일한 장르 개념이 아니라 일기,
편지, 수필, 자서전, 혹은 자전적 소설 등 다양한 장르를 포괄하게 되는 것이다.(박혜숙,
「여성과 자기서사」, 『한국 여성문학 연구의 현황과 전망』, 소명출판, 2008, 217~221면)
본고에서 다루고자 하는 '실화·수기류'는 박혜숙이 '자기서사'의 범주에 넣은 양식 중
에서 여성필자들이 '자신이 살아온 삶의 행로나 인생의 중요한 국면을 기술하고 성찰하
는 서사성이 강한 자기서사물'을 의미한다. 글마다 다소 편차는 있으나 여성잡지에 수록
된 자기서사물 중에서 '생활담·고백·참회록·경험담·자기공개장·실화·수기' 등
이 여기에 포함될 수 있다. '실화·수기'라는 명칭은 1920년대에는 일반적이지 않았으며

---

기・참회록・감회록・경험담・자기공개장 등 특정한 명명을 부여받 았거나, 또는 별다른 명칭 없이 수록되는 경우까지 자기서사적 글쓰기 는 여성잡지가 여성들에게 가장 지속적으로 또한 광범위하게 할애한 글쓰기 양식이었다.

물론 이와 같은 자기서사적 글쓰기가 여성들에게만 요구된 것은 아 니다. 일제강점 이후 문화/문학 담론이 정치담론을 대체하면서 1910 ~20년대 신문・잡지의 지면에는 '자기'를 표현하라는 요구들이 부쩍 늘어났으며, 자기를 재현하는 고백적 서술들이 주류적 문학 양식으로 자리잡기도 했다.[2] 예컨대 『학지광』에 실린 「자기표창(自己表彰)과 문 명」이라는 글에서 필자 소성(小星)은 자기를 표현하는 것이 "인류생활 의 중심이오 근간"이며 때문에 "自己를 몰각하려하고 '나'라는 것을 죽 이려하는 것은 대단한 잘못"[3]이라 주장하는가 하면, 김동인은 이와 같 은 자기표현이 예술(문학)의 본질임을 강조하고 "자기를 대상으로 한 참사랑이 없으면 자기를 위하여의 자기의 세계인 예술을 창조할 수 없 다"[4]고 선언하기도 한다. 초창기 『개벽』의 문예란을 담당하고 있던 현

---

1930년대에 정착한 용어로 보인다. 또한 여성잡지에 수록된 '실화'에는 여성이 자신의 이야기를 쓴 경우와, 여성과 관련한 이야기를 제3자가 쓴 경우가 있었는데, 본고의 논의 에서는 후자를 제외했다. 따라서 본고에서 다루고자 하는 실화・수기류란 '여성이 자신 의 인생을 직접 술회하고 성찰하는 수기성의 글'을 의미하는 것이다. 여성들의 자기서사 중에서도 서사성이 약하고 상황이나 대상에 대한 개인의 내면적 정서 표출에 주력한 글 들은 '수필'류로 분류해 따로 논의하고자 한다.

2    우정권, 「1920년대 한국 소설의 고백적 서술 방법 연구」, 서울대 박사논문, 1997, 33~34 면. 우정권은 『태극학보』, 『대한흥학보』, 『대한자강회월보』 등과 같은 1900년대 잡지의 대부분이 민족국가 건설과 근대국가 건설의 정치적 담론이 강하고 문예면이 취약했으나, 일제강점 이후 나타난 『소년』, 『학지광』, 『창조』 등에서는 이러한 상황이 역전되었다고 지적한다. 정치 담론이 위축되고 '개인', '내면'에 주목하는 문학이 정치를 대신하는 상황 이 1910~20년대 고백적 서술의 주요한 배경이 되었다는 것이다.

3    소성, 「자기표창과 문명」, 『학지광』 14호, 1917.11, 28~30면. 소성은 '현상윤'의 필명이다.

철 역시 '자기표현'을 '진정한 문학'과 '저급한 오락품'을 구별하는 결정적 기준으로 강조하기도 했다.[5]

자기표현을 강조하는 담론들이 확산되면서 1920년대 『신여자』에도 자기를 기록하는 여성들의 서사가 다수 수록되는데, 특히 주목되는 것은 「기숙사생활」, 「독신처녀의 생활」, 「간호부 생활」, 「청상의 생활」과 같이 제목에 '생활'이 공통되게 들어간 이른바 '생활담'들이다. 제목에서 짐작되듯이, 생활담은 대개 특정한 위치나 상황에 처한 여성들이 자신의 생활(일상)을 소개하거나 인생을 술회하면서 그들의 심경을 솔직하게 토로하는 내용이었는데, 신여성뿐 아니라 구여성 역시 필자로 참여했다. 신구(新舊)를 막론하고 여성의 현실에 초점을 맞추고자 기획된 글쓰기가 『신여자』의 생활담인 것이다.

생활담의 내용은 글마다 약간의 편차가 있었는데, 이화학당과 정신여학교에 다니는 여학생들이 쓴 「기숙사생활」(1·3호)이나 세브란스병원 간호부인 정종명이 쓴 「간호부생활」(2호), 독신생활을 소개한 백합화의 「독신처녀의 생활」(2호)이 당시 신여성들의 생활을 소개하거나 생활의 소회를 밝히는 데 중점을 두었다면, 김편주의 「청상의 생활」(4호)은 구여성이 자신의 역사를 기술하고 스스로의 삶을 주체적으로 해석한 독특한 글이다. 신여성의 생활담들이 대개 '현재적' 삶을 기술하는 데 집중한 것이라면, 「청상의 생활」은 오히려 현재의 자기를 구성해 온

---

4    김동인, 「자기의 창조한 세계」, 『김동인전집』 6, 삼중당, 1976, 267면.
5    현철, 「아라두어야 할 연극이야기」, 『신여성』 2권 6호, 1924.9, 100~101면. 현철은 희곡을 포함한 문예작품들을 읽을 때 염두에 두어야 할 첫 번째 태도로 작가가 '자기표현'을 본위로 쓴 것인지, 그렇지 않으면 속중(俗衆)의 환영을 받기 위해서 쓴 저급한 오락품인지를 구분해야 한다고 강조한다.

'과거'에 초점을 맞추고 있으며, 때문에 「청상의 생활」은 '자서전(auto-biography)'[6]으로 분류해도 무방할 만큼의 특징과 규모를 갖추고 있다. 더욱이 필자가 이러한 자전적 글쓰기를 통해서 '열녀'라는 자신의 현재적 정체성을 강화하는 것이 아니라 외려 자신에게 덧씌워진 열녀의 신화를 해체하고 있다는 점은 주목된다. 외부자들의 시각으로 재현된 서사를 거부하고 자신의 역사를 스스로 재구성하고자 하는 필자 김편주의 의도는 『신여자』 편집진의 청탁을 수락하고 글을 쓰게 된 동기를 밝히는 다음과 같은 대목에서도 잘 드러난다.

주간선생님―

써보닉라시든 것은 변변치 못하나마 이졔 써보닙니다. 나의 지난 생활은 전혀 감상적이오 눈물의 역사이오 늣김만흔 과거이닉싸 나는 늘― 닉 所經事를 하나 글여보고 십헛섯지요 그리고 나는 이믜 이우러진 늙은 몸이닉싸 ― 아모 흉허물이 업깃기로 나의 경험한 바를 하나도 씬지도 안코 숨기지도 안코 事實그딕로 아모도 모르든 비밀싸지도, 『신여자』를 위ᄒ야 공개합임니다 (…중략…) 닉가 지금까지 정절을 직혀왔다는 것은 닉 자신이 무슨 뜻 잇고 자각이 잇셔 그런 것도 아니오 亡夫의 정을 못니져 그런 것도 아니오 亡夫만한 인재를 다시 엇지 못ᄒ야 그런 것도 아니오 또한 국가와 사회를 위ᄒ야 큰― 사업이나 목적을 관철ᄒ랴고 독신생활을 ᄒ여온 것도 물론 못 됨니다. 다만 남자들이 믿드러논― 우리사회에 인습도덕과 싸다로운 풍속

---

6    필립 르쥔은 자서전을 "한 실제인물이 자기 자신의 존재를 소재로 하여 개인적인 삶, 특히 자신의 인성(人性)의 역사를 중점적으로 이야기한, 산문으로 쓰인 과거 회상의 이야기라 정의하는데(필립 르쥔, 윤진 역, 『자서전의 규약』, 문학과지성사, 1998, 17면), 「청상의 생활」은 이러한 정의에 부합하는 서사라고 볼 수 있다.

이 나로 하여곰 수절을 하지 아니치 못ᄒ게 흄입니다. 그러면 늬가 원치 안는 정절을 직히노라고 인생의 본능적인 성욕을 누루고 자연히 소사오르는 사랑의 의심을 억지로 ᄯ려따고 허어료 신성하다는 생활을 한 것은 그 표면이야말로 진실로 눈물나고 익처러웁고 참담한 것입니다 (…중략…) 그런고로 지난 나의 반생의 가엽고 앗갑고 서러움에 지난 쌀막한 눈물의 역사를 독자 여러분에게 소개ᄒ야 만분의 일이라도 사회의 반성을 촉ᄒ고 조금이라도 여자자신의 씨다름이 잇다ᄒ면 나의 집필한 목적은 임의 달ᄒ엿다고 자족할 것입니다.[7]

필자는 이미 이우러진 늙은 몸이기에 자신이 경험한 일생을 기록해도 흄허물이 없을 것이라 전제한 뒤, 수절이라는 강요된 독신생활이 생산할 수밖에 없었던 자신의 '비밀'을 고백함으로써 신성함으로 위장된 허위의 생활을 폭로하고 자신의 일생을 구성해 온 슬픔의 역사를 재현하겠다는 의도를 분명히 한다. 열여섯 살에 부모의 결정에 따라 열두 살 된 남자와 결혼했으나 2년 만에 남편을 잃고 마흔이 넘은 나이까지 홀로 살아온 신성한 수절의 서사를 가격할 여성의 비밀이란 죽은 남편이 아닌 살아있는 남자를 향한 정념의 기억이며, 완고한 인습에 삭제된 욕망의 서사이기도 하다. 필자 김편주는 「청상의 생활」을 통해서 우연히 만난 동서의 남동생을 사랑하게 되는 과정을 숨김없이 기록하는데, 여기에는 어떠한 죄의식이나 수치심도 개입되어 있지 않다. 사랑을 단념하는 것은 "정신상 일종 자살"[8]이라 고백하는 필자는 내밀한 감정의

---

7    김편주, 「청상의 생활」, 『신여자』 4호, 1920.6, 12~13면.
8    위의 글, 28면.

역사를 기록하는 행위에 시종일관 당당하며, 오히려 "인생의 본능적인 성욕을 누루고 자연히 소사오르는 사랑의 의심을 억지로 트러막"은 "사회의 불찰"과 "부형의 부도덕"[9]을 공격한다. 그러므로 공적인 매체를 통해서 비밀스러운 내면까지 적나라하게 고백하는 김편주의 자기역사 쓰기는 자신의 "소경사(所經事)를 하나 글여보고 십"은 개인적인 행위인 동시에, "사회의 반성을 촉ᄒ고 조금이라도 여자자신의 씨다름"을 견인하고자 하는 사회적 실천인 셈이다. 그러나 이후 『신여성』이나 혹은 『신가정』이 기획한 여성의 자기서사는 『신여자』의 생활담이 지니고 있던 이와 같은 급진성을 상당 부분 말소하거나 약화시킨 채 사회고발에서 '자기적발'이나 '자기감시'의 서사로, 공적인 문제제기에서 사적인 차원의 '신상고백적' 글쓰기로 변모한다.

　주목할 것은 1920년대 본격적인 여성잡지 시대를 열어가면서 여성의 표현행위를 적극적으로 유도한 『신여성』이 고백·실화·수기·감회록·참회록·자기공개장 등과 같이 다양한 자기서사적 글쓰기를 여성들의 글쓰기로 할애하는 한편, 이러한 양식을 이른바 '여성적 양식'으로 구성하고 '여성문예'의 범주로 지정해 갔다는 사실이다. 『신여성』이 여성들에게 할당한 자기서사는 대부분 '사실'의 형식에 '번민'의 내용이 결합된 형태였는데, 앞서 논의한 바 있듯이 이러한 자기서사류들이 사실상 제도권 문학에서 탈락한 1920년대 중반 이후에도 이들 양식은 『신여성』에서 여성들의 주요한 글쓰기로 관철되거나 강화되는 상황이었다. 그런가 하면 1910~20년대 자기발견 혹은 주체 확인을 위

---

9　위의 글, 35면.

한 계기로서의 '번민'은『신여성』의 자기서사에 오면 '후회, 고통, 감상'과 같은 퇴영적 감정으로 변질되는 경향이 농후하다.

주지하다시피 '번민'에 대한 요구는 진정한 신여성이 되기 위한 조건으로『신여성』이 추동한 담론이자, 1910~20년대 청년세대의 의식과 감각을 지배했던 주류적 담론이기도 했다. 예컨대 이광수는 「부활의 서광」에서 과거의 유학을 기형적이고 병적이라 지적하고 이를 탈(脫)하여 "맑은 정신의 샘에 부활"[10]하기 위해서는 번민을 피하지 말하야 한다고 주장하는가 하면, 김동인은 "원래 역사적으로 많은 학대와 냉시 아래 고통을 겪어온 조선 사람은 생활이나 생에 대한 번민을 그다지 느끼지 않는다"[11]고 지적하기도 했다. 말하자면 이광수나 김동인으로 대표되는 청년세대들에게 '번민'은 과거 조선에는 부재했던 근대적인 의식이자 감각이며, 번민을 표현한다는 것은 진실을 감추고 있는 속악한 현실과는 달리 진실(진리)을 말하는 '윤리적 · 정신적 주체'[12]로서의 자기를 확인하는 행위이기도 한 것이다.

『신여성』에 수록된 여성의 자기서사 가운데 이러한 번민의 정치성이 가장 뚜렷하게 읽히는 것은 초창기 '자기번민호'에 수록된 여성들의 글이다. '신여성의 5대번민'이라는 제하에 실린 여성들의 글에는 미혼여성의 결혼에 관한 고민, 졸업을 앞두었으나 상급학교에 진학할 수 없는 여학생의 고민, 자유결혼 이후 남편의 전횡에 고통스러워하는 아내

---

10  이광수, 「부활의 서광」,(『청춘』 12호, 1918),『이광수전집』제17권, 삼중당, 1962, 33면.
11  김동인, 「근대조선소설고」,『김동인전집』6, 삼중당, 1976, 152면.
12  스즈키 토미, 한일문학연구회 역,『이야기된 자기』, 생각의나무, 2004, 72면. 스즈키 토미는 '정치적 주체'에 대한 반동으로서 자립/독립한 윤리적/정신적 주체로서의 '자기'라는 이념이 1880년대 말부터 1890년대 초 일본에 급속하게 확산되었다고 지적한다.

의 번민, 학교를 졸업했으나 취업의 기회가 주어지지 않는 여성의 비애, 구가정으로 시집을 가 적응하지 못하는 여성의 번민 등 당시 신여성들이 경험하고 있던 다양한 번민의 내용들이 제시되어 있다. 주목할 것은 여성들이 이러한 번민을 개인적 차원에 국한되지 않은 여성 공동의 사회적 문제로 인식하고 있다는 점이다. 이는 상급학교 진학이나 취업에 관한 내용뿐만 아니라 결혼과 같은 사적 영역에 관련한 번민에서도 유사하게 나타난다.

가령 신여성의 결혼문제를 다룬 「처녀의 번민」에서 필자는 부모의 강요에 따른 혼인을 할 수도 없고 이미 아내와 자식이 있는 연인과 쉽사리 결혼할 수도 없는 자신의 처지를 고백하면서, 이것이 "어썬 일개인 사이로서 생기는 번민"이 아니라 "오늘날 조선에 잇는 미혼여성의 공통되는 번민"이며, 아울러 이러한 결혼문제에는 "시대적 번민, 도덕적 번민, 윤리적 번민, 경제적 번민, 또는 법률적 번민까지 全含"[13]된 것이라고 지적한다. 그런가 하면 결혼 후 남편의 급격한 변화에 대해 고민하는 「연인도 폭군」에서 필자는 결혼 전에는 "서로 생명을 밧구어 사랑한다고 맹서"할 정도였으나 결혼 2년 만에 남편은 "전통적으로 나려오는 남성의 전횡"을 휘두르기 시작했다고 폭로하기도 했다. "이상적 가정이니 하던 것은 녯꿈으로 사라져버리고 현실에서는 차져낼 수가 업다"고 낭만적 사랑의 파산을 선고하던 필자는 글의 말미에서 자신과 같이 "남편의 횡포와 不貞에 우지안코 번민 안는 여성이 업다"고 지적하기도 한다. 때문에 필자는 자신을 포함한 여성들이 "인권을 회수하고

---

13    영자, 「처녀의 번민—어지러워저가는 이 마음」, 『신여성』 3권 11호, 1925.11, 18면.

인격을 확립키 위하야는 반드시 반기를 높히 드는 날이 잇서야 할 줄 안다"[14]고 선언한다.

그러나 개인적인 번민을 여성 공동의 번민으로, 사적인 번민의 고백을 공적인 문제제기로 전환하던 이러한 번민의 서사는『신여성』이나 이후『신가정』에서도 매우 예외적인 경우였다.『신여성』은 '자기번민호'를 기획할 만큼 자신과 세상에 유리한 여성들의 번민을 추동하는 데 적극적이었으나,『신여성』이 이러한 담론을 실제 여성들의 글쓰기로 실현하는 방식은 대부분 번민의 '정치성'을 '감상적'인 차원으로 해소하는 것이었다. 번민의 내용 역시 대부분 연애 · 결혼 · 이혼 · 육아 등 가정 내의 사적인 범주에 국한되었을 뿐만 아니라, 여기에서 발생하는 문제를 지극히 개인적인 차원으로 환원하려는 경향을 보인다. 말하자면『신여성』이나『신가정』등 1920~30년대 여성잡지가 기획한 여성의 자기서사, 즉 여성의 수기류 속에서 번민은 '있는' 현실을 타개하고 '있어야 할' 현실을 상상하는 동력으로 작용하기보다 '사적'이고 '감상적'인 슬픔으로 변질되어 가며, 번민을 고백하는 여성들의 자기서사 역시 사회를 겨냥하기보다 오히려 여성 자신의 과오를 적발하고 감시하는 글쓰기로 변화되는 양상을 보인 것이다.

1920년대『신여성』에 수록된 혜란의「일즉이 첩 되얏든 몸으로」(3권 5호, 1925.5)는 이러한 징후를 여실히 읽어낼 수 있는 서사물이다. 편집진은 편집후기를 통해 이 글을 투고로 들어온 '고백문'으로 명명하며, 흥미뿐만 아니라 여성 독자들에게 "만혼 경고도 주리라"고 선전한

---

14    정애,「연인도 폭군」,『신여성』3권 11호, 1925.11, 19~21면.

다. 필자인 혜란 역시 자신의 비밀한 사정을 잡지에 공개하는 것은 호기심이나 흥미를 끌고자 하는 것이 아니라 자신의 그릇된 역사가 여성 독자들의 "거울"이 되는 동시에 "자긔의 뉘우치는 마음을 다소라도 피로코저함"이라고 글의 모두에서 밝히고 있다. '경계'와 '반성'의 의미로 쓰는 자기서사를 통해 혜란은 자신이 "일생에 다시 씻칠 수 업는 더러운 물을 일신에 드린" 타락의 역사를 고백하며, 또한 이를 전적으로 "제 손으로 제 신세를 타락식힌" 자신의 죄로 공표한다.

그렇다면 순결한 여학생을 일개 "더러운 몸"으로 추락시킨 원인은 무엇인가. 혜란이 고백하는 타락의 경로는 남자와 편지질 하고 연애소설에 탐닉하다 연애에 대한 욕망이 싹트게 되었으며, 그러다 실제로 전문학교 남학생을 만나 연애하고 동거했으나 남자가 기혼자였음을 알게 되고, 이후 남자의 태도가 서서히 변하면서 결국은 몸만 더럽히고 헤어지게 되었다는 것이다. 이는 혜란의 고백문뿐만 아니라 신여성의 타락을 재현하는 소설이나 서사물들, 그 외 신여성과 관련한 각종 언설들에서 익숙하게 발견되는 여성 타락의 구조이기도 하다. 불행의 원인을 오로지 연애를 욕망한 자신의 죄로 고백하는 혜란은 자기번민호에 수록된 「처녀의 번민」에서 신여성이 부딪힌 연애와 결혼의 딜레마를 여성 공동의 고통으로, 시대가 배태한 일종의 사회적인 문제로 파악하던 여성 필자의 인식보다 훨씬 후퇴한 양상을 보인다. 더욱이 집으로 돌아온 혜란이 "더럽힌 몸을 동생의 출세와 어머니의 행복을 위하야 전날의 지은 죄를 속밧치기 위하야 희생"하기로 결심하는 서사의 말미에 오면 이는 더욱 두드러진다. 여성잡지에 수록된 여성들의 자기서사 대부분이 혜란의 고백문에서 보듯, 고백하는 행위를 통해 주체의 진정성을 확인하는 것이 아닌, 오히려 스스로의 과오를 적발하는 '자기고발'과 참회의 서사이자 욕망을 관리하는 '자기감시'의 서사로 성격이 변전되는 경우가 빈발했다. 더욱이 여성의 이러한 자기고발과 감시는 연애나 결혼, 육아 등 사적인 영역에 집중되는 경향을 보인다.

혜란의 서사가 일종의 '연애참회록'이었다면, '실화'로 명명된 임인숙의 「결혼참회록」(『신여성』 7권 9호, 1933.9)은 여성이 자신의 불행한 결혼의 내막을 기록한 서사물이다. 여고를 졸업할 무렵 필자는 아버지와 오빠의 뜻에 따라 실업가 집안의 아들과 결혼하지만 애초 자신과 결혼할 의사가 없었던 남편은 결혼 초부터 방탕을 일삼게 되고, 결국 필자는 남편과 이혼하게 된다. 흥미로운 것은 이 서사가 불행한 결혼생활이나 이혼이라는 파국에 초점을 맞추기보다 불행을 초래한 '원인'에 집중하고 있다는 점이다. '무엇이 나의 결혼을 불행하게 하엿나'라는 부제가 말해주듯이, 「결혼참회록」을 통해 부조되는 것은 "한때의 돈과 이름에 팔니어" 사랑하는 남자를 배반한 여성의 "허욕"이 근본적인 "불행의 씨"임을 환기한다. 필자 임인숙은 R이라는 청년을 사모했으나 아버지와 오빠가 재산도 부모도 없는 R을 반대하자 결국 거상(巨商)의 아들이며 고보를 졸업하고 동경에도 3년이나 다녀온 M과 결혼한다. 여자는 자신이 R을 떠나 M을 선택한 것은 "아버지의 대를 물녀 상업에 종사할 옵바를 위해야" 한다는 생각과, 더불어 M이 부자요 명망가의 아들이라는 사실 때문이었다고 고백한다. 결국 필자는 불행을 초래한 근본적 원인이 다름 아닌 부형의 요구에 의식 없이 순종한 여성 자신의 '나약함'과 외적인 조건에 미혹된 '허영심' 때문임을 인정하고 있는 것이다. 이 서사가 부모나 남편을 불행의 원인으로 지목하는 '고발록'이 아닌 자신의 과오를 반성하는 '참회록'인 이유가 여기에 있다. 필자는 글의 말미에서 자신은 물론 건실한 청년 R까지 불행하게 만든 스스로의 죄를 확인하고 "압으로는 천천히 自活의 길을 더듬어 쓸쓸하나마 지나간 날의 잘못의 대가를 형벌 밧는 셈치고 사라갈 밧게 업"다고 토로한다.

타락과 불행의 원인을 여성 자신의 과오에서 찾는 이러한 상황은 연애나 결혼뿐 아니라 '육아'와 관련된 여성의 자기서사에서도 목격된다. 가령 이광수의 아내인 허영숙이 쓴 「아들 봉근이를 일코」(『신여성』 8권 3호, 1934.4)가 그러한 경우인데, '눈물의 수기'라는 부제가 붙은 이 글에서 필자는 아들의 죽음에 관한 여러 가지 풍문이 돌지만 아들이 죽은 것은 전적으로 어머니인 자신의 책임임을 분명히 하고 있다. 「일즉이 첩 되얏든 몸으로」나 「결혼참회록」과 같이 허영숙의 수기 역시 죽음이라는 사태보다는 아들이 죽음에 이른 원인을 기술하는데 중점을 두고 있으며, 그 원인이란 역시 필자인 여성의 죄로 고스란히 귀납된다. 허영숙은 넘어져 책상모서리에 머리가 찍힌 아들이 갑작스럽게 죽은 것은 상처를 제대로 살피지 못한 "어미의 잘못"이라 고백하며, 이 과정에서 어머니의 역할만큼이나 일과 성공을 좇았던 자신의 욕망을 심문한다. 네 살밖에 안된 아들을 두고 동경에 갔던 자신을 "죄만혼 어미"로 기소하는 허영숙은 사랑하는 아들을 "가지고 보고 어루만치는 행복이 얼마나 컷든 것을 쌔닷지 못"하고 "이 세상에 무슨 불만을 늣겻든" 자신의 죄를 참회하는 것이다.

여성잡지가 기획하고 배치한 여성의 수기가 여성들의 욕망을 검열하고 죄를 고백하는 장치로 기능하는 상황은 『신가정』에도 유사하게 재연되고 있다. 여성 독자들을 대상으로 두 차례의 '현상실화모집'을 실시하기도 했던『신가정』은 고백・실화・수기・참회록・자기공개장 등 그 명칭이 분분했던『신여성』과는 달리 '실화'라는 명칭을 일관되게 선택하고 있으며, 내용은『신여성』과 마찬가지로 연애나 결혼의 비극을 다루는 경우가 압도적이었다. 말하자면『신가정』에 수록된 여성 실화들 대부분이 연애・결혼과 관련된 여성 불행의 서사였으며 불행의 구조는 앞서 살핀 것과 거의 유사한 패턴을 지니고 있는 것이다.『신여성』에 수록된 혜란의 고백문과 같이 연애에 대한 막연한 동경이 그릇된 연애로 이어지고 이것이 여성의 불행을 초래하는 서사가 있는가 하면, 「결혼참회록」처럼 사랑하는 남자를 배신하고 부모가 정해준 사람과 결혼했으나 사랑도 결혼도 결국 파국에 이르게 되는 이야기가 있다.

전자에 해당하는 경우로는 대표적으로 정국자의 「믿음이 가져온 설움」(『신가정』, 1933.4), 박점순의 「제복 알에 빛나는 생명」(『신가정』, 1934.8) 등을 들 수 있다. 「믿음이 가져온 설움」은 여학교 시절 공회당에서 열린 음악회 구경을 갔다가 모 전문학교 남학생을 만나 연애에 탐닉하고 부모 몰래 동거를 시작했으나 남자가 기혼자라는 사실이 밝혀지면서 파탄에 이르게 된다는 내용이다. 「제복 알에 빛나는 생명」 역시 순진한 여학생이던 필자가 괴한으로부터 자신을 구해준 남자에게 애정을 느끼게 되고 그와 연애를 시작하면서 몸까지 허락했으나 뒤늦게 남자가 부랑자에 색마광이라는 사실이 밝혀지면서 죽을 결심까지 하게 된다. 그릇된 연애가 낳은 불행이라는 이 비극적 서사물들의 결말은 여성이 자신의 과오를 속죄하고 불행을 수습하기 위한 방법으로 자기 정체성을 재조정하는 것으로 귀결된다. 가령 「믿음이 가져온 설움」에서 필자는 여점원을 하며 홀로 아이를 키우는 '어머니'로, 「제복 알에 빛나는 생명」에서는 자신의 과거를 용서해 준 남편을 섬기는 성실한 '아내'로 그 정체성을 강화하는 것이다.

위험한 연애를 경계하는 이러한 실화보다 더욱 빈번하게 배치된 것은 위험한 결혼의 서사였다. 『신가정』에 수록된 거의 대부분의 실화가 여기에 해당되었는데 위험을 촉발하는 원인은 대개가 여성 자신에서 비롯된 것으로 그려진다. 가령 창간 기념 현상실화 모집에 당선한 「피눈물에 젖은 나의 일생」(1933.3)에서 필자 한금희는 자신이 "완고한 부모의 완고한 딸"인 것이 "비극의 실마리"라고 토로하고 있다. 여학교를 졸업할 무렵 전문학교에 다니는 건실한 청년을 만나 사랑하게 된 필자는 그가 한때 자신의 집에서 부리던 하인의 아들이었다는 사실을 알게 된다. 부모에게 순종적이었던 여성은 부모의 반대가 두려워 결국 문벌 좋은 부유한 집안의 남성과 결혼하지만 얼마 지나지 않아 남편과 이혼하고 친정살이를 하게 되며, 자신에게 버림받은 남자 역시 실성해 거리를 떠돌다 철도에서 자살한다.

사랑하는 남자를 배신한 여자의 불행한 인생행로는 「과거의 청산에서 신생으로」(1933.5), 「무지가 부르는 비가」(1934.8), 「떠오르는 그 얼굴」(1934.8) 등 『신가정』에 실린 여성 실화들에 무수히 재연되고 있다. 신실한 주의자인 연인 K를 배반하고 부모의 결정에 따라 결혼했던 여성은 2년 만에 "가정생활의 파란"을 경험하며(「과거의 청산에서 신생으로」), 자신의 집 마름의 아들을 사랑했으나 부모의 반대에 굴복해 귀족의 아들과 결혼한 여성은 끝내 이혼당한다(「무지가 부르는 비가」). 여학교 시절 문학소녀였던 여성은 친구의 사촌오빠인 시인 K를 사랑하게 되고 기혼자였던 K는 이혼을 결행하며 여자와 결합하려 하지만, 여자는 그를 떠나 법전문학교를 나온 실업가 S와 결혼하려다 결국 버림받는다(「떠오르는 그 얼굴」).

여성이 쓰는 자기 실화의 대부분은 이와 같이 연인을 버리고 결혼했다가 다시 남편에게 버림받는 여성들의 패배의 기록이며 또한 패배를 죄로 승인하는 서사이기도 하다. 여성 필자들은 가령 "나의 밟아온 이 길을 여러 독자 앞에 공개하여 나의 죄를 씻고 다음 오는 나의 동무들에게 깨우침을 주려고 한 것"[15]이라는 글의 취지를 서사의 모두에서 밝히는 경우가 많았다. 완고한 부모를 극복하지 못한 '나약함'과 돈과 명예에 유혹된 '허영심'을 자신의 죄로 적시하는 여성의 자기서사 속에는 그러므로 자기를 복구하려는 의지가 아니라 자책, 후회, 눈물로 점철된 퇴영적이고 감상적인 '자기부정'이 지배하고 있다.

그럼에도 불구하고 여성들은 이 참회의 자기역사 쓰기를 통해서 스스로의 죄를 고백하는 동시에 좌절된 욕망을 흔적으로 기입한다. 그들의 죄란 곧 자신들의 패퇴당한 욕망이며, 따라서 스스로를 검열하고 경계하는 자기역사 쓰기는 역으로 그들의 '욕망'을 웅변하는 행위가 되는 것이다. 연애나 결혼의 위험을 고발하는 서사 속에서 여성들은 완고한 부모로부터의 해방과 "행복된 가정" "리상의 남편"을 소망했던 그들의 "산 꿈"을 기록하며, 또한 그 꿈이 필연적으로 실현 불가능한 "하얀 꿈"[16]이었음을 증명한다. 공적 영역으로의 진출이 대부분 봉쇄되었던 여성들에게 연애를 통한 이상적 남편과의 결합, 수평적 관계가 실현되는 행복한 가정의 실현은 여성이 근대의 가능성을 주체적으로 실험할 수 있

---

15    정영순, 「떠오르는 그 얼굴」, 『신가정』, 1934.8, 34면.
16    한금희, 「피눈물에 젖은 나의 일생」, 『신가정』, 1933.3, 174면.

는 거의 유일한 혹은 현실적인 대안으로 상상되었다. 「피눈물에 젖은 나의 일생」을 쓴 필자와 같이 여학교 시절 시도 소설도 잘 써 "문학에 소질이 잇다고 남다른 귀염과 사랑을 밧"아 "희망의 장래", "찬란한 일생"[17]을 꿈꾸었던 여성들이 학교를 졸업할 무렵 행복한 가정 만들기로 그 꿈을 조정하는 것은 이 때문이다. 따라서 여성들에게 연애와 결혼, 그리고 신가정의 실현은 사적 영역에서 이루어지는 일종의 사회적 실천으로 볼 수 있다. 「과거의 청산에서 신생으로」(1933.5)를 쓴 필자 이영숙이 자신의 불행한 결혼이 "사회생활의 적나라한 리면을 살피게 할 기회를 주엇"으며 자신에게 커다란 상처를 준 반면에 또한 자신을 가르치고 성장시킨 힘이 되었다고 고백한 것은 당시 여성들에게 연애와 결혼이 단순히 개인적 차원을 넘어 사회적 의미를 함축하고 있는 행위였음을 짐작하는 단서가 된다.

파탄과 불행을 초래한 원인으로 지목된 여성의 나약함이나 허영심은 기실 좌절당한 여성의 꿈이며, 그 꿈의 중심에 자라잡고 있는 것은 자기결정에 따른 새로운 가정, 친밀한/이상적인 사적 영역의 실현인 것이다. 그러므로 「과거의 청산에서 신생으로」의 필자는 자신이 연인 K를 떠나 새로운 구혼자 P와 결혼한 것은 부모의 강권 때문이라기보다는 자신의 선택이 결정적이었다고 고백한다. "새 세계를 가져오기 위하야 싸우는 일꾼들에게는 쑬조아지의 달큼한 런애라든지 가정생활은 잇슬 수 없"다고 선언하는 연인 K의 사회주의 이념은 여성인 필자의 "현실과는 넘어도 거리가 먼" "위험"한 꿈으로 생각되며, 때문에 필자는 K와 함께 떠

---

17   위의 글, 174면.

날 수 있는 기회를 스스로 포기한다. 그것이 사상적으로 훈련이 없는 "어리석고 약한 한 개의 녀자"였기 때문이라 필자 이영숙은 참회하지만, 그러나 이 여성의 서사 속에서 읽히는 것은 자신과 "같은 걸음"을 걷기를 원하는 연인 K의 구상에 쉽게 동조할 수 없는 그녀 자신의 욕망이다.

그러므로 여성들의 자기서사는 두 겹의 층위를 형성하고 있는 셈이다. 즉 죄를 고백하는 참회의 서사에 좌절된 꿈을 기록하는 욕망의 서사가 겹쳐 있는 것이다. 이러한 두 겹의 글쓰기는 여성과 같은 소수자들의 글쓰기가 생존할 수 있는 방식이었는지도 모른다. 여성잡지는 실화 · 수기 등으로 명명된 유사문학적 글쓰기를 연애나 결혼 등 사적 영역에 관한 여성의 번민을 감상적으로 기술하는 '여성적 양식'으로 구성하고, 이러한 글쓰기를 여성들에게 꾸준히 배정함으로써 여성들이 자발적으로 자기 욕망을 감시 · 통제하는 장으로 활용하려 하지만, 순종적인 여성주체를 생산하려는 이러한 매체의 욕망은 애초 매끄럽게 관철될 수 없는 지점을 안고 있다. 사라 밀즈가 지적한 것처럼, 여성의 자기고백적 글쓰기는 실패와 자기비난의 이야기인 동시에 여성들에게 그러한 실패와 자기비난을 강요한 사회의 구조적 문제를 부각하는 글쓰기이기 때문이다. 타락과 불행의 서사를 구축하는 과정은 자기 원인뿐만 아니라 필연적으로 비극을 야기한 다른 원인과 궤적들이 드러나게 되는 과정이며, 따라서 사라 밀즈는 여성의 고백적 담론이 단순히 "복종이 펼쳐지는 장소 이상의 힘을 얻게 해 주는 기능"이 있다고 강조한다.[18] 여성들은 죄를 고백하라는 요구에 응답하는 한편, 바로 그와 같은 복종의 형식을 빌어서 자

---

18    사라 밀즈, 앞의 책, 129~131면.

신들의 욕망을 좌절시킨 다양한 형태의 억압을 고발하는 의식적/무의식적 차원의 저항을 하고 있는 셈이다. 실화·수기 등 여성들의 자기서사가 단지 복종하는 참회의 글쓰기가 아닌 '욕망의 기록'이자 '고발의 글쓰기'이며, 페쇠의 용어를 빌려 표현하면 '비동일화'[19]의 글쓰기가 될 수 있는 이유가 여기에 있다. 또한 글을 읽는 여성들을 언니들, 곧 '자매'로 호명하면서 자신의 경험을 다른 여성들과 공유하고자 하는 이러한 글쓰기는 여성들 사이의 강한 공감의 커뮤니케이션을 형성함으로써 여성 공동의 현실에 주목하도록 유도한다.

한편 고백·실화·수기 등 여성잡지가 적극적으로 기획한 자기서사 양식은 여성들의 글쓰기 대부분을 제도권 문학 밖으로 배정하려는 매체의 의도가 개입한 산물인 동시에, 이와 같은 비제도권 글쓰기가 제도권 문학의 두터운 진입장벽을 뚫지 못하는 여성들, 특히 하위층 여성들의 자기표현을 견인한 계기가 되기도 했다. 예컨대 방직공장 여공 이용희는 실화 「어촌동생에게」(『신가정』, 1934.10)를 통해서 연애나 결혼 등에 집중되었던 중산층 신여성들과는 다른 번민을 토로하고 있다. 고향에 있는 동생에게 보내는 편지 형식을 취한 이 글에서 필자는 평생 어부로 살아온 아버지가 어머니의 병원비 때문에 배를 빼앗기는 과정, 아

---

19  페쇠는 지배구조에 개입하고 변형을 가할 수 있는 '비일동화'를 지배담론에 효과적으로 대응하는 대항담론으로 제시한 바 있다. 지배구조를 재생산하는 '동일화'나, 동일화를 거부하지만 지배담론의 변화에 실질적 영향을 미치지 못하는 '반동일화'와 달리, '비동일화'는 은폐(동일화)나 거부(반동일화)가 아닌 지배적 담론구조에 '편승하는 동시에 저항하는' 이중전략을 구사함으로써 지배구조를 변형하고 재편하는 효과를 거둘 수 있다는 것이다. 페쇠의 '비동일화' 개념은 지배담론에 편승하는 동시에 저항하는 '여성주체'나 '여성문학'의 존재를 가늠할 수 있는 유의미한 참조점이라 생각된다. 다이안 맥도넬, 임상훈 역, 『담론이란 무엇인가』, 한울, 1992, 53~54면; 강내희, 「언어와 변혁」, 『문화과학』 2호, 1992년 겨울, 32~46면.

버지의 고통을 덜고 가난을 벗어나기 위해 서울 방직공장에 취직했으나 도리어 자유마저 잃고 빈궁은 더욱 심화되는 악순환을 기록한다. 흥미로운 것은 필자가 이러한 글쓰기에 신파적인 자기연민이 개입하는 것을 경계하고 있다는 점인데, 눈물을 '감상'이 아닌 '현실 변화'의 동력으로 재정의하는 다음과 같은 발언은 특히 주목된다.

> 눈물이란 결코 슬플 때만 흘리라는 무가치한 법측이 없지 않으냐? 한 방울의 눈물을 흘려도 만사람에게 구할 수 있는 가치 있는 것이어야 하겠고 기-ㄴ 한숨 한번을 쉬더래도 그것이 개인적이 아니라 사회적이고 민중적이어야 하겠다. 그러므로 내가 지나간 이야기를 써서 동생에게 보내는 본의도 여기에 있는 것이니 정신을 가다듬고 잘 생각해 보기를 바란다.[20]

이러한 하위층 여성들의 글쓰기는 연애나 결혼 등 사적 번민에 집중하던 여성들의 자기서사가 공적 문제를 발화하는 장이 될 수 있는 가능성을 보여준다. 공적 번민을 촉구하는 매개로 자기고백을 활용하는 글쓰기는 일찍이 『신여자』의 생활담이 보여준 정치성이기도 하다. 하위층 여성들이 자신의 목소리를 발화하기 시작하면서 여성잡지가 기획한 젠더화된 자기서사 양식들은 여성들의 사적 번민을 해소하는 신상상담적 성격을 넘어 여성들이 사회적 각성과 자기성장에 직접적·능동적으로 관여하는 글쓰기, 즉 새로운 재현의 정치학이 발아하는 장으로 전화될 수 있는 계기를 마련하는 것이다.

---

20　이용희, 「어촌동생에게」, 『신가정』, 1934.10, 179면.

## 2. 수필−여성적 장르의 배치와 균열의 징후

1920~30년대 여성잡지에 수록된 여성들의 글 가운데 가장 높은 비중을 차지한 장르는 문학과 비문학, 허구와 사실의 경계에 위치한 수필류였다. 수필이라는 용어는 이미 1920년대부터 나타나기 시작했으나 일반화된 명칭은 아니었으며 논문·감상(문) 등과 혼재되어 사용되는 경우가 많았다. 가령 이광수는 수필 대신에 '논문'이나 '에세이'라는 용어를 주로 사용했는데, 이광수의 초창기 문학론을 대표하는 「문학이란 하오」(『매일신보』, 1916)에서 그는 '논문·소설·극·시'로 문학의 종류를 구분하고, 논문에 대해서는 "정치적·과학적 논문을 指함이 아니라 소설가가 소설로, 시인이 시로 발표하려는 바를 소설과 시의 기교적 형식을 취하지 아니하고 '말하듯이' 발표"하는 것이며 논문은 "현대 문학계의 一半을 점"한다고 설명한다.[21] 이후 『개벽』에 발표한 「문학에 뜻을 두는 이에게」(1922)에서도 이광수는 논문이라는 용어를 사용하고 있으며, 문학 작품을 창작하고 이를 직업으로 하는 문사의 범주에 '시인·극작자·소설가·논문가'를 포함시키고 논문가를 '감상문 짓는 이'로 정의한다.[22] 그러나 1924년 『조선문단』에 연재한 「문학강화」에서는 논문 대신 '에세이'라는 용어를 사용하고 "사물에 대한 감격과 동경"[23]을 말하는 장르로 규정하고 있다. 이광수가 문학의 범주로 정의한

---

21    이광수, 「문학이란 하오」, 『이광수전집』 1, 513면.
22    이광수, 「문학에 뜻을 두는 이에게」, 『이광수전집』 16, 삼중당, 1963, 49면.
23    이광수, 「문학강화」, 『이광수전집』 16, 삼중당, 1963, 66면.

논문 혹은 에세이란 결론적으로 '시·소설·극과 같은 특정 형식을 취하지 않고 사물에 대한 감격과 동경, 즉 감상을 표현한 장르'로 정리할 수 있다. 그런가 하면 방정환은 『개벽』 4호(1920.9)에 발표한 「추창수필」에서 수필이라는 용어를 직접 사용하고 있는데, 수필론을 개진한 것은 아니나 이 글을 통해서 방정환이 '개인의 감상적 내면을 기술'[24] 하는 양식을 수필이라 이해하고 있었다는 짐작이 가능하다.

1920년대 여성잡지에 수필이라는 용어가 처음 등장한 것은 『신여성』이다. 『여자계』는 물론 『신여자』에도 수필이란 용어는 아직 발견되지 않았다. 다만 『신여자』에는 '서정문'이라는 용어가 보이는데, 창간호의 「편집인들이 엿줍는 말삼」에 월계의 「희생된 처녀」가 서정문으로 분류되어 있기도 하다.[25] 『신여성』에 '수필'이라는 용어가 처음 등장한 것은 2권 8호(1924.10) 편집여언이다. 편집진들은 "가을호라고 수필 애화 서정문 갓흔 것을 만히 추렷"다는 언급을 하고 있다. 그런가 하면 1920년대 『신여성』의 투고광고에 '수필'이 포함되기도 했는데, 앞서 살펴보았듯이 3권 11호(1925.11) 광고에는 '논문·평론·시·소설·감상문·수필·기행문학'이 투고 종류로 지정되었다. 수필이 1920년대 『신여성』 투고광고에 포함된 것은 확인한 바 3권 11호 한 차례에 불과하며, 수필을 '감상문'이나 '기행문'과 구별한 것이 특징이다. 이후에 『신여성』의 독자문예 모집광고에는 수필은 누락되었으며, 대신 서한

---

24  최수일, 「1920년대 문학과 『개벽』의 위상」, 성균관대 박사논문, 2002, 192면.
25  앞서 언급한 바 있듯이, 「희생된 처녀」는 남편에게 버림받은 구여성의 비극을 여동생이 전하는 내용이었으며, 창간호 차례에서는 '혼인애화'로 지시되기도 했다. 방정환의 「추창수필」이나, '사물에 대한 감격과 동경'을 표현하는 양식이 수필이라는 이광수의 정의에 비추어 볼 때, 「희생된 처녀」는 체험을 통한 주관적 정서의 표현보다는 사건 중심의 서사성이 우세한 형식이라 수필류로 분류되기에는 다소 무리가 있다.

문, 일기와 더불어 '소품문'이 새롭게 등장하고 있다. 수필이 독자투고 광고에 다시 나타난 것은 속간 이후이며, 수필이 포함된 대신 '소품문·감상문·서한문' 등은 탈락되고 있다. 문학의 제도화가 진행되면서 소품문·감상문·서한문은 물론 일기나 기행문 등 하위양식들은 그 독자적 지위를 상실하고 '수필'이 이들 양식들을 포괄하는 단일 장르로 부상한 상황으로 보인다.

 편집후기나 독자문예 모집 광고에서 이처럼 수필의 존재를 확인할 수 있으나 정작 1920년대『신여성』의 문예란에는 수필로 지시된 글이 많이 수록된 것은 아니었다. 문예란을 독립적으로 배치한『신여성』은 목차나 본문에서 대개 수록하는 글의 장르명을 표시하는 것이 일반적이었는데, 1920년대『신여성』에 국한했을 때 수필로 지시된 글은 월탄 박종화의「수감만필(隨感漫筆)」과 박경식의「신추수필」정도였다. 대신 '상문(想文)'이나 '감상(感想)'이 문예란에 실리며, 상문(想文)의 경우 방정환의「어린이 찬미」(1924.6)가 한 차례 정도 수록되는데 그쳤으나 감상(感想)은 수필이나 상문보다 문예란에서 자주 확인된다. 그러나 수필·상문·감상 사이의 변별성은 뚜렷하지 않다. 다만 '상문'이 방정환의「어린이 찬미」와 같이 개인적 정서(내면)의 표백보다는 대상에 대한 필자의 생각이나 느낌을 형식에 구애받지 않고 서술하는 형식에 가까웠다면, '감상'은 체험에 기반한 내밀한 감정의 표현이 좀 더 두드러졌다. 그럼에도 수필·감상·상문의 구분은 매우 모호해서 수필은 감상과 상문의 특징을 모두 아우르고 있는 경우가 많았다. 예를 들어 박종화의「수감만필」이 '여성'에 대한 필자의 생각과 감정을 자유롭게 기술하고 있어 '상문'과 유사하다면, 박경식의「신추수필」은 가을을 맞은 필자의 감회를 애상적으로 표현하고 있는 '감상'에 가까웠다. 수필·상문·감상 등의 구분이 명확한 장르 인식에서 비롯된 것이 아님을 확인할 수 있는 대목이다.

1920년대 『신여성』에 실린 '감상'의 필자가 대부분 여성이었다는 점 역시 흥미로운데, 감상으로 명명된 「봄 네거리에 서서」(2권 3호), 「계통 업는 소식의 일절」(2권 6호), 「렐 업는 이야이」(2권 11월호)가 모두 여성의 작품이며, 특히 이 중 앞선 두 편은 김명순의 글이다. 김명순의 경우 『신여성』 창간 초인 1권 2호(1923.11)에 소설 「선례」를 실은 이후에는 주로 '감상'의 필자로 이름을 올리고 있다. 주관적 정서를 표현하는 서정적 성격의 감상을 주로 여성들에게 할애했던 것은 1930년대 수필 장르의 여성화를 견인한 논리와 무관하지 않은 것으로 보인다.

수필을 내면의 표현, 즉 주관적 체험과 정서의 기록이라 범박하게 정의할 때, 1920년대 『신여성』에는 수필·감상·상문 이외에도 서간문이나 일기 등 수필 장르로 분류될 수 있는 글들이 다수를 차지하며, '기행문' 역시 여기에 포함될 수 있다. 특히 초창기 『신여성』은 여학생들의 여행기나 원족기(遠足記)를 모은다는 광고를 내고 실제로 1권 2호에 '청추(淸秋)의 일일(一日)'이라는 제목으로 각 여학교 여행기를 수록한 경우가 있었다. 경성과 동덕 여자고보 여학생들의 글이 실려 있는데 이들의 기행문에서 특징적인 것은 낯선 풍경의 기록보다 그것을 전유하는 "내 마음",[26] 곧 자기 내면의 표현에 비중을 두었다는 점이다. 예컨

---

26 경성여자고보 진묘순, 「처음 본 개성」, 『신여성』 1권 2호, 1923.11, 40면. 이 글에서 필자 진묘순은 수학여행을 떠나는 날 아침의 들뜬 마음을 "어둡지도 아니하고 다—밝지도 안은 하늘은 구름 한 점도 업시 싀원하게도 맑게 개엿고 행인 적은 길 열지지 아니한 상점 머러에는 전등도 써지지 안어서 오래간만에 새벽길을 걸어보는 내 마음은 더할 수 업시

대 동덕여학교의 진묘순은 개성의 고려 궁궐터를 돌아보는 자신의 감회를 다음과 같이 서술하고 있다.

> 山腹을 향하야 세層이나 펼쳐잇난 廣臺! 잡초는 욱어젓서도 이곳이 오백년 麗朝의 왕궁이엿던 터이라 쓸쓸스런 석축을 올나갈 째에는 외람되고 한심스럽고한 이상스런 생각이 가슴에 긋득하엿다 일홈도 모를 가을풀들은 山바람에 흔들니어 늣겨우는 것가티 바르르 썰나난대 그 사이에 大小의 초석이 듬은듬은 노출되여 잇는 것이 더욱 마음을 쓸쓸스럽게 하엿다 (…중략…) 지금에 소슬한 바람과 쓸쓸한 버레소리를 드르니 엇더케 형용할 수업난 써늘한 생각이 가슴을 음습하엿다 松岳의 山 臨律의 水는 여전히 푸르고 如舊히 흐르것만은 오직 人世의 일이 무상하야 전년의 왕궁이 이제 이 터만 남어 찾는 이의 눈물만 지이내는 일을 생각히면 구슯흔 생각이 힌엄시 나는 것을 금할 수 업섯다[27]

인용문에서 확인할 수 있듯이 여행기는 새로운 풍경에 접하는 여성들이 자신의 내면을 표현하는 주요한 매개로 기능하고 있다. 아울러 이러한 내면 표백(表白)의 계기인 원족, 곧 여행에 대한 여학생들의 호응은 대단했던 것으로 짐작되는데, 원족기에는 다음과 같이 원족에 대한 여학생들의 지지가 적극적으로 피력되기도 했다.

---

깃겁고 상쾌하엿다"고 표현하고 있다. 풍경이 불러일으키는 자신의 마음(정서)의 움직임을 표현하는 데 초점이 가 있음을 알 수 있다.
27  위의 글, 42~43면.

아— 우리 동무들이여! 우리가 일 년에 두 번씩 가는 이 遠足이 안이면 가정이나 학교에서는 맛볼 수 업는 이런 유쾌한 늣김을 엇지 맛볼 수 잇겟슴닛가 참 遠足이란 조흔 것이외다 나는 遠足이 우리 학생들의 심신을 건강케 하고 견문도 넓히는 의미로 보아 업지 못할 것임을 깁히깁히 쌔달엇습니다. 틈만 잇스면 가봅시다 山으로 바다로.[28]

묵업든 책상 대신에 점심 한 그릇과 발ㅅ새 가벼운 운동화 신은 것도 갓든 하엿거니와 언제든지 遠足이나 旅行가튼 출발은 심신이 快하고 발이 가벼운 것이엿다[29]

그러나 원족에 대한 여학생들의 환영에도 불구하고, 여학생들의 여행을 바라보는 당시의 시선은 부정적인 경우가 지배적이었던 것으로 보인다. 『신여성』 1권 2호의 편집후기에는 "녀학생으로 이러한 원고를 보내 주신 이의 氏名은 이번부터 순국문으로나 性 업시 일홈만 쓰기로 하엿"다는 언급이 보이며, "이것은 각 학교와 부형측에서 희망하는 것" 이라고 편집진들은 밝힌다. 그런가 하면 여학생들의 수학여행 문제가 시비의 대상에 자주 오르내리기도 했는데,[30] 이런 연유에서인지 초창기 『신여성』이 의욕적으로 실었던 여학생들의 여행기는 이후에는 더

---

28  동덕여학교 高一 정애, 「삼막사의 가을」, 『신여성』 1권 2호, 1923.11, 45면.
29  경성여자고보 三 연옥, 「북악산의 하로」, 『신여성』 1권 2호, 1923.11, 45면.
30  『신여성』은 '말성만흔 여학교수학여행문제'(5권 10호)라는 제목으로 주요섭 등 필자들을 동원해 여학생 수학여행 문제를 토론하는 기획을 마련하기도 했다. 이 기획에 참여한 필자들은 여학생의 수학여행에 대해 부정적인 시각을 지닌 경우가 많았는데, 대표적으로 주요섭은 경제적 문제와 더불어 생리적 문제를 들어 여학생들의 수학여행은 시기상조라는 견해를 피력하였다.

이상 찾아볼 수 없으며, 독자문예모집을 통해 기행문을 투고종류에 포함시키기는 했으나 실제 일반 여성 독자들의 기행문이 잡지에 수록된 경우는 발견되지 않는다.

1930년대로 접어들면서 여성잡지에 수록되었던 생활담·고백·경험담 등 서사성이 강한 자기서사물의 경우는 '수기·실화'라는 명명으로, 상황이나 대상에 대한 개인의 내면적 정서 표출에 주력하는 서정적 자기서사 양식들, 즉 감상·상문·수필·소품문·기행문·서간문 등은 '수필'이라는 단일한 범주로 수렴되는 양상을 보인다. 이러한 수필은 1930년대『신여성』이나『신가정』이 '실화·수기'류와 더불어 여성들에게 가장 광범위하게 제공한 글쓰기 양식이었다.

1930년대『신여성』,『신가정』 등은 독립적인 수필 섹션을 배치하는 경우가 많은데, 에를 들어『신여성』은 '가을수필', '여인수필', '치녀심경수필집', '귀향수필' 등의 기획을 마련하고 주로 여성들을 필자로 발탁했다. 특히『신여성』은 '여인수필', '처녀심경수필집'과 같이 섹션의 제호에 '여성'이 필자라는 사실을 부각하는 경우가 빈번했다.『신가정』역시 적극적으로 수필 섹션을 기획하는데,『신여성』과는 달리 수필이라는 장르명을 제호에 명시하기보다는 테마를 전면에 내세우고 이를 코너의 제목으로 정하는 것이 일반적이었다. 필자가 여성임을 직접적으로 부각하는 경우는 '여기자 수필' 정도에 불과했으나,『신가정』이 지정한 테마 대부분이 여성의 일상과 관련되거나 낭만적·감성적 경향이 농후해, 편집진들이 여성 필자를 염두에 두었을 것이라는 짐작이 가능하다. 예컨대『신가정』이 마련한 수필 섹션에는 '빨래터에 끼쳐둔 발자욱', '그넷줄에 매어 둔 옛날' 등 애초 여성을 필자로 겨냥한 테마가

다수 포함되었다.

1930년대 여성잡지가 수필의 비중을 확대하고 여성들을 필자로 적극 기용한 깃은 당시 여성 독자들의 관심을 유도하기 위한 전략이 주요했으며, 이러한 저널리즘의 대중주의가 여성들에게 손쉽게 허용한 장르가 수필이었던 것으로 보인다.[31] 이 같은 이유 때문에 당시 수필의 범람에 대한 부정적 시선 역시 만만치 않았는데, 가령『조선문학』이 주재한 '문예좌담회'에서 백철이나 서항석 등은 1930년대 수필의 발호와 저널리즘의 유착을 제기하고 나서기도 했다. 백철은 "단편소설을 쓰는 작가에게 잇서서 형태의 구속을 버리고 자유로운 주관으로 새로운 힘을 어더서 쓰도록함"이 수필 전성의 이유라는 김기림의 해석에 대해 "수필이 근일에 와서 잡지에 만히 발표되는 것을 보왓스나 김기림 씨 말과 갓치 단편소설이 전환되여서 수필이 만어지는 것 갓지는 안"으며 다만 "건실한 무엇이 업는 이들이 쉽게 쓸 수 잇게 되고 독자가 쏘한 軟한 것으로 조화하는 관계"라고 주장한다. 서항석 역시 "시나 소설보다도 수필을 쓰는 이가 만흔 것은 잡지쟁이들이 목차를 나열하고 페이지를 쉽게 늘이기 위하야 수필을 주로 편집하는 관계상 희곡이나 소설 시보다도 수필이 만케 되는 줄" 안다는 견해를 피력하기도 한다.[32]

한편 1930년대 잡지에 여성들의 수필이 다수 실리는 현상에 대해 비판이 제기되기도 했는데, 이고성은『신동아』에 실은 「조선의 문단」에

---

31   김현주,『한국 근대 산문의 계보학』, 소명출판, 2004, 155~156면. 김현주도 지적한 바 있듯이, 1930년대 수필이 양적·질적으로 성장하고 하나의 문학 형식으로 부상하는 데 결정적 역할을 담당한 것은 저널리즘이었으며, 여기에는 저널리즘의 상업적 판단이 강하게 작용한 것으로 보인다.

32   김기림 외, 「문예좌담회」,『조선문학』, 1933.11, 99~101면. 좌담회에는 김기림을 비롯한 백철, 서항석, 이무영, 임화, 유치진, 김광섭, 정지용이 참석했다.

서 '여류문사와 여인수필'이라는 항목을 별도로 마련하고 다음과 같이 문제를 제기하고 나섰다.

> 금년 잡지상에 여자수필이 대성황을 이룬 것은 주의할 만한 현상이다. 이 것은 여자들이 글을 쓰기 시작하였다는 (이전보다 더) 좋은 현상인 것과 동 시에 각 잡지사에서 일반 독자의 흥미를 끌기 위하야 양념거리로 여인수필 을 모아다 실엇다는 말하자면 변태적 현상이라고 볼 수 있다.[33]

여성잡지를 포함한 저널리즘이 수필의 주요 필자로 여성들을 동원 한 정황은 최정희의 언급을 통해서도 확인된다. 최정희는 『신가정』에 수록한 「1933년도 여류문단총평」에서 "조선에 있어서는 수필과 여류 문인과는 말할 수 없이 밀접한 관계가 있다"고 전제한 뒤, 『조선문 학』의 문예좌담회에 나섰던 백철을 겨냥한 듯, "그것은 모씨의 말과 같 이 건실한 무엇이 없는 사람들이 쉽게 쓸 수 있어서 그런 것이 아니고 잡지사의 주문이 소설이나 시보다 수필을 요구하는 까닭"[34]이라고 언 급한 바 있다. 최정희는 이후 '조광·삼천리 시절'을 회고한 글에서도 삼천리사에 입사한 지 며칠 안 되는 자신에게 안석주가 수필을 쓰라고 했던 일화를 소개하면서, 수필이 무엇인지도 몰라 헌책사를 돌아다니 며 잡지를 구해다 놓고 거기 실린 수필과 비슷이 엮어낸 것이 자신의 첫 수필이었다고 술회한 바 있다.[35]

---

33  이고성, 「조선의 문단」, 『신동아』, 1932.11, 53면.
34  최정희, 「1933년도 여류문단총평」, 『신가정』, 1933.12, 47면.
35  최정희, 「조광·삼천리 시절」, 『한국문단이면사』, 깊은샘, 1999, 219면.

수필이 사실과 허구, 문학과 비문학 사이에 위치하고 있다는 점뿐만 아니라, 저널리즘의 상업적 기획이 만들어 낸 자의적 문학 장르라는 점, 또한 여성들이 주로 동원되는 여성적 장르라는 인식 등은 1930년 대 수필이 문학/비문학 논쟁에 여전히 휘말리는 계기로 작용한 것으로 보인다. 『조선문학』의 문예좌담회에서도 김기림이나 김광섭 등은 수필을 문학으로 분류하였고, 김기림의 경우는 1930년대 수필의 발흥을 단편소설의 전환으로 해석하고 단편소설의 수필화 경향을 적극 옹호한 데 반해, 백철이나 서항석, 이무영 등은 수필을 문학의 범주로 편입시키는 것에 대해 여전히 회의적이었다. 이무영은 조선에서 저널리스트나 독자가 요구하는 수필이란 "저급한 잡문"에 지나지 않으며 이를 '창작'이라 볼 수 없다고 일갈하고, 창작이 아닌 수필을 "문학적"이라는 표현은 몰라도 "문학"으로 볼 수 있는 근거는 희박하다는 견해를 제시한다. 『신가정』에 수록한 「여류작가개평」에서도 이무영은 최정희의 작품이 "문학적이라기보다 기사적"이며 "기사문은 작문보다는 문예적이라고 할 수 있으나 한 사실을 작품화한 말로 보기에는 너무나 손색이 있" 다고 전제한 뒤, 때문에 "씨의 수필이 작품보다 낮게 평가되는" 것이라 언급하는데 이러한 이무영의 발언에서 수필은 엄격히 "작품", 곧 '문학' 과 구별되고 있다.[36]

이와는 달리 김진섭은 수필이 문학의 영역에 속하는 것임을 분명히 한다. "문학은 수필에 의하여 영역을 넓히고 있고 또 자기를 풍부하게 하여 가고 있는 것이 사실"이라고 강조한 김진섭은 수필의 범람에 대해

---

36　이무영, 「여류작가개평」, 『신가정』, 1934.2, 66면.

"현대인은 소설이 주는 흥취에 빠지려기보다는 소설가가 보여주는 작가의 마음에 부닥치고 싶은 경향이 농후해진" 것이며, 아울러 "작가 자신도 허구와 가작(假作)의 세계에서 뇌장(腦漿)을 짜는 거짓된 슬픔보다는 자기 신변과 심경을 아울러 고백하는 참된 기쁨에 취하고 싶은 경향이 농후해 진" 때문이라 해석하기도 한다.[37] 임화는 1938년 발표한 「수필론」에서 수필의 수필다운 점을 "논문처럼 논리적 조작의 기술을 필요로 하지 않는 데서와 '장르'로서의 문학처럼 고유한 구조를 갖지 않는 데서 기인"한다고 설명하고, 수필을 "'장르'로서의 문학 이외에 아직도 존재가능한 문학의 한 양식"[38]으로 규정한다. 그런가 하면 여성과 수필의 친연성을 저널리즘의 요구에 의한 것이라 지적한 바 있던 최정희는 "수필이 문학조류에 든다니 못든다니 하는 문제가 오래 계속된 모양이나 나로써는 수필도 소설과 시 사이에 새로운 한 형식을 가지고 발전할 것"[39]이라 주장하기도 했다.

수필을 둘러싼 논쟁에서 확인할 수 있듯이, 수필이 1930년대 문학제도로 진입하는 데 부분적으로 성공한 것으로 보이나 여전히 문학/비문학의 경계에 불안하게 위치해 있었으며, 여성이나 대중 독자들을 유인하려는 저널리즘적 기획의 산물이라는 판단 역시 강하게 작동했던 것으로 짐작된다. 또한 이러한 저널리즘의 상업주의가 가장 적극적으로 호명한 것이 여성들이라는 주장 역시 제기되면서 1930년대 수필은 대개 제도권 문학의 말단에 위치한 '주변적' 장르이자 '여성적' 장르라는

---

37  김진섭, 「수필의 문학적 영역」,(『동아일보』, 1939.3),『교양의 문학』, 진문사, 1954, 130
    ~131면.
38  임화, 「수필론」, 『문학의 논리』, 서음출판사, 1989, 393~401면.
39  최정희, 앞의 글, 47면.

인식이 일반화되었던 것으로 보인다.

그러나 주변적이고 성별화된 장르인 수필은 상대적으로 진입장벽이 높았던 여타의 문학 장르에 비해 여성들이 문학 장으로 진입할 수 있는 유연한 통로가 될 수 있었던 것 또한 사실이다. 수필은 독자를 확대하려는, 특히 여성을 새롭게 독자로 흡수하려는 저널리즘이 손쉽게 여성들에게 할애할 수 있었던 장르이며, 여성들은 이러한 저널리즘의 욕망과 일정하게 협상함으로써 제도권 문학으로 진입할 수 있는 기회를 마련한 것이다.

여성잡지에 수록된 여성들의 수필은 대부분 편집진들의 기획에 따라 이루어지는 일종의 주문생산 방식을 취하고 있었다. 말하자면 필자들이 자유롭게 테마를 선택하기보다 편집진들이 테마를 결정하고 이를 필자들에게 주문하는 형태인 것이다. 주목할 것은 여성잡지가 여성 필자들에게 제공한 테마의 성격인데, 과거에 대한 향수, 자연물 감상, 계절에 대한 소회 등 대부분 낭만적·감성적 소재들이자, 이른바 '여성적인 것'으로 성별화된 내용들이기도 했다. 중국의 여성작가를 소개한 정래동은 여작가의 취제(取題) 방면을 '남녀간의 애정, 과거의 회억, 청년시대의 고민호소, 일상가간소사(日常家間小事)'로 정리하는 한편, 여성산문의 특징을 "자연의 미려한 묘사가 많으며 천진하든 과거의 회억, 소녀시대의 달콤한 꿈, 아름다운 여성의 감정, 청년시대의 공허한 심서가 농후"[40]한 것이라 지적한 바 있는데, 여성작가나 여성문학에 대한 이러한 성별적 인식이 여성이 쓰는 수필의 테마를 지정하는 데에도 유

---

40    정래동, 「중국의 여류작가」, 『신가정』, 1933.10, 149·157면.

사하게 작용했던 것으로 보인다.

그런가 하면 "숨김없이 자기를 말한다"[41]는 수필의 특징이 여성의 내면을 선정적으로 전시하는데 이용되면서 수필의 오락화를 노골적으로 시도하는 경우도 있었다. 『신여성』이 기획한 「처녀심경수필집」이 대표적인데, 사춘기 소녀, 노처녀, 약혼한 처녀가 필자로 등장해 그들의 불안하고 위태로운 심경을 솔직하게 고백하는 내용이었다. 서로 다른 상황에 처해 있음에도 불구하고 이들의 관심은 오로지 연애나 결혼에 집중되어 있으며, 연애·결혼과 관련한 심경 고백을 통해서 이들은 각각 '소녀·노처녀·약혼한 처녀'의 표상과 온전히 부합하는 존재로 스스로를 구성한다. 말하자면 사춘기 소녀의 심경을 토로한 수필에서 '소녀'는 "공상과 동경에 아로색여진 쎈티멘탈"[42]한 존재로 형상화되며, 노처녀의 심경수필에서 '노처녀'는 오직 결혼만을 욕망하는 "청승스럽고도 심각한 서름"[43]을 지닌 존재로 조형되고, 약혼한 처녀의 심경이 고백된 수필에서는 연애의 과정을 경험하지 못하고 부모의 결정에 따라 결혼하는 여성이 갈등과 불안의 형상으로 그려지는 것이다.[44]

흥미로운 것은 여성이 쓰는 수필을 낭만적이고 감상적인 경향으로 성별화하고 여성의 내면을 전시하는 일종의 오락물로 기획하려는 여성잡지의 젠더정치에 '개입'하고 이를 굴절하는 여성 수필의 정치성이다. 다시 말해 여성을 수필의 필자로 호명하고 '여성적인' 수필을 구성하려

---

41  김진섭, 앞의 책, 130면. 김진섭은 수필의 특징을 '숨김없이 자기를 말한다는 것'과 '인생사상(人生事象)에 대한 방관적 태도'라고 지적한다.
42  김순영, 「언니 저 달나라로―사춘기소녀의 심경」, 『신여성』 7권 6호, 1933.6, 56면.
43  김회성, 「연분에도 공첨(空籤) 잇나―노처녀의 심경수필」, 『신여성』 7권 6호, 1933.6, 56면.
44  장현순, 「안탑가운 오날 이 마음―약혼한 처녀의 수필」, 『신여성』 7권 6호, 1933.6, 59~61면.

는 성별 메커니즘의 내부에서 이러한 논리를 재편하고 변형하려는 움직임이 여성들의 수필을 통해서 감지되는 것이다. 이 재전유의 정치를 감행하는 여성들의 수필에서 '고백'은 여성의 내면을 전시하는 선정적 장치가 아닌 여성의 현실을 표현하는 매개로 전환하는 한편, 향수나 자연과 같은 낭만적이고 서정적인 테마들은 이를 일탈하는 내용과 결합하면서 여성들이 쓰는 수필은 '낭만적' 소재에 '탈낭만적'인 내용이 합체된 혼종적 텍스트로 변모하는 경우가 많았다.

이 같은 특성은 이미 초창기 『신여성』에 수록된 김명순의 「봄 네거리에 서서」를 통해서도 엿볼 수 있다. 이 글에서 김명순은 희망으로 충만한 봄의 분위기와는 동떨어진, "겨울의 누데기를 벗지 못한" 무거운 자신의 "가슴속 깊히 백힌 설움"을 들여다본다. 자신의 설움, 곧 자신의 내면을 응시하던 김명순은 "화려할 소녀의 시대를 능욕과 학대"로 빼앗아간 세상을 한편 냉소하지만, 그러나 자신의 설움에 갇히지 않고 자신을 들여다본다는 것, '자신을 아는 것'이 바로 설움을 극복하고 주체적인 삶을 영위할 수 있는 전제임을 자각한다. 따라서 김명순은 "자기를 안 다음에 남을 아는 것, 이것만이 귀하다. 이것이 사랑을 이루고, 가정을 이루고, 사회를 이루고 국가를 이뤄야 편할 것"이라는 결론에 이르고 있다.[45]

『신여성』, 『신가정』에 수록된 여성들의 수필에서 슬픔은 비단 개인적인 차원에 국한되지 않았다. 이들 잡지에서 여성 필자들은 타자들, 특히 다른 여성들의 슬픔에 공감하고 그것을 자신의 것으로 내면화하

---

45 김명순, 「봄 네거리에 서서」, 『신여성』 2권 3호, 1924.3, 80~81면.

면서 여성들의 고통과 연대하려는 의지를 내보인다. 이와 관련해 주목할 것은 여성들의 수필에서 빈번하게 기록되는 여성들의 비극적인 죽음이다. 예컨대 '어려서 빨래하던 이야기를 쓰라'[46]는 편집자의 주문을 받고 쓴 「고우(故友)의 추억」을 통해 노천명은 여학교를 졸업한 후 상급학교에 진학하지 못하고 결혼했으나 악착한 환경에 고민하다 끝내 죽음을 선택한 친구를 기억하며,[47] '내가 느낀 여름밤의 매혹'이라는 타이틀 아래 배치된 「애처로운 혼 승천하던 밤」에서 장덕조는 여학교 시절 문학소녀였던 친구가 연인의 배신 때문에 죽어간 사연을 기록한다.[48] 그런가 하면 봄을 맞이하는 감회를 테마로 쓰라는 '신춘수필'에서 장덕조는 실연의 고통으로 낙동강에 투신한 친구의 죽음을 전해 듣고 혼란한 자신의 심경을 토로하면서 세느강에 몸을 던졌다는 "불행한 젊은 여인과 가난한 어멈들"을 함께 떠올리고 봄과는 거리가 먼 여성들의 현실을 부조하기도 했다.[49] 아울러 박승호는 여성을 죽음으로 몰고 간 현실을 고발하는 장으로 수필을 적극 활용하는데, 「강형영전에」의 서두에서 필자는 "죽은 형을 위하야 같은 여성들께 외치고 부르짖어 형의 원통한 죽엄을 만분의 일이라도 위로하고 싶은 것이 이 붓을 들게 된 동기"라고 밝힌다. 15,6년간 아내와 어머니의 역할을 충실히 해 온 여성에게 남편은 느닷없이 이혼을 요구해 왔고 때문에 수중(水中)에 투신할 수밖에 없었던 한 여성의 비극적 죽음을 기록하던 박승호는 "죽음

---

46   '빨래터에 끼쳐둔 발자욱'이라는 타이틀 아래 강경애, 노천명, 이선희, 김자혜의 수필이 실려 있는데, 이선희의 수필 「아름다운 꿈」에는 편집자가 어려서 빨래하던 이야기를 써 달라고 필자에게 주문했다는 언급이 보인다.

47   노천명, 「故友의 추억」, 『신가정』, 1934.6, 326~327면.

48   장덕조, 「애처로운 혼 승천하든 밤」, 『신가정』, 1935.8, 402~405면.

49   장덕조, 「봄은 오건만」, 『신가정』, 1936.3, 280~283면.

으로써 밖에는 고통을 면할 길이 없었것만 단지 히스테리 다시 말하자면 정신병이 들어 죽었다"고 말하는 상황에 분노하기도 한다. 또한 "오늘 우리 여성에게는 형과 같은 원통한 죽엄을 하는 이가 그 수를 헤아릴 수 없는 것이오 살아있으면서도 죽은 것이나 다름없는 생활을 하는 이가 그 얼마인가" 반문하고 한 여성의 죽음을 개인적 죽음이 아닌 사회적 죽음으로 부각한다.[50] '수상수감록(隨想隨感錄)'이라는 타이틀 아래 배치된 「강형영전에」를 통해 박승호는 '생각과 감정을 따라 기록한다'는 수필의 장르적 특질을 십분 활용하면서 수필을 개인적 발화를 공적 발화로 전환하는 장으로 다시 전유하고 있는 것이다. 모윤숙 역시 '등하잡필(燈下雜筆)'로 명명된 자유로운 글쓰기의 형식을 빌어서 여성의 열악한 현실을 직접적으로 비판하고 나서기도 했다. 「먼 하늘의 등대」라는 글에서 모윤숙은 "검은 머리채를 가진 이 땅의 여성들에게는 희망과 광명도 아무것도 다 부정되어야 하는가" 탄식하고 여성들을 향해 "보람없는 얌전과 희망없는 발전에서 꾸물거리던 과정을 없애야 할 때"라고 강조하면서 여성의 새로운 역할을 요구한다.[51]

수필은 이처럼 망각되거나 왜곡된 여성들의 죽음을 기억하고 그들의 역사를 복원하는가 하면, 하위층 여성들의 신산한 삶을 보고하고 기록하는 통로가 되기도 했다. 강경애는 「여름밤 농촌의 풍경 점점」에서 농촌의 여름이 농부들에게는 가장 긴장할 때라고 전제한 뒤, 농부인 남편들과 함께 일하고도 밤에는 집안일 때문에 늦은 잠조차 얻어 자지 못하는 농촌 부인들의 현실을 환기한다.[52] '반딧불과 그 날 밤의 기억'이

---

50 박승호, 「강형영전에」, 『신가정』, 1935.9, 101~103면.
51 모윤숙, 「먼 하늘의 등대」, 『신가정』, 1934.10, 17~18면.

344 근대 여성문학의 탄생과 미디어의 교통(交通)－1920~30년대 여성문학의 형성과 여성잡지의 젠더정치

라는 낭만적 테마에 농촌 여성의 척박한 현실이 결합되면서 저널리즘이 구상한 낭만적 수필의 기획은 재차 흔들리고 있다. 박화성의 「원망스러운 가을」에서도 필자는 풍요로운 가을을 맞이하는 사람들이 아닌 가난한 노동자들과 헐벗고 방황하는 집 없는 이들을 떠올린다. "가을을 찬미하는 시인과 추수를 예산하는 지주만이 가을의 증인이 아"님을 환기한 박화성은 "좁고얕은 오막사리 빈집이나 집주인의 눈을 피하야 불결한 큰집아궁이를 더듬어가면서 반갑지 않은 가을을 원망하지 않으면 아니될" 가난한 이들이야말로 "가을의 증인임"을 부각한다.[53] 그런가 하면 장덕조는 「귀향수필」에서 자살을 시도했다 가까스로 목숨을 구한 뒤 세상만사를 향락하며 살기로 결심한 친구 C의 자유롭고 번화한 삶과, 가슴을 앓아서 일하던 농장에서마저 쫓겨나 갈 곳도 마땅치 않은 먹보영감의 딸 간난이의 삶을 병치시킨다. 도회의 번화에 권태를 느낀 명랑하고 영리한 여성의 삶과, 옷이나 머리 장식도 없이 하루 종일 먼지를 쓰고 농장이나 공장에서 손이 부르트고 귀를 상하고 가슴이 썩어서 피를 토하는 가련한 처녀의 삶을 대조한 필자는 이 여성들의 삶을 진(眞)과 위(僞)로 성급히 분리하고 판단하는 권위적 위치를 점하기보다, 이들 여성들의 삶을 통해서 먼저 스스로를 성찰하고 있다.

서울의 처녀들이 그 련인(戀人)과의 밀회 시간이 느저서 초조할 째 좀더 유쾌하고 자미잇는 일이 업나 하고 한숨질 째 그들과 가튼 년배의 처녀들이 그들의 모든 욕망을 만족식히기 위하여서 공장에서 손이 부르트고 귀를 상

---

52  강경애, 「여름밤 농촌의 풍경 점점」, 『신가정』, 1933.7, 165~167면.
53  박화성, 「원망스런 가을」, 『신가정』, 1934.10, 18~19면.

하고 가슴이 썩어서 피를 토하고 넘어 저 잇는 것을 알 것인가? (…중략…) "아씨 줌으시는 대서 왼야단들이요?" 어멈의 호령하는 소리다. 나는 전기에 찔린 사람처럼 홧홧 전 신이 달아올랏다. 과연 내게는 '아씨'라는 특등석에 안즐 무슨 권리가 잇는지…… 그리고 벌서 나의 '아씨'로써의 이 의자는 벌서 흔들이고 잇지나 안는지 생각은 생각에 쇠리를 물고 무슨 죄나 지은 듯이 가려운 회한(悔恨)이 가슴을 미워온다. 아! 참 나는 C를 욕할 자격도 간난이를 동정할 처지도 못되는 인간이엇구나![54]

인용문에서 필자는 C를 비난하거나 간난이를 쉽사리 동정하려는 욕망을 경계하고, 오히려 하층 여성들의 삶을 통해 자신이 누려온 특권적이고 안정적인 위치를 심문하고 있다.

한편 모성성에 대한 가부장적 환상을 균열하는 여성들의 수필 역시 주목되는데, 예컨대 장덕조는 「어미와 봄」에서 어머니 되기의 현실적 무게를 토로하고 있다. 도와 줄 사람 없이 혼자 살림을 하고 아이를 돌보고 글을 쓰는 필자는 중이염을 앓고 있는 아이를 병원에 데려가기 위해 집을 나섰다가 길에서 자신을 알아본 여학생들과 우연히 마주치게 되고, 추레한 자신의 모습을 확인하고는 부끄러워 한참을 달아난다. 아이를 데리고 병원에 간 그에게 의사는 매일 같은 시간 아이를 업고 오는 필자의 모성애를 칭찬하지만. 장덕조에게 그 소리는 마치 의사가 자신에게 던지는 멸시나 조롱처럼 느껴진다. 잡지사에서 봄을 주제로 수필을 써달라고 청탁해 왔으나 자신에게는 "아직 봄이 오지 않았다"고

---

54    장덕조, 「귀향수필」, 『신여성』 6권 11호, 1932.11, 94면.

말하는 필자는 모성성이 여성의 본질이 아니라 남성들의 욕망이 만들어 낸 일종의 신화임을 간접적으로 고백한 셈이다.[55] 장덕조는 수필 「4월의 하늘」에서도 해산날이 가까워오면서 새 생명이 탄생하는 기쁨을 만끽하기보다 '고독과 죽음'을 떠올리게 되는 여성의 불안과 공포를 솔직히 드러내기도 했다.[56]

이상에서 살펴본 바와 같이 창작이 아닌 사실을 기록하고, 사회적・공적이기보다는 사적・개인적인, 문학도 비문학도 아닌 경계의 글쓰기, 즉 근대문학의 방계(傍系)인 수필을 성적 주변부인 여성들에게 할당하고, 여성적인 것(취향/본질)으로 상상된 낭만적・감성적인 내용으로 그 내부를 구성하려 했던 저널리즘의 구상, 달리 말하면 수필의 여성화 기획은 이 부름에 응답하는 여성 필자들의 '개입'에 의해 굴절되고 변형된다. 이러한 개입과 굴절의 가능성은 이미 수필 장르가 담지하고 있는 본질적 특성에서 연유한 측면이 있다. 자기/사실을 직접적으로 표현하고 기록하라는 요구 외에 일체의 장르 규범(법)으로부터 자유로운 수필의 특질은 문학의 본령으로부터 수필을 소외시킨 원인이자, 개입과 변용이 가능한 수필의 역동적인 지점일 수 있는 것이다. 아울러 이러한 여성들의 수필이 여성을 독자로 상정하는 여성잡지를 주요 발표 매체로 활용하면서 여성의 공동성을 발견하고 강화할 수 있는 매개로 역할하기도 한다. 여성잡지라는 매개를 빌어 발표된 수필을 통해서 여성 필자들은 당시를 살고 있는 여성들의 비극적인 현실에 공감하고 함께 분기(憤氣)할 수 있는 여성 독자들을 적극 호명했던 것이다. 젠더정

---

55    장덕조, 「어떤 어미와 봄」, 『신가정』, 1935.3, 174~178면.
56    장덕조, 「4월의 하늘」, 『신가정』, 1936.4, 49~53면.

치를 분절하는 또 다른 젠더정치가 수행되는 이중 정치의 장이 수필이었던 셈이다.

## 3. 소설 – 성별 경계를 넘어선 재현의 다층적 전략

남성들이 문학 장을 주도하고 여성들의 예술적 창조력을 근본적으로 불신하는 남성중심적 담론이 문단을 지배하는 상황에서 여성들이 '소설'을 쓴다는 것은 남성영역에 대한 일종의 도전을 의미하는 것이기도 했다. 주지하다시피 식민지 조선에서 근대의 박래품인 소설(novel)은 '혁명 · 예술'로 격상되면서 '성숙한 남성의 형식'으로 성별화되었으며, 문학에 대한 여성들의 접근은 소설과 같이 사실을 '창안'하는 장르가 아닌, 실화 · 수기류나 수필 등 사실을 '표백'하는 양식으로 제한하려는 힘들이 강하게 작용하고 있었다. 이런 가운데 여성들에게 소설을 쓸 수 있는 공간을 적극적으로 마련한 것은 『여자계』, 『신여자』 등 초창기 여성 주도의 잡지들이다. 1920년대 『신여성』에서 이러한 여성잡지의 역할이 다소 위축되긴 했으나, 여성들의 문단 진출이 전대에 비해 확대되기 시작한 1930년대에 들어서면 『신여성』, 『신가정』 등을 중심으로 여성잡지는 여성들이 소설을 발표할 수 있는 주요한 지면으로 다시 역할한다.

물론 이는 여성잡지 편집진들이 여성 독자를 의식해 소설을 쓰는 여성작가의 존재를 부각하려는 의도 역시 개입되었던 것으로 보인다. 가령 1930년대 『신여성』이 기획한 '직업여성주제의 여인단편집'(5권 11호, 1931.12)이나 『신가정』이 잡지를 창간하면서 다섯 명의 여성작가들에게 연작소설 「젊은 어머니」(1934.1~5)의 집필을 맡긴 것 등은 이러한 정황을 짐작케 하는 부분이다. 이러한 기획 소설들은 여성작가들이 '여성'과 관련한 문제를 서사화하는 방식을 취했는데, 여성잡지들이 대개 낭만적·감성적인 소재를 여성들이 쓰는 수필에 배정했듯이, 이 같은 기획물 역시 여성의 소설 쓰기를 '여성'이라는 성별 정체성 안에 수렴하려는 의도가 반영된 것이라 볼 수 있다. 당시 남성중심적 문단이 여성작가들에게 주문한 주요한 내용은 바로 "여성다운 작가"가 되라는 요구였기 때문이다.

여류문단에 한 마디 하고 싶은 말은 여성다운 작가가 나오도록 되었으면 하는 것이다. 혹 이렇게 말하면 여성작가와 남성작가의 어느 구석에 달러야 할 점이 있느냐 하실 분도 있겠으나 남성작가가 감히 손을 대지 못하는 경지(境地)—다시 말하면 여성 아니면 쓸 수 없는 그 떼리케이트한 심경 좀 더 구체적으로 말한다면 개개 작가의 독창적 경지를 하나씩 개척했으면 한다는 말이다. 물론 이 말은 남성작가에도 통용되는 말이겠으나 대체로 남성보다 독특한, 여성 아니면 안될 그러한 독창성이 하로바삐 작품에 나타나도록 노력했으면 하고 기원한다.[57]

---

57　이무영, 「여류작가개평」, 『신가정』, 1934.2, 70면.

박화성, 강경애, 최정희, 송계월 등 당시 활동하고 있던 주요 여성작가들의 소설을 총평한 이무영은 글의 말미에 남성작가들이 손을 대지 못하는, "여성 아니면 쓸 수 없는 떼리케이트한 심경"을 쓰는 독창적 경지를 개척하라고 여성작가들에게 주문하고 있다. '최의순, 최정희, 김원주(源珠), 송계월' 네 명의 여성작가에게 '여교원·여점원·여하인·여직공' 등 직업여성들을 소재로 소설을 쓰도록 한『신여성』의 '직업여성주제의 여인단편집'이나, 남편을 잃고 홀로 아이들을 키우며 살아가는 젊은 여성의 삶을 그린 연작소설「젊은 어머니」를 '박화성, 송계월, 최정희, 강경애, 김자혜'에게 맡긴『신가정』의 의도에는 성별 논리가 관철된 측면이 농후하다.

　　그러나 여성들은 이러한 저널리즘의 욕망에 일정하게 편승하면서 남성들이 주도한 소설 쓰기의 장에 개입하고 작가로서의 자신의 입지를 강화할 수 있었던 것 또한 사실이다. 특히 여타의 장르와는 달리 작자와 분리된 '서술자'가 존재하는 소설은 창작하는 주체의 성(性)을 감춘 채 여성의 언어는 물론 남성의 언어를 자유롭게 구사하고 인물들의 내면을 재현할 수 있는 장르이므로 창작 주체의 성을 노출시키는 사실 위주의 글쓰기보다 성별 정체성을 초월한 다양한 재현의 가능성을 만들어 낼 수 있었다. 더욱이 독자의 대부분을 여성으로 상정한 여성잡지에 수록하는 여성작가들의 소설은 그 재현의 전략이 한층 주목되는 부분이기도 하다.

1) 연애와 결혼, 여성들의 자기인식과 여성 현실의 조명

『여자계』나 『신여자』에 수록된 여성들의 소설은 대개 연애나 결혼을 매개로 여성의 현실을 조명하는 한편 여성들이 자기 각성에 이르는 과정을 서사화하는 경우가 많았다. 대표적으로 나혜석의 「경희」(『여자계』 2호), 김명순의 「처녀의 가는 길」(『신여자』 1호), 김일엽의 「어느 소녀의 死」(『신여자』 2호), 백합화의 「애의 추회」(『신여자』 2호), 김송월의 「엇더한 남편을 엇을가」(『신여자』 4호) 등이 이에 해당된다.

주지하듯이 전근대적 혼인제도는 여성들을 가장 강력하게 구속해 온 현실이었으며, 따라서 자유연애가 전제된 결혼은 여성해방과 주체적인 삶을 기획하는 신여자들이 반드시 쟁취해야 할 사항이기도 했다. 특히 결혼 외에는 실제적으로 사회적 이동을 경험할 수 있는 계기들이 대부분 차단된 여성들에게 자유의사에 따른 사랑과 결혼은 남성들보다 더욱 절박한 문제가 아닐 수 없었으며 연애와 결혼에 부여하는 의미나 그 판타지 역시 큰 것이 사실이었다. 때문에 김명순은 연애를 "모든 남자와 여자의 같은 이상을 품고 결합하려는 친화한 상태 또 미급(未急)한 동경"이며 더 없이 "신성"[58]한 것이라 정의했는가 하면, 나혜석은 이러한 연애가 고스란히 결혼으로 이어지는 남녀의 이상적 결합을 전제하고 여성들에게 "자기 개성을 발휘코자 하는 자각"을 지닌 "이상적 부인"[59]이 될 것을 강조하기도 한다. 근대를 경험하기 시작한 여성들에게

---

58 김명순, 「이상적 연애」(『조선문단』, 1925.7), 『한국근대여류선집 2 김탄실 ─ 나는 사랑한다』, 솔뫼, 1981, 379・380면.
59 나혜석, 「이상적 부인」(『학지광』, 1914.12), 『나혜석전집』, 태학사, 2000, 184면.

연애나 결혼은 단지 사적 영역에 국한된 개인적 차원의 문제가 아니라 여성을 구속하는 현실과 대결하는 사회적 실천의 의미를 띤 것일 수 있었다. 『여자계』, 『신여지』에 소설을 수록한 여성 필자들은 나혜식, 김원주와 같이 대부분 두 잡지의 편집에 관여했던 이들이었으며, 따라서 이들의 소설 쓰기는 이상적 연애와 결혼을 신여성 독자들에게 계몽하려는 의도 또한 컸던 것으로 보인다.

대표적으로 나혜석의 「경희」는 전반부를 통해서는 일본 유학 중에 잠시 귀국한 주인공 경희가 여학생을 불신하고 여성교육에 적대적인 구여성들을 대상으로 신여성에 대한 오해를 불식하고 여성교육의 필요성을 증명하는 것에 주력하며, 후반부는 주로 혼인 문제를 놓고 경희가 아버지 이철원과 갈등하는 상황을 전개하고 있다. "조선 사회에서 살아온 여자"[60]로 여전히 살아가길 원하는 아버지의 요구와, 여자이기 이전에 "사람"으로 살기를 원하는 자신의 욕망 사이에서 심각하게 번민하던 경희는 소설의 말미에는 딸이고 여자이기에 앞서 먼저 '사람'으로 살기를 결정한다.

> 경희도 사람이다. 그 다음에는 여자다. 그러면 여자라는 것보다 먼저 사람이다. 또 조선사회의 여자보다 먼저 우주 안 전 인류의 여성이다. 이철원 김 부인의 딸보다 먼저 하나님의 딸이다. 여하튼 두말할 것 없이 사람의 형상이다. 그 형상은 잠깐 들쓰운 가죽뿐 아니라 내장의 구조도 확실히 금수가 아니라 사람이다.[61]

---

60　나혜석, 「경희」, 『나혜석전집』, 태학사, 2000, 98면. 「경희」는 『여자계』 1권 2호(1918.3)에 수록되었으나, 원문의 상태가 좋지 않아 『나혜석전집』(이상경 편저)에서 인용하였다.

인용문에서 경희는 여자에서 사람으로, 조선사회의 여자에서 우주 안 전 인류의 여성으로, 다시 이철원 김부인의 딸에서 하느님의 딸로 자신을 확대한다. 결혼문제를 놓고 구세대와 갈등하면서 경희가 자기 각성에 이르는 이 과정은 특히 경희의 내면을 초점화하는 서술을 통해서 설득력을 얻고 있다. 「경희」는 화자(서술자)의 성을 노출하는 일인칭 서술이 아닌 서술하는 주체의 성을 무표화할 수 있는 전지적 시점을 선택했으나, 소설의 후반부로 갈수록 텍스트 내의 인물들을 특권적으로 조망할 수 있는 절대적·전지적 서술자의 위치를 점하기보다 여성인물인 경희의 시점과 겹친다. 다시 말하면 「경희」의 서술자는 텍스트 속의 모든 인물들을 응시하고 규율하는 보편적·특권적 인식자로 군림하면서 여성을 대상으로 바라보는 남성 젠더의 시선을 점유하기보다 여성인물의 위치에서 여성의 시선을 통해 세상을 바라보는, 즉 여성으로 젠더화되고 있는 것이다.[62] 삼인칭 시점을 취하고 있으면서도 「경희」가 일인칭 여성화자의 고백적 서술처럼 감각되는 이유가 여기에 있다.

김원주가 쓴 「어느 소녀의 死」에서도 이와 유사한 상황이 발견된다. 주인공 명숙은 여학교를 졸업하고 대가부호의 자제인 민범준의 첩으로 들어가라는 부모의 명령에 반발하고 죽음을 결행하게 된다. 죽음은 곧

---

61　나혜석, 「경희」, 앞의 책, 103면.
62　마크 발은 시각과 가부장적 권력 사이의 친연적 관계를 인정하면서도 이러한 가부장적 응시의 권위를 제거하도록 시각을 복수화할 수 있는 방식들, 즉 차이화하는 시각이 존재할 수 있음을 역설한 바 있다. 한편 김복순은 신처럼 모든 인물들을 조망하는 전지적 시점이 남성젠더의 시선을 취하고 있다고 주장하고 이러한 남성중심성을 균열하는 새로운 페미니즘 미학을 논의하고 있다. 마크 발, 「남성 주인의 눈」, 『모더니티와 시각의 헤게모니』, 시각과언어, 2004, 629~668면; 김복순, 「페미니즘 미학의 기본 개념과 방법」, 『한국 여성문학 연구의 현황과 전망』, 소명출판, 2008, 30~34면.

명숙의 자기각성을 증거하는 행위가 되는 셈인데, 이 과정에 이르는 명숙의 심경은 두 통의 편지를 빌어 표현되고 있다. 「경희」에서 서술자의 위치를 주인공 경희의 위치와 겹쳐놓는 방식으로 여성의 내면이 초점화되었다면, 역시 삼인칭 시점을 선택하고 있는 「어느 소녀의 死」에서는 '편지'가 명숙의 내면을 재현하는 장치로 활용되는 것이다. 발신자가 자신의 진정성 어린 내면을 직접 발화하는 방식이 편지라고 할 때, 이러한 재현의 전략은 독자들로 하여금 명숙을 단지 대상으로 바라보지 않고 독자 자신과 동일시하는 효과를 거둘 수 있다.

명숙이 남긴 두 통의 편지는 그 수신인이 각각 '부모'와 '기자'로 되어 있는데, 부모에게 보내는 편지를 통해 명숙은 사람이 되라고 여식을 학교에 입학시키던 마음과 달리 자신의 의사와 무관한 혼인을 부모가 강제하는 것은 딸에게 "온당치 못ᄒᆞᆫ 사람이 되라"는 요구와 같다고 항변하는 한편, 기자에게 보내는 편지에서는 "저를 이 지경 맨드시는 부모의 말은 참아 할 수 업사오나 다만 세상에 이러ᄒᆞᆫ 원통한 처지에 잇스면서 능히 말을 못ᄒᆞ야 한몸을 글읏치는 여러 불상ᄒᆞᆫ 未嫁女子를 위ᄒᆞ야 이 몸을 대신 희생"한다고 쓰고 있다. 아울러 기자에게 "이러ᄒᆞᆫ 사회 이면에 숨어잇는 비참ᄒᆞᆫ 사실을 세세히 조사ᄒᆞ야 공평ᄒᆞᆫ 필법으로 지상에 기재ᄒᆞ야" 달라는 부탁을 하고 있는데, 기자를 경유해 편지의 최종적 수신인이 될 이들이 결국 명숙과 같이 비참한 사실을 감당해야 하는 "불상ᄒᆞᆫ 未嫁女子"[63]들이며 또한 그들이 궁극적으로 텍스트 바깥의 현실 속 여성 독자들임을 감안할 때, 「경희」에서 내레이터의 매개

---

63 김일엽, 「어느 소녀의 死」, 『신여자』 2호, 1920.4, 43·45면.

없는 경희의 내면 고백이나, 「어느 소녀의 死」에서 편지를 매개로 드러나는 명숙의 심경 토로는 단지 자기확인을 위한 독백적 행위가 아니라, 텍스트 바깥의 현실 속 여성 독자들과 교통하고 여성의 공동성을 확인하려는 '대화적' 욕구가 강하게 함축되어 있는 것으로 해석할 수 있다.

『신여자』에 실린 김명순의 「처녀의 가는 길」, 백합화의 「애의 추회」, 김송월의 「엇더한 남편을 엇을가」 역시 결혼을 매개로 여성의 현실을 조명하는 한편, 연애와 결혼에 대처하는 여성들의 바람직한 자세를 계몽하는 소설들이다. 「처녀의 가는 길」에서 주인공 춘애는 결혼 문제를 놓고 "부모의 命服에 복종홀가 삶다운 사랑의 길을 밟을가 헤매이고 번민ᄒ다" 마침내 부모가 정해놓은 남성과 혼인하기를 거부하고 "예절잇고 진중ᄒ고 천재잇고 유망한 청년, 이상적 애인"[64]인 기수와 결합하기로 결심한다. 흥미로운 것은 춘애가 이러한 각성에 이르기까지 결정적 역할을 한 존재가 이상적 연인으로 발탁된 기수라기보다 여학교 친구인 마리아라는 점이다. "멀고 먼 압길을 살니랴거든 진심으로 부모를 위ᄒ랴거든"[65] 모든 것을 후일로 미루고 집을 나서라는 마리아의 편지는 춘애가 자기결정에 따른 기수와의 결합을 결심하게 되는 주요한 계기가 된다. 여성의 각성이 오빠나 연인과 같은 남성들과의 성별 위계 구조 속에서 이루어지기보다 여성과의 '우정'이 유력한 동인이 되는 이같은 장면은 여성들이 쓴 소설에서 종종 목격되고 있다.

한편 백합화의 「애의 추회」나 김송월의 「엇더한 남편을 엇을가」는 여성에게 '이상적 연인', '이상적 남편'을 선택하는 바른 기준을 교육하

---

64    물망초(김명순), 「처녀의 가는 길」, 『신여자』 창간호, 1920.3, 62·61면.
65    위의 글, 62면.

는 소설들로 볼 수 있다. 때문에 이들 소설에서 여성의 번민은 자유결혼을 둘러싼 부모와의 갈등보다, 「엇더한 남편을 엇을가」의 주인공 박정옥이 토로하듯 "자유결혼이 합리인 줄은 알지만은 읏더한 점을 주안으로 보아서 남편을 택할가"[66]의 문제로 옮겨지고 있다.

김송월의 소설에서 경성여자고등보통학교를 우수한 성적으로 졸업하고 일본의 N여자대학에서 영문학을 전공하고 있는 주인공 박정옥은 문학에 대한 비상한 취미가 있어 여학교 시절부터 여성잡지에 종종 투고를 하다 지금은 여류문사로도 문명을 떨치고 있으나 사랑의 신비만큼은 완전히 이해하지 못한 여성으로 등장한다. 이러한 박정옥은 대학에서 영문학을 전공하는 문학청년 K와 법정대학에 재학 중인 C의 구애를 동시에 받게 되면서 선택의 고민에 빠지게 되지만, 그러나 방학을 맞아 고향에 와 있는 정옥에게 토마스 하디의 단편을 번역한 소포를 K가 보내오면서 정옥의 번민은 종지부를 찍는다. K는 하디의 소설을 통해 "성격취미"[67]가 같은 것이 이상적 남편의 가장 중요한 조건임을 역설하고, 이에 감화된 정옥은 자신과 취미가 맞는 문학청년 K를 자신의 이상적 남편으로 결정하게 되는 것이다.

여성의 연애와 결혼을 둘러싼 문제들은 『신여성』, 『신가정』에 수록된 여성들의 소설에도 주요하게 다루어졌다. 다만 지식인 여성들의 자유연애나 자유결혼의 혁명적/낭만적 의미를 초점화했던 『여자계』, 『신여자』의 여성 소설들과는 달리 『신여성』이나 『신가정』에 오면 연애나 결혼을 둘러싼 다층적 여성들의 현실이 조명되며, 연애의 낭만성보다

---

66  김송월, 「엇더한 남편을 엇을가」, 『신여자』 4호, 1920.6, 47면.
67  위의 글, 49면.

는 결혼의 현실적 이면들이 부각되는 경우가 지배적이다.

『신가정』에 실린 최정숙의 「삼인신부」(1934.7)는 결혼을 앞둔 명순, 서분네, 영자 세 처녀들이 처한 각기 상이한 상황이 그려지고 있다. 간호부 생활을 하던 명순은 자신의 남루한 현실을 탈출하기 위해 이십 년 연상의 상처한 변호사와 결혼을 하며, 사랑 없는 현실적 선택을 통해 화려한 생활을 구가하는 이러한 명순의 반대편에 영자나 서분네의 현실이 놓인다. 영자가 근무하는 병원에서 십년 넘게 세탁부로 일해 왔으나 신식 세탁기에 밀려 해고당한 박씨의 딸 서분이는 열다섯 어린 나이에 가난에 떠밀려 자신만큼 가난한 생면부지의 남자에게 시집 갈 상황에 처한다. 결혼에 대한 선택권을 박탈당한 서분네의 남루한 현실을 명순과 대비시키면서 "설명할 수 없는 쓸쓸함과 누구겐지 몰을 분노의 감정"[68]을 느끼던 영자는 그러나 자신 역시 결국 서분네보다 나을 것이 없는 처지임을 자각한다. "개인의 쾌락을 떠난 큰사업에 대한 정렬과 환희"(203면)를 좇아 떠난 영자의 연인은 이 년째 수인(囚人)의 처지에 있으며 때문에 영자의 결혼 역시 연인의 상황과 결정에 따라 유예되고 있기 때문이다. 결혼에 대한 선택권이 없는 것은 서분네나 영자 모두 마찬가지이다.

서분네와 같이 결혼에 대한 결정권을 박탈당한 하위층 여성들의 삶을 응시하는 여성작가들의 윤리적 시선은 백신애의 「복선이」(『신가정』, 1934.5)에서도 확인할 수 있다. 딸 다섯인 가난한 집안에서 한 번도 배불리 먹지 못한 복선이는 언니와 마찬가지로 열네 살에 아버지가 맺어

---

68    최정숙, 「삼인신부」, 『신가정』, 1934.7, 206면.

준 최서방과 결혼한다. 부부생활이 무엇인지도 모르는 어린 복선이는 그저 배불리 먹을 수 있다는 것과 남편이 보여주는 애정에 만족하고 살지만 남편 최서방이 정미 기계에 치여 갑자기 죽게 되면서 그녀의 짧은 행복도 끝이 난다. 백신애는 「복선이」를 통해서 아버지나 남편에 의해 그 운명이 결정되는 하위층 여성들의 삶을 그려내고 있지만, 「삼인신부」에서 엿볼 수 있듯이 결혼을 둘러싸고 빚어지는 여성들의 위태롭고 신산한 현실은 비단 하위층 여성들에 국한되지 않았다. 최의순의 「구혼자」나 장덕조의 결혼 삼부작이라 할 수 있는 「남편」, 「아내」, 「부부도」는 이를 잘 보여주고 있다.

최의순의 「구혼자」(『신여성』, 1931.12)는 교사를 하며 집안의 가장 역할을 해오다 스물여섯 살이 되도록 결혼하지 않은 인애가 경험하는 구혼의 현실을 조명하고 있다. 자신을 헌신적으로 뒷바라지한 아내를 버리고 별다른 직업도 없이 룸펜으로 지내는 석정환이 인애의 구혼자로 등장하고 그녀를 성적으로 유린하려는 현실은 인애로 대표되는 당시 미혼의 신여성들이 유사하게 경험하는 상황을 문제화한 것으로 보인다.

최의순이 결혼을 앞둔 신여성들의 현실을 서사화했다면, 장덕조의 「남편」과 「아내」는 결혼의 적나라한 이면을 초점화하고 있다. 어린 아내와 직장 후배의 관계를 의심하고 질투하는 「남편」의 주인공은 더 이상 초창기 여성잡지 여성 소설들 속에서 그려지던 낭만적 연인이나 이상적 남편의 형상은 아니며, 남편과 여자 후배와의 관계를 의심하는 「아내」의 아내 역시 나혜석이 계몽하던 이상적 부인의 모습은 아니다. 이들 소설 속에서 자유결혼에 부여된 초기의 낭만성은 더 이상 찾아볼 수 없고 대신 '현실'로서의 결혼이 적나라하게 드러나 있다. 특히 「아내」에서 작가는 처녀 시절 다정다감했던 여성이 왜 결혼 이후 의심하고 질투하는 아내로 추락할 수밖에 없는지 그 원인을 부각하기도 한다.

처녀시절 인애와 자매처럼 지내오던 「아내」의 경숙은 친구인 인애가 남편과 같은 은행에 근무하게 되고 남편이 인애에게 과도한 관심과 친절을 베풀자 둘 사이를 의심하게 된다. 이런 가운데 망년회를 마치고 나오던 남편이 인애에게 목도리를 선물하는 것을 경숙이 보게 되면서 소란이 벌어지는데, 이를 진정시키기 위해 경숙의 집으로 간 인애에게 경숙은 다음과 같이 자신의 심경을 토로한다.

"인애야 너 노했지?"

"아니!" 하고 그는 될 수 잇는 데로 친절하게 대답하였다.

"아니냐! 언니, 내 노할게 뭐 있어야지" 경숙이는 묵묵히 누어있는 그의 얼골을 들여다보고 있었다.

"넌 참 행복자다. 정말!"

"왜요?"

"우리집 박 소리 아니야 그까짓 사내가 아무리 널 위한대두 무슨 상관있니? 그보담두 언제나 네가 눈섶 하나 깟딱 않고 태연히 있는 게 난 부러워서……"

경숙이는 갑자기 왼몸을 부르르 떨자 인애의 이불 우에 쓰러져 느껴 울었다.[69]

---

69    장덕조, 「안해」, 『신가정』, 1934.2, 55면.

소설 말미에 배치된 경숙의 고백을 통해서 작가는 경숙이 남편과 후배의 사이를 의심하는 나약한 아내로 주저앉을 수밖에 없는 원인이 경숙의 개인적 문제라기보다 결혼한 여성들이 경험하는 구조적 차원임을 환기한다. 결혼 이후에는 전적으로 남편에게 의존해 살아갈 수밖에 없는 당시 여성들의 현실은 경숙과 같이 의심하고 질투하는 아내를 필연적으로 양산할 수밖에 없는 것이다. 독립적인 생활을 당당하게 꾸려나가는 인애를 부러워하고 그와 대비되는 자신의 처지에 경숙이 절망하는 것은 이 때문이다. 소설의 마지막 장면에서 인애와 경숙이 서로를 이해하고 여학교 시절을 떠올리며 함께 눈물을 흘리는 것은 여성들이 감당하고 있는 열악한 현실에 인애와 경숙 모두가 공명하기 때문일 것이다. 또한 이러한 공감의 유대는 인애와 경숙에 그치지 않고 여성잡지를 읽는 여성 독자들에게로 확대될 것이기도 하다.

이와 같이 「남편」, 「아내」를 통해서 여성이 감당하고 있는 결혼의 적나라한 현실을 여성작가의 시선으로 재현했던 장덕조는 「부부도」를 통해서는 바람직한 부부의 상을 제시하기도 한다. 폐병으로 죽어가는 젊은 아내를 헌신적으로 돌보고 그런 남편을 불행에 빠뜨린 것 같아 절망하는 가난한 노동자 아내의 이야기를 통해 진정한 부부의 모습을 형상화한 「부부도」는 남녀 간의 이상적 결합을 상상했던 초창기 여성서사의 판타지를 일정하게 재연한 측면이 없지 않지만, 그러나 초창기 여성서사가 낭만적 사랑의 신화를 상상적으로 강화한 측면이 있었다면 장덕조의 「부부도」는 '현실'과 길항한 가운데 결혼의 바람직한 상을 제시했다는 점에서 의미가 있다. 다시 말하면 「남편」과 「아내」를 통해 결혼의 이면을 응시한 작가가 도달한 결론이 바로 「부부도」인 것이다. 따라서 장덕조의 「부부도」는 현실이 결락된 판타지라기보다 현실을 통과한 이후에 이른 일종의 당위를 부조한 것이라 할 수 있다. 이는 여성잡지의 여성서사가 초창기 여학생 독자들을 대상으로 자유연애와 결혼을 여성해방의 계기로 부각하고 이상적인 남성과의 결합이 플롯의 종결을 형성하던 것과는 분명 다른 차원이다. 한때 신성한 근대적 가치를 대표하던 자유연애와 자유결혼은 이제 열악한 여성의 현실을 타개할 수 있는 이상적 대안이라기보다 여성을 구속하는 또 다른 질곡의 현실로 그려지며, 여성작가들은 결혼을 매개로 다층적인 여성의 현실을 조명하는 한편, 연애와 결혼의 갈등과 균열 역시 초점화함으로써 여학생 시대를 거친 여성 독자들과 새로운 공감대를 형성해 간 것이다.

## 2) 여성의 시선을 통한 새로운 남성상의 창조

여성잡지에 수록된 여성들의 소설에는 연애나 결혼을 매개로 여성들이 경험하고 있는 현실의 불합리와 모순이 조명되는가 하면, 이러한 현실을 타개해 갈 수 있는 여성의 조력자로서 새로운 남성상 또한 창안되었다. 『신가정』 창간호부터 5회에 걸쳐 연재된 여성작가 연작소설 「젊은 어머니」는 남성적 시각이 투영된 이상적 여성상으로 '우희'를 창조했을 뿐만 아니라, 여성작가들의 시선으로 조형된 새로운 남성상 역시 만날 수 있는 대표적인 작품이다.

「젊은 어머니」가 애초 조선사회, 조선민족의 새로운 건설을 위한 신가정을 창조하고 바람직한 여성/주부를 양성한다는 『신가정』의 창간

이념을 홍보하기 위해 기획된 소설이며, 다섯 명의 여성작가들 역시 이러한 『신가정』의 구상에 일정하게 동의한 상태에서 창작에 참여한 것이므로 주인공 '우희'의 형상화에는 처음부터 가부장적인 민족주의 담론이 개입되지 않을 수 없었다. 당시 『신가정』의 기자이자 편집을 담당하고 있던 김자혜를 마지막 필자로 배치한 것도 이러한 구상을 관철시키겠다는 의지를 분명히 한 것으로 보인다. 때문에 「젊은 어머니」의 첫 번째 연재자이자 전체적인 촌평을 쓴 박화성은 우희가 아동교육과 문맹퇴치에 힘쓰는 민족주의적 어머니로 귀환하는 결말에 대해 "연작이 김양의 손에서 끝마치게 될 때 반듯이 이러한 결말을 가질 것은 정한 리치"[70]였다고 언급하기도 한다.

그러나 이상적 어머니로 귀결된 '우희'는 기실 지배적 담론을 균열하는 갖가지 흔적을 담지한 인물이기도 하다. 다양한 여성작가들을 통과하면서 우희는 사회주의적 성장을 도모하는 여성으로 형상화되는가 하면(송계월), 죽은 남편이나 민철호와 같이 현실의 개혁을 위해 나서고 싶지만 자신을 구속하는 어머니라는 위치를 확인하고 갈등하는 인물로 재현되기도 한다(강경애). 이러한 균열은 "굳센 어머니가 되"어 달라는 죽은 남편의 마지막 말을 떠올리고 차고 넘치는 "모성애"[71]로 자신의 아이들뿐 아니라 모든 가난하고 헐벗은 아이들의 어머니가 되겠다고 결심하는 최종적 우희를 통해 봉합되지만, 그러나 균열의 흔적이 각인된 우희는 바람직한 모성으로 여성을 규율하려는 지배적 담론을 이미 동요하고 있다. 김자혜가 창조한 '우희' 역시 단지 굳센 어머니가 되어

---

70  소영(박화성), 「연작소설 『젊은 어머니』에 대한 촌평」, 『신가정』, 1933.8, 146면.
71  김자혜, 「젊은 어머니(5회)」, 『신가정』, 1933.5, 181면.

달라는 가부장의 요구에 응답한 차원을 넘어 남편의 이념으로 제시된 사회주의와 공명하려는 흔적이 역력하다.

벌서 교육을 기다리는 유광이의 욕망에 우희는 정신이 번쩍 들엇다. 멕이고 입히는 것 외에 또다시 지식을 넣어주어야 하는 우희책임! 우희의 두 어깨는 천근보다 묵어운 것이 나려눌른 것 인는 것을 느꼈다. 그리고 더 나아가서는 즘생처럼 먹고 입는 것밖에는 알지 못하는 수많은 무산아동들을 생각해 보앗다. 어제도 민철호의 차입하러 갓다가 이번 사건에 검거된 이의 가족들이 헐벗고 영양부족된 자식들을 끌고 헤매는 것을 보앗다. (…중략…) 바로 신혼한지 멧달 안되어서 남편이 종일 ××사건으로 분주히 서들으다가 피로해서 집으로 돌아와서 이런 말을 한 일이 잇엇다.

"우희! 암만해도 이 제도 아래에서 일하는 것은 물을 거슬리어올라 가는 것과 마찬가지야! 뿔조아 게급에는 절대복종 절대숭상을 하는 교육을 머리의 피로 안마를 때부터 받은 사람들을 지도해 나가려니 어듸 말을 들어줘야지 웬만한 인테리들은 그러코 그 나머지는 아주 교육이라고는 맛도 못본 무지스러운 대중들뿐이니 참 기가 막혀서! 그러기에 근본문제는 아동들의 교육문제와 문맹퇴치야!" 아직도 우희는 남편이 괴로운 듯이 하소연 하든 모양을 잊을 수가 없엇다. 우희는 유광이를 꼭 끼어 안엇다. 우희의 젊은 몸에서 솟는 왼갓 정열을 함빡 쏟아서 유광이의 몸에 부으려는 듯이 가슴에 껴안엇다. 우희의 모성애는 유광이의 몸에서 넘치고 흘러서는 다시 수없이 가엽슨 아이들에게로도 쏟아질 것 같앗다.[72]

---

72　위의 글, 180~181면.

인용문에서 확인할 수 있듯이, 김자혜는 사회주의자였던 남편이나 남편의 동지이자 새로운 연인이 된 민철호(민상) 등을 만나면서 우희가 사회주의에 눈뜨는 과정을 삽입한 이전의 서사의 자연스러운 연결을 시도하는 가운데, 무산아동의 어머니로 우희가 재탄생하는 계기 역시 남편의 요구를 수락한 차원이라기보다 현실의 변화에 동참하기 위한 우희의 실천적 선택임을 부각하고 있다.

한편 이 과정에서 여성작가들의 시선을 통해 창조되는 새로운 남성상 역시 주목된다. '모성으로서의 여성을 강조하고 자녀양육을 여성들의 성직(聖職)으로 부과하면서 강제적 의무와 복종만을 요구하는'[73] 지배적 담론으로부터 해방된 여성상이 창조되기 위해서는 이를 조력할 새로운 남성상 역시 창안되어야 하는 것이다. 「젊은 어머니」의 첫 번째 연재를 맡았던 박화성이 남편과 사별한 우희의 주변에 남편의 옛 동창이자 은행 지배인인 '채 주사', 남편의 친우로 사회주의 운동과 관련돼 복역한 경험이 있는 '김 선생', 그리고 어느 날 갑자기 등장해 우희의 요리집 운영을 헌신적으로 도와주는 신비한 정체의 '민상(민철호)' 등 각기 다른 남성인물들을 배치하고 있는 것은 이런 의도가 개입돼 있었던 것으로 보인다.

첫 회에서 우희와 "의논할 만한 자격을 가진 자"[74]로 동일하게 출발했던 세 남성들은 회가 거듭될수록 그 균형이 깨어지게 된다. 돈 많은

---

73 　조현경, 「자녀차별철폐론」, 『신여성』 5권 11호, 1931.12, 18면. 조현경은 여성이 남성의 지배를 받을 수밖에 없던 원인은 '모성됨'에 있었다고 비판한다. 남성들이 모성으로서의 여성의 입장에 대한 진정한 이해 없이 오히려 이를 여성들의 인권을 늑탈하고 억압하는 데 이용해 왔다는 것이다.
74 　박화성, 「젊은 어머니(1회)」, 『신가정』, 1933.1, 168면.

부르주아 계급의 속물성을 담지한 인물로 '채주사'가 가장 먼저 탈락해 가는 한편, 사회주의자로 분류되었던 '김 선생'과 '민상'의 균형 역시 송계월에 의해 무너진다. 사회주의를 이념적 지향점으로 삼고 있었던 송계월은 자신의 연재분을 통해 김선생을 "좌익적 언사를 함부로 롱하며 리론으로 가장 정당한 계급의식을 파악할 것처럼 뒤떠드나" 실은 "경박한 좌익소하병환자"로 형상화하는가 하면, 민상을 이와 대립되는 진정한 사회주의자로 부각하고 있다. 아울러 김선생이 사회주의자인 자신의 위치를 이용해 친우의 여동생을 희롱했다는 것을 알고 이를 비판하는 민상의 다음과 같은 언급은 송계월이 민철호를 통해 상상한 긍정적 남성상의 면모를 짐작할 수 있는 부분이기도 하다.

> 네 이 말에 잘못이 잇다고 생각하면 자네는 벌서 나의 동지도 아무것도 아닐세. 우리 립장은 새로 엄돋는 그들을 나오는 족족 짓밟는데 잇지 않고 그들로 하여금 더 굳센 생활의식을 파악시켜 그들의 새로운 성장과, 활약을 보는데 우리들의 기쁨이 잇다는 것은 군은 누구보다도 잘 알고 잇을 것이네!75

사회주의에 관심을 갖기 시작한 여성들에게 "더 굳센 생활의식을 파악시켜" 이들이 "새로운 성장과 활약을 보"이도록 하는 것이 진정한 사회주의자의 역할임을 강조하는 민상의 발언에는 계급 해방은 물론 여성 해방을 견인할 이상적인 남성상이 투영되어 있다. 민상은 박화성, 송계월, 강경애 등을 통과하면서 바람직한 사회주의자이자 진정한 여

---

75  송계월, 「젊은 어머니(2회)」, 『신가정』, 1933.2, 151면.

성의 조력자로서 그 면모를 강화한다. 월급도 마다한 채 가장 낮은 자리에서 묵묵히 우희를 돕고, 우희 앞에서도 맑스의 존재를 모르는 척할 만큼 신중한 민상은 이들 여성작가들이나 또는 『신여성』과 『신가정』의 주요 독자층이기도 한 지식인 여성들이 상상하고 있던 긍정적 사회주의자 남성의 최대치를 보여준다. 말하자면 그는 "약점이 잇스면 도읍지를 안코 웨레 리용할려고만" 드는, 혹은 여성을 "일할 때 다가튼 인간으로 대하는 생각"[76]이 없는 현실적 남성과도 다르며, 아울러 "사회적으로 계급타파의 열렬한 운동자로 자처"[77]하면서도 집안에서는 성적 계급을 설정하고 폭군으로 군림하는 사이비 사회주의자와도 구별되는 것이다.

이와 같이 인간적 면모를 갖춘 건강한 사회주의자를 긍정적 남성상으로 형상화한 대표적인 작가가 또한 박화성이다. 박화성이 『신가정』에 수록한 「홍수전후」, 「눈 오든 그 밤」, 「불가사리」에서 「젊은 어머니」에 등장한 민상의 흔적을 찾는 것은 그리 어렵지 않다. 특기할 것은 「홍수전후」와 「불가사리」는 이러한 남성상과는 대조적인 전형적인 가부장들이 서사의 중심에 배치되어 있다는 점이다. 예컨대 「홍수전후」에서 주인공 송명칠은 허부자네 땅을 빌려서 농사를 짓는 마름으로 등장한다. 대물림되는 가난을 팔자요 운명이라 체념하고 사는 그는 지주인 허부자의 횡포를 비판하는 큰아들 윤성이와 자주 대립한다. 그런 와중에 큰 홍수가 나고 마침내 영산강이 범람 직전에 놓이지만, 그러나 모든 것을 천리와 운명에 맡기는 송명칠은 자신과 가족은 무사할 것이라는

---

76    모윤숙·손초악·김자혜 외, 「처녀좌담회」, 『신여성』 7권 1호, 1933.1, 21면.
77    조현경, 앞의 글, 14면.

민음으로 피하지 않고 버티다 결국 범람한 강물에 딸 쌀례를 잃게 된다. 이렇듯 위기에 처한 송서방네를 구한 것은 자신과 갈등했던 아들 윤성과 그의 친구들이며, 이 일을 겪으면서 송서방은 마침내 아들 윤성의 이념에 동의하게 된다.

아부지! 이렇게 참혹한 일을 당한 것이 우리뿐만이 아닌 줄은 아시지라우? 아까 오면서 보시지 않았소? 팍팍 짜글어진 집들 헐어진 집들이 엄마나 많읍데까? 그 사람들의 논도 다 이 모양이 되었을 것이오. 그러니 말이오 아무리 천리로 이렇게 됐다고 하지마는 요렇게까지 가련하게 된 사람들은 다 우리같은 가난한 사람들뿐이 아니오. 저번날 김선생 말씀같이 울고만 있을 것이 아니라 어떻게 살어갈 도리를 깊이깊이 생각해 봐야 안쓰것소?」 윤성의 말소리는 부드러우면서도 힘이 있었다. 송서방은 고개를 끄덕끄덕하며, "오냐 알어 들엇다. 인제는 내가 그전 그 사람이 아니다. 내가 지금은 김선생의 말이나 너그 동무들의 말이 다 옳고 우리한테 이익이 되는 말인 줄 안다. 그러니까 그 사람들의 말이라면 어떤 말이든지 듣고 그대로 할라고 작정했다. 참말로 울고만 있어서 쓸 것이냐? 손가락을 깨물고라도 살어갈 도리를 차려야지……"[78]

"모든 일을 천리와 팔자로만 알어버린"(26면) 완고한 가부장을 변화시킨 젊은 윤성은 「젊은 어머니」의 '민상'을 계승하며, 다시 「불가사리」의 '병훈'으로 재현되고 있다. 아들 딸 10남매를 거느리고 부와 권

---

78    박화성, 「홍수전후」, 『신가정』, 1934.9, 26면.

력을 모두 거머쥔 창수노인의 막내아들인 병훈은 속물적인 부르주아의 삶을 영위하고 있는 그의 아버지나 형제들과는 달리 요주의 사회주의자로 등장한다. 아버지나 형제들로부디는 집안을 망하게 할 불가사리와 같은 존재라고 배제되는 인물이지만, 박화성은 현실을 변화시키기 위해 "값있는 죽음"[79]을 두려워하지 않겠다는 병훈이나 그의 친구들을 아버지 창수노인이나 세속적인 논리만을 좇는 그의 형제들과는 대조적인 건강한 남성상으로 부각한다.

「눈 오든 그 밤」의 '순석'이 역시 윤성이나 병훈의 계보를 잇고 있는 인물이다. 일인칭 여성의 시점으로 서술된 이 소설에서 화자는 관심과 애정을 베풀며 가르쳤던 순석이가 자신의 월급 30원을 훔쳐간 아이라는 것을 알고 절망한다. 그러나 죄책감에 시달리던 순석이가 이내 30원을 '나'에게 돌려보내고 사과하면서 서사의 중심은 순석이가 돈을 훔칠 수밖에 없었던 절박한 이유로 옮겨지게 된다. 날품팔이 노동자로 일하던 순석이 아버지가 허기진 몸으로 정부자네 이삿짐을 나르다 물건을 깨트리면서 감옥에 가게 되고, 순석이는 그런 아버지를 구하기 위해 돈을 훔친다. 무엇이 자신을 도둑질로 내몰았는지, 아버지를 구하기 위해 한 도둑질은 과연 죄가 되는지 항변하는 순석이의 편지를 읽으면서 '나'는 마침내 다음과 같은 결론에 이른다.

나는 한숨 한 번을 다시 길게 내쉬었다. 꿈에서 깬 듯한 새로운 정신이 내 머리에서 샘솟듯이 솟는 듯 하였다. '그렇다. 순석이는 도덕질한 사람이

---

79  박화성, 「불가사리」, 『신가정』, 1936.1, 175면.

아니다. 귀엽고 착한 순석이를 도적질이라는 이름 아래서 그렇게까지 행동하게 한 다른 원인이 있는 것이오. 순석이 자신이 도적질 한 것은 아니다'나의 어떤 사색의 힘은 이러한 결론을 얻고 나서 가장 큰 진리나 발견한 듯이 순석이에게 자신있게 대답할 귀한 시간을 상상하며 힘있게 이러났다.[80]

소설은 이렇듯 '나'에게 새로운 정신을 샘솟게 하고 사색의 힘을 느끼기 했던 순석이가 스물여덟의 청년으로 성장해 외국에 망명해 있다는 소문을 전하는 것으로 마무리되는데, 순석이가 사회주의자가 되었음을 간접적으로 환기한 것이라 짐작해 볼 수 있다. 박화성이 윤성, 병훈, 순석 등을 통해 사회주의 이념을 내면화한 청년들을 긍정적인 남성상으로 부각한 것은 사회주의적 실천 속에서 계급 해방은 물론 여성 해방도 도모할 수 있으리라는 신념이 관철된 결과로 독해된다. 박화성은 『신여성』에 수록한 글에서 "무산계급의 해방이 업시는 여성의 해방은 잇슬 수 업다"[81]는 점을 분명히 한 바 있다. 현실의 변화를 도모하는 사회주의자 청년을 바람직한 남성상으로 제시하면서, 박화성은 바로 이들을 통해 여성을 옭아매는 낡고 오염된 가치를 몰아내고 여성 해방을 조력할 새로운 남성을 상상했던 것으로 보인다.

한편 박화성이 긍정적인 남성인물을 창조하는 데 집중했다면, 김말봉은 「고행」을 통해서 부정적인 신남성의 전형, 곧 '남성 속물'을 창안하고 있다는 점 역시 흥미롭다. 「고행」은 아내와 정부 사이를 오가며 위험한 이중생활을 하던 남자가 큰 봉변을 치르고 결국 반성하게 된다는

---

80    박화성, 「눈 오든 그 밤」, 『신가정』, 1935.2, 219면.
81    박화성, 「계급해방이 여성해방」, 『신여성』 7권 2호, 1933.2, 21면.

내용인데, 이 소설이 더욱 주목되는 것은 이러한 속물 남성을 1인칭 서술자(화자)로 선택하고 있다는 점이다. 속물 남성을 주인공이자 화자로 설정하는 전략을 통해서 가령 다음과 같이 위선적인 남성의 내면이 더욱 적나라하게 드러나게 되며 풍자의 효과 역시 배가 되고 있다.

> 그러나 언제든지 미자는 나의 육체적 소유자밖게 되지 안습니다. 심산 속에서 솟아나는 샘물과 같이 맑고 깨끗한 애정 그것만은 영원히 내 안해의 소유입니다. 내가 미자라는 물결에 이리둥실 저리둥실 떠노는 것 같지마는 실상인즉 내 마음의 닷은 내 안해의 사랑에서 기리 움직이지를 안습니다. 미자와 방종의 한 밤을 보내고 난 뒷면 내 안해 앞에 가서 무릎을 꿀코 참회를 하고 싶도록 나의 사랑은 안해를 향하여 새로워지는 것입니다. 그 때문에 나는 미자와 가치 있는 시간을 단지 '작란'으로 생각을 하였습니다. 언제라도 그만둘 수 있다는 자신이 뚜렷하면서도 나는 그날그날 미자의 끄으는 대로 끄을려가고 있었습니다. (…중략…) 그러나 이때 불행이라면 불행입니다. 뜻하지 아니한 경쟁자가 나타나서 맹렬한 긔세로 미자를 손에 넣으려는 것을 알게 되자 슬몃이 놓기 싫은 생각이 듭니다.[82]

아내 정희와 정부인 미자 사이를 오가는 심경을 고백하는 대목에서 주인공 남성의 위선과 속물성은 한층 더 부각된다. 대개 여성잡지에 수록된 여성작가들의 소설이 여성인물을 초점화하거나 여성 서술자를 주요하게 선택했던 것과는 달리, 김말봉이나 앞서 살펴본 박화성의 경우

---

82 　김말봉, 「고행」, 『신가정』, 1935.7, 178면.

는 '남성'을 일인칭 서술자로 내세우거나 남성인물을 초점화하는 경우가 많았다. 이는 「고행」의 경우처럼 남성의 속물성을 풍자하기 위한 전략으로 해석되는 한편, 여성작가는 여성이 아니면 안 될 독창성이 있는 작품, 곧 여성다운 작품을 쓰라는 남성중심적 요구들에 대한 일종의 거부로 읽히기도 한다. 남성작가들은 꼭 남자라야 쓸 수 있는 것을 쓰지 않고 여성의 쓸 것까지 자유롭게 쓰면서 여성들에게만 여성다운 작품을 쓰라고 요구하는 것은 의미불통의 말이라고 박화성이 비판한 바 있듯이,[83] 여성들의 작품을 성별 경계 안으로 구속하려는 요구들에 대해 여성작가들은 강한 거부감을 내 보인다. 이러한 문제의식을 통해서 여성작가들은 여성을 기만하는 부정적인 남성 형상은 물론, 여성을 여성다움의 요구에 더 이상 가두지 않을 새로운 남성상을 창조해 갔던 것이다.

### 3) 여성의 복수적 재현과 여성작가의 위치

여성잡지에 수록한 소설을 통해 여성해방을 조력할 새로운 남성상을 창안했던 여성작가들이 여성인물을 재현하는 방식을 살펴보는 것역시 흥미롭다. 박화성은 「비탈」에서 '수옥'과 '주희'로 대표되는 대조적인 신여성상을 제시한다. 마름의 딸로 서울에 유학 와 전문학교에 다니는 수옥은 얼굴, 의복 등 외양만큼은 확실한 "현대여성"이지만 "실사회라든가 현실이 눈에 보이지도 들리지도 않"[84]는 부정적인 여성으로

---

83  「여류작가좌담회」, 『삼천리』, 1936.2, 220~221면.
84  박화성, 「비탈」, 『신가정』, 1933.8, 173면.

형상화되는 반면, 일본 유학까지 다녀온 지주의 딸임에도 불구하고 하층 농민들의 현실에 주목하고 사회주의에 눈떠 가는 주희는 농민들의 사회적 각성과 현실 저항을 견인하는 긍정적인 여성으로 그려진다. 작가는 이 대조적인 신여성들 사이에 '정찬'을 위치시킨다. 박화성이 시종일관 긍정해 온 젊고 건강한 사회주의자로 형상화된 그는 수옥의 애인이자 주희의 이념적 동지이기도 하다. 소설은 수옥, 주희, 정찬 세 남녀가 겪는 애정 갈등과 그로 인한 파국을 서사화하는데, 비극적 결말의 책임을 전적으로 수옥에게 묻고 있다. 정찬과 주희의 관계를 오해하고 질투한 수옥은 농민운동 관계로 만난 이들의 얘기를 우연히 엿듣다 바위 아래로 떨어지면서 허망한 죽음에 이른다. 소설은 이 파국의 원인을 세 인물 간의 갈등에서 찾기보다 오로지 수옥의 육체적·정신적 나약함에서 발원한 것으로 부각하며, 결론적으로 정찬이라는 남성인물을 통해 수옥을 "1933년식의 여성이엇다뿐이지 현재 실사회가 요구하는 여성은 아"님을 확인하는 한편, 주희를 "현실이 요구하는 여성"[85]으로 승인한다. 있어야 할 새로운 여성상인 주희는 현실이 요구하는 새로운 남성인 정찬과 진정한 파트너가 될 수 있으며, 주희와 정찬을 통해 박화성은 이성간의 사랑을 넘어 하나의 이념과 목적으로 연대한 동지관계를 새로운 남녀관계의 이상으로 제시하기도 한다.

박화성이 수옥과 주희를 통해 신여성의 이분법적 도식을 만들었다면, 강경애는 「원고료 이백원」을 통해서 자신의 내부에 수옥과 주희를 모두 내면화하고 있는 여성인물을 형상화하고 있다. 소설가로 등장하

---

85　위의 글, 173면.

는 '나'는 모처럼 신문에 소설을 연재하고 받은 원고료로 오랫동안 유예했던 자신의 개인적 욕망을 충족하고자 하지만, 그녀의 남편이 감옥에 가 있는 동지와 그 가족을 돕는 것으로 원고료의 용처를 일방적으로 결정하면서 부부는 심각한 갈등을 겪게 된다. 허영심에 달뜬 "모던걸"로, "입으로만 아! 무산자여 하고 부르짖는"[86] 위선적인 문인으로 '나'를 매도하는 남편과 이혼까지 결심하며 극단적으로 대치하던 '나'는 그러나 남편의 가난하고 헐벗은 동지들과 그 가족들을 새삼 떠올리며 결국 자신의 행동을 후회하고 남편과 화해하게 된다. 연애관 내지 결혼관을 물어온 여동생에게 보내는 답장 형식을 취한 이 소설의 마지막 부분은 사회적 가치를 떠난 교환가치만을 향상시키는 데 몰두한 자들을 "낙오자요 퇴패자"로 규정하고, 개인적 행복을 추구하기에 앞서 "실천으로 말미암아 참된 지식을 얻"[87]을 것을 강조하고 있다.

　박화성의 「비탈」이 '수옥'과 '주희'의 이분법을 통해 주희를 긍정하는 방식을 취했다면, 강경애의 「원고료 이백원」은 개인적인 욕망과 사회적 실천 사이에서 갈등하는 '나'를 통해 전자를 부정하고 후자를 승인하는 형식을 취한 셈이다. 상이한 방식을 취하고는 있으나 여성을 진과 위, 긍정과 부정으로 대치시키고 민족이나 이념과 같은 대의를 위해서는 여타의 욕망을 온전히 수습할 수 있는 여성을 있어야 할 이상적 여성으로 승인한 것은 유사하며, 또한 이는 여성을 구성해 온 남성편향적 시각을 답습한 방식으로 독해되기도 한다.

　그러나 박화성의 「비탈」이나 강경애의 「원고료 이백원」을 남성중심

---

86　강경애, 「원고료 이백원」, 『신가정』, 1935.2, 196면.
87　위의 글, 199면.

적 시각에 편승한 계몽적 서사로만 단순하게 해석할 수 없는 것은 이들 작품들이 보여준 균열의 흔적 때문이다. 「비탈」이나 「원고료 이백원」이 안고 있는 균열의 지점은 사실 이를 봉합하는 당위적 결론을 압도할 만큼 서사를 장악하고 있다. 때문에 박화성의 「비탈」이 왜 긍정적 여성으로 선택된 주희가 아닌 패퇴하게 되는 수옥의 시각에서 서사를 진행하고 있는지, 또한 강경애의 「원고료 이백원」이 왜 남편의 결정에 쉽사리 동의할 수 없었던 나의 내적인 번민을 그토록 섬세하게 조명하고 있는지는 반드시 주목해야 할 부분이 된다.

「비탈」에서 수옥은 조선의 현실이 요구하지 않는 육체적·정신적으로 나약한 여성으로 부정되지만, 그럼에도 불구하고 소설은 연인이 원하는 여성으로 거듭나지 못하는 데 절망하는 수옥의 번민 역시 놓치지 않으며, 마름의 딸인 수옥이 정찬을 사랑하면서도 지주의 아들인 철주를 욕망하는 개연성 또한 삭제하지 않는다. 때문에 수옥은 내면 없는 속물이 아닌 자기모순과 한계로 인해 파국에 이르는 비극적 인물로 형상화되고 있다.

「원고료 이백원」이 보여주는 균열은 「비탈」보다 한층 더 강하다. 여성 주인공을 일인칭 화자로 설정하면서 작가는 원고료의 용처를 놓고 개인적 욕망과 남편의 결정 사이에서 고뇌하고 갈등하는 여성의 내면을 생생하게 기록한다. 그 기록 속에는 어려서부터 단 한 번도 온전히 자기 것을 갖지 못한 채 유예되기만 했던 '나'의 욕망이 있고, 그것을 헤아려 주지 못하는 남편에 대한 분노가 있으며, 고향 사람들의 시선과 안타까워 할 어머니가 떠올라 남편과의 이혼 역시 쉽게 결정하지 못하는 여성의 번민이 있다. 일인칭 서술을 통해 강경애는 이러한 속내를 고백할 수 있는 기회를 여성인물에게 부여함으로써 남편이 제시하는 정당한 결론에 선선히 이르지 못하는 부정적인 형상으로 여성을 고착하지 않는다.

소설을 통해 민족적·계급적 당위를 지향하면서도 기실 그 과정에서 잉태되는 숱한 균열을 섣불리 봉합하지 않고 고스란히 껴안는 것이 강경애 서사의 특징이기도 하다. 민족이나 계급이라는 심급 속에 완전히 녹여낼 수 없는 여성문제나 혹은 인간문제는 그 삭제하지 않은 균열 속에 자리하고 있다. 여성잡지를 통해 발표한 소설 속에서 이는 더욱 선명히 부각되고 있는데, 『신가정』이 기획한 연작소설 「젊은 어머니」에서도 이는 감지되고 있다. 강경애는 자신이 쓴 「젊은 어머니」 부분에서 남편이나 민상과 같이 사회변혁을 도모하는 이들과 함께 대의에 동참하고 싶은 욕망과, 이를 억압하고 무엇보다 굳센 어머니가 되기를 요구하는 여성의 역할 사이에서 고민하는 우희의 갈등을 다음과 같이 생생히 드러낸다.

우희는 말 대신에 머리를 끄득여 보이며 눈물을 소리없이 목으로 삼키엇다. 따라서 륙년 전 그날 밤! 남편이 최후로 남기고 간 그말이 다시금 생각키웟다. "굳센 어머니가 되어 주시오! 굳센 어머니가!" 그때엔 무심히 드럿든 이말이연만 오늘에 잇어서는 숨이 답답하도록 깨달아젓다. 그때로부터 아니 이 애들을 배는 그 순간부터 자신은 엇던 보이지 안는 쇠철망 속에 얽매어 잇음을 새삼스럽게 발견하엿다. 이제까지도 두 어린 것을 친정어머니에게 맛기고 자신은 남편과 같이 민상과 같이 뛰쳐나려고 몇 번이나 생각하여 보앗든가! 그러나 그는 이 두 어린것들에게 붙잡혀서보다도 이 철망 속에 걸녀 어떻게 버서날 수가 잇스랴?[88]

어미가 된다는 것이 마치 철망 속에 갇혀 벗어날 수 없는 구속처럼 느껴진다고 토로하는 우희의 고백은 여성과 모성을 등치시키고 모성을 "새벽가치 자라고 쌍가치 자라는"[89] 자연과 같은 것이라 웅변한 가부장들의 목소리에 흠집을 내는 이질적인 언설이기도 하다. 이와 같이 다른 목소리 내기, 혹은 억압되었던 여성들의 목소리 삽입하기는 『신가정』에 연재한 강경애의 「소금」에서도 역시 발견된다. 「소금」의 주인공 봉염 어미는 남편을 죽음으로 내몬 중국인 지주에게 몸을 빼앗기고 난 후 그 같은 폭력에 형용할 수 없는 무서움을 느끼고 잠든 딸을 바라보며 소리쳐 울고 싶도록 강한 수치심을 느끼지만, 그러나 한 편으로 팡둥(중국인 지주)의 손길을 그리워하고 그의 보호를 받고 싶은 솔직한 욕망 역시 제어할 수 없다.

팡둥이 온대야 그에게 그리 기쁠 것도 없건만 어쩐지 그는 팡둥이 기다려지고 그리웠다. 오면 좋으련만…… 이번에는 꼭말을 해야지 무어라구? 그 다음 말은 생각나지 않고 두 귀가 화끈달다. (…중략…) 그날 밤 후로는 팡둥의 태도가 아무리 좋게 해석해도 냉랭해진 것만 같았다. 처음에는 점잖으신 어른이고 더구나 성미까다로운 안해가 곁에 있으니 저러나부다 하였으나 시일이 지날사록 원망스러움이 약간 머리를 들었다. 반면에 끝없는 정이 보이지 않는 줄을 타고 팡둥에게로 자꾸 쏠리는 것을 그는 느꼈다. 언제나 자기도 팡둥을 대하여 주저 없이 말도 건니우고 사랑을 받아볼까? 생각만이라도 그는 진저리가 나도록 좋았다.[90]

---

88    강경애, 「젊은 어머니」, 『신가정』, 1933.4, 192~193면.
89    주요한, 「신여자송」, 『신여성』 2권 6호, 1924.9, 117면.

민족이나 계급의 차원으로 환원될 수 없는 하위층 여성의 이 '날것'으로서의 욕망을 강경애는 가감 없이 드러낸다. 원하지 않던 중국인 지주의 아이를 임신하고 풀어야 할 문제가 산 같이 자신을 둘러싸고 있으면서도 목이 가렵도록 냉면이 먹고 싶고, 팡둥의 집에서 쫓겨나 남의 집 헛간에서 팡둥의 아이를 낳는 자신이 끝없이 더러워 보이면서도 아기의 얼굴을 자세히 보면 "볼사록 뭉치 정이 푹푹 드는"[91] 것을 느끼는 『소금』의 봉염 어미는 민족주의나 사회주의 같은 거시적 이념으로 매끄럽게 귀속되지 않는 일종의 잉여이며, 강경애의 서사는 이러한 잔여가 만들어 내는 균열을 고스란히 보유하고 있다.[92]

이는 또한 비단 여성의 문제에 국한되지 않았다. 소설 「번뇌」에서는 감옥에 간 동지의 아내에게 애정을 품게 되는 어느 사회주의자의 고백이 서사의 중심을 이룬다. 주인공인 사회주의자 R은 감옥에서 나와 잠시 머물게 된 동지의 집에서 동지의 아내인 계순을 사랑하게 된다. 실천운동에 몸담아야 한다는 당위보다 계순에 대한 욕망이 앞서는 자신을 타락했다고 생각하면서도 계순에 대한 애정을 떨쳐낼 수 없는 R의 인간적인 번뇌를 소설은 은폐하지 않는다.

여기서부터 나도 모르는 사이에 나는 계순을 마치 어린애가 어머니를 신임하듯 하는 감정으로 대하게 되었으며 잠시도 그가 내 눈에 띄이지 않으면

---

90   강경애, 「소금」(3회), 『신가정』, 1934.7, 181~182면.
91   「소금」(4회), 『신가정』, 1934.8, 201면.
92   서영인 역시 강경애 소설에서 발견되는 이러한 균열을 강경애가 지식인적 전망을 잃은 결과가 아니라 자신의 이상으로 현실을 봉합하려는 욕망 대신 현실 자체에 작가가 주목한 결과로 해석한다. 서영인, 「강경애 문학의 여성성」, 『강경애, 시대와 문학』, 랜덤하우스, 2006, 114~115면.

내 맘은 어두어지고 전신이 나룬해집다다 그려. 허허 아주머니 이것이 흔히 말하는 사랑인지요. 동지의 아내를 그리워하게 된 나. 글세 될 번이나 한 짓입니까. 한때는 계급을 위하여 이 만주를 무인지경 같이 달려다니든 내가 이게 웬일이겠읍니까. 바로 말하면 지금이라도 실천운동에 몸을 적시어 적과 맹렬히 싸와야 당연한 일이 아니겠읍니까. 그런데 나는 그런 생각만으로도 앞이 아뜩해지고 맙니다 그려. 이런 타락한 이 어디 있겠읍니까.[93]

흥미로운 것은 계급이나 동지애로도 통제할 수 없었던 R의 욕망과 그로 인한 번뇌를 듣는 유일한 존재가 여성이라는 점이다. 일인칭 화자로 설정된 여성은 남편의 동지로 자신의 집을 찾아온 R을 만나게 되고, R과 대화를 나누게 되면서 자연스럽게 그의 고백을 듣게 된다. 이 모든 번뇌의 고백이 술에 취한 남편이 잠든 사이에 이루지고 있다는 점 또한 주목되는 부분이다. 어쩌면 이는 남편으로 대표되는 법 혹은 가부장적 질서가 놓친 '잉여'를 감지하고, 거대서사가 삭제한 균열을 응시할 수 있는 자리가 바로 여성작가의 위치임을 부각하는 상징적 구도로 독해되기 때문이다.

강경애는 『신가정』에 수록한 소설 「유무」에서 다시 한 번 이러한 잉여를 '쓰는' 자리가 여성작가의 위치임을 환기한다. 「유무」에서 작가로 등장하는 '나'는 너무도 구차한 삶을 살아가는 복순네 식구들이 안쓰러우면서도 한편 귀찮은 존재들로 생각된다. 그런데 이들 복순네 가족이 거짓말 같이 어느 날 모두 사라지고, 1년 만에 복순 아버지만이 마을로

---

93  강경애, 「번뇌」, 『신가정』, 1935.6, 192면.

돌아온다. 아내와 아이의 행방도 모른 채 남루한 행색을 하고 찾아온 그를 만난 화자는 복순 아버지로부터 그의 삶을 유린한 폭력의 정체에 관해 듣게 된다. 마치 소설 「번뇌」에서 사회주의자 R이 이념으로 온전히 회수되지 않았던 자신의 욕망, 곧 자신 내부의 소수성을 '나'(여성)에게 고백하듯이, 복순 아버지는 폭력에 훼손당한 가난한 노동자인 자신, 곧 소수자로서의 자신을 글을 쓰는 '나'에게 온전히 드러내 보인다. 의도한 것이든 그렇지 않든 강경애는 그 소수성의 서사를 듣고 기록할 수 있는 자리가 '여성'이라는 위치임을 환기한다. 여기서 '여성'이란 성별 범주에 갇히지 않으며, 모든 소수적인 것, 혹은 균열과 조우할 수 있는 위치를 의미하는 것이 된다. 주지하듯이 스스로 '혁명'이요 '정치'가 된, 식민지 조선의 근대소설은 이러한 소수성을 삭제하고 균열을 봉합하는 데 주력해 왔다. 강경애와 같이 소설의 장에 진입한 여성작가들은 바로 이러한 봉합을 풀고 당위가 놓친 소수적인 것들을 복원한다. 그 안에는 민족이나 이념이 온전히 설명할 수 없는 잉여가 산재해 있으며, 여성작가들은 거대서사로 군림해 왔던 소설 속에 개입해 바로 이 미약한 것들을 복구하고 여성(잡지의) 독자들과 대화의 장을 마련함으로써 소설이라는 근대서사를 그 내부에서부터 변형시키는 모험을 감행했던 것이다.

# 여성문학을 다시 묻다

이 책은 근대문학이 제도화되는 과정에서 여성용 미디어를 매개로 독서와 글쓰기를 포함한 여성들의 표현행위가 계몽되는 동시에 성차(性差)의 질서가 작동하는 과정에 주목하고, 여성문학이라는 범주가 형성되는 메커니즘을 규명하고자 했다. 근대 여성 담론을 생산하고 확산한 미디어로 여성매체에 접근한 단편적 연구들은 많았으나, 근대 여성문학의 형성을 여성잡지와의 관계 속에서 독해하고, 그 다층적 국면을 검토한 연구는 미흡했다. 따라서 이 책은 1920~30년대 여성잡지와 근대 여성문학 탄생의 관련을 본격적으로 조명하며, 이를 통해 여성문학을 역사화하고 중립적인 영역으로 상상된 근대문학 제도에 기입된 젠더를 가시화하고자 했다. 이와 같은 논의를 위해 1920~30년대 대표적 여성잡지 『여자계』, 『신여자』, 『신여성』, 『신가정』 등을 주요 텍스트로 선택했다.

『여자계』와 『신여자』는 비록 단명했으나 근대 여성잡지 시대를 열어간 여성 주도의 매체들로, 초창기 여성 담론을 형성하고 여성들이 창작한 문예물을 본격적으로 수록하는 등 여성문학의 형성과 관련해 반드시 통과해야 할 텍스트이다. 1920년대 개벽사에서 창간한 『신여성』은 식민지 시기 최대의 여성 독자들을 확보하고 최장 기간 발행한 잡지로 1920~30년대 여성 담론을 주도했을 뿐만 아니라, 여성잡지 최초로 문예란을 독립 배치하고 여성 독자들에게 다양한 글쓰기의 장을 마련했다. 아울러 1930년대 『신가정』은 전대 여성잡지들과 비교해 문학 비중을 높이고 여성작가의 작품을 본격적으로 배치한 것은 물론 여성문학과 관련한 담론 형성을 주도한 매체이다. 이 책은 1920~30년대 여성잡지계를 이끌었던 『여자계』, 『신여자』, 『신여성』, 『신가정』을 연구 대상에 망라함으로써 주로 『신여성』에 집중되었던 연구 범위를 확장하고 이를 통해 근대 여성문학의 형성과 여성잡지의 교통을 보다 다양한 맥락 속에서 독해하고자 했다.

주지하듯이 한국문학사에서 1920~30년대는 근대문학이 정치에 육박하는 우월한 지위를 획득하고, 전문적인 작가와 비평가 시스템을 갖춘 문단을 형성하면서 본격적으로 제도화를 추진한 시기였다. 신문·잡지 등 미디어는 이러한 문학 근대화 프로그램을 견인하고 문학 제도화를 실행한 기관으로 역할한다. 식민지 교육이 누락하거나 삭제한 근대 지식을 전파하고 각종 담론을 형성한 근대매체는 균질적인 '근대인'을 생산한 한편, 청년·여성·아동 등으로 다시 근대적 주체를 분할하고 그 각각에 고유한 지식과 규범, 그리고 취향을 할당했다. 근대 지(知)의 일종이었던 문학(literature)은 이러한 매체와의 긴밀한 접속을 통해서 전대 문(文)과의 차이를 부각하고 단절을 시도했을 뿐만 아니라, 근대문학 내부에도 각종 '차이'와 '위계'를 설정한다. 아동문학·학생문학·소년소녀문학 등과 같은 하위양식들의 생산이나, 문학/비문학, 본격문학/하위문학, 고급문학/대중문학 등의 식별은 이러한 경계선 긋기에 의한 것이며, 여성문학 역시 이와 같은 과정을 통해서 특수한 영역으로 범주화되고 서열화되었다. 다시 말해 '자기/보편'의 정립을 위한 '타자/특수'를 가공하고 이를 배제하는 근대성의 메커니즘이 관철된 근대문학 장은 '복수'로 존재하는 여성들의 문학을 '여류'라는 성별 정체성이 각인된 '단수'로 부단히 환원해 갔으며, '여성문학'을 포함한 다양한 범주들을 구성적 외부로 설정하면서 '본격문학'이라는 '내부' 혹은 '(남성중심의)보편'을 구축해 갔던 것이다. 이 책은 이 과정에서 여성잡지가 수행한 역할을 규명하고자 하였으며, 논의는 크게 세 부분으로 나누어 진행하였다.

먼저 1부의 1장에서는 근대적인 여성의 독서와 글쓰기가 가능해 지고 여성문학이 형성될 수 있었던 물적/역사적 조건으로 '여학교'와 '여성잡지'의 등장에 주목했다. 특히 1920~30년대는 '3·1운동'과 '문화정치', 그리고 '문화운동'이라는 계기들이 중층적으로 작용하면서 여성들의 학교교육이 비약적으로 확대되었고, 아울러 매체 창간의 열기 속에서 여성잡지 역시 창간 러시를 이룬 시기였다. 1920~30년대 여학교와 여성잡지는 서로 긴밀한 담론 연합을 이루면서 여성들의 교육을 계몽하는 한편, 실제적으로 읽고 쓰는 여성들을 창출한 기관이기도 했다. 그럼에도 불구하고 여학교와 여성잡지가 지정한 여성교육의 목표는 궁극적으로 민족이 요구하는 현모양처의 생산에 있었으며, 따라서 여성들의 권리보다는 여성들이 수행해야 할 새로운 역할과 의무를 내면화하도록 훈육했다. 그러나 여성을 '어머니·아내·주부'라는 근대적 젠더 시스템으로 견인하려는 여성교육의 목표는 순순히 성취되지 못하는데, 여성교육은 그 목표에 완전히 종속되지 않는 잉여를 처음부터 내부에 잉태하게 되며 바로 그 잉여에 의해서 적발되고 균열될 가능성을 이미 안고 있기 때문이다. 교육을 통해서 여성이 처한 현실을 자각하고 자기 인식이 가능해진 여성들은 여성의 최종적 위치를 아내와 어머니로 지정하려는 여성교육에 반발했으며 '자기'를 적극적으로 표현하는 창작자보다는 수동적인 감상자의 위치에 여성을 배정하려는 남근적 욕망에 이의를 제기하고 나서기도 했다.

1부 2장에서는 『여자계』, 『신여자』, 『신여성』, 『신가정』을 중심으로 1920~30년대 여성 담론이 전개되는 양상을 살피고 여성잡지가 근대적 여성주체를 구성하는 과정을 추적했다. 이는 여성문학의 전제가 되는 '여성'을 당대 여성매체가 담론화한 방식을 파악하기 위해서이다. 주지하듯이 여성매체를 기획하고 담론을 주도한 주체는 대개 남성들이었으며, 때문에 1920~30년대 여성잡지가 생산한 근대 여성 담론에도 남성중심적인 시선과 목소리는 강하게 관철되고 있다. 여성들이 편집진이나 필진으로 주도적으로 참여한 『여자계』나 『신여자』가 다른 가능성을 보여주긴 하지만, 이 잡지들 역시 남성 후원자/조력자라는 매개를 단절하는 것이 용이하지는 않았다. 따라서 근대 여성잡지는 아이러니하게도 남성들에 의해서 여성을 '보는' 방식이 결정되고 '있어야 할' 여성이 상상되며, 이를 여성들이 내면화하도록 지령하는 젠더정치가 실행되는 장이라고 할 수 있었다. 여성들의 근대적인 독서와 글쓰기, 여성들의 문학행위는 이와 같은 성별정치의 장 속에서 확대되는 한편 관리되며 이러한 장의 메커니즘을 이용하고 교란하는 가운데 형성되었다.

2부에서는 1920~30년대 여성잡지가 근대적인 여성의 독서를 계몽하는 한편 이를 관리하고 규율하는 담론을 가동하는 과정, 아울러 문예란의 배치를 통해 여성들의 문학열을 흡수하는 동시에 여성들의 독서취향, 특히 문학취향을 구성하는 과정을 살펴보았다. 여성잡지는 '애화'나 '은파리'와 같은 유사문학적 대중독물들을 여성의 읽을거리로 배치하는가 하면, 여성을 현재나 미래의 아동 양육자로 규정하고 이러한 여성의 역할에 부합하는 '동화'를 수록함으로서 모성 교육을 강화하기도 했다. 아울러 여성들의 '연애'와 '결혼'의 문제를 초점화한 장편연재소설을 주요하게 배치함으로써 여성들이 추구해야 할 근대적인 행복의 조건을 훈육하기도 한다. 즉 1920~30년대 여성잡지는 이러한 서사물들을 중심으로 여성들이 읽어야 할 문예의 목록을 선별하는 한편, 이들 여성용 독물을 통해서 보살핌이 필요한 약자나 희생자로 혹은 위대한 어머니로 여성을 형상화했는데, 이 같은 여성의 재현에는 남성중심적 시각이 농후하게 작용하고 있다.

3부에서는 1920~30년대 여성잡지를 통해서 실행된 여성 글쓰기의 다층적 지형을 살펴보았다. 1920~30년대 여성잡지는 여성 독자들에게 근대적 글쓰기를 계몽하고 문예를 포함한 다양한 글쓰기의 장을 마련한 것은 물론, 여성작가들을 발굴하고 여성문학과 관련한 언설을 꾸준히 배치하는 등 여성문학이 확대될 수 있는 기반을 제공한다. 그러나 이와 동시에 여성잡지는 특정한 '양식'과 '내용'을 여성들에게 할당하는 등 여성의 글쓰기에 젠더 규범을 작동시키고, 여성들의 문학을 '여류문학'이라는 성별적 단일성의 범주로 수렴하는 데 주도적 역할을 담당하기도 했다. 이와 관련해 이 책은 여성잡지에 수록된 '실화·수기류', '수필' 그리고 '소설'에 특히 주목했다. 여성이 자신에 관한 이야기를 사실이라는 전제하에 기술하는 유사문학적 성격의 '실화·수기류'는 여성잡지가 여성들에게 가장 지속적으로 또한 광범위하게 할애한 글쓰기 양식이다. 그러나 『신여자』의 여성 수기류가 지니고 있던 사회고발적 성격은 『신여성』이나 『신가정』에 오면 상당 부분 약화되며, 오히려 '자기적발'이나 '자기감시'의 서사로, 혹은 공적인 문제제기에서 사적인 차원의 '신상고백적' 글쓰기로 변모하는 양상을 보인다. 이는 여성잡지가 실화·수기 등으로 명명된 유사문학적 글쓰기를 연애나 결혼 등 사적 영역에 관한 여성의 번민을 감상적으로 기술하는 '여성적 양식'으로 구성하려는 의도가 투영된 결과로 볼 수 있다. 그러나 자기 역사를 기술하는 실화·수기 등을 통해 여성들은 지나간 자신의 과오를 참회하는 동시에 좌절된 꿈/욕망을 기록하며, 자신을 고발하는 동시에 여성을 구속하는 현실의 모순을 우회적으로 환기하고 있기도 하다. 말하자면 여성들이 자신의 역사를 기술하는 실화·수기류는 두 겹의 층위를 형성하고 있었던 셈이며, 이러한 중층적 글쓰기는 소수자 글쓰기가 생존할 수 있는 방식이었다는 독해가 가능하다.

창작이 아닌 사실을 기록하고, 사회적·공적이기보다는 사적·개인적이며, 문학도 비문학도 아닌 경계의 글쓰기인 '수필' 역시 여성 독자를 확대하려는 여성잡지가 가장 손쉽게 여성들에게 배정한 장르였다. 여성들은 근대문학의 방계이자 여성적 장르로 성별화된 수필을 여성들에게 주로 할당한 저널리즘의 욕망과 일정하게 협상함으로써 제도권 문학으로 편입할 수 있는 계기를 마련하며, 이를 통해 저널리즘이 구상한 수필의 젠더화 기획에 '개입'하고 이를 굴절/변형할 수 있는 가능성을 마련한다. 마지막으로 여성잡지라는 매개를 빌어 '소설'의 장에 진입한 여성작가들은 연애와 결혼을 통해 자기가성에 이르는 여성들을 초점화하거나 여성의 열악한 현실을 조명하는 한편, 여성의 해방을 조력할 수 있는 새로운 남성상을 적극적으로 창조하기도 했다. 아울러 혁명이요 정치로 상승한 근대소설이 소수성을 삭제하고 균열을 미봉해 온 것과 달리 여성작가들은 당위가 놓친 소수적인 것들, 즉 '민족'이나 '이념'이 온전히 수습할 수 없는 균열/정념들을 기입했다. 거대서사로 군림해 왔던 소설 속에 바로 이 미약하고 비천한 것들을 틈입함으로써 여성작가들은 근대소설이라는 지고한 남성의 서사를 변질한다.

문학의 가장자리에서 문학이라는 남근적 보편을 의심하며 문학의 경계를 동요하는 이 여성들의 글쓰기가 생성하는 경합과 협상의 무대가 1920~30년대 여성잡지이며, 그러므로 우리는 이 역동적인 장에서 역설의 정치를 감행하는 여성문학의 탄생을 목격하는 것이다.

# 참고문헌

## 1. 기본자료

『여자계』, 『신여자』, 『신여성』, 『신가정』

『청춘』, 『학지광』, 『신청년』, 『창조』, 『개벽』, 『조선문단』, 『조선문학』, 『여성』, 『장한』, 『신동아』,
    『삼천리』, 『비판』, 『동아일보』, 『조선일보』

김동인, 『김동인전집』 1권, 삼중당, 1976.

김상배 편, 『근대여류작가선집 2 김탄실-나는 사랑한다』, 솔뫼, 1981.

_____, 『근대여류작가선집 3 김원주-잿빛 적삼에 사랑을 묻고』, 솔뫼, 1982.

이광수, 『이광수 전집』 1 · 8 · 14권, 삼중당, 1962.

_____, 『이광수 전집』 16권, 삼중당, 1963.

이상경 편, 『강경애전집』, 소명출판, 1999.

_____, 『나혜석전집』, 태학사, 2000.

장지연, 「녀자독본」, 『한국개화기교과서총서』 8, 아세아문화사, 1977.

## 2. 단행본

강진호 편, 『한국문단 이면사』, 깊은샘, 1999.

권보드래, 『한국 근대소설의 기원』, 소명출판, 2000.

권영민, 『한국근대문인대사전』, 아세아문화사, 1990.

김경일, 『여성의 근대, 근대의 여성』, 푸른역사, 2007.

김근수, 『한국잡지개관 및 호별목차집』, 한국학연구소, 1973.

김병익, 『한국문단사』, 일지사, 1973.

김양선, 『한국 근 · 현대 여성문학 장의 형성』, 소명출판, 2012.

김용규, 『문학에서 문화로』, 소명출판, 2004.

김윤식, 『한국 근대문학 양식 논고』, 아세아문화사, 1982.

김인환 · 심재용 외 편, 『강경애, 시대와 문학』, 랜덤하우스, 2006.

김정자, 『한국여성소설연구』, 민지사, 1991.

_____, 『소외의 서사학』, 태학사, 1998.

김중하, 『개화기 소설 연구』, 국학자료원, 2005.

김진균 · 정근식 편저, 『근대주체와 식민지 규율권력』, 문화과학사, 1997.

김진섭, 『교양의 문학』, 진문사, 1954.

김현주, 『한국 근대 산문의 계보학』, 소명출판, 2004.

_____, 『이광수와 문화의 기획』, 태학사, 2005.

나병철, 『소설과 서사문화』, 소명출판, 2006.

문옥표 외, 『신여성』, 청년사, 2003.

문학과사상연구회, 『근대계몽기 문학의 재인식』, 소명출판, 2007.

민족문학사연구소 고전소설사연구반, 『묻혀진 문학사의 복원』, 소명출판, 2007.

민족문학사연구소 기초학문연구단, 『한국 근대문학의 형성과 문학 장의 재발견』, 소명출판, 2004.

_____, 『탈식민의 역학』, 소명출판, 2006.

박석무 편역, 『나의 어머니, 조선의 어머니』, 현대실학사, 1998.

박선미, 『근대 여성, 제국을 거쳐 조선으로 회유하다』, 창비, 2007.

박정순·김훈순, 『대중매체와 성의 상징질서』, 나남, 1997.

박찬승, 『한국근대 정치사상사 연구』, 역사비평사, 1992.

_____, 『민족주의의 시대』, 경인문화사, 2007.

박헌호 외, 『작가의 탄생과 근대문학의 재생산 제도』, 소명출판, 2008.

백철, 『신문학사조사』, 민중서관, 1955.

_____, 『백철문학전집 1-한국문학의 길』, 신구문화사, 1968.

성혜랑, 『등나무집』, 지식나라, 2000.

손인수, 『한국여성교육사』, 연세대 출판부, 1977.

신지연, 『글쓰기라는 거울』, 소명출판, 2007.

아세아여성문제연구소 편, 『한국근대여성연구』, 숙명여대 출판부, 1987.

연구공간 수유+너머 근대매체연구팀, 『매체로 본 근대여성 풍속사』, 한겨레신문사, 2005.

연세대 근대한국학연구소 기초학문연구팀, 『한국 근대 서사양식의 발생 및 전개와 매체의 역할』,
　　　소명출판, 2005.

유진월, 『김일엽의 『신여자』 연구』, 푸른사상, 2006.

이경훈, 『오빠의 탄생』, 문학과지성사, 2003.

이보경, 『문과 노벨의 결혼-근대 중국의 소설 이론 재편』, 문학과지성사, 2002.

이상경, 『한국근대여성문학사론』, 태학사, 2002.

_____, 『임순득, 대안적 여성주체를 향하여』, 소명출판, 2009.

임형택·진재교 외, 『동아시아 서사학의 전통과 근대』, 성균관대 출판부, 2005.

임화, 『문학의 논리』, 서음출판사, 1989.

임옥희, 『주디스 버틀러 읽기』, 여이연, 2006.

정인섭, 『색동회 어린이 운동사-증보』, 휘문출판사, 1981.

조동일, 『소설의 사회사 비교론』 2, 지식산업사, 2001.

조은숙, 『한국 아동문학의 형성』, 소명출판, 2009.

차혜영, 『한국 근대 문학제도와 소설양식의 형성』, 역락, 2005.

천정환, 『근대의 책읽기-독서의 탄생과 한국 근대문학』, 푸른역사, 2009.

최덕교 편저, 『한국잡지백년』, 현암사, 2004.

최혜실, 『신여성들은 무엇을 꿈꾸었는가』, 생각의나무, 2000.

태혜숙, 『한국의 탈식민 페미니즘과 지식생산』, 문화과학사, 2004.

한국여성문학회 편, 『한국 여성문학 연구의 현황과 전망』, 소명출판, 2008.

한기형 외, 『근대어 · 근대매체 · 근대문학』, 성균관대 출판부, 2006.

허미자, 『한국여성문학연구』, 태학사, 1996.

현택수 외, 『문화와 권력－부르디외 사회학의 이해』, 나남출판, 1998.

## 3. 논문

강내희, 「언어와 변혁」, 『문화과학』 2호, 1992년 겨울.

강인숙, 「1930년대 여류작가의 작품경향 연구」, 이화여대 석사논문, 1982.

권보드래, 「연애의 형성과 독서」, 『역사문제연구』 제7호, 2001.

김경연, 「근대문학의 제도화와 여성의 읽고 쓰기－『신여성』을 중심으로」, 『코기토』 66, 2009년
    하반기.

_____, 「근대 여성 잡지와 여성 독자의 형성」, 『한국문학논총』 제54집, 2010.

_____, 「1920년대 『조선문단』과 여성문학 섹션의 탄생」, 『우리문학연구』 제33집, 2011.

김경일, 「식민지 여성교육과 지식의 식민지성」, 『사회와역사』 제59집, 2001.

김미영, 「1920년대 여성담론 형성에 관한 연구」, 서울대 박사논문, 2003.

김미령, 「한국 여성잡지의 성장과정에 관한 연구－『신가정』과 『여성동아』를 중심으로』, 중앙대
    석사논문, 1985.

김복순, 「근대초기 여성교양의 성립과 파트너십 문화론의 계보」, 『여성문학연구』 제17호, 2007.

_____, 「『무정』과 소설 형식의 젠더화」, 『대중서사연구』 14호, 2005.

김수진, 「1920~30년대 신여성담론과 상징의 구성」, 서울대 박사논문, 2005.

_____, 「신여성 담론 생산의 식민지적 구조와 『신여성』」, 『경제와사회』, 2006년 봄.

김연숙, 「근대주체 형성과 감정의 서사」, 『현대문학이론연구』 29호, 2006.

_____, 「저널리즘과 여성작가의 탄생－1920~30년대 여기자 집단을 중심으로」, 『여성문학연
    구』 14호, 2005.

김옥란, 「근대 여성주체로서의 여학생과 독서 체험」, 『상허학보』 13호, 2004.

박애경, 「자전적 가사와 젠더－가사의 여성수용과 관련하여」, 『여성문학연구』 20호, 2008.

박혜숙, 「한국여성의 자기서사(1)」, 『여성문학연구』 7호, 2002.

백순철, 「규방 공간에서의 문학 창작과 향유」, 『여성문학연구』 14호, 2005.

서정자, 「일제 강점기 한국 여류소설 연구」, 숙명여대 박사논문, 1988.

송명희, 「이광수 『개척자』와 나혜석 『경희』에 대한 비교」, 『비교문학』 제20호, 1995.

신수정, 「한국 근대소설의 형성과 여성의 재현양상 연구」, 서울대 박사논문, 2003.

심진경, 「1930년대 후반 장편소설의 여성 섹슈얼리티 연구」, 서강대 박사논문, 2001.

우정권, 「1920년대 한국 소설의 고백적 서술방법 연구」, 서울대 박사논문, 1997.

유선영, 「3 · 1운동 이후의 근대주체구성」, 『대동문화연구』 제66집, 2009.

유진월, 「『신여자』에 나타난 근대 여성들의 글쓰기 양상 및 특성 연구」, 『여성문학연구』 14호, 2005.

윤금선, 「1920~30년대 독서 운동 연구」, 『한말연구』 제17호, 2005.

원종찬, 「한국 아동문학 형성과정 연구」, 『동북아문화연구』 제15집, 2008.

이경돈, 「『별건곤』과 근대 취미독물」, 『대동문화연구』 제46집, 2004.

이경하, 「여성문학사 서술의 문제점과 해결방향」, 서울대 박사논문, 2004.

_____, 「『제국신문』여성독자투고에 나타난 근대계몽담론」, 『한국고전여성문학연구』 8집, 2004.

이기훈, 「1920년대 '어린이'의 형성과 동화 연구」, 『역사문제연구』 제8호, 2002.

_____, 「독서의 근대, 근대의 독서-1920년대의 책읽기」, 『역사문제연구』 제7호, 2001.

이미정, 『1920~30년대 여성 잡지 연구』, 이화여대 석사논문, 2006.

이상경, 『강경애 연구』, 서울대 석사논문, 1984.

이송희, 「한말, 일제하의 여성교육론과 여성교육정책」, 『여성연구논집』 제16집, 2005.

이재봉, 「한국 근대소설의 형성과정 연구」, 부산대 박사논문, 2000.

_____, 「서간의 형식과 고백의 형식-1910년대 고백담론과 관련하여」, 『한국문학논총』 40집, 2005.

이혜령, 「한국 근대소설의 섹슈얼리티 연구」, 성균관대 박사논문, 2001.

_____, 「1920년대『동아일보』학예면의 형성과정과 문학의 위치」, 『대동문화연구』 제52집, 2005.

이희경, 「1920~1930년대 식민지 조선 여성교육의 성격」, 『한국교육사학』 제28권 1호, 2006.

정영자, 「한국 여성문학 연구-1920~30년대를 중심으로」, 동아대 박사논문, 1987.

정창권, 「장편 여성소설의 글쓰기 방식」, 『여성문학연구』 제2호, 1999.

천정환, 「주체로서의 근대적 대중독자의 형성과 전개」, 『독서연구』 제13호, 2005.

_____, 「1920~30년대 소설독자의 형성과 분화과정」, 『역사문제연구』 제7호, 2001.

최석규, 「1930년대 전반기 민중교육운동」, 『한국학연구』 제6 · 7합집, 1996.

최수일, 「1920년대 문학과 『개벽』의 위상」, 성균관대 박사논문, 2002.

최연미, 「조선시대 여성 편저자, 출판협력자, 독자의 역할에 관한 연구」, 『서지학연구』 제23집, 2002.

최인자, 「정체성 구성활동으로서의 자전적 서사 쓰기」, 『현대소설연구』 제11호, 1999.

태혜숙, 「성적주체와 제3세계 여성문제」, 『여/성이론』 제1호, 1998.

한기형, 「잡지 『신청년』 소재 근대문학 신자료(1)」, 『대동문화연구』 제41집, 2002.

홍인숙, 「근대계몽기 여성 글쓰기의 양상과 '여성주체'의 형성과정-1908년 『대한매일신보』, 『여자지남』, 『자선부인회잡지』」, 『한국고전연구』 14, 2006.

## 4. 번역서 및 국외 논저

가라타니 고진, 박유하 역, 『일본근대문학의 기원』, 소명출판, 1997.

가와하라 카즈에, 양미화 역, 『어린이관의 근대』, 소명출판, 2007.

기무라 료코, 이은주 역, 『주부들의 탄생─일본 여성들의 근대와 미디어』, 소명출판, 2013.

니콜러스 로일, 오문석 역, 『자크 데리다의 유령들』, 앨피, 2007.

다이안 맥도넬, 임상훈 역, 『담론이란 무엇인가』, 한울, 1992.

레이 초우, 정재서 역, 『원시적 열정』, 이산, 2004.

_____, 장수현 · 김우영 역, 『디아스포라의 지식인』, 이산, 2005.

리디아 라우, 민정기 역, 『언어횡단적 실천』, 소명출판, 2005.

마에다 마이, 유은경 · 이원희 역, 『일본 근대독자의 성립』, 이룸, 2003.

마틴 제이 외, 정성철 · 백문인 역, 『모더니티와 시각의 헤게모니』, 시각과언어, 2004.

미셸 푸코, 이정우 역, 『지식의 고고학』, 민음사, 2007.

_____, 이정우 역, 『담론의 질서』, 서강대 출판부, 1998.

_____, 홍성민 역, 『권력과 지식』, 나남, 1995.

사라 밀즈, 김부용 역, 『담론』, 인간사랑, 2001

스즈키 토미, 한일문학연구회 역, 『이야기된 자기』, 생각의나무, 2004.

스티브 모튼, 이운경 역, 『스피박 넘기』, 앨피, 2005.

우에노 치즈코, 이선이 역, 『내셔널리즘과 젠더』, 박종철출판사, 1999.

이언 와트, 전철민 역, 『소설의 발생』, 열린책들, 1988.

이토 세이 외, 『일본 사소설의 이해』, 소화, 1997.

이효덕, 박성관 역, 『표상 공간의 근대』, 소명출판, 2002.

일레인 김 · 최정무 편저, 박은미 역, 『위험한 여성』, 삼인, 2001.

재크린 살스비, 박찬길 역, 『낭만적 사랑과 사회』, 민음사, 1986.

주디스 버틀러, 조현준 역, 『젠더트러블』, 문학동네, 2008.

조지 모스, 서강여성문학연구회 역, 『내셔널리즘과 섹슈얼리티』, 소명출판, 2004.

프랑코 모레티, 성은애 역, 『세상의 이치』, 문학동네, 2005.

피에르 부르디외, 최종철 역, 『구별짓기─문화와 취향의 사회학』上, 새물결, 1995.

하루오 시라네 · 스즈키 토미, 왕숙영 역, 『창조된 고전』, 소명출판, 2002.

호미 바바, 나병철 역, 『문화의 위치』, 소명출판, 2002.

히라타 유미, 『여성 표현의 일본 근대사』, 소명출판, 2008.

Lidia Curti, *Female Stories, Female Bodies*, New York University Press, 1998.

# 부록

## 1. 『여자계』 『신여자』 『신여성』 『신가정』 수록 '소설' 목록

### 1) 『여자계』

| 작가 | 제목 | 게재호수 |
|---|---|---|
| 정월(나혜석) | 경희 | 1권 2호(1918.3) |
| 나혜석 | 회생한 손녀의게 | 제3호(1918.9) |
| MK생 | 팔늬의나(Pollyanna) | 제4호(1920.3) |
| 망양초 | 조모의 묘전에 | 제4호(1920.3) |
| 망양초 | 영희의 일생(1)(미완) | 제5호(1920.6) |
| 유향 | 어린 영순에게 | 제6호(1921.1) |

### 2) 『신여자』

| 작가/역자 | 제목 | 게재호수 |
|---|---|---|
| 일엽(김원주) | (단편소설)계시 | 창간호(1920.3) |
| 물망초(김명순) | 처녀의 가는 길 | 창간호(1920.3) |
| 일엽 | 어느 소녀의 死 | 2호(1920.4) |
| 백합화 | 愛의 추회 | 2호(1920.4) |
| 톨스토이/계강 역 | 엘니아 부부 | 3호(1920.5) |
| 김송월 | 엇더한 남편을 엇을가 | 4호(1920.6) |

### 3) 『신여성』

#### (1) 1920년대 수록 작품

| 작가/역자 | 제목 | 게재호수 | 비고 |
|---|---|---|---|
| 김명순 | 선례(미정고) | 1923.11(1권 2호) | 창작(여성) |
| 체호프/김석송 역 | 인자와 묘자(사람과 고양이) | 1923.11(1권 2호) | 번역 |
| 쌜든 클라인/김성 역 | 기적 | 1924.3(2권 3호) | 번역 |
| 원작자X/몽견초 역 | 어느 젊은 여자의 맹서 | 1924.5(2권 5월호) | 번역 |

| 최승일 | 안해 | 1924.6(2권 6월호) | 창작 |
|---|---|---|---|
| 최승일 | 써나가는 날 | 1924.8(2권 6호) | 창작 |
| 최승일 | 그 여자(「써나가는 날」의 속편) | 1924.10(2권 8호) | 창작 |
| 지리쇼프/고한용 역 | 볼-라의 찾가지 | 1924.11(2권 11월호) | 번역 |
| 몽견초 | (심소설) 금장낭자─마리아나 아씨의 머리 | 1924.12(2권 12월호) | 번안 |
| 모파상/박영희 역 | 코코, 코코, 시원한 코코입니다 | 1924.12(2권 12월호) | 번역 |
| 불국미담/포우 역 | 로-자의 희생 | 1924.12(2권 12월호) | 번역 |
| 이상화 역 | 단장(斷腸) | 1925.1(3권 1호) | 번역 |
| 모파ㅅ산/조춘광 역 | 고백 | 1925.1(3권 1호) | 번역 |
| 회월 | 동정 | 1925.1(3권 1호) | 창작 |
| 이성해 | 남극의 가을밤 | 1925.1(3권 1호) | 창작 |
| 주동 | 눈 오는 밤 | 1925.5(3권 5호) | 창작 |
| 골드 스미스/방생 역 | (산문소설) 실연한 남녀 | 1925.6·7(3권 6호) | 번역 |
| 모팟산/회산 역 | 월야(月夜) | 1925.8(3권 8호) | 번역 |
| 주요섭 | 영원히 사난 사람 | 1925.10(3권 10호) | 창작 |
| 이찬희 역 | 무서운 코 | 1925.10(3권 10호) | 번역 |
| RKY | 회한 | 1925.11(3권 11호) | 창작 |
| 폴모-란/이상화 역 | 파리의 밤 | 1926.1(4권 1호) | 번역 |
| 여심(餘心) | 천당 | 1926.1(4권 1호) | 창작 |
| 최빙 | 투전 | 1926.2(4권 2호) | 창작 |
| 폴 모랑/이상화 역 | 새로운 동무 | 1926.2(4권 2호) | 번역 |
| 에르센코/박영희 역 | 호랑이의 꿈 | 1926.3~4(4권 3·4호) | 번역 |
| 이상화 | 숙자 | 1926.4(4권 4호) | 창작 |
| **경식** | **두 사람** | **1926.8~10(제4권 8·10호)** | **창작(여성)** |
| 해영(海影) | 가을은 깁허 가는데 | 1926.10(제4권 10호) | 창작 |

(2) 1930년대 수록 작품

| 작가/비고 | 작품 | 게재호수 | 비고 |
|---|---|---|---|
| 이태준 | 구원의 여상 | 1931.1~1932.8(5권 1호~6권 8호) | 창작 |
| 슈니첼/아미 역술 | 제로니모와 그의 형 | 1931.4(5권 4호) | 번역 |
| 최병화 역술 | 두 편의 편지 | 1931.6(5권 5호) | 번역(번안) |
| 방인근 | 두 처녀 | 1931.9·10(5권 9호) | 창작(掌篇) |

| 최의순 | (여교원편)구혼자 | | 창작여성주제단편집)/여성 |
|---|---|---|---|
| 최정희 | (여점원편)尼奈의 세토막 기록 | 1931.12(5권 11호) | |
| 김원주(源珠) | (여하인편)엡쑨이는 어대로? | | |
| 송계월 | (여직공편)공장소식 | | |
| 전소석 | 애련의 꽃 | 1932.3(6권 3호) | 창작 |
| 연성흠 | (탐정소설)기는 놈에 나는 놈 | 1932.8(6권 8호) | 창작 |
| 묘화생 | 초동(初冬) | | 창작 |
| 방인근 | 애(愛) | 1932.10(6권 10호) | 창작 |
| **송계월** | **강제귀농** | | **창작(여성)** |
| 이영철 | 일여성삽화(一女性挿話) | | 창작 |
| 미소 | (壁소설)밀회 | | 창작 |
| **계월** | **(벽소설)신창 바닷가** | 1932.11(6권 11호) | **창작(여성)** |
| 노향 | (벽소설)첫눈 나리는 저녁 | | 창작 |
| 안필승 | 나와 옥녀 | 1933.1~1933.2(7권 1~2호) | 창작 |
| 이태준 | 법은 그러치만 | 1933.3~1934.4(7권 3호~8권 3호) 完 | 창작 |
| 이효석 | 주리야 | 1933.3~1934.1(미완) | 창작 |
| 태초(態招) | (유모어 소설) 부부가폐왕 | 1933.5(7권 5호) | 창작 |
| 웨네르/이헌구 역 | 아기가 본 세상 | 1933.6~1934.4(7권6호~8권3호) 未完 | 번역 |
| 김유정 | 총각과 맹꽁이 | 1933.9(제7권 9호) | 창작 |
| 이석훈 | 궐녀의 길 | 1933.10(제7권 10호) | 창작 |
| 박영호 | 그늘진 기록 | 1934.1(제8권 1호) | 창작 |
| **장덕조** | **기적** | | **창작(여성)** 창작특집 |
| **최정희** | **질투** | 1934.1(제8권 1호) *「기적」은 8권 3호까지 연재(미완) | |
| **백신애** | **써래이** | | |
| 이무영 | 나는 잘 보아 안다 | 1934.4(제8권 3호)(미완) | 창작 |

\* 『신여성』에 관한 목록 작성은 '현대사' 영인본(1982)에 근거한 것임을 밝힌다.

\*\* 여성작가의 작품인 경우 명암으로 표시했다.

\*\*\* 『구원의 여상』은 1931년 1월 복간 1호(5권 1호)부터 연재. 5권 3호에는 『구원의 여상』(3)으로 기록되어 있다.(본 목록은 1, 2호가 빠진 상황에서 3호부터 확인하여 작성)

\*\*\*\* 『법은 그러치만』은 7권 10호, 7권 12호(송년호)에는 빠짐. 편집여언에 따르면 이는 이태준의 일본행에 따른 것이라 한다.

\*\*\*\*\* 『주리야』와 『아기가 본 세상』은 7권 8호, 7권 12호(송년호)에는 빠져 있다.

『신가정』

| 작가/역자 | 제목 | 게재호수 | 비고 |
|---|---|---|---|
| 이준(이태준) | 슬픈 승리자 | 1933.1 | |
| 박화성 | 젊은 어머니 | 1933.1 | 여성작가연작 |
| 모파상/김자혜 역 | 여자의 일생 | 1933.2 | 번역 |
| 박원(박태원) | 옆집 색시 | 1933.2 | |
| 송계월 | 젊은 어머니 | 1933.2 | |
| 뒤마 퓌쓰/김자혜 역 | 춘희(椿姬) | 1933.3 | 번역 |
| 최정희 | 젊은 어머니 | 1933.3 | 여성작가연작 |
| 강경애 | 젊은 어머니 | 1933.4 | 여성작가연작 |
| 코론타이/김자혜 역 | 붉은 사랑 | 1933.4 | |
| 김자혜 | 젊은 어머니 | 1933.5 | 여성작가연작 |
| 호외생(주요섭) | 쎌스껄 | 1933.5~11 | 장편연재 |
| 이무영 | 산장소화 | 1933.6 | |
| 손승만 | 비할 대 없는 즐거움 | 1933.7 | |
| 박원(박태원) | 누이 | 1933.8 | |
| 박화성 | 비탈 | 1933.8~12 | 장편연재 |
| 강경애 | 채전(菜田) | 1933.9 | |
| 장덕조 | 남편 | 1933.10 | |
| 이준(이태준) | 어떤 젊은 어미 | 1933.10 | |
| 안필승 | 안해의 탄식 | 1933.11 | |
| 손승만 | 불살은 일기장 | 1933.11 | |
| 솔로겁/수주 역 | 렐렉카! 튜-튜 | 1933.12 | 번역 |
| 오 헨리/이해남 역 | 크리스마스 선물 | 1933.12 | 번역 |
| 강경애 | 축구전 | 1933.12 | |
| 이강숙 | 목도리 | 1934.1 | |
| 계용묵 | 제비를 그리는 마음 | 1934.1 | |
| 조벽암 | 결혼 전후 | 1934.1 | |
| 장덕조 | 안해 | 1934.2 | |
| 이준(이태준) | 박물 장사 늙은이 | 1934.2~3/6~7 | 장편연재 |
| 강경애 | 유무(有無) | 1934.2 | |
| 한스 하인츠 에-이-스 / 조희순 역 | 자장(自葬) | 1934.2 | 번역 |

| 이차순 | 어머니 사랑 | 1934.3 | |
|---|---|---|---|
| 이무영 | 아저씨와 그 여인 | 1934.3~4 | 2회연재 |
| 팔봉 | 봄이 오기 전 | 1934.3 | |
| **안임순** | **출발** | **1934.4** | |
| **백신애** | **복선이** | **1934.5** | |
| **강경애** | **소금** | **1934.5~10** | **장편연재** |
| 한인택 | 월급날 | 1934.5 | |
| **여순옥** | **일 년 후** | **1934.6** | |
| 조벽암 | 풍차 | 1934.6 | |
| **최정숙** | **삼인(三人) 신부** | **1934.7** | |
| 포-위즈 / 이종수 역 | 유모 | 1934.8 | 번역 |
| **한적선** | **아베마리아** | **1934.8** | |
| **박화성** | **홍수전후** | **1934.9** | |
| 헤르버트 오일렌버억 / 하인리 역 | 탑 우의 닭 | 1934.9 | 번역 |
| R · 키플링 / 이원수 역 | (동물소설) 낭인(狼人) | 1934.9~10 | 번역 |
| 조벽암 | 수심고(獸心苦) | 1934.10~12 | 3회 연재 |
| 김광주 | 파혼 | 1934.10 | |
| **장덕조** | **부부도** | **1934.11** | |
| 이무영 | 용자소전(龍子小傳) | 1934.11~12 | 2회 연재 |
| 이희균 | 우정 | 1934.11 | |
| 티 · 에프 · 포워즈 / 이종수 역 | 인경 | 1934.12 | 번역 |
| **박화성** | **눈 오든 그 밤** | **1935.1~3** | **3회 연재** |
| 오 · 플레어티 / 이종수 역 | 두 사나이 | 1935.1 | 번역 |
| 찰스 람 / 하인리 역 | 군 돼지 이야기 | 1935.1 | 번역 |
| 이무영 | 아름다운 풍경 | 1935.1 | |
| **강경애** | **원고료 이백원** | **1935.2** | |
| 엄흥섭 | 윤락녀 | 1935.3 | |
| 주요섭 | 대서(代書) | 1935.4 | |
| 이무영 | 수인(囚人)의 안해 | 1934.4~5 | 2회 연재 |
| 랭스톤 · 휴즈 / 이종수 역 | 흑녀와 백녀 | 1935.6 | 번역 |

| | | | |
|---|---|---|---|
| 안톤·체호프 / 기미성 역 | 얄미운 안해 | 1935.6 | 번역 |
| **강경애** | **번뇌** | **1935.6~7** | **2회 연재** |
| 계용묵 | 연애삽화 | 1935.6 | |
| **김말봉** | **고행** | **1935.7** | |
| 김일출 | 잠깨여 | 1935.8 | |
| **김말봉** | **요람** | **1935.10~1936.2** | **5회 연재** |
| 막심 고리키 / 순성 역 | 의중지인(意中之人) | 1935.9 | 번역 |
| 최인준 | 이년 후 | 1935.9 | |
| **노천명** | **하숙** | **1935.10** | |
| 이근영 | 금송아지 | 1935.10 | |
| 최인준 | 며누리 | 1935.12 | |
| 캐틀린 맨스필드 / EKO작 | 아이보개 | 1936.1 | 번역 |
| **박화성** | **불가사리** | **1936.1** | |
| 비석(飛石)생 | 상처기 | 1936.1 | |
| 심앵여사 / 김광주 역 | 구우(舊雨) | 1936.2 | 번역/중국여성작가 |
| 체코브 / 노석 역 | 정 잘 부치는 여자 | 1936.3 | 번역 |
| 이근영 | 과자상자 | 1936.3 | |
| 백야 | (넌센스 단편) 알함부라 | 1936.4 | |
| 작자 미상 | (연작소설)파경 | 1936.4~6 | 3회 연재(편집자의 의도에 따라 작자의 이름을 밝히지 않고 연재함) |
| 백야 | (넌센스 단편) 운로의 로-만스 | 1936.5 | |
| 최인준 | 여점원 | 1936.5 | |
| **이선희** | **오후 11시** | **1936.6** | |

\* 여성작가의 작품으로 확인된 경우 명암으로 표시했다.

## 2. 『신여자』『신여성』『신가정』 수록 '실화·수기' 류 목록

### 1) 『신여자』

| 필자 | 제목 | 게재호수 | 비고 |
|---|---|---|---|
| 백합화 | 독신처녀의 생활 | 2호(1920.4) | 명명 부재 |
| 정종명 | 간호부 생활 | 2호(1920.4) | 명명 부재 |
| 원주 | 동생의 죽음 | 3호(1920.5) | 명명 부재 |
| 김편주 | (희생된 일생) 청상의 생활 | 4호(1920.6) | 명명 부재 |

### 2) 『신여성』

| 필자 | 제목 | 게재호수 | 비고 |
|---|---|---|---|
| 혜란 | 일즉이 첩 되얏든 몸으로 | 3권 5호(1925.5) | 고백 |
| 손성엽 등 | 나이 젊은 동무여 이 사실을 보라 | 5권 1~4호(1931.1~4) | 실화 |
| 윤영숙 | 이혼하엿다가 다시 결혼한 나의 고백 | 5권 4호(1931.5) | |
| 송영순 | 팔부러진 소저의 고백 | 5권 5호(1931.6) | 여학생애화 |
| 소파 | 해녀의 물 속 생활 | 6권 8호(1932.8) | 청량실화 |
| 홍종인 | 반나체의 괴단장 미인 | 6권 8호(1932.8) | 진기실화 |
| 강정숙 | (직업과 여성-직업 가진 안해의 비애) 근심업는 안해가 되구십다 | 6권 10호(1932. 10) | 실화3편 |
| 송금○ | 호소못할 이중삼중의 고통 | | |
| 노혜영 | 위험천만 유혹과 조소 속에서 | | |
| 최병화 | 향기 일흔 백합화 | 6권 10호 | 소품 |
| 강촌생 | 사랑과 자녀를 버리고 간 그 여자 | 6권 10호~11호 | 명명부재 |
| 최승희 | 석정한과 나와의 관계 | 7권 1호(1933.1) | 자기공개장 |
| 김성진 | 사랑의 주마등 | 7권 1호 | 이별의4중주 |
| 정우향 | 지나간 자취의 편편상(片片想) | | |
| 한인택(남성) | 오년전 그날 | | |
| 박상엽(남성) | 서해와 그 유족 | | |
| 최병화 | 이해업는 시어머니 | 7권 1호 | 신구가정 쟁의 |
| 홍선약 | 물벼락 마진 신식며누리 | | |
| 김영희 | (피녀의 수기) 실업한 남편을 둔 여자의 수기 | 7권 2호(1933.2) | 수기 |
| 돌이 | (제2부인실화) 병아리 부부의 파혼(破婚) | 7권 2호 | 실화 |

| 강규순 | 간호부의 하소연 | 7권 2호 | 명명부재 |
|---|---|---|---|
| 加賀다쓰 | 임산부 필독 安産 실화 | 7권 3호(1933.3) | 실화 |
| 장영순 | 내가 여급으로 되기까지 | 7권 3호 | 명명부재 |
| 이애라 | 직업여성과 남편 | 7권 4호(1933.4) | 직업부인문제특집 |
| 김남천 | 남편 그의 동지-긴 수기의 일절 | 7권 4호 | 명명부재 |
| 울금향 | 극단생활내면수기<br>-미지의 젊은 동무들에게 | 7권 6호(1933.6) | 수기 |
| 한산자 | 째노친 도쑤다네 | 7권 7호 | 신문에 내지 못한 사실비화 |
| 풍선아 | 뽕나무골 녹향이 | | |
| 울금향 | 가두미소죄 | 7권 7호 | 가두실화 |
| 정오성 | 겐까도리 서울 | | |
| 이석훈 | 이상한 부부 | | |
| 김명애 | 지워진 싹사랑 | 7권 8호 | 피서지의 면상담 |
| 나주영 | 과자탄구 마진 남자 | | |
| 이영애 | 최후의 산보 | | |
| 강정숙(의주) | (여러분에게 알려드리고 시픈)<br>나의 폐병 요양기 | 7권 8호 | 명명 부재 |
| 박선향(함흥) | (의외의 생각으로)<br>허약한 兩兒를 건강하게 | | |
| 안재영 | OHOHOHO! | 7권 9호 | 결혼1년생 보고서<br>(모집실화) |
| 윤명애 | 기초공사의 쟁의 | | |
| 김재영 | 하품 그 다음 | | |
| 김보향 | 생각안튼 비애 | | |
| 임인숙 | 결혼참회록-무엇이 나의 결혼을 불행하게 하엿나 | 7권 9호 | 실화 |
| 이정희 | 이성용 박사와 약혼 해소기<br>-식그러운 신변에 대한 나의 공개장 | 7권 9호 | 공개장 |
| 이동원 | 여학생 수난 실화-스러진 비밀 | 7권 10호 | 여학생수난실화 |
| 신은봉 | 극단참회록-무엇이 나를 극단에 애착을 일케 하엿나 | 7권 10호 | 참회록 |
| 이순녀 | 나의 폐환기(肺患記) | 7권 10호 | 명명부재 |

| 김연화 | 에레베타썰의 자서전 | | |
| 백장미 | 신경을 일은 기계 – 목소리접대 · 할로썰 | | |
| 물망초 | 문화전선의 기수 – 부인긔자의 생활 | 7권 12호 | 제1선상의 신여성 |
| 무명초 | 명랑한 종달새 쌔스썰 | | |
| 이소영 | 공연한 메랑소리 – 백화점의 꼿! 숍걸 | | |
| 황금조 | 타이피스트의 술화 | | |
| 박상엽 | 환상의 약혼녀 | 7권 12호 | 비련실화 |
| 이명숙 | 아가야 잘 자거라 | | |
| 이옥녀 | 옥녀의 가느단 소망 | 8권 1호(1934.1) | 젊은 여성의 신춘 감회록 |
| 정희영 | 창백한 영양(令孃) 일기 | | |
| 청소조 | 졸업을 압둔 여학생 | | |
| 자운영 | 범죄여왕 메리안 반생기 | 8권 1호 | 북구실화 |
| 김정실(동아 일보 사회부) | 미궁에 든 안동참사살해 사건 | | |
| 차경순 | 열차이만원도난사건 | 8권 3호 | 특집 유명실화독물 |
| 우해천(중앙 일보사회부) | 정말 아버지를 죽엿느냐 | | |
| 최소옥 | 근모담이 악화하야 유서까지 쓰려다가 갱생의 깃붐을 얻어 | 8권 3호 | |
| 원명화 | 허약아를 튼튼케 한 나의 영양 요리법 | 8권 3호 | |
| 허영숙 | 아들 봉근이를 일코 | 8권 3호 | 눈물의 수기 |

\* '실화'나 '수기'라는 명칭이 붙은 경우와 그 외 여성필자들이 쓴 수기적 성격의 자기서사류 대부분을 포함하였다. 이 중에는 자신이 경험한 일화를 단편적으로 소개된 내용 역시 포함되어 있음을 밝힌 다. '비고'에는 잡지에 수록될 때 붙여진 양식명을 밝혀두었다. '실화'의 경우는 여성들이 쓰지 않은 것이 상당 부분 포함되어 있으며 번역물 역시 포함되었다.
\*\* 「호소못할 이중삼중의 고통」(6권 10호)을 쓴 필자의 이름은 인쇄상태가 좋지 않아 마지막 자를 결자로 처리했다.

3) 『신가정』

| 필자 | 제목 | 게재호수 |
|---|---|---|
| 이요예 | (직업여성 생활기록) 분필 가루 속에서 | 1933년 1월호 |
| 이순경 | (직업여성 생활기록) 쎌쓰껄의 비애 | 1933년 1월호 |
| 한소재 | (직업여성 생활기록) 병자와 함께 | 1933년 1월호 |
| 최정희 | (직업여성 생활기록) 방문 · 집필 · 원고 | 1933년 1월호 |
| 이경설 | (직업여성 생활기록) 극중 「역」을 사는 사람 | 1933년 1월호 |
| 한금희 | 피 눈물에 젖은 나의 일생 | 1933년 3월호 |
| 조려하 | 고향 | 1933년 3월호 |

| | | |
|---|---|---|
| 정국자 | 믿음이 가져온 설움 | 1933년 4월호 |
| 조려하 | 고향 | 1933년 4월호 |
| 리영숙 | 과거의 청산에서 신생으로 | 1933년 5월호 |
| 김정환 | 잊지 못할 그날의 소연(沼蓮) | 1933년 6월호 |
| 김숙복 | (스포-츠 여성의 성공 고심담) 호케-선수가 되기까지 | 1933년 9월호 |
| 김영선 | (스포-츠 여성의 성공 고심담) 스켈잉선수가 되기까지 | 1933년 9월호 |
| 김재원 | 무지가 부른 비가 | 1934년 8월호 |
| 최정건 | 밀수 상습자 | 1934년 8월호 |
| 박점순 | 제복 아래 빛나는 생명 | 1934년 8월호 |
| 윤정 | 문허진 모래탑 | 1934년 8월호 |
| 한보은 | 그들의 연애사건 | 1934년 8월호 |
| 백건 | 백사장에 남은 발자국 | 1934년 8월호 |
| 정영순 | 떠오르는 그 얼굴 | 1934년 8월호 |
| 강영순 | (실화) 돈없는 어버이의 눈물 | 1934년 9월호 |
| 홍명주 | (실화) 떠오르는 얼굴 사라지는 그림자 | 1934년 9월호 |
| 이용희 | (실화 인생행로) 어촌 동생에게 | 1934년 10월호 |
| 월천동 | 읽으라! 계모된 이여! | 1935년 1월호 |
| 김금선 | (의사시험 파스한 양여의) 노력의 결정 | 1935년 8월호 |
| 송경애 | (의사시험 파스한 양여의) 가난을 돌파 | 1935년 8월호 |
| 정훈모 | 나의 음학수행고심기 | 1935년 10월호 |
| 현덕신 | 여의사가 되기까지의 고심기 | 1935년 11월호 |
| 박화성 | 여류작가가 되기까지의 고심담 | 1935년 12월호 |
| 정찬영 | 화가가 되기까지의 고심기 | 1936년 1월호 |
| 김원복 | 내가 피아니스트가 되기까지 고심기 | 1936년 2월호 |
| 이광숙 | (실화) 나의 애끈는 반생 | 1936년 2월호 |
| 모윤숙 | 어떠케 난 시인이 되엇나 | 1936년 3월호 |
| 박자혜 | 「요 喪主」라고 찾는 이도 稀少! | 1936년 5월호 |
| 홍승원 | 「잠간 다녀오리다」가 永別 | 1936년 5월호 |
| 정순원 | 亡夫의 짐까지 마저 지고 | 1936년 5월호 |
| 심태순 | 남의 집사리 십년이올시다 | 1936년 6월호 |

* 『신가정』의 경우는 모두 '실화'라는 명칭을 사용하고 있다.

## 3. 『신여성』『신가정』 수록 '동화' 목록

### 1) 『신여성』

#### (1) 동화

| 작가/역자 | 제목 | 게재호수 | 비고 |
|---|---|---|---|
| 소파(방정환) | 삼태성 | 2권 5월호(1924.5) | 창작 |
| 앤더슨 작 | 아이다의 꽃 | 3권 10호(1925.10) | 번역 |
| 에로센코 작<br>/ 박영희 역 | 문어지령으로 쌋은 탑<br>(써러지령으로 쌋은 탑) | 3권 11호~4권 1호<br>(1925.11·12~1926.1) | 번역(*4권 1호에 '써러지령<br>으로 쌋은 탑'으로 제목 수정) |
| 이정호 | 어머니의 사랑 | 4권 3~4호(1926.3~4) | 번역 |
| 고월 역 | 영혼 바든 인어 | 4권 6호·4권 8~9호<br>(1926.6·8~9) | 번역 |
| 적두건 | 대상 (하우프의 동화) | 8권 1호(1934.1~4) | 번역 |

#### (2) 동화류 – 신화·전설·미화·心소설·그림 이야기 등)

| 작가/역자 | 제목 | 게재호수 | 비고 |
|---|---|---|---|
| 성원 역 | 해ㅅ님의 사랑 | 2권 6월호(1924.6) | 번역 / 끼리샤신화 |
| 고한승 역 | 라인미화 | 2권 5호(1924.7) | 번역 / 전설기화 |
| 삼청동인 | 백설귀신의 사랑 | 2권 5호(1924.7) | 번역 / 북국전설 |
| 고한승 역 | 로-레라이 | 2권 6호(1924.9) | 번역 / 라인전설 |
| 고한승 역 | 사랑과 맹세 | 2권 8호(1924.10) | 번역 / 라인전설 |
| 몽견초 | 금발낭자 | 2권 10호(1924.12) | 창작 / 心소설 |
| 회산 역 | 로-헹그린 | 3권 8호(1925.8) | 번역 / 라인미화 |
| 이학득 | *호랑이와 형제 되여 | 4권 1호(1926.1) | 창작 |
| 조아아 | 사랑의 왕국으로 | 4권 6~7호(1926.6~7) | 창작 / 그림이약이 |

### 2) 『신가정』

| 작가 | 제목 | 게재 호수 | 비고 |
|---|---|---|---|
| 이강흡 | 소와 호랑이 새끼 | 1933년 1월호 | 창작 |
| 주요섭 | 구명 뚫린 고무신 | 1933년 2월호 | 창작 |
| 주요섭 | 미친 참새 새끼 | 1933년 3월 | 창작 |
| 이정호 | 망두석 재판 | 1933년 7월호 | 창작 |
| 최의순 | 등대와 용돌이 | 1933년 8월호 | 창작 |

| | | | |
|---|---|---|---|
| 홍은성 | 팔려가는 발발이 | 1933년 9월호 | 창작 |
| 김복진 | 돌문이와 쌀분이 | 1933년 12월호 | 창작 |
| 전영택 | 콩쥐와 팥쥐 | 1934년 1월호 | 전래동화 |
| 전영택 | 흥부와 놀부 | 1934년 2월호 | 전래동화 |
| 피천득 | 자전거 | 1934년 2월호 | 창작 |
| 전영택 | 범이 어머니 되어 온 이야기 | 1934년 3월호 | 전래동화 |
| 전영택 | 아버지를 위하여 | 1934년 4월호 | 전래동화 |
| 전영택 | 심청전 | 1934년 6월호 | 전래동화 |
| 정순철 | 약물(당선) | 1934년 7월호 | 현상모집 당선동화 |
| 최인화 | 뫼추라기와 여호(당선) | 1934년 7월호 | |
| 이병병 | 봄비(당선) | 1934년 7월호 | |
| 노양호 | 삼남매(가작) | 1934년 7월호 | |
| 김복진 | 두 눈백이 | 1935년 3월호 | 창작 |
| 김복진 | 금비둘기 | 1935년 5월호 | 창작 |
| 안데르센 작 / 서항석 역 | 그림 없는 그림책 | 1935년 7~8·10 ~1936년 6월호 | 번역 (9회 연재) |
| 김수정 | 시집가는 쥐 | 1936년 1월호 | 창작 |
| 임병철 | 소 | 1934년 2월호 | 동물전설동화 |
| 임병철 | 원숭이의 재판 | 1934년 3월호 | 동물전설동화 |
| 노양근 | 불효 다람쥐 | 1934년 3월호 | 창작 |
| 노양아(노양근) | 의좋은 동무 | 1934년 4월호 | 창작 |
| 임병철 | 꿩의 희생 | 1934년 4월호 | 동물전설동화 |
| 임병철 | 두껍이의 보은 | 1934년 6월호 | 동물전설동화 |

◎ 민족문화 학술총서를 내면서

    21세기의 새로운 미래를 향해 나아가는 현 시점에서 한국학 연구는 새로운 전기를 맞이하고 있다. 한국은 물론이고, 아시아·구미 지역에서도 한국학에 대한 관심은 고조되고 있으며 여러 분야에서 다각도로 심층적인 분석이 이루어지고 있다. 이러한 추세에 발맞추어 우리나라의 한국학 연구자들도 지금까지의 연구를 기반으로 하여 방법론뿐 아니라, 연구 영역에서도 보다 심도 있는 연구가 요청되고 있는 형편이다. 따라서 우리는 동아시아 속의 한국, 더 나아가 세계속의 한국이라는 관점에서 민족문화의 주체적 발전과 세계 문화와의 상호 관련성을 중시하는 방향에서 연구를 진행하여야 할 것이다.

    본 한국민족문화연구소는 한국문화연구소와 민족문화연구소를 하나로 합치면서 새롭게 도약의 발판을 마련한 이래 지금까지 민족문화의 산실로서 중요한 역할을 수행해 왔다. 그런 중에 기초 자료의 보존과 보급을 위한 자료총서, 기층문화에 대한 보고서, 민족문화총서 및 정기학술지 등을 간행함으로써 연구소의 본래 기능을 확충시켜 왔다. 이제 이러한 성과를 바탕으로 한국학 연구자의 연구 성과를 보다 집약적으로 발전시켜 나아가기 위해서 민족문화학술총서를 간행하고자 한다.

민족문화학술총서는 한국 민족문화 전반에 관한 각각의 연구를 체계적으로 정리함으로써 본 연구소의 연구 기능을 극대화하는 역할을 할 것으로 기대한다. 또한 본 학술총서의 간행을 계기로 부산대학교 한국학 연구자들의 연구 분위기를 활성화하고 학술 활동의 새로운 장이 되기를 바란다.

아울러 본 학술총서는 한국학 연구의 외연적 범위를 확대하는 의미에서 한국학 관련 학문과의 상호 교류의 장이자, 학제간 연구의 중심 기능을 수행함으로써 명실상부한 한국학 학술총서로서 자리잡을 수 있도록 해야 할 것이다.

부산대학교 한국민족문화연구소